괴물 공작가의 계약 공녀

괴물 공작가의 계약 공녀 3

2020년 02월 12일 초판 1쇄 인쇄
2020년 02월 17일 초판 1쇄 발행

지은이 리아란
발행인 이종주

기획 편집 송영경
경영 지원 배진경
마케팅 김정수

발행처 (주)로크미디어
출판 등록 2003년 3월 24일
주소 서울시 마포구 성암로 330 DMC첨단산업센터 318호
편집문의 (070)7863-0342 **구입문의** (02)3273-5135
홈페이지 rokmedia.blog.me
E-mail queens@rokmedia.com

값 12,500원

ISBN 979-11-354-5845-3 04810 (3권)
ISBN 979-11-354-5842-2 04810 (세트)

Queen's Selection

Contents

-15-

"우아아아."

셀리스의 눈이 동그래지더니 턱까지 점차 아래로 내려갔다.

15년을 살았다. 15년 동안 셀리스의 인생에서 보석처럼 빛났던 순간들이 가득 있었고, 오늘 그 보석들은 빛을 잃었다. 여기에 새로운 다이아몬드가 빛나고 있었으니까.

"여기가 셀바토르 공작저로군요……."

레슬리는 걱정스러운 눈으로 고개를 끄덕이며 셀리스를 바라보았다. 지금 당장이라도 그녀는 눈물을 뚝뚝 흘리다가 기절할 듯 보였다.

뒤를 힐끔 바라보니 제나도 같은 생각인지 하녀에게 혹시 모르니 셀바토르 공작가의 주치의, 자일로를 데려오라는 말을 하고 있었다.

"셀리스 양, 그럼 제가 저택을 안내해 드릴게요."

그 말에 어느새 눈물을 뚝뚝 흘리던 셀리스는 감동한 얼굴로 고개를 끄덕였다.

"레, 레슬리 양 덕분이에요. 제가 공작님과 같이 식사를 하고 공작저에서 잠들 수 있다니…….”

셀리스는 결국 눈물을 펑펑 터트렸다. 그걸 보던 레슬리는 웃으면서 손수건을 꺼내 눈물을 훔쳐 주었다.

“고작 하루라 부끄러운걸요.”

레슬리의 계획은 셀리스가 수도에서의 볼일이 전부 끝날 때까지 공작저에 머물게 하는 것이었으나, 실패하고 말았다. 그렇게 긴 시간을 폐를 끼칠 수 없다며 에펜타니 백작 내외가 고개를 저은 탓이었다.

'저희는 파티 시작 전부터 축제 시작 전까지만 머물 여관을 찾으면 되니까요.'

백작 내외는 다행히도 나쁘지 않은 여관을 찾아낸 모양이었고, 거기서 머물기로 하였다.

문제는 셀바토르 공작저에서 머물 수 있다는 말에 기대감에 부풀어 있던 셀리스였다. 수도에 올라온 셀리스를 만나러 갔을 때, 결국 셀리스는 레슬리를 보고 눈물을 터트리고 말았다.

'그분의 얼굴을 제대로 보지도 못하고 기절까지 했는데……!'

고대하던 셀바토르 공작과의 첫 만남에서 기절한 셀리스는 아직도 그 일을 신경 쓰고 있는 듯 보였다. 그래서 레슬리와 사이레인은 고민 끝에 셀리스를 하룻밤만 공작저로 초대하기로 했고 처음부터 셀리스는 탈수를 일으킬 듯 눈물을 흘렸다.

“감동이에요. 제가 살아서 공작저에 발을 들일 수 있을 거라곤 상상도 못 했어요.”

셀리스의 말에 레슬리의 고개가 옆으로 기울었다.

"살아서요?"

왜 이상하게 그 말이 귀에 들리는 걸까? 뭔가를 들켰다는 듯 셀리스가 뜨끔한 표정을 짓더니 주변을 살펴보고는 낮게 속닥거렸다.

"유령인 상태로는 들어올 수 있지 않을까 예전에 상상했었거든요."

"……살아서 오게 되어 정말 다행이네요."

레슬리의 말에 셀리스는 울다가 붉어진 눈으로 환하게 웃으며 고개를 끄덕였다.

두 사람은 손을 붙잡고 커다란 저택 이곳저곳을 돌아다니기 시작했다. 레슬리의 방과 개인 서재, 아직도 용도를 정하지 못한 방 그리고 옷 방을 차례대로 구경하고, 늘 밥을 먹는 식당과 루엔티가 머무르는 서재를 지나 골동품을 모아 두는 방까지 갔을 때, 레슬리는 뭔가 즐거워졌다.

마치 탐험 같았다. 잘 아는 집인데도 셀리스가 놀라며 감탄할 때마다 제 어깨가 저절로 으쓱해졌고 늘 보던 물건도 새로워 보였다.

사이레인의 고집으로 세운 셀바토르 공작과 자신의 동상 앞을 지나갈 때는 조금 부끄러워졌지만, 복도에 걸린 거대한 초상화를 지나갈 때는 다시 어깨를 으쓱거리며 미소를 지었다.

"가지고 가고 싶어요……. 그림으로라도 그려도 될까요?"

"조금 이따가 같이 그려 봐요."

그리고 다시 손을 잡고 이끌었다. 탐험이 새롭게 시작되었다. 주방에서는 바타를 소개해 주고 정원에서는 정원사인 엔델과 그를 도와주던 사람들, 그리고 저택 복도에서는 마델과 서올리를 소개해 줬다.

연무장에서는 하르트와 셀바토르 공작가의 기사들을 소개해 주자, 셀리스는 연무장을 벗어나면서 르카디우스 제국인이 아닌, 다른 나라 사람이 기사단장을 하는 건 처음 본다며 놀란 목소리로 작게 속삭였다.

거기다 공작저 동관에 머무는 테펜텔을 만났을 때 셀리스는 숨을 멈

줬다.

"안녕?"

막 일어난 듯한 테펜텔은 유창한 르카디우스 제국어로 말을 걸었다.

"아, 안녕하세요. 저는 셀리스 튜더……."

"셀리스 튜더 에펜타니 백작 영애 맞지? 나는 테펜텔 덴이란다. 공작의 친구지."

셀리스는 그 말에 눈을 동그랗게 떴다. 테펜텔이 공작의 친구라는 게 믿기지 않는 눈치였다. 테펜텔은 그런 셀리스를 보더니 입술을 끌어당겨 웃었다.

"믿기지 않는 모양이지? 좋아, 그럼 아셀라가 혼란의 시대 때 무슨 일을 했는지 이야기의 주인공이 자리를 비운 사이에 몰래 이야기해 줄까?"

어딘가 신난 기색으로 테펜텔은 두 사람을 이끌고 서재에 자리를 잡았다. 그리고 지도를 펴 놓고 자신의 무용담을 이야기하기 시작했다.

테펜텔의 이야기 속에는 화상을 입기 전 공작도, 훨씬 더 젊은 사이레인도, 척박한 땅밖에 가진 것이 없던 테펜텔과 아직 하녀였던 제나 이야기도 있었다. 피스토레 황제의 이야기를 할 때면 테펜텔은 슬쩍 둘의 눈치를 보았다.

그 이야기가 얼마나 흥미진진하던지. 레슬리와 셀리스는 저택 탐방도 잊고 이야기에 귀를 기울였다.

결국 이야기의 끝은 테펜텔을 따라온 한 사람 덕분에 갑자기 찾아왔다. 작게 숨을 몰아쉬던 남자는 무언가 아롬벨의 언어를 쏟아부었는데, 상황을 보니 잔소리를 퍼붓는 듯 보였다.

어딘가 시무룩해진 테펜텔은 두 사람에게 손을 흔들어 주고는 그 남자를 따라 나갔다. 그 모습은 어딘지 레슬리에게 익숙했다.

'아버지와 제나인가?'

아니면 늦게 잔 어머니와 제나?

아쉬움을 뒤로하고 두 사람은 저택을 계속 돌아다니며 이곳저곳을 구경했고, 그러다 제나를 만났다.

휴식을 위해 잠시 응접실에 앉아 있는 두 사람에게 제나가 차를 내왔다. 하녀가 해도 될 일이지만, 인사를 하려고 일부러 제나가 차와 다과를 챙겨온 것이었다. 레슬리는 자랑스럽게 셀리스에게 제나를 소개해 주었다.

"우리 셀바토르 공작저에서 집사를 맡고 계신 제나 도란테스예요."

제나를 소개받은 셀리스는 당황하다가 제나에게 받은 차를 엎지르고 말았다. 그 모습이 마치 공작저에 막 들어왔을 때 자신과 같아 웃음을 터트릴 뻔했지만, 레슬리는 간신히 입술을 꾹 깨물고 버틸 수 있었다.

"집사가 여자라니 솔직히 놀랐어요."

제나가 새 찻잔을 가져오기 위해 응접실을 나갔을 때야 셀리스는 입을 열었다.

"저희 저택이나 친척 집에도 집사는 전부 남자였거든요. 거기다 르카디우스 사람이 아닌 기사단장에 아롬벨의 친구분이라니……."

후하, 셀리스는 상기된 뺨을 매만지며 작게 숨을 흘렸다. 셀리스의 커다란 눈동자는 빛이 금방이라도 떨어질 듯 반짝거렸다.

"역시 공작님은 대단하신 분이에요. 다른 귀족들이라면 하지 않을 일들을 아무렇지도 않게 해내시네요."

"저도 처음에 놀랐어요."

레슬리는 작게 키득거리며 제 찻잔에 각설탕을 집어넣었다.

"처음에 이 공작저에 왔을 때 제나가 이렇게 차를 줬거든요. 하녀인 줄 알았는데 어머니가 집사라고 하셔서 정말 놀랐던 기억이 나요. 아, 셀리스 양, 각설탕은 얼마나 넣으실 건가요?"

각설탕을 넣느라고 고개를 숙이고 있던 레슬리의 시야에 조금 난감한 기색의 셀리스가 눈에 들어왔다. 아무리 레슬리가 입양된 딸이라는 걸 알지만 이렇게 대놓고 이야기를 할 줄 몰랐던 모양이었다.

하지만 레슬리는 괜찮았다. 입양되었다든가, 그런 사실은 레슬리에게 중요하지 않았다. 자신은 충분히 사랑받고 있으며 곧 진짜가 될 것이고, 작은 손들이 원하던 복수도 할 테니까.

"네 개 정도 넣어 드리면 될까요?"

레슬리는 괜찮다고 말하는 대신 웃으면서 각설탕 하나를 집어 들었다. 셀리스를 만나기 위해 에펜타니 백작 부부가 머무르는 여관에 갔을 때, 셀리스가 각설탕을 네 개 집어넣는 것을 보았다.

"네, 네 개…… 아니, 아니! 두 개만 부탁드려요."

셀리스도 그런 레슬리의 속뜻을 알아차렸는지 이내 각설탕에 집중하기 시작했다.

"두 개만요?"

레슬리가 되묻자 셀리스는 다시 고민에 빠지더니 이내 손가락 하나를 들어 올렸다.

"하나만 넣어 주세요."

셀리스는 단것을 좋아해 레슬리와 입맛이 비슷한 편이었다. 레슬리는 각설탕을 세 개나 넣은 자신의 찻잔을 물끄러미 바라보다가 꽃이 달린 예쁜 각설탕을 셀리스의 찻잔에 넣어 주었다.

셀리스는 각설탕이 하나만 들어간 찻잔을 우아하게 들어 올리더니 마치 어른들이 하듯 향을 맡고는 차를 한 모금 마셨다.

"……."

셀리스의 표정이 조금 일그러지더니 힐끗, 각설탕이 가득 들어 있는 동그란 그릇에 시선을 보냈다.

"하나 더 넣어 드릴까요?"

레슬리가 묻자 셀리스는 고개를 저었다.

"너무 달게 먹는 건 아이 같은 짓이라고 오라버니가 그러셨거든요. 저는 열다섯 살이 되었으니까…… 이제 각설탕은 하나만 넣을 거예요. 나중에는 하나도 넣지 않는 게 목표예요."

셀리스는 어딘가 우쭐거리는 기색이 가득한 목소리로 말을 이었다. 레슬리는 고개를 돌려 각설탕을 세 개나 집어넣은 제 찻잔을 바라보았다.

'어머니도 아버지도 찻잔에 각설탕을 넣지 않았지. 오라버니들도 마찬가지고. 좋아. 다음엔 나도 하나만 넣어야지.'

뜻이 통한 걸 알았는지 서로 시선을 마주친 두 사람이 진지하게 고개를 끄덕였다.

이상하게 유달리 줄지 않는 찻잔을 매만지며 셀리스가 물었다.

"저, 공작님은 언제쯤 저택으로 돌아오실까요?"

"음……. 황실에 가신 거라서요. 아마 저녁 무렵 돌아오실 거예요. 저녁 식사는 같이할 수 있을 거라고 했어요."

하필이면 셀리스의 영웅, 공작은 자신의 남편과 함께 갑작스러운 황제의 호출로 자리를 비운 상태였다.

"그럼 금방 도착하시겠네요!"

밝은 셀리스의 목소리에 레슬리는 고개를 돌려 창밖을 바라보았다. 저녁 무렵이라고 했는데, 이미 저녁때가 다 되어 가고 있었다. 분명 셀리스와 저택 탐험을 시작한 건 아침 무렵이었는데.

"그러게요. 곧 오시겠어요."

레슬리는 배시시 웃어 보였다. 드디어 셀리스에게 제대로 자랑스러운 어머니를 자랑할 수 있는 시간이 왔다.

"레슬리 양."

찻잔을 소리 나게 원목 테이블 위에 올려놓은 셀리스가 아까와는 사뭇 다른 목소리로 입을 열었다. 그녀의 눈빛은 신전에서 아라벨라의 시험을 치를 때보다 더욱 진지해 보였다.

"혹시 이번에도 제가 기절한다면 깨워 주세요. 찬물을 끼얹어도 괜찮아요. 이번엔 반드시 공작님의 모습을 이 두 눈으로 똑똑히 지켜보고 가겠어요……!"

다짐이 느껴지는 셀리스의 말에 레슬리는 고개를 끄덕였다.

"어머니께 부탁드릴 테니, 어머니를 모델로 그림을 그리는 건 어떨까요?"

레슬리의 제안에 셀리스가 다시 눈을 빛냈다.

"자수는 어떨까요? 제 방에 있는 태피스트리를 바꿀 때가 되었어요. 일단 그림을 그려 가면 아마 안나가 만들어 줄 거예요. 안나는 솜씨가 좋거든요."

"좋은 생각이에요. 저는 종종 스테인드글라스도 괜찮을 것 같았어요."

"그 정원에서 봤던 동상도 정말 멋졌어요. 조각상도 괜찮을 것 같은데, 이걸 다 만들면 둘 곳이 없겠죠?"

셀리스와 즐겁게 이야기를 하던 레슬리의 눈이 동그래졌다. 아직도 제대로 용도를 정하지 못한 방의 용도를 찾았다. 레슬리는 환하게 웃었다.

⚜

'결국 정했군.'

어둠이 서서히 내려앉는 마차 안에서 공작은 눈을 느리게 감았다 떴다. 피스토레는 아렌도가 아닌 둘째 콘스텐을 후계로 정했다고 자신에게 말하며 아셀라와 사이레인의 손을 꽉 잡았다.

'……잘 부탁하네. 믿을 만한 사람은 카리우와 자네들뿐이야.'

"여보."

며칠 새 기운이 빠져 버린 듯한 피스토레의 얼굴을 떠올리는데, 사이레인이 마차 안에 있는 등에 불을 밝히며 입을 열었다.

"그 둘째는 사제가 되고 싶어 하지 않았나? 아무래도 성격이……."

사이레인은 눈을 찡그리고 있었다.

르카디우스 제국의 귀족들은 자존심이 강했다. 1천 년을 이어 온 뿌리 깊은 자긍심이 오만과 섞여 그들의 콧대를 세웠다. 그런 귀족들을 피스토레만큼 유약한 성격의 콘스텐이 다룰 수 있을 거란 생각은 들지 않았다.

"해낼 거야. 전쟁터에 나가기 전 피스토레는 그것보다 더욱 유약했거든. 콘스텐의 경우는 양호하지."

공작의 말에 사이레인의 대답은 들려오지 않았다. 아마도 자신이 모를 적 이야기가 나온 게 싫은 듯했다. 공작은 낮게 웃으며 제 남편에게 머리를 기댔다.

"질투해?"

살짝 시선만 들어 보니 사이레인이 입을 삐죽 내민 상태로 툴툴거리고 있었다. 어느새 레슬리의 버릇을 닮아 버렸다. 이렇게 귀여운 남편이라니. 역시 결혼은 잘했다. 만족감에 저절로 웃음이 입가에 맴돌았다.

공작은 손을 들어 사이레인의 머리를 쓰다듬었다.

"그나저나 여보야."

한참 후에야 사이레인은 좀 기분이 풀린 목소리로 대화를 이어 나가기 시작했다.

"성격 이야기가 나와서 그런데, 아렌도 말이야. 피스토레보다는 선대의 성격을 더 닮지 않았어?"

그 말에 공작이 눈을 깜빡거렸고, 사이레인은 눈을 찡그리며 제 턱을 매만졌다.

"왜, 그 선택하는 것도 그렇고 묘하단 말이지. 여태까지는 르카디우스 제국 황제들의 특유 성격을 닮았다고 생각했는데, 오늘 피스토레 이야기를 들으며 생각해 보니까 선대를 더 닮은 느낌이더라고."

확실히 아렌도의 성격은 선대를 닮아 있었다. 얼굴을 있는 대로 구기던 사이레인이 갑자기 이해한 듯 고개를 끄덕였다.

"하긴 닮을 수밖에 없나, 할아버지랑 손자니까."

하지만 공작은 무언가 생각에 빠진 듯 대답이 없었다.

"여보야?"

"사이."

공작은 가라앉은 암녹색 눈동자로 사이레인을 바라보았다.

"혹시 메데이아가 유산했던 시기를 기억해?"

사이레인이 다시 얼굴을 구기며 기억을 뒤지기 시작했다.

"아렌도와 비슷할 때였지. 한 한 달? 아니야, 한 달도 차이 나지 않았어. 보름? 그 정도쯤 되겠군."

"보름……."

메데이아는 딸을 낳았다. 작고 어여쁜 딸은 태어난 지 얼마 되지 않아 신의 곁으로 떠났었다. 달을 채우지 못하고 급작스럽게 태어난 탓이었을까. 아니면 연약하게 태어난 탓이었을까.

이유는 모르지만 아이는 숨을 거두었고, 그 죽음을 고위 사제와 한 중급 사제 그리고 황실 주치의와 시녀가 증언했다.

설마. 공작은 다급히 제 남편의 팔을 잡았다.

"사이. 메데이아의 아이가 죽었다는 걸 증언한 시녀와 사제들 그리고 주의치를 찾아 줄 수 있어?"

"여보야가 원하면 뭔들 못 하겠어. 그런데…… 설마 내가 생각하는 그거야?"

"그래, 혹시 모르니까."

공작은 제 입술을 깨물었다. 왜 자신은 여태까지 그걸 의심하지 않고 있었지? 아이의 죽음이 흔하던 시대라? 아니면 아렌도의 탄생에 가려졌었나?

"이거 피스토레에게 말해야 하는 거 아니야?"

사이레인의 말에 공작은 고개를 저었다.

"아니, 말하지 마. 피스토레는 견디지 못해."

제 아들을 얼마나 끔찍하게 생각하던 남자였던가. 뒤늦게 휘몰아치던 전쟁의 후유증으로 죽어 가던 피스토레를 살린 건 그의 아내 아르트엘과 첫째 아렌도의 탄생이었다.

"이것 봐, 셀바토르. 내…… 아이래."

눈물범벅인 모습으로 피스토레는 환하게 웃었다.

"이렇게 작은 아이가 움직여. 이렇게 작은 아이가……."

제 첫아들을 사랑스럽다는 듯 바라보며 피스토레는 셀바토르를 바라보았다.

"건강이 조금 안 좋대."

피스토레는 고개를 숙여 제 어린 아들의 뺨에 작게 키스했다.

수염 때문에 아이가 놀라 울 거라고 생각했지만, 아이는 까르륵 맑게 웃어 보였다. 그 웃음에 피스토레의 얼굴에도 더욱 진한 웃음이 번져 나갔다.

전쟁의 후유증으로 죽어 가던 남자는 사라진 지 오래였다.

"괜찮다면 네 이름을 조금 따서 이름을 지어도 될까, 셀바토르? 조금이라도 네 강함을 닮을 수 있게……. 건강하게 자랄 수 있게……."

눈물을 뚝뚝 흘리며 부탁하는 황제에게 고개를 저을 순 없었다.
그렇게 아이의 이름은 아렌도가 되었다.

"확실해지면, 그때 이야기하자고. 일단 그때 증인을 섰던 자들을 찾아 줘."
사이레인은 아내의 말에 말없이 고개를 끄덕였고 그 뒤로는 침묵이 흘렀다. 사이레인도, 공작도 아무 말도 하지 않았다. 그저 자신들의 생각이 틀렸기를 간절히 바라고 있을 뿐이었다.
그러는 사이 마차는 공작저로 도착했고, 당연한 순서로 레슬리가 환하게 웃으며 두 사람을 맞이했다.
"어머니, 아버지!"
레슬리는 달려와 사이레인의 목에 매달렸다. 가뿐히 레슬리를 안아 든 사이레인은 그늘 없이 환한 레슬리를 바라보다가 뺨을 비볐다.
"아버지?"
수염 때문에 뺨이 따끔거렸지만, 레슬리는 사이레인을 밀어내지 않았다. 그저 눈을 깜빡이고 있을 뿐이었다. 하지만 사이레인이 레슬리와 시선을 맞췄을 때는 환한 웃음만 자리 잡고 있었다.
"우리 예쁜 딸!"
"케, 켁!"
사이레인이 다시 레슬리를 끌어안자 레슬리의 입에서 기침이 터졌다.
공작은 작게 한숨 쉬며 고개를 흔들더니 사이레인의 품에서 레슬리를 꺼내 안아 들었다. 그리고 작게 기침하는 레슬리의 등을 토닥였다.
"레슬리가 아파하잖아, 사이."
혹시 레슬리는 다시 사이레인의 품으로 돌아갈까 봐 어머니의 목에 필사적으로 매달렸다. 그리고 쌕쌕 숨을 내쉬었다.

레슬리를 귀엽다는 듯 안아 들고 토닥이는 셀바토르 공작의 눈에 낯선 이가 들어왔다. 레슬리의 친구 셀리스였다. 셀리스는 공작과 사이레인을 바라보며 눈을 동그랗게 뜨고 있었다.

마치 소동물과 마주친 듯 공작은 어색한 웃음을 흘렸다. 저번에 자신을 보자마자 기절한 셀리스를 공작은 기억하고 있었다.

"아! 아, 안녀, 녕하세요! 저, 저는 셀리스 츄터, 아니 튜더 에펜……타니입니다!"

굳어 있던 셀리스는 저택이 울릴 정도로 큰 목소리로 인사하기 시작했다. 아니, 이걸 인사라고 부를 수 있을까?

아직도 공작의 품에 안겨 있는 레슬리는 눈을 동그랗게 뜨고 셀리스를 바라보았다. 셀리스는 작게 숨을 내쉬더니 눈을 꽉 감고 외치기 시작했다. 마치 몇 번이나 연습해 온 듯 긴말이 쉼 없이 흘러나왔다.

"레슬리 양의 초대로 놀러 왔습니다. 오늘 하루 묵고 가게 해 주셔서 정말로 감사드립니다. 아시는지 모르겠지만 슈엘라 언니는 제 사촌 언니예요! 아! 틸레이얼 자작 부인입니다! 머리카락 색이 많이 닮았다고 이야기를 많이 들었어요! 사실 저희 아버지도 분홍 머리긴 한데, 언니랑 아버지는 닮았다는 소리를 못 들었는데 저는 들었고요. 똑똑하다는 말도 종종 듣고 있었어요. 아니, 하고 싶은 말은 이런 게 아니라, 다름이 아니라 저는 그저 불러 주셔서 정말로 영광이라는 말을 하고 싶었……."

숨은 쉬고 말하는 것인지 의심스러울 정도로 긴말이 속사포처럼 쏟아져 나왔다. 사이레인도 뒤에서 눈을 껌뻑거렸고 그런 셀리스의 폭주를 막은 건 셀바토르 공작이었다.

"셀리스 양, 우리 집 저녁 시간은 생각보다 긴 편이지. 식사와 함께 이야기를 들려주었으면 하네."

입에 음식이 들어가면 조금 천천히 들뜬 마음을 가라앉히고 이야기할 수 있지 않을까 하는 공작의 생각이었고 그건 완전히 빗나갔다.

"세, 셀리스……."

에펜타니 영애가 아니라 셀리스 양. 공작이 자신의 이름을 불러 줄지는 몰랐는지 셀리스의 몸이 크게 휘청거렸다. 셀리스 튜더 에펜타니의 두 번째 기절이었다.

⚜

"너무 놀랐어요."

가져온 잠옷을 입고 나란히 이불을 덮은 두 사람이 천장을 바라보며 눈을 깜빡였고, 기쁨을 이기지 못한 셀리스가 팔다리를 바둥거릴 때마다 침대가 출렁거렸다.

"이름을 불러 주실 줄이야! 너무 행복해요. 최초의 사제가 된 것보다 더욱 행복해요."

셀리스는 붉어진 얼굴을 작은 손으로 연신 쓸어내렸다. 그러고는 다시 팔다리를 동동거렸다.

저녁 식사 도중에 참석한 베스라온은 생각보다도 더욱 컸고, 사이레인은 이제 무섭지 않으며 테펜텔은 재밌다고 셀리스는 말했다. 그리고 공작님은 식사하는 모습도 멋있다며, 셀리스는 베개를 껴안고 한참을 떠들었다.

"그런데 레슬리 양은 공작님을 어머니라 부르시네요."

그 말에 레슬리는 눈을 깜빡였다.

"다들 그렇게 부르지 않나요?"

"저는 그냥 엄마 아빠라고 부를 때도 있거든요. 어린아이 같은 호칭이긴 한데……. 그렇게 부르면서 어머니를 꼭 안아 드리면 내심 좋아하세요."

말을 끝낸 셀리스가 작게 속닥거렸다.

"맛있는 것도 많이 사 주시고요."

아무래도 뒷말이 더 핵심인 듯해 두 소녀는 얼굴을 마주 보고 작게 키득거렸다. 레슬리의 침실에 흐르던 웃음소리가 사라지고 난 후 셀리스는 레슬리의 손을 꼭 잡았다.

"고마워요, 레슬리 양."

셀리스의 커다란 눈동자가 밝은 웃음을 머금었다. 흥분으로 상기된 뺨이 붉게 달아올라 있었다. 셀리스의 눈은 크고 눈꼬리가 처진 모양이라 평소에는 그다지 즐거워 보이지 않았는데, 오늘은 그런 기색 따위 느껴지지 않을 정도였다.

"정말로 고마워요. 덕분에 인생의 소원을 하나 이뤄 냈어요."

"뭘요, 그냥 어머니를 소개해 준 것뿐인걸요."

제 목에 묶인 리본을 다시 고쳐 매며 레슬리가 옅게 웃었다. 그런 레슬리를 보며 셀리스도 배시시 따라 웃었다.

"레슬리 양은 대단해요."

갑자기 이야기의 불똥이 레슬리에게 튀었다.

"능력도 뛰어나고, 늘 열심히 하시고, 은발도 반짝반짝한 게 예쁘고요. 그리고 멋져요, 레슬리 양은. 거기다 제 목숨을 살려 주시고 인생 소원까지 들어주셨지요."

너무 과장되는 듯한 셀리스의 이야기에 레슬리는 볼을 붉혔다.

"과찬이에요, 셀리스 양."

"나중에요, 혹시 나중에 제 도움이 필요하시다면 말해 주세요. 있는 힘껏 도울게요!"

그렇게 말하더니 셀리스는 작게 속닥거렸다.

"최대한 약초학 쪽으로 부탁드려요……. 제가 약초학을 잘하거든요."

레슬리는 이번엔 조금 크게 웃음을 터트렸다. 그리고 셀리스를 보며 고개를 끄덕였다.

"저는 고어랑 신학에 능통하니까, 혹시 필요하면 말하세요."

"고어와 신학이라……."

셀리스는 눈을 찡그렸다.

"매일 도와 달라고 할지도 모르겠네요. 저는 고어랑 신학이 약하거든요."

사실 다른 과목도 약해요. 작게 속닥거리는 셀리스의 말과 함께 밤이 점점 깊어졌다.

⚜

메데이아가 주최한 파티가 열리는 날이 밝아 왔다. 루엔티는 아직 신전에서 돌아오지 못했으며, 어제 콘라드의 답장이 아슬아슬하게 셀바토르 공작저에 도착했고 주인공 레슬리는 새벽부터 하녀들에게 붙들려 있었다.

"하아암."

졸려서 연신 하품을 하는 레슬리와 달리, 모두의 눈에는 불꽃이 튀고 있었다. 사실상 레슬리의 첫 파티다 보니 제나까지 달려와 레슬리를 꾸미는 걸 살피고 있었다. 그렇게 몇 시간이나 지났을까, 드디어 모든 준비가 끝이 났다.

"됐어요, 아가씨!"

마델은 거울 앞에 선 레슬리의 드레스 자락을 정리해 주며 밝게 웃었다. 확실히 공을 들여 꾸미니 그 어느 때보다 예뻐 보였다.

구불거리는 은발 중간중간에는 흑진주가 달려 빛을 내고 있었고, 반묶음으로 된 머리를 고정한 핀은 백금과 레슬리의 눈 색을 닮은 보랏빛 보석으로 장식되어 있었다. 하얀색과 연분홍색이 어우러진 드레스는 처음부터 레슬리를 위해 만들어진 옷인 만큼 어디 하나 부족함이 없었다.

'예쁘다.'

레슬리는 눈을 깜빡거렸다. 마치 동화 속 공주님이 된 기분에 괜스레 한 바퀴 돌아보고 싶어 빙글 돌자, 꽃이 피어나듯 드레스 자락이 넓게 퍼졌다.

거울을 한참 바라보다가 레슬리는 고개를 돌려 자신을 꾸미느라 새벽부터 고생한 하녀들을 바라보며 볼을 붉혔다.

"다들 고마워."

레슬리의 칭찬에 하녀들은 흐뭇한 표정으로 고개를 끄덕였다.

"어머니랑 아버지는?"

"밑에서 기다리고 계십니다. 베스라온 도련님은 연무장 쪽에 계세요. 오늘은 하르트 경도 동행하실 겁니다."

"하르트 경이?"

그래도 되는 걸까? 레슬리는 눈을 깜빡였다. 공작저에 온 지 4년이 지났지만, 여태 하르트가 그 어떤 파티나 무도회에 참석하는 걸 본 적이 없었다. 이유는 간단했다. 하르트는 타국인이었기 때문이었다.

아무리 공작의 주도하에 황실에서 새 성을 받고 귀족의 반열에 올랐다지만, 타국인을 보는 눈은 곱지 않았다. 거기다 하르트는 아직 영토도 없는, 말뿐인 귀족이었다. 그래서 하르트는 셀바토르 공작가의 임무나, 간혹 레슬리 호위 겸 축제나 소풍에 참여하는 게 아니면 늘 공작저에 머물렀다.

'괜찮을까?'

하르트가 걱정되었다. 누군가가 뒤에서 뭐라 한다 해서 신경을 쓸 사람은 아니었지만, 그래도 기분은 나빠지지 않을까.

레슬리가 고개를 숙이고 눈을 찡그리자, 그 모습을 보고 있던 마델이 서올리에게 작게 속삭였다.

"아가씨께서 긴장하셨나 봐."

"그럴 만하지."

보통은 이런 파티에서는 어린 아가씨를 위해 어머니가 파티에 대해 알려 주며 딸을 이끌었지만, 셀바토르 공작은 그럴 사람이 아니었고, 안살림을 책임져야 할 사이레인에게는 그런 기대조차 할 수 없었다.

그나마 틸레이얼 부인이 파티의 예절이나 간단한 팁 같은 걸 레슬리에게 알려 주곤 했지만, 그녀는 아이를 가져 현재 틸레이얼 자작가로 내려간 상태였다.

"긴장되시겠네."

한 하녀의 말에 모두가 고개를 끄덕였다.

"아무래도 낯선 사람을 많이 만날 테니 더욱 긴장되시겠지. 거기에 이상한 사람이 있을지도 모르고. 질투에 시비를 건다거나 아님 청혼을 한다거나."

"아하!"

다섯의 고개가 이해했다는 듯 동시에 위아래로 움직였다. 그러고 보니 레슬리가 열두 살 때, 스물다섯 살이나 되는 미친놈이 청혼서를 보내지 않았던가.

하녀들의 얼굴이 순식간에 어두워졌다. 빨랫방망이를 들고 따라갈 수 있으면 좋으련만.

그들은 어떻게 하면 아가씨를 지킬 수 있는지 열렬하게 토론하기 시작했다. 생각보다 답은 금방 나왔다.

"아가씨!"

레슬리가 고개를 들자, 사용인들은 어딘가 활활 불타오르는 눈동자로 레슬리를 바라보았다.

"만약 시비를 걸면 실수인 척 발을 밟아 버리세요!"
"시비? 실수인 척?"
"네! 사람도 많으니까 실수인 척, 콱! 하고 밟아 버리세요!"
시비를 거는 사람 발등을 밟으라니. 잠시 하녀들의 말뜻을 생각하다가 레슬리는 눈을 동그랗게 떴다. 레슬리는 눈을 깜빡이다가 결연한 표정으로 고개를 끄덕였다.
'그래, 여태 경이 나를 지켜 줬으니까, 이번엔 내가 지켜 주면 되는 거구나!'
이 간단한 걸 여태 왜 생각하지 못하고 있었지! 만약 파티에서 누군가가 하르트를 못살게 군다거나 뒷말을 흘린다면 콱 발을 밟아 버리자. 그래도 정신을 못 차리고 하르트를 괴롭힌다면 발등에 구멍이 뚫릴 때까지 밟아 주리라.
서로 다른 의미로 시선을 맞추며 하녀들과 레슬리는 결연하게 고개를 끄덕였다.
하르트의 복수를 위해서 레슬리는 서올리가 가져온 신발 중 가장 뒷굽이 날카로워 보이는 구두를 골랐다. 오늘 처음 신어 보는 높은 신발은 조금 불안했지만, 생각보다 발이 편해 레슬리는 금방 적응했다.
"가자!"
레슬리는 마치 전쟁에 나가는 듯한 결연한 얼굴로 크게 외쳤고 그 뒤를 다섯의 하녀가 위풍당당하게 뒤따랐다. 먼저 입구 쪽에 서 있던 베스라온이 제 여동생을 불렀다.
"레슬리."
"오라버니!"
남은 계단을 빠르게 내려온 레슬리는 베스라온 앞에 섰다. 레슬리는 신기하다는 눈으로 베스라온을 바라보았다. 베스라온은 회색빛 머리를 뒤로 넘기고 깔끔한 격식의 검은 정장을 입고 있었다.

답답함에 입고 있는 크라바트를 만지작거리며 미간에 주름을 잡고 있던 베스라온은 저에게 달려오는 여동생을 보자마자 한껏 밝은 웃음을 머금었다.

"오라버니가 이런 옷을 입은 건 정말 오랜만에 봐요."

레슬리는 신기하다는 눈으로 베스라온을 바라보았다. 평소에는 린체 기사단 제복이 아니면 늘 편한 튜닉을 주로 입고 있었다. 무도회나 파티에 나가는 편이 아니었기에 이런 차림은 정말 드문 편이었다.

'마지막으로 본 게 신년회 때였나?'

아니지, 이번 신년회 때는 기사단 일로 황제 폐하의 경비를 서느라고 참석하지 못했으니까, 작년쯤이던가. 레슬리는 괜스레 베스라온의 옷자락을 만지작거리며 작년 일을 되짚어 보았다.

"그렇게 오랜만이던가."

베스라온이 제 옷차림을 바라보다 무의식적으로 크라바트를 만지작거렸다. 다시 미간에 작은 주름이 잡혔다.

"많이 답답하세요?"

"조금? 제복은 이제 익숙해져서 그럭저럭 참을 만한데, 아무래도 이건……."

베스라온은 잠시 크라바트 쪽으로 손을 올렸다가 도로 내리기를 반복했다. 레슬리는 그런 베스라온의 팔을 잡고 작게 웃었다.

"그래도 잘 어울려요. 오라버니만큼 멋있는 사람은 황궁에 없을 거예요."

셀바토르 공작가의 사람들이 레슬리를 세상에서 가장 귀여운 아이로 생각하듯, 레슬리 역시 셀바토르 공작가의 사람들을 세상에서 제일 멋있게 생각하고 있었다. 잘생기고 다정다감하고 키도 크고 힘도 세고, 모르는 것도 없는 데다가 능력도 뛰어난 두 오라버니가 아니던가.

종종 루엔티는 바보 같은 장난을 쳐서 점수를 깎아 먹을 때가 있었지만, 그래도 제 오라버니들이 너무 좋았다.

그건 물론 아버지인 사이레인 역시 마찬가지였다. 간혹 사랑이 너무 지나쳐 부끄러울 때가 있었지만, 레슬리는 제 아버지가 너무도 좋았다.

그래도 제일 좋은 건 어머니였지만. 레슬리는 속으로 모두에게 사과하며 웃음을 머금었다.

그런 레슬리를 바라보며 미소를 짓고 있던 베스라온이 입을 열었다.

"많이 컸구나."

"네?"

레슬리가 눈을 동그랗게 뜨며 고개를 갸웃거리자, 이번엔 베스라온이 하얀 이를 보이며 더 짙게 미소 지었다.

"4년 전엔 털공이 굴러오는 줄 알았지."

루엔티가 열 살 때 입던 옷조차 너무 커서 털공처럼 보이던 아이가 어느새 훌쩍 커서 아라벨라까지 되었다. 그제야 레슬리는 베스라온이 4년 전 일을 회상하고 있다는 걸 알아챘다. 레슬리의 눈에서 빛이 나기 시작했다.

"저 많이 컸나요?"

"그럼. 그때는 요만했었지."

베스라온이 짓궂게 허리를 숙이며 거의 바닥에 닿을 정도로 손을 내렸다. 그러자 레슬리가 입술을 빼죽 내밀었다.

"그때도 그 정도로 작진 않았어요."

"작았어."

"그럼 지금은요?"

레슬리의 물음에 베스라온은 고민하는 듯 잠시 눈을 찡그리다가 손을 조금 더 들어 올렸다. 그래 봤자 아주 조금 더 올라갔을 뿐이라 동전 하나가 굴러 들어가기에도 부족한 틈이었다.

"이 정도."

레슬리의 입술이 더욱 앞으로 나왔다. 삐진 게 분명해 보였다. 결국 베스라온은 소리 내 웃음을 터트렸다.

사랑스럽다. 이렇게 사랑스러운 여동생이라니. 그리고 요 근래 들어 키가 훌쩍 자란 루엔티 놈도 까칠한 성격이 귀여운 동생이었다.

귀여운 동생이 둘이라니, 분명 자신은 상당히 운이 좋은 편이다. 그러다 무엇을 상상했는지 순식간에 얼굴이 어두워졌다.

"레슬리."

"네, 오라버니?"

"예전에 얘기했던 결혼할 사람의 조건은 기억하고 있지?"

갑작스러운 질문에 레슬리는 베스라온과 눈을 마주치며 깜빡거리다 이내 고개를 끄덕였다.

"음, 아버지보다 키가 크고 오라버니보다 힘이 세고, 루엔티 오라버니보다 똑똑해야 해요."

"거기에 귀여워야지."

베스라온이 한마디를 덧붙였다. 그건 셀바토르 공작의 조건이었다. 과연 그런 사람이 이 세상에 존재하기는 할까, 베스라온조차 의문이 들 정도였다.

하지만 말해 두지 않으면 안 된다. 오늘 파티는 생각보다 더 많은 귀족이 참여할 것이고, 그중에는 분명 치근거리는 놈들이 있기 마련이었다. 그리고 제 동생은 순수했다.

'거기다 견제해야 할 놈도 한 놈 있고 말이지.'

누군가를 떠올리는 베스라온의 눈초리가 가늘어졌다. 레슬리가 고개를 끄덕이자, 잘했다고 칭찬하며 베스라온이 다시 물었다.

"혹여나 이상한 놈들이 들러붙으면 어떻게 하라고 했지?"

"오라버니들에게 말하면 돼요."

그렇지.

베스라온이 고개를 끄덕이는데 셀바토르 공작과 사이레인이 중앙 계단에서 내려오고 있었다. 맞춰 입은 것인지, 사이레인과 공작의 옷은 같은 디자인이었다. 두 사람 다 꽤 신경을 쓴 옷차림이었다.

셀바토르 공작은 검은 머리를 반묶음으로 했는데, 그게 제 머리와 비슷한 모양이라 레슬리는 마음에 들었다.

두 사람에게 다가온 공작은 레슬리가 귀엽다는 듯 머리가 망가지지 않게 조심히 쓸어 주다가 베스라온을 바라보았다.

"답답하지?"

베스라온은 그제야 레슬리와 이야기를 하다가 간신히 잊어버린 크라바트를 떠올렸다.

"어머니는 답답해 보이시지 않네요."

공작은 어깨가 노출된 드레스로, 목에는 가는 목걸이가 걸려 있을 뿐이었다.

"나도 그 답답한 게 싫어서 제복을 마음에 안 들어 했었지."

셀바토르 공작도 베스라온처럼 목을 덮는 종류의 옷은 답답해서 싫어하는 편이었다. 제복 역시 다 참을 수 있었으나, 목까지 채워진 단추가 가장 마음에 안 들었었다. 결국 린체의 기사단장이 되자마자 가장 먼저 한 일은 기사단복을 바꾼 것이었다. 그래도 편하지는 않아서, 공작 위에 오르고 나서는 목까지 오는 옷은 잘 입지 않았다.

"레슬리 오늘 정말 예쁘구나. 정말 잘 어울려."

그 말에 뒤로 한 발짝 물러나 누군가와 이야기하고 있던 사이레인이 고개를 끄떡였다.

"이 아버지는 아까 천사님이 내려온 줄 알았단다."

"맞아요. 우리 막내가 천사보다 더 예쁘죠."

어딘가 굉장히 흡족해 보이는 사이레인과 요즘엔 한술 더 뜨는 베스라온의 말을 공작은 막지 않았다.

레슬리의 뺨이 순식간에 달아올랐다. 레슬리는 괜스레 발을 바닥에 톡톡 두드리며 시선을 이곳저곳으로 옮기고는 목에 맨 리본을 만지작거렸다.

"저 그래도 조금 걱정돼요. 파티는 처음이라……."

"레슬리, 신경 쓸 필요 없단다. 네가 예절을 어긴다 해도 아무도 너에게 뭐라 할 수 없어."

베스라온의 단호한 말에 사이레인이 웃으며 고개를 끄덕였고 셀바토르 공작은 레슬리를 보며 머리를 쓸어 올렸다.

"우리 딸은 왜 아직도 그런 사소한 것에 신경을 쓰는 걸까."

레슬리가 눈을 깜빡거리자, 공작은 한쪽 입꼬리만 올리며 웃었다.

"오늘 보여 주는 게 낫겠구나. 우리 가문이 어떤 가문인지를 오늘 네 눈으로 보렴. 사냥감이 우리를 보고 어떤 눈빛을 가지는지, 어떻게 행동하는지."

자신이 잘못했다. 귀찮다고 늘 필요한 곳만 잠시 얼굴을 내밀었다가 돌아온 걸 공작은 후회했다.

한두 번쯤은 귀족들이 몰려 있는 파티에 데려가 사냥감들이 어떻게 반응하는지 보여 줬어야 했다. 나약해지는 모습들이 공작 눈에도 불쌍할 정도니, 착한 자신의 딸이라면 되레 동정심을 가질지도 몰라 조금 걱정되었다.

자신처럼 행동하고, 자신처럼 사고해 달라는 뜻을 제대로 알아들은 총명한 딸은 라일락빛 눈을 빛내며 고개를 끄덕였다.

"네, 어머니."

걱정 한 점 없는 맑은 목소리를 들으며 셀바토르 공작은 고개를 끄덕였다.

"자, 이제 갈까."

공작이 걸음을 옮기자, 아직도 부끄러워하는 레슬리와 그런 레슬리를 보며 웃는 베스라온이 따라 걸음을 옮겼다. 하지만 사이레인은 누군가와 이야기하는 데 정신이 팔려 있었다.

"사이?"

공작이 남편의 애칭을 부르며 뒤를 돌아보자, 사이레인은 그제야 고개를 들었다. 사이레인과 이야기하는 사람의 손에는 작은 영상석이 들려 있었는데, 사이레인이 그에게 건네준 듯 보였다.

"사이레인 님, 그럼 이 상태를 그리면 되는 건가요?"

"그렇지, 힌델. 아, 그 전에 베스라온. 잠깐 너는 이리로 오너라."

"……싫습니다."

무언가 이상한 걸 눈치채고 베스라온이 거절하자 사이레인이 눈을 찡그렸다.

"그러지 말고, 어서."

"도대체 무슨 일인 겁니까."

베스라온이 눈을 찡그리며 묻자 사이레인이 흡족한 미소를 얼굴 가득 띠며 고개를 끄덕였다.

"초상화를 그릴 생각이다. 우리 예쁜 딸과 아내님을 그려서 중앙 복도 계단에 걸어 둘 생각이야."

그래서 영상석인가? 레슬리는 눈을 깜빡였다. 지금 입은 이 드레스 그대로 그리기 위해 영상석으로 기록하고 후에 초상화를 그릴 생각인 듯했다.

"그러니 너는 이리 오거라, 베스라온."

다시 사이레인이 베스라온을 재촉했다. 베스라온이 눈을 찡그리며 사이레인을 바라보자, 레슬리는 베스라온의 팔에 매달렸다.

"저는 오라버니도 같이 있었으면 좋겠어요!"

베스라온이 감동한 듯 레슬리를 바라보았다.
루엔티도 있으면 좋겠는데, 하필 자리를 비웠다.
"그리고 아버지도 같이 있으면 좋겠어요……."
레슬리가 눈을 깜빡이며 사이레인을 바라보자, 사이레인 역시 감동한 듯 고개를 끄덕였다.
"그래, 그럼 다 같이 하자. 루엔티는…… 그림 한구석에 작게 그려 주면 되겠지."
동그란 원 안에 그려서 구석에 박아 주면 충분하겠지. 분명 돌아오면 분통을 터트리겠지만 사이레인은 신경 쓰지 않았다. 그러니까 누가 이렇게 예쁘고 귀여운 레슬리와 너무도 멋진 아내님을 볼 기회를 날리라고 했던가.
'돌아오면 자랑하면서 놀려야지.'
사이레인은 입가에 미소를 머금으며 재빠르게 영상석으로 두 사람을 기록하는 하인을 바라보았다. 베스라온은 은근슬쩍 잘려서 기록되었다. 나중에 아주 잠시 같이 기록해 줄 예정이다. 지금 그린 초상화는 은밀하게 진행되는 '레슬리 거리'에 걸릴 거니까.
드디어 만족한 듯한 제 남편을 보며 셀바토르 공작은 작게 웃었다. 그래, 남편이 좀 주책이긴 하지만 초상화도 나쁘지 않았다.
"분명 우리 딸은 이 파티에서 가장 빛날 테니까."

"이 파티에서 가장 빛나는 사람은 네가 될 거란다."
메데이아는 제 무릎에 매달리듯 얼굴을 기대고 있는 엘리의 머리카락을 쓸어 주며 속삭였다.
"하지만 저는 아라벨라가 되지 못했는걸요."

엘리는 투덜거렸다. 자신이 그 레슬리의 밑이라는 게 아직도 믿기지 않았다. 자신은 그냥 최초의 사제고, 레슬리는 가장 빛나는 자리의 아라벨라라니.

아라벨라 축제는 타국에서도 사람들이 몰릴 정도로 유명한 축제였다. 그런 축제가 가장 크게 열리는 축복의 날 때, 모두가 아름다운 레슬리의 모습만 기억한 채 돌아갈 거라 생각하니 절로 치가 떨렸다. 자신은 분명 잘 보이지도 않는 구석에 박혀 제대로 시선조차 받지 못하겠지.

"엘리, 사랑스러운 아가."

메데이아가 토라진 엘리를 달래듯 부르자, 그제야 엘리는 고개를 들고 메데이아를 바라보았다.

"누누이 말했잖니. 지금은 잠시 고개를 숙일 때라고."

"저는 그러고 싶지 않아요!"

빛나고 싶다. 언제나 아름답게 빛나고 싶었다. 모두가 자신을 바라보며 칭송하고 자신의 발밑에 몸을 던지게 하고 싶었다. 잠시라도, 아주 잠시라도 그 순간을 놓치고 싶지 않았다. 아라벨라를 정할 때, 레슬리의 이름을 꺼내고 난 후 엘리는 제 방에 돌아와 자신의 혀를 자르고 싶을 정도였다.

"왜 저에게 그년을 추천하라고 하신 건가요. 전 너무 속상해요, 태후 폐하……."

엘리의 보석 같은 눈동자에 눈물이 고였다.

"물론 태후 폐하의 말씀이니 시킨 대로 했지만, 그래도……."

메데이아는 그런 엘리를 바라보며 눈을 찡그렸다. 많은 의미가 담긴 시선이 엘리에게 닿았으나 정작 본인은 그걸 알지 못했다. 엘리가 제 시야를 가리는 눈물을 훔쳤을 때는 평소처럼 온화한 미소만이 남아 있던 탓이었다.

“엘리, 걱정 말렴. 그 아이는 끝에선 허물어질 테니.”
“정말 그럴까요.”
엘리는 눈가를 파르르 떨며 메데이아를 바라보았다.
“저는 아직도 그 아이가 제 위에 있다는 걸 견딜 수가 없어요. 그 아이는 오직 날 위해 태어난 것인데……. 후작가에서는 저랑 눈도 마주치지 못했던 것이라고요! 제 주제도 모르고 날뛰면서 순진한 척 사람들을 속이는 게 너무 가증스러워요!”
엘리의 투덜거림은 길게 이어졌고, 점점 메데이아의 온화한 얼굴에도 금이 가기 시작했다. 그리고 그런 메데이아를 구한 건 잠시 메데이아의 온실을 찾아온 아렌도였다.
“아렌도.”
시종에게도 알리지 않고 조용히 들어온 아렌도는 마치 어린아이처럼 메데이아에게 매달린 엘리를 보고 눈을 찡그렸다.
“잠시 지나가는 길에 인사를 드리기 위해 들렀습니다만…….”
아렌도의 시선이 다시 엘리에게 닿았다.
“아무래도 선약이 있던 모양이군요.”
“아니에요.”
엘리는 몸을 일으키더니 눈물을 훔쳐 내고는 아렌도를 보며 옅게 웃어 보였다. 처연해 보이는 그 모습은 엘리의 미모와 겹쳐지며 아련한 분위기를 자아냈다. 눈가를 살짝 떨며, 엘리는 애써 감정을 추스르는 듯 어깨를 떨었다.
어딘지 가식적인 웃음과 행동에 아렌도의 한쪽 입술이 삐뚜름하게 올라갔다.
“저는 이제 막 가려던 참이랍니다. 부디 저를 신경 쓰지 마시고 이야기를 나누세요.”
“그렇군요. 그럼 비켜 주시지요, 영애.”

엘리나 약혼녀라고 부르는 것도 아닌, 마치 자신과 관련이 없는 사람을 부르는 호칭에 엘리는 입술을 깨물었고, 주저 없이 자리를 벗어나려는 찰나, 메데이아가 엘리의 손을 붙잡고는 시선은 그대로 아렌도를 향한 채 말을 이었다.

"황자, 오늘 파티에서 엘리 양의 파트너가 되어 주세요."

그 말에 엘리의 얼굴은 환해졌고, 반대로 아렌도의 얼굴은 심각해졌다.

환하게 웃으며 엘리가 파티 준비를 위해 나가자 아렌도는 미소 짓고 있는 메데이아를 바라보았다.

"태후 폐하, 아니 할머님."

불만이 가득한 목소리를 들으며 메데이아는 손수 차를 우리고는 아렌도의 앞에 놓아 주었다.

"엘리가 그렇게도 싫은가요, 황자?"

"……할머님도 보시지 않았습니까. 자기 연민과 아집에 빠져 앞을 보지 않습니다. 현실을 거부하고 있지요. 거기다 스페라도 후작가는 권력을 잃고 쓰러진 지 오래입니다. 그들은 저를 지지해 주지 못합니다."

아렌도는 고개를 빳빳이 들고 메데이아를 바라보았다.

"여태는 할머님의 충고와 동정표를 위해서 약혼을 유지했습니다만, 더는 싫습니다. 멍청하고 아둔한 것을 데리고 평생 살고 싶지 않아요. 황후가 된다면 어떨지 상상도 하기 싫군요."

아렌도의 매끈한 미간에 잡힌 주름과 경멸적인 시선은 모든 걸 말해 주고 있었다. 메데이아는 잠시 그 표정을 보고 있다가 작게 웃었다. 그리고 에메랄드빛 찻잔을 테이블 위에 내려놓으며 말을 이었다.

"황제가 될 분이 너무 신경을 쓰고 있었군요. 금방입니다, 황자. 이제 금방이에요. 그리고 그 아이는 황후 자리에 오를 수 없습니다. 곧 쓰임을 다 하고 자신에게 어울리는 자리로 돌아갈 거랍니다."

"어울리는 곳이라면……."

아렌도의 물음에 메데이아는 대답하지 않았다. 그저 아렌도와 시선을 마주하며 생긋, 웃어 보였을 뿐이었다.

"그렇군요."

그 미소에 담긴 의미를 읽어 낸 아렌도는 그제야 굳어 있던 얼굴을 풀고 살짝 미소 지었다.

"가장 높은 자리에 오를 때, 걸리적거리는 건 하나도 없을 거랍니다, 황자. 그리고 약속해요. 그때 황자의 옆에는 미래의 황제에게 잘 어울리는 사람이 앉아 있을 거라고."

아렌도는 차를 한 모금 마시며 대답했다.

"가장 잘 어울리는 사람이라…… 궁금하군요. 혹시 제가 생각하고 있는 사람이 맞습니까, 할머님?"

메데이아는 웃으며 고개를 끄덕였다.

"셀바토르 공녀 정도 되면 적당하겠지요."

결혼할 수 없는 황족을 제외하고, 결혼한 이를 제외하면 가장 고귀한 피는 셀바토르 공작가의 입양 딸, 레슬리 슈야 셀바토르였다.

"입양아라지만 그 피는 스페라도 후작의 것. 혈통 하나는 의심할 바가 없는 귀족의 혈통이죠."

르카디우스 제국이 건국될 때부터 황실을 모신 귀족 중 한 명인 스페라도 후작가의 핏줄이라면 일단 핏줄로는 합격이었다. 그리고 가장 좋은 점은 셀바토르 공작가의 힘을 가져올 수 있다는 것이었다. 가장 고귀한 수호자의 힘과 명성.

셀바토르 공작가 쪽에서 반항이 심하겠지만, 그때마다 황실에 있는 그 입양 딸을 보여 주면 잠잠해질 것이다. 셀바토르 공작가는 그 아이를 퍽 아끼고 있었으니까.

피와 명성, 힘 그리고 셀바토르 공작의 목을 옥죄일 완벽한 목줄. 그 아이는 메데이아의 마음에 쏙 들었다.

'그리고 어둠.'

왜 그리도 엘리가 레슬리를 싫어하는지 데비엔의 보고를 통해 알 수 있었다. 엘리는 자신의 입으로 쉼 없이 레슬리가 제 위에 있기 때문이라고 했지만, 그 감정에 하나가 더해진 걸 모르고 있었다. 바로 공포와 절망이었다.

'분명 그 힘에 대해 알고 있겠지.'

깊은 숲에서 끌어낸 거대 늑대를 단박에 죽이는 힘. 그걸 엘리와 후작이 모를 리가 없었고 그 힘을 본 순간 엘리는 자신이 절대 이길 수 없는 상대에게 공포를 느꼈을 것이다.

분명 자신보다 아래에 있던 것이, 자신보다 더욱 강한 힘을 가지고 있다. 그 사실만으로도 절망스럽고 무서울 것이다. 그런데 더 경악스럽게도, 그녀는, 엘리는 절대로 레슬리를 넘어설 수 없다는 것이다.

절망, 공포 그리고 질투와 한 줌 남은 뒤틀린 자존심. 그 뒤섞인 감정들에 지금 아렌도가 말한 무지와 아집이 더해져 지금의 엘리를 만들어 낸 것이었다.

완벽했다. 엘리는 정말로 완벽하게, 메데이아가 원하는 결과물이 되어 주었다. 이제 그녀에게 남은 것은 자신의 역할을 잘해 주는 것뿐. 역할을 잘 마치고 나면 무덤 정도는 화사하게 만들어 줄 것이다.

메데이아는 엘리를 생각하며 살포시 웃었다. 그녀에게 있어서 엘리가 레슬리를 어떻게 생각하든 그건 관심이 없었다. 그저 운반책으로서 역할을 잘해 주기만 바라고 있을 뿐이었다.

'고귀한 피에 스페라도 특유의 힘인 어둠, 셀바토르 공작가의 권력과 명예 그리고 힘. 마지막으로는…….'

에피알테스. 아렌도는 역사상 가장 강력하고 무자비한 황제가 될 것이다.

메데이아는 이제 머지않은 미래를 생각하며 아렌도를 바라보았다.

"황자, 황자는 원하는 것을 모두 얻게 될 겁니다. 제가 그렇게 만들어 드릴 테니까요."

메데이아의 말에 아렌도는 어딘가 엘리를 볼 때와 비슷해 보이는 미소를 지었다. 명백히 메데이아를 낮보고 있는 웃음이었지만, 메데이아는 기분이 나쁘지 않았다.

"그때가 되면 내 소원을 이뤄 주겠다는 부탁을, 잊지 말아요."

"잊지 않겠습니다, 할머님."

찬사와 모든 힘과 명예가 당연히 자신의 것이라는 듯 아렌도는 차를 한 모금 마시며 고개를 끄덕였다.

"그런데 엘리에 관해 이야기하자고 여기까지 온 건 아닐 테고, 무슨 일이 있나요?"

메데이아는 사실 왜 아렌도가 황궁 가장 구석에 있는 자신의 궁까지 왔는지 알고 있었다. 하지만 짐짓 모르는 척 찻잔을 매만지며 물었다.

"저번에 선물해 주신 꽃을 받고 싶어서 말입니다."

아렌도는 아무렇지도 않게 용건을 꺼냈다.

"향이 좋아 늘 곁에 두고 즐기고 있었는데, 어제 갑자기 져 버렸더군요."

"아아. 그 꽃은 원래 하룻밤 사이에 져 버리고는 한답니다."

"네, 시종장도 그렇게 말하더군요. 그래서 새 꽃을 받으러 왔습니다. 듣자 하니 그 꽃은 할머님의 온실에만 피어 있다더군요."

마치 메데이아에게 꽃을 맡겨 놓은 듯한 당당한 태도였다. 하지만 메데이아는 익숙한 듯 그 무례한 태도를 가볍게 흘려 넘겼다.

"그렇군요. 그런데 이를 어쩐담. 저번에 선물해 준 꽃이 마지막이었을 거예요."

그제야 아렌도의 푸른 눈이 놀란 듯 커졌다. 하지만 이내 표정을 정리한 아렌도가 덤덤한 목소리로 대답했다.

"그렇군요. 아쉽습니다. 향이 꽤 좋았는데 말이죠."

그 뒤로도 할 말이 남았는지 찻잔을 내려다보면서 눈을 찡그렸다. 침묵이 조금 길어졌고, 그 침묵을 충분히 즐긴 후에야 메데이아가 입을 열었다.

"아! 구석에도 심어 놓은 것을 깜빡했네요. 아직 몇 송이가 남아 있을 거예요."

"……그러면 그걸 제가 가져갈 수 있을까요, 할머님?"

어딘지 다급함이 묻어나는 목소리였다. 메데이아는 웃으며 고개를 끄덕였다.

"그럼요, 황자. 내가 황자에게 무엇을 못 주겠어요. 손질해서 보내드릴 테니 잠시만 기다려 주세요."

"하지만……."

"오늘 저녁 내로 이피엘을 통해 보내 드리지요."

그제야 작게 안도의 숨을 내쉬며 아렌도가 몸을 일으켰다.

제 볼일이 끝났으니 더 여기에 머무를 필요가 없어졌다.

"그런데 할머님."

입구를 향해 걸어가던 아렌도가 갑자기 걸음을 멈추더니 몸을 빙글 돌려 차를 음미하고 있는 메데이아를 바라보았다.

"혹시 어머님께도 제게 보낸 꽃과 같은 꽃을 보내셨습니까?"

"아니요."

메데이아는 가볍게 고개를 흔들었다.

"조금 다른 꽃이랍니다. 모습은 비슷하지만, 향은 전혀 다르답니다."

메데이아의 말에 아렌도는 잠시 눈을 찡그리더니 이내 고개를 끄덕이고는 파티장에서 뵙겠다는 가벼운 인사와 함께 방을 나가 버렸다.

메데이아는 아렌도가 나간 방을 한참이나 바라보다가 조용히 입을 열었다.

“그리되어야지요. 가장 강력한 황제가.”

메데이아의 눈은 현재를 보고 있지 않았다. 과거와 미래를 바라보듯 어딘가 텅 빈 듯한 눈동자였다.

“그래야 내 소원이 이뤄질 테니까요.”

어딘가 희열에 차 있는 목소리가 조용히 흩어져 사라졌다.

“오늘 참석하실까요?”

한 사람의 물음에 같이 담소를 나누던 사람들이 일제히 고개를 끄덕였다.

“분명 이번 파티는 참석하실 거예요.”

“셀바토르 공녀님이 아라벨라가 되었다잖아요? 자리를 빛내러 와주시겠지요.”

“저는 사실 실제로 뵙는 게 이번이 처음이에요. 보자마자 기절할 정도로 무섭다는 게 사실인가요?”

이제 갓 소년티를 벗은 남자가 조금 긴장한 듯 묻자, 맞은편에서 음료를 마시던 여성이 고개를 끄덕였다.

“시누스턴 신전에서도 한 영애가 셀바토르 공작을 보자마자 기절했대요!”

여성의 말에 주변에 몰려들었던 사람들이 놀라는 소리가 여기저기에서 터져 나왔다. 이 파티에는 후보로 발탁되었던 지방 귀족들과 그들에게 부탁해 같이 참여한 귀족들이 많았기에, 대부분이 셀바토르 공작을 한 번도 보지 못한 귀족들이었다.

“얼마나 무서우면 기절을 했을까요?”

“그래도 저는 당당하게 인사를 하겠어요. 무서워도 사람이잖아요?”

“기절할지도 몰라요. 괜히 괴물 공작가라고 불리겠어요?”

“공작님도 공작님이지만……. 저는 그 남편 되시는 분이 궁금하더군요. 타국의 용병이 하루아침에 공작의 남편이라…….”

모여 있는 사람들은 이젠 목소리를 낮추는 것도 잊어버리고 셀바토르 공작의 이야기에 푹 빠져 버렸고, 그 주제로 이야기를 나누는 사람들은 그들뿐만이 아니었다.

조금 과장을 하자면 이 파티장에 있는 모두가 셀바토르 공작의 이야기를 하고 있었고, 경비를 서는 기사들조차 눈치를 봐 가면서 공작에 관해 이야기를 나눴다. 그만큼 셀바토르 공작은 공식적인 자리에 모습을 잘 보이지 않았다.

“이런.”

갈색 머리를 뒤로 넘긴 한 남자가 시종에게서 와인 한 잔을 받아 들며 웃음을 흘렸다.

“모두가 셀바토르 공작의 이야기를 하고 있군요.”

어딘가 삐뚜름한 웃음을 지으며 남자는 고개를 저었다.

“자네는 공작의 이야기가 궁금하지 않은가?”

복스러운 배가 시선을 사로잡는 한 중년 남자가 웃자, 마치 그 질문을 기다렸다는 듯 남자는 머리를 쓸어 올리며 미소 지었다.

“저는 그런 것에 흥미가 가지 않더군요! 오직 제 흥미는 철학과 그리고 이 나라의 앞길뿐이죠. 괴물이라 불리는 공작은 제 흥미를…….”

“아셀라 벤칸 셀바토르 공작님! 사이레인 델파 셀바토르 님! 베스라온 라엔 셀바토르 님! 그리고 아라벨라이신 레슬리 슈야 셀바토르 님께서 입장하십니다!”

큰 외침에 남자는 다급하게 제 입을 틀어막았다. 하필 입구와 가까이 서 있었기에 더욱 눈치가 보였는지, 남자는 발을 움직여 순식간에 파티장 구석 어딘가로 사라졌다.

셀바토르 공작가가 파티장에 들어서자 웅성거리던 사람들이 일제히 소리를 죽였다.

"정말로 왔네요."

"저 아가씨가 이번 아라벨라인가요? 혼자만 하얗고 작은 게 꽤 귀여우신……."

"괴물……."

귓가에 들려오는 속닥거림을 가볍게 무시하며 공작은 발을 움직였다. 그녀가 걸을 때마다 파티장에 가득 찬 인파가 갈라지며 그녀를 위한 길을 만들어 주었다.

용기 있게 인사를 하겠다는 사람들도, 자신은 그런 공작에게 관심이 없다며 콧대를 높이던 사람들도, 모두 숨을 죽이고 오랜만에 이런 자리에 등장한 셀바토르 공작을 바라보았다.

'그렇구나.'

레슬리는 그 사람들을 보며 눈을 깜빡였다. 그녀는 여태 사람들이 편견과 무지로 공작가를 무서워하고 싫어하는 줄 알았다. 하지만 오늘 이렇게 수많은 귀족이 모인 자리에서 그들의 눈빛을 찬찬히 살펴보니, 자신이 틀렸다는 걸 깨달았다.

그들의 눈에는 공포와 편견이 서려 있었으나, 그 뒤에는 다른 감정도 숨어 있었다. 경외와 도달할 수 없는 경지의 사람에게 보내는 선망.

다시 공작이 한 발 더 내딛자, 사람들이 순식간에 뒤로 한 발짝 더 물러났다. 그녀를 위한 길은 더욱 넓어졌고, 사람들은 침묵 속에 고개를 숙였다.

"셀바토르 공작."

그런 분위기를 깨트린 건 업무를 통해 셀바토르 공작과 안면을 익힌 몇 귀족 덕분이었다.

"오랜만에 이 자리에 와 주었군요."

"오랜만입니다."

"사이레인 님도 오랜만에 뵙습니다."

한 노부부가 달갑게 공작과 사이레인을 맞이했고, 공작이 미소를 머금었다.

그와 동시에 사람들은 숨 쉬기를 간신히 허락받았다는 듯 숨을 내몰아 쉬었다. 분위기가 서서히 바뀌기 시작했다. 잠시 담소가 오가기 시작했고, 레슬리는 뒤에서 그 모습을 바라보고 있었다.

그런 레슬리의 팔을 누군가가 붙잡았다.

"레슬리 양!"

제 머리카락 색과 맞춘 듯 분홍빛 드레스를 입은 셀리스가 눈을 빛내고 있었다. 레슬리 역시 낯선 자리에서 만난 제 친구가 반가워 환하게 웃었다.

"이야기가 길어질 것 같으니 다녀오렴."

베스라온이 살짝 등을 밀어 주자, 레슬리는 고개를 끄덕이고 셀리스와 함께 음식이 가득 차려진 테이블로 갔다. 여기에 있다는 듯 손을 흔들자, 베스라온이 살짝 이를 보이며 웃더니 알겠다는 듯 고개를 끄덕였다.

"조금 이따가 우리 가족들도 소개해 드릴게요."

셀리스는 한참 전에 파티장에 도착한 듯 익숙하게 이게 맛있다며 작은 케이크를 건네주고는 웃었다.

레슬리는 케이크를 바라보았다. 담소에 방해가 되지 않도록 한입에 먹을 수 있게 만들어진 동그란 케이크 위에는 작은 과일이 올라가 있었다.

'셔……!'

한 입 먹자마자 신맛이 온몸을 훑고 지나감과 동시에 몸이 저절로 부르르 떨렸다. 달지 않고 신 케이크라니. 이건 아니었다. 정말 아니었다.

케이크를 슬그머니 밀어 두는 레슬리의 머리에 문득 사악한 생각이 떠올랐다.

"그러고 보니 그 이야기 들으셨어요?"

케이크를 이용한 나름의 계획을 세우고 있는데, 셀리스가 말을 이었다.

"오늘 제2황자께서 이 파티에 참석하신다고 해요."

제2황자, 콘스텐 테윈 르카디우스. 아렌도의 약혼녀인 엘리 덕분에 황실의 일에는 늘 귀를 기울이던 스페라도 후작과 살면서도 몇 번 듣지 못한 이름이었다.

"타국으로 수학하러 갔다고 들었는데, 돌아오셨나요?"

위에 올라간 과일이 셨는지 셀리스도 인상을 찡그리고 있다가 고개를 끄덕였다.

"며칠 전에 돌아오셨다고 해요. 이게 첫 공식 행사고요. 소문을 듣기로는 아렌도 황자님과 전혀 다른 성격에, 사제가 되고 싶다고 하신다던데, 정말일까요?"

"저도 그렇게 들었어요."

그나마 사람들에게 퍼져 있는 소문으로는, 콘스텐 황자는 성격이 유약한 편이라 황위를 견디지 못해 사제 쪽을 선택했다는 것이었다.

'황제 폐하와 비슷하려나.'

새로운 케이크를 집어 든 레슬리는 포크로 케이크를 찍으며 눈을 깜빡였다.

"황제 폐하와 전혀 다른 성격이지 않나요?"

셀리스 역시 레슬리와 같은 케이크를 집어 들더니 볼이 빵빵해질 정도로 케이크를 입안에 넣었다.

"들……기로는 황제 폐하는, 무심하시고 날카로……운 성격이라고 해요."

케이크를 우물거리느라고 중간중간에 말이 끊기긴 했지만, 셀리스는 무사히 제가 하고 싶은 말을 전부 했다.

레슬리는 그 말에 포크를 들고 고개를 갸웃거렸다. 대부분의 귀족과 평민들에게 알려진 황제의 모습은 지금 셀리스가 말한 모습과 일치했다. 냉정하고 무심하며 날카로운 현 황제, 피스토레 자일스 르카디우스.

하지만 그의 본 성격은 어딘가 유약하고, 종종 눈물도 쏟으며 서류를 피해 도망 다니고 하루에 잠을 10시간 정도 자기를 기원하는 평범한 사람이었다.

그리고 그런 모습을 보이는 건 몇몇 친구들 앞에서뿐이었다. 레슬리 역시 공작을 따라 몇 번 황제를 만났고, 피스토레는 그런 레슬리를 셀바토르 공녀가 아닌, 친구의 막내딸로 대해 줬기에 그 모습을 보았던 것이었다.

레슬리는 슬쩍 셀리스를 바라보았다. 오늘 처음으로 황제를 직접 뵙는다며, 셀리스는 어딘가 들뜬 얼굴로 새 케이크를 집어 들고 있었다.

'어머니께 멱살 잡힌다고는 말하지 말아야지.'

레슬리는 애꿎은 케이크를 포크로 콕콕 찌르다가 대화 주제를 바꾸기로 했다.

"그러고 보니 그 초상화는 어디에다가 거셨어요?"

셀리스는 셀바토르 공작저에서 하룻밤을 묵는 영광과 동시에 엄청난 선물을 받았다. 사이레인에게서 공작의 초상화 한 점을 받은 것이다.

자신의 아내의 열렬한 추종자라는 걸 알자마자, 사이레인은 셀리스를 아주 귀하게 여기기 시작했다.

제 귀여운 딸의 첫 동성 친구에, 제 아내의 열렬한 지지자였다. 거기다 틸레이얼 자작 부인의 친척으로 믿을 만한 사람이니, 사이레인은 자신이 아끼던 초상화를 직접 건넨 것이다.

'제가 이런 걸 받아도 될까요?'

사이레인을 무서워하던 셀리스는 그때만큼은 두려움도 잊은 채, 사이레인과 시선을 맞췄다. 사이레인은 고개를 끄덕이고는 방긋 웃었다. 셀리스를 바라보는 그의 시선에는 어딘가 동료 의식이 깃들어 있었다.

'우리 아내님과 레슬리를 잘 부탁하네, 에펜타니 양.'

공작도 모르게 한 점을 선물해 준 거라 나중에 이마를 찰싹 맞긴 했지만, 그 이후로 셀리스는 사이레인을 두려워하지 않았다.

"아, 그 초상화요."

셀리스는 부끄럽다는 듯 잠시 주변을 살피더니 레슬리에게 가까이 와 귓가에 작게 속삭였다.

"일단 여관에 걸어 두었어요. 저택으로 돌아가면 가장 좋은 자리에 걸어 두기로 부모님과 약속했어요."

"가장 좋은 자리에요?"

"네, 사실 저희 부모님도 공작님의 열렬한 추종자거든요. 그래서 같이 보면서 매일 벅찬 감동을 하고 있어요."

어머니의 초상화라면 그럴 만하지. 레슬리는 포크를 입에 문 채 진지하게 고개를 끄덕였다. 그러다 무언가 생각난 듯 눈을 동그랗게 뜨고 셀리스를 바라보았다.

"그런데 셀리스 양, 그건…… 괜찮으세요? 그…… 기절……."

셀리스는 공작을 제대로 바라보지도 못하지 않았던가. 셀바토르 공작 앞에서 두 번이나 기절해 버린 바람에 정작 공작과 제대로 된 대화를 나누지 못했다. 레슬리의 물음에 셀리스는 어딘가 의기양양한 표정으로 맑게 웃었다.

"사실은요! 이제 다섯 번 중에 두 번 정도밖에 기절하지 않아요!"

그 뒤로 초상화를 보고 더 기절한 거야? 레슬리의 눈이 동그래지는 걸 보지 못한 셀리스는 더 당당하게 외쳤다.

"조금 이따가는 제대로 된 대화를 나눌 수 있을 거예요. 두고 보세요! 오늘은 반드시 공작님과 10분 이상 대화를 나누겠어요!"

어쩐지 또 기절할 것 같다는 생각을 지우지 못한 채 레슬리는 방긋 웃었다.

"네, 셀리스 양은 반드시 성공할 거예요."

두 사람은 그 뒤로도 이야기를 나누었다. 주된 대화는 셀바토르 공작과 오늘 모습을 드러내는 제2황자에 관한 것이었다.

이야기는 에펜타니 백작 부부를 셀바토르 공작에게 소개해 주기 위해서 끝을 맺었다.

"저희 딸에게서 많은 이야기를 들었습니다. 아텐 벤트 에펜타니 백작입니다. 그리고 제 아내인 르엘 제니엔 에펜타니입니다."

셀리스를 똑 닮은 에펜타니 백작은 많이 긴장한 듯 연신 흐르는 땀을 훔치며 간신히 인사를 마쳤다.

"아셀라 벤칸 셀바토르입니다. 뒤는 내 남편 사이레인 델파 셀바토르지요."

"잘 알고 있습니다. 두 분의 혼란의 시대 때 활약상을 전부 듣고 있었으니까요. 두 전쟁 영웅을 뵙게 되다니 이렇게 기쁜 일이……."

이야기는 화기애애하게 그리고 오랫동안 진행되었다. 슬쩍 듣기로는 약초 이야기가 오고 가는 것이, 사업 이야기까지 대화가 퍼져 나간 듯 보였다. 제 전공의 이야기가 나오자 백작과 백작 부인의 얼굴에는 활기가 돌고 있었다.

셀리스는 흥분해 목소리가 높아진 에펜타니 백작을 보며 볼을 붉혔다.

"아버지도 참. 그런데 셀바토르 공작가에서 약초에 흥미를 보이시는지는 몰랐어요. 공작저에서 하는 사업 중에서는 약초에 관련된 게 없을 텐데……."

셀리스의 말에 레슬리는 고개를 끄덕였다.

"아마도 셀리스 양이 말해 준 덕분에 관심을 갖게 된 거 아닐까요."

레슬리가 작게 웃으며 말하자 셀리스의 볼이 다시 붉어졌다. 그나마 공작저에서 공작과 간신히 나눈 몇 마디는 공작에 관한 이야기와 약초 이야기가 전부였기 때문이었다.

"아."

부끄러움으로 물들어 있던 셀리스가 갑자기 정색했다. 에펜타니 백작 부부 뒤에 서 있던 소년과 눈이 마주친 탓이었다. 시선이 마주치자마자 두 사람이 동시에 헛구역질을 하며 얼굴을 구겼다.

"저 사람이 제 오라버니예요."

못마땅한 듯 소년을 바라보며 셀리스는 말을 이었다.

"하필 오라버니가 내 파트너라니……."

휴우우. 셀리스의 한숨이 길어졌다. 그걸 발견한 소년은 셀리스를 보며 자신도 못마땅하다는 듯 얼굴을 구겼고, 셀리스 역시 더욱 무시무시한 얼굴로 소년을 바라보았다. 그러다가 자신의 오라버니라도 되는 양, 애꿎은 케이크를 포크로 내리찍었다.

"그런데 레슬리 양의 파트너는 누구이신가요?"

한참을 케이크를 전투적으로 씹어 삼키던 셀리스가 고개를 들고 레슬리를 바라보았다.

"아, 콘라드 경이에요."

그러고 보니 아이테라 대공가가 아직 도착하지 않았다.

콘라드가 보내온 마지막 편지에는 입장은 아버지와 하게 되었다는 말이 적혀 있었다. 그래도 어머니 몸이 많이 나아졌다며 다음에는 소개할 수 있을 것 같다는 희망적인 이야기도.

'많이 편찮으시다고 했었지.'

하지만 그 이야기 외에 더 다른 이야기를 들어 본 적이 없었다. 스웰라 대공비 이야기만 나오면 콘라드는 어딘가 슬픈 표정을 지었으니까.

생각에 빠져 있던 레슬리는 누군가와 부딪혔다.

"죄송합니다. 다치지는 않으셨습니까?"

짙은 갈색 머리에 푸른 눈동자의 사람은 당황한 듯 레슬리의 안색을 살폈다.

"괜찮아요."

"제가 음료를 들고 있어서……."

레슬리는 당황해하는 사람을 진정시켰다. 하지만 그 사람은 자신이 마시던 음료 잔을 옆 테이블에 놓아둔 채 드레스 자락을 살피기 시작했다. 그사이 레슬리는 남자의 얼굴을 바라보았다.

'낯이 익어.'

분명 오늘 처음 보는 사람인데, 어디서 마주친 듯 익숙한 얼굴이었다. 콘라드와 비슷한 나이대로 이제 갓 성인이 된 듯 보였다.

'마법사의 저택인가? 아니면 린체 기사단을 가다가 만난 사람?'

아니면 신전, 대기도회 때 마주친 사람일까. 그나마 자신이 사람을 만날 만한 장소를 떠올리며 끙끙거리는데, 옷자락을 다 살핀 남자가 웃으며 고개를 들었다.

"다행입니다. 음료가 묻으신 것 같진 않아요. 예쁜 드레스인데, 정말 다행입니다."

작게 안도의 한숨을 내쉰 남자는 레슬리와 시선을 마주쳤고 남자의 푸른 눈이 동그래지기 시작했다. 옷자락에 음료가 쏟아지지 않았을까, 온통 거기에만 신경을 쓰다가 이제야 제대로 레슬리의 얼굴을 본 듯했다.

"아, 아아!"

그리고 남자는 대번에 레슬리를 알아보았다.

"셀바토르 공녀님이시군요!"

남자의 말에 이번에는 레슬리의 눈이 놀라움으로 물들었다.

처음 보는 사람이 레슬리를 알아보는 건 익숙한 일이었다. 그만큼 레슬리는 르카디우스 제국에서 유명 인사였으니까.

스페라도 후작가에서 학대받다가 셀바토르 공작가의 사랑받는 공녀가 된 레슬리의 이야기는 마치 동화처럼 만들어져 평민들 사이에서도 유명했다. 거기에 이번엔 아라벨라까지 되어 그간 잠시 가라앉았던 유명세가 또다시 서서히 따르고 있었다. 특히 귀한 은발은 사람들이 레슬리를 알아보는 데 많이 기여했다.

그래서 보통은 처음 보는 사람이 아무리 자신의 이름을 외쳐도 놀라지 않았으나, 이번에 레슬리의 눈이 동그래진 이유는 남자의 목소리에서 친근함이 느껴졌기 때문이었다.

"저를 아시나요?"

레슬리의 물음에 남자의 눈이 다시 커지더니 실수했다는 듯 시선을 이리저리 돌렸다.

"아, 그게 말이죠……."

남자가 주저하자, 옆에서 보다 못한 셀리스가 앞으로 나서며 레슬리와 남자의 사이에 끼어들었다. 그리고 무섭게 남자를 노려보기 시작했다. 그 시선에 남자는 주춤거리더니, 눈을 또르르 굴렸다.

"그럼 이만 다음에 뵙겠습니다. 만나게 되어 진심으로 반가웠습니다, 두 분."

그러고는 어설픈 인사를 남긴 채 말릴 틈도 없이 순식간에 인파 속으로 사라졌다. 셀리스가 남자가 사라진 곳을 바라보며 눈을 굴렸다.

"누구였을까요? 누구든 이상한 사람이야……. 아는 분은 아니었죠?"

레슬리는 셀리스의 물음에 고개를 끄덕였다.

"모르는 사람이에요."

"어느 가문의 사람이었을까요."

잠시 두 사람은 서로의 얼굴을 바라보다가 약속이라도 한 듯 먹고 싶었던 케이크 몇 조각을 들었다. 그리고 아직도 약초 이야기를 나누고 있는 공작과 백작 부부 옆으로 찰싹 붙었다.

"이야기는 다 끝난 거야?"

셀바토르 공작의 뒤에서 이야기를 나누고 있던 베스라온이 묻자 레슬리는 고개를 끄덕였다.

"이상한 사람을 봤어요."

레슬리의 말에 베스라온과 하르트의 얼굴이 굳어졌다.

"이상한 사람?"

"네, 짙은 갈색 머리에 푸른 눈인데…… 갈색 머리와 푸른 눈은 흔한 편이잖아요. 그래서 꼭 어디서 본 것 같았는데……."

레슬리의 이야기가 끝나기도 전에 시종의 외침이 파티장을 뒤덮었다.

"메데이아 시엔 르카디우스 태후 폐하, 아렌도 페레 르카디우스 황자님, 그리고 약혼녀이신 엘리 데아른 스페라도 양께서 입장하십니다!"

레슬리는 들어오는 사람들을 보며 눈을 찡그렸다. 마주칠 걸 알고 있었는데도 직접 얼굴을 보니 기분이 좋지 않았다.

하지만 레슬리의 기분과는 다르게 오늘 엘리는 예전에 스페라도 후작가에서 봤던 엘리와 비슷해 보였다. 그녀는 아름답고 자신감 넘치고, 모든 게 다 자신의 아래라 믿던 오만한 소녀의 얼굴을 한 채 고개를 들고 당당하게 서 있었다.

오늘 엘리가 저렇게 자존심을 되찾은 건 옆에 서 있는 메데이아와 아렌도, 두 사람 때문이겠지.

아렌도를 파트너로 끼고, 엘리는 제 주변을 감싸는 소곤거림 따윈 들리지 않는다는 듯 턱을 들고 레슬리를 바라보았다. 기대에 찬 눈빛이었다.

메데이아와 아렌도는 황족, 유일하게 셀바토르 공작보다 높은 황족이다. 아무리 사람들에게는 메데이아가 황제의 힘에 밀려 황실 구석에서 근근이 살아가는 가련한 태후 정도로 비칠지라도, 그녀는 황족이었다.

엘리는 셀바토르 공작과 레슬리가 메데이아에게 고개를 숙이는 그 순간을 기대하고 있는 것이었다. 그걸 위해서인지, 지금 이 순간만큼은 자신의 파트너인 아렌도보다 메데이아에게 붙어 있었다.

"셀바토르 공작."

하지만 엘리의 기대는 산산이 조각났다. 메데이아가 먼저 셀바토르 공작에게 인사를 걸었으니까.

"오랜만에 보는군요. 아니지, 신전에서 스치듯 얼굴은 봤으니 그리 오랜만은 아니군요."

그녀의 표정과 행동 그리고 목소리에는 숨길 수 없는 친근감이 넘쳐흘렀다.

그 행동에 엘리의 표정은 순식간에 일그러졌고, 아렌도는 눈을 찡그렸으며, 레슬리는 놀라 자신의 어머니를 바라보았다. 하필이면 가면

이 있는 쪽으로 서 있어 셀바토르 공작의 얼굴이 잘 보이지 않았다. 그저 옷에 맞춰 바꿔 쓴, 차디찬 짙은 회색의 가면만 보였을 뿐이었다.

"그렇지요."

화답하는 그녀의 목소리는 가면보다 차가웠다. 한쪽 입꼬리가 올라간 공작은 태후를 보며 말을 이었다.

"시누스턴 신전에서 잠시 뵈었었죠. 그때는 제대로 인사를 드리지 못해 신경이 쓰였습니다."

"사랑스러운 공녀께서 큰일을 겪었으니 충분히 이해합니다, 공작."

메데이아는 생긋 웃더니, 이번엔 시선을 가장 뒤편에 있던 하르트에게 옮겼다. 그녀의 시선이 셀바토르 공작가의 제복을 훑다가 하트르의 얼굴에서 멈췄다.

"혹시 뒤에 계신 분은 이트바나 출신인가요?"

"예, 셀바토르 기사단 단장입니다."

공작의 시선이 닿자 하르트가 절도 있게 허리를 숙이며 인사했다.

"셀바토르 공작가의 기사단장, 하르트 로엔 베레비엔입니다."

"확실히 억양을 들으니 알겠군요. 이트바나 사람이 확실해요. 어느 지방의 사람이었지요? 귀족 출신은 아니었을 거예요. 그렇지 않나요? 처음 들어 보는 성이거든요."

이트바나는 작은 나라로, 귀족 수가 르카디우스의 귀족 수보다 훨씬 적었다. 거기다 미래의 왕비로서 키워진 메데이아는 이트바나 왕국의 모든 귀족을 알고 있었다. 그중에 베레비엔이라는 성은 없었다.

"예, 그렌타 사냥꾼 출신입니다. 그전까지 성은 없었고 셀바토르 공작가로 들어오며 새 성을 받았습니다."

"역시!"

자신이 맞았다는 듯 메데이아는 화사하게 웃었다. 그 얼굴은 마치 어린아이가 악의 없이 개미를 짓누르는 모습과 똑같아 보였다.

타국 출신에, 귀족의 피도 그나마 인정받는 상인 계급도 아닌 최하위 계급의 사냥꾼 출신. 콧대 높은 귀족들 눈에 하르트가 어떻게 보일지는 자명한 일이었다. 실제로 하르트 주변에 있던 귀족들의 눈초리가 가늘어졌다. 심지어 몇몇은 뒤로 한 발짝 물러서기까지 했다.

아마도 공작이 데려온 사람이 아니었다면 하르트는 이 자리에 서 있기도 힘들었을 것이 분명했다. 하지만 그런 모욕 속에서도 하르트는 익숙한 듯 덤덤하게 서 있었다.

"사냥꾼 출신이라……. 검과 갑옷을 훔쳐다 파는 건 아닐지 모르겠네. 가축은 잘 잡으려나?"

엘리가 작게 키득거리며 혼잣말을 흘렸다. 자기 나름대로는 혼잣말이었다지만, 그건 주변에 있는 다른 사람에게도 들릴 정도였다.

불행인지 다행인지 계속해서 공작에게 말을 거는 메데이아와 비웃듯 이야기를 가볍게 쳐 내는 셀바토르 공작에게는 들리지 않은 모양이었지만, 어쩌다 엘리 근처에 서 있던 레슬리와 하르트에게는 똑똑히 들렸다. 실제로 하르트의 얼굴이 조금 어두워졌다.

레슬리가 엘리를 노려보며 입을 열었다.

"스페라도 영애는 말을 조심하는 법을 배우는 게 좋겠군요."

그 말에 엘리는 놀란 듯 레슬리를 바라보다 이내 눈을 찡그리며 어딘가 뒤틀린 미소를 지었다.

"못 할 말을 한 것도 아니지 않습니까? 실제로 사냥꾼들이 그렇지요. 밭과 마을을 망쳐 두는 동물을 잡기 위해 사냥꾼을 고용하면, 그들이 묵던 헛간에는 먼지 하나 남지 않았다는 걸 공녀님도 알고 계실 텐데요?"

엘리는 화려한 명화가 그려진 부채를 팔랑거리며 작게 조소했다.

실제로 스페라도 후작 영지에서 몇 번 일어났던 일이었다. 사람을 해치거나 밭을 엉망으로 만드는 동물들을 잡기 위해 귀족들은 주기적으로 사냥꾼을 고용했다. 몬스터 정도가 아니면 기사단을 움직일 필요가 없었으니까.

그렇게 고용한 사냥꾼들 숙소는 항상 텅 비어 있었다며, 후작은 매번 낮게 혀를 찼다. 그리고 늘 '피가 천한 것들은 어쩔 수가 없다.'라며 그들을 비웃었다.

"그건 스페라도 후작이 사냥꾼들에게 제값을 치르지 않아서 그런 일이 벌어진 것이지요."

하지만 그 뒷면에는 다른 이유가 있었다. 후작은 사냥꾼을 말도 안 되는 값에 고용한 데다가 사냥한 동물의 고기와 가죽 값의 정확히 절반을 가져갔다. 자신의 영지에서 태어나고 자란 값이라고 말하면서 억지로 뜯어낸 것이었다.

거기다 대금마저 제대로 지급하지 않고 차일피일 미루는 탓에 사냥꾼들은 숙소 물건에 손을 댔던 것이었다.

"무엇보다 지금 내뱉은 말을 책임질 수 있나요, 스페라도 영애? 영애는 셀바토르 공작가의 기사단장을 모욕한 겁니다."

레슬리가 섬뜩할 정도로 차가워진 눈으로 엘리를 바라보자, 그제야 엘리가 조금 몸을 낮췄다.

제 생각이 틀렸다는 이유보다는 지금 소란을 피우면 메데이아나 아렌도에게 밉보일까 걱정되는 마음에서 나온 생각이었다.

"……그 출신에 대한 당연한 이야길 한 겁니다."

"출신이 그 사람에 대한 모든 걸 말해 주지 않지요. 예를 들면 고귀한 피를 타고났으면서 가장 천한 짓을 하는 사람이 파티장에도 있지 않습니까."

"……."

용케도 제 말인 걸 알아들은 엘리가 이를 갈며 레슬리를 노려보았다.

"하르트 경에게 사과하세요, 그렇지 않으면……."

"그렇지 않으면?"

내가 너를 어떻게 할지 기대해. 레슬리는 목소리를 내지 않고 입술을 움직였고 그걸 읽은 엘리가 눈을 찡그렸다.

'네가 나를 이렇게 많은 사람 앞에서 해칠 수 있다는 말처럼 들리네.'

잠시 고민하는 듯싶더니, 제 옆에 있는 아렌도와 메데이아 그리고 파티장을 가득 메운 사람들을 믿고 막 나가기로 한 모양이었다.

'못 할 것 같아?'

레슬리 역시 눈을 휘며 웃었다. 그리고 다시 목소리를 내지 않고 입만을 움직였다.

'정말 그렇게 생각해? 이제 들은 게 있을 텐데, 엘리.'

그 말에 엘리의 표정이 굳었다. 무언가를 떠올려 보려는 듯 눈동자가 불안하게 움직였다.

'듣지 못한 건가?'

자신이 어둠으로 거대 늑대를 죽였다는 걸, 이미 엘리가 알고 있을 거라 생각했다. 하지만 지금 엘리의 표정을 보니 엘리는 그 사실을 모르는 모양이었다. 불안하고, 모르는 일에 직면했을 때 왼쪽 눈가가 파르르 떨리는 버릇이 그걸 여실히 말해 주었다.

'아하. 아직 듣지 못했구나.'

레슬리는 엘리를 흔들어 보기로 했다. 데비엔이 계속해서 자신과 어머니의 사이를 갈라 두려고 했듯이, 자신도 엘리와 메데이아의 사이를 틀어 둘 수 있을 것이다.

'메데이아 태후께서는 딱히 너에게 아무 말도 해 주지 않았구나. 불쌍하게도.'

레슬리는 입꼬리를 끌어 올리며 명백한 조소를 머금었다. 예전에 엘리가 스페라도 후작가에 갇혀 있는 레슬리를 보며 웃었듯, 불쌍하고 가련한 멍청한 제 혈육을 보는 얼굴을 그대로 따라 해 주었다.
"너!"
결국 엘리가 참다못해 목소리를 꺼냈다. 시선이 순식간에 엘리에게 쏠렸다. 엘리는 자신이 실수했다는 걸 깨닫고 입을 도로 다물었다.
"드디어 하르트 경에게 사과하시려는 건가요?"
레슬리의 목소리가 높아질수록 시선은 더 몰렸고, 엘리의 얼굴은 수치심에 붉어지고 있었다.
"아가씨."
그리고 그런 레슬리를 말린 건 하르트였다.
"저는 정말로 괜찮습니다."
하르트가 씩 웃으며 고개를 끄덕였다.
정말로 엘리의 사과 따윈 필요 없다는 얼굴로 자신을 보는 하르트를 바라보다가 레슬리는 작게 숨을 흘렸다.
"우리 기사단장의 너그러움에 고마워하세요, 스페라도 영애. 그리고 진심 어린 충고를 하나 하자면, 그 무지를 부끄러워하는 법을 배우는 게 좋을 거예요. 무척이나 힘들겠지만 말이에요."
그리고 일부러 엘리에게 작게 속삭였다.
"조심해. 언제 쓰임을 다한 인형처럼 버려질지 모르잖아?"
"……뭐?"
엘리의 눈동자가 커지든 말든 레슬리는 환하게 웃었다. 예전에 엘리가 이런 식으로 자신을 흔들려고 했던 것처럼.
"뭐, 금방이겠지만. 조금이나마 남은 황궁 생활을 즐기기 바라."
언니.
레슬리는 눈을 휘며 언니라고 덧붙였다. 엘리의 얼굴이 순식간에 일그러졌다. 그녀는 손을 뻗어 레슬리의 팔을 잡으려고 했지만 오히려 지나가는 시종에게 부딪치고 말았고, 시종이 들고 있던 음식들이 바닥에 쏟아지며 큰 소란이 일어났다. 그제야 공작과 메데이아의 시선이 엘리에게 닿았다.

레슬리는 베스라온을 한 번 보고 정원을 한 번 바라보았다. 여기 있어 봤자 엘리와 메데이아가 계속 시비를 걸 테니 잠시 자리를 비우겠다는 뜻이었다. 베스라온이 고개를 끄덕이자 레슬리는 정원 쪽으로 걸음을 옮겼고, 하르트는 자연스럽게 그 뒤를 따라갔다.

모든 사람이 파티장에 있는 듯 정원은 인적이 드물었다.

'소란이 가라앉으면 들어가야지.'

저 자리에 계속 남아 있으면 엘리가 계속해서 하르트와 자신을 걸고 넘어질 것이다. 자신은 이미 그 성질머리에 익숙해졌다지만 하르트는 아니었다.

아까 슬쩍 보니 드레스에 음식이 튀었던데 엘리 성격상 옷을 갈아입으러 자리를 비울 게 분명했다. 그러니 잠시만 기다리면 소란은 가라앉을 것이다.

"감사합니다. 아가씨."

어딘가 후련해 보이는 얼굴의 하르트였다. 레슬리는 입꼬리를 올리며 웃었다.

"늘 하르트 경이 저를 지켜 주고 지도해 줬으니 오늘만큼은 제가 지켜 줄게요, 경!"

레슬리는 자신만 믿으라는 듯 우쭐거렸다. 비록 발을 밟아 주진 못했지만 저 정도면 자신에게도, 그리고 하르트에게도 나름 통쾌한 일이었다.

"아하하."

하르트는 작게 웃음을 터트렸다. 분명 여기가 파티장이 아니었더라면 연무장에서 웃듯, 큰 목소리로 쩌렁쩌렁하게 웃었을 게 뻔했다.

"감사합니다, 아가씨. 그럼 오늘 실례를 좀 하도록 하지요."

눈물까지 고였는지 손가락으로 제 눈가를 훔치며 하르트가 말하자, 레슬리는 고개를 끄덕였다. 그러고는 작게 속삭였다.

"이것 봐요, 하르트 경. 사실 하르트 경을 놀리는 사람이 있으면 발을 밟아 버리려고 신발도 높은 거로 신고 왔어요."

그러면서 레슬리는 슬쩍 제 신발을 보여 주었다.

"그래서 오늘따라 키가 커 보이셨군요."

짓궂은 하르트의 놀림에 레슬리가 슬쩍 실수로 밟는 척하자 하르트가 잽싸게 발을 뒤로 뺐다. 과연 셀바토르 공작가의 기사단장다운 재빠른 행동이었다.

"셀바토르 영애."

잠시 하르트와 투덕거리며 장난치는데 메데이아와 엘리 사이에서 빠져나온 아렌도가 레슬리를 불렀다. 레슬리가 아렌도를 바라보자, 아렌도는 새파랗게 푸른 눈을 빛내며 레슬리에게 손을 내밀었다.

"파트너가 안 계신 것 같은데, 제가 그 자리를 대신해도 될까요?"

아렌도의 말을 들은 하르트가 레슬리에게 작게 속닥거렸다.

"저 말고 저분 발을 밟으셔야겠습니다, 아가씨."

조금 전까지 웃으며 하르트와 장난을 치던 레슬리는 순식간에 가라앉은 눈으로 아렌도를 바라보았다.

"황자님의 파트너로는 스페라도 영애가 계신 걸로 알고 있습니다."

"그녀는 몸이 좋지 않은 모양이더군요. 대기실에서 쉰다고 합니다."

아렌도는 옅은 웃음을 머금으며 손을 내밀었다.

"부디 가련한 저를 구원해 주지 않으시겠습니까, 아라벨라님."

붉은색과 황금색이 어우러진 제복을 단정하게 입은 아렌도의 모습은 정말 말 그대로 동화 속 왕자님의 모습이었다.

'엘리와 잘 어울렸었더랬지.'

겉모습만큼은 흠잡을 데 없는 엘리와 아렌도의 조합은 황자를 노리던 다른 귀족들마저 인정할 정도로 완벽했다. 그래서 예전엔 아주 잠시나마 그걸 동경한 적도 있었다. 그때의 자신이었다면 이 손을 잡았을까?

"죄송합니다, 황자님. 저는 제 파트너를 기다리는 중입니다."

아니, 그러지 않았을 것이다. 그때는 저 자신의 위치를 너무 잘 알아서 저 손을 잡지 않았을 것이고, 지금 역시 반대의 의미로 레슬리는 자신의 위치를 잘 알고 있었다.

"춤은 다른 분과 춰 주시길."

평생 잡을 일 없는 손에 시선조차 주지 않으며 레슬리는 보란 듯 화사하게 웃었다. 쭉 뻗은 아렌도의 눈가가 움찔거렸다. 하지만 그는 쉽게 제 감정을 드러내지 않았다.

"파트너가 따로 계셨군요. 실례가 되지 않는다면 누군지 여쭤봐도 되겠습니까?"

레슬리가 대답할 틈도 없이 아렌도는 제멋대로 추리를 시작했다.

"셀바토르 마법사님은 자리에 계시지 않으니 아니신 것 같고……. 셀바토르 경인가요?"

"제 파트너가 제 오라버니들이든 아니든 그건 황자님께서 신경 쓰실 일이 아닙니다."

레슬리는 날카롭게 외쳤다. 왜 황자가 자신의 파트너를 신경 쓴다는 말인가. 그가 신경 써야 할 사람은 자신이 아니라 지금쯤 메데이아를 향한 의심의 싹을 서서히 틔우고 있을 엘리였다.

하지만 아렌도는 레슬리의 냉담한 태도에도 여전히 웃음을 머금은 채 대답했다.

"신경을 써야지요. 황가의 충신 중의 충신, 셀바토르 공작가의 공녀님이 아닙니까. 대대로 황가에 충성을 바쳐 오는 가문인데, 주인인 제가 신경을 안 쓰면 누가 공녀님을 신경 쓴단 말입니까."

주인이라니. 거기다 묘하게 아니, 아렌도는 대놓고 셀바토르 공작가를 낮잡아 보고 있었다. 레슬리의 얼굴이 일그러졌다.

"실수를 저지르고 계시는군요, 황자님."

레슬리의 입에서 나온 목소리는 자신도 놀랄 정도로 차가웠다.

"아직 황자님께서는 후계자로 인정되지 않았습니다."

황제가 아직 자신의 후계를 정하지 않았다. 가장 가능성이 큰 이가 아렌도라고는 하나, 황태자가 된 것은 아니었다. 그런 상태에서 자신을 귀족의 주인이라고 칭한 것은 굉장히 위험한 발언이었다.

"그리고 우리 셀바토르 공작가의 주인은 셀바토르일 뿐, 그 누구도 우리의 주인이 되지 못합니다."

선대 황제들과 셀바토르 공작가가 가장 많이 반목했던 이유가 이것이었다.

셀바토르는 오랜 시간 동안 길들여지지 않았다. 그걸 인정하지 못하고 공작가를 억지로 굴복시키려는 황제들과는 첨예하게 대립했으며, 그들을 건드리지 않는 황제들과는 나쁘지 않은 관계를 유지했다. 그리고 공작가를 인정하는 소수의 황제와는 나름 괜찮은 관계를 유지했다.

그 소수의 황제가 바로 현 황제인 피스토레 황제였다.

레슬리는 무조건 황제라고 고개를 숙이는 다른 가문들과 셀바토르 공작가는 다르다는 사실을 이제 잘 알고 있었다.

레슬리의 날카로운 말에 아렌도의 푸른 눈이 잠시 흔들리더니 이내 웃음을 되찾았다. 하지만 아까와는 다르게 어딘가 뒤틀린 웃음이었다.

"말을 잘하시는군요."

가짜이시면서. 분명 말하지는 않았지만, 뒷말이 귓가에 들렸다.

"그게 무슨……!"

그 말에 격분한 건 레슬리보다는 뒤에서 듣고 있던 하르트였다. 아까까지만 해도 잘 참고 있던 그답지 않게 흥분해 앞으로 나서려고 했다. 하지만 레슬리가 팔을 뻗어 그를 막았다.

"저는 레슬리 슈야 셀바토르입니다. 셀바토르 공작이신 어머니께서는 저에게 이 이름을 주셨고, 그건 다른 사람이 결정할 일이 아니지요. 아무리 고귀한 피라고 해도 말이죠."

황족이든 아니든, 자신은 셀바토르 공작가의 일원이며 그 사실에 흔들리지 않겠다는 레슬리의 말에 아렌도는 다시 입꼬리를 올리며 웃었다.

불과 4년 전이었다. 4년 전만 해도 바닥을 기던 아이가 이젠 자신과 시선을 맞추며 어딘가 거슬리는 얼굴을 하고 있었다.

그래, 제 동생이 이런 표정을 자주 지었지. 자신은 끝까지 꺾이지 않겠다는 표정. 제 아버지와 닮은 표정이었다. 그래서 더욱 짓밟아 보고, 가져 보고, 주지 않겠다면 빼앗아 보고 싶은 얼굴이었다.

왜 아버지는, 왜.

"생각보다 많이 변하셨군요. 저는 사람은 잘 변하지 않는다고 믿고 있었습니다만……."

거기까지 말한 아렌도는 손을 뻗었다. 레슬리의 의사 따윈 무시하는 행동이었다.

"그 생각을 바꿔도 좋을 것 같습니다, 셀바토르 공녀님."

레슬리가 그 손을 쳐 내기도 전에 누군가가 아렌도의 팔을 잡았고 그를 제지했다.

"감사합니다, 황자님."

아렌도가 고개를 돌리자, 흐트러짐 없는 옷차림을 한 콘라드가 그를 바라보았다.

검은색에 가까운 짙은 회색 머리는 반만 뒤로 넘기고, 금색으로 수가 놓인 검은 재킷 안에는 짙은 회색빛의 투 버튼 조끼를 입고 있었다.

셔츠에는 화려한 문양의 카라링스를 달고 있었는데, 커프스와 한 세트인 듯, 라일락빛 보석이 빛나고 있었다.

'와…….'

늘 입던 성기사단 제복이 아니라서 그럴까. 어쩐지 너무 달라 보여 레슬리는 잠시 화도 잊고 콘라드를 바라보았다. 마치 동화 속에 나오는 왕자님 같아 보였다.

잠시 레슬리와 시선을 마주친 콘라드가 걱정하지 말라는 듯 화사하게 웃어 보였다.

"제가 없는 사이 제 파트너의 대화 상대가 되어 주고 계셨군요."

여전히 그의 팔을 움켜잡은 채 콘라드는 여느 때와 같은 밝은 웃음을 머금고 있었다.

"……아하, 아우님의 파트너였군."

아렌도는 그런 콘라드의 눈동자를 지척에서 바라보며 쭉 찢어진 눈을 휘었다. 그의 푸른빛 눈동자가 기억을 더듬듯 살짝 양옆으로 움직였다.

"그래, 셀바토르 마법사님과 인연이 있었지."

"예, 덕분에 레슬리 양과는 친분을 유지하고 있습니다."

사람들 앞에서는 셀바토르 공녀라고 예의를 차려 말하던 콘라드는 이번에 레슬리라고 이름을 부르며 더욱 밝게 웃었다. 하지만 황금빛 눈동자는 전혀 웃음을 띠지 않은 채 아렌도를 응시했다.

"흐음. 내가 마법사님과 친분이 있었더라면 좋았을 텐데. 안 그런가, 아우님?"

"그건 모르는 일이지요, 형님."

아렌도가 말하는 아우님의 호칭에 따라 콘라드 역시 형님이라는, 친근하게 들리는 호칭으로 그를 불렀다. 그러나 목소리는 더욱 가라앉아 그 호칭은 차갑게 들렸다.

"실제로 먼저 레슬리 양을 만난 건 제가 아니라 형님이시니까요."

"그래, 그렇지."

아렌도는 고개를 끄덕이며 순순히 뒤로 물러났고 그제야 콘라드 역시 꽉 잡고 있던 아렌도의 팔을 놔주었다.

"실례가 많았습니다, 공녀님."

예의 바른 표정으로 돌아온 아렌도가 잡힌 팔목을 매만지며 나른하게 웃었다.

"그럼 다음 만남을 기대합니다."

가벼운 인사를 남기고 아렌도는 자리를 떴다. 그제야 레슬리는 작게 숨을 내쉬다가 발을 쾅 하고 굴렀다. 이렇게 콱! 발을 밟아 줘야 했는데!

"무례한 사람!"

종종 스페라도 저택에 엘리를 보러 왔을 때는 마주치는 일이 거의 없어서 몰랐다지만, 아렌도의 성격은 확실히 레슬리의 기분을 더럽혔다. 왜 선대 셀바토르 공작가의 사람들이 황족을 싫어했는지 이해가 가는 성격이었다.

으으, 모가지를 똑 따 버리고 싶다. 멱살을 잡아 버리거나.

레슬리는 눈을 질끈 감고 머리를 흔들었다. 예전이나 지금이나, 엘리와 잘 어울리는 한 쌍이었다.

콘라드가 레슬리를 조심스레 불렀다.

"레슬리 양. 괜찮으신가요?"

그 물음에 레슬리는 그제야 정신을 차리고 고개를 끄덕였다. 조금 볼이 붉어졌지만 아직도 아렌도가 짜증 나, 레슬리는 괜스레 제 머리를 만지작거렸다.

"죄송합니다. 제가 늦게 도착하는 바람에 이런 일을 겪으셨군요."

자신의 잘못도 아닌데 사과하는 콘라드를 보며 레슬리는 고개를 저었다. 이게 어떻게 콘라드의 잘못이란 말인가, 아렌도의 잘못이지.

'어떻게 그런 황제 폐하 밑에서 저런 자식이 태어난 걸까.'

몇 번 뵙지는 않았지만, 사석에서 친구로 만난 황제는 동화책에서 보던 이웃집 아저씨처럼 친근했다. 사이레인과도 잘 어울렸으며 가끔 공작의 말에는 기가 죽은 듯 어깨를 움츠리기도 했다.

'그런데 공녀님은 조져 버린다는 말은 안 하는 건가?'

그 눈치 없는 질문으로 화기애애하던 자리는 순식간에 파탄이 났지만.

"그런데 제가 여기 있는 건 어떻게 아신 건가요?"

레슬리는 애써 더러운 기분을 털어 내고는 콘라드에게 물었다.

지금 레슬리가 있는 곳은 파티장 밖의 넓은 정원 안이라, 지나다니는 사람이 적은 편이었다. 파티가 시작되고 본격적으로 흥이 오르면 이곳도 꽉 차겠지만, 지금은 다들 홀 안에 있었다.

"아, 도움을 준 분이 계셨지요."

콘라드의 말에 갑자기 덤불이 부스럭거리더니, 그 안에서 사람이 튀어나왔다. 얼마나 덤불 속에 숨어 있었는지 머리는 마구잡이로 헝클어져 있었고, 거기에 나뭇잎이 꽂혀 있었다.

"아까 파티장에서 만난……."

레슬리는 눈을 깜빡이다가 이내 동그랗게 떴다. 파티장에서는 정신이 없어 몰랐는데 아렌도를 만나고, 황제를 떠올리다 보니 자연스레 그가 누군지 깨달았다.

남자는 머쓱한 얼굴로 제 머리에 붙은 나뭇잎을 후드득 털어 내고는 손을 탁탁 털더니 레슬리에게 손을 내밀었다.

레슬리는 잠시 그 손을 바라보았다. 아까 아렌도가 내민, 하얀 장갑

이 끼워진 손과 털다 남은 흙과 나뭇잎이 붙어 있는 손이 대비되었다.

"안녕하세요, 콘스텐 테윈 르카디우스입니다. 방금 만난 아렌도 형님의 동생이죠."

레슬리가 손을 잡자 콘스텐은 악수를 하며 씩 웃어 보였다.

"콘라드와 나름 친구죠."

"나름."

뒤에서 콘라드가 머리를 까딱이며 말하자, 콘스텐은 다시 웃으며 농담을 던졌다.

"사실 저놈이랑 저랑 더 형제 같지 않나요? 이름도 비슷하고. 콘스텐, 콘라드."

"비, 비슷하네요."

레슬리가 고개를 끄덕이자 콘스텐은 제 턱을 매만지며 말을 이었다.

"아버지의 치명적인 단점이죠. 작명 감각이 없는 거. 형님도 사실 셀바토르 공작의 이름에서 따온 것이거든요."

"어머니의 이름이요?"

"네, 아셀라, 아렌도. 비슷하지 않나요? 아버지 말로는 그 사람을 닮으라는 의미로 지었다던데……. 내가 보기에는 그냥 감각 부족이에요."

콘스텐은 어깨를 으쓱하면서 말을 이었다.

"나는 콘라드와 비슷하게 태어난 인연으로 이름을 비슷하게 지었다는데……. 더더욱 작명 감각이 부족해 보이지 않나요?"

"제 경우는 운이 없었죠. 어쩌다 같은 해에 태어나선."

콘라드까지 말을 거들었다.

레슬리는 현 상황을 보면서 눈을 깜빡거렸다. 두 사람이 친했구나. 어쩐지 신기해 보였다.

"그럼 황자님께서 아이테라 경에게 아가씨의 위치를 알려 주신 겁니까?”

레슬리 뒤에 서 있던 하르트의 물음에 콘스텐은 제 머리를 쓸어 올리면서 고개를 끄덕였다.

“아렌도 형님이 셀바토르 공녀님의 뒤를 따라가는 걸 보고 안 되겠다 싶어서요. 그…… 형님은 조금 거친 면이 있어서……. 자기 위주로 돌아가는 면이 좀 있으시죠.”

말을 하며 눈을 찡그리는 모양새를 보니 콘스텐도 아렌도의 성격이 크게 마음에 들지는 않는 모양이었다.

“뭐, 하여튼! 무사히 재회를 도왔으니, 슬슬 파티장으로 돌아갈까요?”

콘스텐은 일부러 더 밝은 목소리로 외쳤다. 그 말에 하르트 역시 고개를 끄덕였다.

“돌아가시죠, 아가씨. 분명 다른 분들께서 찾고 계실 겁니다.”

오래 자리를 비운 건 아니었지만, 베스라온에게만 눈짓으로 알렸기에 슬슬 자신을 찾고 있을 게 분명했다. 레슬리는 순순히 두 사람의 뒤를 따르다가 걸음을 멈추었다. 그러고 보니 콘라드에게 이야기해 줘야 할 비밀이 있었다.

‘여기서 이야기해야 하나?’

레슬리는 주변을 돌아보았다. 이야기하기에는 실내 파티장보다는 이곳이 더 적합할 듯 보였다. 조용하고, 인적이 드문 정원. 거기다 이유는 잘 모르겠지만, 은밀한 곳에 긴 벤치도 놓여 있었다.

결정한 레슬리는 파티장으로 향하는 콘라드의 팔을 잡고 시선을 맞췄다.

“콘라드 경. 저에게 시간을 좀 내주세요.”

“이야기…….”

콘라드는 생각을 정리하듯 눈을 두어 번 깜빡였다. 느긋한 표정에 레슬리는 실수로 콘라드의 팔을 잡고 있다는 걸 조금 늦게 알아차렸다.

이상하다. 분명 닿았는데 콘라드의 얼굴빛은 변하지 않고 있었다. 안 되는데, 이러면…….

'같이 못 놀게 되잖아.'

같이 수도의 맛집을 찾아다니고, 찻집에 앉아 이야기를 하고, 산책로를 걷지 못하나? 그간 레슬리가 콘라드와 같이 다녔던 게 여성과의 접촉에 익숙하지 않은 콘라드와 훈련을 하기 위함이었으니까.

레슬리가 불안해하고 있는데, 콘라드가 고개를 끄덕였다.

"그럴까요, 그럼."

어딘가 짐짓 여유로운 모습이었지만, 머리카락 사이로 보이는 귀는 붉었다. 그건 안타깝게도 레슬리에게 보이지 않았다. 그 모습을 뒤에서 보고 있던 하르트는 얼굴을 찡그렸고, 황자는 알고 있었다는 듯 씩 웃었다.

"그럼 나는 먼저 들어가겠네."

콘라드의 어깨를 툭 치더니 황자는 그대로 뒤를 돌아 파티장으로 돌아갔다.

"아가씨, 저는 호위로 있는 것이니 여기에 같이 남겠습니다."

하르트의 말에 레슬리는 고개를 끄덕였다. 그러고는 뒤꿈치를 들고 하르트에게 속닥거렸다.

"너무 멀리 가지는 마세요. 이상한 사람이 오면 제가 지켜 드릴 수가 없잖아요."

그 말에 하르트가 입술을 올리며 씩 웃었다.

"네, 아가씨께서 연약한 저를 지켜 주실 수 있게 근처에 있겠습니다."

레슬리는 웃으며 고개를 끄덕였다. 그리고 옆을 지나쳐 정원 벤치에 자리를 잡았다.

하르트는 콘라드가 자신의 옆을 지나쳐 갈 때 그를 보며 생긋 웃었다. 콘라드는 그 시선을 피하며 레슬리의 옆에 앉았고, 하르트는 적당히 거리가 떨어진 곳에 서서 주변을 경계했다.

"하고 싶은 이야기는, 그 비밀 이야기인가요?"

레슬리와 조금 떨어진 자리에 앉으며 콘라드가 물었다. 아직도 콘라드의 얼굴도 제 얼굴도 붉어져 있었지만, 레슬리는 그걸 신경 쓸 틈이 없었다.

'어떻게 이야길 하지?'

이야기하겠다고 마음을 먹은 것까지는 좋았으나, 말 첫머리를 어떻게 시작해야 할지 감이 오지 않았다. 가볍게 시작을 해야 할까? 아니면 얼굴을 싹 굳히면서 진지하게?

그리고 어디까지 이야기를 해야 하는 걸까. 어둠 이야기를 하다 보면 필연적으로 스페라도 후작가의 말이 나올 수밖에 없었다. 자신이 제물이 될 뻔했다는 걸, 12년을 그 작고 작은 다락방에서 학대당했다는 걸 말해야 할까.

레슬리는 제 손가락을 만지작거리다가 시선을 올려 콘라드를 바라보았다. 시선이 마주치자 습관적으로 콘라드는 눈을 휘며 웃었다. 나뭇잎 사이로 쏟아지는 햇빛에 황금색 눈동자가 빛으로 물들었다.

따스한 색이다. 반짝반짝하고, 햇빛을 닮은 포근한 색이야. 신전에서 봤을 때도 그 생각이 들었었지.

"저는…… 힘이 있어요. 조금 특이한 힘이요."

그 눈을 오랫동안 들여다보다가 레슬리는 한참 만에 입을 열었다.

이야기하자고 결심만 하고 생각을 정리하지 않아 생각보다 더 서툴고, 쓸모없는 이야기도 많이 섞였다. 그 바람에 말은 끝없이 길어졌다. 하지만 콘라드는 시선을 떼지 않고 그 이야기를 전부 귀담아들었다.

이야기가 끝나자 레슬리는 참아 왔던 숨을 후하, 작게 내쉬었다. 말하는 데 집중해 숨을 쉬는 것도 잊어버린 탓이었다.

"……그랬군요."

콘라드는 고개를 끄덕였다. 아까와 달리 조금 어두워진 얼굴이었다.

"어둠이라……. 기록에서만 남아 있는 힘으로 생각했는데 그게 아니었군요."

황금빛 눈동자가 잠시 정원을 바라보았다가 다시 레슬리에게 닿았다.

"그리고 왜 셀바토르 공작님과 루엔티 님이 무리를 해 가면서까지 저를 레슬리 양의 신학 선생으로 정했는지 이해했습니다."

아. 콘라드의 말에 심장이 쿵 하고 떨어지는 기분이 들었다.

"그게, 그게요."

생각해 보면 콘라드가 신학 선생이 된 이유는 레슬리가 혹여나 폭주했을 때를 위함이었다. 순수한 친교가 아니었다. 왜 그 이유를 잊고 있었을까?

손바닥이 땀으로 젖어 들어가기 시작했고 레슬리는 손바닥을 드레스 자락에 문질렀다.

"그게……."

차마 시선을 마주할 수가 없어 고개를 떨구는데, 작은 웃음소리가 들려왔다.

"괜찮습니다."

웃음기를 한껏 머금은 밝은 목소리에 슬그머니 시선을 들자, 콘라드가 아까와 전혀 달라지지 않은 눈빛으로 레슬리를 바라보고 있었다.

'화……나지 않은 걸까?'

누군가 자신을 이용하려 했다면 당연히 화가 났을 텐데.

"사실 조금 상처받긴 했습니다만……."

그러면서 제 심장 위에 손을 올리며 상처받은 표정을 지었다. 그러자 레슬리의 얼굴이 다시 어두워졌다.

"하지만 괜찮습니다."

"정말……요?"

조심스러운 물음에 콘라드는 일부러 더 환하게 웃어 보이며 고개를 끄덕였다.

"사실은 조금 기쁩니다. 레슬리 양 말대로라면, 만약 그 어둠이 폭주했을 때 레슬리 양에게 가장 필요한 사람은 저라는 소리지요?"

그게 그렇게 되는 건가? 레슬리는 잠시 생각하다가 고개를 끄덕였다. 그러자 아까보다 더 밝아진 눈빛으로 콘라드가 웃었다.

"그거면 충분합니다."

그래도 레슬리의 표정은 좀처럼 밝아질 기미가 없었다. 결국 콘라드는 자신이 가고 싶었던 가게에 같이 가 주고, 고어를 해석하는 걸 도와 달라는, 레슬리에게는 너무도 간단한 조건을 덧붙였다.

"저만 믿으세요!"

고어 이야기에 흥분한 레슬리가 목소리를 높였다.

"진짜 완벽하게 해석해 드릴게요! 제가 고어는 정말 자신 있거든요. 루엔티 오라버니가 저 천재라고 해 주셨어요!"

레슬리는 두 주먹을 불끈 쥐었다. 비밀 이야기도 했고, 콘라드에게서 용서도 받았다. 콘라드가 '어려운 고어'라고 말을 하긴 했지만, 밤을 새워서라도 완벽하게 해석을 해 줄 것이다. 거기다 친밀한 만남을 유지할 수 있었다.

레슬리는 옅게 웃음을 머금었다. 레슬리의 자신만만한 모습에 작게 웃던 콘라드가 무언가가 생각났다는 듯 작게 입을 열었다.

"그리고 레슬리 양, 에펜타니 영애와 레슬리 양이 겪었던 산사태의 조사 결과는 루엔티 마법사님이 말씀해 주실 겁니다."

"오라버니가요?"

"네. 늦어도 사흘 안에는 저택으로 귀환하실 테니 마법사님을 기다려 주세요."

콘라드는 그렇게 말하면서 생긋 웃음을 머금었다. 아렌도를 볼 때는 굳어 있던 차가운 눈이, 어느새 풀어져 봄 햇살 같은 분위기를 풍겼다.

"그럼 먼저 들어가 보세요. 저는 잠시 여기 있다가 가겠습니다. 지금 가면 귀찮은 분들에게 끌려다닐 것 같거든요."

콘라드의 말에 레슬리는 고개를 끄덕였다. 귀찮은 분이라……. 신전에 관련된 사람들일까.

"아, 레슬리 양."

하르트를 향해 걸어가려는 레슬리의 발을 잠시 콘라드가 멈추었다.

"처음 봤을 때 말씀드려야 했었는데. 오늘 정말 예쁘십니다."

콘라드의 칭찬에 레슬리의 얼굴이 순식간에 붉어졌다. 아까처럼 다시 손에 땀이 나, 레슬리는 드레스 자락에 손을 문질렀다.

"콘라드 경도, 오늘 진짜 멋있으세요."

그 말을 간신히 내뱉고 레슬리는 하르트와 함께 자리를 벗어났다.

-16-

콘라드는 숨을 크게 내쉬며 바로 벤치에 머리를 기댔다.

'스페라도 후작…….'

4년 전까지만 해도 딱히 신경 쓰지 않는 사람이었다. 그는 아이테라 대공가에는 깍듯이 예의를 지켰으니까. 그래서 악독한 사람이라고 생각하지 못했다.

스페라도 후작과 후작 부인은 어린 프리트가 실수를 저질러 값비싼 드레스를 망쳤을 때 웃으며 넘어가 준 데다가 늘 신전에 엄청난 기부금을 쏟고 있었으니까. 대외적으로는 완벽해 보였는데.

하지만 레슬리와 엮이고 나서부터는 그의 새로운 면이 자꾸만 눈에 들어왔다.

스페라도 후작은 왜 자신의 친딸을 저렇게 죽이려고 하는 걸까. 그리고 후작 부인과 엘리는 왜 스페라도 후작을 따랐을까.

물어보고 싶었지만, 콘라드는 애써 물음을 삼켜 가슴 깊숙한 곳에 묻어 두었다. 이런 일은 본인의 입으로, 본인이 원하는 때 듣는 것이 가장 좋은 법이다.

오늘 레슬리가 고백해 준 어둠에 대해서도, 곤란해하는 레슬리를 재촉할 생각은 아니었다. 중간에 늑대 사건이 있었다 해도. 몇 년이 되더라도 스스로 말해 줄 때까지 기다릴 자신이 있었다.

콘라드는 머리를 쓸어 올리며 한숨 쉬었다. 잘 보이고 싶어서 신경 쓴 머리가 엉망이 되었다.

'조금 상처긴 한데.'

머리끝을 매만지며 눈을 깜빡였다. 자꾸만 한숨이 흘러나왔다. 하지만 동시에 조금, 기뻤다.

'강력한 신력과 힘을 가지고 있지 않으면 안 된대요. 그리고…… 루엔티 오라버니가 그런 사람은 콘라드 경뿐이라고 말해 주셨어요.'

아까 들었던 말을 계속해서 떠올렸다. 어느새 입가에 작은 미소가 걸렸다.

'털어 버리자.'

자신도 프리트가 아파서 루엔티와 프리트를 붙여 놔야 했다면 비슷한 방법을 썼겠지. 아마 결과는 달라졌겠지만. 루엔티의 성격상 자기를 이용했다는 걸 알면 와서 멱살을 잡을 것이다.

'이 빚은 반드시 받아 내야지.'

물론 레슬리가 아니라 루엔티에게. 뭘 해 달라고 할까. 마법사의 저택에서 가장 비싼 마법석을 무제한 제공해 달라고 할까.

마음을 다잡은 콘라드는 어느새 텅 비어 버린 정원을 조용히 가로질렀다. 파티장 쪽에서 시작된 음악 소리와 웃음소리가 정원을 가득 메우고 있었다.

그리고 콘라드가 들키지 않은 것은 그 덕분이었다.

'……아버지?'

아이테라 대공이 어디론가 가고 있었다. 파티장을 벗어나 점점 정원 안쪽으로 향하는 아이테라 대공을 보며 콘라드는 눈을 찡그렸다.

어디를 저렇게 바쁘게 가시는 걸까. 파티장을 한 번, 그리고 짙은 녹음 속으로 사라지는 아이테라 대공을 한 번 바라보던 콘라드는 조용히 아버지의 뒤를 따랐다.

무슨 생각을 하고 움직인 건 아니었다. 그저 파티장으로 같이 들어가고 싶었을 뿐이었다. 풍랑으로 갈라진 사이는 아직도 틈이 보였고, 콘라드는 그 틈을 막고 예전으로 돌아가고 싶었을 뿐이었다.

"아버……."

아버지를 부르려던 콘라드는 말을 멈추었다. 아이테라 대공을 기다리고 있었던 듯 그늘 밑에서 나온 여자는 콘라드의 눈에도 익숙한 사람이었다. 화려한 꽃다발을 안고 있는 여자는, 늘 메데이아의 주변에 있던 시녀였다.

'이피엘이라고 했던가.'

몇 번 만나지는 않았지만, 늘 메데이아를 만나러 갈 때면 그녀가 옆에 자리하고 있었다.

콘라드는 자신의 모습이 보이지 않게 주변 관목 밑으로 몸을 낮추며 면밀하게 두 사람을 살폈다.

"오셨습니까. 주변은 잘 살펴보고 오셨는지요?"

이피엘의 말에 아이테라 대공은 고개를 끄덕였다. 그의 얼굴에는 조급함이 묻어났다.

"물론이네. 파티장에서부터 따라오는 사람은 없었어. 혹시 몰라 경비도 세워 두었지."

콘라드는 그 말에 자신도 모르게 관목 밑으로 아예 몸을 숨겼다. 잘 보이고 싶어 고르고 골랐던 옷이 흙으로 더럽혀졌지만, 신경 쓰이지 않았다.

완전히 몸을 숨긴 후에야 콘라드의 눈에 두 사람과 주변이 들어왔다. 이피엘의 뒤로도 몇 사람들이 주변을 둘러보고 있었다. 자신은 사람들이 없는 정원에서 생각을 정리하다가 운 좋게, 어찌 보면 운 나쁘게 이 상황과 마주친 듯했다.

"그렇습니까."

대공의 말에 이피엘은 자신이 안고 있던 꽃다발을 말없이 내밀었다. 색색의 꽃들이 들어 있는 꽃다발을 아이테라 대공이 받아 들었다.

"그럼 저는 이만 물러가겠습니다."

이피엘은 고개를 숙이더니 바로 그 자리를 떴다.

아이테라 대공은 잠시 자신이 안고 있는 꽃다발을 바라보다가 그 사이에서 무언가를 꺼냈다. 숲의 그늘에 가려져 제대로 보이지 않았지만, 조그마한 물통 같아 보였다.

아니, 그건 물약이었다. 시중에서 쉽사리 볼 수 있는 물약 통.

그걸 제 품속에 집어넣은 아이테라 대공은 파티장 쪽으로 움직이다가 하필 콘라드가 몸을 숨긴 관목 앞에서 잠시 멈추었다. 조금만 고개를 돌려 면밀하게 주변을 살핀다면 들킬 상황이었다. 하지만 콘라드는 아버지의 얼굴에 시선을 고정했다.

그는 고민하고 있었다. 대공은 미간을 좁히고 눈가를 일그러트린 채 화려한 꽃다발을 바라보고 있었다. 찰나, 그의 얼굴에 수만 가지의 감정이 지나갔다. 그중에는 후회도, 절망도 그리고 죄책감도 있었으나 마지막에 남은 것은 욕망이었다.

대공은 다시 꽃다발을 안아 들고 파티장으로 향했다. 그가 파티장에 들어가고 한참이 지나고 나서야 콘라드는 관목 밑에서 기어 나왔다. 그의 머릿속엔 온통 대공의 모습만이 남아 있었다.

메데이아와 아이테라 대공. 기묘한 조합이었다. 도대체 아이테라 대공이 남의 이목을 신경 써 가면서 메데이아의 시녀를 만나야 할 이유가 뭐란 말인가.

'꽃다발과 물약.'

콘라드는 멍하니 그 자리에 서 있었다.

⚜

레슬리가 정원으로 나가 콘라드에게 비밀을 이야기할 때, 셀바토르 공작은 파티장 안에서 작게 숨을 흘리고 있었다.

'끈질겨.'

저절로 눈가가 찡그려지고 짜증이 샘솟았다. 만일 어딘가를 나갔다 온 아렌도가 메데이아에게 말을 걸지 않았더라면, 때맞추어 아이테라 대공이 파티장으로 들어오지 않았더라면, 셀바토르 공작은 아직도 그녀에게 붙잡혀 있을 것이 분명했다.

파티장 구석으로 몸을 피했음에도 사람들의 시선은 계속 그녀를 따라붙었다. 메데이아가 축사를 읊고 본격적으로 음악이 울려 퍼지고 나서야, 간신히 사람들은 파티를 즐기는 데 집중하기 시작했다.

'이래서 밖을 나오고 싶지 않다니까.'

셀바토르 공작은 눈을 찡그렸다. 레슬리의 일만 아니었다면 이런 파티에 참석하기 위해 공작저를 나오는 일 따위 없었을 텐데. 그나마 에펜타니 백작과 이야기를 제대로 마친 게 다행이었다.

공작이 구해야 할 약초 이름을 꺼내자마자 에펜타니 백작은 다른 약초를 추천했다. 공작이 말한 약초는 구하기도 힘든 데다가 효과도 약하다는 게 그의 설명이었다.

하지만 셀바토르 공작이 단호하게 고개를 젓자 이내 충분한 양을 약속드리기는 어렵지만 약초꾼을 풀겠다고 답을 해 주었다.

'테펜텔을 보내야지.'

테펜텔은 셀바토르 공작저에 완벽하게 적응했다. 바타가 우는소리를 할 정도로 빠르게 식량 창고를 거덜 내고 있었고, 하르트가 좌절할 정도로 연병장을 험하게 쓰고 있었다.

가장 피해가 심한 곳은 술 창고였다. 대대로 귀한 술들을 보관한 창고는 순식간에 거덜 나, 제나가 저도 모르게 서류를 찢어 버릴 정도였다.

그런 객식구가 드디어 밥값을 할 때가 되었다.

"여보야, 괜찮아?"

사이레인은 그런 아내님의 안색을 살피며, 그녀가 가장 좋아하는 음료를 가져온 참이었다. 약한 도수의 샴페인이 잔 속에서 흔들거렸다.

"베스, 레슬리는?"

음료를 한 모금 마시며 셀바토르 공작은 베스라온을 바라보았다.

"정원으로 나가더군요. 하르트가 뒤따랐으니, 걱정은 없을 겁니다."

아직도 메데이아가 불러일으킨 짜증이 식지 않은 공작은 머리를 쓸어 올렸다. 이런 상황을 예상한 것인지, 제나는 하녀들에게 일러 공작의 머리에 간단한 장신구도 하지 않게 했다.

"나도 나가서 바람이나 쐬고 싶네."

여기보다는 정원이 좀 더 숨 쉬기가 편할 것이다. 레슬리도 그런 생각으로 정원으로 나간 것이겠지.

"여보도 잠시 나갔다 와도 되지 않을까? 여기는 내가 대신 자리하고 있으면 되는 거니까. 나에게 뭐라 하는 놈들은 없겠지. 저놈도 남아 있을 거고."

사이레인은 안절부절못하며 자신의 아내님을 달랬다. 메데이아에게 걸려 있을 때 도와주지 못한 게 죄스러웠던 모양이었다.

"아니야, 기다려야 할 사람이 있으니까."

셀바토르 공작은 그런 사이레인을 보며 괜찮다는 듯 옅게 웃었다. 자신이 메데이아에게 붙잡혀 있을 때 사이레인과 베스라온은 다른 귀족들에게 잡혀 있었다. 레슬리는 그사이 엘리와 대치하다가 정원으로 나간 모양이었다.

셀바토르 공작이 웃고 나서야 조금 마음을 놓은 사이레인은 천연덕스럽게 장난까지 걸었다.

“우리 여보야는 예전부터 이상한 놈들에게 인기가 좋았지.”

혼란의 시대 때 그놈도 있었다. 질투심과 경외심이 섞여 괴상한 짓을 한 놈. 그놈 때문에 얼굴의 절반이 화상으로 뒤덮였지. 손수 머리가 바닥으로 내려올 수 있게 도와줬음에도 아직도 분이 안 풀리는 놈이었다.

사이레인이 콧김을 내뿜으며 신경 쓰지 말라는 듯 셀바토르 공작을 바라보았다.

“또 이상한 놈이 나타나면 내가 모가지를 분질러 버릴 거야! 그러니 여보야는 나만 믿어!”

어딘가 자신만만한 사이레인의 말에 셀바토르 공작은 미소와 함께 고개를 끄덕였다.

사이레인의 저렇게 밑도 끝도 없이 자신만만한 성격이 좋았다. 적이었을 때, 아군에게 큰 피해를 준 이는 사이레인이었다. 그래서 다들 사이레인의 이름만 들으면 치를 떨었지만 그녀만은 저 성격을 마음에 들어 했다. 어차피 피해는 고스란히 돌려주기도 했고.

“그런데 누구를 기다린다는 거야?”

머리가 식은 사이레인이 고개를 갸웃거렸다. 레슬리의 버릇이었다. 늘 집에 있을 때는 막내딸과 붙어 있더니, 레슬리의 버릇이 고대로 사이레인에게 옮겨 온 듯 보였다.

사이레인의 거친 버릇들은 레슬리에게 옮겨 가면 안 될 텐데.

특히, 입담 같은 건 절대 옮으면 안 됐다. 그 귀여운 얼굴로 ‘후작의 모가지를 분질러 버릴 거예요!'라고 외치면 가슴이 아플 것이다.

지금까지는 그런 말을 하지는 않았지만 혹시 모르니 후에 입조심을 하라고 다시 말해 줘야지. 은근히 사이레인은 레슬리 앞에서도 그런 말을 썼으니까.

설마 벌써 옮은 건 아니겠지.

셀바토르 공작은 웃으면서 자신의 남편을 바라보았다.

"이 자리에는 나올 것 같은 사람."

다른 파티에는 얼굴을 내밀지 않겠지만, 이 자리는 나올 가능성이 컸다. 여기에는 그녀가 잃어버린 과거의 영광이 있었으니까.

"이제 올 사람들은 다 온 것 같습니다, 어머니. 지금까지 오지 않는 걸 보면 참석하지 않는 게 아닐까요."

베스라온이 주변을 살펴보며 말했다. 그의 말대로 파티가 시작된 지 한참이 지났다. 이미 파티에 올 만한 사람들은 자리를 잡고 무리를 만들어 자신들끼리 떠들고 있었고, 후보생들과 다른 사람들 역시 파티를 즐기고 있었다.

메데이아가 연설 같지 않은 짧은 연설을 한 후에는 그저 평범한 파티처럼 마시면서 담소를 나누고 파트너와 춤을 출 뿐, 아무것도 특별한 건 없었다. 보통 파티를 주최한 이가 뭔가를 더 말하거나 제안하기도 했지만, 메데이아는 그저 구석에서 담소를 나누고 있을 뿐이었다.

"아무래도 자신의 위치를 아는 거죠."

"황족이라 해도, 힘없는 태후잖아요?"

몇몇 귀족들이 속닥거리는 소리가 들려왔다. 적당히 말하고 빠져 준 게 좋다며 자신들 멋대로 그녀를 평가하고 있었다.

셀바토르 공작은 작게 코웃음을 쳤다. 그녀는 그렇게 만만한 인간이 아니었고 아무런 이유 없이 움직일 사람도 아니었다.

'왜 이런 파티를 연 걸까.'

최초의 사제들에 뽑힌 이들을 축하하고, 떨어진 이들을 위로한다는 명분 자체는 걸릴 게 없었으나, 문제는 그 속에 숨겨진 메데이아의 속셈이었다.

잠시 생각에 빠진 공작의 눈에 사냥감이 들어왔다. 누군가의 눈에 띌까 벽 쪽으로 붙어 움직이는 그녀는 예전과는 많이 다른 모습이었다. 공작은 천천히 그쪽으로 걸음을 옮겼다.

"어머니?"

누군가와 이야기하던 베스라온이 그녀를 불렀으나, 공작은 뒤도 돌아보지 않고 어디론가 가더니 누군가와 가볍게 부딪쳤다. 조용히 파티장으로 들어와서는 사람을 찾듯 주변을 두리번거리던 여자는 들고 있는 부채를 떨어트렸다.

"이런, 괜찮으십니까?"

셀바토르 공작은 손수 그녀가 떨어트린 부채를 주워 건네주며 생긋 웃었다.

"스페라도 후작 부인."

그녀의 라일락빛 눈동자가 당황으로 물들었고 그 얼굴을 보면서 공작은 레슬리를 떠올렸다.

레슬리도 놀라면 눈이 동그래지면서 입을 작게 벌렸었다. 지금 스페라도 후작 부인이 짓고 있는 것과 똑같은. 조금 다른 점이라면 레슬리는 표정을 갈무리하는 데 시간이 좀 걸렸다면, 그녀는 금방 끝난다는 점이었다.

"괜찮……습니다."

후작 부인은 부채를 받지도 않고 시선을 돌리며 대답했다. 그녀의 귓가는 붉게 물들어 있었다.

셀바토르 공작은 그녀가 떨어트린 부채 사이에 자연스럽게 뭔가를 끼워 넣으며 그녀가 원하는 정보를 말해 주었다.

“스페라도 영애를 보러 오신 모양이로군요. 지금 드레스를 갈아입으러 갔으니 금방 볼 수 있을 겁니다.”

“……!”

그 말이 정답이었는지 후작 부인은 고개를 돌려 셀바토르 공작을 바라보았다.

후작 부인에게 있어서 엘리는 과거에 잃어버린 영광이며, 끊어 내지 못한 것이었으며, 유일한 희망이었다. 보석처럼 귀하게 키웠던 아이, 스페라도 후작처럼 자신에게 안락한 삶과 명예로움을 가져다줄 아이.

그 아이가 최초의 사제가 되어 다시 모습을 드러냈고, 후작 부인은 그런 엘리를 보려고 슬그머니 파티장으로 온 것이었다.

부부는 닮는다더니. 셀바토르 공작은 웃으면서 제 손에 들린 깃털 부채를 내밀었다.

잠시 부채를 한 번, 셀바토르 공작을 한 번 바라본 스페라도 후작 부인은 덜덜 떠는 손으로 부채를 받았다. 하지만 자리를 피하지 않고 그녀 앞에 못 박힌 듯 서 있었다.

“할…… 이야기는 이것뿐인가요?”

위태로울 정도로 작은 목소리가 들려왔다.

“할 이야기라니요?”

셀바토르 공작이 모른 척 잡아떼자, 그녀가 고개를 번쩍 들고 공작을 바라보았다.

“제대로 된 어머니가 아니라고 나를 책망하러 온 게 아니었나요? 나에게도 그럴 만한 사정이 있었다고요!”

“쉬이.”

셀바토르 공작은 입술 위에 손가락을 올리며 웃었다.

“여기서 이목을 끌고 싶지는 않으실 텐데요?”

그 말이 사실이었는지, 스페라도 후작 부인은 얼른 입을 다물고는 황급히 주변을 살폈다. 다행스럽게도 빠르고 경쾌한 템포의 음악이 홀에 울려 퍼지고 있었고, 사람들은 거기에 맞춰 목소리를 높였기에 그녀의 소리는 사람들의 귓가에 닿지 못했다.

"할 이야기는."

공작은 부채를 잡은 후작 부인의 손을 잡아 그녀가 단단히 부채를 잡을 수 있게 도와주었다.

"여기서 이야기하도록 하죠."

그제야 스페라도 후작 부인은 부채의 풍성한 깃털 사이에 꽂혀 있는 쪽지를 발견한 모양이었다.

"이건……."

고개를 들었을 때는 이미 셀바토르 공작은 다시 몸을 돌려 사이레인과 베스라온에게 향한 뒤였다. 잠시 그녀의 뒷모습을 바라보던 스페라도 후작 부인은 불안한 눈빛으로 주변을 살폈다.

아무도 자신을 보고 있지 않음에 안심한 그녀는 자신의 부채를 펴볼 생각도 하지 않은 채, 사람들이 시선이 닿지 않는 구석으로 재빠르게 사라졌다. 아무도 두 사람을 신경 쓰지 않았다.

파티장 안에 있는 모든 이들은 4년 만에 돌아오는 거대한 축제에 흥분해 목소리를 높이고 있었다. 아라벨라 축제를 보기 위해 타국에서도 르카디우스 제국으로 오는 상황이라, 사업을 하는 귀족들은 술을 마시며 오랜만에 찾아온 특수기를 미리 즐기고 있었다.

모두가 흥분하고 목소리를 높이는 상황에서 단 한 사람의 기분만 바닥을 기고 있었다.

"이게 어떻게 된 일이야……."

한 남자가 덤불 사이에 몸을 숨기고 파티장 안쪽을 바라보고 있었다. 오래된 듯한 옷은 관리를 잘해 깔끔해 보였지만, 입고 있는 사람이 문제였다. 마음고생과 육체적 고통으로 말라 버린 남자는 여윈 손을 덜덜 떨었다.

⚜

사람이 어두운 곳에서 하나의 생각에 사로잡히면 끝없이 바닥으로 떨어지게 되는 법이었다. 그 말은 그대로 후작에게 적용되었다.

후작은 지난 4년간은 셀바토르 공작의 눈을 피해 살기 위해 도망치느라고 제대로 된 사고를 하지 못했다. 하지만 후작 위를 되찾자는 엘리의 말에 그의 아내에게 돌아오고 의식주가 해결되자, 후작은 다시 머리를 돌리기 시작했다.

'트라, 너는 가장 높은 자리에 오를 거란다.'

전 스페라도 후작의 목소리가 머릿속에 가득 찼다.

그는 멍하니 창밖을 바라보았다. 먼지로 가득 찬 작은 다락방에서는 그것 외에는 할 일이 없었다.

우습게도 예전에 레슬리가 썼던 다락방이 스페라도 후작이 가장 찾는 방이 되었다. 황궁에서 끊임없이 사람을 보내왔고, 다락방은 누구의 눈에도 잘 들어오지 않게 숨겨져 있던 방이었기 때문이었다.

황실의 파견은 후작 부인이 스페라도 후작과 접촉하고 있는지 확인하기 위함이기도 했고, 여태 밀려 있던 막대한 벌금 때문이기도 했다.

"그래, 나는 이런 곳에서 썩을 사람이 아닌데……."

후작은 끊임없이 과거의 영광을 곱씹었다. 행복했던 나날들이었다. 아내는 자신의 말에 복종할 줄 알았고, 딸은 아비인 자신을 사랑하며 존경했다. 주변에서는 칭송이 자자했고, 효율적으로 영지를 운영했으니 영주민들 역시 자신을 소리 높여 찬양했으리라.

그런 나날이 영원히 이어질 줄 알았는데.

"그 멍청한 여자 때문에……."

레슬리, 셀바토르 공작. 후작의 몸이 분노로 덜덜 떨리기 시작했다. 분명 자신을 시기하고 질투하고 있었을 것이다. 그렇지 않고서야 부모도 있는 여자아이를 대뜸 제 딸로 삼을 리가 없었다.

'고아원에서 애나 데려올 것이지!'

후작은 제 손가락을 질겅질겅 깨물었다. 입안이 비릿한 피 냄새로 가득 찼다.

어떻게 레슬리 그것은 자신을 버리고 셀바토르 공작을 선택한 거지? 자신이 그렇게 아끼고 사랑해 주었는데! 엘리에게서 드레스를 뺏어다 주지도 않았던가!

'아니지, 엘리 그것도 나를 배신했지.'

아직도 4년 전 일이 눈에 선명했다. 보석처럼 귀하게 키웠던 아이는 제 한 몸 살고자 아비인 자신을 버리고 거짓을 입에 담았다. 내가 엘리를 때렸다고? 자신처럼 손 하나 제대로 올리지 못한 자비로운 사람이?

"웃기는 일이야!"

후작의 생각이 점점 병적으로 변하고 있었다. 의심의 꼬리는 퍼지고 퍼져, 주인도 없는 빈 저택을 4년 넘게 지키고 있던 집사에게도 닿았고, 자신의 아내에게도 닿았다.

그리고 마지막은 메데이아 태후였다.

"후우."

창밖을 바라보고 있던 후작은 몸을 일으켰다. 밖으로 나가자, 황실 사람은 돌아간 듯 저택은 침묵에 잠겨 있었다. 아니, 저택의 한곳만이 조금 소란스러웠다.

"뭐지?"

아직 황실 사람이 남아 있는 걸까. 스페라도 후작은 조심스레 응접실 쪽으로 몸을 움직였다.

그러다 자신의 개인 서재에서 나오는 한 하녀를 붙들었다. 청소하고 나오는 것인지 걸레와 대야를 들고 있던 하녀가 후작을 보고 화들짝 놀라 눈을 동그랗게 뜨다가 잽싸게 고개를 숙였다.

"후작님."

"아직 황실 사람이 가지 않았느냐?"

후작은 멍한 눈으로 그녀를 바라보았다. 묘하게 낯이 익다 싶었더니, 서재에 있을 때 자신에게 황실 사람이 왔다고 알려 준 하녀였다.

"황실 사람이요?"

후작의 물음에 하녀의 눈이 동그랗게 변하더니, 이내 고개를 흔들었다.

"아니요, 오늘은 아무도 방문하시지 않았습니다. 후작님."

"뭐?"

분명 아내는 오늘 황실 사람들이 온다며 그를 다락방으로 밀어 넣었다. 그런데 오지 않았다니.

"그럼 아내는 지금 뭘 하고 있지?"

그 말에 하녀는 눈을 굴렸다. 그제야 지금 상황을 파악한 듯 보였다.

"말해!"

"악!"

우그러트리듯 하녀의 어깨를 움켜쥐자, 하녀가 외마디 비명과 함께 들고 있던 걸레와 대야를 떨어트렸다.

"그게, 오늘 황실 파티장에 가신다고 하셨습니다."

"황실 파티장?"

"네, 네! 엘리 아가씨께서 최초의 사제가 되셨습니다. 메데이아 태후 폐하께서 파티를 여셨고……."

하녀는 횡설수설했지만, 후작은 필요한 정보를 모두 들었다. 자신을 배신한 엘리가 최초의 사제라는 귀한 자리에 올랐고, 아내는 그 자리에 참석할 모양이었다.

겉으로 보기에는 아무도 자신을 노리고 있지 않았다. 아무도 자신을 배신할 것 같지 않았다. 하지만…….

후작은 두 손을 꽉 쥐었다. 재판 이후 아내는 혼자 살겠다고 제 곁을 떠나, 자신이 가장 힘들 때 곁에 있어 주지 않았다. 배고픈 저에게 음식을 챙겨 줬던 엘리 역시, 자신도 학대당해 억울하다고 눈물을 글썽였던 적이 있었고.

그 둘은 언제든 자신을 팔아먹을 수 있었다.

아내를 따라 그 자리에 갈까. 안 그래도 메데이아마저 그를 만나 주지 않고 있어, 초조한 요즈음이었다.

사슬 이야기를 보낸 후에는 간단한 편지조차 오지 않았다. 황실 사람들이 오지 않게 해 달라고 몇 번이나 편지를 보냈지만, 무시당했다.

그 사실을 자각하자 더욱더 후작의 의구심이 짙어졌다.

왜 자신을 만나 주지 않는 걸까. 이미 연락할 다른 수단을 취했기 때문이 아닐까.

'젠장!'

엘리와 자신의 아내, 거기에 메데이아까지. 세 명의 여자가 자신을 불안하게 만들었다. 나지막이 욕설을 내뱉으며 후작은 입술을 깨물었다. 자신보다 아래였던 것들이 이젠 자신을 우습게 보고 있다.

위험을 감당할 필요가 느껴졌다. 후작은 아내를 쫓아 파티장으로 가기로 마음먹었다.

거칠게 손을 놓자, 크게 휘청거리던 하녀의 품에서 종이 몇 장이 떨어졌다. 부족한 음식 재료 목록을 적어 놓은 듯 보이는 종이를 짓밟고 후작은 몸을 돌렸다. 그는 아내에게 따라가겠다는 말을 하지 않은 채, 곧장 마차로 다가갔다.

"후작님……?"

늙은 마부는 오래전부터 후작을 모셨던 자였다. 레슬리를 공작저로 데려다줬던 마부는 후드를 뒤집어쓴 채 자신의 옆에 털썩 앉는 후작을 멍하니 바라보았다.

"저, 저…… 여긴 왜……?"

"닥치고 말이나 몰도록 해."

아내는 마차 내부는 신경을 써도 마부는 신경 쓰지 않는 편이었다. 후작의 예상대로 마부가 그를 제 조수라고 말하자 후작을 신경 쓰지 않았다. 황실에 들어갈 때 경비병이 의심의 눈길을 보내긴 했으나 스페라도 후작가의 인장과 부인의 얼굴을 보고 순순히 길을 터 주었다.

그리고 본 광경들.

메데이아는 자신을 대신할 만한 아이데라 대공을 찾았으며, 제 아내는 찢어 죽여도 시원치 않을 여자와 내통하는 듯 보였다. 아니, 내통하는 게 확실했다.

"어째서 이런……."

그런 상황에서 엘리까지 모습을 드러냈다. 새 드레스로 갈아입은 엘리는 오늘만큼은 어두운 얼굴을 벗어던지고 예전처럼 화려한 모습으로 아렌도의 옆에 서 있었다.

'왜 나만…….'

왜 자신만 여기에 있는 걸까. 왜 자신은 저 아름다운 곳에 있지 못하고 여기에 홀로 있는 걸까.

자신이 여태 해 왔던 모든 일은 전부, 전부 가문을 그리고 가족을 위한 일이었다. 사랑하는 가족을 위해서 가문의 명예를 지키기 위해서 자신이 그런 일을 저지른 것이었는데, 가족들은 자신을 버리고 저 안에서 행복하게 웃고 있었다.

후작은 시선을 뒤틀어 모든 상황을 자신이 보고 싶은 대로 왜곡했다. 가문을 위해, 가족을 위해 희생했지만, 결국 버림받은 비참한 자신. 절망으로 물든 푸른 눈에 걷잡을 수 없는 분노가 차올랐다.

"두고 보자."

모두 용서할 수 없었다.

"전부. 전부……!"

스페라도 후작은 입술에서 피가 흐를 정도로 강하게 깨물었다. 내가 저들에게 지옥을 보여 주고 말리라.

⚜

가벼워진 마음으로 파티장으로 돌아온 레슬리가 슬그머니 베스라온의 옆에 서자, 누군가와 이야기하고 있던 베스라온이 제 여동생을 내려다보았다.

"레슬리. 어디를 다녀온 거니?"

정원에 다녀왔다는 걸 알았지만, 한 번 더 물어보자 레슬리는 환하게 웃으며 대답했다.

"정원에 다녀왔어요. 약속대로 하르트 경이랑 꼭꼭 붙어 있었고요."

그 말에 베스라온은 미소 지으며 '잘했다.'라고 말해 주었다.

"공녀님!"

누군가가 익숙한 목소리로 레슬리를 불렀다. 레슬리를 위해 귀족 재판 때 증언대에 선 펠론 경이였다.

"안녕하세요, 펠론 경."

레슬리가 시선을 맞추며 인사를 건네자 그는 오랜만에 공녀님을 본다며 넉살 좋게 웃었다.

"안 그래도 지금 베스라온 대장님께 아가씨 칭찬을 듣던 중이었습니다."

"제 이야기를요?"

"네, 아라벨라가 되셨다고 얼마나 자랑을 하시던지."

그녀가 못 말리겠다는 듯 눈을 흘기자 베스라온이 다시 무덤덤해진 얼굴로 어깨를 으쓱해 보였다.

"두고 보십시오. 내일쯤 되면 황실 개미들조차 아가씨의 자랑을 듣게 될 겁니다."

도대체 얼마나 자랑을 한 걸까. 예전의 말수가 적고 중후했던 베스라온과 같은 사람이라고 믿기 힘들었다. 실제로 그의 옛날 모습만 기억하는 몇몇 지방 귀족들이 놀라 그들을 바라보고 있었다.

레슬리가 슬쩍 시선을 올리자 베스라온이 시선을 맞추며 입꼬리만 살짝 올렸다. 그게 뭐 어떠냐는 얼굴에 레슬리가 반사적으로 입을 빼죽 내밀자, 따라서 베스라온도 입술을 내밀었다.

어쩐지 오기가 생겨 두 손으로 제 뺨을 꾹 눌러 붕어를 흉내 내니, 베스라온이 웃음을 터트렸다.

'이겼다.'

레슬리가 우쭐거리자 그마저도 귀여워 보였는지 베스라온과 하르트 그리고 펠론이 훈훈한 미소를 머금었다.

"부럽습니다. 사이가 좋아 보여서요. 저는 동생이랑 사이가 별로 좋지 못하거든요. 머리가 좀 컸다고 얼마나 대들던지. 저번에는 제 말을 훔쳐 타서 수도를 전부 돌고 오더라고요. 덕분에 그날은 마차를 타고 출근했죠."

"세상에……."

"뭐, 하루 정도는 괜찮았어요. 문제는 그게 며칠을 갔다는 겁니다. 아, 그러고 보니 공녀님, 케이크는 드셔 보셨습니까? 과연 황실 파티예요. 내로라하는 케이크에 과자들이 올라와 있더라고요."

이야기는 순식간에 확확 바뀌었다. 레슬리는 홀린 듯 펠론의 이야기에 빠져들었고, 그사이 베스라온은 하르트에게서 정원에서 무슨 이야기가 오갔는지 전해 들었다. 하르트의 이야기를 듣는 베스라온의 눈가가 가늘어졌다.

'어머니가 고른 사람이니 믿어도 되겠지만.'

어딘가 불안했다. 베스라온은 레슬리의 힘에 대해 셀바토르 공작저의 몇 사람 외에는 아무도 몰랐으면 했다. 그걸 위해 조금은 병적으로, 레슬리가 힘을 쓸 만한 상황을 제거했었다.

혹시라도 연약한 레슬리가 그 힘을 쓰다가 폭주하는 상황을 막기 위해, 그리고 과도한 복수심에 먹히지 않기 위해.

데비엔과 메데이아가 알아 버린 이 상황에서는 콘라드 역시 상황을 알고 더 적극적으로 레슬리를 도와야 한다는 걸 알았지만, 어쩐지 속이 좋지 않았다.

'답답하군.'

베스라온은 작게 한숨을 쉬었다. 그런데 그런 베스라온의 턱 쪽에 무언가가 닿았다.

"……?"

베스라온이 시선을 내리자, 레슬리가 케이크 한 조각을 내밀고 있었다.

"맛있어요. 드셔 보세요, 오라버니."

어쩐지 표정이 어두워진 자신을 달래기 위해 레슬리가 내민 듯 보였다. 베스라온의 입가에 다시 미소가 걸렸다.

"맛있네."

케이크를 먹자 레슬리는 웃으며 접시에 있는 다른 케이크를 내밀었다. 나름 베스라온의 입맛에 맞춘 것인지, 레슬리가 좋아하는 다디단 케이크가 아닌 꽤 담백한 맛의 케이크였다.

"자, 오라버니."

레슬리는 이번에 붉은 케이크를 내밀었다. 한 입 크기로 만들어진 케이크 위에는 작은 베리가 올라가 있었다. 베스라온은 아무런 의심 없이 케이크를 입에 넣었고.

"……!"

급격히 몰려오는 신맛에 눈을 커다랗게 뜨더니 이내 거대한 몸을 조금씩 허물어뜨렸다. 놀라 베스라온을 바라보는 펠론과 하르트에게 레슬리는 방긋 웃었다.

"오라버니는 신 걸 잘 못 드시거든요."

아침의 복수였다.

⚜

"메데이아 태후 폐하."

모두가 파티를 즐기는 가운데, 어린 소년과 소녀 두 명이 메데이아에게 다가왔다. 아쉽게도 최초의 사제가 되지 못한 후보생들이었다.

"결정했나요?"

두 사람을 보며 메데이아는 생긋 웃었다. 잠시 두 아이들은 서로의 얼굴을 바라보더니 이내 고개를 끄덕였다.

"네, 저희는 태후 폐하께서 제안해 주신 걸 따르고자 합니다."

원하는 답에 메데이아는 옅게 웃었다.

이번에는 시험 방식이 크게 바뀌면서 고귀한 피대로 후보를 뽑지 않았다. 덕분에 셀리스처럼 한미한 가문의 자제들도 꽤 뽑혔고, 그중에는 꽤 절박한 사람도 많았다. 대표적으로 지금 메데이아의 앞에 있는 갈색 머리의 소녀와 금빛 머리의 소년이 그런 상황이었다.

나름 깔끔한 옷이라고 입은 옷은 조금 낡아 있었고, 유행에 뒤처져 있었다. 귀족이라고 모두 부유하게 살 수는 없는 법이었으니까. 그중에는 당장 먹을 식사 한 끼를 걱정해야 할 정도로 가난한 이들도 많았다.

“저, 그런데…… 위험한 것은 아니지요?”

소녀가 주저하며 묻자 메데이아는 고개를 저었다.

“전혀요. 고위 사제께서도 미리 말했듯 그저 일손을 도와주기만 하면 된답니다. 이번엔 꽤 크게 축제가 벌어질 예정이라 도움이 필요해요.”

고위 사제. 두 사람의 머릿속에는 검은 머리에 얼음 같은 푸른 눈을 한 고위 사제가 떠오르고 있을 것이다.

“그렇군요.”

두 사람은 안심한 듯 보였다. 그도 그럴 것이 신전에서 몇 없는 고위 사제에, 태후였으니까.

메데이아는 잠시 두 사람을 바라보다가 장식으로 달아 두었던 꽃 두 송이를 뽑아냈다. 그리고 그 꽃을 두 사람의 가슴에 손수 달아 주며 말을 이었다.

“그대들이 해야 할 일은 아라벨라를 돕는 일입니다. 이번 축제만 잘 끝나면 내 이름으로 그대들을 다음 최초의 사제들로 추천서를 넣겠어요. 물론 이번 일에 대해서도 충분한 보상을 내릴 예정입니다.”

보상과 다음 최초의 사제 추천. 두 사람의 얼굴에 화색이 돌았다. 그 누구도 아닌 황족의 추천이었다. 예전처럼 완벽하게 최초의 사제를 확답받지는 못하더라도, 어느 정도 영향을 미칠 건 자명한 일이었다.

“일에 대해서는 나중에 알려 주도록 하겠어요.”

밝아진 두 사람을 바라보며 메데이아은 자비로운 미소를 머금었다.

“부디 그때까지 잠시만 기다려 주세요, 두 사람 모두.”

공작의 망토를 도롱이처럼 둘둘 둘러서 덮고 있는 레슬리가 눈을 깜

빡였다. 걱정했던 것과 달리 오늘은 꽤 즐거운 날이었다. 예쁘게 꾸미고 셀리스와 케이크를 먹었으며, 베스라온에게는 신 베리를 먹여 복수에 성공했다.

오직 걸리는 거라고는 콘라드에게 비밀을 털어 둔 것이었다.

'콘라드 경 괜찮으신 거겠지?'

레슬리가 들어오고 나서 한참 만에 돌아온 콘라드의 얼굴은 어딘가 어두워 보였다. 거기다 옷가지에는 흙이 묻어 있었다.

레슬리가 콘라드의 안색을 살피며 말을 걸자 콘라드는 애써 밝은 목소리로 화답했다. 하지만 파티가 끝날 때까지 어두워진 얼굴은 끝끝내 나아지지 않았다.

'역시 내가 싫어지신 걸까?'

눈물이 떨어질 것 같았다. 콘라드는 괜찮다고 말해 줬지만 그가 누군가. 괜찮지 않다고 해도 괜찮다고 말해 줄 사람이었다.

첫 친구였다. 스페라도 후작가의 다락방을 벗어나 처음으로 사귄, 비슷한 나이 대의 친구였다. 그런 친구에게 미움을 받고 싶진 않았다.

'다음에 맛있는 거랑 해서 다시 사과하자.'

잘못했으면 더 잘해 주면 되는 거겠지.

레슬리는 빠르게 머리를 굴렸다. 여태 콘라드와 먹었던 음식 중에서 콘라드가 뭘 더 잘 먹었는지 떠올려 보았다. 시폰 케이크, 마카롱, 에클레어, 코코아……. 많은 음식이 머리를 스쳐 지나갔지만, 마땅해 보이는 건 없었다.

손 편지와 함께 사과해 볼까. 머리를 이리저리 굴리는데 다시 한 번 수마가 밀려들어 왔다. 오늘 아침에 일찍 일어난 탓이었다.

"하암."

작게 하품한 레슬리의 머리는 몰려드는 졸음에 제대로 가누지 못하고 이리저리 흔들렸다. 레슬리가 편히 기댈 수 있도록 머리 장신구를 빼 주던 공작이 손을 멈췄다.

“많이 졸리니?”

“네에…….”

“그럴 만도 하지. 오늘은 흔치 않은 일들을 해치웠으니까.”

파티에 나간 것뿐인데, 마치 전쟁터에 나간 듯한 셀바토르 공작의 목소리를 들으며 레슬리는 옅게 웃었다.

“좀 자렴. 마차가 멈추면 깨워 줄 테니까.”

레슬리는 대답하듯 눈을 두어 번 깜빡이더니 그 상태로 잠들어 버렸다. 그런 레슬리가 편히 눈을 붙일 수 있게 공작은 자신의 어깨를 내어 줬다.

“많이 피곤했나 보군.”

맞은편에 앉아 있는 사이레인이 레슬리를 바라보며 안쓰러운 목소리로 말했다. 하지만 그렇게 이야기하는 그도 피곤한지 눈 그늘이 짙게 져 있었다.

“여보도 피곤하지 않았어?”

마지막 남은 보석 핀을 빼내며 공작이 묻자, 사이레인이 볼을 긁적였다.

“조금? 그래도 여보야가 있으니까.”

어릴 때부터 평민에 용병 생활을 해 왔던 사이레인에게 있어서 저런 자리는 자신 못지않게 괴로운 자리였을 것이다.

거기다 오늘은 아셀라를 포함한 몇몇 사람들에겐 파티가 아닌 정보전이었다. 공작과 사이레인은 목적 중 하나였던 에펜타니 백작을 만나고 다른 귀족들 사이에서 많은 이야기를 들었다. 평소였다면 루엔티가 했을 일인데, 아직도 그는 시누스턴 신전에 남아 있었으니까.

“피스토레 녀석은 얼굴도 못 봤군.”

사이레인이 크게 기지개를 켜며 말을 흘렸다. 그나마 베스라온이 기사단의 일로 황실에 남은 덕에 마차 안은 여유로웠다. 하지만 사이레인이 기지개를 켤 정도로 큰 편은 아니라 그는 곧 마차 지붕에 팔을 부딪치고는 슬그머니 팔을 내렸다.

“메데이아가 있으니까 굳이 나올 필요는 없었지.”

“테펜텔 녀석에게 자랑 좀 하려고 했는데. 테펜텔은 피스토레를 만날 수 있으려나.”

사이레인의 물음에 공작이 눈을 찡그리더니 이내 입을 열었다.

“축제가 끝난 후에는 만날 수 있겠어. 피스토레도 일이 많고 테펜텔도 곧 수도를 떠나니까.”

“테펜텔이? 벌써 돌아간대? 아니, 뭐 벌써 가려고 한대. 조금 더 있지. 아직 못 마셔 본 술도 잔뜩이구먼.”

매번 투덕거리던 것과 다르게 사이레인이 급하게 물었다.

“아니, 일 좀 시키려고. 에펜타니 영토로 보낼 참이야.”

공작의 대답에 마음을 놓은 듯 사이레인은 ‘그래, 이제 밥값 좀 해야지. 바타가 어제 울더라니까.’ 하고는 마차 벽면에 몸을 기댔다. 그리고 웃으며 제 아내와 딸을 바라보았다.

“오랜만에 여보야랑 춤도 추고 싶었는데.”

“호수에서 췄던 것처럼?”

사이레인이 회상에 잠긴 듯 느리게 눈을 감았다가 떴다.

“그때가 좋았지.”

호숫가를 홀로 삼고, 달빛을 샹들리에 삼아 괴물이라 불리던 소공작과 어리숙한 용병이 췄던 춤은 아직도 사이레인의 머릿속에 남아 있었다. 잠시 제 남편의 얼굴을 바라보다가 공작이 말을 이었다.

“오늘은 바빠서 안 됐지만, 한번 공작저에서 파티를 열자고.”

“우리 집에서?”

공작저에서 열렸던 마지막 파티는 아셀라가 공작 위를 받을 때 열린

작은 파티였다.

“그래, 그간 파티를 좋아하는 사람이 없었으니 그런 건 열어 봤자라고 생각했는데.”

오늘 보니 레슬리의 눈동자가 반짝반짝했다. 매일같이는 아니더라도 가끔 열어서 몇몇 손님만 초대하면 괜찮은 파티가 될 것 같았다. 바타도 제 솜씨를 자랑할 수 있어 좋아할 것이고, 쓰지도 않는 홀을 매일 쓸고 닦던 하녀들도 기뻐할 것이다. 손님을 몇 명 초대하지 않을 테니 제나는 한 명 한 명의 취향에 맞춰 꼼꼼하게 파티를 준비하겠지.

“저택에서 레슬리 데뷔탕트를 치러도 괜찮겠어.”

사이레인은 자신 몰래 한다고 준비하는 ‘레슬리 거리’에 정말 축제를 열어도 괜찮을 것이다. 반짝이는 걸 좋아하는 아이니까 불꽃놀이도 좋아하겠지.

에펜타니 백작에게 듣자 하니 에펜타니 영지에서는 축제가 있으면 등을 날린다고 들었다. 그것도 괜찮을 것 같았다. 에펜타니 영지의 장인들을 불러다 수도를 가득 메울 정도로 등을 날려 봐야지.

틸레이얼 부인에게서 솜사탕을 대량으로 가져와 색색의 솜사탕을 쥐여 주면 좋아서 눈물을 글썽일지도 모르는 일이었다.

“뭐든 다 해 줄 수 있다는 게 기쁘네.”

레슬리의 은빛 머리를 쓰다듬으며 작게 중얼거리는 제 아내님을 보며 사이레인은 만족스러운 미소를 흘렸다. 공작은 뭔가 생각난 듯 고개를 들고 그를 바라보았다.

“아, 사이.”

“응?”

“내 동상은 안 돼. 거리는 더더욱 안 되고. 레슬리 걸로만 채워.”

“…….”

‘레슬리 거리’ 뒤에 두 아들놈과 상의 후 ‘멋진 아셀라 거리’를 만들려던 사이레인은 어깨를 축 늘어트렸다. 그런 자신의 남편을 보며 셀바토르 공작은 웃음을 흘렸다. 이래저래, 귀여운 남편이었다.

⚜

루엔티의 얼굴이 일그러져 있었다.

지금 루엔티는 레슬리와 셀리스가 추락했던 곳에 서 있었다. 그리고 바로 발밑에는 땅이 무너져 내리면서 만든 가파른 절벽이 있었고, 그 절벽 밑에는 강이 흐르고 있었다.

'여기서 떨어졌단 말이지.'

갑자기 발밑이 붕괴하고, 물에 빠지고, 거기에 거대 늑대까지.

무서운 게 많은 아이인데. 귀신 이야기를 듣고 한동안 커튼이 바람에 움직이는 것만 봐도 작게 비명 지르며 자신에게 달려오던 아이였다.

"아오."

저절로 욕지거리가 튀어나왔다. 더 열 받는 것은 제 동생을 떨어트린 게 사고나 자연재해가 아니라 인재라는 것이었다.

분명하게 남은 마법의 흔적. 알 수 없는 마법사가 레슬리를 노리고 정확히 이리로 두 사람을 몬 후에 발밑을 무너트린 것이다.

두고 보라지. 이딴 일을 벌인 놈들은 곱게 안 죽일 테니까. 마침 심증이 가는 놈이 있었다.

루엔티는 작게 혀를 차며 안경을 벗고는 제 미간을 꾹 눌렀다.

"셀바토르."

누군가 그를 불러 뒤를 돌아보니, 마법사의 저택에서 그나마 친하게 지내는 알빈이었다.

짙은 녹색 머리에 검은 눈의 알빈은 서글서글한 성격 덕에 루엔티의 성격을 잘 받아 내는 편이라 늘 일이 있을 때마다 그를 전담하고는 했다. 하지만 사람 좋은 알빈 역시 이번 일에서만큼은 루엔티를 피하고 싶었다.

루엔티가 짜증을 꾹꾹 눌러 담은 표정으로 알빈을 바라보았다.

"왔냐. 늙은이들이 뭐래?"

"늙은이라니, 그래도 10인의 마법사이신데."

알빈은 생글생글 웃으며 말을 흘렸다. 그러면서 머릿속으로 지금 전달받은 상황을 이 난폭한 놈에게 어떻게 전달해야 피해가 그나마 적을지 마구잡이로 계산하기 시작했다.

그런 알빈의 생각을 알아차린 것인지 루엔티가 다시 미간에 주름을 잡았다. 안 그래도 사이레인을 닮아 무서워 보이는 얼굴이 한층 더 험악해졌다. 알빈은 저도 모르게 시선을 밑으로 내렸다.

"야, 알빈."

"으, 으응?"

"말해."

루엔티는 그런 알빈의 생각을 꿰뚫어 본 듯했다. 아니, 그 전에 마법사의 저택에서 무슨 대답이 올지 알고 있는 듯했다. 알빈은 제 머리를 벅벅 긁더니 작게 한숨을 쉬며 대답했다.

"이번 일은…… 쉽게 움직일 수 없다는 답이 왔어."

마법사의 저택은 루엔티의 손을 들어 주지 않았다.

다른 곳이면 몰라도 하필 신전에서 벌어진 일이었다. 어찌 보면 황실보다 더욱 손대기 어려운 곳.

거기다 마법사의 저택에 등록된 마법사가 아닌 자가 나타났다. 이 일이 널리 알려지면 귀족들의 비판을 피할 수가 없을 것이 분명했다.

피해를 최소화하기 위해, 비난을 죽이기 위해, 마법사의 저택은 시간이 오래 걸리지만 안전하게 돌아가는 방법을 택한 것이다.

루엔티는 이를 갈았다. 이런 식으로는 절대 범인을 잡을 수 없다는 걸 그는 알고 있었다.

"일단 와서 기다리면 어떻게든 알아는 봐 준다고……."

알빈은 말을 이어 하다가 도로 다물었다. 그리고 고개를 숙여 시선을 피했다. 당장이라도 자신을 잡아먹을 듯한 암녹색 눈동자를 도무지 바라볼 수가 없었다.

"알빈."

루엔티는 마법사의 저택의 선택을 이해했다. 하지만 용납할 수는 없었다.

금방이라도 날뛸 줄 알았는데 생각보다 조용한 루엔티를 보며 알빈은 눈을 깜빡였다.

"가서 도움 필요 없다고 말해. 나는 단독으로 조사하고 범인을 잡을 테니까."

"……!"

알빈의 눈동자가 커다래지더니 루엔티의 팔을 꽉 잡았다.

"미쳤냐! 저택의 결정에 거스르면 제명이야! 마법사의 위치를 잃는다고!"

안 된다고 연거푸 외치며 고개를 저은 알빈은 말을 이었다.

"너는 10인의 마법사고 셀바토르니 제명까지는 아니겠지만, 더는 공녀님의 일로 마법사의 저택 도움을 받을 수는 없을 거야."

"필요 없어."

루엔티는 안경을 도로 쓰며 말을 이었다.

"내가 원하는 건 지금 당장 범인을 찾아서 그놈을 이 절벽에서 떨어트린 후에 거대 늑대 앞에 놓아두는 거야. 아, 팔다리는 묶어서 말이야."

계속 이어지는 루엔티의 말에 알빈의 얼굴이 하얗게 질리기 시작했다.

"이번만큼은 난 마법사의 방식이 아니라 셀바토르의 방식대로 움직인다. 마법사의 저택은 끼어들지 말라고 해."

루엔티는 잡힌 팔을 빼내고는 신전으로 몸을 돌렸다. 범인의 윤곽도 잡았겠다, 바로 공작저로 돌아가 추격을 시작할 참이었다.

"맞다. 알빈."

신전으로 향하던 걸음을 일순 멈춘 루엔티는 아직도 그 자리에서 서서 자신을 걱정스럽게 바라보는 알빈과 시선을 맞췄다.

"나 휴가 낸다."

"……?"

알빈의 얼굴이 일그러졌다. 10인의 마법사가 휴가를 낸다니, 선례가 없는 말이었다.

"그동안 네가 나 대신 10인의 마법사석에 앉아 있어. 겸사겸사 내 일도 좀 처리해 주고."

"야, 이 미친놈아!"

금방 돌아올게. 루엔티는 손을 흔들어 보이고는 걸음을 재촉했다.

어차피 시간은 오래 걸리지 않을 것이다. 짐작이 가는 사람이 있었으니까. 루엔티의 머릿속에 얼음 같은 눈동자를 가진, 고위 사제 데비엔이 떠오르고 있었다.

⚜

레슬리가 눈을 동그랗게 뜨고 테펜텔을 바라보았다.

"정말 가시는 거예요? 축제라도 보고 가시면 좋을 텐데……."

제 짐을 꾸리던 테펜텔은 레슬리를 보며 어깨를 으쓱해 보였다.

"너희 어머니가 다녀오라는데 어쩌겠니. 가야지."

그 말에 레슬리의 어깨가 축 늘어졌다. 테펜텔은 그런 레슬리를 바라보다가 손을 뻗어 머리를 쓰다듬었다.

"너무 걱정하지 말렴. 축제가 시작하기 전에는 올 거야."

"정말요?"

레슬리의 목소리가 순식간에 밝아졌다. 테펜텔은 웃으며 고개를 끄덕였다.

"그러면 축제에 같이 참여해요, 테펜텔 님. 제가 길은 잘 모르는데 그래도 안내해 드릴게요."

길은 모르지만 길을 안내해 준다는 건 어떤 의미일까. 웃음보가 터진 테펜텔은 레슬리를 꼭 끌어안았다.

"우리 딸도 이만큼 귀엽고 날 생각해 줬으면 좋겠네."

장녀인 테펜텔의 딸은 베스라온과 비슷한 성격이었다. 문제는 세 아들놈들도 다 덤덤한 성격이라는 데 있었다.

그래서 그런지 테펜텔은 레슬리가 정말로 마음에 들었다. 그녀도 예전 셀바토르 공작가의 사용인들처럼 만년 귀여움 부족이었다.

꼭 끌어안은 채로 뺨을 비비자 레슬리가 테펜텔의 품 안에서 작게 웃음을 터트렸다.

"좋아, 오늘은 예전 이야길 다 해 주마. 어디까지 이야기했지?"

종종 테펜텔은 레슬리와 놀아 준답시고 사이레인과 공작의 옛이야기를 해 주었다. 며칠 전에도 그 이야길 해 줬는데, 공작과 다녀올 곳을 이야기하고 짐을 정리하느라고 뒷이야기를 못 해 줬다.

"어머니가 칼 한 번 휘두르는 거로 오크를 전부 제압했다는 이야기까지 해 주셨어요!"

레슬리의 이야기에 테펜텔은 고개를 끄덕이더니 이내 뒷이야기를 시작했다.

"그래서 그때 아셀라가 검을 들고 외쳤지. '여기 너희가 말하는 괴물이 왔다!' 그러자 적들이 우왕좌왕하는데……."

적들이 갑자기 나타난 공작 때문에 놀라 도망가는 모습을 조금이라도 재현해 주고 싶었던지, 테펜텔이 팔을 흔들었다. 순간 어깨 쪽의 큰 상처가 레슬리의 눈에 들어왔다.

아롬벨은 르카디우스 제국보다 훨씬 더운 나라라, 테펜텔은 공작저에서도 어깨선을 조금 넘는 길이의 소매 옷을 입고 다녔다. 그 때문에 지금처럼 팔을 격하게 움직이면 왼쪽 어깨에 상처가 드러나곤 했다.

상처투성이인 테펜텔의 몸에서도 꽤 심각해 보이는 상처에 레슬리가 조심스럽게 물었다.

"그런데 테펜텔 님, 그 어깨랑 목의 상처는 혼란의 시대 때 입으신 건가요?"

레슬리의 갑작스러운 질문에 테펜텔은 눈을 두어 번 깜빡이더니 고개를 끄덕였다.

"맞아. 다 혼란의 시대 때 얻은 상처들이지."

테펜텔은 제 목에 난 상처를 매만졌다.

"이걸 입었을 때는 정말 죽는 줄 알았어. 아셀라가 도와줘서 살았지. 이 상처를 낸 놈은……."

테펜텔은 말꼬리를 흐렸지만, 레슬리는 테펜텔의 표정에서 상처를 입힌 사람의 최후를 쉽게 읽을 수 있었다.

"그럼 이 상처는요?"

왼쪽 어깨에 난 상처는 한눈에 보기에도 심각해 보였다. 조금 더 상처가 깊었으면 팔을 잃지 않았을까 하는 생각이 저절로 들었다.

"이 상처를 입힌 놈은…… 저기 있네."

테펜텔이 갑자기 문 쪽을 가리켰다. 덥다고 열어 둔 문밖으로 커다란 빵을 입에 문 사이레인이 지나가고 있었다. 갑자기 두 사람의 시선을 한몸에 받은 사이레인은 영문도 모르고 멈춰서 눈을 껌뻑거렸다. 그리고 레슬리의 눈동자 역시 커다래졌다.

"아, 아버지가 이 상처를 입히신 거예요?"

"그래, 얼마나 아팠던지. 팔을 못 쓰는 줄 알았다니까. 사제가 치료해 줬는데도 이런 흉터가 남았지."

두 사람의 대화로 지금 상황이 이해가 간 것인지 사이레인이 입을 열었다. 하지만 그의 목소리 어디에도 다급하다거나 미안하다는 기색은 없었다.

"그야, 그때는 서로 적이었으니까."

테펜텔은 비록 사이레인이나 셀바토르 공작만큼 힘이 강한 편은 아니었지만, 정확도가 무서울 정도였다. 만일 조금이라도 늦었으면 사이레인이 크게 다쳤을 게 분명했다. 하지만 그 상황을 모르는 레슬리는 고개를 저었다.

"친구끼리 싸우는 건 안 돼요!"

적이어서 서로 검을 겨눴다는 걸 이해는 해도 완전히 인정한 건 아닌 듯 보였다. 잠시 그런 레슬리와 사이레인을 바라보던 테펜텔의 얼굴에 장난기가 서렸고 그녀는 갑자기 제 왼쪽 어깨를 쥐고 바닥에 주저앉았다.

"아윽!"

"테펜텔 님!"

놀란 레슬리가 달려가자 도대체 뭘 어떻게 한 것인지, 땀을 흘리는 테펜텔이 입술을 깨물며 애써 웃어 보였다.

"괘, 괜찮아……. 간간이 이렇게 아프거든. 하지만 정말 괜찮단다."

그러나 땀범벅이 된 얼굴과 덜덜 떨리는 목소리는 전혀 괜찮아 보이지 않았다. 레슬리의 눈이 좌우로 마구 흔들리기 시작했다.

'저렇게 오래된 상처가 아플 수 있는 건가?'

잠깐 이성의 의구심이 들었지만, 이내 혼란이 다시 찾아왔다. 자신도 엘리 때문에 입은 아주 작은 상처가 이따금 아프지 않았던가. 사제에게 치료받고 이젠 그 흔적조차 없어졌다지만, 테펜텔은 전혀 다를 것이다.

거기다 저 상처는 다른 사람도 아니라 자신의 아버지인 사이레인이 입힌 상처였다. 자물쇠를 뜯고 방에서 튀어나오던 아버지가 떠올라 레슬리는 침을 꿀꺽 삼켰다. 그리고 어디론가 다급하게 뛰기 시작했다.

뒤로 테펜텔의 웃음소리와 다급하게 레슬리를 부르는 사이레인의 목소리가 들려왔지만, 레슬리는 빨리 가야 한다는 생각에 그 소리를 제대로 듣지 못했다.

"아가씨?"

놀란 사용인들이 레슬리를 불렀지만, 대답도 하지 않고 레슬리는 날듯이 계단을 내려갔다.

레슬리가 달려간 곳은 1층, 자일로의 방이었다. 셀바토르 공작가의 주치의 자일로는 한 기사의 상처에 느긋하게 약을 바르다가 레슬리가 갑자기 문을 확 여는 바람에 놀라 괴상한 비명과 함께 약통을 쏟았다.

"흐어억!"

"끄악!"

그리고 그 뒤를 고통스러운 비명이 뒤따랐다. 하필이면 얼굴에 난 상처를 치료하는 중이었던지라 약은 기사의 얼굴에 그대로 쏟아졌고, 기사는 다량의 붉은 약을 상처에 뒤집어쓰고 괴로움에 발버둥 쳤다.

"미, 미안해요, 경. 진짜 미안해요. 자일로 좀 데려갈게요."

레슬리는 그런 기사에게 작게 사과하면서 손수건을 건네주고는 자일로의 손을 덥석 잡고 이끌었다.

"자일로 어서, 어서."

"아가씨, 제가 이제 예순이 넘었습니다. 그러니 제발 부디 부탁드리니 조금만 천천히 가 주십시오."

자일로는 무릎을 부여잡고 싶었다. 레슬리는 나름 속도를 늦췄지만, 그래도 마음이 다급했다.

"테펜텔 님이 아프시다고 해서요, 자일로."

"……테펜텔 님이요?"

자일로는 오늘 아침에 연무장에서 기사들과 대련을 한답시고 몇 명을 둘러메고 던져 버리던 테펜텔을 떠올렸다. 거기다 자일로는 셀바토르 공작가에서 오랫동안 근무한 덕에 테펜텔의 무용담을 아주 잘 알고 있었다. 그런 테펜텔이 아프다니, 사이레인이 감기에 걸렸다는 것보다 더 놀라운 일이었다.

"응, 많이 아프시대."

하지만 레슬리의 다급한 얼굴을 보니 안 갈 수도 없어 무릎을 붙잡으면서 끌려갔다. 반드시 올해 안에 은퇴하고 말겠다는 작고도 원대한 소망을 되새기며 자일로는 테펠텔과 사이레인이 있는 방으로 올라왔다. 그리고 바닥을 구른 듯 보이는 테펜텔과 그녀를 원망스럽게 쳐다보는 사이레인을 번갈아 바라보았다.

'아하.'

셀바토르 공작저에서 첫 번째로 연륜이 높은 자일로는 잽싸게 현 상황을 파악했다. 그는 테펜텔 앞에 주저앉으며 고개를 끄덕였다.

"이 상처입니까?"

아직도 웃음이 가시지 않는 테펜텔은 말없이 고개를 끄덕였다. 입을 여는 순간 웃음이 터져 나올 듯 보였다.

"괜찮으실까?"

뒤에서 레슬리가 걱정스러운 얼굴로 묻자, 자일로는 자신만만한 표정으로 고개를 끄덕였다.

"많이 아프셨을 겁니다. 하지만 이제 셀바토르가의 명의! 저 자일로가 있으니 아가씨는 너무 걱정하지 않으셔도 됩니다."

자일로의 자신만만한 얼굴에 레슬리는 한결 안도한 얼굴로 고개를 끄덕였다. 잠시 1층 자신의 방에 다시 다녀온 자일로는 웃으며 테펜텔에게 물약 통을 내밀었다. 물약 통을 받아 든 테펜텔의 얼굴이 순식간에 어두워졌다.

"드십시오."

테펜텔이 저도 모르게 고개를 저었다. 편식 따윈 없고 어떤 약도 잘 먹는다고 자부하던 테펜텔이었지만, 도무지 이것만큼은 먹을 수가 없었다. 피하고 싶은 걸쭉한 보라색도 색이지만.

"냄새……."

걸레에 우유를 붓고 축축한 곳에 한 달 동안 썩히면 이런 냄새가 날까. 이런 냄새가 어떻게 사람이 만든 약에서 나는 걸까, 저절로 고민하게 만드는 냄새였다. 레슬리와 사이레인은 냄새를 피해 저 뒤로 도망친 지 오래였다.

"괜찮……."

"드셔야 합니다!"

자일로는 근엄한 표정으로 고개를 저었다.

"드셔야 어깨의 고통이 사라질 겁니다."

"어서 드세요, 테펜텔 님!"

사이레인 뒤에서 코를 막은 레슬리마저 응원하자, 테펜텔은 절망적인 얼굴로 물약을 내려다보았다. 이젠 사이레인이 웃음보가 터지기 일보 직전이었다.

"아, 하하하……."

테펜텔은 물약을 내던지고 도망가고 싶었다. 하지만 레슬리가 너무도 반짝이는 눈동자로, 그리고 굳은 믿음을 가지고 테펜텔을 바라보고 있었다. 차마 저 눈동자를 배신할 수 없어 테펜텔은 침을 꿀꺽 삼켰다.

'죽기야 하겠어?'

그래, 혼란의 시대 때 몇 번의 사선을 넘어온 자신이었다. 몸에 난 상처의 수는 그대로 그녀가 고비에서 살아남은 기록이었다. 용기를 낸 테펜텔은 물약을 단숨에 들이켰다.

그리고 테펜텔은 나흘 후 출발 직전까지, 아니 에펜타니 영토에 내려가서까지 입에서 물약 냄새가 나는 새로운 경험을 겪었다.

⚜

'이건가.'

베스라온은 지금 황실 서고 깊숙한 곳에서 책을 하나 찾고 있었다. 황제의 허락에, 린체 기사단장이라는 위치에, 셀바토르 공작가의 힘까지 이용해 간신히 문을 열게 한 서고에는 먼지로 가득한 책들이 수만 권 넘게 쌓여 있었다.

현 황제에 대한 기록이 있어 정해진 때가 아니면 문을 열지 않는다는 서고에는 너무 쓸데없는 사담이 많이 적힌 기록이 있었다. 만일 사담을 조금만 줄였다면 지금 이 서고에 있는 기록 중 3분의 1이 줄었을 거라고 확신하며, 베스라온은 손을 놀렸다.

마치 누군가가 일기를 써서 서고에 박아 둔 것 같은 책들 사이에서 베스라온은 하나의 문장을 찾아냈다.

[르카디우스 제국의 몇몇 가문은 특별한 힘을 가지고 있었는데 그중 가장 뛰어난 힘을 가진 것이 셀바토르 가문이다. 괴물 같은 힘과 마력을 타고난 셀바토르가에서는 종종 마검사가 태어났고…….]

특별한 힘을 가진 가문의 기록. 베스라온은 한 장 더 넘겼다.

[스페라도 가문 역시 주목할 만한 가문이다. 어둠은 그만큼 무섭고, 강력하다. 소

리 소문 없이 뭐든 먹어 치우는 힘. 실체가 없는 것조차 먹어 치울 수 있지 않을까.

어린아이들이 종종 죽어 나가는 것 같은데, 아무래도 힘을 이기지 못한 아이들이 사망하는 듯하다.]

'……이때도 철저하게 더러운 짓을 숨기고 있었군.'

베스라온의 미간에 주름이 잡혔다. 조금 신경질적으로 책을 넘기다 그만 읽고 있던 페이지를 찢어 버리고 말았다.

당황한 베스라온이 찢어진 장과 책을 번갈아 바라보고 있는데, 그 사이로 무언가가 눈에 띄었다. 책에 붙어 있었더라면 안쪽 부분이라 몰랐을 곳에 작은 낙서 같은 게 적혀 있었다.

[이것까지 적으면 분명 혼나겠지. 그렇지만 모든 특이한 힘에 대해 기록하고 싶은 걸. 그러니 안쪽에 적는다! 아무도 나를 막을 수 없어!]

지지리도 말을 듣지 않는 기록가였던 모양이었다. 베스라온은 눈을 찡그리다가 이번엔 주저 없이 다음 장을 찢었다. 그러자 역시 안쪽에 숨어 있는 글귀가 눈에 들어왔다.

[비록 르카디우스 제국의 가문은 아니지만, 신력과 마력을 같이 가지고 태어나는 특이한 일족이 있다. 그런데 곧 멸족하지 않을까.

그 일족은 안타까울 정도로 아이들이 태어나지 않는다. 신력과 마력, 반발하는 두 힘을 같이 타고나기 때문이겠지.

길어 봤자 몇백 년을 간신히 버틸 것이다. 한 일족이 사라지기엔 너무도 짧은 시간이다.]

"마력과 신력."

베스라온의 머릿속에는 4년 전, 한 고위 사제의 손을 잡고 괴로워하던 제 여동생이 떠올랐다. 그리고 얼음같이 차갑던, 그 한 쌍의 눈동자도.

⚜

몇 시나 됐을까. 잠에서 깨어난 레슬리는 바로 몸을 일으키지 않고 두어 번 느리게 눈을 깜박였다. 커튼 틈 사이로 쏟아지는 햇빛은 어두운 방과 비교되어 너무도 밝아 보였다.

레슬리의 머리맡에서 셀리스가 선물해 준 향주머니가 흔들거렸다. 슈에나라는 약초를 말려 만든 향주머니에서는 좋은 향기가 났다.

'테펜텔 님은 저 약초를 가지러 가신 거였지.'

셀리스도 왜 굳이 셀바토르 공작이 그 약초를 원하는지 모르겠다며 고개를 갸웃거렸다. 하지만 어머니가 하는 일이니 무언가 이유가 있겠지.

졸음이 가득한 걸음으로 창가로 다가가 밖을 내려다보자, 아직 이른 새벽이었다. 저 멀리서 기사들의 고함이 들려오고 있었다.

'밥부터 먹을까.'

레슬리는 살짝 입맛을 다시며 설렁줄을 잡았다가 도로 놓았다. 줄을 당겨 마델을 부르기엔 이른 시간이었다. 마델이라면 괜찮다고 말하며 바로 식사를 준비해 주겠지만, 레슬리는 마델과 같은 방을 쓰는 서올리가 은근히 잠이 많다는 걸 잘 알고 있었다.

주방으로 가자. 꼬르륵 소리가 나는 배를 쓰다듬으며 레슬리는 슬리퍼를 신었다. 이른 시간이지만, 분명 바타와 주방 사람들은 잠에서 깨어 있겠지. 지금 가면 아마도 갓 구운 빵과 지금 바타가 만든 수프를 먹을 수 있을 것이다.

저번에도 이렇게 일찍 일어나 주방에서 같이 밥을 먹은 적이 있었다. 오븐에서 갓 나온 따끈따끈한 빵을 조심스레 입에 넣었을 때, 얼마나 맛있었던가. 그때 생각을 하자 저절로 입에 침이 고였다.

그렇게 음식을 먹으러 주방으로 온 건데, 예상치 못한 사람이 먼저 식사를 하고 있었다.

"루엔티 오라버니!"

언제 돌아오신 거지? 음식 대신 루엔티가 식탁에 앉아 있었다. 밤새 달려 저택에 온 건지 두 눈이 퀭해 보이는 루엔티 앞에는 접시가 가득 쌓여 있었다.

"아가씨, 식사하러 오신 겁니까?"

바타는 레슬리가 주방까지 와서 식사하는 건 오랜만이라며 그녀가 앉을 수 있게 자리까지 빼 주었다.

"오라버니, 언제 오신 거예요?"

"도착은 어젯밤에?"

바타가 빼 준 의자에 앉으며 레슬리가 묻자, 루엔티는 빵 하나를 입에 욱여넣으며 말을 이었다.

"장돼써. 할 망이……."

루엔티는 빵 하나를 욱여넣은 상태에서 하나를 더 넣으며 말하다가 입을 다물었다. 정확히는 목소리를 내는 걸 멈추었다. 그리고 순식간에 빵 두 개를 꿀꺽 삼키더니 입가에 묻은 빵가루를 닦으며 바타를 바라보았다.

"레슬리는 위에 가서 먹을 거야. 간단하게 차려 줘."

루엔티의 말에 바타가 시무룩한 얼굴로 고개를 끄덕였다. 그리고 그건 다른 주방 사용인들도 마찬가지였다.

"내일 아침에 먹으러 올게요."

"아닙니다, 아가씨. 이 시간에는 주무셔야지요."

바타는 괜찮지 않은 얼굴로 괜찮다며 빠르게 손을 놀려 푸짐한 상을 차려 내었다. 식욕을 돋워 줄 샐러드와 바삭한 빵, 그리고 버터와 각종 잼에 지금 막 구워 냈는지 아직도 자글자글 기름이 튀는 소시지까지 놓여 있었다.

맛있겠다. 레슬리의 눈이 반짝이고 저절로 입에 침이 고였다. 루엔티는 마지막 남은 자신의 빵을 입에 욱여넣더니 레슬리의 쟁반을 들고 걸음을 옮겼다. 그렇게 간 곳은 루엔티의 개인 서재였다.

“일단 이건 나중에 먹자.”

분명 속이 안 좋아질 테니까. 루엔티는 덤덤하게 제가 들고 온 쟁반을 내려다보았다. 언제나 음식은 따듯할 때 먹어야 한다며, 레슬리에게 먹이는 걸 늘 우선순위로 하는 그답지 않았다. 무슨 일인 걸까.

“네, 오라버니.”

레슬리가 고개를 끄덕이자 루엔티는 레모네이드만 레슬리의 앞에 내려 두고 쟁반을 옆으로 치워 버렸다.

그리고 쟁반 대신 레슬리의 앞에 놓인 건 여러 장의 종이였다. 고어가 읽기 힘들 정도로 휘갈겨 써진 종이를 레슬리는 습관적으로 읽어 내려가다가 굳어 버렸다.

“오라버니, 이게 뭐예요……?”

스페라도가의 실험 기록. 그렇게밖에 말할 수 없었다.

[오늘의 실험은 익사. 과연 얼마나 되는 힘이 형제에게 갈까.]

[제물의 불은 아이를 먹으면 먹을수록 더욱 커지는 것 같았다.]

[이번에 죽은 아이는 ……스페라도. 생각보다 많은 힘을 제 형제에게 넘겨 줘, 기특해 이름을 적어 보았다.]

[쌍둥이의 경우, 각각 다른 수치의 힘을 전해 주었다. 쌍둥이라고 완벽히 똑같지는 않은 모양이다.]

[둘째와 셋째를 넣어 보았다. 확실히, 셋째가 효율이 높지 않다.]

[특이하게도 이번엔 둘째가 밀색 머리에 녹빛 눈을 타고났다. 이번엔 장녀를 불에 넣어 보았다. 첫째라 해서 다른 때와 특이한 점은 없었다.]

"우욱!"

레슬리는 몇 번 더 읽다가 그대로 헛구역질을 했다. 속이 울렁거리고, 괴로움에 머리가 핑 돌았다.

"괜찮아?"

루엔티는 덤덤하게 레슬리의 등을 두드려 주며 반쯤 남은 레모네이드를 그녀에게 건넸다.

"토하지 마. 더 읽어야 하니까."

그러면서 루엔티는 뭔가를 찾듯 종이를 뒤적거렸다.

"……오라버니, 이게 뭐예요?"

여전히 눈물이 맺힌 레슬리가 루엔티에게 묻자, 루엔티는 여전히 기록에서 눈을 떼지 않고 대답했다.

"어머니가 스페라도 후작가에 사람을 심어 두었어. 그리고 후작이 비밀 장소에 숨겨 놓은 수첩을 발견했다고 연락이 왔고……. 어젯밤 내가 저택으로 돌아오며 베껴 낸 기록을 받았지. 그리고 밤새 암호문을 해독한 거야."

실수로 섞였다며 루엔티는 종이 한 장을 흔들었다. 거기에는 식자재 주문 목록이 적혀 있었다. 스페라도 후작과 부딪친 하녀가 보내온 것이었다.

"그, 그런……."

"레슬리 너는 다른 게 아니라 이걸 봐야 해."

그러면서 루엔티는 레슬리의 앞에 세 장의 종이를 내려놓았다.

"오른쪽부터 읽어 봐."

레슬리는 울렁거리는 속을 레모네이드로 달래며 맨 오른쪽 것을 읽어 보았다.

[은발의 아이가 10의 힘을 가지고 있었다면, 밀색 머리의 아이가 받는 힘은 고작 8 정도. 2의 힘은 어디로 갔을까?]

다시 속이 울렁거렸다. 레슬리는 간신히 다음 장을 읽어 내려갔다.

[……할 수 없이 사슬을 만들었다. 완벽히는 아니지만, 어둠을 통제할 수 있는 사슬. 이걸 몸에 감아 두면 어둠은 힘을 쓰지 못했다. 그 후…….]

사슬의 이야기는 이미 레슬리도 알고 있는 것이었다. 다행히도 크게 울렁거리지 않았다. 그리고 마지막 장에는 단 한 문장만 적혀 있었다.

[우리가 큰 실수를 저질렀다.]

'……실수라니?'

레슬리가 인상을 찡그리자 맞은편에 있던 루엔티가 입을 열었다.

"일단 이 기록을 너에게 보여 주는 이유는 누구보다 이 당사자가 너라는 점 때문이야. 그리고 심어 놓은 자에게 듣기로는 이 기록은 이미 메데이아에게 넘어갔어."

그 말은 태후 역시 레슬리의 힘을 다루는 사슬을 알고 있다는 뜻이었다. 아마도 후작은 사슬조차 태후에게 바쳤을 것이다.

"하지만 우리가 주목해야 할 것은 이거."

루엔티는 손가락으로 단 한 문장만 쓰여 있는 종이를 가리켰다.

"나는 이자들의 실수가 은발의 아이가 사실은 힘의 적격자라는 걸

뒤늦게 깨달은 거라고 생각하고 있어."

"은발 아이들이 원래 힘의 적격자였다구요?"

"그래. 아직까지는 가설이야. 하지만 나는 꽤 괜찮은 가설이라고 생각해."

루엔티는 몇 장의 종이를 레슬리 앞으로 더 내밀며 물었다.

"후작은 어떤 사람이지?"

"네?"

"책을 자주 읽나? 읽으면 꼼꼼히 읽거나 여러 번 반복해서 읽는 편이야? 아니면 고어는 잘해?"

갑자기 후작은 왜 물어보는 걸까. 레슬리는 의문을 가지면서도 고개를 저었다.

"후작은 고어 실력이 뛰어난 편은 아니에요."

간단한 문장 하나를 잡고 끙끙거리는 후작을 본 적이 있었다. 분명 아카데미를 졸업하고 나서는 고어 해독서에는 손도 대지 않았겠지. 물론 아카데미에서도 고어를 잘했으리란 보장은 없었다.

"그리고…… 책도 읽지 않는 편이었어요."

그가 읽는 거라고는 간단한 서류 몇 장 그리고 새로운 사치품들이 가득 그려져 있는 카탈로그가 전부였다. 후작의 개인 서재에는 값비싼 책부터 구하기 힘든 고어까지 수많은 책이 있었지만, 후작은 그중 단 한 권도 읽지 않았다는 걸 레슬리는 확신할 수 있었다.

그가 가장 좋아하는 건, 그 서재에 손님을 초대해 읽지도 않는 책들을 자랑하는 일이었다. 그러다 손님이 책에 대해 질문이라도 하면 슬며시 다른 쪽으로 이야기를 돌려 버렸다.

루엔티가 고개를 끄덕였다. 그리고 종이를 읽어 보라는 듯 툭툭 두드렸다.

[왜 요즘은 제물이 될 은색 머리 아이들보다 밀색 머리 아이들이 더 많이 태어나는지 모르겠다. 밀색 머리 아이가 태어나면 그 뒤로 은색 머리 아이가 태어나는 게 아니었나?]

[몇 대를 이어 기록을 해 왔지만, 이제 더 이상 기록을 이어 갈 필요가 느껴지지 않는다. 밀색 머리 아이도 태어나지 않고, 은색 머리 아이는 더더욱 태어나지 않는다.]

[도대체 우리가 뭘 놓친 걸까.]

[왜 멍청한 것들은 우리의 이야기를 들어 주지 않을까. 이 이상 어둠의 힘을 가진 아이들이 태어나지 않아 가문이 망할지 모른다는 공포가 그들의 눈을 가렸다.]

레슬리가 종이를 다 읽자, 루엔티는 슬그머니 한 장을 더 했다. 실수 이야기가 적혀 있는 종이였다.

[우리가 큰 실수를 저질렀다.]

"황실에는 초대 가문의 수장들 초상화가 걸린 곳이 있어."

루엔티는 덤덤하게 말을 이었다. 그 말에 레슬리는 4년 전, 베스라온과 린체 기사단에 놀러 갔을 때 봤던, 초상화로 가득했던 복도를 떠올렸다. 갑자기 엘리가 나타는 바람에 안쪽은 구경하지 못했었지. 그럼 그 안쪽에 초상화들이 있었던 걸까?

"그리고 거기에는 초대 스페라도 후작의 초상화는 없지."

이어지는 루엔티의 말에 레슬리의 눈이 동그래졌다.

"대신 3대째 스페라도 후작의 초상화가 걸려 있어. 그의 머리색은 밀색이야. 그리고 그거 알아, 레슬리? 언어는 변하지. 그건 고어도 마찬가지야."

레슬리는 그 말에 고개를 끄덕였다. 고어라고 크게 잡고 있지만, 세세하게 들어가면 크게는 10가지로 나뉘는 게 고어였다.

르카디우스 제국이 막 생겨났을 때 쓰던 언어와 어느 정도 안정기에 쓰였던 언어…… 조금씩 다 차이가 났다.

"언어는 역사를 따라가고, 변하고, 그 자체로 하나의 역사가 되지."

루엔티는 한 장을 손으로 쿡 집었다. 대충 읽어 보니 이제 실험이 시작되는 내용이었다.

"이게 첫 장이야. 그리고 여기 써진 걸 해석해 보면 대충 르카디우스 제국이 막 생겼을 때 쓰던 언어는 아니야. 2대 르카디우스 황제가 한 일 중 가장 찬양받는 업적을 기억하고 있지?"

"어, 언어 체계를 정비화……."

그전까지 르카디우스 제국에서는 여러 가지 언어가 오고 갔고, 언어의 차이는 큰 불편함과 혼란을 가져왔다. 그걸 보고 있던 2대는 황좌에 오름과 동시에 황자 시절부터 준비해 오던 일을 시행했다. 언어를 하나로 정비하고 체계화시켰다.

"정답. 첫 장에는 2대 르카디우스 황제가 체계화한 고어의 특징이 보이고 있어."

없어진 초대와 2대째의 스페라도 후작의 초상화, 그리고 2대 황제가 정비한 언어를 사용한 기록. 영특한 제 동생은 빠르게 사실을 알아챘다. 루엔티는 이를 보이며 웃었다.

"그렇다는 소리는 설마 초대가 은색 머리였을지도 모른다는 사실인가요?"

레슬리는 눈을 깜빡거렸다.

"그럴지도 모르지."

루엔티는 털썩 소파에 주저앉으며 말을 이었다.

"너도 알다시피 무언가가 세워지고 난 직후는 가장 불안하고 가장 위태하지. 실제로도 초대와 2대째의 피가 다른 가문들도 많아. 일단 생각나는 가문만 해도 라레로스가, 케이틀가 그리고 음, 또…… 하여튼 몇 가문이 더 있지.”

루엔티는 이내 고개를 저었다. 가문의 이름을 기억하고 신경을 쓰는 건 그의 성격에 맞는 편이 아니었다.

“하지만 이걸 확신할 수는 없어. 원본을 암호화하고 또 그걸 해석한 거니까. 정확한 건 원본이 필요해.”

“그럼…….”

“이번엔 힘들겠지만, 원본을 가져오라고 했어. 그걸 분석해 보면 더 정확한 답이 나오겠지. 어쨌거나 레슬리.”

루엔티가 안경 너머로 눈을 동그랗게 뜬 레슬리를 바라보았다.

“힘의 정당한 후계는 너일지도 몰라. 그걸 염두에 두고 있어.”

그리고 아무렇지도 않게 레슬리의 앞에 접시를 하나하나 내려놓으며 말을 이었다.

“늦었지만, 너도 짐작하다시피 네가 강에 떨어진 원인은 산사태 따위가 아니야. 그건 누군가가 개입한 일이지.”

자, 그럼 식사하자. 루엔티는 수저까지 완벽하게 레슬리 앞에 올려두고 잠시 눈을 찡그렸다. 음식들이 전부 식어 버렸다. 잠시 식은 수프와 딱딱해진 빵, 그리고 반쯤 녹아 버린 레모네이드를 바라보던 루엔티가 레슬리를 바라보았다.

“아무래도 바타에게 말해서 새걸 가져오는 게 낫겠다.”

그치?

⚜

머리가 복잡했다. 레슬리는 지금 가문의 인장도 없는 갈색 마차를 타고 거리로 꽃을 사러 가고 있었다. 어머니 방과 아버지의 방을 꾸밀 꽃을 사겠다는 건 사실상 핑계고, 답답함에 거리 구경을 나온 것이다.

하지만 되레 답답함이 더욱 심해지고 있었다.

편한 자줏빛 원피스를 입은 레슬리의 눈가가 점점 가늘어졌다. 아침에 있었던 루엔티와의 대화에 속이 어지러워 어서 마차에서 내리고 싶은데, 무슨 일이 있는 건지 마차가 움직일 생각을 하지 않았다.

"레소 경."

결국 마차 창문을 열어 호위로 따라 나온 레소를 불렀다. 단발이었던 머리를 길러 이제 하나로 묶고 다니는 레소가 말을 몰고 조금 더 마차 가까이 다가왔다.

"네, 아가씨."

"오늘 무슨 일이 있어? 마차가 전혀 움직이질 않아서."

"사고가 난 듯하더군요. 알아보고 올까요?"

레슬리가 고개를 끄덕이자, 말을 몰아 먼저 앞으로 나가더니 금방 되돌아왔다. 레소가 난처한 얼굴로 레슬리를 바라보았다.

"축제 준비로 세워 둔 간이 상점이 쓰러지는 바람에 길을 막고 있다고 합니다. 치우려면 시간이 좀 걸린다고 하네요."

축제 때문에 늘어난 인파에 거대한 마차, 그리고 쓰러진 간이 상점들.

레슬리는 잠시 고민하는 듯 눈을 찡그리다가 문을 열었다. 그리고 발판도 제대로 밟지 않고 그대로 폴짝 뛰어내리고는 마부를 바라보았다.

"상점가까지 그냥 걸어갈래. 저택으로 돌아가서 쉬어. 레소 경이 같이 있으니 다른 사람들에게는 걱정 말라고 전해 주고."

그 말에 마부는 레소를 한 번 보더니 고개를 끄덕였다. 레소는 바로 말에서 내리고는 마부에게 맡겼다.

마차와 말 한 마리를 데리고 어떻게 돌아갈까 잠시 의문이 들었지만 레슬리는 이내 걸음을 옮겼다. 확실히, 축제 때문에 인파가 많아지고 있었다.

“저번보다 사람이 더 많아진 것 같네요. 오늘 편한 복장을 하고 온 게 다행인지, 불행인지.”

레소는 주변을 경계하며 말을 꺼냈다. 셀바토르 기사단복은 좋은 의미로나 나쁜 의미로나 너무 눈에 띄었으니까. 하지만 오늘 레소는 다리에 붙는 검은 바지에 가죽으로 만든 조끼, 셔츠에 검을 맨 모습이었다.

레슬리 역시 드레스가 아니라 평범한 원피스에 작은 보닛으로 은발을 가린 상태였다. 그 위에 얇은 보랏빛 망토까지 입고 있었다. 중요한 의식이 코앞인데 감기라도 걸리면 안 된다며 제나가 레슬리를 붙잡고 입힌 것이었다.

두 사람이 평범한 복장을 고수한 데는 이유가 있었다.

아라벨라가 되면서 높아진 레슬리 슈야 셀바토르 공녀의 인기도 한몫했지만, 공작가에서 레슬리에게 아낌없이 돈을 쓴 것도 컸다.

그 혜택은 가장 가까이 있는 상점가로 돌아갔다. 얼마 전엔 이상한 거리를 만든다며 천문학적인 돈을 쏟아붓지 않았던가. 덕분에 저번 레슬리가 상점가를 구경나왔을 때, 몰려든 사람들로 한바탕 곤욕을 치른 적이 있었다.

그때의 일을 기억한 레슬리와 레소는 나름 평범한 복장으로 거리로 나왔다.

“이렇게 많은 사람들이 있는데 우리 가문의 복장으로 나왔으면 큰일 날 뻔했네요.”

“그러게. 의식을 연습하러 나왔을 때보다 더 사람이 몰린 것 같아.”

레슬리 역시 고개를 끄덕였다.

여태까지 총 두 번. 레슬리는 아라벨라가 되어 에피알테스를 봉인하는 의식을 시연했다. 실제로 에피알테스가 있는 방은 열리지 않았고, 그 앞에서만 이루어졌다.

양옆으로 선 최초의 사제들과 가운데에 있는 아라벨라, 검고 육중한 문과 화려하게 그려진 금빛 문양. 그리고 그 안에 있는 에피알테스.

메데이아가 노리는 것이자 공작이 막고 싶어 하는 것. 그 두 사람의 대리는 엘리와 그녀였다.

의식을 연습하는 레슬리의 눈은 계속 문에 닿아 있었다. 절대로 열릴 것 같지 않은 문이었다. 저 문을 여느니 스페라도 후작가의 사람들이 마음의 문을 열고 진심으로 죄를 뉘우치는 게 더 빠를 거란 생각이 들 정도였다.

잠시 의식을 떠올리다 보니, 이내 레소가 말한 쓰러진 간이 상점에 도착했다.

'생각보다 심각하네.'

어쩌다가 이렇게 쓰러진 것인지, 나무로 만든 간이 상점은 처참하게 부서져 있었다. 나무 파편이 맞은편 골목 안까지 튀어 있었다. 사제도 와 있었고, 수도의 치안을 담당하는 경비원에 상점의 주인처럼 보이는 사람까지 와 있었다. 주변을 둘러보던 사람들이 수군거렸다.

"왜 이렇게 된 거야? 누구 다쳤대?"

"낡아서 그랬나 봐. 누가 다친 건 아니래. 주변을 돌아다니던 사제가 혹시 몰라 왔나 봐."

거기다 구경꾼들로 거리가 가득 메워져 있었다. 셀바토르 공작가의 사람이라는 걸 밝히기만 하면 인파가 반으로 나뉘겠지만, 괜히 소란을 일으켜 더 혼란한 상황을 만들고 싶지 않아, 레슬리는 그냥 사람들 틈 사이를 빠져나가기로 결정했다.

"이거구나."

한참 사람들 사이를 나아가다 보니 쓰러진 가게가 나타났고 레소가 쓰러진 가게를 살피더니 이내 눈을 크게 떴다.

"아, 저 여기 아는 곳이에요. 이 집 꼬치구이가 정말 맛있는데. 축제 때만 꼬치구이를 팔아서 저는 솔직히 축제보다 여기 꼬치구이를 더 기다렸는데."

정말 좋아하는지 레소는 작게 한숨을 쉬었다.

그런 레소를 바라보는 레슬리의 눈에 누군가가 들어왔다. 익숙한 얼굴에, 여기에 왜 있는지 모를 사람. 그 두 명이 레슬리처럼 인파에 섞여 이번 일을 구경하고 있었다.

'왜 저분들이 여기에?'

레슬리가 잠시 눈을 깜박이는 사이 지나다니는 사람들로 시야가 가려졌다. 다시 시야가 트였을 때, 그 자리에는 다른 사람이 서서 쓰러진 가게를 구경하고 있었다.

잘못 본 걸까.

"저뿐만 아니라 다른 사람들도 다 좋아하거든요. 말해 줘야겠네."

"다른 사람들도 다 좋아해?"

레슬리는 눈을 두어 번 깜빡이다가 다시 레소의 말에 집중했다.

"네, 큰 도련님도 은근 좋아하세요. 사이레인 님은 말할 것도 없고."

"어머니는?"

"공작님은…… 잘 모르겠네요. 가리는 거 없이 다 잘 드시는 분이라."

아닌데. 어머니는 은근히 차가운 음식이나 마른 음식을 좋아하지 않았다. 고기도 좋아했지만 해산물도 그 못지않게 좋아했고, 수프는 칠리 수프를 가장 좋아하셨으며 후식으로는 입을 상큼하게 해 주는 걸 좋아하셨다. 레소는 같이 밥을 먹지 않으니 어머니에 대해 잘 모르는 모양이었다.

어쩐지 기분이 좋아져 레슬리가 웃자, 레소는 아가씨 기분이 나아져서 다행이라며 같이 웃었다.

"꼬치구이 집은 문제없지 않을까? 사람이 다친 것도 아니니까."

"그렇겠지요? 기대하던 곳인데, 이번에 문을 열지 못하면 슬플 거예요."

레소가 조금 과장된 표정으로 눈물을 닦는 척했다. 그 모습에 다시 레슬리의 웃음이 터져 나왔다.

"그렇게 맛있어?"

"저 가게 꼬치구이를 한 번 먹으면 다른 가게 걸 먹질 못해요. 꿈에서도 나올 정도라니까요."

"정말?"

"네, 바타 님도 한번 드셔 보시고 정말 놀라신 듯했어요."

도대체 어떤 맛이기에 바타가 그렇게 놀란 걸까. 궁금하다며 말을 잇는 레슬리의 눈에 또 익숙한 사람이 들어왔고, 그녀는 곧 걸음을 멈추었다. 역시 아까 잘못 본 게 아니었다.

"아가씨?"

레슬리가 뚫어져라 한곳을 바라보자, 레소 역시 자연스레 레슬리의 시선을 따라 움직였다.

"아는 분이신가요?"

금빛 머리의 소년과 보닛을 써 잘 보이지는 않지만 다갈색 머리의 소녀가 서 있었다. 두 사람은 가게가 쓰러진 걸 구경 나온 듯 끝자락에서서 까치발을 들고 있었다.

"응, 안다기보다는…… 안면이 있어. 시누스턴 신전에서 같이 시험을 치른 분들이야."

거기까지 말한 레슬리의 고개가 옆으로 기울어졌다.

"그런데 왜 여기 계신 걸까. 분명 후보 시험에서는 탈락하셨는데."

다른 사람들보다 두 사람을 기억한 이유는 레슬리가 발견한 게 있기 때문이다.

시누스턴 신전에서 후보가 정해진 그날 밤, 두 사람이 신전 벽에 붙어 눈물을 흘리는 걸 목격했었다. 달래 줘야 할지, 괜찮냐고 손수건을 내밀며 물어야 할지, 아니면 그냥 지나쳐야 할지. 어떻게 해야 할지 몰라 한참을 머뭇거리다 결국 자신의 방으로 돌아왔었다.

"축제를 구경하시려고 남으신 게 아닐까요?"

레소가 제 머리카락을 만지작거리며 대답했다.

"탈락해서 빈정 상해 영지로 돌아가시는 분도 계시겠지만, 남아서 구경하는 분들도 계시겠지요."

"그런가."

몇몇 분이 최초의 사제가 되지 못한 것에 축제도 포기하고 영지로 돌아갔다는 소리를 들어서, 자연적으로 두 사람도 돌아갔겠거니 생각했었다. 하긴, 축제를 보기 위해서 남은 걸 수도 있겠지.

레슬리가 납득하는 사이, 두 사람은 구경을 포기한 듯 걸음을 움직였다. 그러다 구경으로 몰려든 사람들에게 밀려, 둘은 오히려 레슬리와 가까워졌다.

레슬리는 입고 있는 망토로 얼굴을 가렸다. 아직 후보에서 떨어져 구슬프게 울던 두 사람에게 어떤 얼굴을 해야 할지, 어떤 말을 건네야 할지 잘 몰랐다.

"역시 수도는 사람이 많네요."

바로 레슬리 근처까지 떠밀려 온 소녀가 풀린 리본 끈을 꼭 쥐고 말을 이었다.

"이래서 사제님이 될 수 있으면 신전에 있으라고 한 걸까."

소녀와 마찬가지로 간신히 사람들의 틈바구니에서 빠져나온 금발의 소년도 헝클어진 머리를 정리하며 조금 더 레슬리 가까이 다가왔다. 하지만 인파가 몰려 있던 탓에, 그리고 오늘 두 사람의 복장이 눈에 띄지 않는 덕에 그들을 발견하지 못한 듯 보였다.

"혹여나 다치기라도 하면 안 되니까요. 우리도 아라벨라님과 의식을 도와야 하잖아요."

'응?'

레슬리는 혹여나 망토가 벗겨질까, 망토 자락을 꽉 잡고 있다가 눈을 깜빡였다.

아라벨라? 그건 자신인데, 왜 여기서 자신에 대한 이야기가 나올까. 그리고 의식을 돕는다는 건 무슨 뜻일까.

"혹시 의식에 저 두 분들도 나오나요?"

레소가 작게 묻자 레슬리는 고개를 저었다. 아직 연습을 두 번 했을 뿐이지만, 저 둘은 본 적이 없었다.

레소와 레슬리는 거의 동시에 두 사람 쪽으로 몸을 기울였다. 왁자지껄한 소음 사이에서 두 명의 대화가 작게 들려왔다.

"이번 일이 잘돼서 다음 번 최초의 사제로 추천이 된다면, 분명 우리 가문에도 빛이 돌아올 거예요."

소년은 웃으면서 말했다. 사람들 사이에서 헝클어진 다갈색 머리를 매만지며, 소녀가 대화를 이었다.

"아라벨라가 되셔야지요! 다음 아라벨라는 남성, 맞죠?"

"하지만 제가 아라벨라까지 될 수 있을지……."

"될 수 있을 거예요! 다른 분도 아니라 태후 폐하의 추천이잖아요. 거기다 듣기로는 태후 폐하가 아렌도 황자님을 그렇게 아낀대요. 그러니 황자님이 황제가 되시면 분명 황태후 폐하의 힘이 더 강해지실 거예요."

자신들은 괜찮은 줄을 잡은 거라며 소녀가 외쳤다. 아무리 황후가 아렌도를 아꼈어도 황위에 오른 그가 메데이아를 내팽개칠지도 모르는데, 소년과 소녀는 계속 희망을 이야기하며 사람들 사이를 벗어났다. 그리고 그대로 골목 안쪽으로 들어갔다.

"레소, 따라가자!"

레슬리가 레소의 손을 잡아당겼다. 아라벨라 이야기와 의식 이야기까지 나온 것만 해도 수상한데, 메데이아까지 나왔다. 이건 확인이 필요했다.

"레소."

하지만 레소는 꿈쩍도 하지 않고 그저 곤란한 얼굴로 레슬리를 바라보았다.

"아가씨, 위험할지도 모릅니다."

레슬리는 레소의 손을 잡은 채, 격하게 고개를 저었다. 마음이 조급해지고 있었다. 항상 저들의 손아귀에 놀아나기만 했다. 그러니 이번엔 우리가 뒤통수를 쳐 줘도 괜찮지 않을까.

"위험하지 않은 곳까지만. 어차피 여기는 수도잖아."

무엇보다 이 근방에서 가장 큰 위력을 떨치는 건 셀바토르 공작가였다.

공작가가 운영하는 사업과 가게들, 마법사의 저택에서 나오는 물품들을 파는 가게들, 거기다 얼마 전 선물이라고 받은 레슬리 소유의 디저트집까지.

한 거리에 있는 모든 가게와 집들이 공작저의 소유라 해도 무리가 없었다. 그 덕에 레슬리는 한두 명의 호위만 데리고도 수도의 거리를 자유롭게 다닐 수 있었다.

"그렇지만……."

레소가 말끝을 흐렸다. 레슬리가 어둠의 힘을 가지고 있다는 사실을 모르는 그녀에게는 레슬리는 한없이 약하고 보호해야 할 존재였다. 그리고 레소에게 있어서 가장 중요한 건 레슬리의 안전이었다.

레소의 마음은 이해가 갔다. 하지만 이번엔 정말 좋은 기회가 아닌가. 답답한 마음에 레슬리는 그녀의 손을 잡고 살짝 올려다보았다.

"가자, 응? 매번 저쪽 뜻대로 흔들리는 것 같아 싫단 말이야."

"으음……."
"거기다 다른 사람도 아니라 레소가 같이 있는데 내가 뭐가 두렵겠어. 안 그래? 레소는 우리 셀바토르 공작가 기사단에서 최강이잖아!"
레슬리가 열렬하게 레소를 치켜세우자, 레소가 머쓱한 얼굴로 그녀를 바라보았다.
"……홀라당 넘어가는 반트 놈이랑 똑같이 취급하지 마세요."
말은 그렇게 하면서도 레소는 결국 고개를 끄덕였다.
"이봐."
레슬리가 두 사람을 눈으로 쫓는 사이, 레소는 몸을 돌려 지나가는 한 상인을 잡았다. 그가 입고 있는 옷에 새겨진 문양은 셀바로트 공작가가 운영하는 가게 문양이었다.
"셀바토르 공작가, 제나 집사님께 란다 꽃의 뿌리를 쫓는다고 전보를 보내."
슬쩍 셀바토르 공작가의 기사단 패를 보여 주며 말하자, 상인은 격하게 고개를 끄덕이고는 바람처럼 사라졌다.
"갈까요, 아가씨?"
레소의 허락이 떨어지자마자 레슬리는 뛰었다. 작은 몸을 요리조리 움직여 인파를 벗어났다. 뒤에서 레소가 작게 자신을 부르는 소리가 들렸지만 걸음을 멈출 수가 없었다.
레소는 기사단에서 가장 달리기가 빠른 사람이니 금방 자신을 따라잡을 수 있다. 그러니 자신이 해야 할 것은 이미 골목으로 들어간 두 사람을 찾는 일이었다.
'찾았다!'
다행인지 금방 두 사람을 찾을 수 있었다. 주변을 구경하며 대화를 나누느라고 걸음이 늦춰진 모양이었다.
"아가씨."

인파를 벗어나자마자 레슬리의 생각대로 순식간에 잡혔다. 레소는 숨을 헐떡이지도 않고 레슬리를 불렀다. 레슬리는 미안하다는 표정으로 레소를 보며 작게 웃었다.

"두고 보세요. 제가 최초의 사제가 돼서 황실에서 보상금을 받아도, 절대 제 동생 결혼 자금으로 쓰지는 않겠어요."

다갈색 머리의 소녀가 야무지게 외쳤다.

"저는 장사를 해 볼 거예요. 반드시 우리 영지를 가장 부유한 곳으로……."

"두 분."

들뜬 소년과 소녀의 대화를 자른 건 차가운 목소리였다.

"도대체 밖에서 뭘 하시는 겁니까?"

"이, 이피엘 님."

망토를 쓴 여자는 메데이아의 수석시녀 이피엘이었다. 골목 안쪽에서 나타난 이피엘은 두 사람을 노려보고 있었다.

"이 시기에 수도는 위험하니 돌아다니실 때는 반드시 호위를 데리고 다니시라고 누누이 말씀드리지 않았습니까?"

이피엘에게 두 사람은 기가 눌린 듯 고개를 숙였다.

"하지만 그 호위라는 분들은 조금 이상해요. 어느 가문의 기사님이신지도 모르겠고, 황실 기사단인 린체의 기사단은 더더욱 아니고……."

소녀가 작은 반항을 해 보았지만, 그때뿐이었다. 이피엘의 시선 한 번에 소녀는 다시 고개를 떨구었고, 이어지는 말에 두 사람의 안색은 하얗게 질렸다.

"그래서 지금 의식을 돕기 싫다는 말씀이십니까? 그러시다면 지금 당장 영지로 내려가시지요. 거기까지는 제가 도움을 드릴 수 있을 것 같군요, 두 분."

이피엘은 어서 가라는 듯 골목 끝을 가리켰다. 그러자 두 사람은 고개를 저었다.

"아, 아닙니다. 말씀에 따르겠습니다."

"그러시다면 지금 당장 방으로 돌아가시길. 그리고 제가 말할 때 외에는 외출은 금지입니다."

아무리 메데이아의 시녀라지만, 그녀가 두 사람을 이렇게 억압할 수는 없었다. 충분히 이상하다고 생각이 들 만한 상황이었지만, 어린 두 사람은 이피엘에게 기가 눌린 듯 잠시 서로를 바라보다가 자리를 떴다.

두 사람이 가는 걸 확인한 이피엘은 레슬리와 레소가 숨어 있는 쪽으로 걸음을 옮겼다.

'위험……!'

레소는 레슬리를 꼭 끌어안고 다른 한 손으로는 검을 잡았다.

다행히도 레소가 검을 쓸 일은 없었다. 어디선가 튀어나온 우락부락한 남자가 이피엘의 팔을 거칠게 붙잡았다.

"너!"

뒤이어 거친 목소리가 텅 빈 골목에 울려 퍼졌다. 이피엘은 갑자기 팔을 잡혀 놀란 듯했지만, 이내 남자의 얼굴을 확인하고는 눈을 찡그렸다.

"지금 이게 뭐 하자는 짓이지?"

그녀가 아는 사람인 듯했다. 하지만 그다지 마주치고 싶지 않은지 이피엘은 거칠게 팔을 빼내며 용건을 종용했다.

"무슨 용건인지 어서 이야기해."

"나랑 이야기 좀 하자고."

"이미 이야기는 다 끝났을 텐데. 그러니 할 말 따윈 없어."

이피엘은 반쯤 벗겨진 망토를 다시 쓰며 말을 이었다.

"그리고 제 일을 못 하는 사람과는 더더욱."

소녀와 소년이 호위를 따돌렸다더니, 그 호위가 저 남자였던 모양이었다. 일을 못 하는 사람이라는 말에 남자의 얼굴이 삽시간에 붉게 물들더니 이내 분노로 일그러졌다.

"저딴 일은 내 일이 아니야! 저딴 애새끼들을 나에게 맡겨 놔? 나는 유모가 아니란 말이야."

남자는 이피엘의 말에 자극을 받은 듯 이피엘을 거칠게 몰아붙였다. 하지만 그녀는 그런 그가 전혀 무섭지 않다는 듯 당당히 고개를 치켜들고 남자를 노려보고 있었다.

그런 이피엘의 얼굴에 당혹스러움과 경악이 물든 건 바로 이어진 남자의 말 때문이었다.

"나는, 우리는! 대업을 위해서 너희 따위와 손을 잡은 거라고! 분명히 이 거대한 뿌리를 뒤흔들기 위해서 뭐든 하겠다고 했지만, 거기에 애새끼들을……!"

이피엘은 다급히 남자의 입을 막더니 주변을 살펴보았다. 이피엘의 얼굴에서 자신이 원하는 감정을 보자 남자의 얼굴에 만족스러운 미소가 퍼져 나갔다.

"오호, 이 말이 퍼질까 무서운 거로군. 하긴, 너나 네 주인이나 지은 죄가 크지."

"그분을 모욕하지 마."

이피엘은 낮게 읊조리며 남자를 노려보았다. 하지만 혹여나 다른 사람들에게 들킬까 봐 아까처럼 목소리를 높이진 못했다.

"하고 싶은 이야기가 있다면 안에 들어가서 해."

이피엘이 몸을 돌렸다. 하지만 남자는 기분 나쁘게 이죽거리기만 할 뿐 그녀의 뒤를 따르지 않았다.

"아니, 나는 여기서 하고 싶은데?"

"미쳤어?"

"뭐, 이 정도야. 우리에겐 늘 위험이 뒤따랐단 말씀. 우리가 어떤 역경을 헤쳐 왔는지 네가 알기나 해?"

"여기서 그딴 말을 너희도 하면 위험할 텐데?"

"뭐 어때! 아니면 오늘 밤 다 같이 술 한잔 하기로 했는데 거기서 같이 이야기할……."

말을 끝내기도 전에 이피엘은 손을 들어 그대로 남자의 뺨을 내리쳤다.

"이것이……!"

"들어가서 하든가. 아니면 영원히 입을 다물고 있든가."

남자는 분한 듯 씩씩거리면서도 앞장서 걷는 이피엘의 뒤를 따라 어디론가 향했다. 두 사람의 목소리가 멀어지고, 레슬리는 밖으로 나왔다.

'우리라고 했었지.'

이피엘과 수상한 남자 그리고 어딘가 이상한 두 소년과 소녀. 레슬리는 네 사람이 사라진 방향을 빤히 바라보았다.

지금이 아니면 안 된다는 생각이 들었다. 간이 가게가 통째로 무너지는 큰 사건이 아니었더라면 두 사람이 나오지 않았을 것이고, 그런 두 사람을 찾기 위해 이피엘까지 모습을 드러내지 않았을 것이다. 그리고 무슨 불화가 있는지 잘 모르겠지만, 그게 없었더라면 남자까지 이피엘을 따라 나오지 않았겠지.

우연과 우연이 겹친 일이었다. 레슬리는 그대로 두 사람을 따라 걸었다. 뒤에서 작게 한숨 쉰 레소가 따라오는 소리가 들렸다.

이피엘과 남자는 소녀와 소년이 향했던 곳과는 다른 곳으로 걸음을 옮겼다. 레슬리는 잠시 두 사람을 바라보다가 이피엘 쪽으로 몸을 돌렸다. 수도에 골목이 이렇게 많았던가.

두 사람은 길을 돌아가는 게 분명했다. 돌았던 곳을 한 번 더 돌고,

일부러 쓸데없이 다른 골목을 갔다가 다시 걷고…….

그렇게 복잡한 길을 들키지 않고 조심히 따라가려니 마음이 조급해졌다. 중간마다 뒤를 돌아 레소가 잘 따라오고 있는지 확인했지만, 그것도 골목을 몇 개 지나고 나니 잊어버렸다.

어느새 주변 풍경이 바뀐 것도 모른 채, 이피엘의 뒷모습에 집중했다. 이피엘은 모퉁이를 계속해서 돌며 혹시 모를 사태를 대비하듯 자꾸만 주변을 돌아보았고, 레슬리는 아슬아슬하게 몸을 감췄다.

몇 번은 숨을 곳이 없어 어둠의 도움을 받았다. 레슬리가 몸을 웅크리고 그 위를 어둠이 덮으면 그저 빛이 들지 않아 어두운 구석만이 남았다.

이피엘은 몇 번이고 뒤를 돌아보며 확인하다가, 옆에서 계속 소리치는 남자 때문에 중간부터는 뒤를 돌아보지 않았다.

사람이 많은 골목에서도, 사람이 단 한 명도 있지 않은 골목에서도 세 사람은 빠르게 움직였다.

'어디 갔지?'

그렇게 몇 개의 골목과 길을 지나쳤을까. 레슬리는 발걸음을 멈추었다. 모퉁이가 유달리도 많은 골목에서 이피엘을 놓쳐 버리고 말았다.

'이피엘은 어디로 간 거지?'

그리고 레소는 왜 따라오지 않는 걸까. 가쁜 숨을 내쉬던 레슬리는 주변을 돌아보았다.

늘 걷던 중앙 거리와는 다른 거리는, 조금 지저분하고 낡은 집들이 모여 있었다. 간판을 보니 싸구려 술집과 여관들이 모여 있었다.

거리는 한산하다 못해 아무도 없었다. 그나마 있는 통행인이라고는 어제부터 같은 자리에 있었을 법한 주정뱅이 한 명이 전부였다. 이런 거리는 밤부터 활기를 띠니 낮에 가 봤자 쓸모가 없다고, 스페라도 후작가의 한 하인이 말한 걸 기억해 냈다.

수도 외곽 쪽이겠구나. 저번에 갔던 곳은 걷기 좋은 곳이었는데…… 그렇다면 여긴 수도 북쪽일까. 북쪽 지역에는 제대로 체류 허가를 받지 못한 사람들이나 범죄를 저지른 사람들이 모여 산다고 들었다.

잠시 그렇게 생각하며 주변을 돌아보던 레슬리는 이내 이피엘과 남자를 발견했다. 아직도 남자가 소리를 지르고 있는 덕분이었다.

재빨리 몸을 숨기고 레슬리는 이피엘을 바라보았다. 오는 데 급급해 주변을 돌아보지 않던 아까와는 다르게 이피엘은 면밀하게 주변을 살피기 시작했다.

'저기가 목적지구나.'

역설적으로 이피엘의 조심스러움은 지금 이곳이 목적지라는 걸, 레슬리에게 여실하게 알려 주었다. 그렇게 조심하며 움직이던 이피엘은 이내 길가에 있는 한 여관으로 걸어갔다.

"아……."

오래된 여관이었다. 과연 이런 여관에 손님이 들까 궁금증이 들 정도로 낡은 여관은 언제 쓰러져도 문제가 없어 보였다. 낡은 간판은 이미 반쯤 떨어져 통행인들을 위태하게 만들었다. 유일하게 쓸 만한 것은 영업이 끝났다는 걸 알려 주는 나무 간판이었다.

여관 가까이 간 레슬리는 집들 사이 작은 통로에 몸을 숨겼다. 그리고 얇디얇은 여관 벽에 귀를 대었다. 문을 닫았다는 표시와 다르게 여관 안쪽에서는 사람 소리가 들려오고 있었다.

몇 명이나 될까. 하나, 둘, 셋……. 생각보다 많은 사람이 있는 듯했다. 돌아가 볼까. 아니면 레소가 올 때까지 기다려 볼까. 그것도 아니라면 일단 저택으로 돌아가야 할까.

'마지막 방법은 아니야.'

레슬리는 고개를 저었다. 저택으로 돌아가고 어머니께 말을 하고 바로 기사단을 끌고 온다 해도 이피엘은 발을 뺀 뒤일 것이다.

레소와 같이 들어가는 것도 마뜩잖았다. 레소가 있다면 어둠을 제대로 쓰지 못할 수도 있었다.

'그렇다면 혼자 들어가야 할까.'

긴장으로 입안이 바싹 말라 레슬리는 침을 꼴깍 삼켰다. 가 보자. 결심한 그때, 갑자기 레슬리의 뒤에서 튀어나온 손이 레슬리를 끌고 통로 안쪽으로 들어갔다.

"……!"

비명을 지르기도 전에 입이 막혔고, 팔목이 붙들렸다. 어둠이 움직였다. 하지만 제 입을 틀어막은 사람에게 닿기도 전에 어둠이 멈췄다.

"……위험합니다."

시선을 위로 돌리자, 뛰어왔는지 땀범벅이 된 콘라드가 시선을 맞췄다. 엉겁결에 콘라드의 품에 안긴 레슬리는 콘라드를 보며 눈을 깜빡였다.

평소에 늘 입고 다니던 테센트루아 성기사단 제복이 아니라 평범한 셔츠와 조끼, 거기에 갈색 체크무늬가 들어간 빵모자를 쓴 콘라드는 영락없이 평범한 소년처럼 보였다.

"주변에서 수상한 자들이 있나 사람들 사이에 섞여서 확인하고 있었습니다. 그런데 레슬리 양과 레소 경이 어디론가 가시는 게 보이기에……."

콘라드는 웃으며 레슬리의 입을 막고 있던 손을 치웠다. 하지만 팔목을 잡은 손은 그대로였다.

"레소 경이 찾고 있습니다."

"레소 경이요?"

"네, 갈림길에서 레슬리 양을 놓치는 바람에 저와 경이 각각 다른 방향으로 왔지요. 감이 좋으신 분이니 곧 이리로 오실 겁니다."

여기로 오기 전에 갈림길을 여러 번 지나쳤다. 그때 레소가 레슬리를 놓친 모양이었다.

"레소 경은 저보다 다리가 빠른데 왜……."

"이상한 놈들이 방해하는 바람에요. 아마도 검을 차고 있어서 경비대로 착각한 모양입니다."

콘라드는 레슬리를 내려다보며 말을 이었다.

"이 근방에는 노숙자나 부랑자, 그리고 제대로 된 용병패가 없는 용병들이 모여 있어서 경비대의 움직임에 민감하거든요."

레슬리는 그 말에 대답하지 않았다. 어쩐지 마주치는 시선이 무서워졌다.

"거기다 약을 탄 술을 파는 주점에 도박장까지 모여 있는 거리입니다. 여기서 더 안으로 들어가면 노예 경매장까지 숨어 있지요."

노예 경매장. 레슬리가 작게 숨을 멈췄다. 노예라니, 그 제도가 폐지된 지가 언제인데!

하지만 위험하게 들리는 건 그 단어뿐만이 아니었다. 어쩐지 귓가에서 들리는 목소리가 낮게 가라앉아 있었다.

"그리고 그런 위험한 거리에 레슬리 양은 뛰어 들어온 거고요."

콘라드는 여전히 시선을 마주친 채 미소 지었다. 하지만 평소와는 전혀 다른 웃음이었다.

"화……나셨군요."

레슬리는 입술을 달싹이다가 입을 열었다. 평소에는 따스해 보이는 시선이 이렇게 차갑게 느껴지는 건 처음이었다.

"그래 보이시나요?"

콘라드는 오히려 레슬리에게 묻더니 잠시 침묵하다가 이내 고개를 끄덕였다.

"네, 화가 났습니다."

"……."

"왜 레슬리 양은 이 위험한 곳에 왔을까. 공작저에서 제대로 된 호위도 데려오지 않고, 뒤에 레소 경이 뒤처진 것도 모르고. 홀로 뛰어서 이 위험한 거리에, 위험한 사람을 쫓아서 왔을까. 이해는 가는데, 그래도 화가 나네요."

콘라드가 느리게 눈을 두어 번 깜빡거렸다. 그리고 그제야 잡은 팔목을 놔주었다. 붉게 물든 제 팔목을 바라보다가, 레슬리는 콘라드를 바라보았다.

"걱정은…… 감사해요, 경."

레슬리는 흔들림 없는 눈으로 콘라드를 바라보았다. 모두의 걱정을 이해하고 있었다. 자신을 여기저기에서 노리고 있었고, 실제로도 여러 번 위협을 받았으니까.

"하지만 저는 더 가만히 있지 않기로 했어요."

사실, 어떻게 보면 레슬리가 가만히 있어도 크게 상관없는 일이었다. 공작저 가장 깊은 곳에서 어머니, 아버지 그리고 두 오라버니와 함께 웃으면서 지내도 별 무리는 없을 것이다.

강한 어머니가 있었고, 자신을 사랑해 주는 아버지가 있었으며, 부족한 부분을 채워 주는 오라버니들이 있었다. 그저 제 역할인 아라벨라가 되어 에피알테스를 처리하고, 그 뒤는, 그리고 다른 일들은 전부 어머니에게 맡겨도 괜찮을 것이다.

그렇지만 레슬리는 그러고 싶지 않았다.

"저의 적이 스페라도 후작이라면, 어머니의 적이자 황제 폐하의 적은 메데이아잖아요."

어머니가 자신을 도와주었듯, 자신도 어머니를 도와주고 싶었다.

"셀바토르 공작가는 가장 고결한 수호자이니까."

그리고 자신은 그 가문의 일원이니까.

"조금 위험해지더라도 제가 할 일을 하고 또 돕고 싶어요."

레슬리는 콘라드를 보며 옅게 웃다가 이내 고개를 끄덕였다.

"콘라드 경이나 어머니나…… 다른 분들을 걱정시키고 싶지 않으니까, 조심 또 조심할게요. 그렇지만 저도 믿어 주세요. 저 이래 봬도 꽤 강해요."

레슬리의 말에 콘라드는 잠시 멍하니 얼굴을 바라보았다. 간신히 콘라드가 말을 꺼내려는데, 골목 안쪽이 시끄러워졌다.

"조금 이따가 말해 주세요, 경."

레슬리가 속살거리고는 고개를 살짝 들어 여관 입구 쪽을 바라보았다.

"부족하다고!"

아까 그 남자와 이피엘이 다투고 있었다.

여관 안에서 이야기가 끝나지 못한 것인지, 아니면 남자 혼자 결론을 이해하지 못한 것인지 홀로 소리 지르는 남자의 모습은 악귀 같았다.

"이 정도의 돈으로는 부족해. 돈을 더 가져와! 그렇지 않으면 네 윗대가리가 원하는 건 얻지 못할걸!"

남자는 비릿하게 웃으며 이피엘을 내려다보았다.

'윗대가리…….'

사이레인의 평소 언어 습관 덕분에 레슬리는 윗대가리가 윗사람을 낮게 부르는 말이라는 걸 알아차렸다.

"메데이아로군요."

콘라드가 작게 속삭이자, 레슬리가 고개를 끄덕였다. 이피엘의 윗사람은 그녀밖에 없으니까.

"이미 돈은 충분히 줬어."

이피엘은 자신을 협박하는 남자 따위 무섭지 않다는 듯 코웃음을 치며 제 망토 자락을 정리했다.

"그분께서 준 돈이면 못 할 것이 없었을 텐데. 아, 네놈이 도박장에서 이기는 건 무리였으려나.”

“뭐? 뭐?”

“네놈이 도박장에서 이기려면 황실을 털어도 부족하니까. 안 그래?”

정곡을 찔렸는지, 남자의 얼굴이 붉어지더니 손을 번쩍 치켜들었다.

“이, 이년이……!”

“그만, 카크.”

뒤이어 나온 사람은 조금 마른 체격의 남자였다. 타는 듯한 붉은 머리에 오른쪽 눈가에서 볼까지 이어지는 긴 상처가 나 있는 중년 남자는 성큼 다가와 카크라는 남자를 가볍게 제압했다.

“형님!”

체격 차로 볼 때는 지금 건물에서 나온 남자가 카크를 이길 수 없어 보였는데, 현실은 정반대였다.

카크는 아픈 듯 인상을 찡그리면서도 감히 남자를 쳐다볼 생각조차 하지 못했다. 힘으로나 위치로나 남자를 이길 수 없는 걸 잘 알고 있는 듯했다. 하지만 이대로 저 혼자 당하기는 억울한지, 카크가 남자를 바라보았다.

“형님도 억울하지 않습니까! 기껏 수도에 숨어들었는데, 애새끼들 경호나 맡고 있고…….”

카크가 말을 끝내기도 전에 고개가 옆으로 돌아갔다. 팔이 자유롭게 된 이피엘이 그대로 자신을 때리려던 카크의 뺨을 내리쳤다.

“이년…….”

“아까부터 여자의 팔을 잘못 잡으면 이렇게 된다는 걸 알려 주고 싶었어.”

이피엘은 싸늘한 눈으로 웃었다.

“그만 소란 피우고 들어가라, 카크.”

"하지만 형님도 보시지 않았습니까! 이게 먼저……."

카크는 변명을 늘어 두려다가 붉은 머리 남자의 눈빛을 보고 고개를 숙였다.

"……들어가죠, 뭐."

그러고는 터덜터덜 건물 안으로 돌아갔고, 제 분을 못 이기는지 물건을 던지는 소리와 악에 받친 고함이 연달아 들려왔다. 그 소리에 작게 한숨 쉰 남자는 다시 이티엘을 바라보았다.

"저놈은 들어갔으니, 그쪽도 위험한 물건은 치우는 게 어떻겠습니까."

붉은 머리 남자가 덤덤하게 이피엘을 바라보았다. 이피엘은 지금 뺨을 내리친 반대쪽 손으로는 단검을 쥐고 있었다. 이피엘이 말을 높이기 시작했고 남자는 매서운 눈으로 이피엘을 바라보았다.

"호신용 물품일 뿐입니다."

"카크는 조금 다혈질적이라 종종 저러고는 합니다. 하지만 자금과 지원이 부족한 것 역시 사실이지요. 좀 더 신경을 써 줘야겠습니다, 이피엘."

"지원은 충분합니다. 이번 것도 적은 양은 아니었을 텐데요? 웬만한 영토를 1년 동안 운영할 수 있는 비용이었다고요."

이번에도 이피엘은 물러나지 않고 제 뜻을 전했다. 남자는 묵묵히 고개를 저었다.

"아니, 부족합니다. 천년 묵은 뱀의 머리를 잘라야 하는데, 그 정도 지원으로는 턱도 없지요."

천년 묵은 뱀. 레슬리는 그 말이 황실을 뜻한다는 걸 바로 알아차렸다. 황실의 문장은 두 마리의 뱀이었으니까.

"콘라드……."

레슬리가 콘라드를 바라보자, 콘라드의 얼굴이 사정없이 일그러져 있는 걸 발견할 수 있었다.

"에타이."

"네?"

"에타이입니다. 저 붉은 머리의 남자요. 들은 적이 있습니다."

반역자들, 충심이 변질하여 황실을 무너트리려는 자들. 그들을 에타이라 부르지 않았던가. 그리고 그중에서 타는 듯한 붉은 머리, 오른쪽 눈에 상처를 입은 사내가 있다고, 그놈들 때문에 죽은 사람을 셀 수도 없다며 렌티우스가 투덜거리던 걸 콘라드는 들었다.

"셀바토르 공작님이 혼란의 시대 때 상대한 놈들이 저들이었지요. 저희 선배님도 그때 참전하셨습니다."

렌티우스는 술을 건하게 마신 날이면 간혹 제 후배들을 불러 놓고 술주정을 하곤 했다. 그중에서 빠지지 않는 단골 이야기가 바로 붉은 머리의 에타이였다.

붉은 머리는 흔한 편이지만 그놈처럼 불타는 듯한 머리는 본 적이 없다며, 렌티우스는 그렇게 말했었다. 그놈을 끝내는 전투에 참여하지 못해 죽음을 두 눈으로 확인하지 못한 게 안타깝다며 그렇게 말을 덧붙였었지.

콘라드는 믿기지 않는다는 듯 중얼거렸다.

"어떻게 저놈들이 수도 안쪽까지 와 있는 거지."

중얼거리던 콘라드는 이내 답을 찾은 듯 보였다. 사실 답은 눈앞에 있지 않던가.

"……누가 있는 것 같은데."

갑자기 남자가 주변을 돌아보았다.

"어디서 속닥거리는 소리가 나. 무언가가 움직이는 소리가 난다."

두 사람의 대화에 레슬리와 콘라드는 눈을 찡그렸다. 아주 작은 소리였는데. 거기다 아직도 카크라는 남자가 요란을 피우고 있는지 여관 안쪽에서 물건 깨지는 소리가 더 컸다. 그런데도 이 소리를 들었을까.

남자의 반응에 이피엘 역시 주변을 살피기 시작했다.

"쥐새끼일까."

어딘가 들뜬 목소리로 남자는 검 손잡이에 손을 올렸고 그건 콘라드 역시 마찬가지였다.

"레슬리 양."

시선은 레슬리에게 주지 않은 채, 무섭게 앞을 응시하며 콘라드가 작게 말했다.

"제가 신호를 하면 뛰세요. 반대편의 골목으로 뛰는 겁니다."

스르릉. 섬뜩한 소리를 내며 검집에서 은빛의 검날이 끌려 나왔다. 분명 연무장에서는 저렇게 차가운 소리는 아니었는데. 레슬리는 놀라 작게 굳었다. 하지만 콘라드는 지금 조금씩 다가오는 남자에게 집중하고 있었다.

"아셨죠?"

겨우 그 한 마디만 더 꺼냈을 뿐. 하지만 그 뒤에는 자신은 어떻게 하겠다, 이런 소리는 없었다.

'놓고 도망가라는 소리인가.'

레슬리는 눈을 깜빡였다. 그리고 이내 고개를 저었다.

"경."

검을 반쯤 뽑은 콘라드의 손에 제 손을 올리자 그제야 시선이 레슬리에게 닿았다.

"같이 뛰어요."

레슬리는 눈을 휘며 웃었다. 그리고 그와 동시에,

"꺄아악!"

이피엘의 비명이 터졌다. 언제 떨어질지 모르는 나무 간판이 큰 소리를 내며 떨어졌다. 아직 여관 앞에 있던 이피엘의 머리를 아슬아슬하게 벗어난 간판은 처참하게 깨졌다.

"……!"

그리고 그와 동시에 레슬리랑 콘라드도 몸을 움츠렸다.

두 사람이 있는 골목에서 놀란 쥐 몇 마리가 튀어나왔다. 찌이익—! 여관에서 나온 쓰레기를 먹고 있었던 듯 볼 주머니가 빵빵한 쥐 떼가 여기저기로 흩어졌다.

"이, 이게 뭐야!"

한 마리가 길가에 늘어져 있던 주정뱅이의 위에 올라가자 주정뱅이가 놀라 몸을 벌떡 일으켰다.

"으악, 쥐다!"

간판이 부서지는 소리에 놀라 여관에서 나온 한 남자가 놀라 소리쳤고 놀라 넘어진 이피엘을 일으켜 주며 붉은 머리의 남자가 읊조렸다.

"……간판을 치워야겠군. 그리고 쥐도 처리해야겠어."

"네, 알겠습니다."

여관에서 우르르 나온 남자들이 간판 파편을 치우기 시작했다.

"괜찮나?"

붉은 머리의 남자는 그러든 말든 이피엘의 상태를 살폈다. 이피엘은 고개를 두어 번 끄덕였다. 하지만 아직도 놀란 듯 작게 숨을 몰아쉬고 있었다.

"큰길까지 바래다주도록 하지."

남자의 서늘한 시선이 어딘가에 닿았다.

"아직 쥐새끼가 숨어 있는 것 같으니까 말이야."

-17-

이번에 새로 들인 붉은 벨벳 의자에 앉은 공작이 레슬리의 맞은편에 앉은 아이테라를 바라보았다.

“그래서 아이테라 공자. 나에게 하고 싶은 이야기가 있다고.”

“네, 그렇습니다. 공작님.”

“흐음.”

공작은 턱을 괴고 콘라드를 바라보았고 콘라드는 여유로운 척 살짝 미소를 지었다.

“아이테라 공자가 나에게 할 말이 뭐가 있을까.”

모르겠다는 듯 손가락으로 팔걸이를 톡톡 치다가 이번엔 레슬리에게 시선을 돌렸다. 엉망이 되어 버린 옷을 갈아입고 온 레슬리는 공작과 시선을 맞추자마자 의기양양하게 웃었다.

‘속도 모르고.’

공작은 옅게 웃었다. 분명 칭찬해 달라는 거겠지. 하지만 거지꼴이 되어 콘라드, 그리고 레소와 돌아왔을 때는 조금 놀라 심장이 떨어지는 줄 알았다.

물론 그 일로 혼을 낼 생각은 없었다. 아무리 약해 보여도 주변에 퍼지면 즉시 분쟁 지역으로 끌려갈 힘을 가지고 있는 아이였다.

'그간 내가 너무 과보호한 거지.'

그런 과보호로 막을 수 없던 몇 사건이 있었지만 이제 그런 일은 없을 것이다.

메데이아는 이제 레슬리가 사라지거나 크게 다쳐 의식이 취소되는 사태를 바라지 않을 것이다. 그리고 그 뒤에는 과보호라는 말로는 막을 수 없는, 상상도 할 수 없는 큰일들이 벌어지겠지.

"이야기해도 좋네, 아이테라 공자."

공작의 허락이 떨어지자 콘라드는 한 번 입술을 깨물고 잠시 숨을 고르더니, 그대로 시선을 맞추며 말을 꺼냈다.

"저희 아버지가 황제 폐하를 배신했습니다."

"……아이테라가?"

턱을 괴고 있던 공작의 손이 믿을 수 없다는 듯 밑으로 떨어졌다.

"네."

콘라드는 짧게 대답하며 괴로운 듯 얼굴을 일그러트렸다. 핏줄이 보일 정도로 맞잡은 손에 힘이 들어갔다.

"메데이아 태후 폐하께서 주최한 파티 때, 이피엘에게서 꽃을 받는 아버지를 보았습니다."

황후가 마음에 드는 황족과 제 사람에게 꽃다발을 보낸다는 걸 모르는 사람은 없었다.

"하지만 그것만 보지는 않았겠지."

콘라드는 제 아버지와 어머니를 좋아했다. 특히 아버지를 존경하고 진심으로 따랐던 그였다. 테센트루아 성기사단을 어린 나이에 입단한 이유 역시 자신의 의지와 아버지인 아이테라 대공의 권유가 있었기 때문이었다.

그렇게 아버지를 따르는 콘라드가 고작 꽃다발 하나를 받는 모습을 봤다고, 어찌 보면 아이테라 대공가의 가장 큰 적인 셀바토르 공작에게 이런 말을 할 리가 없었다.

"꽃다발 속에서 물약을 챙기시는 걸 목격했습니다."

콘라드의 눈가가 떨렸다. 긴 속눈썹 밑에 자리한 황금색 눈동자는 자신이 말한 사실이 진실이 아니기를 강렬하게 바라는 눈이었다.

"그리고 셀바토르 공작님도 아시다시피 저희 어머니께서는 몸이 안 좋으시죠."

스웰라 대공비의 이야기는 공작도 잘 알고 있었다. 신생 가문이라 힘이 약한 대공가와 황실조차 두려워하는 공작가 사이에는 깊은 골이 있었다. 대공가가 일방적으로 만든 그 거리감을 좁힌 것이 바로 스웰라 대공비였다.

햇살처럼 화사한 여자였다. 그녀는 늘 눈을 휘며 따스해 보이는 웃음을 머금었다. 그 웃음과 화사함으로 그녀는 셀바토르 공작과 친해졌고, 그때부터 대공가와 공작가의 교류가 시작되었다.

그러던 것이 콘라드와 루엔티가 친밀해지면서 그 친교가 두터워졌다. 그런 그녀가 4년 전부터 앓아눕기 시작했다. 공작 역시 루엔티의 편으로 갖은 희귀한 약초와 약을 들려 보냈었으니 대공비의 몸이 안 좋다는 사실은 이미 잘 알고 있었다.

"간혹 저희 어머니가 몸이 좋아지실 때가 있었습니다. 식사도 제대로 된 걸 드시고, 잠깐이나마 산책도 하셨죠."

콘라드는 조금 서글프게 웃으며 말을 이었다.

"그때와 아버지가 황궁에 다녀온 때를 대조해 보았습니다. 저는 저택을 자주 비우는 편이라…… 동생의 일기를 빌렸죠."

어릴 때부터 차근히 일기를 써 오던 프리트의 습관이 큰 도움이 되었다. 어머니가 나아졌다고 기뻐하는 일기가, 뒤에는 아버지가 황실에 다녀오셨다는 이야기가 가끔 나왔다.

아카데미로 가게 되면서 어머니에 관한 이야기는 조금 적어졌지만, 편지가 올 때마다 편지가 써진 날짜와 도착 날짜, 그리고 간단한 내용까지 적어 둔 덕에 유추할 수 있었다.

"그리고 아버지가 꽃다발과 물약을 받아 온 다음 날, 어머니의 병이 많이 나아지셨습니다."

늘 먹던 환자식을 벗어나 고기를 조금 먹었고 좋아하던 드레스를 입고 수도에서 유행한다는 양산을 쓰고 즐겁게 정원을 걸어 다녔다.

"그리고 오늘 에타이를 만났습니다."

"수도에서 에타이를?"

공작이 레슬리를 바라보자 레슬리가 재빠르게 고개를 끄덕였다.

"누군가를 쫓다 보니 이피엘을 만났고, 이피엘을 따라가다 보니 에타이들이 있었습니다."

앞 이야기는 천천히 하겠다며 콘라드가 말을 이었다.

"이피엘이 이렇게 말하더군요. '준 돈은 웬만한 영지를 1년 동안 먹여 살릴 수 있는 돈'이라고요. 그런데 메데이아 태후 폐하께는 그만한 자금이 없을 겁니다."

메데이아의 공식적인 위치는 권력도 의욕도 없는 가녀린 태후였다. 그런 그녀가 갑자기 현금으로 그렇게 큰돈을 내놓을 수 있을 리가 없었다.

"저는 그 돈을 저희 아버지가 내준 게 아닐까 싶습니다."

"아이테라 대공님께서요?"

가만히 이야기를 듣고 있던 레슬리가 놀라 눈을 깜빡였다.

"네, 얼마 전…… 아니 이제 좀 날짜가 지났군요. 몇 달 전에 저희 무역선 두 척이 태풍으로 침몰했습니다. 그리고 저희 집사와 재무 관리인이 피해액을 산정한 결과…….”

콘라드는 여기까지 말했다가 도로 입을 다물었다. 대공이 적이라고 외치는 셀바토르 공작에게 이런 말을 하는 게 옳은지, 회의감이 들었기 때문이었다. 하지만 이내 콘라드는 고개를 들었다. 지금 그가 믿을 사람은 눈앞에 있는 이 공작뿐이었다.

“저희 영지의 1년 예산이 나왔습니다.”

“하.”

셀바토르 공작의 눈이 일그러졌다. 레슬리는 놀라 몸을 작게 움츠렸다. 어머니가 저렇게까지 화를 내는 걸 본 적이 없었다.

“한 나라의 태후가 자신의 제국을 팔아넘기려고 하고 있군.”

공작은 소파 등받이에 몸을 기대며 중얼거렸다.

“아니, 제국과 에타이까지 꿀꺽할 셈인가?”

제국을 제 손아귀에 놓고 에타이까지 잡고 흔들 수만 있다면 꽤 좋을 것이다. 자신이 조종할 수 있는 자신의 적이라.

공동의 적이란 생각보다 쓰임새가 많은 법이었다. 반대 의견을 제시하는 자들을 긴급 상황이라는 이름 아래 그 입을 막고 자신을 따르게 할 수 있었으니까.

‘거기에 에피알테스.’

에피알테스로 강력한 황권을 만들고, 에타이로 내부의 적을 침묵하게 만든 후 제국을 먹는다라.

“생각보다 더 욕심이 많았어…….”

체할 텐데. 공작은 낮게 읊조렸다.

이트바나 같은 작은 나라에 만족 못 할 거라 생각은 했지만, 지금의 르카디우스 제국조차 그녀의 성에 차지 않았다는 사실은 꽤 놀라웠다.

‘아렌도는 어찌할 생각이지.’

콘라드와 레슬리가 집무실로 올라오기 직전, 제나가 올린 한 장의 서류가 있었다. 예전에 사이레인과 이야기한, 유일했던 황녀의 죽음을 증언한 자들의 목록이었다. 그리고 그 서류를 받아 들자마자 공작은 왜 시간이 이렇게 오래 걸렸는지 이해했다.

'……이상 목록에 있는 모든 이들의 죽음을 확인했습니다. 증인들의 가족들과 친구들 그리고 동료들은 그저 실종으로 알고 있었습니다.'

더 가관인 것은 증인들의 시신 상태였다. 증인들의 시신은 불태워져 숲속에 버려져 있었고, 토막 나 땅에 묻혀 있었으며, 심지어 다른 한 명은 강 밑에 수몰되어 있었다.

'시신을 전부 수습해 확인하느라 보고가 늦어진 점에 대해…….'

공작은 보고서를 더 읽지 않았다. 그저 돈주머니를 조사자에게 더 건네주라고 말을 했을 뿐. 분명 조사비가 제법 들었을 게 뻔했다.

철저하게 숨기려는 의도가 다분한 상황. 그 상황은 공작의 예상이 맞았다는 걸 여실하게 알려 주었다.

'아렌도가 메데이아의 아들이었군.'

이제 그녀가 아렌도를 지지하는 이유는 알아냈다. 하지만 또 다른 의문이 생겼다.

왜 메데이아는 아렌도를 그런 눈으로 바라볼까.

자기 아들, 자신의 황제. 그런 아이를 보는 눈이 아니었다. 열정은 비슷할지 모르나 그 안에 숨어 있는 혈육에 대한 애정은 거의 없었다.

"……."

공작이 생각을 정리하느라고 침묵하자, 레슬리와 콘라드가 불안한 듯 시선을 마주했다.

침묵은 길지 않았다. 생각을 정리한 공작이 머리를 쓸어 올리며 입을 열었다.

"이 일은 내가 황제에게 보고하도록 하지."

"……감사합니다."

"그리고 이 일이 정말 사실이라면 그대의 아버지는 벌을 피하지 못해. 아이테라 대공가도 무너질 테지. 반역 사건이나 다름없으니까."

아렌도를 황위에 올리겠다고 난리를 치는 것까지는 봐줄 만해도, 그 과정에서 에피알테스를 노리고 에타이와 손을 잡는 행위는 용납할 수 없었다.

"각오는 했겠지, 공자."

그렇다면 그 여파는 당연히 콘라드에게도 미칠 것이다. 그는 더는 공자라는 이름으로 불리지 못할 것이다. 평생토록 아버지가 지은 죄를 대신 갚아야 할지도 몰랐다. 그리고 그건 콘라드가 그렇게 사랑하는 어머니와 동생 역시 피할 수 없을 것이다.

콘라드가 힘겹게 고개를 끄덕이며 미소 지었다.

"네. 공작님께 말씀드리는 그 순간부터 각오는 하고 있었습니다."

그래, 공작은 고개를 끄덕이며 몸을 일으키고는 종을 울려 제나를 위로 올라오게 했다.

"부르셨습니까, 공작님."

제나가 한 점 흐트러짐 없는 얼굴로 집무실로 들어왔다.

"황실로 갈 거야. 채비하도록."

공작은 천천히 문 쪽으로 걸어갔다. 이미 해가 지고 밤이 찾아오는 시간이었지만, 그녀에게 그런 것 따윈 상관없다는 듯 제나가 가져온 코트를 받아 들었다.

"최대한 가족들에게는 피해가 안 가도록 노력해 보지."

공작은 지나가며 콘라드의 어깨를 두드렸다.

"……감사합니다. 공작님."

콘라드가 옅게 웃었고, 공작은 그 말에 대답하지 않았다. 그저 스쳐 지나갔을 뿐.

공작이 나가고 나자 콘라드가 고개를 숙였다. 그의 몸이 작게 흔들리기 시작했다.

"콘라드 경."

레슬리는 조심스레 콘라드의 옆에 앉았다.

"괜……찮으세요?"

괜찮을 리가 없었다. 그가 얼마나 제 아버지를 존경하고 믿고 있었는지는 레슬리도 잘 알고 있었으니까. 늘 맑게 웃으며 아버지와 사이가 안 좋아진 게 가장 걱정이라며, 자신이 잘하면 될 거라고 말했던 그가 아니었던가.

레슬리는 손을 뻗어 콘라드의 어깨를 다독이려다가 잠시 멈칫했다. 그러다 이내 손을 내려 위로하듯 등을 쓰다듬었다.

"레슬리 양."

검은색에 가까운 짙은 회색빛 머리 사이로 젖은 황금색 눈동자가 보였다.

"아, 아버지는 왜 그러신 걸까요."

콘라드가 울고 있었다. 목소리가 정처 없이 떨리고 눈에서 눈물이 쉴 새 없이 떨어지고 있었다. 눈가가 안쓰러울 정도로 붉게 물들었다.

"대공가면 황위 다음으로 높……은 자리인데……."

왜, 아버지는. 왜 그런 선택을. 뒷말은 다시 울음에 잠겼다.

스웰라 대공비의 건강 때문이라기엔 꽃다발을 들고 간 그 눈이 걸렸다. 욕망으로 가득 찬 눈이었다.

"사실은 모른 척하고 싶었습니다. 파티 때 아버지가 그 꽃다발을 받아 든 순간, 내팽개치지 않고 그대로 들고 간 그 순간부터, 모른 척하고 싶었습니다."

그러면 순탄하게 흘러갔을지도 모르는 일이라고 자꾸만 스스로를 다그쳤다. 아버지가 제정신을 차리고 이제라도 메데이아와 손을 털지도 모른다고, 그런 생각을 했다.

하지만 오늘, 아버지가 에타이에게까지 후원하고 있다는 사실을 두 눈으로 목격하자 그게 부질없는 희망이었다는 걸 확실하게 깨달았다.

"흐, 흐윽."

앞으로 자신의 가족들은 어떻게 될까. 아버지의 처벌은 피할 수 없을 것이다.

프리트는 아카데미를 제대로 졸업할 수 있을까. 지금이라도 입양처를 알아봐야 할지도 몰랐다. 아직 어리니 감정에 호소하면 받아 줄 사람이 있을지도 모른다. 그리고 어머니와 자신은 뒷감당을 해야 할 것이다.

"저는, 옳은 선택을 한 거겠지요? 아버지를 버린 것이…… 옳, 옳은 선택……."

"걱정 마세요, 콘라드 경."

레슬리가 힘차게 외쳤다. 하지만 말과 다르게 레슬리의 눈에도 눈물이 고여 있었다.

"제가 있잖아요. 루엔티 오라버니도 있고."

걱정하지 말라는 듯 손을 꼭 잡고 외치자 콘라드가 울음을 멈추고 레슬리를 바라보았다. 눈꼬리에서 남은 눈물이 뺨을 타고 흘렀다. 레슬리는 자신의 소맷자락으로 콘라드의 눈물을 훔쳐 주며 말을 이었다.

"저를 도와주셨지요."

가문의 책을 확인하러 간 신전에서도, 재판에서도, 시험을 치러 간 시누스턴 신전에서도. 그리고 평소에도 늘 콘라드는 자신을 도왔다.

"그러니까 이번엔 제가 콘라드 경을 도울게요. 경이 옳다고 생각되는 길로 가세요."

레슬리는 눈물진 눈으로 환하게 웃어 보였다.

⚜

"무슨 일이야, 셀바토르?"

자다 일어난 듯 엉망이 된 피스토레가 셀바토르를 바라보았다. 목소리까지 잠에 푹 잠긴 게, 오늘은 일찍 잠자리에 든 모양이었다.

늦은 밤, 갑자기 숨겨진 길을 통해 찾아온 제 친구를 피스토레는 멍하니 바라보다가 먼저 입을 열었다.

"그나저나 네가 뒷길을 이용하다니 별일이군."

싫다고 하지 않았었나. 상황 파악이 안 된 피스토레는 작게 웃으며 말을 이었다.

"아버지도 참 별난 취미를 가지고 있었지. 숨겨진 길을 만드는 괴상한 취미 말이야. 할아버지는 자물쇠를 만드는 취미가 있었는데 역시 부자지간은 닮는 모양이야."

숨겨진 길을 만드는 선대 황제의 취미는 유명했다. 그는 산책로라고 우기며 만들었지만, 영락없는 뒷길이었다.

그는 그걸 누구에게도 알려 주지 않고 자신 혼자만 사용했다. 특히, 피스토레나 신하들을 먼저 보내고 뒷길로 가로질러 와 사람들을 놀라게 하는 걸 가장 좋아했다. 그리고 숨을 거둘 때, 모든 뒷길이 그려진 지도를 피스토레에게 넘겼다.

덕분에 피스토레가 황제가 되어 가장 먼저 한 일은 황궁 여기저기에 퍼져 있는 뒷길을 정리한 일이었다. 그중 몇 개는 살아남았고, 하나는 셀바토르 공작에게 주어졌다. 그 누구도 모르게 와야 할 일이 있을 때 오라는 뜻이었다.

하지만 그걸 받고 나서도 셀바토르 공작은 단 한 번도 그 길을 이용한 적이 없었다. 그런데 오늘 처음으로 공작이 뒷길을 이용했다.

"그나마 이미 몇 개는 수풀로 막히거나 자연스럽게 없어져서 다행이었지. 아니면 아직도 뒷길을 정리하고 있을지도 몰라."

어느새 이야기는 뒷길을 정리할 때 고생했던 이야기로 흘러갔다.

"그래서 나도 고생 좀 했지만, 그건 너도 마찬가지였지. 너도 공작위에 오른 지 얼마 안 된 상황이었는데……."

"……피스토레."

침묵하고 있던 셀바토르가 자신의 오랜 친구를 불렀다. 하지만 피스토레는 이미 불길한 소식을 가져왔다는 걸 알아챈 듯 음료수에 집중하기 시작했다.

"……."

그런 피스토레를 질책할 생각은 들지 않았다. 가족을 너무도 사랑해, 유일하게 자신의 몸을 지킬 수 있는 감조차 거부하는 남자가 지금 제 눈앞에 있는 남자였으니까.

무너지지 않을까. 괴로워하고, 울부짖고, 찢어지는 가슴을 부여잡고 그렇게 무너지지 않을까.

하지만 그는 이 제국의 황제였고, 자신은 그런 황제에게 충고를 올려야 하는 신하였다. 쓰러진다면 멱살을 잡고 끌어 일으켜야 했다. 그가 쓰러지면 제국이 위태로웠다.

"알고 있었지."

차가운 목소리가 방 안을 가득 메웠다.

"뭘 말인가? 아, 음료. 음료를 내가 너에게 주지 않았구나. 배고프지 않아? 지금 당장 시종장을 불러서 간단한 다과를 가져오도록 하지."

다시 피스토레가 시선을 돌렸다. 하지만 셀바토르는 무섭게 피스토레를 바라보며 말을 이었다. 말을 돌리는 것을 용납하지 않겠다는 음성이었다.

“알고 있었지, 피스토레. 아니, 알지 못하더라도 어느 정도 뭔가 이상하다는 건 감을 잡고 있었겠지.”

“음료수가 맛이 이상한가.”

“네 동생이, 이 나라의 대공이 너를 배신했다는 사실을 알고 있었지.”

“…….”

“피스토레!”

“알고 있었어!”

쨍그랑! 음료 잔이 바닥으로 떨어지고 요란한 소리를 내며 깨졌다.

“뭔가 이상하다는 건 알고 있었지. 알고 있었다고!”

손으로 괴롭다는 듯 제 얼굴을 감싸 쥐며 피스토레가 외쳤다. 그의 목소리는 신경질적이었고, 셀바토르에게 분노하고 있었다. 그는 자신을 책망하고 있었으며, 너무도 괴로워하고 있었다.

“감을 잡고 있었어! 감을 잡고 있었다고! 아렌도를 황위에 올리지 않겠다고 말한 날, 그 눈빛을 보면 누가 몰라!”

좌절한 듯 피스토레가 고개를 떨궜다. 제 동생이, 자신에게 불손한 마음을 품고 있다는 사실을 그날 확신했다.

그 시작은 4년 전부터이던가, 아니면 더 오래되었던가. 아주 어릴 적부터였던 것도 같다. 그 눈빛이 익숙할 정도로 오래되었다는 건 확실했다. 하지만 별일 없을 거라 생각하지 않았던가.

“……피스토레.”

셀바토르가 얼굴을 일그러트리며 말을 이었다. 이미 남자의 얼굴은 눈물로 범벅이 되고 있었다.

“누가 나에게 이 사실을 말했는지 알고 있나?”

“내, 내가 어떻게 아나! 사이레인이거나 제나겠지. 네 정보통은 그 두 사람이니까."

"아니, 둘 다 아니네."

그제야 피스토레가 눈물로 젖은 시선을 저의 오래된 친구에게 보냈다. 그녀는 지친 듯 의자에 몸을 기대고 있었다.

"아이테라 공자가 이걸 나에게 알려 줬네. 네가 아끼는 콘라드 말이야."

"뭐……?"

피스토레는 믿을 수 없다는 듯 고개를 들고 셀바토르를 바라보았다.

두 사람은 닮아 있었다. 제 가족을 너무도 사랑해 제대로 보지 못한다는 점이. 하지만 콘라드는 괴로워하면서도 의심을 저버리지 않았고, 오늘 죽을 것 같은 얼굴로 제 아버지를 고발했다.

"네 사랑스러운 조카가, 자신의 아버지를 나에게 고발했다는 소리일세."

"그런……."

"그리고 지금은 울고 있겠지."

공작이 집무실을 나오고 난 뒤 상황은 보지 않아도 짐작이 갔다. 다른 사람도 아니라 제 아버지를 고발한 콘라드는 무너질 듯 울고 있을 것이다. 공작의 집무실은 아무나 들어올 수 없는 곳이니 마음 편히 울고 가면 좋으련만.

"콘라드를 그렇게 밀어붙인 건 자네야, 피스토레."

셀바토르는 이제 피스토레를 노려보며 말을 던졌다. 그가 확신했을 때 자신에게 이야기했더라면, 이제 갓 성인이 된 소년이 오늘 받았을 고통은 피할 수 있었을 것이다.

셀바토르의 말에 피스토레가 입을 꽉 다물었다. 입술을 세게 물었는지 피가 흘러나와 눈물과 뒤섞였다.

"그리고 아렌도가……."

거기까지 말하다 셀바토르는 입을 다물었다. 그녀답지 않은 행동이었다. 하지만 눈빛이, 그의 오래된 친구의 눈빛이 이상했다.

'말하면 안 되겠군.'

이 이상 말하면 안 된다. 지금 피스토레는 하룻밤 안에 두 소식을 감당할 수가 없었다. 자기가 불러온 비극이라지만, 버틸 수 있는 시간을 주어야만 했다. 그리고 공작의 직감은 정확했다.

"말을 이어 주게, 셀바토르. 그래서 아렌도가? 설마 그 아이에게도 무슨 일이 생긴 건 아니지?"

괴로움 속에서 피스토레가 셀바토르를 바라보았다. 그의 눈에서 차고 넘친 아픔이 뚝뚝 떨어졌다.

"……아렌도가 메데이아에게 이용당하고 버려질지도 모르네."

결국 말을 돌려 버렸다.

"그리고 아이테라도 마찬가지겠지. 그녀는 지금 이 제국 외에는 눈에 보이는 게 없어."

"그래, 그렇겠지."

피스토레의 눈이 매섭게 돌아갔다.

"메데이아……. 이제 어찌해야 할까, 셀바토르."

그가 눈물과 함께 입에서 흐른 피를 훔쳤다.

"가장 좋은 방법은 의식을 중지하는 거지."

"그건 안 돼. 의식을 중지하면 신전에서 말이 나올 걸세."

"그래, 그리고 다른 나라에서 분명 이야기가 돌겠지. 제국이 약해졌다는 소리가."

몇 년마다 돌아오는 가장 중요한 축제가 얼마 남지 않은 상황에서 갑자기 중지되어 버린다면, 그건 황실에 중요한 일이 있다는 걸 알리는 꼴밖에 되지 않았다. 불안감은 서서히 퍼질 것이고 소문은 불안감을 먹고 자라날 것이다.

그리고 그게 거대한 나무를 뒤흔드는 가장 큰 태풍이 되리란 걸 두 사람 다 잘 알고 있었다.

에타이 같은 밖의 적은 사람을 하나로 모으는 작은 장점이 있다지만, 불안감은 그 반대였다.

셀바토르의 눈이 가늘어졌다.

“나는 가네. 내가 왔다는 게 그녀에게 알려지면 곤란하니까.”

공작은 그대로 자신의 코트를 집어 들며 몸을 일으켰다. 몰랐는데 벌써 해가 뜨려고 하고 있었다.

“셀바토르.”

피스토레가 고개를 들고 그녀를 바라보았다.

“알려 줘서 고맙네. 그리고 걱정하지 않아도 좋아. 내가 다른 사람은 몰라도 공작을 괴롭히면 안 되지.”

눈물진 얼굴로 쉽게 웃은 피스토레가 몸을 일으켰다.

“혼란의 시대 때보다는 많이 컸으니까 말이야.”

마음의 정리가 끝난 듯 보였다. 공작은 다행이라는 듯 웃었다.

“늙었겠지. 너나 나나.”

“……컸다고 해 주면 안 되나? 정신은 컸겠지.”

평소처럼 장난을 거는 피스토레의 어깨를 위로하듯 두드려 준 후 셀바토르 공작은 문 앞에 섰다.

“잘 가게, 셀바토르.”

황제가 손까지 흔들며 그녀를 배웅했다. 문이 닫히고, 완전히 혼자가 된 피스토레는 등받이에 몸을 기댔다.

“자, 이제 어쩐다.”

얼굴에 남은 눈물과 핏자국 외에는 간밤의 대화는 남지 않았다. 피스토레는 평소처럼 지친 얼굴로 중얼거렸다.

⚜

“깼냐.”

루엔티가 엉망이 되어 버린 콘라드를 보며 혀를 찼다. 어젯밤 얼마나 울었는지 아직도 눈가가 붉었고 울다 지쳐 잠든 머리는 엉망이었다.

“테센트루아 성기사란 놈이 울다 잠들기나 하고.”

콘라드가 부끄럽다는 듯 침묵하며 고개를 떨궜다. 머리카락 사이로 보이는 얼굴과 귀가 붉게 물들어 있었다.

“그것도 남의 동생을 붙들고 펑펑 울다가 말이야.”

루엔티의 말에 시선을 피하던 콘라드가 작게 물었다.

“마법사님. 그런데 어제 저를 옮긴 건 어떤 분이신가요……?”

설마 레슬리 양이 옮긴 건 아니겠지요. 레슬리가 어둠으로 울다 지쳐 잠든 자신을 옮기는 모습이 너무도 잘 그려지는 게 문제였다.

“아, 그건…….”

하지만 루엔티의 말은 이어지지 못했다. 아침 훈련 후 샤워를 끝낸 듯 머리카락이 젖어 있는 베스라온이 두 사람에게 다가왔다.

“아이테라 공자, 일어났군. 개운하게 운 얼굴이야.”

“……공작님께서 집무실을 빌려주신 덕분에.”

콘라드가 고개를 숙였다. 베스라온이 옅게 웃으며 콘라드의 어깨를 두드렸다.

“렌티우스 경과 말을 맞춰 놨다. 너는 여기에 온 일이 없는 거야. 어제 수사 중에 그대로 렌티우스 경의 집에 들러 거기서 잠든 거다. 여기에 들렀다는 게 밝혀지면 곤란할 테지.”

아침 훈련이 아니라 새벽바람부터 콘라드 대신 말을 맞추고 온 듯했다. 아직 아이테라의 혐의는 진실이 되지 않았고 그는 콘라드의 아버지였으니까.

"감사합니다, 셀바토르 경."

콘라드가 감사 인사를 전하자 베스라온은 아무 일도 아니라는 듯 그저 무심하게 고개를 돌렸다.

"식사가 끝나면 뒷문을 열어 주마."

그 말을 끝으로 베스라온은 복도를 지나쳐 위층으로 올라갔다.

"밥 먹고 가래."

루엔티가 어깨를 으쓱하며 콘라드를 바라보았다.

"욕실은 저쪽. 하녀들에게 뜨거운 물을 욕조 가득 받아 두라고 미리 말해 놨다. 차가운 음료도 미리 준비해 놨어."

"네……. 감사합니다. 마법사님."

세심한 배려에 콘라드가 더욱 고개를 숙였다. 술을 먹고 난 후 깨어나면 이런 감각인 걸까. 자신이 울다 지쳐 남의 저택에서 잠들 줄은 몰랐다.

루엔티는 부끄러워 눈도 제대로 못 마주치는 콘라드를 보며 고개를 젓다가 말 하나를 덧붙였다.

"아. 그리고 식사는 레슬리도, 우리 아버지도 같이하는 거 알지?"

사이레인을 떠올린 콘라드의 얼굴이 하얗게 변했다. 하지만 수난은 아직 끝나지 않았다.

"참, 어제 잠든 너를 옮긴 건 우리 아버지야."

목욕 잘해. 좀 이따 보자고. 그렇게 웃음 섞인 목소리로 말하며 루엔티는 자리를 비웠다.

⚜

메데이아는 거대한 풍경화 앞에 서 있었다. 황제의 집무실로 가는 복도에 걸려 있는 풍경화는 성과 그 주변을 그린 것이었다.

하얀 벽과 대비되는 붉은 지붕, 그리고 하늘 높은 줄 모르고 솟아오른 첨탑과 수많은 건물. 뒤로는 신록이 짙은 산이 있고 앞으로는 드넓은 평야가 펼쳐져 있었다.

요정이 나온다는 전설을 가진 아름다운 호수 근처에 세워진 성은 역사상 가장 넓은 영토와 국력을 가졌다고 평가되는 열다섯 번째 황제가 지은 것이었다.

황제는 가장 아름다운 성을 가지고 싶어 했고, 전 대륙 각지에서 가장 유명한 장인들을 불러와 성을 짓게 했다. 그리고 완성된 게 저 크렌베이츠 성이었다. 수도와도 가까운 위치에 자연경관 역시 손에 꼽을 정도라, 많은 황족이 별장으로 이용했다.

아직도 르카디우스 제국에서 가장 아름다운 성으로 뽑히는 성이었지만, 얼마 전 지진으로 성의 일부가 무너져 내리는 바람에 지금은 수리 중에 있었다.

"메데이아 태후 폐하."

그림으로 남아 있는 그 아름다움을 홀린 듯 보고 있는 메데이아에게 이피엘이 고개를 숙였다.

"황제 폐하께서 기다리고 계십니다."

"알고 있단다."

메데이아는 평온하게 대답했다. 메데이아는 황제의 부름에 따라 그에게 가는 중이었다. 그러다 갑자기 발걸음을 멈춘 것이었다.

이피엘은 이상하다고 생각을 하면서도 메데이아를 재촉하지 않았다. 메데이아가 옅게 웃었다.

"아름다운 성이야."

"네? 아, 네."

이피엘은 고개를 끄덕이며 같이 시선을 풍경화로 돌렸다.

"얼마 전 지진으로 무너진 게 안타까울 정도입니다."

이피엘의 말에 메데이아가 생긋 웃었다.

"그런 건 가리고 고치면 그만이니까."

메데이아는 그제야 몸을 돌려 앞서 걷기 시작했다. 이피엘은 잠시 풍경화를 바라보다 메데이아 뒤를 따랐다.

"오셨습니까."

풍경화가 걸린 복도서부터 황제의 집무실까지는 거리가 멀지 않았다. 메데이아와 이피엘을 본 시종장이 고개를 숙였다.

"황제 폐하, 메데이아 태후 폐하께서……."

시종장이 채 말을 잇기도 전에 안에서 대답이 들려왔다.

"들어오시라고 해라."

시종장은 허리를 굽히며 메데이아가 들어갈 수 있게 문을 열었다. 이피엘은 그녀를 잠시 바라보다가 고개를 숙였고, 피스토레는 의자에 걸터앉은 채 그녀를 맞이했다.

"오셨습니까, 어머님."

"오랜만에 저를 불러 주셨군요."

메데이아는 그런 피스토레를 보며 옅게 웃었다.

어머니라니. 자신보다 나이가 많은 남자에게 어머니라 불리는 느낌은 좋은 편이 아니었다. 그건 분명 피스토레 역시 마찬가지겠지만, 그는 늘 그녀를 어머니라 불렀다.

"네, 할 말이 있어서 말입니다. 앉으시지요. 차가 좋으신가요? 아니면 포도주?"

"……차로 부탁드리지요."

피스토레는 그 말에 시종장을 불러 차를 가지고 오게 했다.

"제가 드리고 싶은 말이 있어 여기까지 오시라 부탁드렸습니다."

시녀가 조심스레 찻주전자와 찻잔을 내려놓는 걸 보며 피스토레가 입을 열었다.

"그간 제가 어머니께 참 무심했었습니다."

시종장이 차를 따르려는 걸 제지한 피스토레는 자신이 메데이아의 찻잔에 차를 따라 주었다. 황제가 직접 따라 주는 차는 호의를 나타냈다. 메데이아는 말없이 찻잔을 내려다보았다.

"저에게 말입니까? 저는 아무리 기억을 뒤져 봐도 서운한 게 없었는데."

"잘못했지요. 그간 가장 작고 구석진 궁에 어머니를 모셔 두지 않았습니까."

"가장 볕이 잘 들고, 선대 황제께서 제게 선물해 주신 온실이 가까워 좋은 곳입니다. 저에겐 가장 좋은 곳이지요."

"아닙니다. 아니에요. 진작 더 좋은 궁으로 모셔야 했습니다."

피스토레는 포근한 미소를 머금으며 다과를 메데이아 쪽을 내밀었다. 메데이아는 말없이 그릇을 바라보았다. 그녀가 늘 차와 곁들여 먹는 티 푸드가 화려한 접시 위에 올라와 있었다.

"하지만 바로 궁을 바꿀 수는 없을 테니, 자리부터 바꿔 볼까요."

자리라니, 무슨 말일까. 메데이아는 조용히 차를 마시며 황제의 뒷말을 기다렸다. 차조차 그녀가 가장 즐겨 마시는 차였다.

"축복의 날, 가장 중요한 의식 때 늘 뒤편에 앉아 계셨지요."

황제와 황후, 두 황자가 가장 앞에, 그리고 그 뒤는 고위 귀족들이 그리고 그 뒤에는 또 다른 귀족들이……. 메데이아의 자리는 가장 뒤편이었다.

그건 그녀가 원한 자리였다. 그녀가 연약하고 힘이 없다는 편견이 가장 씌워지기 좋은 자리. 덕분에 스페라도 후작 같은 멍청이가 걸려들지 않았던가. 황제 역시 메데이아가 그 자리를 선호한다는 걸 알면서도 그녀를 앞으로 부르지 않았고, 그건 관습처럼 이어졌다.

그런데 오늘, 그 관습이 깨졌다.

"이제부터 제 옆에 자리를 준비할 테니 거기에 앉으시면 됩니다. 이번 의식부터 그렇게 앉지요."

"……."

순간 찻잔을 들고 있는 손에 힘이 들어갔다. 찻잔에 파문이 생겼다.

'수상한 낌새를 보이면 직접 목을 치겠다는 소리인가.'

아니면 이제부터는 대놓고 감시하겠다는 뜻일까. 무엇이 되었든 달갑지 않은 소리였다. 거기다 이번 의식은…….

"그리고 이번 의식부터 어머님의 경호 역시 다른 이로 교체하기로 했습니다."

피스토레는 메데이아에게 달갑지 않은 웃음을 머금었다.

"린체의 기사단장, 베스라온 라엔 셀바토르 경입니다."

메데이아는 갑자기 변해 버린 피스토레를 보면서 웃음을 흘렸다. 하지만 그녀의 찻잔에 일어난 파문은 가라앉을 생각을 하지 않았다.

⚜

"덥다."

레슬리는 머리를 높게 올려 묶었다. 목덜미가 드러나며 봄바람이 목을 스쳤다. 조금 시원해지자 저절로 미소가 떠올랐다.

"확실히 봄날치고는 햇볕이 뜨겁네요, 아가씨."

"그렇지. 양산을 써도 별 소용이 없네."

마델의 말에 대답하며 레슬리는 제 목을 매만졌다.

"주방에 가서 차가운 음료를 좀 얻어 올까요?"

옆에서 양산을 쓰고 같이 걷던 마델이 레슬리에게 묻자, 레슬리가 잠시 고민하더니 이내 고개를 끄덕였다.

"응, 그럴까."

"그럼 제가 먼저 저택으로 돌아가서 음료를 준비해 놓을게요. 아가씨는 조금 더 걷다 오실 거죠?"

정원의 산책로가 별로 남지 않은 상황이었다. 레슬리가 고개를 끄덕이자, 마델은 음료를 준비하기 위해 먼저 저택으로 돌아갔다. 혼자 남은 레슬리는 잠시 정원 산책로를 바라보다가 천천히 걸음을 옮겼다.

햇볕은 따스했고, 바람은 시원했으며, 녹음의 계절을 맞이한 정원의 꽃과 나무는 아름다웠다.

겉으로 보기에는 참으로 평온한 나날이었다. 자신에게 인사하는 정원사와 정원사의 아들에게 가볍게 손을 흔들어 준 후, 레슬리는 다시 생각에 빠졌다.

'콘라드 경이 울었어.'

남자가 우는 건 처음 보았다. 세상이 무너질 듯 울던 그 모습이 어릴 적 자신과 비슷해 보였다. 저도 모르게 양산을 든 손에 힘이 들어갔다. 레슬리는 눈을 가늘게 떴다.

늘 학대당하던 자신도 아버지가 그리고 가족이 자신을 배신했다는 사실을 믿기 힘들었다. 타오르는 불구덩이 속에 던져지고, 절벽에서 떨어지고 나서야 간신히 그 사실을 인정하지 않았던가.

그러니 사랑받으며 크고 제 아버지를 좋아하던 콘라드가 받았을 충격은 너무도 쉽게 이해가 갔다.

'괜찮으실까.'

콘라드는 사이레인과 눈도 마주치지 못하며 식사 후, 자신을 데리러 올 렌티우스를 기다렸다. 그러면서 레슬리와 함께 산책을 했다.

"레슬리 양."

봄바람에 흐트러지는 머리를 쓸어 올리며 콘라드가 얼굴을 붉혔다.

"감사합니다. 어제 어깨를 빌려주셨지요."

부끄러워하면서도 인사를 잊지 않는 콘라드의 모습에 레슬리가 작게 웃었다.

"뭘요. 늘 경께서 해 주시던 일인걸요."

"분명 제가 조금 더 도움을 드리고 있었는데, 어느새 레슬리 양이 저를 더 돕고 있네요."

콘라드는 가볍게 발을 떼어 성큼 앞서더니 레슬리에게 손을 내밀었다. 발밑을 보자, 정원사가 물을 주다가 실수한 듯 작은 물웅덩이가 생겨 있었다. 이대로 계속 걸었다가는 신발을 망치고 원피스 자락을 적실 뻔했다.

레슬리는 잠시 콘라드의 손을 바라보았다. 과연 이 손에 자신의 손을 얹으면 콘라드는 얼굴을 붉힐까, 붉히지 않을까.

레슬리는 조심스레 손을 얹었다. 그러자 콘라드가 손을 꽉 쥐고, 레슬리가 젖지 않고 무사히 물웅덩이를 건너올 수 있게 도왔다. 얼굴은 붉어지지 않았다.

"레슬리 양?"

맞잡은 두 손을 내려다보는 레슬리를 보며 콘라드가 조심스레 그녀를 불렀다.

"이제…… 얼굴이 붉어지시지는 않네요, 경."

어딘가 서운했다. 그간 뭔가 콘라드와 자신만의 비밀을 공유하는 느낌이었는데.

"잘됐어요."

레슬리는 일부러 밝게 웃었다. 잘된 일이지. 그래, 잘된 일이야. 이제 콘라드는 사교계에 나가서 다른 사람들과 춤을 출 것이다. 손을 잡아도 얼굴이 붉어지지 않으니까.

"음, 정말 잘됐어요."

레슬리는 일부러 몸을 빙글 돌려 나뭇잎을 매만지며 말을 이었다.

지금은 콘라드를 볼 용기가 나지 않았다. 그런데 뒤에서 작은 웃음이 터졌다.

'웃은 거야?'

뒤를 돌아보니 콘라드가 정말 즐거운 듯 웃고 있었다. 레슬리가 놀라 멍하니 콘라드를 바라보자, 콘라드가 다시 눈을 휘며 웃었다. 밝은 햇살을 받은 황금색 눈동자가 처음 만났을 때처럼 반짝반짝 빛이 났다.

"사실은 여성분과 접촉해도 얼굴이 붉어지지 않은 지 조금 되었습니다."

콘라드는 전혀 죄책감 없는 얼굴로 제 죄를 고백했다. 레슬리의 눈동자가 더욱 동그래졌다.

"저랑 닿으면 붉어지셨는데."

"아, 그건 레슬리 양이 좋아서요."

지금 자신이 무슨 소리를 들은 걸까. 레슬리가 그대로 굳어 버렸다. 그럴 줄 알았다는 듯 다시 콘라드가 맑게 웃었다.

"레슬리 양."

이번엔 콘라드가 손을 뻗어 먼저 레슬리의 손을 잡았다.

"아라벨라 축제 때, 춤을 추는 걸 알고 계시는가요?"

지금 말을 돌린 건가? 하지만 자신을 바라보는 눈빛이 너무 즐거워 보여 레슬리는 고개를 끄덕였다.

춤을 춘다는 사실은 알고 있었다. 최근에 약혼한 서올리가 들떠서 다 말해 주었으니까. 마델은 그 옆에서 자신은 버려졌다며 슬프게 울었었지.

"그때 저랑 춤을 춰 주시겠어요? 아니, 하루를 저에게 빌려주세요."

저의 하루도 내어 드릴 테니까요. 그렇게 말하며 콘라드가 잡은 레슬리의 손등에 가볍게 입을 맞췄다. 경외를 담은 정중한 요청. 레슬리는 그대로 굳어 버렸다.

"안 될까요?"

어서 대답해 달라는 듯 시선을 맞추며 콘라드가 묻자, 레슬리는 고장 난 인형처럼 격하게 고개를 끄덕였다. 콘라드는 그런 레슬리를 보며 옅게 웃었다.

"이번엔 레슬리 양의 얼굴이 붉어지셨네요."

"으악!"

레슬리는 짧은 비명을 내지르며 발을 동동 굴렀다. 그때 생각만 하면 자꾸 이렇게 되었다.

'저택으로…… 돌아가야지.'

그래, 봄날 햇빛이 이상하게 더워서 그래. 마델이 가져다준 차가운 음료를 마셔야지. 레슬리는 붉어진 얼굴에 손부채를 파닥거렸다.

⚜

깔끔한 정복 차림의 콘스텐은 조금 긴장한 얼굴로 자신의 아버지를 바라보았다.

"부르셨다고 들었습니다."

"그래. 보고 싶어 불렀단다."

피스토레는 옅게 웃으며 제 둘째 아들을 바라보았다. 하지만 보고 싶어서 불렀다는 말은 신뢰성이 없었다. 바로 피스토레의 옆에 서서 말없이 콘스텐을 내려다보는 공작 때문이었다.

"셀바토르 공작님."

콘스텐은 그녀의 앞에서 고개를 숙였다. 위치상으로나 혈통으로나 콘스텐이 그녀에게 고개를 숙일 만한 위치는 아니었다. 하지만 셀바토르 공작은 현 황제의 친우였고, 혼란의 시대를 종식시킨 전쟁 영웅이었다. 그래서 콘스텐은 늘 셀바토르 공작에게 깍듯이 예를 다했다.

"파티 때 뵙고 처음 뵙습니다."

"그렇죠. 파티 때 뵈었죠, 황자님."

공작이 옅게 웃었다.

"그런데 무슨 일이십니까. 공작님까지 계신데……. 분명 중요한 일로 저를 부르셨겠지요."

콘스텐이 웃으며 재촉하자, 피스토레는 그를 가까이 불렀다. 황제의 자리에 앉아 있는 자신의 아버지에게 콘스텐은 조심히 다가갔다.

"네 것이다."

그는 마치 아이에게 사탕을 쥐여 주듯 무심하게 아들의 손에 무언가를 쥐여 주었다.

중요한 문서 같아 보였다. 금줄로 묶인 문서의 가운데는 황실을 나타내는 두 마리의 뱀이 간소화된 왁스 실로 봉인되어 있었다.

"……이건?"

콘스텐은 두 사람을 바라보았다. 설마. 이건.

"열어 봐라. 네 것이다."

피스토레의 말에 공작이 무심하게 고개를 끄덕였다. 하지만 콘스텐은 그걸 열지 않았다. 오히려 피스토레에게 그걸 도로 내밀었다.

"아버지, 저는 황제가 될 재목이 아닙니다. 저보다는 형님이 더 잘 어울리겠지요."

고개를 숙인 콘스텐에게서 어딘가 두려움이 섞인 목소리가 흘러나왔다. 그건 황제가 되기 위해서는 뭐든 하는 아렌도에 대한 두려움이기도 했고, 만일 자신이 제국의 황제가 된다면 지게 될 책임에 대한 무서움이기도 했다.

"형님은 분명 르카디우스 제국을 가장 강대한 제국으로 만들 겁니다. 더욱 넓은 영토를 가지고, 더욱 강한 힘을 거느리겠지요."

"그건 나도 믿어 의심치 않는다."

피스토레는 손을 뻗어 아직 어린 티가 나는 제 아들의 뺨을 매만졌다. 콘스텐이 조심스레 고개를 들었다.

"하지만 아들아. 너는 자비로운 황제가 될 것이다."

"아버지."

콘스텐은 자신을 바라보는 아버지의 얼굴을 바라보았다.

"그렇다고 누군가에게 이미 우리가 가진 것을 빼앗길 정도로 어리석지도 않지. 그리고 현 상태에서 완벽히 머무를 정도로 욕심이 없는 편도 아니야."

"형님은 저보다 지금 가진 것을 더 확장할 겁니다. 좋은 의미로요."

"그건 평민들에게도 좋은 의미가 아닐 거다."

느리게 피스토레는 다시 등받이에 몸을 기댔다. 황제만이 앉을 수 있다는 황좌는, 붉은 벨벳과 황금 그리고 갖은 보석으로 만들어져, 햇빛을 받아 눈이 부실 정도로 빛났다.

"지금 필요한 건 이 평화지, 혼란이 아니다. 그래서 나는 더욱 너에게 이 의자를 물려주고 싶구나."

뱀 모양으로 장식된 팔걸이를 매만지며 황제가 말을 이었다. 자신의 손에 들린 문서를 잠시 내려다보다가 셀바토르 공작을 바라보았다. 그러자 공작은 고개를 끄덕이며 옅게 웃었다.

"……알겠습니다, 황제 폐하."

결심한 듯 콘스텐은 제 손에 들린 문서를 꽉 쥐었다. 그리고 고개를 숙였다. 황제는 그런 아들을 보며 옅게 웃었다.

"지금 이 엄숙한 상황의 증인은 그대가 되어 주게, 셀바토르 공작."

"기꺼이 그리하겠습니다."

셀바토르 공작이 살짝 고개를 숙였다. 피스토레는 어딘가 후련해 보이는 눈으로 그런 제 친구를 바라보았다.

"그리고 콘스텐 황태자를 잘 부탁하네. 대를 이어서도 미래의 황제를 보살펴 주게."

"제 아들들이 황태자를 보살필 겁니다."

공작의 대답에 완전히 황제는 마음을 놓은 듯 보였다. 그는 속에서 우러나오는 깊은숨을 내쉬었다.

"황태자 콘스텐. 이 일은 축복의 날 때 모두에게 밝혀질 것이다."

"네. 황제 폐하."

콘스텐은 깊게 인사를 하고 제 궁으로 돌아갔다. 잠시 제 아들의 뒷모습을 보고 있다가 피스토레가 작게 중얼거렸다.

"분명 아렌도가 일을 벌이겠지."

"당연하지."

언제 황제에게 말을 높였냐는 듯 셀바토르 공작이 가볍게 고개를 끄덕였다.

"자네가 잘 봐줘. 나는 이제 늙어서 힘이 없으니……."

그렇게 말하며 피스토레는 제 손을 바라보았다. 이게 언제 이렇게 됐을까. 주름 하나 없이 깔끔하던 손은 어느새 이렇게 되어 버렸다. 힘은 나날이 약해지고, 같은 일을 해도 더욱 지쳐만 갔다.

"운동 부족일세."

그런 황제를 내려다보며 셀바토르 공작이 웃었다.

"……."

순식간에 상념에 젖어 들던 황제가 현실로 돌아와 자신을 내려다보는 제 친구를 바라보았다.

"맨날 앉아서 서류만 처리하지 말고 훈련장 좀 뛰게. 나는 종종 뛰는데."

"모든 인간을 너와 같은 체력으로 생각하지 말라고, 셀바토르."

"아무리 그래도 너는 너무 운동 부족이야."

"……."

어머니가 살아 있어도 황제인 자신에게 이렇게 잔소리를 퍼붓지는 않았을 것이다.

"내가 잔소리를 하는 인간은 몇 명 없으니 영광으로 알라고."

공작은 몸을 돌려 벽 쪽으로 다가가며 말을 이었다. 잠시 피스토레는 그 몇 명에 누가 들어갈까 고민하다가 눈을 찡그렸다.

"거기에 테펜텔은 포함되나? 아니, 그런데 어디를 가는 거야, 셀바토르?"

가볍게 황제의 질문을 무시한 셀바토르는 벽에 달린 촛대를 움직였다. 정해진 순서대로 촛대를 움직이자 무거운 돌이 움직이는 소리를 내며 비밀 문이 열렸고 그 안에서 누군가가 굴러 나왔다.

"뭐 하는 거야."

벽에 기대 대화를 엿듣고 있었는지, 반 바퀴 구른 여인은 셀바토르를 보며 웃었다.

"내가 여기 있는지 어떻게 알았어, 아셀라?"

"모를 리가."

공작은 작게 한숨을 내쉬며 여자가 일어날 수 있게 도왔다. 그녀는 아무렇지도 않다는 듯 벌떡 일어나더니 드레스 자락에 묻은 먼지를 털어 내었다.

"역시 아셀라야. 사실 알고 있을 거라 생각했어."

그러면서 여자는 셀바토르의 손을 잡고 즐겁다는 듯 웃었다. 여자가 웃자, 주변에 꽃이 피듯 화사해졌다. 공작은 어쩔 수 없다는 듯 숨을 내쉬었고, 방에서 놀란 건 오직 황제뿐이었다.

"아르트엘, 내 사랑. 왜 거기서 굴러 나오나?"

갑자기 숨겨진 통로에서 황후가 데굴데굴 굴러 나오자, 믿기지 않는다는 듯 황제의 푸른 눈이 동그래졌다.

"아이참, 궁금해서."
아르트엘은 웃으면서 뺨을 붉혔다.
"누가 될지 궁금하잖아. 차기 황제. 아렌도가 될지, 콘스텐이 될지."
아르트엘은 갑자기 진지해진 얼굴로 고개를 끄덕였다.
"콘스텐이 될지 알았어. 역시 뛰어난 내 감이야."
자신만만하게 말을 내뱉은 아르트엘은 어딘가 우쭐대는 표정이었다.
"아니, 내가 다 말해 줬는데……."
피스토레가 억울하다는 듯 말을 잇자, 조용히 하라는 듯 아르트엘이 자신의 남편을 노려보았다.
"그래, 내 사랑. 그대의 감은 언제나 정확하지."
피스토레가 졌다는 듯 그렇게 말하자, 아르트엘은 화사한 웃음을 머금더니 피스토레에게 다가갔다.
"내 사랑. 아무리 아렌도가 황태자가 되지 못했다고 해도 나쁘게 대하면 안 돼. 그 아이도 내 아들인걸."
여태 고생한 황제의 뺨에 작게 키스한 아르트엘이 옅게 웃었다.
"둘 다 사랑하는 내 아들인걸."
피스토레는 그런 자신의 아내를 바라보다가 그녀의 손에 작게 키스했다.
"내 사랑과 나의 아들이지. 걱정 마. 아렌도는 비록 황위에 오르지는 못해도 원하는 삶을 살 거야."
당신과 나의 아들이잖아. 그렇게 말하며 피스토레는 아르트엘과 눈을 마주치며 웃었다.
그 훈훈한 광경 속에서 셀바토르 공작은 숨을 흘렸다. 저 평화를 자신이 깨트릴 때가 되었다. 이런 일은 미뤄 두었다간 곪고 곪다가 가장 중요할 때 터져 버리니까.
이렇게 마음이 불편할 줄은 몰랐다. 차라리 다른 일이었으면 좋았으련만.

아직도 피스토레가 갓 태어난 아렌도를 안고 눈물을 뚝뚝 흘리면서도 바보같이 웃던, 그 모습이 떠올랐다. 눈을 질끈 감은 공작은 그 환영을 털어냈다.

"피스토레, 아르트엘."

셀바토르 공작이 한 쌍의 커플을 불렀다. 두 사람의 시선이 자신들의 오래된 친구에게 닿았다.

"……아렌도는 두 사람의 친자식이 아니네."

⚜

"문제는 없었냐?"

거대한 상 위에 다리를 걸치고 삐딱하게 앉아 있는 렌티우스가 지금 막 들어오는 콘라드를 바라보았다.

"네, 감사합니다. 선배님 덕분에 아무런 의심을 받지 않았습니다."

그가 아니었더라면 자신이 셀바토르 공작저에서 하룻밤을 묵었다는 걸 아이테라 대공이 알았을 것이다.

"그래. 무슨 일인지는 모르겠다만."

렌티우스는 맞은편에 앉은 콘라드를 보며 머리를 긁적거렸다.

"뭐, 잘됐다니. 다행인 거지."

렌티우스는 일부러 씩 웃어 보였다. 하지만 그의 웃음 밑에는 불안감이 서려 있었다.

"그럼 에타이 이야길 해 볼까. 확실히 그놈이 맞았냐?"

"선배 술주정을 한 번 들었으면 실수했겠는데, 이미 세 자릿수를 넘게 들어서요."

콘라드는 손가락으로 오른쪽 눈 쪽을 이마서부터 뺨까지 쭉 그었다.

"이런 상처가 있는, 타는 듯한 붉은 머리. 흔치 않잖아요. 거기다 나이 역시 선배님이 말한 거랑 비슷해요. 셀바토르 공작님과 사이레인님과 비슷한 나이 대였습니다."

"끄응."

콘라드의 대답에 렌티우스는 얼굴을 있는 대로 찡그리며 머리를 벅벅 긁었다.

"제가 말한 곳은 조사해 보셨습니까?"

콘라드의 물음에 렌티우스가 고개를 끄덕였다.

"없어. 빈 지 오래더군."

콘라드의 이야기를 듣자마자 바로 사람을 보냈다. 은밀하게 움직일 수 있는 자들로. 하지만 돌아온 대답은 그 여관에는 아무것도 남아 있지 않다는 거였다. 심지어는 누군가가 머물렀던 작은 흔적조차 찾지를 못했다.

"제가 들킨 걸까요?"

"아니, 그건 아닐 거다. 그놈들은 한곳에 오래 머무르지 않아. 거기다 조금이라도 이상하다 싶으면 바로 자리를 뜨지."

골치 아프단 말이지. 렌티우스는 책상에 다리를 올려 둔 채로 얼굴을 구겼다.

"……린체 기사단장과 이야길 나눴다."

콘라드는 고개를 끄덕였다. 베스라온이 그에게 자신을 부탁하면서 다른 이야기도 나눈 듯 보였다.

"그놈들이 의식을 노린다고 말해 줬지. 그래서 최고 사제님께 말씀드려 축제를 중단하는 것도 고려해 봤지만, 그래 봤자 그놈들은 원하는 걸 얻기 위해 돌파할 거다."

어렸을 적, 스승을 따라간 분쟁 지역에서 렌티우스는 그놈들을 똑똑히 봤었다. 원하는 게 있으면 제 옆에 있는 동료를 죽여서라도 목적을 위해 달려가는 놈들이었다. 그런 놈들을 피한답시고 축제를 영원히 중단할 수도 없었다. 그래 봤자 다른 방법으로 원하는 걸 얻으려고 하겠지.

"그래서 셀바토르 경과 즐거운 이야길 나눴지."

렌티우스는 턱수염을 매만지며 웃어 보였다. 어딘가 즐거워 보이는 얼굴이었다.

"이왕 피할 수 없는 거, 즐겁게 가자고."

⚜

'오늘로 끝이구나.'

사제들의 배웅을 받으며 신전에서 나온 레슬리는 신전 입구로 가는 길에 잠시 서 있었다. 오늘로 의식의 연습은 끝이었다. 이제 며칠 남지 않은 축제를 기다리고, 진짜 축복의 날을 기다리면 되는 것이었다.

"긴장되네."

레슬리는 괜스레 숨을 들이쉬었다 내쉬었다.

의식 자체는 어렵지 않았다. 최초의 사제들은 세계를 나타내는 신전 앞마당을 한 바퀴 돈다. 쓰러져 있던 사람들은 최초의 사제가 지나갈 때 에피알테스를 나타내는 검은 돌을 사제들에게 주고, 사람들은 일어나 병이 나았음을 기뻐한다.

그렇게 모아 온 에피알테스를 아라벨라와 최고 사제가 받아 들고 육중한 문을 연다. 진짜 에피알테스가 있는 문. 그 안에 돌을 쌓아 둔 뒤, 봉인석으로 진짜를 다시 봉인하고 에피알테스가 봉인되었음을 알린다. 그게 전부였다.

허무할 정도로 간단했고, 길지 않았다. 그저 의식을 치르고 에피알테스를 다시 봉인하는 모습을 보이는 데 의의가 큰 듯했다.

'의식이 간단한 것은 안정감 때문일까?'

방심일지도 모르지. 레슬리는 잘 정돈된 길에 놓인 돌멩이를 괜스레 툭 쳤다. 왜 이리로 굴러왔는지 모를 돌멩이는 레슬리의 신발에 치어 화단으로 다시 데굴데굴 굴러갔다.

아니지, 힘든 부분도 있었다. 문을 열 때, 그리고 봉인했음을 알렸을 때 총 두 번의 기나긴 축사가 이어지는데, 레슬리와 다른 사람들은 그게 너무도 버티기가 힘들었다.

최고 사제는 나이가 지긋한 할아버지라 그런지 목소리만 들어도 노곤하게 졸음이 쏟아졌다. 다른 아이들이면 몰라도 레슬리는 아라벨라로 가장 높은 자리에 섰기에 절대로 졸면 안 되었다. 레슬리는 졸음을 참기 위해 혀를 깨물기까지 했다.

"졸려……."

레슬리는 눈을 깜빡였다. 최고 사제님의 목소리를 다시 떠올리자 졸음이 쏟아지기 시작했다.

그 목소리를 잠을 못 자는 사람들에게 들려주면 좋을 텐데. 모두 순식간에 잠에 들 거야. 저절로 그런 생각이 들었다.

그런데 그때, 갑자기 덤불로 만들어진 울타리 밑에서 뭔가가 튀어나왔다. 놀란 레슬리는 비명도 지르지 못하고 그저 사이레인의 가르침대로 주먹을 휘둘렀다.

'알았지, 레슬리? 선방이야. 먼저 치는 게 가장 중요하단다. 아무리 대단한 놈이라도 먼저 얻어맞으면 눈에 별이 반짝반짝하거든.'

사이레인은 생존 방법이라며 제나와 공작이 알면 놀랄 가르침을 레슬리에게 알려 주었는데, 그게 빛을 발하는 순간이었다.

"자, 잠깐! 접니다! 셀바토르 공녀님, 저예요!"

다급한 목소리가 들려왔다. 놀라 질끈 감았던 눈을 뜨니, 익숙한 얼굴이 눈에 들어왔다. 일전에 파티장에서 만났던 콘스텐이었다. 레슬리의 주먹은 바로 코앞에서 멈춰 섰다.

"죄송합니다!"

레슬리는 다급하게 손을 거뒀다. 콘스텐은 살았다는 듯 웃음을 흘렸다.

"괜찮습니다. 제가 갑자기 튀어나온 거니까요."

콘스텐은 붉어져서 떨어질 것 같은 레슬리를 달래며, 자신의 곱슬머리에 붙은 나뭇잎을 떼어 냈다.

"사실 콘라드 녀석을 보려고 왔는데 못 들어오게 하더라고요."

의식을 연습하는 동안은 허락받은 이들 외에는 들어올 수 없었고 몇 안 되는 손님 중에는 황족은 존재하지 않았다.

"아버님의 이름을 파니 렌티우스 경이 들여는 보내 주셨는데, 여기까지 들키지 않으려면 덤불 밑이 가장 좋은 선택이었지요."

레슬리는 그 말에 눈을 동그랗게 떴다. 덤불 밑을 기어 숨어들어 왔단 말인가? 황족이?

파티장에서도 정원 관목 밑에서 불쑥 솟아났던 그를 떠올리니 이해가 되긴 했다.

하지만 그래도 황족인데. 레슬리는 공작과 사이레인이 들려주던 과거의 피스토레와 자신이 만났던 아르트엘 황후를 잠시 떠올렸다. 순식간에 이해가 되었다.

"그런데 셀바토르 공녀님이 저 멀리서 보이시더군요. 바지 차림이셔서 그런가 저 멀리서도 잘 보이시길래요. 만나서 인사를 하고 싶은 마음에……."

기어 나왔다가 레슬리의 주먹에 맞을 뻔한 제2황자는 머쓱하게 웃었다.

"죄송합니다!"

레슬리는 다시 고개를 숙였다. 하필이면 황족이었다. 셀바토르 공작과 사이레인은 분명 괜찮다고 해 주겠지만, 레슬리에겐 괜찮은 일이 아니었다.

"그럼 공녀님. 부탁을 하나 드려도 될까요."

"부탁이요?"

"네. 콘라드를 찾을 수 있게 같이 다녀 주시겠습니까?"

콘스텐은 씩 웃어 보였다.

"공녀님은 아라벨라시니, 같이 있으면 허락받은 사람처럼 보이겠지요."

나름의 묘수를 떠올린 콘스텐의 말에 레슬리는 고개를 끄덕였다. 그런 걸로 황족의 얼굴에 주먹을 날린 것이 없는 일이 될 수 있다면 반가운 일이었다.

"콘라드 경은 아마 기도실에 계실 거예요."

콘라드를 몇 번 찾은 경험으로, 레슬리는 그가 호위에 포함되지 않는 날은 기도실에서 시간을 보낸다는 걸 알고 있었다.

고개를 끄덕인 콘스텐은 여유로운 발걸음으로 걷기 시작했다. 누가 봐도 몰래 숨어든 사람이라 볼 수 없는 뻔뻔한 모습에 레슬리는 작게 웃었다.

"제 장점이죠. 감이 좋고 뻔뻔하고. 감은 아버님, 대담함은 어머님을 닮았어요."

콘스텐이 다시 하얀 이를 드러내며 웃었다. 그리고 다시 한 번 더 머리를 털자, 곱슬머리 밑에 박혀 있던 나뭇잎들이 떨어져 내렸다.

"그런데 콘라드 경은 왜 보러 오신 건가요?"

같이 옆에서 걸음을 옮기던 레슬리가 묻자 콘스텐이 볼을 긁적였다.

"고민이 좀 있어서요. 비밀스러운 일을 누군가와 의논하고 싶은데 셀바토르 공녀님도 아시다시피 저는 이 나라를 조금 오래 떠나 있었죠. 덕분에 친구가 콘라드 한 명뿐이네요."

콘스텐은 사제가 되려 했고, 어렸을 적 신성국으로 향했다. 그게 자신의 적성에 맞는 일이며, 형의 손에서 살아남을 수 있는 길이라 믿었다.

아렌도는 콘스텐을 아끼는 편이었지만, 그보다는 욕심이 더 강했다. 만일 콘스텐이 방해가 된다고 생각하면 아무리 친동생이라도 목숨을 위태롭게 할 것이다.

하지만 사제가 되어 성을 버리면, 그는 더 이상 황족이 아니라 신의 종이 될 수 있었고, 콘스텐은 그저 아렌도가 아끼는 동생으로 남아 있을 수 있었다.

그런데 황제는 그의 머리 위에 왕관을 올려 주었다.

마지막 남은 나뭇잎을 털어 내며 콘스텐이 레슬리를 바라보았다.

"공녀님, 제가 공녀님의 지혜를 빌려도 될까요?"

"그럼요."

굳이 거절할 이유가 없어 레슬리는 고개를 끄덕였다. 그러자 콘스텐이 환하게 웃더니 이내 입을 열었다.

"공녀님이라면 예상치 못한 거대한 일을 맡게 되었을 때 어떻게 하시겠습니까?"

갑작스러운 질문에 레슬리는 잠시 제 발끝을 바라보다가 대답했다.

"그건 피할 수 있는 일인가요?"

"아니요."

바로 답이 되돌아왔다.

"반드시 해야 하는 일인 거죠?"

"그렇지요."

콘스텐의 대답에 이번에 레슬리는 고개를 들어 시선을 맞췄다.

"목숨이 위험한 일인가요?"

"네."

이번에도 즉답이었다. 짧고 간결한 대답.

레슬리는 머릿속으로 콘스텐의 대답을 정리하기 시작했다. 피할 수 없고, 반드시 해야 하며, 목숨이 위태로운 자리라.

'후계에 관련된 일인가?'

갑자기 돌아온 황자와 관련된 일은 그것밖에 없을 것이다. 목숨에 관련된 것은 아무래도 아렌도겠지. 어릴 적부터 황위를 노리고 있었으니까.

"음, 여러 사람의 도움을 받을래요."

"도움, 말씀입니까?"

"네."

레슬리는 사르르 웃었다.

"저도 어려울 때가 있었거든요. 그때 많은 분의 도움을 받았어요."

그들에게는 자신을 도와줄 이유가 크지 않았을 텐데, 자신의 간절함을 보고 다들 도움을 주었다. 그 도움이 없었더라면 분명 자신은 지금 이 자리에 없었겠지.

"하지만 저는 이곳을 오래도록 떠나 있었죠. 저를 아무 이유 없이 도울 사람은 없을 겁니다."

어릴 적부터 기반을 충실히 다진 아렌도와 다르게 콘스텐은 기반이라고 불릴 것이 없었다.

"음, 그렇지만 일단 콘라드 경이 있잖아요. 콘라드 경은 무엇이든 잘하세요. 같이 있기만 해도 든든한걸요."

어딘가 불안한 감정을 머금은 콘스텐의 눈동자를 보며 레슬리가 말을 이었다.

"그리고 저도 있고요."

"……공녀님이요?"

예상치 못한 대답이었는지 답이 조금 늦었다. 하지만 레슬리는 신경 쓰지 않고 말을 이었다. 어느새 기도실에 다 와 가고 있었다.

"네. 황자님은 콘라드 경의 친구니까, 저도 도와 드릴게요. 친구의 친구는 친구잖아요."

콘스텐이 신기하다는 듯 눈을 동그랗게 떴다. 하지만 이내 환하게 웃었다.

"그렇군요."

"그렇죠."

대답은 레슬리의 입에서 나온 것이 아니었다. 갑자기 뒤에서 나타난 콘라드가 환하게 웃으며 대답을 가로챘다.

"그래서, 두 분은 여기서 무슨 대화를 나누신 겁니까?"

물음은 두 명에게 향했지만, 시선은 콘스텐에게만 닿아 있었다. 어쩐지 웃는 얼굴이 오싹해 보여 콘스텐은 슬그머니 시선을 피했다. 그러자 웃는 얼굴이 더 흉흉해졌다.

"나는 아무것도 안 했어!"

콘스텐은 재빠르게 두 손을 올리며 항복 자세를 취했다.

"그렇군요. 그럼 여기까지 무슨 일로 오셨습니까, 황자님?"

"그, 그냥 너랑 이야기해 볼까 해서……."

"아하. 그냥 이야기하고 싶어서 경비를 뚫고 신전 안까지 무단 침입해 오셨군요."

"……."

"지금 당장 경비들을 불러도 괜찮겠지요?"

콘스텐이 무시무시한 웃는 얼굴을 피해 시선을 돌렸다.

"그, 그래도 내가 조언해 준 거로 덕 좀 봤잖아. 그리고 계획도 같이 세워 줬고……."

끌려 나가지 않기 위해 최후의 반항을 해 보았지만, 어딘가 기어들어 가는 목소리였다.

"방으로 들어가 계세요. 이야기는 레슬리 양을 모셔다 드린 후에 하겠습니다."

콘라드가 작게 한숨 쉬자, 콘스텐은 고개를 미친 듯 끄덕이더니 그대로 사라졌다.

"가실까요."

콘라드는 평소처럼 웃으며 레슬리에게 손을 내밀었다. 레슬리가 팔 위에 손을 올리자, 천천히 신전 입구 쪽으로 걷기 시작했다.

"황자님과 무슨 이야기를 나누셨나요?"

레슬리는 콘라드에게 여태 황자와 나눴던 대화를 말해 주며 고개를 갸웃거렸다.

"아무래도 황태자에 관련된 것 같죠?"

레슬리의 말에 콘라드가 놀란 듯 눈을 크게 떴다.

"아, 아. 죄송합니다. 레슬리 양이 생각보다……."

흠! 작게 헛기침을 한 콘라드는 방금의 실수를 덮으려는 듯 환하게 웃었다.

"눈치가 빠르셔서요."

왠지 뒷말에 다른 쪽은 아니라는 말이 붙은 것 같아 레슬리는 콘라드를 바라보며 눈을 가늘게 떴다.

"지금 말이 뒤에 더 남은……."

"의식 연습은 잘 끝나셨나요?"

묻기도 전에 콘라드가 환한 미소와 함께 말을 바꾸었고, 레슬리는 찜찜한 기분으로 고개를 끄덕였다. 분명 더 뭔가가 있었는데.

"네, 잘 끝났어요. 중요한 의식이라고 생각하니 조금 떨리긴 해요."

"중요하긴 합니다. 에피알테스를 봉인하고, 계속해서 봉인 위에 봉인을 더해 힘을 약하게 하는 거니까요."

축제의 주기가 긴 것도 봉인석의 힘을 보충하기 위해서라며 콘라드는 말을 덧붙였다.

"힘이 약해졌을까요?"

"아마도요. 최초의 사제들 후손이 계속해서 에피알테스가 봉인당했을 때를 재현하며 봉인하고 있으니까, 아무리 에피알테스라도 봉인당하기 전 위력을 내지는 못할 겁니다. 그만큼 오랜 시간 동안 축적된 힘은 무섭죠."

콘라드의 말에 레슬리는 고개를 끄덕였다. 그렇구나, 힘이 약해져 있을 수도 있는구나.

생각해 보면 아주 긴 시간이었다. 에피알테스가 봉인당하고 신조차 지루해하며 몸을 뒤틀고 산과 강이 새로 만들어지고 사라질 정도로 오랜 시간이 지났다. 그간 쌓인 봉인의 힘은 쉽게 깨지지는 않을 것이다.

"그렇구나."

어쩐지 마음 한편이 조금 더 가벼워졌다.

그 외에 다른 이야기를 하다 보니 어느새 마차가 기다리는 신전 입구까지 걸어왔다. 레슬리가 마차에 오르기 쉽게 손을 잡아 주며 콘라드가 웃었다.

"레슬리 양. 축제 때 제가 모시러 저택으로 가겠습니다."

잠시 황금색 눈동자를 바라보다가 레슬리는 고개를 끄덕였다. 축제가 기다려졌다.

"네, 기다리고 있을게요."

⚜

콘라드는 시선을 내렸다. 그저 서 있기만 했는데 날카로운 수십 쌍의 시선이 날아와 콘라드에게 꽂혔다. 하녀, 하인, 정원사에 주방 사용인, 정원사.

마구간 관리인, 영토 관리인, 셀바토르 기사들은 대놓고 콘라드의 뒤에 있는 문을 막고 있었다.

셀바토르 공작가에 있는 모두가 제 할 일은 내버려 둔 채, 중앙에서 있는 콘라드를 노려보러 온 듯했다. 몇몇은 아예 빨랫방망이와 부엌칼을 들고 와 지켜 서서 노려보고 있었다.

예상은 했지만, 고개를 들 수 없을 정도라 콘라드는 변장용으로 가져온 빵모자를 꽉 쥐었다.

하지만 아무리 생각해도 콘스텐과 렌티우스가 조언해 준 걸 실천하기에는 오늘이 가장 좋을 때였다. 아무리 봐도 레슬리는 그쪽으로는 아무런 생각이 없었으니까.

"야."

그런 콘라드에게 당당하게 시비를 거는 사람이 나타났다. 루엔티였다. 밤을 새웠는지, 짙은 눈 그늘의 루엔티가 무섭게 콘라드를 노려보고 있었다.

"너 우리 동생이랑 데이트한다며."

"……축제를 같이 돌아보는 것뿐입니다, 마법사님."

콘라드는 시선을 흘려 넘기며 환하게 웃었다.

"그게 그거 아니야?"

루엔티가 위협하듯 콘라드에게 바짝 다가가자, 콘라드는 저도 모르게 몸을 뒤로 한 발짝 물렸다.

"젠장, 이럴 줄 알았다면 처음부터 다른 사람을 붙일걸……."

루엔티가 이를 갈았다. 시선만으로도 사람을 죽일 수 있다는 게 사실이라고 믿을 수 있을 정도였다.

"저 정도의 체력과 신력을 같이 가진 사람이 아니면 안 된다면서요?

그런 사람은 저뿐이니까요."

콘라드는 지지 않겠다는 듯 웃으며 말을 꺼냈다. 미약한 반항이 어이가 없는지 루엔티가 헛웃음을 흘리다가 어딘가 살기가 깃들어 있는 환한 웃음과 함께 손가락을 하나 치켜들었다.

"잘 들어. 우리 동생 몸에 상처 하나라도 나면……."

천천히 제 목을 손가락으로 긋는 모습이 어찌나 무섭던지. 마법사인데 마법은 쓰지 않고 둔기로 때릴 것 같은 모습에 콘라드는 웃으며 고개를 끄덕였다.

"잘하겠지."

"……!"

순간 비명을 지를 뻔했다. 어느새 소리도 없이 나타난 베스라온이 콘라드의 어깨를 으스러트릴 듯 꽉 쥐었다. 순간 무시무시한 악력에 소리를 지를 뻔했지만, 간신히 입술을 물고 버틸 수 있었다.

"……셀바토르 경. 안녕하십니까."

"아이테라 경께서도 안녕하시겠지."

베스라온답지 않게 웃으면서 말을 하는데, 어깨를 쥐고 있는 악력은 도무지 약해질 기미가 보이지 않았다.

"그래. 내일도, 모레도, 영원토록 안녕해야지."

언제나 무뚝뚝하던 베스라온이 웃었다. 그리고 루엔티 역시 맞장구를 치며 웃었다. 콘라드는 그 사이에 껴서 고개를 숙였다. 어쩐지, 목숨이 위태롭다는 생각이 들었다.

"오라버니!"

그리고 콘라드를 구원한 건 레슬리였다. 은발을 풍성하게 하나로 땋아 내리고 꽃 모양으로 세공된 핀으로 머리 중간중간을 꾸민 레슬리는 빠르게 계단을 내려왔다.

축제 때 주로 입는 가벼운 원피스를 입은 레슬리는 한 손에는 망토를 들고 있었다. 움직일 때마다 꽃으로 장식된 은빛 머리가 흔들거렸다.
"레슬리."
레슬리가 도착하자마자 베스라온과 루엔티가 자신의 여동생을 바라보며 웃음을 머금었다. 아까까지 한 사람을 협박하던 사람들이라고는 믿기지 않을 정도로 밝은 얼굴이었다.
"오라버니, 경하고 이야기를 하고 계셨어요?"
"그래, 우리 귀여운 막내를 잘 부탁한다고 이야길 하고 있었지."
베스라온은 저의 어린 여동생이 귀여워 죽을 것 같은 얼굴로 레슬리의 머리를 쓰다듬었다. 그러자 레슬리가 작게 웃음을 터트렸다.
"지갑은 챙겼니? 루엔티가 준 마법석은?"
그러더니 이젠 하나하나 꼼꼼히 확인해 주기 시작했다. 레슬리가 웃으면서 제 목에 걸린 마법석과 작은 주머니를 보여 주었다.
"혹시 산 물건이 무겁거나 그러면……."
"주변 셀바토르 상가에 맡길게요."
"그래. 혹시 이상한 놈이 접근하면?"
"얼굴에 선공격을 날려요!"
레슬리는 주먹을 꼭 쥐고 환하게 웃었다. 예상치 못한 대답과 그에 대비되는 레슬리의 환한 웃음에 주변 사람들이 얼어붙었다. 신께 맹세코 베스라온이 가르쳐 준 것이 아니었다. 모두의 머릿속에는 단 한 명이 이름이 스쳐 지나갔다.
'사이레인 님!'
모두의 경악을 모른 채, 레슬리는 환한 웃음과 함께 말을 덧붙였다.
"인중이랑 다리 사이를 노리면 된다고 하셨어요!"
이번엔 모두가 경악으로 물들었다. 망했다. 이미 손을 쓰기엔 늦어버렸다. 이젠 모두의 머릿속에 단 하나의 인물만이 떠오르고 있었다.
셀바토르 공작. 안 그래도 레슬리가 사이레인의 말투를 닮을까 고민하는 그녀가 말투뿐만 아니라 행동까지 닮아 버린 것을 알면…….

"레슬리, 일단 그 주먹은 풀고……."

"이런, 뭐 하니?"

루엔티가 레슬리를 말리는데 목소리가 들려왔다. 계단에서 천천히 셀바토르 공작이 내려오고 있었다.

"어머니!"

베스라온의 옆에 서 있던 레슬리가 이번에 셀바토르 공작에게 다가갔다.

"저 다녀올게요."

"그래, 다녀오렴."

레슬리는 환하게 웃으며 공작의 뺨에 작게 뽀뽀했다. 공작은 옅게 웃었다.

그 자리에 있던 사용인들은 물론 루엔티, 베스라온까지 얼어붙었다. 콘라드는 다른 의미로 이미 얼어붙어 있은 지 오래였다.

"아이테라 경."

"네, 공작님."

어느새 코앞까지 다가온 공작을 보며 콘라드가 환하게 웃었다. 언제나 웃고 있던 입가가 미소를 기억해 내 억지로 웃은 것이나 다름이 없었다. 그래서인지 아까와는 다르게 미소에 금이 가 있었다.

그런 콘라드를 내려다보던 공작이 입술 끝을 올리며 웃었다. 그리고 단 한마디를 꺼냈다.

"경이라면 잘 알 거라고 생각하네."

협박도, 무엇도 없는 간단한 말. 그 말이 끝이었다. 그래서 오히려 더욱 무서웠다. 하지만 많은 의미를 내포하는 웃음조차 레슬리를 바라보았을 때는 환하게 바뀌어 있었다.

"레슬리, 갈 거면 어서 가는 게 좋겠구나."

"아직 아버지께 인사를……."

쾅! 레슬리의 말이 끝나기도 전에 육중한 것이 크게 부딪히는 소리가 저택 전체에 울렸다. 홀로 놀라지 않은 공작은 레슬리의 머리를 쓰다듬으며 말을 이었다.

"새 자물쇠도 오래 버티지 못할 것 같구나."

자물쇠. 그 말에 4년 전 일이 레슬리의 머릿속을 빠르게 스쳐 지나갔다. 4년 전 청첩장을 처음 받던 날, 그날 사이레인이 어떤 반응을 보였던가.

"저, 저 가 볼게요!"

레슬리는 허겁지겁 망토를 챙겨 들고는 콘라드를 이끌었다.

"아직 사이레인 님을 뵙지 못했는데요, 레슬리 양."

"마주치면 죽어요!"

레슬리는 다급하게 외쳤다. 마주치면 안 된다. 포악한 곰과 사람이 마주치면 사람은 죽는다. 그건 당연한 일이 아니던가. 레슬리의 눈이 빙글빙글 돌고 있었다.

콰앙! 다시 한 번 더 굉음이 울려 퍼지고, 위험을 감지한 콘라드가 잽싸게 고개를 끄덕였다.

"다녀올게요!"

레슬리는 재빠르게 외쳤고 다행히도 사이레인이 새 자물쇠를 전부 부숴 버리기 전에 마차를 타고 빠져나올 수 있었다.

"……죽을 뻔했네요."

콘라드의 말에 마차를 보낸 레슬리는 고개를 끄덕였다. 오늘 콘라드는 정말로 위험했다.

"운 좋게 살아난 목숨, 유용하게 사용해야겠어요."

식은땀을 훔쳐 낸 콘라드는 레슬리의 반쯤 풀린 망토 끈을 다시 묶어 주었다. 그리고 레슬리에게 손을 내밀었다.

"그럼 갈까요?"

에스코트하겠다든가 악수하자는 뜻은 아니겠지. 잠시 머뭇거리다가 레슬리는 조심스레 콘라드의 손 위에 자신의 손을 올려 두었다. 콘라드는 웃으며 레슬리의 손을 꽉 잡았다. 어딘가 뺨이 조금 불그스름했다.

"이리로."

거리에 들어서기 전부터 분위기가 달랐다.

상가 지붕 사이사이에는 색색의 끈들이 달려 화려하게 하늘을 장식하고 있었고, 집마다 손수 수를 놓은 천들과 꽃들로 꾸며져 있었다. 어느 집은 자수보다 조각이 더 자신 있었는지 황소와 말의 조각을 내걸기도 했다.

거기다 거리 곳곳에는 음유시인과 악단, 광대들에 이야기꾼들까지 나와 제 소리를 높이고 있었다.

늘 보던 분수대도 평소와는 다르게 꽃들로 화려하게 꾸며져 있었고, 햇빛은 힘차게 솟는 분수대의 물을 만나 아름답게 퍼졌다.

'신기해.'

레슬리는 사방을 둘러보았다. 별천지 같았다. 축제 자체는 4년마다 돌아온다지만, 의식이 있는 때는 더욱 그 규모가 컸고, 더욱 화려했다. 이렇게 화려한 축제는 레슬리에게 처음이었다. 여덟 살 때 맞이했던 축제는 멀찍이서 그 빛만 보고 끝났으니까.

꿈으로만 보던 곳에 자신이 와 있다는 생각에, 레슬리는 흥분으로 숨이 조금 빨라졌다.

"레슬리 양."

콘라드가 웃으면서 레슬리에게 무언가를 내밀었다. 갈색의 넓적한, 처음 보는 음식을 잠시 바라보다가 입에 넣었다. 콘라드는 자신에게 이상한 걸 먹이지 않았으니까.

"달다."

레슬리는 눈을 빤짝거렸다. 색과는 다르게 그 말은 달콤했고, 어딘가 특이한 맛이 났다.

"설탕을 녹여 만든 과자예요."

콘라드는 상인에게서 하나 더 사더니 제 입에 넣었다.

"평소에도 종종 팔긴 하는데, 확실히 축제 때 먹는 게 더 맛있더라고요."

"이걸 평소에도 파나요?"

"큰길에서는 잘 팔지 않습니다. 주로 어린아이들이 뛰어노는 주택가 골목이나 아카데미 앞에서 팔지요."

그렇구나. 레슬리는 눈을 반짝였다. 레슬리가 주로 걷는 곳은 수도 큰길이었다. 안쪽으로 들어가야 집이 밀집해 있는 곳이라, 거기까지 레슬리가 갈 일은 없었다.

"하나 더 드시겠어요, 레슬리 양?"

콘라드가 하나를 더 사자, 상인이 호쾌하게 웃으며 두 개를 더 건넸다.

"아가씨 이름이 레슬리이신가? 우리 공녀님 이름하고 똑같네. 기념으로 하나 더 드리지."

"……감사합니다."

레슬리는 얼떨결에 두 개를 받아 들며 고개를 꾸벅 숙였다. 그러고는 다시 콘라드의 손을 잡고 걸었다.

"이름을 바로 알아들을 줄은 몰랐어요."

레슬리는 콘라드의 등을 바라보며 말을 꺼냈다. 특이한 은발만 감추면 괜찮을 거라고 생각했는데, 아니었나 보다. 콘라드가 갑자기 걸음을 멈춰 섰다. 여전히 뒤를 돈 상태였다.

"들키지 않기 위해서 애칭으로 부르는 건 어떠신가요, 레슬리 양?"

"애칭이요?"

애칭이라니. 저택에서 종종 '귀여운 막내'나 '사랑스러운 우리 딸'로 불리긴 하는데.

"네, 그러니까 음…… 슈야라든가."

아, 축복의 이름. 그걸로 부르자는 말이구나.

"그냥 레슬리라고 부르는 것도 생각해 봤는데, 애칭이 더 나을 것 같아서요."

어쩐지 맞잡은 손이 뜨거웠다. 레슬리는 콘라드의 뒷모습을 바라보다가 고개를 끄덕였다.

"좋아요, 콘라드 경."

"전 그냥 콘라드라고 불러 주세요. 아니, 라드도 괜찮을 것 같아요. 어릴 적 어머니께서 종종 불러 주시던 애칭인데…… 다른 뜻은 아니라! 그저, 들키면 축제를 제대로 즐기기 어려우니까요."

콘라드가 그제야 고개를 슬그머니 돌려 레슬리를 바라보았다. 모자 밑의 얼굴은 떨어질 듯 붉어져 있었다. 손으로 다급히 가려 봤지만, 이미 레슬리가 본 이후였다.

"그, 그리고 저는 축복의 이름이 아페잖아요? 아페. 뭔가 따로 부르긴 이상해요."

콘라드는 다시 고개를 돌리며 다급하게 외쳤다.

"그렇죠. 아페……."

테펜텔이 들었다면 '아페? 아파!'를 외치며 연신 웃었을 이름이었다. 머랭 쿠키를 먹고 '머랭이 뭐래?'를 외치고 다녔으니까.

하지만 테펜텔 특유의 이상한 개그에도 붉어진 얼굴은 쉽게 가라앉지 않았다. 레슬리는 다른 손으로 손부채질을 했다. 콘라드도 다른 손으로 연신 얼굴에 바람을 일으키고 있었다.

"그럴……까요."

서로를 애칭으로 부르기로 했다. 어쩐지 얼굴이 더욱 붉어져 레슬리는 고개를 떨구었다.

“그럼 갈까요, 슈야.”

콘라드는 아직도 제 손을 꼭 잡고 있는 레슬리를 보며 환하게 웃었다. 계획은 성공했다.

“안 된다니까!”

콘스텐은 제 머리를 쥐어뜯었다. 하나뿐인 제 친구가 이렇게 숙맥이라니!

프리트가 괜히 걱정된다며 자신에게 편지를 보낸 것이 아니었다.

“그래서 말은 놨어? 이름은 불러 봤냐고!”

“레슬리 양이라고 처음부터 불렀어.”

“양이라는 호칭을 빼고 불러 본 적은 있어? 그리고 듣자 하니, 절대 말 못 할 특수한 사정으로 성이 아니라 이름부터 부르게 된 거라며.”

“…….”

콘라드는 아무 말도 없었다. 침묵에 콘스텐은 고개를 숙였다. 르카디우스 제국으로 돌아오자마자 부모님 다음으로 가장 먼저 만나기를 잘했다. 아니, 이 정도일 줄 알았다면 더 일찍 돌아왔어야 했다.

“왜 아이테라 가문의 장남이 약혼도, 소문도 없이 조용한가 했더니…….”

하아. 무거운 한숨이 흘렀다. 콘스텐은 고개를 들어 시선을 피하는 제 친구를 바라보았다.

아이테라 대공가의 장남에, 최연소 테센트루아 성기사에. 거기에 저 정도 얼굴이면 사교계에서도 손에 꼽을 정도인데. 왜 저놈이 이렇게 삽질을 하고 있지? 잠시 의문이 들었지만, 이내 답이 나왔다. 저 조심스러운 성격 탓이었다.

“몇 년이랬지? 처음 만나고 몇 년이나 흘렀다고 했었지?”

"4년."
"그러니까 4년 동안 이룬 업적이 친구. 그냥 친구."
"……유일한 친구."
"신전에서 새 친구를 사귀셨다며. 그럼 이제 유일한 친구는 아니네."
콘라드는 괜스레 제 소매 깃을 만지작거렸다.
"심지어 마음 자각도 프리트보다 늦었다며, 동생보다 못한 놈아."
친구 대신 좌절하던 콘스텐은 고개를 번쩍 들고는 아직도 시선을 피하며 창밖을 바라보는 친구를 노려보았다.
"이대로는 안 돼. 평생 친구만 할 거야?"
"상처가 많은 분이라."
그렇게 말하면서 콘라드는 눈을 찡그렸다. 처음에는 가까이 다가가도 되는 걸까 싶을 정도로 상처투성이인 분이 아니었던가. 그래서 더 조심스러웠는데.
"상처가 많아도 지금은 많이 치유되셨다며. 거기다 열여섯 살이 되었으니 약혼 이야기가 본격적으로 오가겠지."
콘라드는 그 말에 무겁게 고개를 끄덕였다.
태어날 때부터 약혼자가 있는 경우도 드물지 않았다. 보통은 열 살이 되었을 때부터 약혼 이야기가 오갔다. 레슬리가 셀바토르 공작가가 아닌 다른 평범한 가문에 몸을 의탁했더라면 이미 다른 사람과 약혼식을 올렸어도 이상하지 않을 나이였다.
어두워진 콘라드의 얼굴을 보며 콘스텐이 마지막 말을 흘렸다.
"최악의 경우, 아렌도 형님에게 빼앗길 수도 있어. 형님은 현 약혼녀를 마음에 들어 하시지 않는 상태고, 형님 눈에 찰 만한 사람은 단 한 사람뿐이니까."
"그건 싫어."
콘라드가 무섭게 얼굴을 굳혔다. 그 모습을 보며 콘스텐이 고개를 끄덕였다.

"나도 싫어. 형님에게 빼앗기느니 차라리 다른 사람……."

"아니. 그게 아니야."

콘라드는 마치 불쾌한 것을 떠올렸다는 듯 얼굴을 찡그렸다.

"그냥 그분이 다른 사람 옆에 서 있다고 생각하니까……."

속에서 쓴물이 올라왔다. 아렌도는 물론 다른 사람들도 쉽게 용납이 되지 않았다. 그나마 가능한 사람은 셀바토르 공작가의 사람들뿐이었다.

그 모습에 콘스텐이 이를 보이며 웃었다.

'조금만 밀어주면 되겠는데?'

4년 동안 삽질이나 했으니, 갑자기 고백하라거나 그런 건 무리겠지. 하지만 이렇게 사소한 것부터 차근히 하면 괜찮을 것이다.

"일단 이제 곧 축제잖아. 그 축제를 이용하는 거지."

그것도 화려하기로 유명한 아라벨라 축제, 연인들이 가장 많이 생겨난다는 그 축제가 코앞이었다.

"아라벨라 축제를 이용해 보자."

콘스텐은 제 친구를 보며 자신의 계획을 늘어놓았다. 얼핏 듣기로 장대한 이 계획의 목적은 '손잡기와 애칭으로 부르기'였다.

어쩌다가 이렇게 되어 버렸을까. 콘라드는 자신의 손을 잡고 이끄는 레슬리의 뒷모습을 보면서 눈을 깜빡였다.

콘스텐의 조언대로 위험하다며 손을 잡고 슬그머니 애칭을 부르는 것까지 성공했다. 그리고 그 뒤의 계획은 자신이 레슬리를 이끄는 것이었다.

레슬리가 좋아할 만한 소품을 파는 가게들과 구경하기 좋은 명당, 그리고 축제 때만 파는 특별한 간식거리들의 위치를 전부 외워 두지 않았던가. 막힘없는 부드러운 동선을 만드는 데 대공가의 하인들과 황실 사람들, 거기에 테센트루아 성기사들도 아낌없이 조언과 도움을 주었다.

그런데 순식간에 상황이 바뀌었다. 손을 잡고 부끄러워하던 레슬리가 먹고 싶은 곳이 있다며 되레 콘라드를 이끌기 시작했다.

"콘라드 경, 아니 라드."

아직 익숙하지 않은지, 레슬리가 조금 머쓱하게 웃으면서 콘라드를 불렀다. 다른 손에는 뿔 모양으로 말린 종이가 들려 있었는데, 그 안에는 갓 튀겨 낸 작은 빵들이 들어 있었다. 그걸 콘라드에게 내밀었다.

"음, 먹어 봐요. 지금 막 만든 거라 따듯할 거예요."

작은 튀김 빵은 지나가다 본 적은 있지만, 콘라드는 신경 쓰지 않았다. 단것이 아니었으니까.

콘라드는 조심스레 빵 하나를 집어 입안에 넣었다. 레슬리의 말대로 갓 튀겨 낸 빵은 따듯하고 고소했다.

"……맛있다."

달지 않고 고소한 튀김 빵은 생각보다 더 콘라드의 입맛에 잘 맞았다. 그의 대답에 레슬리가 그럴 줄 알았다며 환하게 웃었다.

"라드. 다음은 이쪽!"

한 손에 남은 빵을 든 채, 레슬리에게 끌려간 곳은 레소가 극찬한 꼬치집이었다. 다행히 축제 전에 가게를 전부 고친 듯 성황리에 꼬치를 팔고 있었는데, 맛있는 양념 냄새가 거리를 가득 메우고 있었다.

가게 앞에 도착한 콘라드는 주변을 둘러보았다.

'줄이 너무 긴데.'

대충 훑어보기에도 꼬치를 기다리는 줄이 너무 길었다. 거기다 레슬리가 주문하겠다고 한 꼬치는 이 가게 최고 인기 꼬치라 한참을 기다려도 받기 힘들어 보여, 콘라드는 눈을 찡그렸다.

목숨을 걸고 얻어 낸 귀한 시간을 고작 꼬치 따위를 기다리는 데 쓸 수는 없었다. 다른 곳을 먼저 가자고 하자.

그렇게 말하려는데, 레슬리가 빠르게 주문을 끝냈다.

"자, 여기!"

분명 기다려야 할 텐데, 마치 기다리고 있었다는 듯 주인아주머니는 눈을 찡긋하며 레슬리에게 꼬치를 건네주었다.

"마침 만들어 놓은 게 있었대요. 운이 좋네요."

어딘지 의기양양한 표정으로 레슬리가 콘라드에게 꼬치를 내밀었다. 그 속이 보여 콘라드는 작게 웃었다. 살짝 매콤한 소스가 듬뿍 발라진 꼬치는 신기할 정도로 콘라드의 입맛에 맞았다.

그 이후로도 레슬리는 이곳저곳을 콘라드의 손을 잡고 돌아다녔다.

하얗고 노란, 색색의 새가 수놓아진 태피스트리를 파는 집부터, 손수 만든 나무 기념품을 파는 가게, 심지어는 대장간과 무기점까지 다녀왔다. 평소에 관심을 가지던 곳이 아닌데, 왜 여기를 오자고 했을까.

그 물음은 축제 기념으로 만들었다는 단검을 보고 사라졌다. 결국 대장간을 나왔을 때, 콘라드의 손에는 단검과 검 장식 그리고 숫돌이 들려 있었다.

"좋은 단검이네요."

다른 것들은 사람을 통해 신전으로 보내고 단검만 남긴 콘라드는 다시 살펴보았다. 기념으로 만들었다지만, 생각보다 훨씬 더 좋은 단검이었다.

"아라벨라 축제 때 이런 단검을 파는지는 몰랐습니다. 늘 신전에서 경비를 서서 놓친 모양입니다."

아라벨라 축제는 신전과 관련된 큰 축제다 보니 그날은 테센트루아 성기사단과 사제들에게 있어서 쉴 수 없는 날이었다. 콘라드 역시 늘 신전의 경비를 섰기에 이런 중요한 정보를 여태까지 놓친 게 아쉬웠던 모양이었다.

레슬리는 그런 콘라드의 모습을 보며 작게 웃었다.

"올해부터 만들기 시작했대요."

"그런데 슈야."

단검을 제 품속에 집어넣은 콘라드가 짙은 회색빛 머리카락 사이로 시선을 맞췄다.

"평소에는 무기에 관심이 없으셨는데, 이 정보는 누가 알려 주신 건가요?"

콘라드의 물음에 레슬리는 티 나게 시선을 돌렸다.

"그……그게, 음! 하르트! 하르트 경이 말해 줬어요. 하르트 경은 단검을 좋아해서 방에 가면 단검이 잔뜩 있어요! 수십 개는 넘게 있거든요. 저택에서 가장 유명한 수집가라."

"그렇군요."

필사적으로 말하는 레슬리를 보며 콘라드는 웃었다. 콘라드가 이해했다고 생각한 레슬리는 안도의 숨을 흘리더니 다시 손을 잡았다.

"자, 가요. 또 보여 주고 싶은 곳이 있어요, 라드!"

순식간에 단검 수집가가 되어 버린 하르트 경에게 위로를 건네며, 콘라드는 다시 레슬리의 뒤를 따라 걸었다. 그 뒤로도 레슬리는 콘라드의 손을 잡고 몇 곳의 가게를 더 돌았다.

막힘없는 걸음과 기다림 없이 물건을 받는 모습을 보고, 콘라드는 며칠 동안 거리를 돌아다니던 자신의 모습이 떠올랐다.

"자, 잠시만요."

그리고 그런 레슬리의 계획에 처음으로 금이 갔다. 갑자기 나타난 유명한 음유시인을 보러 몰려들면서 길이 사람들로 가득 차기 시작했다. 그건 계획에 없던 일이었다.

레슬리는 필사적으로 사람들 사이를 헤쳐 나가면서도 콘라드의 손을 놓지 않았다. 심지어는 가끔 뒤를 돌아보며 콘라드에게 말을 걸었다.

"조금만 더 가면 돼요. 놓치지 않게 손을 꼭 잡아요."

어느새 망토가 벗겨져 제 하늘하늘한 은빛 머리가 드러난 것도 모르고 레슬리가 굳센 눈으로 콘라드를 바라보았다.

"아……."

자신이 앞에 서겠노라고, 편하게 자신의 뒤를 따라오라고 말을 하려다가 콘라드는 입을 다물었다. 지금 그녀를 방해하면 안 되겠다는 생각이 강하게 들었다.

"네, 슈야."

대신 레슬리를 보며 환하게 웃었다. 레슬리는 그 웃음에 화답하듯 고개를 끄덕이더니 이내 사람들 사이를 파고들었다.

"도착했다."

간신히 인파를 빠져나온 레슬리가 숨을 흘렸다. 레슬리와 콘라드의 시선 끝에는 남루한 천막 하나가 세워져 있었다. 콘라드도 잘 아는 곳이었다.

"점……술가인가요?"

점술가라니. 좋은 소리를 들어 본 적이 없는 이들이었다. 아무래도 신을 믿는 자신과 저들은 가까이하기 힘들었다. 그리고 몇몇 점술가를 찾아간 이들의 말을 듣기로는, 입에 칼을 들고 말을 뱉어 사람의 마음에 상처를 주곤 한다고 들었다.

안 되겠다. 콘라드는 돌아가자고 이야기를 할 참이었다.

"네! 태어났을 때 생긴 자신의 별을 읽어 앞날을 봐 준대요."

정말 가고 싶었는지, 레슬리가 눈을 반짝이며 말을 하다가 콘라드의 얼굴을 보고 말을 흐렸다.

"다른 사람들에게 들었을 때 꼭 가고 싶은 곳이었는데, 혹시 싫으시다면……."

시선만 올려 슬그머니 자신의 눈치를 보는 레슬리를 보고 콘라드는 고개를 끄덕였다.

편견이다. 그래, 여태 자신이 가지고 있던 점술가의 모습은 죄다 편견이었다. 점술가는 생각보다 더 괜찮은 이들일 게 분명했다. 저 표정이 모든 것을 증명해 주지 않았던가.

"저는 좋습니다. 들어가실까요?"

콘라드가 수초 만에 평생 가지고 있던 생각을 바꿨다는 걸 모르는 레슬리는 빠른 발걸음으로 천막 안으로 들어갔다.

안은 어둑했고, 작은 불빛만이 켜져 있었다. 조금 더 안으로 들어가자 별자리가 수놓아진 거대한 천과 한 할머니가 있었다.

"뭐가 궁금해서 왔나요?"

"그게요."

몇 번이고 질문을 정리해 왔던 것인지, 작은 입에서 질문이 폭포처럼 쏟아졌다. 하지만 주된 질문은 아라벨라에 관한 것이었다.

"아가씨는 으음, 잘할 수 있을 거예요."

점술가는 테이블을 가득 메운 별자리 지도 한곳을 손으로 가리켰다.

"여길 봐 봐요. 작은 별이지요? 이게 아가씨의 별이에요. 솔직히 좋은 별은 아니네요. 작은 데다가 주변 별들이 아가씨의 별을 잡아먹으려고 해서 여태 고생이 많았겠어요."

그 말에 레슬리는 물론 아직도 의구심을 품고 있던 콘라드도 놀랐다. 꽤 그럴싸하지 않은가.

"아가씨가 말한 그 '중요한 일'이 뭔지는 모르겠지만, 이런 고난을 겪어 온 아가씨가 못할 리가 없어요. 어디 과거를 좀 더 들여다볼까요."

점술가는 웃으며 이야기를 하다가 갑자기 얼굴을 굳히더니 레슬리를 바라보았다. 순식간에 분위기가 바뀌었다.

"아가씨, 도대체 어떻게 살아왔길래 사자들의 도움을 받은 거죠? 한

둘이 아니네요. 도대체 이게 몇 명이지? 못해도 수십…… 아니, 수백……."

수를 세면 셀수록 점술가의 표정이 하얗게 질렸다. 그러더니 결국 고개를 저었다.

"나는 아가씨 앞날을 더 봐 줄 수가 없어요. 죽은 자들이 아가씨의 앞날을 가리고 있어. 그리고 무엇보다 아가씨가 그걸 놔줄 생각이 없네요."

"제가…… 말인가요?"

레슬리의 물음에 점술가가 눈을 찡그렸다.

"이제 보니 죽은 자들의 문제가 아니라 아가씨 문제네요. 아가씨가 그들의 뜻을 곡해하고 멋대로 붙잡고 있어요. 물론 아가씨가 원하는 대로 하면 그들에게도, 아가씨에게도 좋을 거야. 하지만 거기에 너무 집착하다간 아가씨가 그들과 어울리게 될 거예요."

죽은 자들과 어울린다니. 그건 레슬리가 죽는다는 소리가 아닌가.

"집착하지 말아요. 내가 해 줄 말은 그것뿐이야. 이제 그만 가 줘요."

순식간에 지친 듯 점술가는 손을 내저었다. 심지어 두 사람과 더는 이야기할 수 없다는 듯 몸을 돌려 버렸다.

"무례한……!"

결국 콘라드가 몸을 일으켰다. 아무리 지금 그가 평범한 복장을 하고 있었다지만, 충분히 위협적일 텐데도 점술가는 몸을 돌리지 않았다.

"저는 괜찮으니 가요, 라드."

레슬리가 그런 콘라드의 팔을 붙잡고 천막을 빠져나왔다. 어느새 레슬리의 눈에는 눈물이 고여 있었다.

"슈야."

인적이 드문 골목으로 오자마자, 콘라드가 애칭을 부르며 레슬리와 시선을 맞췄다. 눈빛에 목소리에 걱정이 가득했다.

"신경 쓰지 마십시오. 저런 자들이 주로 하는 짓이죠. 사람의 마음을 난도질하고 행운을 불러오는 물건을 팔아먹는 것. 그게 저들의 속셈이에요."

사람들의 사이를 빠져나오느라고 헝클어진 은빛 머리를 정리해 주며, 콘라드가 다정하게 말을 이었다.

"슈야는, 아니 레슬리 양은 절대 위험하지 않을 겁니다. 셀바토르 공작가분들도 있고, 저도 있으니까요."

하지만 레슬리는 쉽게 눈물을 거두지 못했다. 뭐가 그리도 슬픈 것인지 커다란 눈에서 눈물이 떨어졌다.

"그, 게……."

안절부절못하던 콘라드가 저택으로 가는 마차를 불러와야겠다고 생각한 순간 레슬리가 말을 꺼냈다.

"저에게 나쁜 소리를 해서 그런 게 아니라, 계획이……."

계획이 어그러졌다.

"저분은 원래 좋은 소리만 해 주신다고 했거든요. 최대한 나쁜 말은 피해서……. 그래서 콘라드 경을 모시고 간 건데……."

좋아하는 음식과 늘 관심을 가지던 물건들. 그리고 끝은 행복한 앞날 예지로 끝내면 어떨까. 그게 레슬리의 계획이었다. 그런데 자신이 먼저 질문을 해 버리는 바람에 끝이 망가지고 말았다.

"역시 저를 위해 해 주신 거로군요."

인기인 꼬치가 마치 기다리고 있었다는 듯 나올 때부터, 갑자기 장인이 있는 대장간에서 축제 기념으로 판다며 질 좋은 단검을 내놨을 때부터, 그리고 레슬리가 자신의 손을 꼭 잡고 지켜 주겠다는 듯 앞장섰을 때부터. 콘라드는 이미 알고 있었다.

자신의 소매로 조심스럽게 눈물을 닦아 주며 묻자, 레슬리가 대답하기 부끄러운지 자신이 메고 있던 작은 가방에서 물건을 꺼내는 것으로 말을 돌려 버렸다.

"……이거라도 받아 주세요."

콘라드의 손에 쥐여진 것은 수가 놓인 끈이었다. 조금은 어설프게 수가 놓인 리본 끝에는 작은 별 모양 유리 세공품이 달려 있었는데, 움직일 때마다 작게 빛이 나는 것이 마법이 걸려 있는 듯 보였다.

"제가 수를 놓은 거예요. 테펜텔 님이 알려 준 문양인데, 사람을 위로하는 기원이 담긴 자수라고 말해 주셨어요."

그렇게 말하며 레슬리는 콘라드와 시선을 맞췄다.

"콘라드 경은 지금 위로가 필요한 때니까 조금이라도 도움이 되면 해서……."

아. 역시 그렇구나.

콘라드는 오늘 왜 레슬리가 이렇게 열심히 돌아다녔는지 어렴풋이 알고 있었다. 그래도 이렇게 그녀의 목소리로 들으니 눈물이 날 것 같았다.

배려는, 위로는, 그리고 누군가가 자신을 지켜 준다는 건 콘라드에게 익숙지 않은 것이었다.

더없이 높은 위치의 귀족으로서, 어릴 적부터 테센트루아 성기사단에 입단한 이로서, 그리고 아이테라 대공가의 장남으로서 배려도, 위로도 모두 자신이 주어야 하는 것이었지 받을 것은 아니었다.

그런데 어쩌다 레슬리에게 이렇게 따스한 걸 받게 되었을까.

그것도 분명 처음엔 자기가 지켜 주고 배려해 줘야 할 분이었는데.

"콘……라드 경?"

자신이 울자, 놀라 눈물이 멈춘 레슬리가 안절부절못하는 게 느껴졌다. 하지만 눈물이 멈추지 않았다.

"레슬리 양."

콘라드는 눈물로 붉어진 눈가를 접으며 환하게 웃어 보였다. 상냥하신 분, 그리고 놓치고 싶지 않은 분.

"저랑 정식으로 교제해 주지 않으시겠습니까."

마음속에 담아 놨던 말이 조금 이르게 터져 버렸다.

⚜

설마 이렇게 될 줄이야. 저택으로 돌아오자마자, 어떻게 됐는지 묻는 사람들을 뒤로하고 레슬리는 곧장 방으로 뛰어 들어와 침대에 몸을 파묻었다.

교제, 교제라니. 잘못 들었나? 그것도 아니라면 교제라는 뜻을 자신이 잘못 알고 있는 게 아닐까?

콘라드와 헤어지고 저택에 돌아오는 내내 그 단어만 생각했더니, 콘라드가 말한 교제가 자신이 생각하는 그 교제인지 헷갈리기 시작했다.

레슬리는 슬그머니 몸을 일으켜 테이블 쪽으로 다가갔다. 아직도 밤늦게까지 도서관은 출입 금지였으나, 이제 책 몇 권을 빌리는 것 정도는 허락되었다. 그리고 어제 빌려 둔 책 중에는 정말 다행히도 사전이 포함되어 있었다.

'교제, 교재 말고 교제…….'

사전을 뒤척이던 레슬리의 손이 멈추었다.

[교제 : 사람 간의 사귐. 주로 남녀 간의 사귐을 나타낼 때 쓴다.]

"으아아!"

레슬리는 문장을 읽자마자 테이블에 이마를 박았다. 테이블이 덜컹거리며 잉크병이 떨어질 뻔했지만, 지금 중요한 건 그게 아니었다. 자신이 알고 있는 뜻이 정확하게 맞았다.

정식 교제란 뜻은 추후 약혼…… 그리고 결혼을 전제로 하자는 뜻이겠지.

'급작스럽다는 것을 잘 압니다.'

콘라드는 웃어 보였다. 긴 속눈썹 밑에 눈물로 젖은 황금빛 눈동자가 더없이 반짝거렸다.

'받아 주시기 힘드시다는 것도 압니다. 아버지의 선택으로 지금 저희 가문은 어떻게 될지 모르니까요.'

콘라드는 이해한다는 듯 시선을 바닥으로 내렸다. 레슬리는 고개를 젓고 싶었으나, 놀라 몸이 움직이지 않았다.

'하지만 괜찮으시다면 조금이라도 긍정적으로 생각해 주세요, 레슬리 양.'

아닌데. 레슬리는 눈을 찡그렸다. 가문의 일로 고민하는 게 아니었다.

솔직히 말하자면 레슬리가 약혼자를 고를 때, 가문은 고려 대상이 아니었다. 가문이 무슨 상관이란 말인가. 아버지인 사이레인은 용병단 출신이었고, 자신 역시 잠시나마 스페라도 후작가의 일원이었던 적이 있었다. 그러니 신께 맹세코 아이테라 가문의 몰락은 레슬리의 결정에 영향을 주지 못했다.

한참을 테이블에 이마를 박고 있다가 레슬리가 몸을 일으켰다. 얼얼한 이마를 문지르며 침대 위로 올라갔다. 아까부터 레슬리가 이상하다고 생각했는지, 머리맡에 앉아 있는 어둠이 고개를 갸웃거렸다.

"고민이 있는 거야, 난."

그렇게 어둠이에게 대답해 주며 레슬리는 누웠다.

천천히 생각해 보자. 이런 일은 후회 없을 정도로 고민하고 답을 내려야 하는 게 맞았다.

'어머니가 지금 계시면 좋을 텐데.'

아무리 생각해도 이런 고민을 들어 줄 만한 사람은 어머니뿐이었다. 하지만 셀바토르 공작은 지금 제나와 함께 외출한 상태였고, 유일하게 남은 사람은 사이레인이었다.

레슬리는 잠시 사이레인에게 고민을 털어놓는 상상을 했다가 이내 미친 듯 고개를 저었다. 상상 속 사이레인은 레슬리의 이야기를 듣자마자 트롤의 몸도 한 번에 동강 낼 만한 거대한 도끼를 들고 오더니 레슬리를 보며 환하게 웃었다.

그래서 지금 아이테라 공자가 어디 있다고? 그렇게 외치는 소리가 귀에 들리는 듯했다.

상상 속이라지만 콘라드가 위험하지 않도록 레슬리는 재빠르게 눈을 꼭 감았다. 하지만 어쩐지, 쉽게 잠이 올 것 같지 않았다.

⚜

축제의 가면을 쓴 사람 사이로 한 여자가 걸어갔다. 얼핏 보기에는 키가 다른 사람들보다 크다는 것 외에는 이상할 게 없는 여자였다. 최초의 사제들이 역병의 눈을 피하고자 썼다는 가면을 쓰고, 평범한 복장으로 사람들 사이를 걸어가는 여자.

하지만 사람들은 저도 모르게 그녀에게 길을 내주었다. 이유도 모른 채 그저 본능에 따라 길을 내주었다.

복잡한 거리임에도 갈라지는 사람들을 보며 공작은 작게 혀를 찼다.

"나름 티 안 나게 섞였다고 생각했는데."

공작의 작은 중얼거림에 그녀의 뒤를 따르던 제나가 말을 이었다. 그녀의 얼굴에는 파랑새 모양의 가면이 씌워져 있었다.

"정말 아무도 못 알아볼 거라고 생각하신 건가요, 아가씨?"

오랜만에 저택이 아닌 곳에서 들어 보는 아가씨 소리에 공작이 작게 미소 지었다.

"이렇게 사람들이 많은 곳에서 공작님이라고 부르면 큰일 날 테니까요."

"이미 알아챈 것 같지만."

머리를 쓸어 올리며 공작이 말했다.

"거의 본능일 겁니다. 셀바토르가는 다른 사람들과 다른 면이 있으니까요. 이런, 부인께서는 이미 도착한 모양입니다."

그렇게 대답한 제나가 어느 한곳을 바라보았다. 그녀의 시선 끝에는 집이 있었다. 다른 집들처럼 화려한 수가 놓인 천과 각종 장식물로 꾸며진 집. 그 앞에는 작은 마차가 한 대 서 있었다.

"알아. 일부러 느긋하게 나온걸."

제나의 말에도 공작의 걸음은 여유로웠다. 시간이 지나면 지날수록 안달이 나는 것은 저쪽일 것이고, 그러면 그럴수록 판을 자신의 쪽으로 이끌기가 수월해질 것이다.

공작과 제나가 집 앞에 서자, 기다리고 있었다는 듯 얼굴에 가면을 쓴 셀바토르 공작가의 기사들이 문을 열어 주었다.

아무런 온기도 없는 집 안에 공작과 제나의 발소리가 울려 퍼졌다.

먼저 도착해 안에서 기다리고 있던 스페라도 후작 부인은 그 발걸음 소리를 들으며 두 손을 꽉 쥐었다. 몸이 잘게 떨리기 시작했다.

'오는구나.'

저 여자가 자신을 이리로 부른 이유가 뭘까. 아무리 생각해 봐도 알 수가 없었다.

파티장에서 공작의 쪽지를 받고 몇날 며칠을 고민했다. 처음엔 위험을 감수하고 싶지 않았다. 자신이 원하는 것은 그저, 풍족하고 안락한 삶이었으니까.

하지만 요 근래, 점점 미쳐 가는 남편의 횡포를 참지 못해 연락을 했고, 바로 답장이 날아왔다.

'사흘 후 저녁, 베하르튼 2번 거리 391번가.'

아주 짧은 답장이었다. 그 답장에 따라 사흘 후 스페라도 후작 부인은 작은 마차에 몸을 실었다. 남편에게는 빠질 수 없는 모임에 초대되었다고 둘러대었다.

마차를 타고 도착한 곳은 작지만 아담한 저택이었다. 평범한 2층짜리 저택은 깔끔하지만, 마치 전시되듯 놓인 가구들과 장식들은 아무런 유행도 타지 않는 기본적인 물건들이었다.

'오싹해.'

스페라도 후작 부인은 괜스레 제 팔뚝을 매만졌다. 어디 귀신이라도 본 듯한 기분이 들었다. 이 집 어디에도 주인의 손길은 묻어 있지 않았다. 사람이 살면 생기는 자연스러운 온기 따위 기대할 수 없는 집, 모방한 듯한 집. 그래서 더더욱 주인을 닮은 집이라는 생각이 저절로 들었다.

자신의 앞에도 사람인 척하는 괴물이 앉아 있지 않은가.

"그래서 저를 왜 보자고 하신 겁니까?"

스페라도 후작 부인은 불안한 듯 제 손을 꼭 쥐었다가 펴며 자신의 앞에 앉은 여자를 바라보았다. 장신에 가면을 쓰고 있는 여자는, 그저 앉아만 있을 뿐인데도 위압감이 흘러나와 저절로 몸이 움츠러들었다.

'저번에도 생각한 거지만…….'

무서운 사람이야. 스페라도 후작 부인은 혹여나 시선이 마주칠까 봐 방 안을 구경하는 척하며 시선을 다른 곳으로 옮겼다.

후작 부인의 눈이 가늘어졌다가 이내 다시 원래대로 돌아오길 반복했다. 이유를 아무리 예상해 봐도 알 수가 없었다. 아니, 집히는 게 하나 있다.

입안이 바싹바싹 말라 갔다. 혼날 일이 있는 어린아이처럼, 어서 이 대화가 끝나기를 바랐다.

요즈음 이상해져 버린 남편이랑 있는 것도 마음에 들지 않았지만, 이 여자와 같은 공간에 있는 것도 마음이 편하지 않았다. 아무리 뭐라 해도 셀바토르 공작과 자신은 차나 마시며 노닥거릴 정도로 친한 사이도 아니지 않은가.

"……."

하지만 공작은 묵묵히 차를 마실 뿐 먼저 입을 열지 않았다. 침묵은 흐르고 흘러, 결국 후작 부인이 먼저 대화를 시작했다.

"어서 돌아가 봐야 합니다. 제가 없으면 저택이 돌아가질 않아서 말이죠."

"돌아간다라……. 스페라도 저택으로 말입니까?"

후작 부인의 말에 셀바토르 공작이 드디어 입을 뗐다.

"당연하지요, 저는 이래 봬도 스페라도 후작가의 안주인인걸요."

"4년을 넘게 저택을 버려 두고 말이죠."

셀바토르 공작은 어서 먹어 보라는 듯 스페라도 후작 부인의 앞으로 다과를 밀었다. 후작 부인은 그런 공작을 보며 눈을 찡그렸다.

"4년간 저택을 비운 이유는 제가 몸이 안 좋았기 때문입니다. 공작께서도 아시지만 제가 슬픈 사건을 겪은지라, 안 그래도 좋지 않았던 건강이 급격히 나빠졌지요."

"그렇군요."

시선이 맞았다. 공작은 계속 말해 보라는 듯 옅은 미소를 지었다.

"……그래서 잠시 친정에 내려가 몸을 요양하고 온 것뿐이에요. 그러니 공작께서 저를 비난할 이유는 없습니다."

달칵. 후작 부인의 말이 끝남과 동시에 찻잔을 내려놓은 셀바토르 공작이 나른하게 소파에 몸을 기댔다. 어딘지 배부른 사자를 눈앞에 둔 기분이라 후작 부인은 잠시 마음을 놓았다가 이내 고개를 저었다. 배부르다고 사자가 사자가 아니게 되는 것은 아니었다.

"그렇죠, 안 좋은 일. 그런데 그중 하나는 진실이 아니지 않습니까?"

셀바토르 공작의 말에 후작 부인은 입을 다물었다. 어쩐지 삐진 제 딸이 떠올라 공작은 작게 미소 지었다.

"하나 제안을 하죠, 부인."

"……무엇을 말인가요?"

"제가 원하는 것에 답해 준다면, 편안한 삶을 약속드리지요."

셀바토르 공작의 제안에 후작 부인의 눈이 동그래졌다.

"편한 삶이요?"

"네, 편안한 삶."

어떤 삶이라고 이야기해 주지도 않았는데, 셀바토르 공작이 차를 마시는 동안 후작 부인은 편안한 삶에 대해 상상하고 자기 멋대로 희망을 품었다.

"……어떤 건가요? 나는 남편은 팔 수 없어요. 그리고 알다시피 4년간 떠나 있어서 현 상황도 모르고요. 애당초 남편은 저에게 일 이야기는 거의 하지 않았어요."

후작 부인이 두 손을 꼭 쥐고 시선을 피했다. 예상했던 대답이었다. 셀바토르 공작은 고개를 끄덕였다.

"부인께서 답해 주실 수 있는 물음입니다. 걱정 마시길."

"무엇이죠?"

"왜 레슬리를……."

질문이 끝나지도 않았건만, 스페라도 후작 부인은 갑자기 고개를 번쩍 들고는 무섭게 그녀를 노려보았다. 여태 공작과 눈도 못 마주치던 사람이었다는 게 믿기지 않을 정도였다.

"여, 역시 나에게 그 말을 하려고 부른 거군요? 내가 어머니의 역할을 제대로 하지 못했다고……. 그렇다고 나를 욕하고 비난하려는 거지요?"

날카롭게 외친 후작 부인은 제 귀를 막고 머리를 흔들었다.

"나는 최선을 다했어요! 정말로 최선을 다했다고요! 그 아이가 제물이 되어 불에 내던져지기 전까지는 열심히 가르쳤지요! 내가 그 아이에게 얼마나 비싼 가정교사를 붙였는지 아세요?"

후작 부인은 다시 고개를 홱 돌려 셀바토르 공작을 바라보았다. 그녀의 라일락색 눈동자에는 눈물이 가득 고여 있었다.

그 모습이 레슬리가 울 때와 똑 닮아 있어, 셀바토르 공작은 순간 움찔거렸다. 저도 모르게 늘 하던 대로 눈물을 닦아 주려고 손을 뻗으려고 했던 탓이었다.

하지만 이어지는 부인의 말은 그녀가 겉모습만 레슬리와 닮은 사람일 뿐, 전혀 다른 정신세계를 가지고 있다는 걸 여실하게 보여 주었다.

"그리고 그건 내 탓이 아니에요. 그이가…… 스페라도 후작가의 집안 자체가 그랬던 거지, 나는 아무 잘못이 없어요. 나도 피해자라고요! 공작 각하께서도 아시겠지만, 엘리는 저를 만나 주지도 않고……."

후작 부인의 말에 셀바토르 공작은 머리가 아프다는 듯 제 관자놀이를 꾹 눌렀다. 비슷한 사람끼리 결혼한다는 말이 딱 맞는 듯 보였다.

후작 부인은 레슬리가 그 집에서 괴로워할 때 잘 대해 주었던 것 하나를 크게 부풀려 자신을 지킬 방패로 삼으며 다른 비난들은 모조리 후작과 스페라도 후작가에 넘기고 있었다.

"……나는 당신이 내 딸에게 무슨 일을 해 줬든 아니든 신경 쓰지 않습니다, 부인."

일부러 내 딸이라는 단어를 써 가며 공작은 후작 부인을 바라보았다.

진심을 들을 수 있을까 작은 기대를 했건만, 기대는 무너졌다. 아니, 진심은 들었다. 그게 자신이 원하는 방향이 아니었을 뿐.

레슬리의 이름을 꺼내거나 내 딸이라는 단어를 써도 스페라도 후작 부인의 얼굴색은 변하지 않았다. 그녀는 그저 자신이 받을 비난만 두려워하고 있었다.

"그럼 무엇을 바라시는 거죠?"

"그저 아주 조그마한 용기. 그게 필요할 뿐입니다."

"용기……."

"당신이 예전부터 가지고 있던 용기 말입니다, 부인. 집안의 빚을 갚기 위해 스페라도 후작가로 갔던 그 어린 소녀의 용기가 말입니다."

"제가 좀 자기희생 정신이 강하긴 하죠. 용기도 있고."

후작 부인은 뺨을 붉히며 눈을 깜빡였다. 하지만 이내 아니라는 듯 고개를 젓더니 공작을 바라보았다.

"아, 아니. 나는 당신의 말을 들을 수 없어요. 당신은 제 적이 아니던가요? 그리고 저는 이미 따르는 분이 있답니다."

말은 아니라 하며 부정하지만, 후작 부인의 눈은 이미 그녀가 어느 정도 넘어왔다는 걸 여실하게 보여 주었다. 공작은 웃으며 몸을 일으켰다.

"그 모시는 분은 당신이 선택한 분인가요? 스페라도 후작 부인. 아니, 데리엘."

갑자기 이름을 불린 스페라도 후작 부인이 놀란 눈으로 공작을 바라보았다.

"그리고 그분은 당신에게 안락한 삶을 준 게 맞나요? 내가 보기엔 오히려 뒤흔든 것 같은데."

"그렇지 않습니다."

입은 아니라고 말한다. 하지만 자신의 드레스 자락을 꽉 잡은 손이, 긴 속눈썹 밑에서 떨리는 눈동자가 공작에게 진실을 이야기해 주었다.

"저런. 간신히 친정으로 돌아가 숨을 돌리고 있는 당신을 다시 후작에게 보낸 사람이 삶을 흔든 게 아니라고요? 생각해 보세요, 지금 그가 돌아오고 더 지옥 같아지지 않았나요."

일부러 느긋하게 말을 흘렸다.

"데리엘. 당신은 지금보다 더 안정적이고 풍족한 삶을 살 가치가 있는 사람입니다."

그 말에 간신히 입 끝에서 나오던 거절의 말이 사라졌다. 스페라도 후작 부인은 일어서 있는 공작을 놀란 눈으로 바라보았다. 그녀의 눈에는 약간의 의구심이 남아 있었지만, 그보단 간절함과 희망이 더 컸다.

라일락빛 눈동자를 바라보며 공작은 입 끝을 올리며 웃었다.

"나를 선택하세요, 부인. 나는 당신이 원하는 삶을 줄 테니까요."

메데이아가 자신의 저택에 쥐를 풀어놨던 걸 잊지 않았다. 그러니 이번엔 자신의 차례였다.

⚜

"레슬리가 이상하다."

모두가 잠든 야심한 밤, 갑작스러운 회의가 셀바토르 공작가에서 열렸다.

주최자는 사이레인. 참석자는 베스라온과 루엔티, 바타와 자일로, 마델과 서올리, 하르트와 셀바토르 기사단이었다. 거기다 오늘은 특별 참석자, 제나까지 한자리를 차지하고 있었다.

야밤에 급작스럽게 불려와 아직 잠에서 깨지 못한 제나는 커다란 숄을 몸에 두른 채, 작게 졸고 있었다.

커다란 테이블을 가득 메운 이들의 얼굴은 심각해 보였다. 그중에서도 가운데 자리를 차지한 사이레인의 표정은 무서울 정도였다. 술과 고성이 오가야 할 험악한 분위기였다.

하지만 레슬리의 교리에 따라, 사람들의 앞에는 계절에 맞지 않는 따듯한 코코아와 각설탕을 네 개나 넣은 차 그리고 상징인 눈사람 쿠키가 놓여 있었다.

"역시 축제를 가족끼리 구경하지 못한 게 문제였나?"

속상한 마음에 코코아를 한 번에 들이켠 사이레인이 미간을 찌푸렸다.

어머니, 그리고 가족과 함께 축제를 즐기고 싶다던 레슬리의 작은 소원은 얼마 전 산산조각이 나고 말았다.

나름 가면을 바꿔 쓰고, 옷을 평범하게 갈아입고 가발까지 쓰는 변장을 감행했지만, 셀바토르 공작가의 사람들이 자연스럽게 풍기는 분위기는 모른 척하려야 모른 척할 수 없는 것이었다.

거기다 한눈에 보기에도 장신인 네 명에 작은 아이가 같이 있으니 정체는 더욱 빠르게 발각되었고, 순식간에 축제 분위기는 가라앉았다.

축제를 즐기던 사람들은 벽에 붙다시피 하며 자리를 내주었고, 상인들을 감히 눈을 마주치지 못하고 고개를 숙였다. 악단과 음유시인의 아름다운 노랫소리는 안쓰러울 정도로 떨리기 시작했다.

결국, 심각하게 떨던 상인이 레슬리에게 아이스크림을 건네주다 떨어트리고 말았다.

'죄, 죄송합니다!'

상인이 바로 바닥에 머리를 박으며 자신의 죄를 빌기 시작했을 때, 짧디짧은 축제 구경은 끝이 났다.

"그래, 그거야! 그게 틀림없어!"

자신 혼자 답을 낸 사이레인이 크게 테이블에 이마를 박았고 큰 소리가 방 안을 가득 메웠다. 이상한 소리가 섞여 들린 걸 보니 테이블에 금이 간 게 틀림없었다.

"어, 어쩌지? 하지만 난 그렇게 일찍 들킬지는 몰랐는데. 나름 변장한다고 했잖아. 다들."

안절부절못하던 사이레인이 갑자기 무언가가 떠오른 듯 눈을 크게 떴다.

"역시 곰 가죽을 벗겨다 뒤집어썼어야 했나?"

"그러면 사냥당했겠죠."

축제에서 쫓겨나는 게 아니라. 서재에서 연구하다가 끌려 나온 루엔티가 퉁명스럽게 말을 내뱉었다.

"그러니까 내가 변장 마법을 쓰겠다고 했잖아요. 그편이 나았을 텐데."

최근에 바꾼 동그란 안경을 고쳐 쓰며 루엔티가 말하자 옆에 앉은 베스라온이 고개를 저었다.

"그건 안 돼. 지금 마법으로 신체 일부라도 가리는 자들은 신분의 고하를 막론하고 감옥행이다."

언제나 사람들이 많이 몰려 늘 경계를 삼엄하게 섰던 아라벨라 축제였다. 그리고 이번에는 그 어떤 때와도 비교할 수 없을 정도로 경계가 강화되었다.

표면적인 이유는 황족들과 타국 손님들의 경호를 위해서라고 했지만, 실상은 피스토레가 메데이아에게 보내는 경고 같은 것이었다.

하지만 너무나도 삼엄한 경비에 상인들과 구경꾼들, 심지어는 일반 경비병들에게서도 매일 매분 불만이 터져 나왔고, 그걸 조율하는 건 전부 베스라온의 몫이었다. 덕분에 웬만해서는 피곤한 티를 내지 않던 베스라온은 요새 가만히 앉아 조는 모습을 자주 보였다.

"이러면 어떨까요?"

다른 셀바토르 기사들과 의견을 나누던 하르트가 입을 열었다.

"축제 대신 소풍을 가시는 겁니다. 아라벨라 축제가 끝나고 나면 분명 다들 휴식이 필요할 테니까요. 큰 산을 넘은 거나 다름없지 않습니까."

하르트의 말에 다들 고개를 끄덕였다. 요즈음 저택의 모든 이들이 날카로워져 있었고, 휴식이 필요한 건 사실이었다.

"제 생각에는 미식의 도시인 타샤레아는 어떨까 싶습니다. 날이 따듯하고 바닷가가 가까워 해수욕하기 좋지요. 공작님은 생선 요리를 좋아하시고, 아가씨는 아직 바다를 본 적이 없으시니 분명 두 분 다 좋아하실 겁니다."

"우리 아내님도 좋아할까?"

레슬리는 물론 셀바토르 공작까지 좋아할 거란 말에 사이레인이 눈을 반짝였다.

"그럼요. 좋아하실 테지요. 그러니 기사단도 전부 이동해서 휴가를 즐기도록 하지요."

하르트가 슬쩍 본심을 끼워 넣었고, 그의 옆에서 졸음에 눈을 깜빡이던 자일로가 고개를 끄덕였다.

“타샤레아 도시 좋지요. 따듯하고 평화롭고……. 제가 은퇴하면 살려고 한 도시입니다. 이왕 거기 간 김에 제 사직서 좀 공작님이 받아주셨으면……. 큼, 큼!”

하르트에게 옮았는지 속마음이 튀어나온 자일로는 크게 헛기침을 했다. 자일로의 맞은편에 앉은 제나가 그 말에 공감하듯 고개를 끄덕였다.

“제 생각에는 축제 때문이 아닌 것 같아요.”

왁자지껄한 와중에 홀로 얼굴을 굳히고 있던 마델이 입을 열었다.

“아무래도 아이…… 악!”

아이테라 공자의 이름을 말하려던 마델이 비명을 내질렀다.

“아이?”

“‘아이참, 아무리 생각해도 사이레인 님 말이 맞아요.’를 말하려던 것 같아요.”

생글생글 웃는 서올리가 아직도 눈물이 가득한 마델을 대신해 사이레인의 답에 대답했다.

“왜, 아니, 나는…… 흡!”

환한 웃음을 머금은 서올리에게 연타로 옆구리를 맞은 마델은 몸을 작게 떨었다. 마델이 결국 허물어지듯 테이블 위로 쓰러지자 서올리가 웃으면서 ‘아이참, 여기서 졸면 어떡해. 많이 피곤했구나, 내 친구?’ 하면서 마델의 등을 쓰다듬었다.

이미 눈치를 챈 제나와 자일로가 즉각 수습에 나섰다. 그건 말하면 안 되는 것이었다.

“앓은 아닌 것 같았는데…….”

사이레인이 고개를 갸웃거리자 제나가 환하게 웃었다.

“맞을 겁니다. 요즘 젊은이들 사이에는 그렇게 대답하는 게 유행이라고 하더라고요.”

"요즘 젊은것들이란!"

제나와 자일로의 말에 사이레인의 고개가 더욱 옆으로 꺾였다.

"사이레인 님. 아마도 아가씨는 아라벨라 자리에 중압감을 느끼고 계실 겁니다. 평소에도 그 일에 대해 자주 언급하셨으니까요. 그러니 더더욱 일이 끝난 후에는 휴식이 필요할 겁니다."

레슬리는 종종 의식에 관해 이야기하며 작게 한숨을 쉬었다. 그걸 기억한 사이레인이 고개를 끄덕이자, 마치 이상한 물건을 비싸게 팔아넘기려는 상인처럼 제나가 미소 지었다.

"그러니 더더욱 일이 끝난 후에는 휴식이 필요하시겠지요. 공작님도 슬슬 새로운 요리를 접하실 때가 되었고, 아가씨도 수영을 꽤 즐기시니 타샤레아는 괜찮은 선택지가 될 겁니다."

제나는 자신이 알고 있는 타샤레아 도시에 대해 늘어 두기 시작했다. 아무리 들어도 자신의 아내님과 딸이 좋아할 만한 내용이자, 사이레인은 이내 마델의 이상한 대답을 지워 버렸다.

하지만 속아 넘어가지 않은 베스라온과 루엔티는 눈을 가늘게 떴다.

"아이테라 공자……."

베스라온이 낮게 중얼거렸다.

"축제가 끝나면 조지러 가자, 형."

루엔티가 거칠게 안경을 벗으며 말하자 베스라온이 무겁게 고개를 끄덕였다. 무슨 일이 있었는지 모르겠지만, 레슬리가 우울해하던 대가는 톡톡히 받아 낼 것이다.

"그래, 이 축제의 끝은 얼마 남지 않았으니까."

자일로는 왜 지금 베스라온이 낮게 중얼거리는 그 말이 축제가 아니라 콘라드의 목숨이 얼마 남지 않았다는 말로 들리는지, 의학적으로 설명할 수가 없었다. 하지만 확신할 수 있는 건 하나 있었다. 자일로는 느긋하게 자신의 몫으로 나온 차를 들이켜며 고개를 끄덕였다.

"이제 슬슬 끝이 오는구나."

⚜

"이제 곧이로구나."

메데이아는 하늘을 올려다보았다. 검은 밤하늘을 수많은 별들이 화려하게 수놓고 있었다.

"이피엘. 별이 참 예쁘지 않니?"

갑작스러운 말에 한 걸음 뒤에 서 있던 이피엘이 고개를 들어 하늘을 바라보았다.

"네, 그렇습니다. 별이 가득한 게 정말 예쁘네요."

"그렇지. 특히 축제 기간에는 더욱 별이 화려하게 빛나는 것 같아. 기분 탓일까."

메데이아의 시선은 하늘을 떠날지 몰랐다.

"우리 이트바나에서는 축제 기간은 물론 평소에도 별이 빛나지 않았는데. 그들도 작은 나라에는 빛을 비출 필요가 없다고 생각한 걸까."

자연스레 이트바나가 생각났다. 좋게 말하자면 고전적이고 전통적이며, 나쁘게 말하자면 고집과 아집으로 이루어져 있던 나라. 뿌리 깊게 박힌 것은 아무리 노력해도 뽑힐 생각을 하지 않았다.

메데이아는 그 나라가 싫었다. 왜 자신이 선택하지도 못하고 태어나자마자 길이 정해지는 걸까. 자신은 자신이 정한 길을 걸을 정도로 능력이 있는데, 왜. 그 질문에 제대로 된 답을 해 주는 이가 없었던 나라였다.

비록 지금은 잠들어 있지만.

금방이라도 머리 위로 쏟아질 듯한 별을 보며 작게 자신의 나라를 중얼거렸다.

"태후 폐하……."

이피엘은 메데이아의 뒷모습을 보며 말을 흐렸다. 갑자기 왜 별 이야길 하시는 걸까 했더니, 이트바나가 생각났던 걸까. 괜스레 눈물이 나 눈가를 훔쳤다.

이런. 메데이아는 살포시 웃었다. 뒤를 돌아보지 않아도 이피엘의 얼굴을 알 수 있었다. 자신이 고른 시녀 이피엘은 눈치도 빠르고 일 처리도 꼼꼼한데, 단 하나 단점을 뽑자면 너무도 감정적이었다.

"이피엘."

다시 나지막이 시녀의 이름을 부르자, 눈가를 훔치던 이피엘이 고개를 끄덕이며 대답했다.

"나는 너와 데비엔에게 마음 놓고 살 수 있는 곳을 약속했었지."

"네, 기억하고 있습니다. 저를 구해 주시면서 말해 주셨지요."

이피엘의 대답을 들으며 메데이아는 고개를 끄덕였다. 이트바나에서 딸의 쓰임새란 늘 정해져 있는 것이었고, 몇몇은 그 일을 거부했다. 그리고 이피엘은 거부의 대가로 위험에 처했었다.

그런 그녀를 구해 준 건 메데이아였고 그 손을 잡은 뒤로 이피엘은 늘 그녀의 충실한 시녀였다.

"하지만 우리가 살기에 이트바나는 너무 작지 않니."

고칠 것도 많고. 메데이아는 작게 중얼거렸다.

계획대로 아렌도가 황위에 오르고 자신이 그보다 더 높은 곳에 오른다면, 잠들어 있던 나라는 다시 눈을 뜰 것이다. 드넓고 새로운 땅과 새로운 규율을 가지고. 메데이아를 괴롭게 했던 뿌리는 잔상조차 남지 않을 것이다.

"그러니 이 정도 제국이면 충분할 거야."

넓디넓은 제국. 태양과 달, 별조차 먼저 비추는 곳. 이 드넓은 대륙에서 가장 먼저 봄이 찾아오고 겨울이 먼저 물러가는 이 제국 정도면 자신도 배가 부르지 않을까.

'아니, 그렇지는 않겠지.'

메데이아는 하늘을 올려다보며 눈을 깜빡였다. 이 제국을 다 집어삼킨다고 해도 자신은 영원히 배가 부르지 않을 것이다. 이 제국을 먹고 나면 또 뭘 노려볼까.

'저 하늘을 집어삼킬까.'

먹을 수 있지 않을까. 다들 불가능한 일이라고 한 것을 자신은 지금도 해내고 있지 않은가. 하지만 저걸 먹고도 배가 부르지 않으면 어떻게 하지. 그다음엔 또 뭘 집어삼켜야 할까.

르카디우스 제국의 인장에 있는 뱀이 마치 자신과 같아 메데이아는 작게 웃었다. 하늘을 끝도 없이 집어삼키는 모습, 마치 자신과 같지 않은가. 하늘을 조금 더 바라보던 메데이아가 아직도 눈물을 훌쩍이는 이피엘을 바라보았다.

"그만 들어갈까."

메데이아는 느리게 눈을 깜빡였다. 눈동자 속에 담겨 있던 별 잔상이 긴 속눈썹 사이로 쏟아져 내렸다.

"중요한 일까지 얼마 남지 않았으니까. 아프기라도 하면 큰일이지."

-18-

“달려라! 속도를 높여!”

사람들의 소리를 들으며 테펜텔은 눈을 감았다. 마차는 위험할 정도의 속력으로 달리고 있었다. 하지만 테펜텔은 미간에 주름을 잡았다. 이 마차로는 아무리 빨리 달려도 간신히 의식이 시작된 후에야 수도에 도착할 수 있을 것이다.

‘그렇다고 말을 탈 수도 없고.’

마음 같아서는 다 버리고 말을 타고 싶었다. 그러나 여러 가지 이유가 발목을 잡았다.

하나는 자신이 르카디우스 제국에서는 환영받지 못하는 외국인이라는 점이었고, 또 다른 하나는 간신히 구한 슈에나 약초를 실을 공간이 필요하다는 거였으며, 마지막은 에펜타니 백작이었다.

“테펜텔 님.”

자신의 앞에 앉은 에펜타니 백작을 바라보았다. 그의 손에는 테펜텔이 셀바토르 공작에게 주었던 기록 해석본이 들려 있었다.

"이 기록대로 하면 슈에나를 가공해 원하시는 걸 얻을 수 있을 것 같습니다만."

에펜타니 백작은 심하게 흔들리는 마차에서도 용케 기록을 읽어 내려갔다.

"하지만 이건 슈에나 약초를 몇 배로 압축해 놓고 거기에 치료 효과를 더한 것일 뿐입니다. 좋은 꿈을 꾸겠지만 그 외의 효능은 기대하지 않는 게 좋겠습니다. 그리고 이거 제대로 된 공식 조제법이 맞습니까? 이건 아무리 봐도 일기 정도로밖에 보이지 않습니다."

에펜타니 백작은 의심스럽다는 듯 눈을 찡그렸다. 비록 한미한 가문이라고는 하지만 에펜타니 백작가는 약초학에 일가견이 있는 가문이었기에 불확실한 제조법이 마음에 들지 않는 모양이었다. 테펜텔은 그런 에펜타니 백작을 보며 고개를 끄덕였다.

"그건 일기가 맞습니다. 그래도 나름 효과가 검증된 겁니다."

"하지만 그렇다고 해 봤자 좋은 꿈……."

에펜타니 백작이 기록을 한 장 넘기며 작게 투덜거렸고 테펜텔은 씩 웃어 보였다. 그녀의 눈이 반짝거렸다.

"바로 그겁니다. 좋은 꿈. 에펜타니 백작, 왜 슈에나 약초가 귀한지 아십니까?"

급작스러운 질문에 에펜타니 백작이 잠시 침묵하더니 이내 고개를 끄덕였다.

"본디 슈에나 약초는 아롬벨에서 자라던 약초였지요. 하지만 몇 백 년 전 아롬벨에서는 자취를 감추었고, 지금은 저희 영지에만 남아 있는 약초라 알고 있습니다. 아무래도 기후나 이런 게 다르다 보니 슈에나가 완전히 자리 잡지를 못했겠지요. 그래서 귀한 걸로 알고 있습니다."

"맞습니다."

원래 슈에나는 아롬벨에서 자라던 약초였다. 귀한 편이긴 했지만,

르카디우스 제국만큼 귀한 편은 아니었고 슈에나를 키워 여러 가지 약을 만들어 파는 마을이 있을 정도였다.

하지만 시간이 지남에 따라 슈에나는 점점 자취를 감추었고, 한 상인이 판매를 목적으로 르카디우스 제국에 심어 놓은 것만 간신히 살아남았다.

"슈에나는 여기에, 하지만 기록은 여기에."

테펜텔은 웃으며 에펜타니 백작 무릎 위에 올려져 있는 기록을 가리켰다. 아주 오래전 한 작은 마을에서 살던 조제사가 적어 놓은 일기, 그게 열쇠가 되었다.

"기록과 약초가 전부 모였으니, 이제 악몽을 먹어 치우러 가 볼까요."

악몽을 모아 욕심쟁이의 뱃속에 넣어 주고 싶다. 그렇게 생각하며 테펜텔은 마차 밖의 풍경을 바라보았다. 이 속도라면 늦지 않게 수도에 도착하겠지.

자신을 기다릴 친구와 그녀의 딸에게 어서 좋은 소식을 알려 주고 싶었다.

⚜

"레슬리 슈야 셀바토르 공녀님."

레슬리는 자신의 풀 네임을 들으며 눈을 깜빡였다. 이젠 낯설지 않은 이름이었다. 아니, 처음부터 자신이 받은 이름과도 같았다. 성도, 중간에 들어가는 축복의 이름도, 중간에 한 번 바뀐 것인데도 위화감이 이렇게 없을 수가 있을까.

레슬리는 자신의 이름을 부른 사제에게 인사하는 김에 자신의 복장을 살펴보았다. 오늘은 검술을 배울 때처럼 긴 바지에 셔츠, 그리고 가벼운 조끼 차림이었다.

처음엔 한 번도 입어 보지 않아 어색했던 이 바지 차림도 어느새 익숙해졌다. 익숙함은 안정감이 되었고, 레슬리는 종종 이 옷을 입고 다녔다.

그건 주변 사람들도 마찬가지였다. 처음 레슬리가 셀바토르의 공녀로 나타났을 때, 그리고 소년들이나 입고 다닐 만한 바지 차림의 검술복을 입고 나타났을 때, 다들 작게 소곤거렸었다.

하지만 이내 사람들마저 적응했다. 처음엔 이상한 눈으로 바라보며 쑥덕거리던 이들은 시간이 조금 흐르자 잘 어울린다며 칭찬하기 시작했다. 거기서 시간이 더 흐르자 아무도 차림에 대해 말하지 않았다. 어느새 그건 평범한 것이 되었다. 그리고 그건 눈앞에 있는 사제나 다른 아이들도 마찬가지였다.

레슬리는 옅게 웃고 사제를 따라나섰다.

"이 옷으로 갈아입어 주시면 됩니다. 복잡한 복장이라, 자매님들과 하녀분들이 도움을 주실 겁니다."

기다리고 있었다는 듯 몇 명의 사제가 레슬리에게 고개를 숙였다. 레슬리를 위해 마련된 방 안에서 그들의 도움을 받아 옷을 갈아입기 시작했다.

축복의 날 때 열리는 의식은 매년 새로운 분위기를 선보였다. 한때는 축제처럼 밝고 화려했고, 또 다른 때는 더없이 경건했으며, 꽃과 음유시인의 음악으로 의식을 진행할 때도 있었다. 그리고 그 분위기에 맞춰 최초의 사제들 복장도 매번 달랐다.

이번에는 하늘하늘한 천으로 만들어진 하얀 복장이었다.

'……찝찝해.'

레슬리는 커다란 거울을 바라보며 눈을 찡그렸다. 어딘가 익숙한 복장이었다. 그래, 마치 스페라도 후작가에서 제물의 불에 들어갈 때 입었던 복장 같지 않은가.

사랑받고 싶어 몸부림쳤던 자신과 스페라도 후작가 사람들의 얼굴이 차례로 떠올랐다. 익숙했던 옷 대신 후작가가 떠오르는 옷을 입게 되자 레슬리는 자신도 모르게 얼굴을 찌푸렸다.

"공녀님?"

허리끈을 매어 준 뒤 장식을 하녀에게서 건네받던 사제가 레슬리를 바라보았다.

"너무 조이시는가요? 그렇다면 조금 헐렁하게 하겠습니다."

"아니에요. 이 정도가 좋아요."

괜히 다른 사람에게 걱정을 끼칠까 봐 레슬리는 이내 고개를 저었다. 사제는 레슬리가 긴장해서 이러는 거라 생각했는지 말 몇 마디를 건넸다.

"마지막으로는 이겁니다. 대기실에서 착용해 주세요. 공녀님은 분명 이 덕을 보실 겁니다."

그렇게 말하며 사제는 얼굴을 가리는 하얀 천을 내밀었다.

"감사합니다, 사제님."

레슬리는 환하게 웃었다. 하지만 무언가 까끌까끌한 것은 여전히 남아, 옷을 다 갈아입고 대기실로 안내받을 때까지도 사라지지 않았다.

레슬리가 가장 마지막이었는지, 옷을 갈아입고 안내된 방에는 같은 복장의 아이들이 있었다. 긴장감에 구석에 앉아 숨을 정리하는 사람도 있었고, 누군가와 쾌활하게 떠드는 사람도 있었다. 레슬리는 빠르게 방 안을 훑고는 작게 한숨을 내쉬었다.

'콘라드 경은 안 보이네.'

분명 오늘은 마주칠 줄 알았는데. 왜인지 실망감이 몰려왔다.

아니, 아니지. 레슬리는 고개를 저었다. 아직 교제에 대한 질문에 어떤 대답을 할지도 정하지 못했는데 벌써 마주치면 안 되지. 지금은 안심해야 할 때인 거야. 레슬리는 그렇게 자신을 토닥이며 걸음을 옮겼다. 콘라드가 없다면 자신의 다른 친구를 찾아볼 요량이었다.

'셀리스 양은 어딨지?'

의식에 쓰이는 복장에 단 하나의 공통점이 있다면 그건 바로 모든 것을 감추는 옷이었다. 신분도, 성별도, 얼굴도 알 수 없게 만들어진 옷. 최초의 사제들은 역병의 눈을 피하고자 그런 옷을 입고 가면까지 썼다고 했다.

이번 복장에는 가면이 포함되지 않기에 레슬리는 천천히 주변을 돌아보았다. 차근히 찾다 보면 셀리스를 찾을 수 있을 것이다.

그러나 셀리스를 찾기도 전에 눈에 들어온 이는 엘리였다. 엘리는 자신의 머리가 망가지면 안 된다며, 홀로 후드를 벗은 상태로, 손거울을 바라보며 콧노래까지 흥얼거리고 있었다.

'응?'

그런데 엘리의 손가락에 하얀 천이 감겨 있었다. 어디를 다친 걸까. 실제로 엘리는 그 손가락을 보며 아픈지 눈을 찡그렸다가 이내 거울에 집중했다.

"의식에 방해되게 왜 저렇게 머리를 화려하게 했을까?"

"나는 저 사람 싫더라. 덕분에 시험도 그렇고 다 엉망이 됐잖아."

"아직도 1황자님이랑 약혼 상태라는 게 믿기지 않아. 저 정도면 애초에 약혼은 파기되는 게 맞을 텐데."

레슬리는 뒤에 서 있는 사람들의 대화에 저절로 공감이 갔다.

그간 신경 줄이 굵어졌는지, 엘리는 분명 들릴 법한 이 대화를 가볍게 넘기며 우쭐거리고 있었다. 그녀의 손은 이제 원래의 아름다움을 되찾은 밀색 머리끝을 자연스럽게 만지작거렸다. 그게 엘리가 기분이 아주 좋을 때 나오는 행동이라는 걸 레슬리는 잘 알고 있었다.

'그러고 보니 두 사람……. 그 두 사람은 어디에 있을까.'

축제 시작 전에 보았던 그 두 사람을 떠올리며 주변을 둘러보았다. 그렇지만 지금 방 안에는 사제들과 경호를 위한 기사들, 그리고 방문하는 귀족들을 위한 하녀와 하인 몇 명만 있을 뿐 다른 사람은 보이지 않았다.

그때 레슬리의 바로 옆 창문을 가볍게 두드리는 소리가 났다. 안이 아니라 밖에서 두드리는 소리.

그 소리에 놀라 레슬리가 창가를 바라보자, 창이 조금 열리더니 그 사이로 무언가가 들어왔다. 그리고 순식간에 아무 일도 없었다는 듯 닫혔다.

"아하하."

창문 밖으로 들어온 물건을 보자마자, 레슬리가 환하게 웃었다.

익숙한 주머니였다. 자신이 신전에서 2차 시험을 치를 때도 받았던 주머니를 들어 열자, 안에는 작은 사탕과 과자들이 한가득 있었다.

이번엔 깨지지 않고 제대로 들어 있는 사탕과 과자들에, 이내 웃음이 저절로 터져 나왔다. 레슬리는 웃으며 안에 있는 작은 쪽지를 집어 들었다.

제가 뒤에 있을 테니, 너무 긴장 마시길.

지금이라도 창문을 열면 얼굴을 볼 수 있지 않을까. 손을 뻗는데, 대기실 안으로 익숙한 몇 사람이 들어왔다. 피스토레와 아르트엘 그리고 콘스텐. 마지막으로 들어온 사람은 메데이아였다.

"다들 여기 모여 있었군. 여기에 온 건 다름이 아니라 그대들에게 긴장하지 말라 말하기 위해서네."

의식 전에 최초의 사제들을 황족들이 찾아온 게 처음은 아니었는지, 사제들은 익숙해 보였다. 피스토레의 이야기가 끝나자 황족들은 가까이 있던 한 사람 한 사람에게 가볍게 말을 건네기 시작했다.

'1황자님은 오시지 않았네.'

중요한 의식인 데다가 아직까지는 약혼녀인 엘리가 여기 있음에도 오지 않았다는 것은, 황제 폐하가 막은 것이거나 본인의 의지겠지. 레슬리는 고개를 끄덕였다. 일전에 콘스텐이 걱정하던 일이 후계자의 일이 맞았던 모양이었다.

한곳에 자리 잡은 레슬리는 피스토레와 그 옆에 서 있는 아르트엘 황후, 그리고 조금 멀찍이 떨어져 있는 콘스텐, 마지막으로는 메데이아를 바라보았다.

'아.'

처음부터 레슬리가 자신을 바라볼 것을 알았는지, 메데이아는 생긋 웃으며 시선을 맞췄다. 그리고 천천히 레슬리에게 다가왔다.

"어떤 분이 저를 이렇게 열렬하게 바라보나 했는데, 셀바토르 공녀님이시군요."

메데이아는 입술 끝을 올리며 웃으면서 천천히 독을 풀기 시작했다.

"나는 공녀를 아주 높게 사고 있어요. 그러니 이번 의식을 완벽하게 치르도록 하세요, 셀바토르 공녀."

잘하라 말하는 것도 아닌 잘 치르라는 명령조에 레슬리는 눈을 가늘게 떴다. 반대로 메데이아의 눈은 생기를 머금고 화사하게 휘었다.

"그렇다면 내가 아주 큰 상을 줄 거랍니다. 그건 공녀조차 쉬이 가지지 못하는 것일 거예요. 심지어는 셀바토르 공작도 주지 못할 거지요."

"글쎄요."

레슬리가 당당하게 시선을 맞추자 미소를 머금은 메데이아의 눈이 조금 커졌다.

"저는 어머니가 이 세상에서 구해 주지 못할 것은 없다고 믿고 있습니다. 그리고 이 일은 제게 주어진 일이며, 의식은 메데이아 태후 폐하께서 주관하신 일이 아니지요. 그러니 저는 태후께서 내리시는 상을 받을 이유가 없습니다."

거기까지 말한 레슬리는 고개를 꾸벅 숙였다. 말이 길어지는 사이 어느새 나갈 시간이 되었다.

레슬리는 다시 한 번 옷차림을 정리하고는 메데이아를 바라보았다.

"의식은 말씀하신 대로 제가 잘 이끌어 가겠습니다. 그 누구의 방해에도 의식을 망치지 않겠어요. 그래요, 그 누구라도요."

이 말은 자신을 회유하려는 메데이아와 지금 몰래 두 사람의 대화를 엿듣고 있을 엘리에게 해 주는 말이었다.

"오호."

메데이아가 눈을 휘며 웃었다. 하지만 아까처럼 따스함은 사라진 지 오래였다. 하지만 사람들의 시선을 의식한 듯 메데이아는 이내 화사하게 웃었다.

"그렇다니 다행입니다, 공녀. 하지만 내 상을 거부하는 건 좋지 못한 선택일 거예요."

레슬리는 그 말에 대답하지 않았다. 그저 후드를 깊게 눌러쓴 채, 밖으로 나갔을 뿐이었다.

메데이아는 잠시 그 모습을 바라보다가 낮게 웃었다.

그래, 저 정도는 되어야 그녀의 딸답지. 자신이 그렇게 사랑하는 어머니의, 그리고 가문의 목을 조르는 목줄이 되었을 때 저 아이는 어떤 표정을 지을까. 메데이아는 기분 좋은 상상을 하며 작게 웃었다.

⚜

"셀바토르."

잠시 아르트엘과 함께 최고 사제를 만나고 온 피스토레는 걸음을 멈추었다. 기나긴 신전 복도에서 셀바토르 공작과 마주쳤기 때문이었다. 그녀와 만난 것은 콘스텐을 황태자 자리에 올린 후 처음이었다.

"황제 폐하."

"보는 사람도 없는데, 그만두지 그러나."

어딘가 피스토레의 말은 날이 서 있었다. 날카로운 말투에 셀바토르 공작은 작게 숨을 내쉬었다.

"아직도 아렌도가 진짜 자식이라는 게 믿기지 않는 건가?"

피스토레가 자신에게 저럴 이유는 단 하나뿐이었다. 그게 맞았는지, 피스토레의 턱에 힘이 들어갔다.

무슨 말을 참고 있는 건지 훤하게 속이 보였다. 그 말을 내뱉어도 될 텐데.

피스토레 정도로 약한 이가 그 어떤 말을 내뱉어도 공작은 쉽게 상처받지 않을 것이다. 그러니 차라리 내뱉고 울고 빠르게 인정하는 편이 나았다.

"믿지. 내 친구, 내 오랜 친구. 아버님이 나보다 더 신뢰하는 셀바토르 공작의 말인데 내가 어떻게 믿지 않겠나."

"……내 사랑."

비꼬는 말투에 아르트엘이 가볍게 그를 저지했다. 크게 숨을 들이쉬며 피스토레가 고개를 내저었다. 황제는 며칠 사이 심각하게 초췌해졌다.

"아르트엘, 나는 괜찮네. 말리지 않아도 좋아."

피스토레를 저지하는 황후를 공작이 말리더니 황제의 앞으로 다가갔다. 피스토레는 날카로운 눈으로 자신에게 다가오는 공작을 바라보았다.

"하고 싶은 말이 있으면 더 내뱉게. 그보다 중요한 건 아렌도의 추후 처분이니까. 너도 알다시피 아렌도는 뿌리 깊으니 어서 처리하지 않으면 분란이 클 거야. 그리고 신분상 제대로 된 후처리를 하지 않으면……."

"……내 아들이야! 어디 굴러먹다 온 쓰레기가 아니라 내 아들이라고!"

피스토레가 감정을 이기지 못하고 외쳤다가 다시 고개를 저었다.

"아니, 아니……."

어딘가 울먹임이 가득한 음성에 공작은 작게 한숨을 쉬었다. 이성으로는 공작이 준 증거와 그간의 정황들로 아렌도가 친아들이 아니라는 걸 알고 있지만, 아직도 그의 여린 마음은 그걸 인정하지 못하는 듯 보였다.

"처분은 조금 미뤄도 될까."

지친 듯, 울먹이는 듯, 그리고 분노하는 듯, 여러 감정이 뒤섞인 목소리가 고개를 숙인 황제의 입에서 흘러나왔다.

"한 번만, 한 번만 내가 더 확인하게 해 주게. 의식이 끝난 후에 확인을 해 볼 테니까. 오래 걸리지 않을 테니까……. 제발."

어딘가 고장 나 버린 듯한 모습을 보며 셀바토르 공작은 눈을 찡그렸다.

이래서 알려 주고 싶지 않았다. 가족이 유일한 버팀목이던 남자는 큰 구멍에 속수무책으로 무너지고 있었다.

어릴 적부터 믿고 의지했던 아이테라 대공의 배신과 혼란의 시대가 끝나고 얻은 첫아들, 아렌도가 자신의 친아들이 아니라는 사실은 피스토레를 망가트리기에 충분했다.

하지만 그는 무너지면 안 된다.

"……그러도록 하게."

"그래, 그럼 나는 자리로 돌아가지. 의식이 곧 시작되니……."

"나 역시도 늦지 않게 돌아가겠네, 피스토레."

그 말과 동시에 황제는 비적거리는 걸음걸이로 신전 복도를 걸어갔다. 하지만 광장에 도착해 수많은 사람 앞에 모습을 드러내는 순간, 그는 언제 그랬냐는 듯 당당한 모습으로 걸을 것이다.

'이래서 황제라는 자리는 올라갈 것이 못 된다니까.'

셀바토르 공작은 낮게 혀를 찼다.

밤낮으로 서류를 보고 나라 안팎의 모든 일을 처리한다. 귀족들의 이야기를 듣고, 평민들의 말을 더 귀담아듣는다. 그리고 그 사이에서, 실보다 가늘게 있는 타협점을 찾는다.

끝없이 정무에 시달리면서도, 이런 비극에 아픔을 내보이지 못한다. 그가 무너지면 르카디우스 제국 전체가 휘청거릴 게 분명했으니까.

"아셀라."

피스토레의 뒤를 따라가지 않은 아르트엘이 셀바토르 공작의 손을 잡았다.

"너무 신경 쓰지 마. 아직 믿기지 않아서 그래."

"충분히 이해해. 그리고 아르트엘, 너도 너무 무리하지 말도록 해."

공작의 위로에 아르트엘이 쉽게 웃었다. 아렌도가 자신의 친자식이 아니라는 말에 충격을 받은 건 피스토레뿐만이 아니었다.

"저렇게 마음 아파하니 내가 울 수가 없어서."

씁쓸하게 걸어가는 황제의 뒷모습을 바라보며 아르트엘이 말을 이었다.

"있지, 아셀라. 나 궁금한 게 있는데. 그럼 그 황녀가 진짜 내 딸이었다는 거지?"

메데이아의 아이로 알려져 금방 숨을 거둔 유일한 황녀. 아르트엘은 그 황녀를 언급하고 있었다.

"그래."

길게 대답할 수가 없었다. 이번엔 아르트엘의 눈에서 눈물이 뚝뚝 떨어지기 시작했다.

"태어나자마자 신의 품으로 돌아가 버리는 바람에 이름도 없다고 알고 있는데."

이름부터 지어야겠다. 그렇게 말하며 아르트엘은 다시 한 번 쉽게 웃었다. 단 한 번도 불릴 일이 없이 가슴에만 평생 품고 있어야 할 이름, 죽은 아이를 위한 이름. 어떤 이름이 지어지든, 가슴을 무너트릴 정도로 슬픈 이름이었다.

⚜

의식은 신전 광장에서 시작되었다. 원래는 사람들의 교류와 토론을 위해 사용되던 신전에 사람들이 구름처럼 몰려들었다. 같이 서 있는 누군가가 이렇게 많은 사람이 몰려든 건 처음이라고 말하는 걸 레슬리는 애써 무시했다.

'긴장하지 말자.'

여태 잘해 오지 않았던가. 레슬리는 잠시 숨을 정리했다. 물론 쉽게 긴장이 가라앉지 않았다.

이렇게 사람이 많은 자리에 서 보는 것이 두 번째였다. 첫 번째는 이제 입에 담기도 싫은 스페라도 후작과의 재판장이었다.

그 기억이 너무할 정도로 도움이 안 되는지라 레슬리는 눈을 찡그렸다. 그러자, 운 좋게 옆에 서게 된 셀리스가 손을 잡으며 같이 숨을 내쉬었다.

"기, 긴장되네요. 마치 셀바토르 공작님을 처음 만날 때 같아요."

그 말은 기절하기 직전이란 소리가 아닌가. 레슬리가 놀라 셀리스를 바라보았다. 후드를 걷어 얼굴을 보지 않아도 셀리스가 지금 어떤 표정일지 짐작이 갔다. 몇 번이나 봐 왔으니까.

물이라도 조금 마셔야 하는 게 아닐까. 주변을 두리번거리다, 레슬리는 광장과 최초의 사제들이 있는 공간을 나누는 천 사이로 셀바토르 공작을 발견했다. 거대한 의자에 앉아 있는 그녀는 어딘가 여유로워 보였다.

'어머니다.'

공작의 옆에는 사이레인이 있었고, 다른 쪽에는 루엔티가 앉아 눈을 찡그린 채 광장을 내려다보고 있었다. 베스라온은 황제와 황후, 그리고 태후 옆에 서 있었다. 마델과 하르트, 다른 사람들도 왔을까.

천 사이로 기웃거리다 공작과 시선이 맞았다. 정확하게 작은 틈새를 바라본 공작이 옅게 웃으며 손을 흔들어 주었다. 아까 메데이아와 시선이 맞았을 때는 기분이 바닥으로 떨어졌는데 지금은 너무도 좋아서 레슬리는 환하게 웃었다.

'모두 다 계시네.'

부모님에, 두 오라버니들에 콘라드 경까지 있었다. 품 안에 넣은 사탕 주머니를 꼭 쥐었다. 지금 사탕을 입에 넣으면 행복한 맛이 나겠지.

레슬리는 환하게 웃어 보였다.

이 이상 아무것도 걱정되지 않았다. 의식도, 엘리도, 어딘가 사라져 보이지 않는 스페라도 후작도, 메데이아도. 그리고 심지어는 역병조차 겁나지 않았다.

여유가 생긴 레슬리는 옆에서 작게 헛구역질을 하는 셀리스를 토닥여 주며, 아직 대기하고 있던 한 하녀에게 물 한 컵을 부탁했다. 물을 마신 후 긴장이 어느 정도 풀린 그녀가 레슬리에게 감사하다고 이야기를 할 때쯤 갑자기 누군가가 크게 소리쳤다.

"그럼, 이제 의식을 시작하겠습니다!"

그와 동시에 북소리가 신전 광장에 울려 퍼졌고 의식이 시작되었다. 이번 의식은 마치 극과 같은 느낌과 엄숙한 분위기로 치러졌다.

하얀색과 검은색으로만 의식의 장소가 꾸며졌다. 괴로워하는 표정의 검은 가면을 쓴 사람들이 곳곳에 앓는 소리를 내며 쓰러져 있었다. 유일하게 검은 가면 대신 하얀 가면을 쓴 이가 주변을 둘러보더니 빠르게 사람들 사이로 도망쳤고, 그 자리를 최초의 사제들이 메웠다.

얼굴도, 이름도, 신분도, 그 무엇도 알 수 없는 사제들이 지나갈 때마다 쓰러져 있던 환자들은, 사제들에게 뭔가를 건네준 뒤 환하게 웃는 가면으로 바꿔 썼다.

중간중간에 에피알테스를 의미하는 사람이 난입해 최초의 사제들을 잡아내려고 했지만, 아무것도 알 수 없는 사제들을 찾아내지 못하고 결국 뒤로 물러나기를 반복했다. 마치 춤을 추듯, 에피알테스가 세상을 지배했을 때 상황이 재현되었다.

하얀 후드를 뒤집어쓴 레슬리는 쓰러진 사람이 건네주는 돌을 바구니에 넣으며 눈을 깜빡였다. 놀라울 정도로 순조로웠다. 고개를 들고 자신을 내려다보고 있을 공작을 바라보고 싶었는데 그럴 수가 없어, 레슬리는 에피알테스의 파편을 나타내는 돌을 건네받는 데 집중했다.

에피알테스가 최초의 사제들에 의해 거둬지고 봉인되는 것을 몇 번이고 반복한다. 악몽이 가장 약해지던 순간을, 그리고 기어코 최초의 사제들이 악몽을 이기던 순간을 계속해서 재현하고 기록하는 것이다.

그리고 그걸 기록한 이 돌은 에피알테스를 봉인하는 또 다른 열쇠가 되었다.

어느새 광장을 가득 메웠던 환자들이 전부 일어났고, 돌은 사제들의 바구니에 전부 담겼다. 레슬리는 가장 높은 곳에 서 있는 최고 사제에게 바구니를 가져다 드렸다.

"에피알테스가 이 안에 있습니다. 그리고 신의 가장 오래된 종인 저와 아라벨라는 에피알테스를 더욱더 깊은 잠으로 인도할 겁니다."

마지막 연설이 시작되었고, 레슬리는 고개를 숙였다. 이제 연설이 끝나면 에피알테스가 있는 봉인의 문이 열린다. 광장 안에 서 있는 네 사람이 다시 긴장하기 시작했다.

⚜

해리언은 창밖을 바라보았다. 분명 둘이 머무는 곳은 좋은 저택이지만, 마음대로 외출을 못 한 지 오랜 시간이 지났다. 밖은커녕 정원 산책도 허락되지 않아, 해리언과 밀튼이 하는 일이라고는 멍하니 앉아 창밖을 보는 일밖에 없었다.

분명 우리는 중요한 임무를 받고 온 건데. 의식 연습에 참여는 상상조차 할 수 없었고, 그저 이렇게 앉아 마음만 졸이고 있었다.

무언가 이상하다는 생각이 강하게 들었다. 하지만 물어볼 사람조차 없어 물음을 삼켜야만 했다. 이 저택의 사용인들은 평소에는 자신들을 무시하며 정해진 일만을 했다.

그리고 자신들을 호위해 준다는 린체 기사단은 뭔가가 이상했다. 마치 기사단복만 입은 무뢰배들 같았다.

무언가를 물어보려 치면 겁을 주며 쫓아내기 일쑤였고, 뒤에서 킬킬거리며 자신들을 비웃었다. 한 번은 용기 내 소리치며 맞섰지만, 돌아온 것은 무시무시한 협박이었다.

'그렇게 당당하면 가십시오! 황실과 신전, 거기에 의식까지 얽힌 이 일을 내팽개쳤다는 비난을 감당할 수 있다면 말입니다. 아, 피해 보상도 하셔야겠지요.'

황실, 신전, 의식. 셋 다 한미한 가문 출신인 해리언과 밀튼에게는 감당이 되지 않는 단어였다. 평소에는 당당하다는 평가를 많이 듣던 해리언마저 그런 분위기 속에서 기가 죽었고, 안 그래도 연약한 밀튼은 부모님이 그립다며 우는 날이 늘기 시작했다.

그 이상한 분위기 속에서 둘이 받은 것은 그녀의 입을 열기에 충분했다.

"이게 뭐람."

해리언은 제 손에 들린 사제복과 유리병 안에 들어 있는 물약을 살펴보았다.

최초의 사제들이 받은 옷은 하얀색의 하늘하늘한 옷인데, 자신들이 받은 것은 사제복과 비슷해 보였다. 꼼꼼히 살펴보면 박음질이나 천의 질, 그리고 전체적인 모양이 평범한 사제복과는 달랐지만, 그건 꼼꼼히 살펴봤을 때 일이었다.

멀리서 본다면 구분이 어려웠다. 누가 이걸 구분하려 들 것 같지도 않았으니 누구든 자신을 사제로 생각할 건 뻔했다.

거기다 이 물약은 뭐란 말인가. 괴상한 색의 물약이 불투명한 유리병 안에서 출렁거렸다.

해리언은 제 옆의 밀튼을 바라보았다. 밀튼 역시 자신과 같은 옷과 물약을 들고 당황한 듯 서 있었다. 자신들은 최초의 사제를 돕는 특별한 일에 선택된 것이 아니었나?

'그런데 사제복이라니.'

헤리언은 제 손에 쥔 옷을 바라보다가 고개를 들었다.

말해야 했다. 이 사제복은 무엇이고 물약은 무엇이며, 아니 그전에 왜 자신들은 나가지도 못하고 이 저택에만 있어야 하는지. 그 비밀스럽고도 조심스러운 일은 무엇인지.

너무 늦었지만, 지금이라도 물어야한다는 생각이, 여기서 빠져나가야 한다는 생각이 강하게 들었다.

"뭐 하시나요?"

갑자기 누군가가 해리언의 어깨를 움켜쥐었다. 뼈마디가 튀어나온 하얀 손. 이 손만 봐도 누군지 알 수 있었다. 고개를 올리자, 얼음 같은 차가운 눈과 해리언의 눈이 마주쳤다.

"데비엔 사제님……."

"의식 때 입으실 옷을 보니 감격스러우신가요? 하긴 며칠 남지 않았지요."

데비엔이 입만 움직여 웃었다. 웃지 않는 눈과 미소를 그리는 입술은 부조화스러워 보였고, 이상할 정도로 무서웠다.

"그……게 조금 이상해서요!"

데비엔의 눈을 피하며 해리언은 소리치듯 입을 열었다.

"저희는 왜 이런 옷을 받고 연습에도 참여하지 못하는지 궁금해요. 그리고 이 물약은 무엇이지요? 데비엔 사제님. 이건 너무…… 너무 이상해요. 일반적이지 않아요!"

해리언의 외침에 옆에 서 있던 밀튼이 겁먹은 얼굴로 고개를 끄덕였다. 그러자 데비엔의 미소가 짙어졌다.

"아하, 우리 어린 자매님께서 그게 궁금하셨군요. 미리 말하셨더라면 더 자세하게 설명해 드렸을 텐데. 이래서 어린 자매님들은……. 어쩔 수 없지요. 지금은 시간이 없으니 간단하게 말해 드릴게요."

그간 은근슬쩍 입을 막았으면서, 데비엔은 교묘하게 해리언을 탓하며 비웃었다. 주변에 있는 사람들이 작게 비웃는 소리가 들려왔다. 아직 어린 해리언은 수도에 올라와 줄곧 이런 분위기에 눌린 탓인지, 제 탓이라 생각하고는 고개를 숙였다.

"이번 일은 특별한 일이기 때문입니다. 아직 그 누구도 모르는 일이요. 비밀스럽고도 신비한 일이지요."

거기까지 말한 데비엔은 신을 형상화한 스테인드글라스를 바라보았다. 화사한 햇빛에 오색찬란하게 빛나는 스테인드글라스, 거기에는 신과 최초의 사제들 그리고 그들을 따르는 신자들의 모습이 새겨져 있었다.

“여러분의 일은 앞으로 역사서에 쓰일 정도로 고귀한 일이랍니다.”

데비엔의 목소리에 해리언은 눈을 깜빡였다. 여태껏 그녀에게서 느껴 왔던 한기가 마지막 말에서는 느껴지지 않았다. 여태 그녀가 했던 다른 말들은 모르겠지만 지금 그녀가 한 말만큼은 진실인 듯 보였다.

“그 누구도요?”

조금 누그러진 분위기에 해리언이 간신히 반문했다. 그러자 데비엔이 웃으며 고개를 끄덕였다. 아까 잠시 느껴졌던 진심은 사라진 지 오래였다.

“하지만 거기서 신전과 황실은 제외해야겠지요.”

현 르카디우스 제국에서 가장 큰 두 개의 세력을 언급하며 데비엔은 가볍게 해리언의 어깨를 두드렸다. 해리언의 어깨가 더욱 위축되었다.

“이제 충분하시겠지요?”

데비엔이 다시 환하게 웃었다. 그런데 해리언은 가엽게 떨면서도 죽어도 고개를 끄덕이지 않았다.

“하지만 그……건 충분한 답이 되지 않는데요……. 저는 왜 저희가 이런 대접을 받아야 하는지와 연습도 참여하지 못하는지…… 궁금해서…….”

“어머나, 아직도 이해를 못 하셨나요, 해리언 양?”

데비엔은 짐짓 놀란 듯 눈을 동그랗게 뜨더니 허리를 숙여 작게 속삭였다.

“그렇다면 지금이라도 영지로 내려가시면 됩니다, 해리언 양. 당신을 대신할 사람은 많으니까요.”

내려가라는 말에 해리언이 눈에 공포감이 서렸다. 그 눈을 바라보며 데비엔은 눈을 휘며 웃었다.

"내려갈 때는 당연히 이미 받은 돈은 황실과 신전에 반납하셔야 하는 거 아시죠? 아, 그리고 지금 사람을 바꾸면서 생기는 피해도 해리언 양께서 전부 내셔야 한답니다. 그리고 의식을 망친 가문이 어떤 피해를 입을지 직접 경험하시겠다면야, 저는 말리지 않겠습니다."

거기까지 말한 데비엔의 고개가 비스듬히 기울었다.

"아, 아카데미 입학 취소도 있었지요."

그건 여태까지 해리언과 밀튼이 계속 밀려드는 의문점에도 입을 열지 못한 이유였다.

본래는 최초의 사제가 되어 축하한다는 명목으로 주는 거액의 돈. 해리언과 밀튼의 목적이기도 한 그 돈이 두 사람도 모르게 영지에 도착했다.

'덕분에 전체적으로 저택을 보수했단다. 이제 지붕에서 비가 샐 일은 없겠어. 거기다 영지민들에게 식량을 나눠 주는 일도 한결 수월해졌어. 고맙구나.'

'테런과 네 아카데미 등록금을 한 번에 냈단다. 원하는 만큼 공부할 수 있겠구나. 저번 태풍으로 피해를 본 것도 보내 준 돈으로 해결이 됐다. 이제 한시름 놓을 수 있겠어.'

두 사람이 자신의 가문에 거액의 돈이 도착했다는 걸 알았을 때는 돈은 전부 사라진 지 오래였다. 저택의 보수, 영지민에게 식량을 나눠 주는 일, 무너진 댐을 보수하는 일과 자연재해로 농사를 망친 영지민에게 돌아가는 위로금 등, 돈은 필요한 곳으로 순식간에 흘러 사라졌다.

"그걸 해리언 아가씨께서 전부 반납하실 수 있을지는…… 모르겠지만요."

한껏 웃음기를 머금은 말에 해리언과 밀튼은 고개를 저었다.

무리었다. 그 돈이 없어서 최초의 사세가 되는 일에 사활을 걸었던 게 아니었던가.

그럴 줄 알았다는 듯 데비엔이 미소 지었다. 이번엔 그녀의 눈이 살짝 휘며 자연스러운 웃음을 만들어 내었다.

“그럼 두 분. 더 이상 이의는 없는 걸로 알고 있겠습니다.”

완전히 고개를 숙인 두 아이를 내려다보며 데비엔이 말하자, 작은 머리통이 순순히 위아래로 움직였다. 흡족스러운 모습이었다.

“너무 걱정 마시길. 의식만 잘 치른다면 축하금이 더 내려갈지도 모르는 일이니까요.”

거기까지 말한 데비엔은 인사도 하지 않고 몸을 돌려 방 밖으로 나왔다. 두 사람이 있는 방문이 닫히자, 문 앞에 서 있던 감시자에게 데비엔은 말을 던졌다.

“확실하게 보호하도록. 오늘 하루는 둘이 붙여 놓지 마. 방으로 데려다주면서 돈 이야길 한 번 더 꺼내고. 식사 시간도 따로 하도록 해. 철저하게 고립시켜. 알았어?”

가짜 린체 기사단복을 입은 남자는 고개를 끄덕였다.

“혼자 있다 보면 생각이 깊어지고, 그러면 그럴수록 불안감이 더욱 발목을 잡겠지.”

돈은, 권력은 이래서 좋다. 당연히 가져야 할 의문을 짓뭉개고 사람들의 입을 막는다.

저 한미한 가문의 두 자제도 돈이 아니었더라면 이 자리에 오지 않았겠지. 불쌍하고 가여운 것들. 하지만 이름을 크게 남길 테니 그걸로 충분한 위로가 되겠지.

‘비록 자신들은 그걸 보지 못할 테지만.’

대의를 위해 자신의 목숨을 희생시킨 이들이 역사서에 이름을 남기지 않던가. 저 두 사람 역시 그러할 것이다.

기분이 좋은 듯 데비엔은 작게 콧노래까지 흥얼거리며 방으로 걸음을 옮겼다. 자신의 주인께 마지막 편지를 보내야 할 시간이었다.

깃펜을 든 데비엔은 양피지에 간단한 안부 인사로 편지 앞부분을 써 내려갔다.

[이쪽의 두 희생양은 준비가 끝났습니다. 나이 대도 적당한 것이 마음에 듭니다. 부디 이피엘에게 고맙다는 말을 전해 주세요.

약의 제조도 끝났습니다. 오늘부터 먹이기 시작한다면 신전에서도 변장이 통하겠지요. 추후 부작용이 심각하겠지만 어차피 죽을 테니 부작용은 신경 쓰지 않도록 합시다.

잠입 역시 무리가 없습니다. 확실히 꽃을 심는 것보다 씨앗을 섞어 뿌려 두는 게 시간은 오래 걸리지만, 자연스럽게 섞여 들킬 염려가 없어 만족스럽습니다.]

"그래, 이제 얼마 남지 않았구나."

잠시 편지를 쓰다가 데비엔은 손을 멈췄다.

이제 곧이다. 며칠만 지나면 모두의 수십 년이 보상을 받는다.

어쩐지 실감이 나지 않았다. 생각보다도 더 긴 시간이었다. 쉼 없이 달려왔다. 누구보다 그걸 자부할 수 있었다.

데비엔이 이트바나 한구석의 작은 마을에서 태어났을 때는, 이미 일족은 끝을 향해 무섭게 달리고 있었다. 결코 섞여서는 안 될 힘을 가지고 태어난 아이들은 다섯 살을 넘기기 전에 거의 다 숨을 거두었다.

간신히 어른이 된다 해도 방심할 수 없었다. 선천적으로 몸이 약했기 때문에 작은 병에도 쓰러지기 일쑤였고, 가지고 있는 힘은 몸만 갉아 먹을 뿐 쓸 수 없을 정도로 약했다. 타고난 힘은 그들에게 있어서는 재앙과도 같았다.

그런 일족이 스스로를 '신에게 버려진 자들'이라고 부르는 건 전혀 이상한 일이 아니었다.

그렇게 일족이 끝을 향해 달려가는 도중에 데비엔이 태어났다. 그녀는 기적이라 불릴 만큼 힘이 강했고, 덕분에 약한 몸으로도 살아남을 수 있었다. 하지만 그건 이미 죽어 가던 일족과 가족을 살리기는 무리였고, 자신도 일시적으로 살아났을 뿐이라는 건 데비엔 스스로도 잘 알고 있었다.

언젠가 이 강한 두 힘은 자신의 목을 조를 것이다.

동생을 마지막으로 보내고 완전히 혼자가 되어 버린 데비엔은 일족의 부흥이니 뭐니 거창한 목표보다는, 살기 위해 정체를 숨기고 신전에 몸을 의탁했었다. 마법사의 저택은 르카디우스 제국에만 있었지만 신전은 어느 나라에나 있었으니까. 일단 신력을 제어하는 법을 배울 생각이었다.

신전의 생활은 고달팠다. 이유는 간단했다. 데비엔은 푸른 피가 아니었다.

신전의 고위 사제 대다수는 작위를 잇지 못하는 귀족들이 차지하고 있었고, 강한 신력을 가진 데비엔은 자연스레 그 사이에서 천덕꾸러기가 되었다. 거기다 데비엔은 들키면 안 되는 비밀까지 있었기에, 더욱 아슬아슬한 줄타기를 해야만 했다.

밤에도 쉴 수는 없었다. 균형이 깨져 두 힘이 자신을 갉아먹지 않도록, 데비엔은 매일 밤마다 힘을 다루는 연습을 해야만 했다. 그러기를 몇 년, 데비엔은 자신이 마법을 쓰던 걸 처음으로 들키고 말았다. 바로 메데이아에게.

'아무에게도 말하지 않을게. 대신 내가 널 찾아오는 걸 막지 말아 줘.'

제 힘에 흥미를 보이던 메데이아는 늘 그녀를 찾아왔고, 두 사람은 가까워졌다. 그러는 사이, 갖은 노력에도 불구하고 데비엔의 몸은 점차 약해져 갔다.

'살 수 있지 않을까, 너도. 그리고 나도.'

마법사의 저택은 르카디우스 제국에 있다지. 그리고 나도 거기가 탐나. 작게 중얼거리더니 메데이아가 환하게 웃었다.

그러니 거기로 가자. 우리는 거기서 제대로 된 사람으로 삶을 살아 보는 거야.

"……바보 같으시긴."

데비엔은 옛 생각을 하며 웃었다. 그때까지만 해도 믿기지 않았던 계획은 차근히 진행돼 이제 마지막 걸음만을 남기고 있었다.

"부디, 우리의 제국이 더욱 빛나길 바랍니다. 메데이아 황제 폐하."

태후라는 말은 이제 더 이상 필요 없을 것이다.

⚜

어떻게 할 거야? 공작은 몸을 비스듬히 한 채, 턱을 괴었다. 그러면서도 나머지 한쪽 손으로는 가볍게 의자 팔걸이를 두드렸다.

셀바토르 공작의 생각은 다른 사람이 차지했지만, 시선은 제 어린 딸에게 닿아 있었다.

아직도 제 눈에는 작아 보이는 아이의 손에는 봉인석이 가득 든 바구니가 들려 있었다. 발치에 놓여 있는 두어 개의 바구니는 얼핏 보기에도 무거워 보였다. 얼굴을 가린 하늘하늘한 천 때문에 표정이 잘 보이지는 않았지만, 쉽게 상상할 수 있었다.

아마 저 졸린 목소리 때문에 눈을 느리게 깜빡이고 있겠지. 라일락을 닮은 눈동자에서는 졸음이 쏟아지고 있을 것이다. 작은 입을 벌려 하품을 할지도 몰랐다. 레슬리는 자신을 닮아 잠이 많은 편이었으니까.

자신은 얼굴이 보이지 않는다는 이유로 대놓고 졸았지만, 자신의 딸은 그러지 못할 것이다. 어떻게든 졸음을 쫓아 보려고 안간힘을 쓰고 있겠지.

이제 자장가보다 더 졸린 축사가 끝나면 기나긴 복도를 지나 에피알테스가 잠들어 있는 방으로 갈 것이다. 어릴 적 자신이 그랬듯이.

'에피알테스는…… 쉽게 깨어나지 못할 텐데.'

팔걸이를 두드리는 공작의 손길이 조금 더 빨라졌다.

아주 오랜 세월이었다. 악몽이 신이 보낸 사제들에게 봉인되고, 몇 개나 되는 나라들이 건국되고 바스러질 정도로 긴 시간이었다. 그동안 에피알테스를 이용하려는 이들은 계속해서 나왔고 그때마다 봉인은 되레 굳건해졌다.

에피알테스에 가려면 두 개의 커다란 문을 거쳐야 했다.

감시하는 불이 꺼지지 않아 이젠 스스로 빛나게 됐다는 문을 열고 들어가면, 기나긴 복도가 방문객을 맞이했다. 창문도 없는 검은 복도 역시 에피알테스가 빠져나가지 못하게 설계된 곳이었다. 그곳에 있는 벽돌 하나, 걸음 한 걸음, 작은 것에도 강력한 의미가 깃들어 있었다.

'빠져나온다 해도 걸쇠는 어떻게 할 거지?'

암녹색 눈동자가 가늘어졌다.

봉인에 걸린 세 개의 걸쇠. 첫 번째 걸쇠가 풀리지 않는 한 아라벨라가 썼다는 브로치가 달린 상자는 움직이지 않을 텐데.

첫 번째가 풀려야 상자는 움직일 것이다. 그래 봤자 두개나 되는 문과 복도, 꽃이 흐드러지게 피어 있는 방을 빠져나오지는 못 할 테지만.

바람을 가진 언어가 기도가 되어 수천 년간 쌓여 만들어진 봉인이었다. 그간 에피알테스를 이용하려는 멍청이들이 매번 실패한 이유였다.

의식부터 축사, 그리고 긴 복도와 방 안을 감싸는 벽돌 하나하나까지. 모든 것이 존재하는 데 이유가 있었고, 각각은 복잡하고도 섬세한 힘으로 에피알테스를 억누르고 있었다.

'그리고 에피알테스를 가지고 어떻게 도망칠까.'

깨어나자마자 에피알테스는 일단 자신을 들고 있는 사람부터 먹으려고 들 텐데. 역시 따로 접촉한 그 아이들을 이용하려는 걸까.

고민에 빠진 공작의 귓가에는 아직도 느리고 졸린 축사가 이어졌다.

"공작님."

그때였다. 공작의 뒤쪽에서 몰래 제나가 나타난 것은. 공작은 시선조차 돌리지 않았고, 공작의 옆에 앉아 있던 사이레인은 고개를 돌려 제나를 바라보았다.

"……죄송합니다. 두 분을 놓쳤습니다."

해리언과 밀튼. 레소에게서 두 사람에 관한 이야길 들은 공작은 바로 사람을 붙여 두었다.

한미한 가문, 최초의 사제에서 떨어진 어린 두 아이, 그리고 가난한 영지.

공작은 그 두 사람을 메데이아가 선택한 운반책으로 생각했다.

굳이 귀족을 고른 이유는 알 수 없었지만, 돈 때문에 궁지에 몰려 있는 사람들은 이용하기 딱 좋은 위치가 아니던가. 거기다 아직 어린아이들이니 권위로 찍어 누른다면 적당히 이용하게 좋게 길들여지리라.

하지만 워낙 예민했던 에타이는 두 아이를 데리고 재빠르게 자취를 감춘 후였다. 혼란의 시대 때나 지금이나 잽싼 몸놀림 하나로 생을 부지해 가는 쥐새끼들다웠다.

'어차피 의식 때 나타날 테지. 신전의 모든 통로를 의식이 시작하기 사흘 전부터 감시해.'

셀바토르 공작의 예상은 맞았다. 의식이 시작하기 전날 허름한 짐마차가 신전 안으로 들어갔다. 그리고 거기에서 두 작은 소녀와 소년이 내려 신전 안쪽으로 사라졌다.

제나는 셀바토르 공작가의 사람 중에서도 가장 몸을 잘 숨기는 이들을 선별해 붙여 두었다. 그중 한 명은 데비엔을 의식해 특별히 마법사로 골라 두었다.

그런데 두 사람을 놓쳤다니.

"아무래도 메데이아 측에서 미행을 발견한 모양입니다. 일부러 신전 측에 마법사가 있다고 말을 흘린 모양이더군요."

"아아……."

공작의 미간에 주름이 잡혔다. 신전과 마법사의 저택은 사이가 안 좋았지.

"아무래도 신전 중앙에 마법사가 있는 걸 달갑지 않아 하는지라."

"어리석은 것들."

공작은 낮게 혀를 찼다. 사이가 안 좋더라도, 생명이 걸린 일에도 사이가 안 좋으면 어쩌자는 건가.

때로는 현실적인 이유로 신념을 굽혀야 할 때도 있건만 멍청한 것들은 그때를 잘 몰라보았다. 아니면 어느 상황에서도 굽히지 않아도 될 만큼의 힘을 가지고 있든가. 이도 저도 아닌 어중간한 것들이 자신보다 콧대는 더 높았다.

"어머니."

루엔티가 나지막이 공작을 불렀다. 괜찮다는 뜻으로 고개를 작게 끄덕이고 공작은 레슬리를 바라보았다. 지금 순간 비틀거린 것은, 잠시 졸음에 진 모양이었다.

얼굴을 가린 천이 살짝 흔들렸다. 누가 자신을 보았나 주변을 둘러본 것이겠지. 절로 웃음이 나오는 행동이었다.

"계속해, 제나."

"그리고 테펜텔 님이 에펜타니 백작님과 함께 수도 검문소를 지나치셨다고 합니다. 1시간 전쯤에 올라온 보고이니 이미 약 제조에 들어가셨을 겁니다."

생각보다 더 빡빡한 일정이었을 텐데 테펜텔은 잘 맞춰 주었다.

"약은 계획대로 잘 제조되고 있고……."

"그런데 공작님."

제나를 따라온 하르트가 걱정스러운 목소리로 말을 꺼냈다.

"에피알테스……를 겨우 저런 약으로 진정시킬 수 있을까요. 전설에도 나오는 역병이 아닙니까. 저는 지금이라도 의식을 멈추고 사람들을 대피시켜야 한다고 봅니다."

"어디로?"

공작이 천천히 눈길을 하르트에게 돌렸다.

"어디로 이 많은 인원을 대피시킬까? 거기다 그곳이 안전하단 보장은 어디에 있지?"

한 대륙의 절반 이상을 차지하고 있는 르카디우스 제국의 수도는 상상보다 훨씬 더 거대했고, 많은 이들이 삶의 터전을 꾸리고 있었다. 그 사람들에 수도 외곽에 사는 사람들까지 합치면 줄을 세우는 데도 한 달이 걸리지 않을까.

"그리고 아직 메데이아가 에피알테스를 정말로 퍼트릴지, 협박용으로 쓸지 확인되지 않은 상황이야. 여기서 대거 대피시킨다면 그녀를 자극하는 꼴밖에 되지 않지."

이어지는 공작의 말에 하르트의 침묵이 더욱 깊어졌다.

"어차피 메데이아는 이 제국을 삼킬 셈이야."

하르트가 대답하지 못하고 침묵하자 공작은 다시 시선을 레슬리에게 돌렸다.

"그러니 메데이아 역시 이곳을 심하게 훼손시킬 생각은 아니겠지."

막상 입에 넣었는데, 역병으로 가득 찬 제국이면 자신도 탈이 나지 않겠는가.

"에피알테스는 약하다."

긴 시간 동안 봉인되어 있다가 갑자기 덜컥 눈을 뜬 상황이었다. 제 힘을 바로 쓸 수 있을 리가 없었다.

"그러니 혹여나 퍼지더라도 테펜텔이 가져와 준 정보와 약으로 막을 수 있을 거야."

"네, 알겠습니다. 공작님."

그 말과 동시에 공작은 환하게 웃으며 손을 흔들었다. 레슬리가 얼굴을 가리는 천 틈새로 자신과 시선을 맞춘 까닭이었다.

"그리고 늘 지키는 게 많은 쪽이 불리한 법이지."

공작의 예상대로 눈에는 졸음기가 서려 있었다. 공작이 손을 흔들어 주자, 졸음기 대신 웃음과 반가움이 눈 안에 가득 찼다. 귀여운 내 딸. 공작의 입가에 서린 미소가 짙어졌다.

사이레인은 레슬리가 이쪽을 바라보았을 때부터 크게 팔을 휘두르고 있었다. 루엔티도 슬그머니 주변을 살피며 손을 흔들었다. 거기에 화답하듯 레슬리가 한껏 웃음을 머금었다.

언제 저렇게 컸을까. 너를 조금 더 일찍 만났으면 좋았을 텐데.

아까 아르트엘이 눈물을 흘리던 모습이 겹쳐져, 공작은 눈을 찡그려 그 모습을 지워 냈다.

⚜

'어머니랑 눈 마주쳤다.'

레슬리는 작게 웃었다. 졸음을 깨기 위해 살짝 고개를 흔들다가 셀바토르 공작과 눈이 마주쳤다. 거기다 사이레인은 힘내라는 듯 크게 손을 흔들어 주었고, 루엔티 역시 마찬가지였다.

사이레인의 격한 응원에 조금 부끄러워졌지만, 레슬리는 뿌듯하게 웃었다. 자랑하고 싶은 가족이었다.

베스라온이 황족 쪽이 아니라 셀바토르 공작가 자리에 있었다면 더욱 좋았을 텐데. 레슬리는 바구니를 들고 있는 손을 꼼지락거리며 웃었다. 슬슬 축사의 끝이 보였다.

'생각보다 바구니가 무겁네.'

연습할 때 이용했던 모형은 그다지 무거운 편이 아니었는데. 이래서 복도를 지나 에피알테스에 갈 때 사제가 두 명이나 동행하는구나. 연습 때는 조금 의아스러웠던 부분들이 이제야 한두 개씩 이해 가기 시작했다.

레슬리는 광장 쪽을 내려다보았다. 최초의 사제가 축사를 시작하는 곳은 광장보다 조금 높은 곳이었기에, 최초의 사제들이 서 있는 광장을 내려다보기는 수월했다. 다들 자신처럼 하늘하늘한 천으로 얼굴을 가려 성별조차 짐작이 되지 않았다.

레슬리는 무의식적으로 엘리가 서 있는 곳을 바라보았다. 대기실에서만 해도 한껏 치장된 제 머리를 뽐내던 엘리는 생각보다 더 조용히 축사를 듣고 있었다. 마치 엘리 같지 않은 조용함에 레슬리는 눈을 찡그렸다.

'왜 이상한 생각이 들지?'

순간 내려가 저 천을 걷어 엘리의 얼굴을 보고 싶었다. 왜 갑자기 그런 의문이 들었는지는 레슬리 본인도 알 수가 없었다. 엘리가 아닐 리가 없었다. 대기실에서 홀로 제 존재감을 뽐내는 엘리를 보지 않았던가.

레슬리는 애써 이상한 생각을 지워 버렸다. 지금 신경 써야 할 것은 그게 아니었으니까.

그리고 천천히 주변을 돌아보았다. 얼굴을 가린 천 덕분에 다른 사람들에게 들키지 않고 광장 위쪽에 마련된 특별석에 있는 사람들을 살펴볼 수 있었다.

왜 아까 옷을 갈아입을 때 사제가 레슬리에게 이 천이 도움이 될 거라 했는지 알 만했다. 최초의 사제들 가족들과 이름만 들어도 알 만한 고위 귀족들, 지방에서 올라온 듯 처음 보는 이들까지, 수많은 사람이 자리에 앉아 있었다.

'아이테라 대공님이다.'

레슬리의 시선이 황금빛이 섞인 문양에 잠시 닿았다. 아이테라 대공가의 문양이었다. 황족의 피를 이어받은 덕분에 아이테라 대공가는 황실을 제외하고 황금빛 문양을 쓰는 첫 가문이 되었다.

'여전히 무섭게 생기셨어.'

눈 색도, 머리카락 색도 분명 콘라드를 닮았는데, 경과는 다르게 아이테라 대공은 어딘가 무서워 보였다. 부족한 게 없는 분인데, 왜 그런 선택을 하신 걸까. 왜 콘라드 경을 아프게 하는 걸까.

'왜일까.'

어머니는 욕심 때문이라고 말해 주셨지만, 그래도 이해가 가지 않았다. 아이테라 대공가는 황실 바로 밑에 있는 가문이었다. 그 올라가지 못하는 단 한 자리가 그렇게도 탐이 나는 걸까.

레슬리는 시선을 돌렸다. 그 옆에는 조금 아파 보이는 귀부인과 프리트가 앉아 있었다. 아이테라 대공비의 살짝 휘어진 눈매며, 부드러운 곡선을 그린 입술은 콘라드와 똑같았다.

콘라드는 어머니를 닮은 거구나. 그렇게 생각하며 대공비의 시선을 따라 고개를 돌리자, 한 테센트루아 성기사가 있었다.

비록 투구를 써서 누군지 확인할 수는 없었지만, 대공비의 따스한 눈빛에 대번에 알아볼 수 있었다. 콘라드 경이였다.

레슬리는 고개를 푹 숙였다. 이번엔 제법 다급한 몸놀림에 티가 났을지도 모르는 일이었다. 시선을 괜스레 바구니를 쥔 제 손에 고정했다. 자신에게 쏟아지는 시선 중에 어쩐지 콘라드의 황금색 눈동자가 있을 것 같았다.

"……그리하여, 최초의 사제들과 아라벨라를 보내 에피알테스를 봉인한 우리들의 신께 무한한 감사를 드리며 축사를 마칩니다."

수고했다는 듯 최고 사제가 레슬리를 보며 생긋 웃었다. 다정한 미소에 레슬리는 슬그머니 시선을 피했다.

웅장하게 음악이 울려 퍼지고, 축사가 끝난 걸 기뻐하는 환호 소리와 함께 두 사람이 뒤를 돌자, 대기하고 있던 사제 두 사람이 레슬리 발치에 놓인 바구니를 집어 들었다. 그리고 두 명의 테센트루아 성기사가 그 뒤에 섰다.

거대한 문이 열리며 한눈에 보기에도 아득할 정도로 긴 복도가 시야에 가득 담겼다. 저 끝에 보이는 방이 에피알테스를 봉인하고 있는 방이었다.

맨 뒤에 선 테센트루아 기사 두 명이 복도 안으로 걸음을 옮기자마자 육중한 문이 큰 소리를 내며 닫혔다. 순식간에 음악 소리도, 환호 소리도 없는 적막한 공간. 그 위에 레슬리는 서 있었다.

"아까 힘드셨지요?"

잡담 하나 없이 침묵으로 걸어야 할 듯 보였던 복도에서 최고 사제가 웃었다.

"아닙니다, 사제님."

레슬리는 시야를 방해하는 천을 걷어 내며 대답했다. 지금은 벗어도 되는 거겠지. 최고 사제는 괜찮다는 듯 고개를 끄덕이더니 이내 큰 소리로 웃었다. 신성한 공간에서 저렇게 웃어도 되는 걸까?

"여기서는 조금 잡담을 하고 떠든다 해서 나무랄 사람이 없습니다, 공녀님. 연습 때와 다르게 완벽히 격리된 상태니까요."

레슬리는 그 말에 슬그머니 고개를 돌렸다. 바구니를 들고 따라오는 두 사제와 기사들 사이로 보이는 문은 굳건히 닫혀 있었다.

"연습 때는 문을 닫지 않지만, 의식 때는 다르니까요."

"그렇군요."

레슬리는 최고 사제의 말에 저도 모르게 고개를 끄덕였다. 최근 건강이 안 좋아진 최고 사제는 모든 연습에 참여하지 못했다. 이 긴 복도를 다른 고위 사제와 걷는 게 레슬리에겐 더 익숙할 정도였다.

늙은 사제가 환하게 웃었다. 어딘가 포근해 보이는 인상이었다. 공작저의 바타가 조금 더 나이를 먹는다면 저런 느낌일까. 어쩐지 바타를 떠올리자 신전에서 가장 높은 위치에 있다는 최고 사제도 친근하게 보였다.

여든은 되어 보일 법한 최고 사제는 느긋한 걸음걸이로 복도를 가로질렀다. 그에게 있어서 의식은 마치 매일 하는 산책처럼 익숙한 일인 듯 보였다.

"그러고 보니 옛날에는 셀바토르 공작님과 함께 이 복도를 걸었지요."

"어머니요?"

걸음을 멈추지 않으면서 최고 사제는 고개를 끄덕였다. 레슬리와 그의 뒤로, 두 명의 사제와 두 명의 테센트루아 성기사가 따랐다.

"네, 저는 아직 최고 사제는 아니었고, 지금 뒤에 따라오는 형제님들처럼 바구니를 옮기는 것을 도와 드리는 정도였지만 말입니다."

최고 사제와 레슬리의 시선이 닿자, 중년 사제가 다급히 고개를 숙였다. 어쩐지 몸이 작게 떨리고 있는 걸 보니 의식을 시작할 때 자신처럼 많이 긴장한 모양이었다.

"그때는 제 스승님이 이 자리를 공작님과 걷고 있었지요."

중년 사제를 잠시 의아한 눈으로 보던 레슬리는 이내 최고 사제의 말에 귀를 빼앗겼다.

"스승님이 아직 소공작이시던 셀바토르 공작님께 자신이나 신전에 대해 궁금한 게 없는지 물으셨습니다."

아까와 똑같은 목소리인데 묘하게 졸리지 않았다. 오히려 정신이 또렷해졌다.

최고 사제는 신전의 모든 중요한 일을 주도하는 데다가 그 경험과 지식은 헤아릴 수 없다고 들었다. 그래서 황제도 종종 최고 사제에게 조언을 구하러 온다고 들었다. 오죽했으면 늘 투덕거리던 마법사의 저택 사람들도 최고 사제가 나서면 일단 뒤로 한발 물러나 주었으니까.

그런 사람에게 어머니는 과연 무엇을 물으셨을까.

"공작님은 일말의 주저함도 없이 아무것도 묻지 않으셨습니다."

"네?"

레슬리의 눈이 동그래졌다.

"아무것도 묻지 않으셨습니다."

그때 생각을 하는지, 최고 사제의 눈이 먼 곳을 응시했다.

"좀 놀라신 스승님께서는 혼란의 시대가 끝나는 것도 궁금하지 않은지 여쭤봤고, 공작님은 이렇게 말씀하시더군요."

"어떻게 말씀하셨나요?"

"자신이 끝낼 테니 궁금하지 않다고 말씀하셨지요."

역시 어머니야! 레슬리는 몰려오는 전율에 바구니를 놓치지 않기 위해 손에 힘을 주었다.

"솔직히 멋있다고 생각했습니다. 남을 그렇게 생각해 본 건 그때가 처음이었지요. 공작님을 다시 뵙고 싶어서 난생처음 귀족 저택으로 가는 일에 지원도 했었습니다."

짧은 수염을 쓰다듬으며 최고 사제는 말을 이었다.

"그리고 제가 최고 사제가 된 후에는 셀바토르 경을 만났지요. 지금 린체 기사단장이신 베스라온 라엔 셀바토르 경 말입니다."

베스라온 오라버니도 아라벨라가 된 적이 있단 말인가? 레슬리는 너무 놀라 최고 사제의 얼굴에서 눈을 뗄 수 없었다.

"대대로 셀바토르 공작가의 사람들은 아라벨라를 놓친 적이 없습니다. 무얼 하든 보통 사람의 능력을 뛰어넘는 분들이니까요. 아, 루엔티 마법사님은 제외시겠군요. 그분은 아라벨라가 되기 전에 이미 마법사의 저택에 이름을 올리셔서."

이야기가 샜다는 듯 손을 가볍게 내저은 최고 사제가 말을 이었다.

"저는 스승님이 그러하셨듯, 셀바토르 경에게도 같은 질문을 했습니다. 그리고 같은 반응이 돌아왔지요."

"오라버니도 아무것도 묻지 않으셨나요?"

"네, 그렇습니다. '어머니가 모든 것을 알고 계신다.'라고 하시며 묻지 않으셨습니다."

레슬리는 그 말에 결국 웃음을 터트렸다. 자신도 그렇고 다들 어머니를 너무 좋아해서 문제였다.

"다른 사람이었다면 놀랐을 텐데, 셀바토르 경이라…… 쿨럭!"

갑자기 최고 사제의 걸음이 멈추었다. 그는 허리를 숙이고 심하게 기침을 하기 시작했다.

"사제님! 괜찮으신가요?"

레슬리가 당황해 소리치자, 간신히 기침을 멈춘 최고 사제가 고개를 끄덕였다.

"슬슬 신의 곁으로 갈 때가 돼서 그런지 몸 이곳저곳이 고장 났습니다. 신력도 제대로 나오지 않고요."

웃으면서 사제는 허리를 꼿꼿이 폈다. 곧은 자세 그 어디에도 세월이나 병의 흔적은 보이지 않았다.

"너무 걱정하지 마십시오, 공녀님. 늙긴 했지만 이 복도를 다 지나기 전에 죽지는 않을 겁니다."

나름 농담을 한다고 한 것 같은데 레슬리에게는 무서운 말이었다. 레슬리의 안색이 하얗게 질리자, 최고 사제가 농담이라 말하며 손을 내저었다.

그러는 사이 여섯 사람은 에피알테스가 봉인된 방 앞에 도착했다. 들어올 때의 문 역시 거대해 보였지만, 그와는 비교되지도 않을 정도로 육중한 문에 레슬리가 고개를 들어 문 가장 윗부분을 바라보았다.

사이레인이 사이레인 위에 목말을 타고, 다시 다른 사이레인이 목말을 타고…… 그렇게 몇 명의 사이레인이 목말을 타야 저 문 윗부분에 손이 닿지 않을까.

아까 축사로 인해 풀렸던 긴장이 다시 몰려오기 시작했다.

최고 사제는 문 위에 손을 얹은 채 나지막이 무언가를 중얼거렸다. 신어 같았는데, 신어에 자신 있는 레슬리조차 한 마디도 알아듣기 어려울 정도로 오래된 말이었다.

사제의 기도문이 끝나자마자, 마법이 걸린 듯 육중한 문은 소리도 없이 열렸다. 문 안은 어둠을 삼키기라도 한 듯 아무것도 보이지 않았다. 그런 어둠 속을 최고 사제가 가리켰다.

"자, 공녀님. 아라벨라로서 이 봉인석을 제단 옆 꽃들 사이에 놓아주시면 됩니다."

꽃들이라니. 이렇게 햇빛조차 닿지 않을 정도로 깊숙한 곳에 꽃이 핀단 말인가?

최고 사제의 말에 레슬리는 고개를 갸웃거리면서도 안으로 들어갔다. 늘 자신을 따라다녀 주는 어둠이 아니었더라면 몰려드는 공포에 한 발짝도 내딛기 힘들 정도로 짙은 어둠이었다.

레슬리가 안쪽으로, 조금 더 안쪽으로 발을 내딛자마자 갑자기 주변이 환해졌다.

"신기해!"

감탄은 레슬리에게서 흘러나온 게 아니었다. 바구니를 들고 따라와 준 두 명의 사제에게서 나온 것이었다. 그 목소리에 최고 사제가 이상하다는 듯 뒤를 돌았지만, 레슬리는 너무 놀라 아무 말도 하지 못하고 그대로 굳어 버렸다.

커다란 방이었다. 아니, 방이라고 부르기 미안할 정도로 거대한 곳이었다. 스페라도 후작저의 정원을 그대로 옮겨 둔 것처럼 거대한 곳에 은빛으로 빛나는 꽃들이 가득 피어 있었다.

색색의 마법석들과 그 위에 피어나 빛을 내는 꽃들로 인해, 방 안을 가득 메운 어둠이 순식간에 사라졌다. 레슬리의 발밑에 숨어 여기까지 따라온 어둠이는 이 빛이 싫은지 작게 움직였다.

"길이 있네."

레슬리는 제 앞을 바라보았다. 봉인석은 아무런 규칙 없이 쌓인 듯 보였으나, 작게 길을 만들고 있었다.

꽃과 봉인석들 사이를 조금 더 걷자, 나무로 만든 제단이 나타났다. 그리고 그 위에는 제단과 같은 나무로 만들어진 작은 상자가 놓여 있었다.

콘라드의 말대로 아라벨라의 브로치가 달린 상자에는 세 개의 걸쇠가 달려 있었다. 하지만 걸쇠에 브로치를 제외하면 작은 나무 상자는 그냥 오래된 평범한 상자였다. 시장이나 번화가에 가면 어디서나 발견할 수 있을 게 분명할 정도로 투박하고도 평범한 상자.

'이게 에피알테스.'

신화에도 나오는 전염병. 그게 이렇게 작고 초라한 상자에 들어 있다니. 그리고 이 물건이 자신과 셀바토르 공작의 인연을 만들었다니.

어쩐지 신기해, 레슬리는 저도 모르게 손을 뻗었다가 이내 움츠렸다.

'만지시면 안 됩니다!'

연습 때 들었던 사제의 목소리가 귓가에 메아리쳤다.

'간혹 호기심에 에피알테스에 손을 대는 아라벨라께서 나오시는데, 절대 그러시면 안 됩니다. 신화에도 나오는 전설적인 전염병이 아닙니까. 만에 하나라도 사고가 나면 안 되니 사람을 죽이는 호기심은 넣어두십시오!'

사람을 죽이는 호기심. 그 말이 딱 맞아떨어졌다. 레슬리는 봉인석을 꽃들 사이에 놓는 일에 집중하기로 했다. 봉인석을 내려놓자, 꽃들이 내는 빛이 한층 강해졌다.

봉인석의 크기가 큰 덕에 레슬리가 들고 온 바구니는 순식간에 비워졌다. 그렇게 봉인석을 다 내려놓았을 때쯤엔 쏟아지는 강렬한 빛 때문에 제대로 눈을 뜨지 못할 정도가 되었다.

'됐다.'

레슬리는 한참이나 숙였던 몸을 일으켰다. 이제 이런 식으로 두 개의 바구니를 더 비우면 되었다. 레슬리는 웃으며 다시 꽃들 사이를 걸어 밖으로 나왔다.

찰팍.

생각보다 별거 아니네, 그렇게 생각한 레슬리의 귓가에 미묘한 소리가 들렸다. 마치 물웅덩이를 밟은 듯한 소리. 레슬리의 시선이 저절로 웅덩이를 만든 사람에게 닿았다.

"이게 무슨……."

봉인의 방에서 나오자마자 마주한 것은 피를 흘린 채 바닥에 쓰러진 최고 사제와 공포에 떨고 있는 두 사제, 그리고 피 묻은 검을 든 채 웃고 있는 두 성기사였다. 레슬리가 밟은 것은 최고 사제의 몸에서 나온 피였다.

"사제님!"

손안에 든 바구니도 내팽개친 레슬리가 최고 사제의 곁으로 다가갔다. 레슬리의 하늘하늘한 하얀색 옷이 밑에서부터 붉게 변하기 시작했다. 신을 나타내는 고귀한 하얀색이 순식간에 붉게 물들었다.

"사제님, 정신 차려 보세요."

레슬리가 얼굴을 일그러트리며 최고 사제의 몸을 흔들었다. 하지만 늙은 사제는 미약한 신음만 흘릴 뿐 눈을 뜨지 못했다.

"지금 그분이 걱정되십니까, 셀바토르 공녀님?"

성기사가 웃으면서 레슬리의 목에 검을 겨누었다. 아직도 검에는 붉은 피가 흐르고 있었다.

"……도대체 이게 무슨 일인 거죠."

레슬리는 무섭게 두 성기사를 노려보았다.

모르는 사람이 아니었다. 대기도회 때, 종종 신전에 콘라드를 찾으러 왔을 때, 웃으며 자신을 맞이해 준 사람들이었다.

그뿐이었던가. 기도를 올리러 신전을 방문했을 때도 제일 먼저 맞이해 주었지. 단정한 얼굴로 신도 레슬리의 신앙심에 감동할 거라 말하며 렌티우스와 장난을 치기도 하지 않았던가.

그래서 두 사람이 호위를 맡게 되었다고 대기실에서 자신에게 말했을 때, 사실 레슬리는 반가웠다. 모르는 사람보다는 아는 사람이 나았으니까.

따라 들어오는 두 사제 역시 오가면서 얼굴을 알음알음 익힌 사람들이라 더욱 마음을 놓았는데. 갑자기 이런 일이라니.

배신감이 목을 조르는 듯 레슬리는 옅게 숨을 헐떡였다.

"아, 저희는 아예 태생이 에타이입니다. 처음부터 공녀님이 믿을 만한 놈들이 아니었단 말입니다. 에타이 중에서도 신력과 체력을 동시에 타고난 놈들이 있지 않겠습니까, 공녀님."

두 명의 사제를 향해 검을 겨누고 있는 성기사가 말하자, 레슬리의 목에 검을 겨눈 기사가 환한 얼굴로 웃었다.

한마디로 처음부터 저들은 불순한 목적으로 들어와, 그렇게 20년에 가까운 세월을 숨을 죽이고 기다렸던 것이었다.

레슬리는 옅게 숨을 정리하면서도 생각을 하는 걸 멈추지 않았다.

"당장 저 두 분을 풀어 주세요."

레슬리는 사제 둘을 가리켰다. 지금 다급한 건 최고 사제의 상처를 치료하는 일이었다. 방금까지도 병에 괴로워하시던 분이 아니던가. 잠시도 지체할 수 없었다.

"음, 저 둘을요?"

잠시 구석에 붙어 가련하게 떠는 사제 두 명을 힐끗 바라보더니 이내 고개를 저었다.

"저를 믿을지 안 믿을지는 공녀님 몫이지만, 지금 공녀님 목적에 저 두 사람은 도움이 안 될 겁니다."

"저는 그렇게 생각하지 않아요."

"정말인데. 이런, 기껏 쌓아 놨던 신뢰가 사라졌나 봅니다."

그의 대답을 무시하며 레슬리는 몸을 일으켰다. 천천히 자신에게 검을 겨눈 기사 쪽으로 걸어갔다. 피를 한껏 머금은 의복이 바닥에 끌리며 선명한 핏자국을 그려 냈다.

"……위험합니다, 공녀님."

무언가가 이상하다고 생각한 성기사가 나지막이 경고했다. 하지만 그 경고는 레슬리에게는 우스운 것이었다.

"나 역시 경고하죠. 저들을 놔줘."

레슬리가 좀 더 가까이 다가가자 기사는 눈에 띄게 당황하며 몸을 뒤로 물렸다.

뭐지? 사내는 눈을 찡그렸다.

대장은 최대한 공녀는 살려 두라고 했다. 끝을 봐야 하는 사람 중 한 명이라고 했던가. 나중에 황실에 팔려 갈 귀한 몸이라고 했던가.

'특별한 사항은 없었는데.'

거기다 평소 모습 역시 바보처럼 잘 웃기나 하는, 영락없이 그저 그런 여자애 아니던가. 그런데 왜 이리도 몸이 말을 듣지 않는 걸까.

작게 이를 간 기사는 이내 다시 자세를 잡았다. 결국, 레슬리의 하얀 목에 긴 상처가 생겼다.

"내 경고를 거부한 걸로 봐도 되겠지."

라일락색 눈동자가 차갑게 가라앉았다. 검을 바라보던 시선이 자신에게 닿았을 때, 그제야 남자는 자신이 실수를 저질렀다는 걸 알아차렸다.

"큭! 나를 도와……!"

그 말을 마지막으로 남자의 시야가 암흑으로 물들었다.

"의식의 날에 마지막으로 약을 드시면 됩니다. 그 뒤 전해 드린 물건을 사제복 안에 넣었다가, 넘겨받은 봉인석 사이에 숨겨 두세요."

잠시 해리언과 밀튼에게 약을 건네주러 온 데비엔이 두 사람을 보며 느긋하게 입을 열었다. 약병을 태연하게 건네주는 그녀의 목소리에는 숨길 수 없는 즐거움이 깃들어 있었다.

데비엔이 사제복을 가져다줄 때부터 먹기 시작한 이 약은 먹으면 먹을수록 몸이 뒤틀리는 기분이 들었다. 종종 베개 위에 자신의 머리색이 아닌, 짙푸른 색 머리카락을 발견하기도 했다. 마치 며칠이라는 시간을 들여 자신 위에 다른 이의 껍데기를 씌워 두는 듯한 기분이었다.

그리고 이런 건 왜 필요하단 말인가. 밀튼의 눈에 발치의 바구니가 들어왔다. 평범해 보이는 바구니 안에는 기겁할 만한 물건이 들어 있었다.

'그때가 기회였어.'

차라리 해리언이 용기를 내 처음으로 이상하다고 말했던 그때 이야기를 해야 했었다. 못 하겠다고, 이건 옳지 못한 일이라고. 하지만…….

"아, 그리고."

데비엔이 어린 두 사람의 어깨를 꽉 쥐며 환하게 웃었다.

"메데이아 태후 폐하께서 여러분의 가문에 축하금과 함께 선물을 보냈습니다. 그리고 혹여나 돈과 선물이 제대로 여러분의 가문에 도착하지 못할까 봐……."

어깨를 쥐고 있는 손에 힘이 들어갔다. 아플 법도 한데 두 아이는 떨기만 할 뿐 아무 대답도 하지 못했다. 뒷말이 이미 예상이 된 탓이었다.

"꽤 훌륭한 기사들을 같이 보냈답니다. 기쁘시지요?"

"……."

아무리 나이가 어린 해리언과 밀튼이라지만 대번에 알아들을 수 있었다. 지금 데비엔이 이야기한 훌륭한 기사는, 계속해서 짐을 지키는 기사일 리가 없었다. 자신이 이 일에서 도망치면 가족을 해칠 악당이 될 가능성이 농후했다.

해리언은 제 손에 쥐어진 약을 들고 떨었다. 밀튼 역시 이내 눈치를 챈 듯 눈물을 떨궜다.

"가슴 아프게 울지 마세요. 두 분 모두."

그 말에 오히려 더 울음이 터졌다. 해리언은 최대한 흘러나오는 눈물을 삼켰지만, 아직 그녀보다 어린 밀튼에게는 무리였다.

"더럽게."

데비엔은 경멸이 담긴 어조로 중얼거리더니 바로 손을 뗐다. 그리고 뒤를 돌아, 대기하고 있던 하녀와 하인들을 향해 외쳤다.

"이분들이 혹여나 의식의 날 때 다치면 안 되니, 철저하게 보호하도록. 집 밖은 위험하다고들 하니……."

데비엔의 눈꼬리가 가늘어졌다.

"오늘부터 방에서만 편히 머물도록 도와 드려. 식사도 산책도, 방이 크니 답답하지는 않으시겠지."

"네, 알겠습니다. 데비엔 님."

"그런!"

두 사람은 질겁했다. 그나마 이 저택에서 위안이 되는 것이라고는 서로뿐이었는데. 지금 서로를 만나는 것조차도 안 된다고 말하는 것인가. 해리언이 당황해 외치든 말든 데비엔은 말을 이었다.

"이게 얼마나 중요한 의식인데. 다치시면 안 되죠. 최대한 건강하게, 그리고 최대한 아름답게 있어 주세요."

거기까지 말한 데비엔이 다시 웃음을 머금었다. 그 웃음에는 단 두 가지의 감정만이 섞여 있었다. 환호와 기대감이었다.

데비엔의 감정들을 읽어 낸 해리언과 밀튼은 고개를 떨궜다.

처음부터 자신들은 잘못된 선택을 한 것이었다. 메데이아 태후의 이름과 고위 사제의 이름, 그리고 막대한 돈에 속아 그릇된 선택을 해 버렸다. 두 발목이 보이지 않은 끈에 칭칭 묶인 기분이 들었다.

빠져나갈 수 있을까. 아니, 빠져나가더라도 위험했다. 이미 데비엔은 막대한 자금과 가족의 안전으로 두 사람에게 완벽한 족쇄를 채우지 않았던가.

절망하는 해리언을 바라보며 데비엔은 안쓰러운 표정으로 어깨를 토닥거렸다.

"그럼 두 분 다 힘내시길. 모르잖아요? 혹시 이 일이 완벽히 끝나면 그 누구도 다치지 않고 무사히 영지로 내려갈 수 있을지도요."

"……."

"아, 그리고 제가 정말 두 분을 아껴서 드리는 말인데……."

잠시 말꼬리를 흐린 데비엔이 입술을 휘며 듬뿍 웃음을 머금었다.

"셀바토르 공녀를 조심하세요. 그녀는 대단히 위험하답니다. 만일 그녀가 여러분에게 위협을 가하거든……."

데비엔은 두 사람 귀에 대고 작게 무언가를 속살거렸다. 그녀의 말을 들은 밀튼과 해리언의 얼굴이 미묘하게 변했다.

"……라고 말하세요. 여러모로 준비된 여러분들이라면 그 말 한마디로 그녀의 심장을 파헤칠 수 있을 거랍니다."

검은 불과 함께 말이죠. 알 수 없는 말을 속살거린 데비엔는 이내 웃음소리와 함께 방을 나섰다.

⚜

레슬리는 착잡한 얼굴로 쓰러진 두 명의 성기사를 바라보았다. 텅 빈 동공은 그들이 숨을 거뒀다고 생각하게 할 법했지만, 그들은 살아 있었다. 거대 늑대처럼 어둠으로 집어삼킨 게 아니라 머릿속을 잠시 뒤흔들어 준 것뿐이니까. 시간이 지나면 제정신을 차릴 것이다.

'울렁거려…….'

레슬리는 입술을 세게 깨물었다. 거듭 각오를 한 덕분인지, 사람을 공격했다는 죄책감은 생각보다 적었다. 하지만 어둠으로 두 성기사를 삼킬 때, 생각보다 더 반항이 컸다.

하필이면 가장 반대되는 힘. 그게 레슬리를 어지럽게 만들었고, 마치 공중에서 떨어진 듯 메스꺼움이 밀려왔다. 주저앉아 잠시 숨을 고르고 싶었다.

하지만 그럴 시간 따위 없었다. 레슬리는 울렁거리는 속을 붙잡고 현 상황을 정리하기 시작했다. 당황하지 말자, 겁먹지도 말고. 어머니나 아버지, 두 오라버니라면 이 상황에서 어떻게 행동했을지 생각해 보자.

생각보다 답은 빠르게 나왔다.

"두 분."

레슬리는 고개를 들어 아직도 벽에 붙어 떨고 있는 두 명의 사제를 바라보았다. 두 성기사가 사제들을 위협하고 있었으니, 저들은 믿을 만한 거겠지.

"최고 사제님의 치료를 부탁드릴게요! 저는 어서 의식을 마칠 테니 의식이 끝나자마자 사람을 데리고 와 주세요."

의식이 끝나기 전까지 밖과 안을 차단하는 문은 열리지 않는다. 그러니 부상자를 치료하고 의식을 서둘러 끝마치는 게 우선이었다.

그런데 두 사제는 덜덜 떨기만 할 뿐 움직일 기미가 보이지 않았다.

"사제님……?"

레슬리가 의아함과 조바심에 손을 뻗자, 남자 사제가 몸을 더욱 움츠리며 비명을 내질렀다.

"히, 히익! 살려 주세요!"

모습보다 꽤나 어린 목소리가 텅 빈 복도에 울려 퍼졌다. 살려 달라는 말이 날카롭게 귀에 박혔다.

레슬리는 뻗었던 손을 움츠렸다. 아까 어둠을 사용했을 때 저들도 영향을 받았고, 그 때문에 겁을 먹은 듯 보였다.

"미안해요……. 일부러 그런 건 아닌데."

고개가 절로 바닥으로 떨어졌다. 울렁거림이 조금 거세졌고, 레슬리는 눈을 찡그렸다.

"그럼 어서 부탁할게요."

일부러 시선을 그쪽으로 두지도 않고 레슬리는 근처에 떨어져 있는 바구니에 손을 뻗었다. 어서 의식을 마칠 생각이었다.

"안 돼!"

이번에도 절박한 비명이 튀어나왔다. 이번엔 어린 여자아이의 목소리.

무언가가 이상했다. 한 명이면 몰라도 둘 다 모습과는 다른, 이렇게 어린 목소리라니?

레슬리가 놀라 고개를 돌리자 중년으로 보이는 여자 사제가 레슬리에게 달려들고 있었다. 그녀의 다른 손에는 아직도 어린아이처럼 울고 있는 남자 사제의 팔이 잡혀 있었다.

"……!"

레슬리가 여자 사제를 저지하기도 전에 그녀가 팔을 뻗어 바구니를 낚아챘다. 하지만 두 바구니와 함께 남자까지 이끌 수는 없었는지, 곧 바닥으로 쓰러졌다.

바구니를 가득 채우고 있던 봉인석들이 하얀 대리석 바닥으로 흩어졌다. 그리고 봉인석 사이에 숨겨져 있던, 붉은 피가 들어 있는 작은 병들도 봉인석과 함께 사방으로 흩어졌다.

"아, 안 돼."

해리언은 약 효과가 떨어져 점점 자신의 본모습이 드러나고 있다는 것도, 밀튼이 더 크게 울고 있다는 것도, 그리고 레슬리가 자신에게 다가오고 있다는 것도 잊어버린 채 허겁지겁 병을 모아 들었다.

"이봐요!"

레슬리는 당황했다. 갑자기 중년 여성과 남성으로 보였던 사제들이 순식간에 소년과 소녀가 되었다. 누구인지 확인해 보기도 전에 소녀는 병을 들고 봉인의 방 안으로 뛰어 들어갔다.

점차 변하는 머리카락 색과 어딘가 익숙한 뒷모습. 자연스레 축제 전의 번화가가 눈앞에 펼쳐졌다. 유명한 꼬치구이집이 쓰러진 그날, 거리에서 보았던 뒷모습이었다.

"당신!"

메데이아의 밑에 있던 아이들이 분명했다.

왜 저들이 여기에 있을까, 왜 마법약으로 모습을 숨겼을까. 진짜 사제님들은 어디에 있는 걸까.

수많은 의문이 떠올랐지만, 레슬리는 먼저 손을 뻗었다. 그중에서도 저 소녀를 방 안으로 들여보내면 안 되겠다는 생각이 머리를 지배했다.

쿠웅! 어둠을 움직여 해리언의 앞을 가로막았다. 해리언이 당황해 얼굴을 일그러트렸다. 거대한 문을 대신한 어둠 안으로 들어갈 용기 따위는 있지 않았다. 아니, 그냥 어둠인데도 들어갈 수 없게 실체를 가진 듯 보였다.

"못 들어가요."

레슬리의 말에 천천히 해리언이 고개를 돌렸다. 눈물과 죄책감, 괴로움과 도와 달라는 외침으로 가득 찬 눈동자가 레슬리와 시선을 맞췄다.

"……죄송해요, 공녀님."

데비엔이 하라고 한 그 말을, 해리언은 공포를, 진심을, 그리고 미안함과 도와 달라는 마음을 담아 흘렸다. 그건 정확히, 거의 다 아물어 가는 레슬리의 상처에 꽂혔다.

'죄송해요, 아가씨.'

들어 본 적 있는 말, 어디선가 겪어 본 듯한 상황. 아직도 완전히 치유되지 못한 상처를 남긴 열두 살 때의 일이 눈앞에 펼쳐졌다.

처음으로 먹어 본 하얀 빵과 잼들 그리고 버터, 처음으로 가졌던 행복한 기억 그리고 배신. 울먹이는 엠로아와 레슬리를 잡아먹으려고 했던 검은 불.

작은 음식점을 가득 메웠던 검은 불길이 그때처럼 갑자기 레슬리를 덮쳤다.

"싫어!"

환각이었지만, 레슬리는 몸을 웅크렸다. 저절로 눈물이 떨어졌다. 속이 울렁거리다 못해 이젠 사방이 일렁거렸다.

불길 때문인가? 떠올리고 싶지 않았던 첫 배신과 아직도 무서운 불길이, 4년이 지난 지금 이 순간까지 쫓아와 레슬리를 덮쳤다.

그 끝에는 끔찍했던 스페라도 후작가의 생활까지 달려 있었다. 아프고 괴롭고 끔찍했으며, 사랑받고 싶어 몸부림치던 12년.

이제는 아무렇지도 않다고 생각할 정도로 다 나은 기억이었지만, 아주 잠시 레슬리의 이지를 흐리기엔 충분했다. 굳건히 문을 막고 있던 어둠이 휘청거렸다.

"……!"

그사이 해리언과 밀튼은 울면서 에피알테스가 잠들어 있는 방 안으로 뛰어 들어갔다. 해리언과 밀튼이 방에 들어가자마자 품에 들려 있던 병들이 요란한 소리를 내며 깨졌다.

"아아……."

해리언과 밀튼의 작은 몸이 빛을 내는 꽃들 사이로 사라졌고, 꽃들이 한 송이, 한 송이 붉은빛을 띠기 시작했다.

레슬리는 아무 말도 못 하고 못 박힌 듯 서 있었다. 시야가 점점 붉게 물들었다. 환상과 실제가 뒤섞여 눈을 가렸다. 여섯 사람이 이 복도에 들어왔는데 지금 홀로 서 있는 사람은 오직 자신뿐이었다.

'알려야 하는데.'

밖에 알려야 했다. 이건 혼자 감당할 수 없는 일이었다. 그런데도 다리가 쉽게 움직이지 않았다. 아직도 존재하지 않은 불길이 작은 발을 붙잡았다.

레슬리는 가쁜 숨을 몰아쉬었다. 아까부터 풍겨 오는 피비린내에 머리가 멈춰 버린 것 같았다. 발에 엉겨 붙은 피는 떨어질 생각을 하지 않고 불길과 함께 레슬리의 발목을 붙잡았다.

「이쪽.」

그때 무언가가 레슬리의 옷자락을 나가는 문 쪽으로 이끌었다.

어둠이었다. 아니, 어둠에서 나온 작은 손들 같았다. 그것도 아니면 지금 자신의 침대 머리맡에 있어야 할 토끼 인형의 팔 같았다.

"아……."

비틀거리며 한 발자국을 내디뎠다. 손들이 조금 더 힘을 줘 앞으로 이끌었다. 그렇게 두 발자국을 내딛자, 다리에 다시 힘이 들어가는 게 느껴졌다. 세 번째 발자국은 레슬리의 의지로 걸었다. 그 뒤는 간단했다.

레슬리는 문 쪽으로 달리듯 걸었다. 걸을 때마다 옷자락에 묻은 핏방울이 떨어지며, 꽃잎이 흩어지듯 뿌려졌다. 온화한 최고 사제와 잡담을 하며 걸었던 복도를 순식간에 지나쳐, 처음에 지났던 거대한 문에 손을 올렸다.

봉인석이 전부 에피알테스 근처에 뿌려지자, 의식이 끝났다고 여겨졌는지 문이 조금씩 열리기 시작했다.

밖으로 나가 일단 도움을 요청해야 한다. 이미 밖에서는 이상하다는 걸 알아챘을 수도 있었다. 이렇게 시간이 오래 걸릴 리가 없었으니까.

레슬리가 눈물을 훔치며 고개를 끄덕였다. 밖에는 모두가 있었다. 더 무섭지 않았다.

달칵.

기나긴 복도 반대편에서 절대로 놓칠 수 없는 소리가 들려왔다. 첫 번째 걸쇠가 열리는 소리였다.

⚜

'먼저 해야 할 일은 기도를 흐리는 일이다.'

기록의 첫 문구는 그렇게 시작되었다. 자신이 직접 태워 버린 기록을 메데이아는 토씨 하나 틀리지 않고 기억하고 있었다.

기도를 흐린다라. 메데이아는 오랜 조사 끝에 각 신전에서 매일 올리는 기도가 봉인을 굳건히 하는 거라는 걸 알아냈다. 그래서 데비엔과 손을 잡았다. 데비엔은 메데이아의 생각보다 더욱 잘 움직여 주었다.

이트바나가 역사 속으로 사라지고 대부분의 사제는 르카디우스 제국의 신전으로 들어갔다. 사제들이 섞이고 혼란스러울 때 메데이아는 데비엔의 뒤를 살짝 밀어주었고, 그녀는 손쉽게 고위 사제 자리에 올랐다.

그리고 시간을 들였다. 막 들어온 어린 사제들을 데비엔의 편으로 물들였다. 겉보기엔 선한 인품, 높은 신력 그리고 고위 사제인 데비엔. 어리고 세상 물정 모르는 이들은 그녀에게 쉽게 넘어갔고 서서히 기도의 본질을 흐리기 시작했다.

그렇게 몇십 년, 아이들은 어른이 되었고 데비엔의 지시에 따라 다른 사람들을 물들였다. 본질은 더욱더 빠르게 흐려져 갔다.

'그래 봤자 큰 틈은 못 냈지만.'

자신이 공들인 시간은 그간 기도가 이어졌던 시간에 비하자면 아주 작은 것이었다. 비유를 하자면 바닷물에 설탕물 한 컵을 붓는 것이나 다름없었다. 그래도 아주 작은 틈을 만들기에는 충분했다.

가장 기본적인 준비가 끝났다. 메데이아는 옅게 웃었다. 드디어 다음 단계로 넘어갈 수 있었다.

'첫 번째 제물은 작은 것이다. 바로 큰 것을 삼킬 수는 없을 것이다. 아주 오랫동안 잠들어 있었으니까. 그러니 작은 동물이 적당하다. 혹시 바로 동물을 먹이게 하기 힘들면 피를 빼서 뿌려도 괜찮을 것이다.'

그래서 메데이아는 작은 병들을 준비했다. 거기에는 붉은색 액체가 가득 담겨 희생양의 손에 쥐어졌다.

'두 번째는 어린 것이다. 성별이 다양하면 좋지 않을까.'

그래서 두 명을 뽑았다. 작고 귀여운 여자아이와 남자아이. 한미한 가문, 돈이 없어 절박한 아이들은 어디서나 구할 수 있는 동전 몇 닢에 쉽게 옆을 내주었다.

자신들이 무슨 역을 맞게 될지도 모른 채, 열심히 하겠다며 외치던 두 아이의 얼굴과 이름을 메데이아는 기억하고 있었다.

그녀도 나름의 양심을 지켜서 두 사람의 이름을 역사서에 크게 기록해 줄 생각이었다. 스스로 몸을 던진 용감한 이들로 기록해 꽤 멋진 미담도 만들어 줄 계획이었다.

그럼 분명 그들의 가문에도 도움이 되겠지. 가문을 살리고자 최초의 사제가 되려 했으니 그들도 기꺼워할 것이다.

'세 번째는 강력한 신력을 가진 건강한 사람들이다. 반대되는 힘을 먹고 에피알테스는 조금 더 빠르게 깨어날 수 있을 것이다.'

그래서 두 명의 사제와 성기사로 들어가 있던 두 사람을 준비했다.

아주 오래전부터 자신을 따르던 두 사제도, 에타이 출신의 두 성기사도 에피알테스를 깨우는 첫 식사가 되었다. 해리언하고 밀튼에게 얼굴과 신분을 빌려줬던 사제는 이미 그 근처에 쓰러져 있을 것이다.

어릴 때부터 키워 온 가장 고급스러운 패를 여기서 버린다는 건 꽤 아까웠지만, 패는 한둘이 아니니 그 정도는 감수하기로 마음먹었다. 그리고 두 성기사는 나중에, 나중에 커다란 영지로 그 값을 치르기로 에타이들과 거래를 했다. 그렇게 넷을 준비하니 마음이 든든해졌다.

문제는 네 번째였다.

'네 번째는 고귀한 푸른 피, 특별한 힘을 가지면 더욱 좋다. 거기에 최대한 성격은 비틀어지고 복수심과 이기심에 시야가 가려진 사람이 적당하다. 네 번째의 피를 에피알테스에게 뿌려 주면 에피알테스는 그 피를 더 먹기 위해 네 번째가 있는 곳으로 스스로 움직일 것이다.'

척 보기에도 힘들어 보이는 네 번째를 위해, 메데이아는 아주 오랫동안 공을 들여야 했다.

처음부터 제물이 될 아이를 고르고 골랐다. 다행히도 르카디우스 제국의 귀족들은 가문마다 특별한 힘을 가지고 있었다. 대부분은 이미 다 사라지고 말았지만.

그렇게 힘을 가지고 있던 가문들 사이에서 고르다 보니, 스페라도 가문의 엘리 데아른 스페라도가 눈에 들어왔다. 메데이아는 첫눈에 겉보기엔 상냥하고 순수한 소녀의 본심을 알아보았다. 자신도 비슷한 느낌이었으니까.

더 깊게 조사하니 스페라도 가문부터가 심한 악취를 풍기는 가문이었다. 그런 곳에서 사랑받는 딸이라니. 너무도 완벽한 아이이지 않은가.

메데이아는 그 즉시 아렌도와의 약혼을 추진했다. 질투심도 많고, 타고난 성격이 전형적인 스페라도 가문의 성격이니, 버려두고 내버려 둬 적당히 마음을 더 뒤틀 생각이었다. 그런 아이들이 자신의 작은 상처를 더 크게 보는 법이니 그 기간은 길지 않아도 충분할 것이다.

거기다 가장 골치였던 봉인의 방과 기나긴 복도를 지나치는 방법까지 알아내었다. 메데이아의 계획은 더욱 완벽해진 듯했다.

그런데 예상치 못한 변수가 나타났다. 가볍게 넘겼던 스페라도 가문의 두 번째 아이였다. 그 작은 아이 때문에 메데이아가 아주 오래전부터 계획했던 일들이 흔들렸다. 아이는 작은 걸음마다 강한 태풍을 몰고 다녔다.

'하지만 이내 내 뜻대로 되었지.'

덕분에 엘리는 더욱 완벽하게 뒤틀렸고, 그렇게 에피알테스를 깨울 마지막 제물이 되었다. 엘리의 피에 이끌려 이동할 테니까.

물론 에피알테스는 바로 그녀를 먹지 못할 것이다. 하지만 그래 봤자 고작 며칠. 나흘 정도면 충분히 에피알테스가 엘리를 먹고 눈을 뜰 것이다. 아무것도 모르는 엘리가 상자를 가지고 잠시만 숨어 있는다면 그녀의 오랜 계획은 완성될 터다.

늘 언제 나올까 기대하고 있던 셀바토르 공작의 움직임도 레슬리를 보며 약간의 감을 얻을 수 있었다. 그녀는 자신의 딸을 보호하려 할 게 뻔했으니 건드리기 힘든 공작이 아니라 레슬리를 건드리면 되는 것이었다. 공작은 스스로 자신의 약점을 내보인 것이나 다름없었다.

'그러게 고아원에서 데려오지.'

원래 계획대로 적당히 쓰고 치울 만한 아이를 데려오지. 거대한 돈과 보장된 삶을 살게 해 주면 그런 역할도 괜찮다고 외칠 아이들이 이 드넓은 제국에서 한둘이 아닐 텐데. 마음만 약해서는 살려 달라 외치는 아이의 외침을 무시하지 못하다니.

'바보 같은 셀바토르.'

메데이아는 옅게 웃었다. 그래도 그녀와 놀게 되어 즐거웠다. 앞으로 그녀가 어떤 수를 둘까 생각하는 일은 꽤 신나는 일이었다. 과거에 먼발치에서 소문만 간신히 듣던 이와 싸운다는 건 꽤 인정받는 기분이 드는 일이었다.

저도 모르게 작게 콧노래를 흥얼거리다가 메데이아는 셀바토르 공작과 눈이 마주쳤다. 이제 벌어질 일에 어떻게 반응할까.

드디어 자신이 고대하던 일이 벌어진다는 생각에 그만 셀바토르 공작을 보며 환하게 웃어 보였다. 이왕 웃은 거 손도 흔들어 주자.

공작의 쭉 뻗은 눈매가 일그러지더니 이내 말없이 고개를 돌렸다. 그녀 옆에 앉은 사이레인이 무섭게 메데이아를 노려보았다.

'곰 같은 남자.'

메데이아는 눈을 찡그리며 고개를 돌렸다.

그녀는 사이레인이 싫었다. 셀바토르는 더 좋은 남자를 고를 줄 알았는데, 어느 날 용병을 데려와 덜컥 결혼식을 올렸다. 아무래도 남자를 보는 눈은 없는 듯 보였다. 자신처럼 쓸모 있는 남자를 고르지.

"이상하게 늦는군요."

옆에 앉은 아르트엘이 고개를 비스듬히 하며 걱정스럽게 말을 흘렸다.

"이제 슬슬 문이 열려야 할 텐데."

"그러게, 묘하게 이번엔 좀 여유롭군."

피스토레가 아르트엘의 말에 맞장구를 쳤다. 악사들은 티를 내고 있지 않았지만, 조금씩 동요하는 게 눈에 보였다. 그리고 그건 아직도 광장에 있는 최초의 사제들과 다른 사제들 역시 마찬가지였다.

잠시 당황하는 꼴들을 구경한 메데이아는 웃으면서 고개를 들었다.

"셀바토르 경."

메데이아의 바로 옆에는 베스라온이 서 있었다. 지루한 축사가 울려 퍼지는 기간에도, 동생이 문 안으로 들어가던 때에도, 그리고 지금도 아무런 움직임 없이 서 있는 베스라온을 흔들어 볼 참이었다.

"다른 사람도 아니라 셀바토르 공녀님께서 들어갔는데, 너무 걸리네요. 저도 이렇게 걱정이 되는데 경은 동생이 얼마나 걱정될까요."

메데이아는 아무것도 모르는 척 웃으며 베스라온을 흔들 만한 말을 건넸다. 베스라온의 눈매가 움찔거렸다. 아까 공작과 똑같은 모습에 다시 즐거워졌다.

하지만 베스라온의 대답은 메데이아의 들뜬 기분을 가라앉혔다.

"걱정되지 않습니다."

"흐응. 셀바토르 경은 어린 동생이 걱정되지 않는군요."

메데이아의 말에도 베스라온의 목소리에는 흔들림이 없었다.

"걱정해야 할 만큼 약한 아이가 아니니까요. 그리고 제 동생은 아라벨라가 되기 위해 오랫동안 준비했으니, 무슨 일이 일어나도 현명하게 움직일 겁니다."

강한 신뢰가 느껴지는 목소리에 메데이아는 작게 웃었다. 그의 대답에서 걸리는 부분이 있었다.

"오랫동안 준비라……."

나도 오랫동안 준비했는데. 메데이아는 발끝을 까딱거렸다. 둘 다 오랫동안 준비했다면 누가 이기게 될까.

"최고 사제님과 아라벨라께서 나오십니다!"

문이 조금씩 열리는 것을 확인한 한 사제가 화색을 띠고 크게 외쳤다. 덕분에 두 사람의 대화는 끊기고 말았다.

조금 늦어진 탓에 걱정이 서렸던 관중들의 얼굴이 밝아졌다. 의식이 끝난 후에 축제를 즐기러 가자는 사람들의 목소리가 이곳저곳에서 들려왔다.

그런데 문이 열리다가 멈추었다.

"……?"

피스토레의 얼굴이 일그러졌다. 도대체 이게 무슨 일인지 알 수는 없었지만, 안 좋은 느낌이 몸을 타고 흘렀다. 그뿐만이 아니라 다른 사람들 역시 마찬가지였다. 문틈으로 새어 나오는 빛은, 피처럼 붉은빛을 띠고 있었다.

"여보!"

"어머니!"

갑작스러운 외침이 들려왔다. 셀바토르 공작은 자신을 부르는 두 사람을 뒤로하고 성큼성큼 제단 쪽으로 향하고 있었다. 이미 공작의 손은 허리춤에 매여 있는 자신의 검을 잡고 있었다.

"공작님!"

"셀바토르 공작!"

피스토레와 다른 귀족들도 놀라 외쳤지만 그녀는 걸음을 멈추지 않았다. 셀바토르 공작의 신경은 온통 저 안에 있을 자신의 딸에게 쏠려 있었다.

그 모습을 보며 메데이아는 웃었다. 거봐, 마음이 여리다니까. 친자식도 아닌 아이를 위해 저렇게 나서다니. 필요하다면 자기 자식도 버릴 줄 알아야 하는데.

메데이아는 문 쪽으로 다가가는 셀바토르 공작을 보며 작게 숨을 흘렸다.

"고, 공작님. 안 됩니다. 아직 의식이 끝나지 않았습니다."

문 앞에 서 있던 사제가 마지막으로 공작을 말렸다.

"의식이 끝났으니 문이 열리는 것이겠고, 문제가 생겼으니 문이 제대로 열리지 않는 게 아닌가. 아니면 그대는 저 붉은빛과 문이 열리다 만 이유를 설명할 수 있나?"

"그렇진 않지만 그래도 저희 신전 측에서 조사를 하겠습니다."

사제의 말에 공작이 얼굴을 일그러트렸다. 이래서 명예뿐인 놈들이란. 급한 것과 급하지 않은 것을 구분하지 못했다.

"저 안에는 내 딸이 있네."

그렇게 말하며 공작은 천천히 자신의 검을 뽑아 들었다.

"뭐 하시는 겁니까! 이 문이 어떤 문인데!"

사제가 셀바토르 공작의 팔에 매달렸다. 신앙심이 깊은 그는 어떻게 해서든 공작이 이 문을 부수지 못하도록 할 생각이었다.

그런데 사제의 생각과는 다르게 공작의 움직임에는 무리가 없었다. 공작은 가볍게 그를 들어 바닥으로 내려놓았다. 무게가 느껴지지 않는 동작에 당황한 사제는 공작을 말릴 생각조차 하지 못하고 입만 벙긋거렸다.

"그리고 나는 우리 딸을 다시 아프게 할 생각이 없거든."

그 말을 끝으로 공작이 검을 휘둘렀다. 마력을 한껏 머금은 검과 신성력으로 보호되고 있는 문이 부딪쳤다. 순간 강렬한 빛이 쏟아져 내렸다.

"안 돼! 500년이나 된 문이란 말입니다! 국보급, 아니 성물급이라고요!"

눈이 멀 것 같은 빛 속에서도 고함치는 사제의 목소리에 공작은 다시 검을 휘둘렀다. 500년 정도면 슬슬 새 문을 갈아 낄 때가 되지 않았는가.

다시 강렬한 빛이 쏟아지고 문의 일부분이 떨어져 나갔다. 생각보다 더 작게 뚫린 모습에 가볍게 혀를 차며 공작은 안으로 들어갔고 바로 문 앞에 쓰러진 자신의 딸을 안아 들었다.

"레슬리."

땀과 피로 범벅이 된 얼굴을 안쓰럽게 매만졌다. 계속해서 이름을 부르자, 레슬리가 천천히 눈을 떴다.

"어머니……. 죄송해요."

고통으로 일그러진 눈에서 눈물을 흘리며 레슬리가 말을 이었다.

"에피알테스가 사라지고 말았어요……."

그 말은 사실이었다. 긴 복도 안쪽에 있는 방에는 이미 져 버린 꽃들과 쓰러진 사람들만이 있을 뿐, 제자리를 지키고 있던 에피알테스는 사라진 지 오래였다.

"이런……."

자신의 어린 딸을 품에 안은 셀바토르 공작의 시선이 복도 안쪽을 향했다. 공작의 눈길은 쓰러진 최고 사제와 두 명의 성기사를 지나 에피알테스가 봉인되어 있어야 할 방에 닿았다. 그녀의 기억이 맞다면 빛나는 꽃들로 가득해야 했는데, 봉인의 방은 어두웠다.

공작의 얼굴이 일그러졌다. 에피알테스가 사라졌다는 걸 밖에 있는 자들이 알면 수도는 순식간에 혼란에 휩싸일 것이다. 그리고 메데이아가 노리는 것도 그것이겠지. 그런 소란을 틈타 에타이들이 손쉽게 스며들 테니까.

'일단 지금 상황을 넘겨야 하는데.'

하지만 어떻게? 셀바토르 공작이 미간을 좁히는데, 제 품에 안겨 있는 레슬리가 그녀의 옷깃을 잡아당겼다.

"어머니 망토를 빌려주세요……."

말하는 게 힘든지, 레슬리는 잠시 침을 삼키며 눈을 찡그렸다가 말을 이어 나갔다.

"지금 에피알테스가 사라졌다는 걸 모두가 알면 큰 혼란이 일어날 거예요."

혼란을 틈타 메데이아가 무슨 일을 벌일지 모른다며 레슬리가 힘겹게 몸을 일으켰다. 크게 비틀거리긴 했지만, 공작의 손을 잡고 이내 제

다리로 균형을 잡았다.

레슬리는 자신의 새하얗게 질린 얼굴과 피가 묻은 의식복만 아니라면 현 상황을 잘 넘길 수 있다고 생각한 듯 보였다.

"어머니는 모든 게 다 괜찮다고 이야기해 주세요. 어머니가 말하면 누구도 그 사실을 의심하지 않을 테니까……."

점점 약해지는 목소리였지만 레슬리는 흔들림 없이 제 의견을 말했다.

셀바토르다운 모습이지 않은가. 레슬리의 모습에 옅게 미소 지은 공작은 말없이 자신의 망토 핀을 풀었다. 하지만 레슬리에게 망토를 건네주지는 않았다.

"아무래도 망토는 사제님께서 더 필요하신 듯하군요."

손을 뻗은 곳에는 레슬리보다 더 하얗게 질린 최고 사제가 서 있었다. 언제 눈을 뜬 것인지, 소리 없이 두 사람에게 다가온 최고 사제의 손이 희미하게 빛나고 있었다.

"자신의 신력으로는 치료가 힘들 텐데……. 생각보다 빨리 피가 멈추는군요."

공작이 망토를 건네며 말하자 최고 사제는 힘겹게 미소를 유지하며 고개를 끄덕였다.

"사실 누군가가 저희를 노리고 있는 건 알고 있었습니다. 그래서 여러 가지 방도를 준비해 놓았지요. 이것도 나름 준비해 둔 겁니다."

그렇게 말하며 사제복 밑에 감춰진, 쇠사슬로 만들어진 방어구를 보여 주었다.

"신전에서 내려오는 건데 검도 잘 막아 내고, 자연 치유력을 높여주지요. 그래도…… 배신을 막아 내지는 못했지만요."

늙은 사제는 고개를 돌려 쓰러진 두 성기사를 바라보았다. 그의 눈에는 후회와 참혹함이 서려 있었다.

“에타이 이야기를 들어서 준비해 뒀었습니다. 두 사람을 직전에 바꾼 것도 나름의 획책이었습니다만…… 씁쓸하군요. 설마 내부에서 이런 일이 벌어질 줄 몰랐습니다.”

“저도 낯이 익은 사람입니다.”

공작의 말에 사제가 고개를 끄덕였다.

“두 사람 다 어린아이였을 때부터 제가 키우다시피 했습니다. 늙어서 눈이 침침해졌나 봅니다. 허허. 이런 걸 알아차리지 못하다니…….”

사제는 애써 웃었다. 하지만 그의 주름진 눈가는 젖어 있었다.

“신께서 잘못된 자식에게는 벌을 주시겠지요.”

공작의 말에 사제는 눈물진 얼굴로 고개를 끄덕였다.

“그렇겠지요. 신께서 그리해 주시겠지요. 공녀께는 죄송하지만, 이 망토는 제가 빌리도록 하겠습니다.”

그렇게 이야기하며 최고 사제는 망토를 받아 들었다. 짙은 암녹색 망토가 피로 물든 사제복을 가려 주었다.

“공녀님, 이 늙은이를 위해 손을 빌려줄 수 있을까요?”

레슬리는 최고 사제가 자신을 지탱할 수 있도록 팔을 걸치고는 그 옆에 섰고 잠시 힘을 달라는 듯 공작을 바라보고 앞으로 나섰다.

“나오신다!”

공작이 문을 부수고 안으로 들어가자 수군거리던 사람들이, 최고 사제와 아라벨라가 나오자 크게 소리쳤다. 그리고 이내 경악했다. 공작의 망토를 입고 나오는 최고 사제와 피투성이가 된 아라벨라의 모습은 심상치 않아 보였다.

가장 중요한 의식이 망쳐졌다는 수군거림이 퍼지기 시작했다. 호기심과 경악, 공포가 사람들 사이에 퍼졌고, 심지어 사제들과 성기사들까지 눈에 띄게 동요하기 시작했다. 흉흉한 분위기가 조금씩 사람들을 감싸기 시작했다.

그 모습을 보며 메데이아는 옅게 웃음 지었다.

잠시 광장에 모인 사람들을 둘러보다 최고 사제가 허리를 펴며 자세를 바로잡았다. 어느새 그는 레슬리에게 기대지 않고 자신의 힘으로 서서 사람들을 내려다보았다.

"습격이 있었습니다."

나지막한 최고 사제의 목소리는 더 졸리지도, 나른하지도 않았다. 그의 목소리에는 사람들을 진정시키는 힘이 담겨 있었다.

"신을 믿지 않는 불손한 자가 의식 도중 저와 아라벨라를 습격했습니다."

웅성거림이 다시 커졌다. 자신의 아이를 끌어안는 사람, 겁에 질려 품에 안기는 아이, 벌써 몸을 일으켜 문 쪽으로 달려가려는 사람도 있었다.

축복의 날 의식은 르카디우스 제국에서 가장 중요한 의식이었다. 이날을 위해 거의 8년에 걸쳐 아라벨라와 최초의 사제들을 선발했고, 의식을 준비했다. 그런 의식 도중 최고 사제와 아라벨라가 습격당했다는 것은 큰 충격이었다.

사람들의 웅성거림이 커지자 최고 사제가 느긋하게 웃었다. 어딘가 여유가 넘치는 웃음이었다.

"하지만 그들은 목적을 달성하지 못했습니다. 그들은 이 늙은이 하나도 이겨 내지 못하고 도망을 쳤습니다. 내일쯤 신의 곁으로 갈 이 늙은이를 말입니다."

최고 사제가 자신만만하게 그리고 조금은 농담을 삼아 말을 잇자, 사람들의 웅성거림이 조금씩 잦아들었다.

"이렇게 아라벨라도 무사하고, 에피알테스의 봉인 역시 흔들림이 없습니다."

최고 사제가 레슬리를 바라보자 레슬리 역시 괜찮다는 듯 고개를 끄덕였다. 사람들은 아까보다 더욱 진정했고, 그건 귀족들 역시 마찬가지였다.

피스토레는 이를 갈았다.

'메데이아, 결국!'

다른 이들도 아닌 제국의 태후인 그녀가 이런 일을 벌였다.

'나를 노리는 줄 알았는데 제국을 무너트릴 생각이었나?'

자신을 노려보는 피스토레의 얼굴을 보고 메데이아는 웃음을 머금었다. 그녀의 얼굴은 마치 첫사랑에 빠진 사람처럼 옅은 홍조가 서려 있었다.

"예전에도 이런 일이 있었습니다. 아주 오래전의 일이지요. 그리고 그들의 끝을 여러분은 기억하실 겁니다!"

단 한 번이긴 했지만, 비슷한 선례가 있었다. 제국에 혼란을 가져오기 위해, 타국인이 의식 도중 최고 사제와 아라벨라를 습격했었다. 그리고 그 끝은 습격을 주도했던 나라의 멸망이었다.

"저들은 원하는 것을 얻지 못했고, 우리는 다시 그 끝을 새겨 줄 준비가 끝났습니다."

늙은 사제는 다시 온화하게 웃었다. 하지만 아까처럼 따스함보다는 어딘가 서늘함이 느껴지는 미소였다.

"약간의 소란이 있었지만 부디 얼마 남지 않은 축제를 계속 즐겨 주시기 바랍니다. 축제의 끝은 그들이 신께 돌아가는 뒷모습으로 장식될 테니까요."

피가 묻은 듯 보이지만 크게 다치지 않은 듯 보이는 사제와 아라벨라, 그리고 제대로 잠든 에피알테스. 거기에 최고 사제의 연설이 더해지며 사람들의 소란은 가라앉았다. 평소처럼 최초 사제들이 천천히 빠져나가자 사람들 역시 평소와 다름없이 이야기를 주고받기 시작했다.

그렇지만 그 자리에 있는 황제, 황후, 공작, 레슬리도 모두가 알고 있었다. 이건 일시적으로 불안을 눌러둔 것이었다. 그 잠시 사이에 에피알테스를 찾고 범인을 잡지 않는다면 제국은 곧 혼돈에 휩싸일 것이다.
레슬리는 입술을 깨물며 눈을 찡그렸다.

⚜

"최고 사제님께서 의식 중 습격을 당하셨다니요!"
격노한 음성이 회의장을 가득 메웠다. 여태 스페라도 후작가에 밀려 있다가 최근 간신히 빛을 보고 있는 모테리우스 후작의 목소리였다. 모테리우스 후작이 소리칠 때마다 눈가가 움찔거렸다.
"가장 중요한 의식이었습니다. 그런 의식 도중 이런 참극이 벌어지다니, 이건 국가적 재앙입니다!"
그 소리에 대답하는 사람은 아무도 없었다. 피스토레는 의자에 앉아 깊게 한숨을 흘렸고, 셀바토르 공작은 침묵했으며, 아이테라 대공은 자신의 안경을 달싹였을 뿐이었다. 다른 귀족의 가주들은 얼굴을 굳힌 채 서로의 눈치만을 보았을 뿐이었다.
모두가 이렇다 할 답을 내놓지 못했다. 의식 도중 최고 사제와 아라벨라를 습격할 거라는 걸 누가 어떻게 알았겠는가. 다행히도 정신을 차린 최고 사제가 그 상황을 무마했으나 평화는 길지 않을 것이다.
실제로 아라벨라와 최고 사제는 연설이 끝나자마자 쓰러졌다. 황제는 의식이 끝나자마자 즉시 회의를 소집했고, 지금 이 상황이 되었다.
셀바토르 공작은 말없이 커다란 회의 테이블을 손으로 톡톡 두드렸다. 간혹 다른 손으로는 머리를 쓸어 올리고는 했는데, 그 행동이 공작의 기분이 안 좋을 때 나오는 습관이라는 걸 아는 이들은 침을 삼키며 침묵했다.
"거기다 주변에서 두 사제의 시체를 발견했다고 하지 않았습니까!

일단 셀바토르 공녀께서 붙잡은 두 사람을 조사해야 할 것입니다! 어떻게 신전에서 사제들의 얼굴을 훔쳤는지도, 의식에 참여했는지도 전부 다요!"

쾅! 후작은 거칠게 테이블을 내리치며 분노로 몸을 잘게 떨었다. 비록 두 성기사는 어둠이 아닌 다른 이유로 숨을 거두었지만, 사제의 거죽을 뒤집어쓴 해리언과 밀튼은 살아 있었다. 살아는 있었다.

"아직 그들은 깨어나지 못한 겁니까?"

모테리우스 후작은 한 여자를 바라보았다. 긴 머리를 하나로 묶고 붉은 제복을 단정하게 차려입은 여자는 황실의 방패라 불리는 페리시울 기사단의 기사단장이었다. 베스라온이 황족을 지킬 때, 황궁을 지키고 있던 그녀는 미간을 좁히며 작게 한숨 쉬었다.

"네, 그렇습니다. 거기다 두 사람 다 마치 화상을 입은 것처럼 얼굴이 일그러져 신원을 파악하기 힘듭니다. 도대체 뭐에 그렇게 당한 것인지……."

"그렇다면 신전에서는 뭐라고 했습니까!"

"테센트루아 성기사단에서는 렌티우스 경이 바로 조사에 나섰습니다. 배신한 두 사람의 흔적을 통해 최근 접촉한 모든 사람을 찾아내고 있다더군요."

그 뒤로 그녀는 뭔가를 더 말했지만, 공작과 황제의 귀에 들린 것은 사제로 속인 두 사람의 상태였다. 마치 화상을 입은 듯 일그러진 얼굴과 부풀어 오른 신체는 그들의 신원은커녕 나이대도 알 수가 없게 만들었다. 살아는 있었지만, 언제 숨을 거둘지 모르는 상황이었다.

병도 무엇도 알 수 없는 증세. 공작은 뭔가를 작게 중얼거렸지만 그걸 들은 사람은 없었다.

회의는 계속 진행되었지만 이렇다 할 답을 내놓지 못한 채로 시간만 잡아먹었고, 그대로 끝을 맺었다. 오랜 회의로 지친 고위 귀족들이 하나둘씩 자리를 떠났다.

밖에서는 축제의 마지막 날을 기념하며 불꽃놀이가 검은 밤하늘에 퍼지고 있었지만, 회의장 안은 침묵으로 가득했다.

"그럼 일단 저도 가 보겠습니다, 황제 폐하. 조금의 단서라도 발견이 된다면 바로 황궁으로 달려오겠습니다."

마지막까지 셀바토르 공작, 황제와 함께 남아 있던 아이테라 대공이 몸을 일으켰다.

"……동생."

지친 얼굴의 피스토레가 시선만 들어 아이테라 대공을 불렀다.

"네, 형님."

"동생은 이 사태가 도대체 어떻게 생겨난 것인지, 또 최고 사제와 아라벨라를 노린 범인은 누구인지 짐작 가는 바가 있나?"

"아니요."

한 치의 망설임도 없이 아이테라 대공이 대답을 내놓았다. 그의 황금빛 시선은 흔들림 없이 피스토레의 눈을 바라보고 있었다.

"회의 중에도 계속 말씀드렸지만, 저는 이 사태의 배후를 짐작하기 어렵습니다, 형님. 이만한 일을 벌이려면 굉장한 힘이 있어야 할 텐데 그럴 만한 인물이……."

황금빛 시선이 안경 너머로 회의장에 남은 사람을 훑었다. 당연히 그의 형인 피스토레 황제는 아니었다.

"몇 없긴 하지요."

공작이 시선을 맞추자 아이테라 대공은 언제 자신이 그랬냐는 듯 웃으며 다시 황제에게 시선을 돌렸다.

"……그렇군. 현명한 동생도 이번 일은 무리인 건가."

깊게 숨을 내쉬며 황제는 고개를 끄덕였다. 이만 가 봐도 좋다는 허락에 아이테라 대공은 고개를 한 번 숙인 후 회의장을 빠져나갔다. 문이 닫히는 소리가 들리고 충분히 발소리가 멀어지자, 피스토레가 홀로 남은 공작을 나지막이 불렀다.

"셀바토르."

"이미 베스에게 말해 우리 쪽에서 붙여 놓은 감시자들을 확인하라고 했지만……."

공작이 말을 흐리자 피스토레가 눈을 질끈 감았다. 이럴 줄 알고 미리 붙여 둔 감시자들의 상황이 좋지 않은 모양이었다. 아마도 땅 깊은 곳이나 물속에 누워 있겠지.

"두 사람 모두?"

그 물음에 공작은 고개를 끄덕였다.

"에피알테스는 도대체 어디로 간 거지?"

"그걸 모르겠단 말이지."

에피알테스가 들어 있는 상자가 감쪽같이 사라졌다.

"어떻게 그 복도를 통과했지? 에피알테스를 봉인하는 게 한두 가지가 아닌데 그걸 어떻게……."

신이 봉인하고, 전설이 되어 모든 사람의 기억 속에 그저 하나의 이야기로 자리 잡힐 때까지 에피알테스가 움직인 적은 없었다. 그런데 그게 순식간에 사라지다니. 마치 자석에 이끌리기라도 한 것처럼 사라져 버렸다.

"휴, 의식이 끝난 후에 콘스텐을 황태자로 소개하려 했는데 그것마저 무산이 되어 버렸어. 책봉식은 뒤로 미뤄야겠지……."

피스토레가 신경질적으로 머리를 긁으며 이를 갈았다. 그의 눈가에 새겨진 주름이 더욱 깊어졌다.

그때 노크 소리가 들려왔다. 두 사람의 시선이 자연스레 문 쪽으로 향했다.

"실례합니다."

환한 웃음과 함께 들어온 사람은 제나였다. 아무리 셀바토르 공작가의 집사며 황제와도 안면이 있는 사이라지만, 그녀가 들어올 만한 자리가 아님에도 제나의 걸음걸이에는 거침이 없었다.

"오랜만에 뵙습니다, 황제 폐하. 제가 이렇게 무례를 저지른 이유는."

전혀 무례를 저질렀다고 생각하는 얼굴이 아니었다. 과연 셀바토르 공작가의 집사답다며 피스토레가 익숙하게 말을 흘렸다. 그 말을 가볍게 무시하며 제나는 환하게 웃었다. 그녀의 단발이 살짝 흔들렸다.

"에피알테스를 찾았습니다."

-19-

"우리 딸!"

스페라도 후작 부인은 늦은 밤 저택으로 돌아온 엘리를 끌어안았다.

갑작스러운 방문이었다. 엘리는 품에 무언가를 소중히 안고서, 4년간 단 한 번도 발길을 하지 않았던 스페라도 후작가의 문을 두드렸다.

후작 부인은 순간적으로 얼굴을 굳힐 뻔했지만, 엘리를 따라온 이피엘과 건장한 남자들을 보자마자 그대로 엘리를 안으며 눈물로 딸을 맞이했다.

자연스럽게 딸을 안은 그녀의 라일락빛 눈에 가득 눈물이 고였다. 엘리 역시 그녀의 품에 안겨 환하게 웃음을 머금었다. 녹음이 가득한 엘리의 눈에도 눈물이 맺혀 뺨을 타고 흘렀다.

"어머니, 보고 싶었어요! 그간 얼마나 어머니가 그리웠는지 아무도 모를 거예요. 아아, 어머니! 어머니!"

겉보기에는 감격스러운 모녀 상봉이었다. 하지만 엘리를 따라온 이피엘은 속으로 코웃음을 쳤다.

후작 부인이 수도로 올라온 지 한참이 지났다. 보려 했으면 얼마든지 볼 수 있었지만, 엘리는 그간 후작 부인을 보기 거부했었다. 그래 놓고서는 지금 저런 모습이라니.

저도 모르게 웃음이 새어 나올 뻔했지만, 이피엘은 노련한 시녀답게 웃음을 감추고 눈물을 흘렸다.

"아아! 내 사랑스러운 딸! 우리 아가, 엘리! 그간 얼마나 고생이 많았니. 내가 옆에서 너를 지켜 줬어야 했는데……. 이 연약한 몸이…… 도와주질 않았지. 하지만 믿어 주렴, 엘리. 이 엄마는 마음만큼은 쭉 너와 함께 있었단다."

아아, 그래. 이쪽도 만만치 않았지. 후작이 귀족 재판으로 무너지자마자 바로 남편과 엘리를 버리고 친정으로 도망간 사람이 후작 부인이었다. 도대체 이 가족이란.

결국, 이피엘은 작게 혀를 찼다. 도망간 셀바토르 공녀를 빼고는 정말 상종하고 싶지 않은 가족이었다. 물론, 그래서 더욱 적격이었고.

"애틋한 모녀지간이네요."

이피엘은 이번에는 감정을 숨기지 않았다. 진심을 담아 환하게 웃었다. 해석은 알아서 하겠지.

"그렇죠, 우리 아가와 나는 완벽한 사이죠."

"맞아요, 어머니."

역시나 알아서 제 귀에 맞게 해석한 후작 부인과 엘리가 웃자, 이피엘 뒤에 서 있던 남자가 감동한 듯 눈물을 훌쩍였다. 두 사람 다 아름다운 미모라 겉으로 보기에는 꽤나 그럴싸한 재회 장면이었다.

정신 차리라는 의미로 남자의 발을 지그시 밟아 준 이피엘은 허리를 숙였다.

"태후 폐하께서는 당분간 엘리 양이 스페라도 후작가에 머무르시길 바라고 있습니다."

"어머나. 황실이 아니라 이 저택에 말인가요?"

후작 부인이 놀라 눈을 동그랗게 뜨자, 이피엘이 고개를 끄덕이며 메데이아의 편지를 부인에게 내밀었다.

"편지에 쓰여 있긴 하지만, 이번에 스페라도 아가씨께서는 최초의 사제가 되기 위해 엄청난 노력을 하셨습니다. 그 어렵고 고된 시험을 두 개나 통과하셨으니까요."

이피엘의 말에 엘리가 눈물을 훔치며 고개를 끄덕였다.

"정말 열심히 했어요. 신께서도 저를 어여쁘게 봐 주실 거랍니다. 어머니께도 자랑하고 싶은 걸 꾹 참았어요!"

엘리는 뿌듯하게 말을 보탰다. 그녀의 의기양양한 얼굴과 태도만 보면 그녀 혼자 제국을 구한 듯 보였다.

이피엘은 고개를 끄덕였다. 그녀의 입 끝에 의미가 모호한 미소가 걸렸다.

"그간 아가씨는 그 일을 위해 쉼 없이 달려오셨고, 많이 지치셨지요. 그래서 태후 폐하께서는 지금 스페라도 아가씨께 필요한 것은 휴식이라 판단하셨습니다."

이피엘의 말에 후작 부인은 눈물을 글썽이며 제 딸을 꼭 끌어안았다. 얼굴이 반쪽이 됐다며 뺨을 쓸어 주는 것도 잊지 않았다.

"거기다 안 좋은 일로 황실이 당분간 흉흉할 테니, 편안하고 안전하며, 사랑을 주는 가족들이 있는 저택에서 쉬는 것이 좋을 거라 말씀하셨습니다."

"그렇군요. 태후 폐하께서 우리 엘리를 아끼시는 게 눈에 보여 너무도 행복합니다."

후작 부인은 편지를 꼭 쥐고 고맙다며 이피엘의 손을 잡았다.

"아가씨의 노력은 모두가 알고 있습니다. 거기다 더없이 귀하신 분이니 신경을 쓰는 것이 당연합니다."

이피엘은 눈을 휘며 웃었다.

그녀의 주인인 메데이아에게 있어서 엘리는 더없이 귀한 것이었다. 아렌도의 약혼녀로서가 아니라 에피알테스의 걸쇠를 풀기 위한 제물이었지만, 그걸 알지 못하는 엘리는 제멋대로 이피엘의 말을 해석하며 환하게 웃었다.

"메데이아 태후 폐하께서 작은 성의와 함께 저택을 지킬 이들을 보내 주셨습니다."

이피엘이 손짓하자 건장한 남자들이 갖은 상자를 들고 들어왔다.

"부인께서도 한동안 수도를 떠나 계셨으니, 최근 드레스가 부족할 거라고 생각하셨습니다."

상자에는 화려한 보석과 드레스들이 가득 담겨 있었다. 눈을 빛내며 다이아몬드가 가득 박힌 목걸이를 집어 드는 후작 부인의 귓가에 이피엘이 낮게 속삭였다.

"그리고 부군께도 안부 인사를 전해 달라 하셨습니다."

그 말에 부인의 얼굴이 굳었다. 하지만 살짝 고개를 숙이고 있는 데다가 길게 늘어트린 머리카락 덕분에 이피엘은 후작 부인의 얼굴을 제대로 보지 못했다.

"……그이는 잘 지내고 있답니다."

"그거 다행이로군요. 소중한 분이니, 저희가 부를 때까지 잘 부탁드리겠습니다."

"언제까지 제가…… 그이와 함께 있어야 할까요? 아! 물론 싫다는 건 아니에요. 내 남편이니까요! 하지만 아무래도 그이는 지금 쫓기는 몸이다 보니……."

"글쎄요, 시간이 조금 걸릴 것 같습니다. 하지만 뭐, 데리고 계셔야지요. 남편이시지 않습니까?"

이피엘의 말을 들으며 스페라도 후작 부인은 손톱을 세워 제 손등을 긁었다.

그녀의 눈에는 다이아몬드니, 화려한 드레스니 하는 것들이 더는 들어오지 않았다. 이런 게 중요하긴 했지만, 자신에게 더 중요한 것은 사회적 평판과 안정적인 삶을 살 수 있는 막대한 자금이었다. 그걸 위해 스페라도 후작과 결혼한 것이 아니었던가.

'이깟 것들보다 더 많은 걸 셀바토르 공작이 해 주겠지.'

스페라도 후작 부인은 저택에서 셀바토르 공작을 만났던 때를 생각하며 웃었다. 그녀는 분명 골치 아픈 남편도 지저분한 소문들도 그리고 막대한 빚도 자신의 인생에서 지워 줄 것이다.

소문으로 들었던 셀바토르 공작가의 자산이 얼마나 되었지? 수도를 전부 사도 부족함이 없었다고 했었지. 순식간에 계산을 끝낸 후작 부인은 고개를 들고 환하게 웃었다.

"그렇죠. 부디 메데이아 태후 폐하께 평생 갚아도 못 갚을 만한 큰 은혜를 입었다고 말을 전해 주세요."

스페라도 후작 부인의 말에 이피엘이 만족스럽게 웃었다. 그러고는 손짓으로 사용인들을 불러 상자를 정리하게 시켰다.

한 하녀가 엘리에게 다가가 손을 뻗었다.

"아가씨, 제가 방까지 짐을 옮겨다 드리겠습니다."

엘리가 들고 있는 짐을 달라는 소리였다. 귀족가의 아가씨가 저런 짐을 들고 다니는 건 옳지 못한 일이니까.

그런데 엘리의 반응이 이상했다.

"됐어! 이건 내가 들고 갈 테니까 말이야."

거칠게 하녀의 손을 쳐 낸 엘리는 비단으로 만들어진 가방을 소중히 안아 들었다.

"어머니, 그럼 제가 원래 쓰던 방으로 가면 될까요?"

"으응? 아아, 그 방은 지금 청소 상태가 흡족지 못하니 일단 내 방을 쓰렴. 예전부터 그 방을 사용하고 싶어 했지? 가장 커다란 창이 있는 동쪽 방 말이다."

후작 부인이 예전부터 사용하던 방이었고, 엘리가 탐내던 방 중의 하나였다. 자신에게 그 방을 내어 준다는 말에 엘리가 화사하게 웃으며 걸음을 옮겼다. 후작 부인 역시 엘리 옆에서 걸음을 옮겼다. 층을 올라 이피엘이 보이지 않게 되자, 후작 부인은 슬그머니 엘리의 품 안에 안겨 있는 가방을 내려다보며 말을 이었다.

"엘리, 내 사랑스러운 딸. 무겁지는 않니?"

"전혀요! 작은 상자인 데다가 안에 든 게 가벼워서 전혀 무겁지 않아요, 어머니."

엘리는 보란 듯 가방을 흔들었다. 확실히 그녀 말대로 가벼워 보였고, 아무런 소리도 들리지 않았다.

'가방 안에 상자가 있다더니, 상자 안에는 아무것도 없는 건가?'

그러면 가방에 굳이 들고 다닐 이유가 없을 텐데. 잠시 엘리를 바라보다 후작 부인은 미소 지었다.

"그래, 가벼워 보이는구나. 하지만 나는 우리 딸 팔이 아플까 봐 걱정된단다. 하녀에게 맡기는 건 어떠니?"

예전에 엘리를 진심으로 사랑했을 때의 행동과 말을 그대로 하며 엘리의 뺨을 쓸자, 엘리가 눈을 휘며 웃었다. 엘리는 지금 자신의 어머니를 의심하지 못하고 있었다.

"괜찮아요. 이건 정말, 정말 중요한 거라 제가 품에서 내려놓으면 안 된다고 하셨어요."

"품에서 내려놓으면 안 된다고? 뭐가 들었길래 우리 딸이 그럴까. 황실에서만 내려온다는 귀한 보석일까?"

"후후, 어머니도! 겨우 보석 따위를 제가 이렇게 소중히 할 리가 없잖아요. 저는 이제 곧 아렌도 황자님과 결혼해 황후가 될 몸인데."

엘리는 한껏 우쭐거리면서 제 품에 있는 가방을 조심스레 손으로 쓸었다.

"이건 저를 황후로 만들어 줄 귀한 물건이에요."

엘리의 말에 스페라도 후작 부인은 더 묻지 않았다. 그저 그렇구나, 고개를 끄덕이며 제 딸의 머리카락을 쓰다듬었을 뿐. 이미 셀바토르 공작가로 보낼 편지 내용은 완성되었으니까.

"자, 이 방이란다. 좀 더 꾸며야 할 테니, 축제가 끝나면 가구와 커튼을 보러 가자꾸나. 벽지도 새로 바르는 게 좋겠지."

"좋아요! 황실에서 쓰는 것보단 못하겠지만, 그런 거라도 사야겠어요, 어머니."

두 사람과 그녀들을 따라온 하녀가 방 안으로 들어갔다. 밑층에서 상자를 옮기며 들리는 왁자지껄한 소리만 남아 복도에 흘렀다.

"상자."

누군가가 모습을 드러냈다. 헝클어진 밀색 머리, 죽은 듯 흐리멍덩해진 푸른 눈, 스페라도 후작이었다.

"황후로 만들 귀한 물건……."

스페라도 후작의 눈에는 이성이 사라지고 없었다. 아니, 아주 오래전부터 사라졌던 걸지도 몰랐다.

복도 모퉁이에서 모습을 드러낸 후작은 비틀거리는 걸음걸이로 방 근처로 걸어갔다.

"못된 것들……. 감히 가주인 내가 이렇게 힘든데, 나를, 나를, 나를! 배신하고……!"

쿨럭! 마른기침이 복도에 쏟아져 내렸다. 버티기 힘든지 후작의 마른 몸이 앞으로 기울었다.

"후……. 후욱……."

숨을 한 차례 들이켠 후작이 이를 보이며 히죽 웃었다. 누군가 봤으면 저절로 뒷걸음질을 쳤을 법한 오싹한 미소였다.

"남편을 배신한 아내와 아버지를 존경하지 않는 두 딸에게는 벌이 필요하겠지."

후작은 제 손에 들린 붉은 마법석을 보며 히죽 웃었다. 전 스페라도 후작이 비상용으로 숨겨 둔 마법석은 다행히도 제 자리를 지키고 있었다.

부인과 엘리, 그리고 레슬리가 제 발밑에 무릎을 꿇고 울며 비는 모습을 상상하니 기분이 한결 나아졌다.

"그래…… 훈육. 제대로 된 훈육이 필요하지. 조금 과격하더라도 가족을 가르쳐 제대로 이끄는 게 바로 가주의 몫이지."

간신히 찾아낸 이 값비싼 마법석을 써서라도 어리석은 아내와 두 딸을 교육해 줘야 한다. 그렇게 중얼거리며 스페라도 후작은 손을 꽉 쥐었다.

거기에 엘리가 말하는 저 상자까지 합치면 분명 셋 다 제 밑에서 엉엉 울겠지. 지금 가장 콧대가 높아진 건 엘리였으니까.

"레슬리 그녀은 천천히 하도록 하고……."

후작은 웃으며 모퉁이 뒤 어둠 속으로 사라졌다.

어두워.

레슬리는 눈을 깜빡였다. 사방이 어둠으로 가득 차 있고, 자신은 알 수 없는 곳에 주저앉아 있었다.

상처투성이에 바짝 말라 뼈마디가 튀어나온 손을 내려다보았다. 손톱 끝은 깨지고, 손은 거칠거칠했다.

레슬리는 잠시 자신의 손을 내려다보며 눈을 깜빡였다. 어떻게 됐더라. 분명 최고 사제님과 함께 끝까지 서 있던 걸 기억했다. 그런데 그 뒤는 기억이 나지 않았다. 그대로 기절한 걸까.

'그럴 만했지.'

피범벅이 된 상황에서 신력을 가진 두 성기사를 공격하고 나니 몸에 제대로 힘이 들어가지 않았다. 눈앞에 가물가물한 와중에 사제들은 신경 쓰였던 두 사람이었다. 자신이 수습할 수 없는 일들이 연이어 일어났었다.

그때 자신을 구하러 와 준 어머니는 얼마나 멋있었던가. 그 모습을 보고 어떻게든 굳어 버린 다리를 움직여 그 상황을 무마할 수 있었다.

잠시 키득거리다 레슬리는 주변을 둘러보았다. 그나저나 여기는 어디인 걸까.

어? 레슬리는 눈을 깜빡였다. 어둠이가 자신을 바라보고 있었다. 자신의 눈 색을 닮은 라일락빛 리본을 매고 눈을 깜빡이더니 인사를 했다.

「안녕!」

"어어……?"

움직이는 건 알았다. 늘 자신의 발치에 숨어 있던 어둠이는 토끼 인형을 툭툭 건드리며 놀았으니까.

그런데 말까지 하다니?

「안녕!」

레슬리가 대답이 없자, 어둠이가 더 크게 대답하더니 손까지 흔들며 윙크까지 해 주었다.

"아, 안녕."

레슬리가 주저앉은 채로 손을 흔들어 주자, 작게 키득거린 어둠이가 통통 뛰는 발걸음으로 다가와 레슬리의 무릎 위에서 시선을 맞췄다. 올라오기 힘든지 낑낑거리며 간신히 올라왔는데, 그때마다 레슬리의 낡은 옷이 바스락거렸다.

레슬리가 눈을 깜빡였다. 그러자 어둠이가 동그란 눈을 똑같이 깜빡거렸다.

어떻게 움직이고 말하는 걸까. 거기에 윙크까지. 레슬리가 그런 생각에 빠져 있는데 갑자기 어둠이가 동그란 손을 번쩍 들었다. 그리고 레슬리의 이마에 팔을 가져다 대었다.

「너는 잘하고 있어.」

"……?"

「정말이야, 우리는 네가 정말 자랑스러워!」

"우리?"

「그래, 우리.」

거기까지 말한 어둠이가 다시 키득거리며 레슬리를 꼭 끌어안았다. 비록 토끼 인형의 모습이라 레슬리의 목에 매달린 꼴이 되었지만, 어쩐지 커다란 사람에게 안긴 것처럼 포근하게 느껴졌다.

「레슬리.」

자신의 이름을 부르는데, 어쩐지 눈물이 날 것 같았다. 왜 이럴까. 레슬리는 급하게 손등으로 눈물을 훔쳐 내었다.

어둠이는 이해한다는 듯 짧은 팔을 움직여 레슬리의 목 뒤를 토닥였다. 아마도 등을 토닥여 주고 싶었던 모양이었지만, 팔이 짧아 등까지 닿지 못했다.

「이번 일은 반드시 일어났어야 할 일이야. 그러니 네가 너무 마음 아파하지 않았으면 좋겠어.」

거기까지 말한 어둠이가 다시 몸을 떼 레슬리와 시선을 맞췄다.

「그리고 행복해졌으면 좋겠어. 너는 너무 비정상적으로 거기에 몰두하고 있는걸. 우리는 네가 걱정돼, 레슬리.」

그 말을 듣자마자 모래를 씹은 듯 레슬리의 입안이 까끌까끌해졌다.

"하지만 나는……."

천 년이란 긴 세월 동안 얼마나 많은 아이가 그 불구덩이 속에 던져졌을까. 티끌보다도 더 작은 힘들이 모여 자신을 구해 낸 걸 보면 생각보다도 더 많을지 몰랐다. 그렇게 살아난 게 자신인데…….

「저리 가라, 부정적인 생각!」

어둠이가 다시 팔을 휘둘러 레슬리의 이마를 쳤다. 솜으로 가득한 팔이라 전혀 아프지는 않았지만, 어안이 벙벙해져 방금까지 몰려오던 부정적인 마음이 한발 뒤로 물러났다.

「힘들겠지만, 그것까지 몰아내야 해. 그게 마지막 관문이야. 져서는 안 돼. 알았지? 너를 사랑해 줄 가족을 간신히 만났잖아.」

레슬리가 천천히 고개를 끄덕이자 어둠이가 동그란 눈으로 윙크를 보내더니 의미심장한 말을 던졌다.

「비록 우리가 너를 아프게 할지는 몰라도, 우리는 네 편이야.」

자신을 아프게 한다니 그건 무슨 소리일까. 묻고 싶은데 목소리가 나오지 않았다.

레슬리의 손끝과 발끝부터 환한 빛이 감싸고 있었다. 어디선가 느껴 본 듯한 따스한 빛을 보자마자 어둠이가 고개를 끄덕였다.

「이제 갈 시간이구나.」

레슬리의 무릎에서 폴짝 뛰어 내려온 어둠이가 손을 흔들었다. 커다란 귀가 손과 함께 흔들렸다.

「그럼 안녕! 여기는 자주 오면 안 돼!」

어둠이의 윙크와 인사를 끝으로 레슬리는 완전히 어둠에 먹혔다.

"……!"

레슬리는 가쁜 숨을 몰아쉬었다. 눈을 뜨니 자신의 침대 위였다. 폭신한 베개와 부드러운 이불의 감촉이 느껴졌다.

자신도 모르게 손을 뻗어 살펴보았다. 적당히 살이 오르고 상처 없는 보기 좋은 하얀 손, 자신의 손이었다. 손톱도 잘 다듬어져 있었고, 매일 마델이 신경 써서 장미 크림을 발라 줘, 손이 보드라웠다. 아까와는 전혀 다른 손이었다.

방금 그건 꿈이었을까. 꿈이라면 왜 그런 꿈을 꿨을까.

"레슬리 양?"

갑자기 그림자가 드리웠다. 자신의 침대 옆에 앉은 사람을 보고 레슬리가 놀라 눈을 몸을 벌떡 일으켰다.

"으읏……."

그리고 머리가 핑 돌았다. 갑자기 몸을 일으킨 탓이었다.

"조심하세요."

편한 옷을 입은 콘라드가 레슬리가 천천히 침대 헤드에 기댈 수 있게 도왔다.

"갑자기 몸을 일으키면 두통이 생길 수 있어요. 목이 마르시지요?"

쿠션을 깔아 편히 몸을 기대게 한 후 콘라드는 바로 물 한 컵을 따라 레슬리에게 건넸다.

레슬리는 물컵을 받아 들고 머뭇거리며 콘라드를 바라보았다. 목이 마르긴 했지만, 그보단 왜 콘라드가 여기에 있는지가 궁금했다.

"혹시 어디까지 기억하십니까?"

레슬리의 생각을 읽은 듯 콘라드가 다시 침대 옆 의자에 앉으며 말을 걸었다.

"그…… 최고 사제님께서 끝을 보시겠다고 한 것까지는 기억이 나요."

물을 한 모금 마시며 눈을 이리저리 굴리고 대답했다. 그러자 콘라드가 고개를 끄덕였다.

"그 뒤에 레슬리 양은 대기실까지 돌아오신 후 쓰러지셨습니다."

"대기실까지요?"

레슬리의 눈이 동그래졌다. 광장에서부터 대기실까지는 거리가 좀 있는 편이었다. 평소라면 모르지만, 정신을 잃은 자신이 거기까지 걸어갔단 말인가?

"레슬리 양은 최고 사제님을 부축까지 하며 움직였고, 덕분에 사람들이 많이 진정되었습니다."

콘라드는 눈을 가늘게 떴다. 아무리 최고 사제가 그렇게 말을 했다지만 최고 사제나 아라벨라가 쓰러졌더라면 불안은 바로 터져 혼란을 일으켰을 것이다.

하지만 아라벨라는 당당히 서서 제 역할을 끝까지 해냈고, 그 모습은 사람들의 불안을 가라앉히는 데 큰 역할을 했다.

"그 후에 대기실에서 쓰러지셨고……."

가벼운 발작이 일어났다. 발치에 고여 있던 어둠이 마구잡이로 날뛰기 시작했다. 어둠이 불안정하다는 걸 눈치챈 루엔티가 빠르게 사람들이 대기실에 들어오는 걸 막지 않았더라면, 레슬리가 어둠의 힘을 가지고 있다는 게 다른 사람들에게도 알려질지 몰랐다.

레슬리는 힘이 쭉 빠지는 게 느껴졌다. 손에 들고 있던 물컵이 이불을 적시고 밑으로 굴러떨어졌다.

발작이라고? 갑자기 꿈속에서 어둠이가 했던 말이 떠올랐다.

'비록 우리가 너를 아프게 할지는 몰라도, 우리는 네 편이야.'

그게 이 뜻이었을까?

"걱정 마십시오. 발작은 곧 가라앉았으니까요."

콘라드는 물컵을 치우더니 자신의 손수건으로 레슬리의 손을 닦았다. 그러고는 레슬리와 시선을 맞추며 화사하게 웃었다.

"거기다 저도 있으니까요."

발작이 일어난 어둠을 진정시켜 준 게 콘라드의 신력이었던 모양이었다.

"그래서 경이 여기 계신 거군요."

레슬리는 콘라드가 셀바토르 공작저, 자신의 방에 있는 이유를 이해했다. 혹여나 몰라 따라온 거겠지.

"네, 그렇죠. 혹여나 다시 발작이 일어나지 않을까, 따라왔습니다."

콘라드는 새 컵에 다시 물을 따라 레슬리에게 건네주었다. 물컵을 건네받으며 레슬리를 힐끔 주변을 둘러보았다. 다른 사람들은 어디에 있는 걸까?

"공작님은 회의를 다녀오셨고, 사이레인 님은 밤새 여기에 계셨습니다. 공작님이 오셔서 잠시 자리를 비우셨지요."

레슬리는 눈을 동그랗게 뜨고는 물컵으로 시선을 돌렸다. 그렇게 자신 얼굴에 티가 난 걸까?

"셀바토르 경은 수색을 나가셨고, 마법사님은 신전 측 사람들과 함께 에피알테스에 대해 논의 중입니다."

아아, 그렇구나. 레슬리는 고개를 끄덕였다. 그런데 사이레인이 밤새 여기에 있었다는 말은…….

"혹시 경도 밤새 여기 계셨던 건가요? 피곤하셨을 텐데……."

"전혀요."

레슬리가 물을 한 모금 마시며 묻자, 콘라드가 살짝 얼굴을 붉히며 한껏 웃음을 머금었다.

"보고 싶었거든요, 슈아."

"쿨, 쿨럭!"

갑작스러운 고백에 결국 사레가 들리고 말았다. 물컵에 든 물이 출렁거리며 다시 이불을 적셨다. 얼굴이 삽시간에 달아오르는 게 느껴졌다.

"괜찮으신가요?"

콘라드가 몸을 일으켜 레슬리의 등을 쓸어 주었다. 그 손길에 레슬리는 눈이 핑글 도는 게 느껴졌다.

"그, 왜……."

엉망진창이 된 목소리가 흘러나왔다. 그러자 콘라드가 눈을 휘며 웃었다. 황금색 눈동자가 반짝거렸다.

"그야 축제 때 뵙고 제대로 뵙질 못해서요. 답도…… 궁금하긴 해서요."

아무렇지도 않게 그 이야기를 하자 다시 기침이 터져 나왔다. 콰앙! 그와 동시에 레슬리 방의 문짝이 떨어져 나갔다. 그리고.

"안 돼!"

문밖에서 엿듣고 있었는지 갑자기 나타난 사이레인이 포효했다. 커다란 방 전체가 쩌렁쩌렁 울렸고 방에 걸린 액자들이 흔들거렸다. 그의 뒤로 제나와 마델, 바타와 자일로가 슬금슬금 도망가는 모습이 보였다.

사이레인이 다시 이를 갈며 크게 외쳤다.

"내 딸은 안 돼!"

레슬리는 귀가 떨어져 나갈 정도로 큰 소리가 어느 정도인지 오늘 체험할 수 있었다. 저절로 귀가 먹먹해지며 눈앞에 별이 반짝거렸다. 아까와는 다른 의미로 눈앞이 핑글거렸다.

후욱, 사이레인이 숨을 크게 들이켜며 콘라드를 노려보았다.

그래, 저 모습을 본 적이 있었다. 책에서 곰들이 서로 싸울 때 저런 몸짓을 한다고 그림과 함께 적혀 있었지.

"콘라드 아페 아이테라 경."

뜯어낸 문짝을 아무렇지도 않게 방 한구석으로 던지며 사이레인이 성큼성큼 방 안으로 들어왔다.

분명 폭신한 러그가 발소리를 감춰 주었는데도 어쩐지 쿵쿵 소리가 울려 퍼졌다. 저절로 입안에 침이 말라 갔고, 그건 아직도 숨어 있는 사용인들도 마찬가지였다.

"네, 사이레인 님."

그런 사이레인의 앞에서 콘라드는 밝게 웃었다. 환한 미소가 서린 얼굴에 사이레인이 기가 막힌다는 듯 크게 코웃음을 치더니, 콘라드의 바로 앞에서 멈춰 섰다.

콘라드는 잘 자라 보통의 남자들보다는 훨씬 큰 편이었지만, 사이레인의 앞에서는 작디작은 편이었다.

"말해 두지만 내 딸은 안 되네."

으지직. 왜 의자를 들고 오나 했더니 이럴 용도였던 모양이었다. 사이레인의 손안에서 나무 의자 등받이 부분이 괴상한 소리를 내며 맥없이 우그러들었다.

"내가 축제 날 경과 내 딸을 따라가지 않은 이유는 간단하지."

사이레인 역시 자신의 아내와 마찬가지로 콘라드를 안쓰럽게 여겼다. 아버지의 배신을 알리러 온 아이였으니까. 그래서 이번 한 번만을 외치며 꾹 참았었다. 아니, 사실은 쫓아가려고 하다가 아내님에게 목덜미를 잡혀 못 간 거지만.

사이레인은 이를 갈았다.

"하지만 이럴 줄 알았으면 그때 둘이 내보내진 않았을 걸세."

남은 의자가 사이레인의 손안에서 바스러졌다. 분명 아까까지는 정교한 문양까지 들어간 원목 의자였는데, 지금은 그저 나뭇조각이 되어 바닥에 흩어졌다.

잠시 의자였던 나무 조각을 바라보다 콘라드가 옅게 웃었다. 문 뒤에 숨어 있던 사람들이 제발을 외치며 콘라드를 바라보았다.

"실망하게 해 드려 죄송합니다, 사이레인 님. 그렇지만 저는 레슬리

양이 좋습니다."

환한 웃음, 그리고 폭탄.

아직도 숨어 상황을 지켜보던 이들이 입을 벌리고 경악을 뱉었고, 그건 레슬리 역시 마찬가지였다. 사이레인은 콘라드를 바라보며 환하게 웃었다.

"허허, 그렇단 말이지……."

두 사람 사이에 살기가 감돌았다.

마델은 재빠르게 사제에게 보낼 전보를 찾았고, 그나마 사이레인을 말릴 수 있는 제나는 문 뒤에서 튀어 나갔으며, 자일로는 부리나케 약 상자를 가져왔다. 다른 사용인들은 최악의 상황을 가정한 듯, 하얀 천과 무언가를 씻어 낼 물이 가득 들은 양동이를 가져왔다.

사이레인의 앞발이 들리고 콘라드가 침을 삼켰다. 그리고 그 순간, 레슬리가 다급하게 몸을 일으켰다. 마법의 단어와 함께.

"아, 아빠!"

"음……?"

사이레인의 손이 멈추었다. 번뜩이던 눈동자가 레슬리가 평소에 알던, 따스하고 귀여운 아버지의 눈으로 돌아왔다.

"우리 레슬리 지금 뭐라고……."

"아빠."

조금은 어색하게 사이레인을 부른 레슬리는 환한 웃음을 머금었다. 그대로 걸어가 사이레인의 품에 폭 안겼다.

"이건 제가 나중에 설명해 드려도 될까요? 경은 저를 치료해 주신 분이잖아요. 혹여나 아프게 하고 싶지 않아요."

"하지만……."

"제발요, 아빠. 이렇게 부탁드릴게요."

레슬리가 두 손을 꼭 모으고 시선을 살짝 올려 사이레인을 올려다보자 사이레인의 거대한 몸이 크게 휘청거렸다.

"그리고…… 아빠가 자꾸 소리 지르면 저 무섭단 말이에요……."

"크, 크윽!"

커다란 눈에 눈물이 살짝 고이자, 사이레인이 심장을 붙잡고 쓰러졌다.

쓰러진 사이레인에 콘라드와 사용인들은 눈을 크게 떴다. 달려오던 제나는 사이레인을 말리려고 손을 뻗은 상태로 굳었고, 자일로는 약병이 굴러다니는 것도 모르고 입을 벌렸다. 그리고 그들 사이에 레슬리 홀로 당당히 서 있었다.

마법의 단어가 불러온 레슬리의 승리였다.

⚜

"푸하!"

테펜텔이 웃자 입안에 가득 들어 있던 쿠키 가루가 사방으로 퍼졌다. 이런 사태를 예상했는지 셀바토르 공작은 몸을 젖힌 상태였고, 제나 역시 가지고 있던 서류로 잽싸게 얼굴을 가렸다.

오직 맞은편에 앉아 있던 사이레인만 얼굴을 구긴 채 테펜텔을 노려보았다. 그의 얼굴에는 쿠키 가루가 덕지덕지 붙어 있었다.

"으하하! 그래서 미래의 사윗감에게 져서 오셨어요?"

"그놈은 내 사위가 아니라니까!"

사이레인이 격하게 반항했지만 그러거나 말거나 테펜텔은 귀를 후비적거리더니 남은 쿠키를 마저 입안에 넣었다.

"이미 졌잖아! 제나, 그 사윗감 이름이 뭐랬지? 아이테라? 아하, 콘라드! 좋은 이름이야. 용병 왕 사이레인을 이긴 남자, 콘라드 아이테라에게 건배!"

새 쿠키를 집어 든 테펜텔은 마치 술잔을 부딪치듯 쿠키를 높게 들고는 입안에 쏙 넣었다.
"콘라드 아페 아이테라 경입니다, 테펜텔 님."
"그거나 이거나! 두 글자 빠진다고 사람에게 문제 생기는 건 아니잖아?"
지금 당장이라도 자신의 도끼를 들고 올 듯 몸을 들썩거리는 사이레인을 바라보며 한 번 더 웃어 준 테펜텔은 말없이 앉아 있는 셀바토르 공작을 바라보았다.
"그래서 우리 셀바토르 공작님은 그 아이테라가 마음에 드시나?"
테펜텔의 말에 공작이 옅게 미소 지으며 테펜텔이 가져온 물약을 만지작거렸다.
"아이테라 경……. 좋은 아이지."
손길에 따라 출렁이는 초록빛 약을 보는 공작의 눈가가 가늘어짐과 동시에 입가에 걸린 미소가 지어졌다.
"그래, 좋은 아이지."
셀바토르 공작의 말에 방 안에 있는 모두가 시선을 돌렸다. 좋은 아이라고 말하며 웃은 것뿐인데 그 미소와 말이 어쩐지 오싹했다.
마구잡이로 웃던 테펜텔 역시 슬그머니 시선을 돌리며 명복을 빌었고, 사이레인만 반짝이는 눈으로 제 아내님을 바라보았다. 제나는 공작의 말에 고개를 끄덕이며 와인 한 컵을 테펜텔 앞에 내려놓았다.
"그런데 말이야. 생각보다 우리 셀바토르 공작님께서 가만히 계시네. 평소였다면 그 메데이아인가 뭔가 하는 태후부터 머리를 쳐 버렸을 텐데."
쿠키를 다 먹은 테펜텔이 손에 묻은 쿠키 가루를 옷에 털더니 제 앞에 놓인 물약을 집어 들었다. 그녀의 말에 셀바토르 공작이 머리를 쓸어 올리며 대답했다.

"그녀는 적이 아니잖나. 겉으로는 아군이니까."

"흐응, 일단 목부터 치고 너랑 피스토레가 수습하면 되지 않을까?"

테펜텔의 말에 공작이 낮게 웃었다. 그녀는 이 나라의 태후라고. 그렇게 덧붙이던 공작의 고개가 비스듬히 기울었다.

"뭐, 솔직히 지금이라도 네 말대로 하고 싶긴 한데."

메데이아, 그 여자는 꽃이었다. 한 번 뿌리를 내리면 호수 전체를 장악해 버린다는 란다의 꽃.

란다의 꽃은 오랫동안 호수 구석구석에 뿌리를 내리면서도 독과 날카로운 가시까지 갖추었다. 어설프게 꽃만 따 낸다면, 호수 곳곳에 퍼져 버린 뿌리는 순식간에 독을 풀고 가시로 호수를 죽일 것이다.

꽃이 가진 위험 정도야 자신이 가지고 있는 힘과 황실의 힘을 빌리면 그다지 큰 위협은 아니었다. 문제는 꽃이 악몽을 품어 버린 데 있었다.

그래서 이번에 공작은 몸을 낮추고 기다렸다. 가시를 쳐 내고 독을 제거할 방법을 찾기까지.

"이제야 손에 넣었네."

공작의 말에 테펜텔이 우쭐거리듯 미소 지었다.

"이 빚은 단단히 받아 낼 거야, 셀바토르."

"기대해도 좋아, 내 친구. 네 상상보다 더 많은 걸 해 주지."

테펜텔의 답에 같이 미소 지으며 공작은 손을 까딱거렸다. 그녀의 뒤에 서 있던 제나가 한 발 앞으로 나와 공작의 말을 기다렸다.

"데려온 아이들에게 먹여 보도록 해."

"아이들이라니. 그게 무슨 소리야?"

"에피알테스에게 당한 걸로 추정되는 아이들이 있어."

"벌써 당한 사람들이 있다고?"

테펜텔의 물음에 사이레인이 심각한 얼굴로 고개를 끄덕이더니 종이 두 장을 테이블 위에 올려두었다.

"해리언 모티 티베리아, 밀튼 가트 도베리엄."

종이에는 한눈에 보기에도 앳돼 보이는 소녀와 소년의 초상화가 그려져 있었다. 그 옆에는 티베리아 가문과 도베리엄 가문의 상황이, 그리고 가장 밑에는 두 사람의 현 상태가 적혀 있었다.

"두 사람 다 최초의 사제들 후보에 뽑혔고 1차 시험을 통과했지만, 2차에서 떨어졌지. 그때 메데이아의 눈에 든 모양이더군."

사이레인의 목소리가 한층 낮아졌다. 그는 이렇게 어린아이들로 장난을 치는 후작 놈이나 메데이아가 도대체 이해가 되지 않았다.

"평소였다면 찾는 데 이렇게 시간이 오래 걸리지 않았을 텐데, 메데이아가 흔적을 지워 버리는 바람에 시간이 좀 걸렸어."

"그쪽에도 쓸 만한 패가 있나 보지?"

테펜텔이 테이블 위에 놓인 종이 두 장을 끌고 와 살펴보며 묻자, 제나가 고개를 끄덕였다.

"이피엘이라고, 그분이 이트바나서부터 데려온 아이입니다. 생각보다 능력이 뛰어나더군요."

"흥, 꼭 이런 놈들이 인복이 있더라. 그래서 더 골치가 아파지지."

테펜텔이 얼굴을 일그러트렸다. 꼭 메데이아 같은 놈들 주변에 괜찮은 인물이 많았다. 도대체 그런 사람의 어디에 끌리는 건지. 불량 식품에 끌리는 아이들의 마음인가?

잠시 헤아려 보려고 했지만, 곧 관두었다. 쓰레기들의 생각을 자신이 이해할 필요는 없었다.

'두 가문 다 상황이 최악이로군.'

상단 같은 건 없고 수확량에 의존한 수입, 거기에 계속된 흉작에 자연재해.

보통 가문 역시 버티기가 힘들 텐데 두 가문 다 자금을 얼마 보유하지 못한 곳이었다. 분명 크게 휘청거렸을 것이고, 그건 아직 어린 두 사람의 어깨에도 책임감을 올려 주었겠지.

그러던 상황에 최초의 사제 후보로 뽑혔다면…….

"이게 마지막이라고 생각하고 목숨을 걸었을 수도 있겠네."

그런 상황에서 주어진 단 하나의 빛이 두 사람에게 얼마나 감미로웠을지 보지 않아도 알 수 있었다.

1차 시험에 붙으며 그 희망은 더욱 비대해졌을 것이고, 희망이 부풀고 부풀어 가장 크게 차올랐을 때 펑 하고 터졌을 것이다. 그리고 나타난 메데이아.

"……진짜 질 나쁘네. 일부러 떨어트렸을 가능성도 있겠어. 길들일 수 있는 상황을 만들려고 말이야."

테펜텔이 짜증 난다는 듯 짧은 머리를 북북 긁었다.

마지막에 적혀 있는 아이들의 상태는 심각했다. 일그러진 얼굴과 손과 발은 퉁퉁 부어 마치 나무토막 같다고 되어 있었다.

"그런데 이 에피알테스에 걸린 애들은 저택에 들였다는 말이야?"

"그래."

셀바토르 공작은 제 머리를 쓸어 올리며 대답했다.

"에피알테스를 다루는 기록은 내게 없지만, 악몽이 퍼트리는 병에 대한 기록은 충분하지."

공작의 말에 제나가 고개를 끄덕였다. 제나가 직접 모든 서류와 기록을 읽었는지 그녀의 눈에는 작게 눈 그늘이 져 있었다.

"에피알테스에 걸렸을 때의 증상과 두 분의 증상은 다릅니다. 에피알테스에 감염이 되면 얼굴에 열꽃이 핍니다. 그 뒤 낯빛이 어두워지며 눈과 입 그리고 코에서 피를 흘린다고 되어 있습니다."

기록에 따르자면 에피알테스의 잠복기는 길지 않았으며, 감염자를 바로 알아볼 수 있었다.

악몽에 씐 사람들은 신체에서 작은 열꽃이 피어나고, 며칠이 지나면 얼굴에 있는 모든 곳에서 피를 쏟기 시작하며, 피가 전부 빠져나가 죽기 전까지 끔찍한 고통에 시달린다. 누가 듣기에도 악몽 같은 설명이었으나, 제나의 목소리는 담담했다.

"하지만 두 분은 얼굴이 마치 화상을 입은 것처럼 일그러진 것, 신체가 검게 변하고 부풀어 오른 것, 그리고 의식을 잃은 것으로 보았을 때 에피알테스 증상과 엇갈립니다."

손가락을 하나하나 접어 가며 말하던 제나가 한 손가락을 남겨 두고 생긋 웃었다.

"마지막으로 지금 두 분의 병은 전염성이 없습니다."

"잉?"

테펜텔이 이해가 가지 않는다는 듯 눈을 찡그렸다.

"그걸 어떻게 확신해?"

"확신할 수 있어."

셀바토르 공작이 고개를 끄덕였다. 그녀의 손에는 아직도 물약이 들려 있었다.

"전염성이 있었더라면, 분명 레슬리가 가장 먼저 전염됐을 테니까."

높은 신력을 가지고 있는 최고 사제와 죽어 버린 두 성기사, 봉인의 방 근처에 죽어 있던 두 명의 사제 그리고 레슬리.

에피알테스가 완전히 깨어나 그 힘을 퍼트릴 정도였더라면 가장 먼저 레슬리가 에피알테스에 휩쓸렸을 것이다. 그 후 레슬리의 몸을 타고 흘러 밖으로까지 퍼졌겠지.

쩌저적—! 괴상한 소리를 내며 공작의 손안에 있던 유리병에 금이 가더니 이내 산산이 깨져 버렸다.

"여보!"

놀란 사이레인이 몸을 벌떡 일으켰다. 초록빛 물약에 붉은 피가 섞여 흘러내렸다.

"……."

잠시 덤덤히 그걸 바라보고 있던 공작이 아무렇지도 않게 제나에게서 손수건을 받아 들었다.

"아직도 토론 중인 사제들에게서도 전염병은 없다고 확정은 들었으니 그건 걱정하지 않아도 괜찮아. 하지만 두 사람의 병이 에피알테스에 관련된 건 분명하지. 약 효과를 실험해 보기엔 꽤 좋은 기회야, 테펜텔."

제 손을 닦아 내며 공작은 느리게 눈을 깜빡거렸다. 그러자 테펜텔이 작게 한숨 쉬며 고개를 끄덕였다.

"좋아, 그럼 나는 에펜타니 백작과 함께 두 사람에게 가 보도록 하지. 가는 김에 뭐 자일로도 불러오고."

테펜텔이 나가기도 전에, 사이레인이 안절부절못하는 얼굴로 공작에게 다가왔다. 그의 험악한 얼굴은 안쓰러울 정도였고 번뜩이는 눈에서는 곧 눈물이 떨어질 듯 보였다

"여보, 괜찮아?"

"응, 크게 다친 건 아니야."

공작이 괜찮다는 듯 제 남편을 보며 옅게 웃었다.

"그러게 왜 그랬어. 어린 나이도 아니고."

남편의 잔소리에 공작이 고개를 끄덕였다.

"그냥 레슬리가 그 차가운 신전 바닥에 쓰러져 있던 걸 다시 떠올리니까……."

자신이 갔을 때 레슬리는 그저 기절한 것뿐이었다. 스스로 감당할 수 없는 일들이 계속해서 벌어진 데다가 두 성기사를 기절시키느라고 다른 곳도 아닌 그 복도에서 힘을 쓴 것, 그리고 피와 트라우마…….

여러 상황 때문에 순간적으로 탈진한 것이다. 그래서 공작이 안아 들

자마자 바로 눈을 뜰 수 있었다.

하지만 에피알테스에게 감염됐던 거라면 어떻게 됐을까. 하얀 의식복을 물들이던 게 최고 사제의 피가 아니라 레슬리의 피였을 수도 있었다. 그 생각을 하자 머리가 새하얗게 변했다.

"우리도 갈까. 자일로는 동쪽 별관으로 오라고 해 줘."

두 사람을 데려다 놓은 별관에 가 볼 참인지 공작이 몸을 일으켜 먼저 문을 나섰다. 잠시 자신의 아내 뒷모습을 바라보다가 사이레인이 아직 남아 있는 제나를 보았다.

"제나, 저번에 맡긴 내 도끼는 어떻게 됐지?"

흉흉한 목소리, 번뜩이는 눈동자. 방금까지 쿠키 가루를 맞고 자신의 아내를 보며 눈물을 글썽이던 남자는 사라진 지 오래였다.

제나는 오랜만에 보는 사이레인의 모습에 생긋 미소 지었다.

"모든 준비가 끝났습니다, 사이레인 님."

⚜

의식을 마지막으로 4년간 준비했던 아라벨라 축제는 막을 내렸다. 거리에 남은 것이라곤 축제의 마지막 날을 너무 즐기다 길거리에 쓰러져 잠든 이들과 축제의 잔해, 그리고 드디어 문을 닫은 상점들이었다.

아라벨라 축제 내내 음악 소리와 불빛이 끊이지 않았던 데다가 어제는 화려한 불꽃까지 터졌던 탓에 거리는 더욱 비어 보였다.

"으차."

한 남자가 축제 기간 내내 튀김 빵을 팔았던 가판대를 상점 안으로 들여놓으면서 이마에 맺힌 땀을 훔치며 거리를 둘러보았다.

"거리가 텅 비었군."

"축제가 끝났으니까요."

그의 아내도 자잘한 물건을 상점 안에 들여놓으며 고개를 끄덕였다.

"아침이 되어 성문이 열리면 다른 곳에서 몰려들었던 사람들도 빠져나갈 테니 더욱 거리는 비겠네요."

"그렇겠지."

상인은 뭔가 아쉬운 듯 머리를 벅벅 긁으며 텅 빈 거리를 바라보았다.

"쯧……. 뭔가 평소보다 더 비어 보이기는 하는군. 이틀 전 일 때문인가."

수도에서 태어나 아버지의 가게를 물려받은 상인은 아주 어릴 적부터 두 아이를 다 키워 낸 지금까지, 여러 번이나 아라벨라 축제를 즐겼다. 그렇지만 이번만큼 거리가 비어 보이는 건 처음이었다. 얼마 전 의식 사건이 컸겠지.

그도 가족들과 함께 의식을 구경하러 갔던 사람 중 한 명이었다. 여타 의식과 같았지만, 끝에 악독한 자가 최고 사제와 아라벨라를 공격했다. 그 불안감을 지우려는 듯 그날 밤의 불꽃과 다음 날 이뤄진 악단과 춤꾼들의 행진은 더욱 화려했다.

"그래도 두 분 다 많이 다치지 않으신 것 같아 다행이더라고요."

비록 피가 묻긴 했지만 가장 중요한 두 사람이 멀쩡했고, 그 뒤에 바로 황제가 수색령을 내렸다. 강경한 대처에 사람들은 마음을 놓았다.

"누군지 몰라도 의식을 망치고 제국을 노리다니, 반드시 벌을 받을 거예요."

아내의 말에 상인은 고개를 끄덕였다. 누가 르카디우스 제국을 노린단 말인가. 제국은 오랫동안 존재했고, 많은 역경을 이겨 냈다. 그리고 적어도 상인이 기억하기로는, 황제가 자신들을 괴롭힌 적도 없었다.

"그렇겠지."

상인은 고개를 끄덕이고 다시 어수선한 상점 주변을 정리하는 데 신경을 기울였다.

"응?"

그런데 이번엔 아내가 손을 멈추고는 한 방향을 바라보았다. 한 남자가 텅 빈 거리를 휘적거리며 걸어오고 있었다.

"돌아가는…… 사람인가?"

저절로 시선이 가는 남자였다.

남자의 옷차림이 낡거나 더럽다는 건 아니었다. 하지만 무언가가 이상했다. 남자의 걸음걸이는 금방이라도 넘어질 듯 위태로웠다.

"꺄악!"

다가오는 폼이 위험하다 싶었더니, 결국 남자는 다른 상점에서 쌓아 둔 상자들과 부딪쳤다. 큰 소리를 내며 상자들이 무너졌고, 남자의 몸도 크게 휘청거리다 바닥으로 쓰러졌다. 남자가 품에 안고 있던 가방이 길거리에 쏟아졌다.

"저, 저기. 괜찮나요?"

한동안 남자가 미동이 없자, 상인과 아내는 조심스럽게 남자에게 다가갔다. 하필이면 주변엔 술주정뱅이를 제외하고는 아무도 없었다.

"혹시 다친 거면 지금 경비대를 불러올 테니 같이 신전으로 가요. 방금 지나갔으니 분명 아직 이 근처에……."

"신경 쓰지 마!"

남자가 발작하듯 소리쳤다. 망토가 벗겨지면서, 이제 막 떠오르는 햇빛 아래에 밀색 머리가 드러났다.

"나에게 신경 쓰지 말라고. 알았어?"

일어나라고 내민 상인의 손을 거칠게 쳐 내며 남자는 몸을 일으켰다.

"이보쇼. 우리는 그쪽을 걱정해서 그런 건데 말이 심하지 않소."

상인이 짜증을 내자, 가방에서 나온 붉은 돌과 사슬, 그리고 낡은 나무 상자를 다시 주섬주섬 집어넣던 남자가 고개를 홱 돌려 상인을 바라보았다.

"어디서 천것이 나에게 말을 붙이는 거냐."

"뭐? 천것?"

남자의 말에 상인이 팔을 걷고 남자에게 다가가자 상인의 아내가 남편을 말렸다.

"여보."

고개를 저으며 아내는 작게 속삭였다.

"눈 못 봤어요? 저런 눈은 피하는 게 상책이야. 사람 찌르고 도망갈 눈이라니까."

아내의 말에 상인은 소중하게 나무 상자를 끌어안는 남자를 바라보았다. 다시 푹 눌러쓴 망토 사이로 보이는 푸른 눈동자는 오싹할 정도로 광기를 띠고 있었다.

상인이 아내의 말에 수긍해 뒤로 물러나자, 남자가 비릿한 웃음을 지으며 킬킬거렸다.

"거 보라고. 아무도 나를 방해할 수 없어……. 내가 얼마나 대단한 사람인데. 내가 얼마나 엄청난 사람인데! 우리 가문이 어떤 가문인데……. 이 르카디우스 제국이 건국됐을 때부터 황제를 모셔 온…… 아주아주 중요한 가문이라고. 그리고 난 그 가문의 하나뿐인 가주……."

사실 상인은 스페라도 후작을 본 적이 있었다. 그는 오랫동안 이 번화가에서 장사를 한 사람이었고, 후작은 종종 거리에 들르고는 하였으니까.

하지만 지금 길거리에 주저앉아 오래된 나무 상자를 끌어안고 중얼거리는 남자가 그 후작일 거라고는 상상도 하지 못했다. 상인의 기억 속 스페라도 후작의 모습은 더없이 세련되고 깔끔한, 말 그대로 귀족적인 남자였으니까.

그래서 스페라도 후작가가 자랑하는 밀색 머리를 봤음에도, 푸른 눈을 보았음에도, 상인과 아내는 정신 나간 부랑자라며 고개를 저었다.

"가요, 여보. 아무래도 미친놈 같아."

아내는 상인의 등을 떠밀었다. 상인 역시 잠시 남자를 바라보다가 고개를 젓고는 다시 자신의 가게로 돌아갔다.

"두고 보라고……."

스페라도 후작은 엘리가 잠자는 동안 훔쳐 낸 상자를 꼭 끌어안았다. 이게 뭔지는 모르겠지만, 엘리를 황후로 만들 정도면 아주 귀한 물건이겠지.

잠에서 깨어난 엘리가 이게 없어졌다는 사실을 알면 아내와 함께 얼마나 괴로워할까. 그리고 제 아내는 그런 엘리를 보며 얼마나 가슴 아파할까. 눈물범벅이 된 엘리와 후작 부인의 얼굴을 생각하자 후작의 입가에 미소가 번졌다.

입술 끝을 올려 후작은 이죽이죽하며 다시 걸음을 옮겼다. 거리는 고요했고, 후작은 정신이 나가 있었으며, 상인과 아내는 혀를 차며 가게 안으로 들어갔다.

그래서 그 누구도 후작의 품에 안겨 있는 나무 상자의 두 번째 걸쇠가 풀리는 걸 알아차리지 못했다.

⚜

"아아악!"

최근 얼마 동안 저택이 조용해서, 그리고 어제 엘리가 돌아와서 과거의 영광을 되찾았다고 생각한 건 아주 완벽한 착각이었다.

단 몇 시간 만에 상황이 다시 바뀌었다. 엘리가 소중히 들고 자던 상자가 사라져 버린 것이다.

"도대체 누구냐고!"

엘리는 커다란 침대 위에서 제 머리를 쥐어뜯으며 울부짖었다. 녹음이 가득한 눈동자가 절망으로 일그러졌다.

방 안의 꼴은 처참했다. 모든 옷과 소지품이 바닥을 뒹굴고 있었고, 베개에 이불까지 갈가리 찢겨 있었다.

"안 돼, 나는 이제 물러날 곳이 없다고……."

엘리의 절망이 문 밑으로 새어 나왔지만, 그 누구도 엘리를 다독여 주지 못했다. 밖도 방 안과 다름이 없었다.

"밤에 누가 들어오는지 보지 못했나? 아무도 보지 못했냔 말이다!"

엘리의 경호로 따라온 에타이가 매섭게 사용인들을 다그쳤다. 아무것도 모르는 사용인들은 몸을 잘게 떨며 고개를 저었다. 눈물이 뚝뚝 떨어지고 있었다.

"이 멍청한 것들이, 도둑이 드는지도 모르고 잠을 처자?"

수염이 덥수룩하게 난 남자가 윽박지르듯 사용인들을 거칠게 흔들었다.

"마님께서는 밤중에 사용인들이 돌아다니는 걸 금지하셨습니다. 그, 그래서 저희는 그 말에 따라 자정의 종이 울리면 돌아다니지 않습니다!"

하인이 외치자 에타이의 시선이 계단 위에 서 있는 후작 부인에게 향했다. 그녀의 뒤에는 한 명의 하녀가 겁을 먹은 듯 잘게 떨고 있었다.

"……부인, 이 말이 사실입니까?"

예를 차린다고 차렸지만 시선은 불손했다. 스페라도 후작 부인은 눈을 가늘게 떴지만, 불량한 태도를 지적하지 않았다.

"그래요. 내가 그렇게 일렀답니다. 그분께서 저에게 맡긴 손님 때문에요."

후작 부인의 말에 에타이들의 얼굴이 일그러졌다. 하지만 뭐라 더 말하지 못하고 사용인들을 놔주었다.

그녀가 자정의 종이 울리면 경비를 위한 몇 인물을 빼고 전부 방에서 나오지 못하게 한 이유는 스페라도 후작 때문이었다.

그가 있다는 걸 아는 사람은 몇 안 되었다. 스페라도 후작은 늘 정해진 층에서만 움직였고, 그런 그가 마음대로 움직일 때는 자정에서 샛별이 뜰 때까지였다.

"그렇군요. 쳇. 야! 밖의 놈들을 족치러 가자! 경비를 선다고 얼쩡거린 놈들은 뭔가를 봤을지도 모르는 일이지."

에타이들은 투덜거리며 밖으로 몰려나갔고, 남은 사용인들은 눈물을 흘리는 사람들을 다독이면서 제 일터로 흩어졌다.

계단 위에서 잠시 그 모습을 바라보고 있던 후작 부인에게 하녀가 속살거렸다. 바로 전에까지 에타이를 보며 덜덜 떨었던 사람이었다.

"주인님께서 에피알테스의 행방을 궁금해하셨습니다."

에피알테스에 관련된 자료를 셀바토르 공작가로 보낸 그녀였다. 후작 부인이 완전히 셀바토르 공작에게 넘어온 후로 그녀가 후작 부인의 전속 하녀가 되었다.

부인은 자연스럽게 몸을 돌려 방 쪽으로 걸음을 옮겼고 하녀는 말없이 한 발짝 뒤에서 후작 부인을 따랐다.

"그이가 없어요. 아무래도 그이가 가져간 모양이에요."

"그분께서는 무엇인지 알고 가져가신 걸까요?"

하녀의 물음에 부인은 잠시 말이 없었다. 그 뜻은 부정이었다.

"아마 엘리가 귀중하다고 하니 눈이 뒤집힌 거겠지요. 아아, 싫어요. 자기 자식을 잡아먹고 살아남으려 하다니. 끔찍해, 소름 끼쳐요. 어떻게 저런 걸 남편이라고 난 여태 살아온 걸까? 속은 거야. 속은 거라고. 결혼 전에는 저런 모습이 아니었단 말이야."

후작 부인은 말끝을 흐렸다. 처음은 하녀에게 말한 것이었지만, 중간부터는 자신에게 하는 말이었다.

"……이번 일만 끝나면 주인님께서는 안정된 삶을 약속하셨습니다."

"그렇죠, 안정된 삶."

후작 부인은 고개를 끄덕였다. 그리고 무언가를 생각하듯 느리게 눈을 깜빡였다.

"말도, 돈도 없어지지 않았어요. 멀리 갈 생각은 아니었겠지요. 정체를 들킬 수 있으니까요. 그러면 성 밖으로도 못 나갈 거고……."

머리를 굴린 후작 부인이 뭔가가 생각났다는 듯 눈을 동그랗게 떴다.

"아, 그래! 비밀 저택, 그게 있어요. 성 밖에 선선대 스페라도 후작이 몰래 만들어 놓은 저택이 하나 있어요! 교묘하게 숨어 있어서 아는 사람이 아니라면 찾기 힘들 거예요."

예전에 이야기를 들은 적이 있었다. 그것도 후작이 술에 취하지 않았더라면 듣지 못했을 비밀이었다. 다음 날 슬며시 집사를 떠봤지만 그 역시 모르는 눈치였으니까.

"아는 사람은 후작 한 명뿐인가요?"

하녀가 다급히 묻자 부인은 작게 고개를 끄덕였다.

"알겠습니다. 그럼 저는 주인께 연락을 드리러 가겠습니다."

"부디 내 안부도 전해 줘요."

대화는 거기서 끝이었다. 하녀는 일부러 들으라는 듯 목소리를 높이며 허리를 꾸벅 숙였다.

"그럼 저는 이만 빨래터로 가 보겠습니다."

"그래, 우리 아가에게 사 주는 새 드레스니 조심해서 세탁하도록 해."

"네, 마님."

복도에서 작게 소곤거린 것이 다른 사람들에겐 엘리를 위한 드레스 때문이듯 보이게 대화를 마친 하녀는 빠르게 몸을 움직였다.

"꺄악! 아가씨, 진정하세요!"

엘리가 이젠 복도까지 나와서 패악을 부리는지 거친 소리와 함께 비명이 울려 펴졌다.

"쯧."

소음 때문에 머리가 아프다는 듯 후작 부인은 미간에 주름을 잡고 고개를 흔들었다. 제 방으로 들어오고 바로 방의 문을 잠그자 비명이 옅어졌다.

부인은 피곤하다는 듯 소파에 몸을 묻었다. 비적비적 웃음이 새어 나왔다. 자신은 이제 곧 이 지옥을 빠져나갈 것이다.

⚜

"어둠아."

레슬리는 침대에 엎드려 토끼 인형을 불러 보았다. 레슬리의 말에 대답이라도 하듯 침대 밑에 있던 어둠이 슬그머니 인형의 고개를 건드렸다. 그러자 마치 토끼 인형이 살아 있는 것처럼 고개를 끄덕였다.

"있지, 이상한 꿈을 꿨는데. 네가 말하는 꿈이었어. 그리고 나를 안아 주고 잘하고 있다고 말해 줬어."

레슬리의 물음에 어둠이의 고개가 비스듬히 기울었다. 자신은 모른다는 듯. 하지만 꿈에서처럼 말을 한다든가, 폴짝 자연스럽게 움직인다든가, 눈을 깜빡거리는 행동은 없었다.

레슬리는 눈을 가늘게 뜨고 눈싸움하듯 어둠이를 바라보았다. 이러고 있으면 잠시라도 눈을 깜빡이지 않을까. 한참을 노려보았지만, 인형은 고개만 갸웃거릴 뿐 다른 행동을 보이진 않았다.

"역시 꿈이었나?"

레슬리는 인형을 높게 치켜들며 몸을 빙글 돌렸고, 허공에 매달린 인형의 팔다리가 축 늘어졌다.

"흐음."

레슬리는 인형을 꼭 끌어안았다. 그렇다고 하기엔 너무 생생했다. 낡은 옷과 여윈 손, 상처투성이였던 몸, 그리고 익숙한 장소. 레슬리의 눈이 가늘어졌다.

아니지. 지금 중요한 건 그게 아니지. 레슬리는 몸을 일으켰다. 어둠이가 움직이고 말도 하고 윙크도 한 게 아직도 궁금하긴 했지만, 지금 중요한 건 그게 아니었다.

'하루 기절해 있었으면 됐어.'

레슬리는 폭신한 슬리퍼에 발을 끼워 넣었고 그대로 방을 나섰다.

"……아무도 없네?"

언제나 많은 사용인으로 복작이던 복도가 텅 비어 있었다. 레슬리는 눈을 깜빡이다가 걸음을 옮겼다. 일단 어머니나 아버지를 찾아갈 생각이었다. 아니면 두 오라버니나 제나라도.

'상황이 어떻게 돌아가는지 알아봐야 해.'

레슬리는 입술을 깨물었다. 콘라드는 방을 나서기 전 레슬리에게 간곡히 부탁했다.

'두 배반자를 빠르게 상대하느라고 몸이 상한 겁니다. 아무래도 배신자라고는 했지만, 테센트루아 성기사단이니까요.'

그렇게 말하며 좀 더 누워 있을 것을, 잠자리에 들 것을 그리고 쉴 것을 거듭 부탁하고 방을 나섰으나, 레슬리는 이번만큼은 그 부탁을 들어줄 생각이 없었다.

레슬리는 빠르게 집무실 쪽으로 걸음을 옮겼다. 늘 어머니는 집무실에 계셨으니까 그리로 가면 만날 거라는 작은 믿음이 있었다. 계시지 않더라도 가는 길에 분명 누군가를 마주칠 테고 그러면 붙잡고 물어보면 되는 것이다.

"……하지만 그게 확실한지는 모르지 않습니까."

집무실로 가기도 전 레슬리의 발걸음이 멈췄다. 살짝 열린 방문에서 대화가 흘러나오고 있었다.

'이 방이 무슨 용도였지……?'

레슬리의 고개가 비스듬히 기울었다.

한참 동안 기억을 뒤지고 나서야 이 방이 손님을 위한 방이라는 걸 기억해 낼 수 있었다. 워낙 손님을 받지 않는 저택이다 보니 레슬리마저 방의 용도를 잊어버린 것이다.

머쓱해진 레슬리는 눈을 굴리다가 슬그머니 몸을 기울여 문에 붙였다. 작게 흘러나오던 대화 소리가 조금 더 잘 들리기 시작했다.

"문제는 그게 아니야."

베스라온의 낮은 목소리가 흘러나왔다. 원래 베스라온의 목소리가 낮기는 했지만, 기분이 안 좋을 때는 그보다 한층 낮아진다는 걸, 늑대가 그르렁거릴 때와 비슷한 느낌이라는 걸 레슬리는 잘 알고 있었다. 그리고 지금 베스라온의 목소리가 그런 목소리였다.

"어떻게 될지도 모르는 일이야. 친아버지를 잡아서 사형대로 내모는 일인데, 네가 감당할 수 있다고 생각하나?"

"사제 홀로 신전에 그렇게 많은 이들을 숨겼을 리가 없습니다. 분명 여기에는 아버지가 힘을 썼을 겁니다. 황가와 셀바토르 공작저를 제외하면 가장 많은 기부금을 내는 게 저희 아이테라 가문이니까요."

"……."

"거기다 할아버님도, 저도, 높은 신력을 가지고 있어 신전과 친분이 두텁습니다. 분명 이번에 메데이아 태후 폐하와 데비엔 고위 사제님을 도운 건 저희 아버지일 겁니다. 그러니 현혹된 사제님들도 제 말이라면 듣겠지요. 정확히는 아이테라 가문의 인장을 믿는 거겠지만요."

콘라드의 목소리는 어딘가 절박해 보였다.

"그러니 저도 가야 합니다, 경. 제발요. 아버지의 잘못을 제가 수습할 수 있게 해 주십시오. 저보다 아버지의 생각을 잘 아는 사람은 없습니다. 아버지를 제가 막고 가문의 사람들을 불러 모으겠습니다."

"지금 아이테라 대공가에는 대공비와 경의 동생도 있어. 두 사람 앞에서 아버지를 붙잡을 셈인가?"

"네, 그러겠습니다. 아버지를 잡고 악몽을 수습하는 데 저를 써 주십시오, 경."

"추후 가문의 처벌 때문이라면 경이 이렇게까지 희생하지 않아도 돼. 내가 어머니와 황제 폐하께 말씀드리지. 두 분은 분명 대공비와 경, 그리고 경의 동생에게 피해가 가지 않도록 신경 써 주실 거다."

"아니, 아닙니다."

그 뒤는 옅은 침묵이었다. 비록 문 뒤에 숨어 엿듣고 있기에 두 사람이 보이지 않았지만, 레슬리는 쉽게 문 뒤의 상황을 그려 낼 수 있었다.

분명 베스라온은 곤란하다는 듯 미간에 작게 주름을 잡고 있을 것이고, 콘라드는 얼굴을 찡그린 채 괴로워하고 있겠지.

"우리 가문의 일을 제가 처리하고 싶을 뿐입니다. 가문에서 나온…… 반역자는 가문의 명예를 위해 제가 처리하게…… 해 주십시오."

한 마디 한 마디가 괴로운 듯 목소리가 점차 낮아졌다.

"부탁드립니다, 셀바토르 경."

"하아."

깊은 한숨이 베스라온의 입에서 흘러나왔다.

"알았다. 어머니께는 내가 말씀드리지."

"감사합니다."

"경을 사지로 내몰지도 모르는데, 감사는 무슨."

베스라온이 다시 한숨을 흘렸다.

"수도 외곽에 쓰레기를 모아두는 곳에 후작이 있을 거란 제보가 들어왔다. 그리고 오늘은 축제가 끝나 쓰레기를 성 밖으로 운반할 거다."

이어지는 베스라온의 말에 굳은 건 레슬리였다.

대화에 집중해 밖에 레슬리가 있다는 걸 모르는 두 사람은 대화를 이어 나갔다.

"메데이아 태후 폐하 측에서도 이 사실을 알고 있습니까?"

"아직 후작이 어디 있는지 찾아내지 못한 모양이더군. 아예 누가 가져갔는지를 모르는 상태야. 그만큼 그들은 후작을 숨기고 방치했으니까."

지금까지 대화를 종합하자면, 이유는 알 수 없지만 후작이 에피알테스를 가지고 있는 듯했다. 거기다 성 밖으로 나갈 준비까지 마친 듯 보였다.

레슬리의 눈이 동그래졌다. 어떻게 후작을 통해 에피알테스를 빼낸 거지? 그리고 후작은 에피알테스를 가지고 메데이아를 배신한 건가.

웃음이 흘러나왔다. 그 남자다웠다. 늘 가문을 위해서라고 외쳤지만, 결국 그 위에는 자신만 혼자 오롯이 있었다.

'더러워.'

레슬리는 입술을 잘근 깨물었다. 차갑게 피가 식는 게 느껴졌다. 어떻게 저런 남자에게 복수심을 불태우지 말라는 거야.

꿈에서 어둠이와 나눴던 대화는 이미 머릿속에서 사라진 지 오래였다.

"레슬리에게 이 사실은 비밀이야. 레슬리는 너무 한쪽으로 쏠려 있어……."

베스라온의 목소리를 뒤로한 채, 레슬리는 달렸다. 폭신한 슬리퍼가 벗겨져 대리석 바닥을 맨발로 달리자 발소리가 울려 퍼졌다. 햇빛을 한껏 머금은 은발이 빛을 뿌리며 공중에 흩날렸다.

"레슬리?"

뒤늦게 알아차린 베스라온이 방을 나왔지만, 레슬리는 멈추지 않고 달려 집무실로 향했다. 그리고 집무실의 문고리를 잡았다.

"레슬리!"

"어머니!"

베스라온이 번쩍 레슬리를 안아 들기 전에 레슬리의 손이 조금 더 빨랐다. 문이 벌컥 열리고 집무실 안에 있는 사람들이 시선이 베스라온과 레슬리에게 닿았다.

"무슨 일이니."

집무실 안에는 피스토레와 셀바토르 공작만이 있었다. 황제와 중요한 이야기를 하는 듯 보였으나, 레슬리는 안으로 들어가며 외쳤다.

"저도 데려가 주세요. 후작을 만나야겠어요!"

"레슬리, 어머니는 중요한 이야기 중이시니, 오라버니가 이야기해주마. 응?"

베스라온이 달랬으나 레슬리는 거칠게 고개를 저었다.

"저는 셀바토르예요! 셀바토르는 제국의 고귀한 수호자죠. 저 역시 셀바토르 가문의 일원으로 그 임무를 수행하겠어요, 어머니."

레슬리는 간절한 눈으로 공작을 바라보았다.

레슬리의 눈은 계약의 이야길 하고 있었다. 추운 겨울날, 열두 살이었던 레슬리와 공작이 했던 계약을 간절하게 외치고 있었다. 아라벨라가 되는 것이 계약이긴 했지만, 공작이 바라던 것이 그 너머라는 걸 레슬리는 알고 있었다.

그리고 지금, 그 너머를 이행할 때였다.

"부디 제가 진짜 셀바토르가 되게 해 주세요."

그 누구도 레슬리에게 가짜라고 말하지 않았다. 하지만 레슬리 스스로가 걸리는 게 있었다. 마치 입안에 모래가 들어간 것처럼 까끌까끌한 것들. 복수와 계약이었다.

레슬리의 간절한 눈빛에 공작이 잠시 그녀를 바라보다 이내 고개를 끄덕였다.

"어머니!"

"셀바토르!"

피스토레마저 놀라 외쳤지만, 공작은 담담하게 제 무릎 위에 손을 올리며 다시 고개를 끄덕였다.

"그러렴. 그렇지만 일단 잠옷은 갈아입도록 하자꾸나."

레슬리의 얼굴이 순식간에 환해졌다.

"감사해요, 어머니!"

놀라 굳어 버린 베스라온의 손에서 빠져나온 레슬리는 공작의 뺨에 입을 맞추고 그대로 방으로 달려갔다.

"어머니, 재고해 주십시오. 레슬리를 이런 일에 끼어들게 하다니요! 기사 둘을 공격하고 충격을 받은 여린 아이입니다."

"네 기억 속 레슬리는 언제까지도 크지 않고 그대로인 모양이구나."

공작은 덤덤하게 대꾸했고, 베스라온의 미간에 깊은 주름이 잡혔다.

확실히 아직도 베스라온의 눈에는 레슬리가 공작저에 처음 도착했던 열두 살의 모습이었다. 작고 여리고 안쓰러운 어린아이, 행복해지고 싶어서 안간힘을 쓰는 제 동생.

베스라온의 표정에서 대답을 읽었는지 공작이 작게 웃었다.

"레슬리는 강하지. 그 힘이면 쉽게 적을 제압할 수 있을 거다."

"......."

"그리고 언제까지 저 아이 마음에 후작 따위를 품고 있게 할 수는 없지 않니."

공작은 천천히 제 머리를 매만졌다.

오래전부터 후작 따위가 레슬리의 머릿속에 있는 게 마음이 들지 않았다. 완전히 잊어버리고 행복해지라고 거듭 이야기해 주었지만, 레슬리는 불에 들어갔던 그때를 잊지 못했다. 아니, 잊을 수가 없었다.

레슬리 말로는 천 년간 제물이 되었던 아이들을 그 불 속에서 만났다는데 쉽게 잊을 수는 없겠지.

"차라리 이번 기회에 털어 낼 수 있게 하는 게 낫겠어."

그렇게 깊게 뿌리박힌 원한이라면 후작의 죽음을 보여 주는 게 낫겠지. 겸사겸사 계약이니 뭐니 하는 것도 털어 내고.

"……후작을 레슬리가 스스로 죽인다면, 레슬리는 완전히 행복해질 수 없을 겁니다, 어머니."

"그러겠지."

베스라온은 도무지 어머니의 뜻을 알 수가 없었다. 혹시 다른 누군가가 후작을 죽이고 레슬리는 그 끝을 보게만 하실 생각인가? 그렇다면 자신이 기꺼이 후작의 목을 칠 생각이 있었다.

하지만 레슬리가 그걸로 만족할 것으로 보이지는 않았다. 그렇다고 제 손으로 친아버지를 죽이라고 하기에도 애매했다.

복잡한 베스라온의 생각에 공작이 옅은 미소와 함께 아리송한 말을 얹었다.

"나는 그 아이들을 믿는단다."

아이들? 그걸 물을 시간은 없었다.

후작 부인의 밀고를 듣고 먼저 움직인 레소와 반트에게서, 후작을 발견했다는 연락이 도착했다.

⚜

챙캉!

"……뭐가 사라졌다고?"

철제 가위가 날카로운 소리를 내며 바닥에 떨어졌다. 잘못 자른 꽃들이 테이블 위를 수놓았다.

이피엘은 그 모습을 보며 눈을 질끈 감았다. 자신의 실책이었다.

"에피알테스가…… 사라졌습니다. 아마도 후작이 가지고 도망친 듯 보입니다. 후작 부인의 말로는 다락방을 자물쇠로 잠가 두었다는데, 그걸 관리하던 하녀가 저택 지하실에서 발견되었다고 합니다."

"후작께서 그런 대범한 짓을 하실 줄이야."

메데이아의 맞은편에 앉아 있던 데비엔이 얼굴을 일그러트렸다.

"이렇게 중요한 때에! 그렇게 에피알테스와 엘리가 떨어지면 안 된다고 말했잖습니까, 이피엘!"

"죄송합니다!"

이피엘이 데비엔의 고함에 허리를 숙였다. 죄책감으로 일그러진 눈에서 결국 눈물이 툭 떨어졌다.

"데비엔, 그만해도 괜찮아요."

메데이아는 옆에 놓인 새 가위를 집어 들며 데비엔을 말렸다.

"폐하. 지금 제물이 될 엘리와 에피알테스가 떨어지면 안 됩니다. 엘리가 악몽에게 먹혀야 두 번째 걸쇠가 풀리니까요. 못해도 일주일은 엘리 곁에 있어야 합니다."

"알고 있어요, 데비엔."

메데이아는 침착하게 고개를 끄덕였다.

"하지만 이피엘의 잘못이 아닌걸요. 내가 후작을 너무 얕봤어요. 아무것도 못 하는 쓰레기라고 생각했는데 에피알테스를 들고 도망칠 줄

이야."

메데이아는 스페라도 후작과 그의 아내에게는 꽤 괜찮은 역할을 남겨 두었다. 바로 모든 소란의 흑막이었다.

자신이 이긴다고 바로 황제와 공작을 쳐 낼 수는 없었다. 두 사람은 르카디우스 제국민들에게 있어서는 영웅과도 같은 사람이었으니까. 그러니 제국민들에게 보여 줄 그럴싸한 흑막이 한 명 필요했다. 그 역할에 스페라도 후작만큼 잘 어울리는 사람이 또 누가 있을까.

고위 귀족에, 귀족 사이에서도 평민들 사이에서도 그의 평판은 좋지 못했다. 특히 4년 전 사건으로 스페라도 후작가의 평판은 바닥을 기었다. 다들 심심할 때마다 먹는 불량 식품처럼 그와 스페라도 후작가를 씹어 댔다.

그런 후작가가 이 흑막이라고 말하면 모두가 믿을 것이다. 그와 그녀는 자신의 자식을 불 속에 던져 자신의 영광으로 삼고자 했던 사람이니까.

"가만히만 있었다면 꽤 좋은 역을 줬을 텐데 왜 그랬을까."

메데이아가 작게 중얼거리자 데비엔과 이피엘이 입술을 깨물었다. 4년간 구르고 망가진 후작이 이런 일을 벌일지 몰랐다.

"사지는 멀쩡해야 괜찮은 연극이 될 것 같아서 가만히 뒀는데, 역시 팔다리 정도는 뜯어냈어야 했나."

자신의 연하늘색 머리를 뒤로 넘기며 메데이아는 눈을 깜빡였다.

"어쩔 수 없지요. 아무리 좋은 역할이라도 자신이 싫다는데 어쩔 수 없지요."

"그럼, 메데이아 태후 폐하."

"찾으면 죽이세요."

데비엔과 이피엘이 고개를 끄덕였다. 메데이아는 그런 두 사람을 보며 생긋 미소 지었다.

"목 정도만 남겨 놓으세요. 나중에 광장에 목이라도 걸어 두면 되겠지요. 이야기는 좀 수정해서 '격렬한 반항으로 그 자리에서 사살했다.' 정도가 어울리겠네."

거기까지 말한 메데이아가 미간을 찡그리며 한숨 쉬었다.

"아아, 아쉬워라. 셀바토르 공녀에게 아부도 해 볼 겸 불태워 죽이게 장작을 잔뜩 준비했는데……."

미리 광장에 가져다 놓은 장작이 아깝다며 메데이아는 테이블 위에 손가락으로 빙빙 원을 그렸다.

"굳이 그 공녀에게 태후 폐하가 잘 보여야 할 이유는 없습니다. 이제 공녀가 태후 폐하께 잘 보여야지요."

데비엔이 눈을 찡그리며 거칠게 말을 내뱉자 메데이아가 고개를 흔들었다.

"그렇지만 이 정도는 해야 나에게 호감을 느껴 줄 테니까요. 분명 셀바토르에게 나에 대해 나쁜 말을 잔뜩 들었을 텐데 이를 어쩌나……."

"폐하……."

"그리고 난 셀바토르랑도 친해지고 싶단 말이야. 자기 딸이 나랑 친해지면 희망이 있을 줄 알았는데."

정말로 아쉬운지 메데이아는 이제는 테이블에 이마를 박고 있었다.

"후작 부인만으로 그 아이가 만족할까?"

아니겠지. 원한이 깊은 아인데 고작 후작과 엘리만으로 만족할 리가 없잖아.

그 후로도 메데이아는 한참이나 아쉬움과 안타까움을 토로하다가 고개를 들었다. 언제 서러웠냐는 듯 그녀의 눈은 가라앉아 있었다.

"놓친 건 책임을 묻지 않겠어요. 그러나 그 누구보다도 먼저 에피알테스와 후작을 찾아야 합니다."

메데이아는 헝클어진 머리를 정리하며 덤덤하게 말했다.

"황제와 셀바토르는 아직 엘리가 에피알테스를 가져간 걸 알지 못하지만, 필사적으로 찾고 있으니 조심해야 할 겁니다. 그와 에타이에게 도움을 요청하세요. 그리고 움직일 수 있는 성기사들과 사제들도 전부 풀어 두고요. 아이데라 대공에게도 편지를 보내세요. 공국을 세우고 싶으면 대공가의 하인들과 사병들을 전부 풀라고요."

"알겠습니다."

"네, 메데이아 태후 폐하."

두 사람이 나가고 메데이아는 불퉁한 얼굴로 의자 등받이에 몸을 기대고 축 늘어트렸다. 아직도 그녀의 미간에는 주름이 잡혀 있었다.

"아무리 생각해도 아쉬워라."

꽤 괜찮은 연극이 될 수 있었을 텐데. 자신이 계획한 연극에 구멍이 난 게 못내 아쉬워 메데이아는 한숨을 흘렸다.

⚜

번화가에 있는 상점가에서는 매일 엄청난 양의 쓰레기가 나왔고, 각 가문의 상단마다, 한 거리에 있는 상점마다 쓰레기를 모아 두는 장소가 있었다. 그리고 일정 시간이 지나면 쓰레기를 성 밖으로 운반했는데, 이 일이 계속되자 엄중했던 검사는 점점 느슨해졌고 지금에 와서는 아예 검문하지 않는 수준에 이르렀다.

'쓰레기를 내다 버리는 게 오늘이지.'

정기적으로 배출하는 날이 오늘은 아니었지만, 축제 뒤에는 엄청난 양의 쓰레기가 쏟아졌기에 일정은 앞당겨졌다. 그러니 오늘 저 철문이 열릴 것이다.

스페라도 후작은 쓰레기장 한곳에 마련된 관리자의 집에서 몸을 웅크렸다. 여기저기에서 지독한 쓰레기 냄새가 몰려와 코가 마비될 정도였다. 사실 이곳에 첫발을 내디뎠을 때 이미 한 차례 토악질을 끝냈다.

"쯧, 저리 가!"

먹을 것을 찾아 들어온 쥐 한 마리를 본 후작이 얼굴을 일그러트리며 손짓으로 쥐를 내쫓았다.

"더러워, 더러워 죽겠군."

후작은 마법석과 상자가 든 가방을 끌어안았다. 더러워서 어서 이곳을 뜨고 싶었지만, 이 길이 자신이 수도 밖으로 나갈 수 있는 유일한 길이었다.

'아무도 내가 여기 있는지 모르겠지.'

과거의 자신 역시 미래의 자신이 쓰레기 더미 속에 몸을 숨긴다고 하면 믿지 않을 것이다. 후작은 낮게 웃었다. 과거의 자신이 믿든 아니든 지금은 그게 중요한 게 아니었다.

일단 나가는 게 중요했다. 수도는 넓은 편이었지만 사람이 많아 금방 들킬 게 분명했다. 그래서 후작은 수도를 떠나는 걸 첫 목표로 삼았다.

수도를 떠난다면 다들 자신을 찾기 힘들 것이다. 4년간 후작이 배운 것은 사람들 시선을 피해 숨는 것이었으니까.

그러면 엘리와 아내는 기겁하겠지.

'이게 엘리 고것을 황후로 만들 물건이라고 했으니까.'

후작은 가방 안의 낡은 상자를 바라보았다. 메데이아도, 아렌도도 미쳤지. 엘리 따위를 아직도 약혼녀라고 데리고 다닐 줄이야. 아비를 배신한 딸년은 남편도 배신할 텐데.

후작은 혀를 차다가 이내 고개를 흔들었다.

'아니지, 아니야.'

엘리는 황후가 되어야 했다. 그래야 자신이 스페라도 후작으로 돌아갔을 때, 지지 기반이 되어 줄 테니까.

4년간 주인이 돌보지 못한 스페라도 후작가는 가세가 심각하게 기울었다. 그런 상태에서 다시 가문의 부흥을 가져오려면 든든한 지지 기반이 필요했다.

그래, 엘리는 자신이 자랑스러워하고, 자신이 사랑하는 딸이었다.

'그러니까 이런 수고스러운 일도 해 주는 거지.'

사랑하니까. 사랑하니까 약간의 벌을 주는 것이다. 자신은 퍽 자애로운 아버지니까.

그런 정신으로는 전쟁터보다 더 위험하다는 황실에서 살아남지 못한다. 안 그래도 엘리는 4년 전 사건으로 황실에서 입장이 좋지 않을 텐데, 거기에 중요한 물건을 잃어버렸다고 하면 입장이 더 난처해질 것이다.

황실에서는 찾지 못하면 약혼을 파기하려 들 것이 분명했다. 배상을 요구할지도 모르는 일이었다. 그런 상태에서 물건을 가진 자신이 며칠 수도를 떠나 몸을 숨기면, 엘리나 아내나 자연스레 몸이 달아오르겠지.

그렇게 둘이 좌절하고 괴로워하고 힘들어서 정신이 무너지려고 할 때 다시 수도로 돌아올 것이다. 마치 그들을 구원할 신처럼. 그러면 자연스레 자신을 찬양하게 되겠지.

물건을 가지고 적당히 흥정하면 황실에서는 원래의 명성을 되찾을 수 있을지도 몰랐다.

다시 원래의 자리로 돌아갈 걸 생각하니 저절로 웃음이 흘러나왔다. 역겹게만 느껴졌던 쓰레기 냄새가 어쩐지 견딜 만해졌다.

'문이 열리면 말을 찾아오자.'

수도에 숨어 있다간 쉽게 걸릴 테니 적당히 멀리 떨어진 곳에 몸을 숨겨야지.

상인들이 자주 다니는 드로렘 마을이 괜찮을 것이다. 거기는 지나

다니는 사람이 너무 많아 여행자 한둘이 없어져도 신경 쓰는 사람이 없으니까.

그나저나…… 두 사람과 황제에게 어떻게 사과를 시킨다? 아니지, 사과를 할 거면 메데이아가 나와서 사과를 해야지. 자신을 이렇게 처박아 둔 것은 그녀가 아니던가.

달칵.

어느새 상자를 인질로 메데이아에게 사과를 요구하는 당당하고 귀족적인 자신을 상상하는데, 그의 품 안에서 기묘한 소리가 들렸다.

"……뭐지?"

후작은 가방 속에 손을 넣어 상자를 꺼냈다. 그리고 눈을 찡그렸다. 아까부터 걸쇠 하나가 문제 있어 보이더니, 결국 열리고 말았다.

후작은 중간에 있는 두 번째 걸쇠를 잠가 보려 하다가 그만두었다. 아무리 걸쇠를 걸어도 잠기지 않았다. 걸쇠가 고장 난 듯 보였다.

'그런데 이게 중요한 물건이라고?'

후작은 상자를 흔들었다. 아무런 소리도 나지 않았다.

낡고 낡은 나무 상자, 이게 뭔지 스페라도 후작은 알 수 없었다. 그는 단 한 번도 아라벨라나 최초의 사제 시험에 합격한 적이 없었으니까. 가문의 힘과 돈을 쏟아부었지만, 그래도 후작은 번번이 시험에서 미끄러졌다.

"열어 볼까."

후작은 고개를 비스듬히 기울고 하나 남아 있는 마지막 걸쇠를 거칠게 잡아당겼다. 낡아 금방이라도 부서질 듯한 걸쇠는 열리지 않았다. 대신, 약간의 틈이 생겼다.

"끄으응. 이게……."

후작이 다시 힘을 줘 걸쇠를 뒤틀어 보려 할 때, 갑자기 밖에서 요란 같은 소리가 들려왔다.

"여보!"

후작 부인의 목소리였다. 그 목소리에 후작이 시선을 돌린 사이, 나무상자 사이로 무언가가 흘러나왔다.

⚜

"아, 콘스텐."

복도에서 우연히 만난 동생이 반가운지 아렌도의 찢어진 눈가가 웃음을 머금고 휘었다. 그런 아렌도를 바라보는 콘스텐의 눈에는 긴장감이 감돌았다.

하지만 잠시였다. 콘스텐 역시 아렌도가 반갑다는 듯 활짝 웃었다.

"형님. 도서관에 가는 길이십니까?"

"아니, 잠시 어머니께 들렀다 오는 길이다. 어제 의식 때의 일로 너무 놀란 모양이시더구나."

"아아……. 어머니가 좀 놀라셨지요. 형님이 계셨더라면 어머니가 그렇게 크게 놀라시지 않으셨을 겁니다."

콘스텐이 웃으며 고개를 끄덕였다.

아렌도는 의식 때 함께하지 못했다. 본래는 황실의 일원이 전부 함께해야 했지만, 황실에 사소한 문제가 생겼고 그걸 처리하기 위해 아렌도는 황실에 남았다. 전부 황제의 승인하에 이뤄진 일이었다.

"그렇지. 어머니는 나를 많이 의지하시니까."

고개를 끄덕이던 아렌도가 무언가가 생각났다는 듯 콘스텐을 바라보았다.

"그러고 보니 너에게 물어볼 게 있었지."

"무엇입니까, 형님?"

이유를 알 수 없는 미소를 지으며 아렌도는 천천히 콘스텐의 앞으로 걸어갔다. 그리고 바로 앞에 멈춰 서서 작게 속삭였다.

"그래, 나를 밀어내고 황태자 자리에 오른 기분은 어떠냐?"

귓가에 속삭이는 말을 듣고 콘스텐은 입술을 깨물었다. 결국, 들키고 말았구나.

"아버지께서 주변 입단속을 꽤 잘 시켜 두신지라……. 알아내는 데 고생 좀 했지."

그 말에 놀란 듯 굳어 버린 콘스텐과는 다르게 아렌도는 여전히 입가에 서린 미소를 지우지 않았다. 그저 느긋하게 손을 뻗어 콘스텐의 옷깃을 정리해 주기 시작했다.

"나는 네가 좋았다. 너는 눈치가 빠르고 자신의 분수를 잘 알았지. 그래서 나는 너를 진심으로 아낄 수 있었다. 나도 아버지의 자식이라 그런지 가족이 퍽 애틋하게 느껴졌으니까."

아렌도의 말에 콘스텐은 대답할 수 없었다.

"그런데 일이 이렇게 돼 버렸구나."

"……어떻게 아신 겁니까?"

그가 황태자 자리에 오른 것은 몇몇만 아는 비밀이었다. 오랫동안 지켜지지 않을 비밀이라는 건 알았지만 생각보다 더 이르게 아렌도는 눈치를 챘다.

콘스텐의 물음에 아렌도가 이를 보이며 웃었다.

"예전부터 낌새가 있었고 나에게 귀띔해 주는 사람도 있단다. 이 황궁에서 너보다 더 오랜 세월을 보냈으니."

"……."

"그리고 확신한 건 어제였다."

빈번히 일어나는 작은 일이었다. 그런 사소한 일은 굳이 제1황자인 자신이 남지 않아도 괜찮았다. 그래서 아렌도는 일부러 피스토레에게 자신이 남겠다고 이야기를 건넸다.

그러라며, 눈도 마주치지 않은 채 고개를 돌리는 피스토레를 보고 아렌도는 확신할 수 있었다. 제 아버지가 자신을 황태자로 선택하지 않았다는 걸.

"아버지는 마음이 약하신 분이라."

피스토레의 깊은 죄책감은 아렌도가 약혼녀가 나오는 중요한 의식에 빠져도 허락을 도왔을 것이다. 자신의 첫째 아들을 보고 싶지 않아 했을 테니까. 거기다 의식 뒤에는 피스토레와 콘스텐 그리고 몇 사람만이 은밀하게 알고 있던 중요한 발표가 있지 않았던가.

조금 의아한 것이라고는 아무리 마음이 약하다지만 오랫동안 황제로 군림했던 아버지가 왜 이런 반응을 보이는지와, 왜 지금에 와서야 자신에게 이렇게 극명한 거부감을 보이는지였다.

그렇지만 아렌도는 그걸 진지하게 짚고 넘어가지 않았다. 그에게 중요한 것은 황태자가 자신이 아니라 이제 막 귀국한 제 동생이 되었다는 것이니까.

"처음엔 믿기지 않았단다. 네가 신학을 공부하는 동안 나는 제왕학을 공부했고, 오랫동안 이 제국을 떠나 사정을 모르는 너보단 그간 아버님을 도와 나라를 보살핀 내가 더 적격일 텐데. 아버님은 왜 너를 선택하셨을까."

거기까지 말한 아렌도가 시선을 맞췄다. 푸른 눈이 맑게 빛났다. 옷깃을 다 정리한 아렌도의 손이 떨어져 나갔다.

"뭐가 되었든, 나도 아버님과 어머님의 아들이니 자격은 충분하지. 곧 그 자리를 가지러 가마. 일단 발표식을 막은 걸로 만족해 볼까."

아렌도의 말에 콘스텐의 눈이 커졌다.

발표식, 그걸 아렌도가 알고 있었다는 건 중요하지 않았다. 막았다는 말이 콘스텐의 머리를 찔러 왔다.

"설마, 형님이……."

"쉿."

아렌도는 콘스텐의 말을 가로막았다.

"내가 그런 무서운 일에 가담했을 리가 없지."

그 말을 입에 담는 아렌도의 웃음이 깨지고 푸른 눈에 미묘한 감정이 담겼다.

'당황하고 계셔?'

콘스텐은 놀라 눈을 느리게 깜빡였다. 분명 어떤 형태로든 이 일에 가담한 것 같은데, 본인은 모르고 있었다는 걸까.

눈을 다시 떴을 때 아렌도는 다시 미소를 머금은 채 아무렇지도 않은 듯 말을 이었다.

"농담이다. 그저 운이 좋았다는 농담."

마치 방금까지 눈에 머물렀던 망설임을 지우려는 듯, 그가 조금 더 목청을 높여 웃었다. 그런 아렌도의 손목을 콘스텐이 잡아챘다.

"……지금 결정했습니다. 형님, 저는 이 자리를 지키겠습니다."

콘스텐의 눈동자는 결연하게 빛났다.

사실 아직도 콘스텐은 두려워하고 있었다. 왜 하필 자신일까, 자신은 과연 제국이 원하는 황제가 될 수 있을까. 맹목적으로 황제 자리를 탐내는 아렌도도 무서웠지만, 그보다는 자신이 이 넓디넓은 제국 위에 서는 황제가 될 수 있을지가 두려웠다.

하지만 오늘 아렌도의 도발은 오히려 콘스텐이 깨닫게 만들었다.

자신의 형은 황제의 자리에 오르면 안 되는 사람이었다.

황제 위에 오르기 위해 이토록 위험한 일을 벌이는 사람일 줄은 몰랐다. 그런 아렌도가 가장 높은 자리에 올랐을 때 자신의 욕망을 위해 어떤 일을 할까.

"나랑 맞서겠다는 거냐."

"예, 저는 아버님과 셀바토르 공작님께서 저를 선택해 주신 이유가 있다고 생각합니다."

손목을 쥔 손에 조금 더 힘이 들어갔다.

"그러니 저를 선택하신 분들을, 그리고 도움을 주겠다고 한 분들을 믿겠습니다."

유일한 친구인 콘라드와 신전으로 숨어들었다가 우연히 만났던 레슬리를 떠올렸다.

굳은 결심을 마친 듯한 콘스텐의 눈을 바라보면서도, 아렌도는 뱀의 미소를 감추지 않았다.

"그래, 어디 한번 해 보자."

⚜

"여, 여보. 여기에 있어요?"

가련한 스페라도 후작 부인의 목소리가 쓰레기 더미 사이에 울려 퍼졌다. 하인을 대동하지도 않은 채 그녀는 엘리와 함께 천천히 걸었다.

눈에 띄지 않는 칙칙한 색의 원피스를 입고 장신구도 하지 않은 스페라도 후작 부인은, 망토로 얼굴을 가린 엘리와 함께 쓰레기들 사이를 살폈다.

"나예요, 여보. 당신이 너무도 걱정돼요. 얼굴을 보여 주면 안 되나요?"

무섭고, 더러웠다. 후작 부인의 떨리는 목소리는 연기가 아니었다.

어릴 적부터 이런 곳은 얼씬도 하지 말라고 어머니가 단단히 당부했었는데. 못 사는 것들은 그런 이유가 있다고 했었나. 이런 빈민가에 태어난 것 자체가 죄를 지은 것이나 다름없으니 가까이하지 말라고 그렇게 말했었지.

사방에 진동하는 썩은 내의 쓰레기들을 뒤지며 사는 빈민가의 사람들은 후작 부인의 등장에 쓰레기 더미 사이로 몸을 숨겼다. 그때마다 악취가 더욱 강하게 풍겨 왔다. 발치에 고여 있는 물조차 탁하고 더러웠다.

후작 부인은 혹여나 제 옷자락이 젖을까 거칠게 끌어 올렸다. 아무리 저렴한 옷이라지만, 이런 곳의 물이 들을 정도는 아니었다.

'이런 데에 있을 것 같진 않은데.'

그녀가 여태 봐 왔던 후작은 귀족다운 사람이었다. 고급스러운 옷감으로 지은 옷만 입고 최고의 음식만 먹었다. 귀에 들리는 음악조차 황실 악단이 연주하는 정도가 아니면 듣지 않았다. 아무리 변했다고 해도, 타고난 성향까지 변하지 않았으리라.

후작이 4년간 어떤 생활을 했고, 어떻게 변했는지 전혀 모르는 그녀는 과거의 후작만을 기억하고 그렇게 결정을 내렸다. 이건 헛수고라고.

혹시 몰라 셀바토르가에 연락을 남겼지만, 회의적이었다. 그냥 어디 적당한 곳, 아무 곳에나 숨어 있다가 비밀 저택으로 가겠지. 쓰레기 속에 파묻혀 성문을 나서는 인간은 아니리라.

'더러워.'

후작이 여기 없는데도 자신이 이런 곳을 돌아다녀야 한다 생각하니 절로 억울함이 차올랐다. 왜 자신이 이런 일까지 해야 한단 말인가.

저절로 아름다운 얼굴이 일그러지며 눈물이 흘렀다. 이게 다 스페라도 후작과 붉은 머리의 남자 때문이었다.

"어디 있는지 알겠습니다."

느지막하게 스페라도 후작가의 저택으로 들어온 남자는 그렇게 말했다. 타는 듯한 붉은 머리를 만지작거리며 말을 이었다.

"위험에 처하면 가장 먼저 할 일은 위험으로부터 도망가는 일이지요. 될 수 있으면 멀리 가려고 할 테니, 후작은 수도를 벗어나려고 하겠지요. 하지만 지금 성문은 막혀 있고 열리더라도 빠져나가지는 못할 테니, 자연스레 쥐구멍을 찾아갈 겁니다."

"그건 저희도 나름 파악을……."

"쥐구멍을 아는 사람 중에 저보다 더 잘 아는 이가 있을 것 같습니까."

남자는 이를 보이며 웃었다. 자연스레 주름이 깊어지며 눈에 난 상처가 더욱 도드라져 보였다.

그 얼굴에 스페라도 후작 부인은 제 손을 매만졌다. 비록 스페라도 후작 부인이 혼란의 시대 때 전쟁에 참여한 적은 없지만, 그녀는 그를 알았다. 전쟁터의 이야기는 매일 사람들의 입에 올랐으니까.

그중에서 가장 흥미로운 소문은 주로 두 가지였다. 매일같이 연승을 올리는 셀바토르 공작과 한 용병에 관한 가십과 그런 공작마저 골치를 앓고 있다는 붉은 머리 남자에 관한 소문이었다.

소문의 남자는 분명…… 지금 그녀의 앞에 있는 남자일 것이다. 눈에 난 상처와 붉은 머리, 그리고 공작에 대한 적의. 세 가지가 합쳐진 게 그리 흔한 것은 아닐 테니까.

"그럼 부인의 도움을 받겠습니다."

"네, 네?"

고개를 들자 어느새 바로 앞에서 웃는 남자의 얼굴이 보였다. 그녀는 너무 놀라 비명이 튀어나오려는 것을 간신히 막았다. 소문의 남자는 상냥하지 않았으니까.

"사실은 후작이 있을 만한 곳을 이미 알아냈습니다만, 닮은 것 속에 숨어 있는 후작을 쉽게 골라낼 수가 없더군요. 그렇다고 사람을 써서 꺼내면…… 아무래도 눈에 띄지 않겠습니까."

남자는 턱을 긁으며 말을 이었다.

"하지만 사랑하는 아내와 딸의 간절한 목소리라면 후작 역시 나오지 않겠습니까."
엘리와 함께 숨어 있는 후작을 끌어낼 미끼가 되란 말인가.
"그, 그런…… 그는 저를 사랑하지……."
않아요.
그렇게 말할 수 없었다. 시선이 무서워서, 너무도 무서워서. 결국 후작 부인은 눈물을 글썽이며 고개를 끄덕였다.
"협조에 감사드립니다, 부인."
남자는 몸을 뒤로 물리다가 뭔가를 잊어버렸었다는 듯 손을 내밀었다.
"인사가 늦었군요. 저는 엠릭이라고 합니다. 당분간 제 동생들과 함께 이 저택에서 신세를 질 테니 앞으로 잘 부탁드리겠습니다, 부인."
그리고 남자의 뒤로 험악하게 생긴 이들이 들어오기 시작했다.

엠릭은 의식을 위해 수도에 숨어 있는 동안 은밀하게 빈민가를 장악했다. 짧은 기간이라 완벽한 영향력을 행사하지는 못했지만, 상자를 들고 미친 듯 행동한 남자 한 명을 찾기엔 충분했다.
"아버지, 저예요!"
아직도 주저하는 스페라도 후작 부인과는 달리 엘리는 적극적으로 쓰레기 더미를 뒤집고 다녔다. 쓰레기를 주워다 파는 아이들이 고개를 내밀었다가 슬그머니 쓰레기 사이로 몸을 숨겼다.
"저라고요! 아버지! 사랑하는 아버지, 잠시만 나와 주세요!"
엘리는 혹여나 자신의 얼굴을 가린 망토가 벗겨질까 꽉 쥔 상태로 부지런히 몸을 움직였다.
"아버지! 죄송해요. 아버지 정말 죄송해요!"
"여보! 신경을 잘 못 써 줘서 나도 미안해요. 내가 더 당신을 신경 썼어야 하는데!"

두 사람은 이제 마음에도 없는 말을 외쳐 대기 시작했고.

"……."

후작이 슬그머니 몸을 드러냈다. 주변을 연신 힐끗거리는 게, 누가 따라왔나 불안해하면서도 두 사람이 제 자존감을 높여 줄 기회를 놓치고 싶지 않아 하는 얼굴이었다.

그는 누군가가 제 발밑에서 빌어야 제 명예와 자존감이 높아진다고 믿는 사람이었으니까. 그게 설사 제 아내와 딸이라도 발밑에 무릎 꿇고 운다면 기회를 놓칠 사람은 아니었다.

그리고 그의 품에는 거대한 폭발을 일으킬 수 있는 마법석도 있었으니, 여차하면 두 사람 앞에서 마법석을 사용하고 혼란한 틈을 타 다시 도망가면 되는 것이었다.

쓰레기 더미 사이에서 나타난 후작을 보며 두 사람은 바로 그의 앞으로 달려가 옷자락을 붙잡고는 무릎을 꿇었다. 썩은 물이 두 사람의 옷을 더럽혔지만, 엘리도 후작 부인도 신경 쓰지 않는 눈치였다. 두 사람의 시선은 후작에게 고정되어 있었다.

자신을 올려다보며 연신 사과하는 두 사람의 모습에 후작은 입꼬리를 올리며 웃었다.

후작 역시 알고 있었다. 이건 빈말일 뿐이란 걸, 두 사람은 자신이 가져온 상자에만 관심이 있다는 걸 알고 있었다.

그럼에도 만족스럽지 않은가.

"아버지, 죄송해요. 제가 잘못했어요."

"여보, 그래요. 내가 미안해요."

자신의 더러운 차림도 상관치 않고 눈물까지 글썽이며 연신 고개를 조아리는 제 아내와 딸의 모습을 보며 후작은 계속해서 웃음을 흘렸다. 그런 후작의 눈에 누군가가 들어왔다.

"너도 나에게 사과하러 온 거냐?"

자신이 그토록 기다리던 은빛 머리, 그리고 아내를 닮은 눈동자. 적당한 곳에 쓰여 이미 사라졌어야 할 아이가 후작과 후작 부인 그리고 엘리를 바라보고 있었다.

"아니. 나는 4년 동안 미뤄 놨던 걸 드디어 끝내러 온 거야, 후작."

레슬리는 제 머리를 하나로 묶으며 대답했다.

시간을 끌어야 해. 그 생각으로 레슬리는 후작을 노려보았다.

하필 베스라온은 지금 다른 곳을 확인하고 있다. 레슬리가 후작을 발견하자마자 자신을 따라온 기사 한 명을 보냈지만 도착하려면 시간이 조금 걸릴 것이다.

베스라온이 도착하기도 전에 후작 부인과 엘리가 먼저 후작을 찾아냈고, 레소는 그들 주변에 누군가가 숨어 있다고 속삭였다. 그래서 레슬리는 앞으로 나섰다.

베스라온이 도착할 시간을 벌기 위해, 그리고 자신의 말 그대로 4년 동안 미뤄 둔 일을 끝내기 위해.

"아가씨, 베스라온 도련님께서 곧 도착하신답니다."

쓰레기 뒤에 몸을 숨기고 있는 레소의 속삭임을 들으며 레슬리는 한 발 앞으로 더 나섰다.

"그간 하지 못했던 일을 끝내러 왔다고?"

후작의 입은 괴기스럽게 일그러졌다. 그러더니 이내 무언가를 들어 보였다.

"너는 이게 탐나지 않는 거냐?"

"……!"

레슬리와 엘리의 눈이 커다래졌다. 그가 들고 있는 것은 에피알테스가 봉인된 낡은 상자였다.

역시! 이놈이 내 소중한 상자를 가져간 거였어! 엘리의 얼굴이 일그러졌다.

도대체 아버지란 이 작자는 딸의 인생에 도움이 되지 않았다. 어릴 적에 자신에게 좀 잘해 준 게 있었지만, 그래 봤자 뭐하는가. 중요한 것은 현재인데.

저걸 왜 가져갔는지는 알 수 없었다. 자신을 괴롭히기 위함인가? 왜? 자신이 황후가 되는 게 스페라도 후작이 망친 가문을 되살리는 유일한 길인데.

'멍청하긴! 그러다가 내가 태후의 눈 밖으로 나면 어쩌려고 저러는 건지.'

자신이 하는 일은 전부 가문을 위한 일인데, 멍청한 아비는 그런 걸 이해하지 못했다. 자신의 아버지라는 게 믿기지 않을 정도로 아둔했다.

엘리는 눈을 굴리며 기회를 노렸다. 지금 손을 뻗어 봤자 후작은 빠르게 도망가리라.

레슬리는 엘리와는 다른 의미로 놀라 얼굴을 일그러트렸다.

'걸쇠가 풀려 있어.'

분명 마지막으로 봤을 때는 하나만 풀려 있었는데, 지금 상자는 두 개의 걸쇠가 풀려 있었다.

쉽게 풀리지 않는다고 하지 않았었나. 레슬리는 입술을 깨물었다.

셀바토르 저택에서는 렌티우스 경과 고위 사제들, 거기에 루엔티와 마법사의 저택에서 나온 마법사들이 머리를 맞대고 토론을 했었다. 에피알테스에 대해서는 의견이 분분했고, 레슬리가 기절했을 때부터 눈을 뜨고 공작을 찾아갔을 때까지 멈추지 못했다.

단 하나 낸 결론이 있다면, 그건 에피알테스는 쉽게 깨어나지 못한다는 것이었다.

이트바나에 있던 기록은 전부 소실되었고 기억하는 자조차 없다고 말했지만, 이트바나에서 온 사제는 단 하나만은 확신했다.

적어도 일주일 이상은 필요하다는 것.

최초의 사제들이 모아 온 에피알테스는 일주일간 상자에 담겼고, 때문에 풀리려면 그 정도 시간은 필요할 거라고 말했다.

그런데 벌써 두 번째 걸쇠가 풀려 있다. 레슬리는 입안이 바싹 마르는 게 느껴졌다.

"응? 너는 필요하지 않은 거냐 묻는 거란다, 레슬리."

후작 부인은 당황한 채 머뭇거리고 있었고, 엘리는 에피알테스를 들고 있는 후작의 손을 노려보고 있었다.

"와서 사과하거라."

후작의 눈이 광기로 번들거렸다.

"와서 무릎을 굽히고 머리를 조아리며 사과한다면, 한 번쯤은 이걸 너에게 주는 걸 생각해 보마."

"아버지! 그건 제 거라고요!"

엘리가 참지 못하고 외쳤지만, 후작은 엘리의 말 따위 들리지 않는다는 듯 말을 이었다.

"네가 그렇게 사과만 한다면 여태 있던 일도 너그럽게 생각해 보마. 이 얼마나 자비로운 아버지냐! 이게 다 너를 사랑해서 그런 거지. 너를 사랑하지 않았더라면 이렇게 용서해 주지도 않았을 거다!"

말끝은 후작 부인과 엘리, 그리고 레슬리에게 전부 향했다. 엘리는 분노로 몸을 떨었고, 후작 부인마저 얼굴을 찡그렸으며, 레슬리의 눈은 차갑게 가라앉았다.

"……나를 사랑한다고."

레슬리는 천천히 후작에게 다가가며 말을 이었다.

"아직도 그런 말을 지껄일 줄 몰랐어, 후작."

"뭐, 그딴 말? 아무래도 조신하지 못한 여자 집에서 머물더니 거친 말투를 옮아 왔구나, 레슬리."

레슬리는 작게 조소했다.

“내 어머니를 욕하지 마, 후작.”

어머니란 말에 스페라도 후작 부인이 눈에 띄게 움찔거렸다. 레슬리는 한쪽 머리를 쓸어 올리며 말을 이었다. 셀바토르 공작의 습관이었다.

“네 어미는 지금 옆에 있는 이 여자인데? 그리고 네 아버지는 나지.”

후작은 비웃으며 스페라도 후작 부인의 손목을 거칠게 붙잡았다. 아픈지 부인의 눈에 눈물이 고였다.

부인은 가련한 눈으로 연신 주변을 살폈다. 마치 도와줄 누군가를 찾는 듯 보였다.

“나를 태어나게 해 줬다고 전부 부모는 아니야.”

레슬리의 싸늘한 눈이 두 사람과 엘리를 훑었다.

얼마 전 꿨던 꿈이 떠올랐다. 그때 자신은 얼마나 사랑에 목말라 했던가. 너무도 바보 같았다. 그리고 그 세계는 얼마나 좁았던가.

“나의 어머니는 셀바토르 공작이고 나의 아버지는 사이레인이야. 내게 언니는 없고 오라버니 두 분이 있어.”

스페라도 후작가는 자신에게 영원히 끝날 것 같지 않은 갈증만을 주었고, 그걸 채워 준 것은 셀바토르 공작가였다.

“네가 그 여자에게 단단히 홀렸구나! 레슬리, 이 아둔한 것아!”

“너희가 내 세계의 전부가 아니라는 걸 깨달았을 뿐이야!”

레슬리는 후작을 노려보며 손을 뻗었다. 눈물이 뺨을 타고 떨어졌다.

“너희가 줬다는 그 엄청난 사랑, 필요 없으니 도로 가져가.”

그 말과 동시에 사방으로 어둠이 터져지듯 퍼져 나갔다.

쿠웅! 늘 조용하게 움직이던 어둠이었지만, 이번만큼은 레슬리의 분노에 감화된 듯 거칠게 움직였다. 순식간에 세 사람이 서 있던 바로 옆 지반이 내려앉았다.

"꺄아악!"

가장 먼저 겁에 질려 비명을 지른 건 스페라도 후작 부인이었다. 스페라도 가문에 있었으면서 유일하게 어둠을 경험하지 못한 그녀는 울면서 땅에 엎드려 바닥을 기었다.

"이, 이게 뭐야!"

밝은 크림색의 옷이 더러움으로 흔적을 남겼지만, 그런 걸 신경 쓸 틈이 없었다. 레슬리가 힘을 가지고 있다는 걸 아는 후작 역시 마찬가지였다.

"어……떻게 이 정도의 힘을……."

후작은 서서히 주변을 감싸듯 먹어 치우는 어둠을 보며 입을 벌렸다.

이 정도로 거대한 힘이었나. 후작가의 서재에 있는 어둠에 대한 기록 중 그 누구도 이토록 강한 힘을 가진 이는 없었다.

그 상황에서 가장 빠르게 움직인 것은 엘리였다. 그녀는 이미 레슬리의 힘에 눌린 적이 있어서 당황하지 않았다.

후작이 당황해 자연스레 뒷걸음질하는 동안 엘리는 잽싸게 에피알테스 쪽으로 손을 뻗었다. 그녀의 손끝에 가방끈이 걸렸다.

"어디서! 저리 꺼져!"

"악!"

후작은 엘리를 거칠게 밀어냈다. 복부를 맞은 듯 엘리는 배를 감싼 채 뒤로 밀려났다. 그렇지만 눈만은 광기로 번뜩이고 있었다.

후작과 엘리 두 사람의 눈빛은 어느새 닮아 있었다. 이내 엘리는 다시 달려들었다. 망토가 벗겨져 바닥으로 떨어졌고, 가리고 있던 얼굴이 그대로 드러났다. 녹음이 가득한 눈, 풍요로움을 떠올리게 하는 밀색 머리카락을 가진 스페라도 후작가의 보물이라 불리며 칭송받던 엘리는 사라졌다.

엘리의 얼굴 절반은 일그러진 채 검게 변해 있었다. 한쪽 눈은 빛을 잃고 탁하게 변했으며, 거무죽죽한 빛은 마치 사자의 얼굴 같았다.

"내 것이라고!"

"아악!"

더 얼굴을 숨길 생각도 없는지 엘리는 후작의 팔을 물어뜯었다. 후작은 비명을 지르며 에피알테스를 떨어트렸다. 레슬리가 어둠을 일으켜 에피알테스를 잡기도 전에, 엘리는 집념으로 먼저 낡은 상자를 낚아챘다.

"아, 하하하! 되찾았다!"

스페라도 후작에게서 떨어진 엘리는 낡은 상자를 번쩍 들어 올렸다. 그녀의 흐릿해진 눈에 눈물이 맺혔다. 엘리가 괴기한 웃음을 흘리는 사이 레슬리는 뒤로 한 걸음 물러났다.

머릿속에서 몇 개의 단어가 저절로 연결되고 있었다. 지금 저택 별관에서 치료받는 두 사람과 비슷한 엘리의 상태. 그리고 떠올리기도 무서운 한 단어, 제물.

'설마.'

누군가가 들었으면 비현실적이라고 말도 안 되는 추측이라고 비웃었을 수도 있었다. 하지만 레슬리는 겪지 않았던가. 세상에는 제 자식을 불구덩이에 던져서라도 부귀영화를 누리고 싶어 하는 미친 사람도 있다.

그사이 엘리에게 다시 달려든 스페라도 후작과 작은 몸싸움이 일어났지만 엘리는 상자를 지켜 냈다. 엘리가 목소리를 높이며 웃었다.

"이건 제 거라고요! 아하……하……."

레슬리가 생각을 마치기도 전에 갑자기 엘리의 웃음이 멈추었다. 그녀의 말끝이 흐려졌다.

"엘……리야?"

레슬리에게는 엘리의 뒷모습밖에 보이지 않았다. 그래서 왜 스페라도 후작 부인이 저런 얼굴을 하는지, 후작이 왜 상자를 되찾을 생각을 하지 않고 도망치려 하는지 확실하게 알 수 없었다.

그저 알 수 있는 것이라고는, 엘리의 몸이 급속도로 허물어져 바닥으로 쓰러졌다는 것과 쓰러질 때 그녀의 모습이 공작가에 있는, 제물이 되었던 아이들의 모습과 흡사하다는 것이었다.

그리고 상자에서 무언가가 흘러나왔다. 옅은 안개는 바로 근처에 있던 후작 부인을 덮쳤다.

"……!"

비명은 나오지 않았다. 순식간에 무언가가 그녀를 훑고 지나갔고 상자는 무엇을 뱉었냐는 듯 도로 닫혔다. 하지만 아직 두 개의 걸쇠는 풀린 채였다.

스페라도 후작은 잽싸게 몸을 날려 그걸 집어 들었다. 어느새 도착한 베스라온이 움직이려 했으나, 바로 에타이에게 저지되었다.

"제가 갈게요, 오라버니!"

그렇게 외친 레슬리는 베스라온이 말리기도 전에 후작을 쫓아갔다. 레슬리가 후작을 쫓아갔을 때, 안개가 덮친 후작 부인의 얼굴에는 하나둘 열꽃이 피기 시작했다.

"이게 뭐야? 간지럽다고!"

후작 부인은 손톱을 세워 제 얼굴을 긁기 시작했다. 에피알테스에 먹힌 후작 부인은 주저앉은 채로 제 머리를 헝클어트리며 울부짖었다. 자신이 무언가에 걸렸는지는 알 수 없으나 단단히 잘못됐다는 것, 그것 하나만은 알 수 있었다.

"여보! 여보!"

그녀는 허공에 손을 내저었다. 아무것도 보이지 않는 모양이었다.

"여보, 도와줘요. 사제를, 의사를 불러 줘요! 제발!"

"저리 가! 이 괴물들!"

도와 달라는 듯, 살려 달라는 듯 필사적으로 두 손을 내밀었지만, 후작은 거칠게 그녀를 밀어냈다. 후작의 얼굴에는 그간 같이 살아왔던 자신의 아내에 대한 감정 따윈 남아 있지 않았다.

혐오. 남은 감정은 오직 그것 하나뿐이었다.

아내를 밀어낸 후작은 바로 몸을 움직였다.

"상자를 회수하고 후작을 잡아!"

"공녀를 보호하며 신전의 물건을 되찾아라!"

쓰레기 더미 사이에 숨어 있던 이들이 검을 들며 목소리를 높였다. 햇빛을 받은 검날이 차갑게 빛났다.

후작 부인과 엘리를 미끼로 삼았던 에타이와 태후의 심복들, 그리고 마찬가지로 곳곳에 숨어 있었던 셀바토르 공작가의 기사단과 테센트루아 성기사단이 무섭게 충돌했다. 사방으로 고함과 쇠가 부딪치는 소리가 울려 퍼졌다.

'후작은 어딨지?'

레슬리는 그 사이를 빠르게 빠져나가며 후작을 찾았다.

놓칠 수 없었다. 4년간 미뤄 왔던 일을 반드시 해낼 생각이었다. 비록 어머니가, 아버지가 그리고 두 오라버니가 싫어한다는 사실을 알고 있지만.

"도와줘, 살려 줘!"

후작 부인은 눈물과 피, 그리고 열꽃으로 범벅이 된 얼굴로 울부짖었다.

"제발 나를 살려 달란 말이야!"

이럴 줄 알았으면 나오지 않을 걸 그랬다. 이럴 줄 알았다면 친정에서 나오지 않을 걸 그랬다. 아니, 레슬리에게 잘해 줬어야 했다. 사랑해 주고 보듬어 줬어야 했다.

그랬더라면 자신은 죽지 않아도 될 텐데. 그랬더라면 셀바토르 공작이 직접 와서 자신을 살려 주지 않았을까? 제 딸에게 잘해 줬으니까 말이다.

아니지, 그 전에 레슬리가 공작가로 가지 않아서 이런 사태가 터지지 않았을 텐데.

아니, 엘리가 저걸 들고 왔으니 아렌도와 엘리를 약혼시킨 것부터가 문제 아니었을까? 약혼식으로 엘리가 태후의 눈에 들었을 테니까. 그래! 그게 문제였던 게 분명했다. 약혼!

그러니까 이건 약혼을 결정한 스페라도 후작과 태후의 말에 빠져 저딴 걸 들고 온 엘리의 탓이었다. 자신은, 아주 조금도 잘못이 없었다.

"나는 아무런 잘못도 없단 말이야! 살려 줘, 나는 무고하다고!"

싫다. 싫어. 괴상한 집안과 혼인해 어쩔 수 없이, 살기 위해 이렇게 자신은 변해 버린 건데. 아무도 그런 자신을 이해해 주고 배려해 주지 않았다.

"레슬리, 이 엄마를……!"

결국 레슬리의 이름을 부르며 도움을 요청하던 후작 부인의 입에서 왈칵 피가 쏟아졌다. 거대한 검이 그녀의 몸을 꿰뚫었다.

"이런. 너무 시끄럽지 않습니까, 후작 부인."

나지막한 목소리. 비록 눈이 멀었지만, 후작 부인은 누군지 대번에 알아챌 수 있었다. 최근에 들었던 목소리가 아니었던가.

"왜…… 나를……."

"마녀에게 슬쩍 정보를 흘리고 있는 걸 모를 줄 알았습니까."

엠릭은 그렇게 말하며 검을 뒤틀었다. 다시 붉은 피가 한 움큼 바닥에 쏟아졌다.

"잘 가시오, 부인."

덤덤한 목소리와 함께 라일락색 눈동자에 빛이 사라졌다.

⚜

그윈이 걱정스러운 목소리로 와인을 한 잔 따라 대공비에게 건네주며 말했다.

"들으셨습니까. 지금 평민가 쪽에 무뢰배들이 나타났다 합니다."

"어머나. 무뢰배들이라니?"

수도에서 무뢰배들이 날뛰다니. 수도에서 태어나 자랐지만, 난생처음 듣는 소리였다.

"지금 빈민가와 쓰레기장 쪽에서 칼부림하고 있다고 하더군요. 이상한 마법도 쓰는 모양이라, 지금 셀바토르 기사단과 테센트루아 성기사단이 진압에 나섰다고 합니다."

테센트루아 성기사단마저 참여했다는 소리에 놀란 스웰라 대공비의 안색이 하얗게 질리기 시작했다.

"테센트루아 성기사단이요?"

스웰라 대공비 옆에 앉아 있던 프리트 역시 놀라 몸을 벌떡 일으켰다.

"형님도 거기 가 있는 거 아니에요?"

"의식 때부터 계속 저택에 들어오지 않았으니, 분명 그러겠지."

돌아오지 않은 장남이 걱정되는 마음에, 스웰라 대공비는 입술을 깨물더니 이내 자신의 맞은편에 앉아 인상을 찌푸리고 있는 아이테라 대공을 바라보았다.

"여보, 우리도 기사들을 보내요. 콘라드가 잘못되기라도 하면 어쩌나요."

"안 된다면 하인이라도 보내 형님 상태를 확인해 주세요, 아버지. 어제 보낸 하인들이 돌아오면 다시 몇 명을 꾸려 보내면 되겠죠."

대공비와 프리트가 걱정된다는 듯 간절히 외쳤지만, 아이테라 대공은 대답이 없었다. 그저 머리가 아프다는 듯 미간을 꾹 누르며 생각에 빠져 있었다.

"여보, 내 말 듣고 있나요?"

스웰라 대공비가 조심스럽게 재촉하자 그제야 아이테라 대공은 고개를 들었다.

"무뢰배들이라."

단 한 마디였지만, 스웰라 대공비와 프리트는 대공이 현재 심각한 상황에 몰려 있다는 걸 깨달았다. 그의 표정과 안경 너머의 황금색 눈 그리고 목소리가 절실하게 알려 주었다.

"그윈, 혹시 들려온 다른 소식은 없나? 무뢰배들이 전염병을 퍼트리고 있다거나?"

"그건 제가 말씀드리겠습니다, 아버지."

문이 열리며 콘라드가 방 안으로 들어왔다. 프리트가 환하게 웃으며 제 형을 맞이하러 갔다가 그대로 걸음을 멈추었다.

콘라드의 뒤를 따라 몇 명의 린체 기사단이 들어왔고, 형의 얼굴이 이상했다.

"형?"

테센트루아 성기사단 제복을 차려입은 콘라드의 눈은 차갑게 가라앉아 있었다. 거기에 허리에는 검까지 차고 있었다. 저택 안에서도 종종 제복을 차려입는 콘라드였지만, 검을 차고 돌아다닌 적은 단 한 번도 없었다.

"……그 상자에서 나온 검은 연기가 빈민가에 퍼지고 있습니다. 어린 아이와 노인, 병자들 순으로 하나둘씩 열꽃이 피고 있다더군요. 빈민가와 평민가가 조금 떨어졌다지만, 안전하다고 확신할 수는 없습니다."

"……!"

"아버지."

절박함이 콘라드의 목소리와 눈에 깃들었다. 대공을 바라보는 황금색 눈에서 눈물이 떨어지기 시작했다.

"도대체 뭐에 눈이 멀어 그런 짓을 하셨습니까. 도대체 태후께서 뭘 약속했길래 에피알테스를 훔치게 도왔습니까?"

에피알테스. 그 말 한 마디에 스웰라 대공비는 결국 잔을 떨어트리고 말았다. 값비싼 러그 위로 붉은 와인이 퍼지기 시작했다.

"콘라드! 어떻게 네가 그런 무서운 소리를 할 수가 있니!"

"형, 그게 무슨 소리야! 아버지께서 그럴 리가 없잖아."

스르릉. 대공비와 프리트가 뭐라고 외치던 콘라드는 검집에서 검을 뽑아 들더니 그대로 아이테라 대공의 목을 노렸다.

"카리우 곤 아이테라, 의식을 방해함으로써 에피알테스를 훔쳐 냈으며 메데이아를 도와 르카디우스 제국에 위험을 불러온 죄로 그대를 구속한다."

"……뭐?"

아이테라 대공의 얼굴에 핏기가 사라졌다. 설마 자기 아들이 자기를 반역죄로 잡아갈 줄은 몰랐던 모양이었다.

"콘라드, 네가 감히 아버지인 나를 반역죄로 몰아가겠다는 거냐? 이 일로 아이테라 가문이 어찌 될 줄 알고!"

"죄인을 처벌하는 데 사사로운 감정을 둘 생각은 없다."

아까 고였던 눈물 한 방울이 뺨을 타고 흘렀다. 그게 전부였다. 눈물은 그친 지 오래였다.

"황제 폐하께서도 이미 그대에 대한 처분을 내리셨다. 고귀하신 분께서 배신을 몰랐을 거라 생각한 건 아니겠지."

콘라드에 말에 뒤에 서 있던 린체 기사가 품 안에서 접혀 있던 종이를 꺼내 펼쳐 들었다. 거기에는 아이테라 대공의 이름과 함께 그가 저지른 죄목들과 하늘과 태양을 삼키고 있는 두 마리의 뱀의 인장이 찍혀 있었다.

황실의 인장. 그 인장을 본 스웰라 대공비는 그대로 기절했다.

"끌고 가."

콘라드의 말에 린체 기사단이 발버둥 치는 아이테라 대공을 거칠게 잡았다. 대공은 격하게 반항했으나, 기사들을 이기기는 무리였다. 곧 그의 입에는 천이 씌워졌으며 그는 그대로 끌려 방을 나갔다.

순식간에 아름답게 꾸며져 있던 방이 엉망이 되었다. 대공비는 기절했으며 러그는 붉게 물들었고, 가구들은 쓰러져 바닥을 뒹굴고 있었다.

콘라드는 늘 가족 모임 때 자신이 앉았던 의자를 바라보았다. 아이테라 가문의 인장이 박힌 의자는 초라하게 한쪽 구석에 쓰러져 있었다.

"그윈."

콘라드가 아이테라 대공가의 집사를 바라보았다. 멈춰 있던 눈물이 다시 흐르기 시작했다. 시야가 절로 흐려졌다.

"어제 수색에 나섰던 사람들을 전부 불러들여. 이 이상 수치를 만들지 마."

"네, 알겠습니다."

도련님. 그윈은 더 그를 그렇게 부르지 않았다. 대공이 없어진 지금은 그가 이 가문의 가주였으니까.

눈치 빠른 집사 덕분에 콘라드는 눈물을 닦을 생각도 하지 않고 힘겹게 웃었다. 그리고 대공비 옆에 앉아 있는 프리트를 바라보았다.

"어머니를 잘 부탁하마."

부탁을 끝으로 콘라드는 그대로 몸을 돌렸다.

"형! 지금 어디 가려는 거야!"

프리트는 울먹이며 제 형의 옷자락을 잡았다. 어릴 적부터 이렇게 매달리면, 자상한 제 형은 자신의 옆에 남아 있어 주곤 했다.

"죄인이 벌인 일의 뒷수습을 하고 올게, 프리트."

하지만 이번에는 형은 남아 주지 않았다. 그저 눈물로 범벅이 된 얼굴로 프리트의 머리를 쓰다듬어 주었을 뿐이었다.

-20-

"후작이 문제였던 것 같습니다."

메데이아는 뒷문으로 빠져나오며 얼굴을 일그러트렸다.

이미 신의 품으로 돌아간 남편이 취미로 만들어 메데이아에게만 알려 준 이 뒷길은 과거에도 그리고 지금도 메데이아의 편이었다. 그녀를 모시며 이피엘이 계속 말을 이었다.

"태후 폐하께서도 아시겠지만, 제물의 조건은 고귀한 피일 것, 그리고 오랫동안 천천히 뒤틀린 사람일 것 등 여러 조건이 있는데. 후작이…… 엘리 양보다 더 그 조건에 적합했던 모양입니다."

"그래서 에피알테스가 우리의 예상보다 더 빠르게 봉인이 풀렸다?"

"……네, 태후 폐하."

데비엔도 할 말이 없는지 얼굴을 일그러트린 채 고개를 숙였다.

후작은 원치 않게 만들어진 제물이었다. 하필이면 더욱 에피알테스의 입맛에 맞았던 데다가 멍청하게도 엘리를 괴롭게 만들 생각으로 상자를 들고 도망친 바람에 두 번째 걸쇠가 더 빠르게 풀린 것이다.

정말 여러모로 사람을 곤란하게 만드는 인간이었다. 메데이아는 입술을 잘근 깨물었다.

"엘리는 쓰러지고 후작은 도망이라……. 후작마저 잡아먹혀 세 번째가 풀리면 안 돼."

상황을 정리하듯 작게 중얼거리다 메데이아는 데비엔에게 시선을 던졌다.

"그래서 현 상황은 어떻지?"

"저희 쪽 사람들과 셀바토르 기사단 그리고 렌티우스가 이끄는 성기사단이 붙었습니다."

공작가의 기사단에 테센트루아 성기사단이라. 생각보다 더 짜증 나는 상황에 이가 저절로 갈렸다. 자신이 보낸 이들과 에타이가 아무리 실력이 뛰어나다 한들 그들에게 상대가 되진 않을 것이다.

"우리 편으로 끌어들였던 성기사들은?"

"최고 사제가 손을 썼습니다. 신전에서는 가장 먼저 시작한 것이 배신자를 속출하는 일이었습니다."

고작 얼마 전 배를 찔린 늙은이가 맞나 싶을 정도로 최고 사제는 빠르게 움직였다. 덕분에 간신히 심어 놨던 이들이 걸러졌으며, 바로 손을 쓸 수 없으면 흩어 놓는 것으로 무력화를 시켰다. 에피알테스 사건이 일단락되면 그들마저도 목이 걸릴 것이다.

"겨우 시간 벌이용으로 데려온 건 아니었는데……."

메데이아가 숲속에 숨겨진 통로로 들어가자마자 늘 그녀가 머물던 궁에서 요란한 소리가 났다. 에피알테스가 풀렸다는 소식을 듣자마자 피스토레가 바로 기사들을 보낸 것이었다. 상황을 알지 못하는 사용인들이 내지르는 비명이 들려왔다.

토굴 안으로 들어온 이피엘은 그간 사용인들에게 정이 들었는지 힐끗 뒤를 바라보았다. 하지만 메데이아는 꼿꼿이 자세를 유지한 채 오로지 앞만 보았다.

"셀바토르 공작은?"

"아직 말이 들려온 건 없습니다. 지금 쓰레기장 쪽에 있는 건 공녀와 셀바토르 경뿐입니다."

"그래. 그렇다면 엠릭과 카크에게 말해서 어떻게든 후작을 데려오도록. 내가 아는 에피알테스를 다루는 방법은 두 번째 걸쇠가 풀렸을 때야. 세 번째까지 풀리면 나도 어찌할 수 없어."

도대체 그놈의 스페라도 후작가가 뭐기에 이토록 에피알테스에게 적합한 제물이란 말인가. 너무 잘 맞아서 이렇게 부작용이 나타날 줄 알았다면 애당초 거들떠보지도 않았을 것이다.

"아이테라 대공은 어쩌고 있지?"

"그게, 움직임이 없습니다."

이피엘의 대답에 메데이아의 걸음이 멈추었다.

"아무런 움직임이 없다고?"

"네, 에피알테스를 찾기 위해 사람을 풀어 주고는 움직임이 없더니 사제들마저 불러들였습니다. 저는 이곳에 있어 그 일에 대해 대처를 하지 못했습니다. 무슨 일이 벌어진 것 같은데 현 상황으로는 뿌려 둔 꽃에도 연락이 없습니다."

이피엘의 대답에 다시 메데이아는 걸음을 옮겼다.

"뻔하지, 분명 공작이 손을 쓴 거야."

셀바토르 공작이라면 그럴 만하다고 생각했는지 데비엔과 이피엘의 말이 없어졌다.

어느새 토굴 끝이 보였다. 먼저 앞으로 나선 기사가 문을 열었다. 문을 감춰 두기 위해 쌓아 놨던 나뭇잎과 흙이 무너지는 소리가 들렸다. 문이 열리고 기사 둘이 빠져나가 주변을 확인했다.

"아무도 없습니다."

데비엔이 먼저, 그리고 중간에 메데이아, 맨 끝에 이피엘이 토굴을 빠져나왔다.

"태후 폐하, 이쪽입니다."

이피엘이 짙게 그늘진 한쪽을 가리켰다.

"저쪽에 마차를 준비시켜 두었습니다. 일단 병력을 모아 둔 곳으로 가셔서……."

"어디를 가시나 봅니다."

태후 일행을 제외하고는 아무도 없던, 적막한 숲속에 여자의 목소리가 울려 퍼졌다. 기사들은 재빠르게 검을 뽑아 들고 데비엔과 이피엘은 메데이아를 보호하듯 그녀 앞으로 나왔다.

"같이 차를 마실까 해서 왔는데. 여유롭게 차를 마실 상황은 아닌 듯하군요."

녹음으로 가득한 숲속에 검은 옷을 입은 공작이 서 있었다.

메데이아는 그런 공작을 보며 눈을 가늘게 떴다. 이질적이다. 검은 머리, 늪지대가 생각나는 암녹색 눈동자, 망토마저 검은색인데 얼굴 절반을 덮은 가면만이 하얀색이라 거부감이 들 정도였다.

그녀가 한 걸음 걷자, 태후의 기사들은 두 발짝 뒤로 물러났다.

"분명 아무도 없었는데."

맨 처음 나와 주변을 파악한 기사가 식은땀을 흘리며 중얼거리자, 공작이 옅게 웃었다.

"내가 네까짓 것들에게 걸릴 리가 없지."

분명 충분히 떨어져 있었다고 생각했는데 어느새 그녀는 바로 앞까지 와 있었다.

"비켜라. 태후께 긴히 드리고 싶은 말이 있으니."

대답은 들려오지 않았다. 앞에 서 있던 기사 둘이 바로 그녀를 공격하기 시작했고, 그게 그들의 마지막이었다.

"어?"

유언치고는 허망한 말을 남긴 사람들이 쓰러졌다. 붉은색 기사단복이 더욱 붉게 물들었다. 언제 뽑았는지 모를 검을 들고 공작은 다시 걸음을 옮겼다. 공작의 부츠에 밟힌 시체의 손이 괴상한 소리를 내었다.

"이게 무슨 짓인가, 셀바토르 공작! 저들은 황실 기사단! 황실 기사단을 해친 사람은 황가의 안전을 위협하는 자! 지금 공작은 반역을 저지른 것이다!"

이피엘이 물러나지 않고 절박하게 외쳤다. 공작은 웃음을 터트리더니 머리를 쓸어 올리며 대답했다.

"배신한 놈들을 사람으로 쳐 줄 만큼 내가 너그럽지 못해서. 그리고 반역이라는 건 적법한 황태자를 무시하고 제 친자식에게 황위를 물려주려 하고, 에피알테스를 이용하려 드는 자겠지."

"알아챘군요, 공작."

아렌도가 자기 아들이라는 그것까지 알아냈을 줄이야. 그렇다면 피스토레와 아르트엘도 알 가능성이 컸다.

'그래서 피스토레가 주저하지 않고 기사들을 보낸 거였구나.'

마음 약한 황제의 역린은 가족이었고 자신은 그걸 건드렸으니. 그래도 귀족들이 날뛰는 걸 감당하지 못해 보내지 않을 거라 생각했는데, 자신이 안일했던 모양이었다.

"예, 알아내느라고 조금 힘들었습니다. 태후 폐하."

공작은 보란 듯 허리를 굽히며 영광이라는 듯 인사를 보냈다. 여유가 넘치는 모습에 데비엔이 이를 갈았다. 그러고는 무언가를 결심한 듯 공작을 향해 손을 뻗었다.

퍼엉! 그녀의 손에서 만들어진 거대한 불덩이가 순식간에 공작을 덮쳤다. 열기와 강력한 빛에 공작의 모습이 묻혔다.

"도망치십시오! 여기는 제가 어떻게든 하겠습니다!"

데비엔의 말에 잠시 그녀의 눈을 바라보았다. 그리고 이내 고개를 끄덕였다. 그녀가 마차를 숨겨 둔 쪽으로 피했다.

"이피엘, 잘 부탁합니다."

"네, 데비엔 님."

이피엘 역시 눈물을 삼키며 그녀의 뒤를 따랐다.

데비엔은 정신을 공작에게 집중했다. 어떻게든 저 여자의 발목을 잡아야 했다. 데비엔과 함께 남은 기사 둘이 주춤거렸다.

"……!"

데비엔이 했던 것과 똑같은 불덩이가 그녀에게 날아들었다. 급하게 몸을 틀었지만, 팔에 강한 화상을 입었다. 치료하기 위해 화상 입은 부위를 감싸 쥐었지만 오래가진 못했다.

공작이 아무렇지도 않게 불구덩이에서 걸어 나오고 있었다. 무엇이 마음에 들지 않는지 미간에는 주름이 져 있었다.

"내가 요즈음 검만 써서 다들 잊은 모양인데. 나는 마법도 쓸 수 있네, 사제."

그렇게 말하며 공작이 손가락을 튕기자 순식간에 땅에서 튀어나온 뾰족한 얼음 가시가 데비엔의 목을 노렸다. 아슬아슬하게 가시를 피한 데비엔이 제 목을 감싸 쥐었다. 자가 치료는 하고 싶지 않았지만, 방법이 없었다.

"이런, 한 번에 보내 주고 싶었는데. 미안해라. 늙어서 그런가 종종 실수한단 말이지."

"크……. 뭐가 되었든 당신은 태후 폐하를 따라갈 수 없습니다!"

"아니지, 왜 그걸 아직도 모르지?"

공작의 미간에 잡힌 주름이 깊어졌다.

"데비엔 고위 사제. 그걸 정하는 건 메데이아나 그대가 아니야. 바로 나지. 약하면 주제라도 알아야 할 게 아닌가."

너무 당연한 걸 모른다는 듯 한숨을 내쉬는 공작의 말투에 데비엔의 얼굴이 분노로 붉게 달아올랐다. 그녀는 바로 손을 뻗어 두 번째 불덩이를 만들어 냈다. 아까보다 몇 배로 더 큰 불덩이가 공작을 향해 날아왔고.

"왜 아직 안 가셨어요?"

나무 위에서 폴짝 뛰어내린 루엔티에 의해 사라졌다. 지금 뭐가 있었냐는 듯 루엔티가 제 손을 탁탁 털며 공작을 바라보았다.

"방금 마차 네 대가 사라졌어요. 그중에 분명 메데이아가 타고 있을 걸요."

루엔티의 말에 공작은 고개를 끄덕였다. 어느새 그녀의 검은 검집으로 들어가 있었다.

"그럼 수고하렴."

가벼운 인사를 끝으로 공작은 몸을 돌려 다시 숲의 그림자 속으로 사라졌다.

"어디를 가는 거야, 공작!"

데비엔이 다시 공격했지만, 그녀의 마법은 나오지 않았다. 가볍게 데비엔을 저지한 루엔티가 안경을 벗어 품속에 집어넣으며 데비엔을 노려보았다.

"너, 4년 전 귀족 재판 때 우리 막내를 아프게 했던 놈이지."

데비엔의 손을 잡자마자 비명 지르며 쓰러지던 열두 살의 레슬리가 떠오르자 루엔티가 이를 갈았다.

"둘째 오라버니로서 우리 귀여운 막내의 복수를 해 주마."

"미친놈."

데비엔이 진심을 내뱉었다. 황가에 대한 반역이나 에피알테스의 이야기를 했다면 이렇게 말하지 않았을 것이다. 겨우 4년 전 여자애 하나를 아프게 한 걸 들먹이다니?

"우리 가문이 좀 미쳤지. 그런데 너도 레슬리가 코코아 위에 쿠키 올리는 걸 보고 이야기 좀 나누면 우리랑 똑같아질걸."

나도 그거 보기 전까진 다들 미쳤다고 생각했거든. 얼마나 귀엽다고. 알고 싶지 않은 사족까지 붙이며 루엔티가 씩 웃었다.

그게 공격의 시작이었다. 순식간에 허공에서 만들어진 날카로운 얼음 창이 무서운 소리를 내며 떨어지기 시작했다. 공기를 가르는 소리에 저절로 소름이 돋았다.

"뭐 하는 겁니까! 마법사를 죽이세요!"

얼음 창을 막아 내며 데비엔이 기사 두 명을 재촉했다. 잠시 시선을 교환한 둘은 이내 루엔티에게 달려들었다.

"죽어라!"

공작은 무서웠지만, 아들은 상대할 만할 것이다. 특히 첫째 베스라온이 아닌, 셀바토르 공작가에서 제일 약하다던 둘째니 싸움을 피할 이유가 없었다. 마법사는 무방비해지는 순간이 있으니까.

"하……. 짜증 나네."

정확하게 기사들의 시선을 읽어 낸 루엔티가 주변에 떨어진 두꺼운 나뭇가지를 집어 들었다. 그리고 그걸 그대로 휘둘렀다. 둔탁한 소리와 함께 머리를 제대로 맞은 기사 하나가 쓰러졌다.

"야, 내가 이래 봬도 셀바토르거든? 약해도 너희한테 뒤처지진 않아. 왜 다들 마법사라 그러면 힘이 약할 거라 생각하는 거지?"

진심으로 짜증 나는 듯 다시 루엔티가 쓰러진 기사를 집어 들더니 그대로 다른 기사에게 던졌다.

"커헉!"

제대로 부딪쳤는지 제 동료를 받아 내지 못한 채 몇 바퀴를 구르다 바위에 들이받았다. 머리를 잘못 부딪쳤는지 그대로 일어나지 못했다.

"방해꾼은 치웠고. 데비엔 고위 사제, 항복하지? 어차피 머리 쓰는 쪽이지 몸 쓰는 쪽은 아니잖아? 거기다 나이도 있는데, 무리하지 말라고."

루엔티가 덧니가 보이게 웃으며 손가락을 까닥거렸다.

"어린것이 무서운 걸 모르기는."

"아, 우리 저택에서 살다 보면 다들 그렇게 되더라고. 워낙 무서운 분이 계셔서."

데비엔의 얼굴이 일그러졌다.

확실히 루엔티의 말이 맞았다. 그녀는 주로 머리를 쓰는 쪽이었지, 몸을 쓰는 쪽은 아니었다. 거기다 압도적인 힘의 차이. 자신은 신력과 마력을 동시에 가지고 있다는 특이점 외에는 내세울 게 없었다.

그렇지만 물러날 수는 없다. 이미 공작이 메데이아와 이피엘의 뒤를 쫓았지만, 루엔티라도 붙잡아 놔야 했다. 단 한 명이라도 잡고 시간을 끌어 메데이아가 무사히 도망갈 수 있도록 도와야 했다.

'하지만 어떻게?'

방금 얼음 창도 순식간에 막히지 않았던가. 인정하고 싶진 않지만, 마법도 힘도 자신은 루엔티보다 아래였다.

잠시 고민하던 데비엔은 마음을 굳혔다. 자신이 유일하게 루엔티를 뛰어넘는 걸 이용할 생각이었다.

바로 4년 전, 레슬리를 재판장에서 고통으로 밀어 넣었듯 신력과 마력을 동시에 움직여 루엔티를 제압하는 것.

그건 데비엔에게도 위험한 일이었다. 레슬리 때야 잠시였고 큰 고통이 필요 없었다지만, 루엔티를 제압할 정도라면 자신이 가진 힘을 전부 쏟아부어야 했다. 그리고 그 결과로 오랫동안 간신히 지켜 온 신력과 마력의 균형이 깨질지도 몰랐다.

'……어차피 나는 죽는걸.'

데비엔은 쓰게 웃었다. 이대로 살아남는다 해도 반역자로 몰려 사형당하거나 신전의 배신자가 되어 쥐도 새도 모르게 사라지겠지.

유일하게 살길은 지금 자신이 루엔티를 막아 메데이아가 무사히 도망가는 것이었다. 그래서 다음에도 일이 잘 풀려 아렌도가 황제가 된다면, 그녀도 살 수 있으리라. 물론 그건 너무도 실낱같은 희망이라는 걸 데비엔도 잘 알고 있었다.

마지막 실소로 마음을 굳힌 데비엔이 루엔티의 발밑을 무너트렸다. 루엔티가 균형을 잃고 비틀거리자, 그 틈을 타 데비엔이 루엔티에게 달려들었다.

"그분께 보내 줄 순 없어, 셀바토르!"

그렇지만 크게 당황하지 않은 듯, 루엔티는 가볍게 혀를 찼다. 궁지에 몰린 사람의 마음은 불쌍하게도 훤히 보이는 법이었다.

"무슨 생각인지 빤히 보여서 안쓰러울 정도네. 자, 어디 원하는 대로 해 봐. 누가 이기는지 보자고."

루엔티는 기다리고 있었다는 듯 데비엔의 손을 낚아챘다. 무슨 꿍꿍이일까. 하지만 데비엔은 이내 의문을 머리에서 지운 채 마력과 신력을 있는 대로 움직였다. 이 정도라면 제아무리 셀바토르가의 체력일지라도 잠시나마 발을 묶어 둘 수 있을 것이다.

"아악!"

하지만 비명이 터진 건 데비엔의 입에서였다. 그녀의 뒤에서 누군가가 신력을, 그리고 동시에 루엔티가 제 마력을 데비엔에게 흘렸다. 그녀가 가진 힘보다 더 엄청난 양의 힘.

커다란 고통과 함께 데비엔이 간신히 유지해 오던 균형이 깨져 버렸다.

"미리 보호막을 쳤는데도 이거 아프네."

루엔티가 눈물을 찔끔 흘리며 데비엔의 손을 놓자 그녀의 몸이 그대로 무너져 내렸다. 바로 누군가가 데비엔을 짓눌렀다.

“데비엔 사제님.”

그녀를 포박한 콘라드가 무기질적인 눈으로 그녀를 내려다보았다. 어딘가 텅 빈 듯, 괴로운 일을 겪고 온 듯한 눈빛에 데비엔은 눈치챘다. 아이테라 대공을 막은 게 그라는 걸.

“아, 하하하. 아……버지를 팔아먹고 오셨……군요, 경. 그 기분이 어떤……가요? 저는 상상조차 큭, 못…… 하겠네요.”

고통으로 숨쉬기 힘들 정도면서도 데비엔은 이 상황을 벗어나기 위해 콘라드를 자극했다. 그녀가 아는 콘라드는 아버지에 대한 사랑과 존경이 엄청났으니까, 조금의 틈을 보일지도 몰랐다. 보여만 준다면야 이미 죽을 몸이니 무엇이 두렵겠는가.

그러나 데비엔은 대답을 듣기는커녕 더 큰 고통에 시달려야 했다. 콘라드가 말없이 더욱 강하게 신력을 흘려보냈고, 깨진 균형이 더욱 고통을 부추겼다.

“지금이라도 신께 사죄할 생각은 없습니까.”

콘라드의 물음에 데비엔은 낮게 웃었다. 고통과 눈물로 범벅이 된 얼굴이었지만, 후회 따윈 보이지 않았다.

“나의 신은 한 분뿐이라.”

“……아쉽군요. 사제님.”

텅 빈 목소리를 끝으로 데비엔의 시야가 검게 물들었다.

⚜

황실 메데이아의 궁 뒤편에 있는 숲은 수도 외곽과 이어져 있었다. 메데이아는 그런 위치까지 고려해 자신의 궁을 골랐고, 그 선택은 메데이아에게 있어 아주 좋은 선택이었다.

덜커덩! 숲을 빠져나온 마차 네 대가 수도 외곽을 향해 미친 듯 달리고 있었다. 사람들이 마차를 피하느라 비명을 지르며 흩어졌지만, 마차는 멈출 기미를 보이지 않았다.

심지어 마차에 붙어 있는 호위들은 일부러 주변을 엉망진창으로 만들며 달렸는데, 공작과 셀바토르 기사들의 주의를 돌려 시간을 벌려는 속셈처럼 보였다.

"공작님! 마차들이 흩어집니다!"

셀바토르 공작을 따라온 하르트가 다급하게 외치자, 공작이 흩어지는 네 대의 마차를 빤히 바라보았다. 아무런 특색이 없는 여러 대의 마차 중 한 대에 메데이아가 타고 있을 것이다.

"저거다."

그중 하나를 고른 공작이 주저 없이 말을 몰았다. 하르트와 몇 명의 셀바토르 기사가 그 뒤를 따르자 그녀는 흔들림 없는 목소리로 명령을 내렸다.

"하르트는 나를 따라와. 반트, 에젠, 바로크, 레인델은 흩어진 마차를 뒤쫓도록. 피해가 생겨서는 안 되니까. 처리하고 나면 바로 쫓아와."

"네! 알겠습니다!"

명령을 받은 넷이 바로 말 머리를 돌려 사라진 마차들을 쫓기 시작했다. 하르트는 잠시 흩어지는 기사들을 바라보다가 공작에게 물었다.

"그런데 공작님! 저 마차에 태후가 있다는 건 어떻게 아셨습니까?"

마차는 어디서나 볼 수 있는 평범한 마차에 아무런 특색도 없었다. 스쳐 지나가면서 봤지만, 마부 역시 같은 복장에 큰 모자로 얼굴을 가려 확인할 수 없었다. 심지어 체격까지 비슷했다.

"감."

"……네?"

하르트가 얼빠진 소리를 내자, 공작이 입꼬리를 올리며 웃었다.

"그리고 마차 바퀴."

"바퀴 말입니까?"

"그래, 자세히 보면 저 마차 바퀴만 달라. 조금 더 신경을 쓴 티가 나."

공작의 말에 하르트는 저 멀리 도망치고 있는 마차를 바라보았다. 아무리 바퀴를 노려봐도 알 수가 없었다. 미친 듯이 돌아가고 있는 바퀴를 제대로 보는 것조차 힘들었다.

"메데이아가 그런 실수를 저지르진 않았겠지. 하지만 아랫사람들은 다르니까. 조금이라도 메데이아가 더 멀리 도망칠 수 있도록 직전에 좀 더 신경을 썼을 거다."

메데이아는 사람을 다루는 데 능숙했고, 그건 그녀의 힘이 되었다. 그리고 그건 지금 그녀를 찾는 단서가 되었다.

"가자, 살테 평원에서 잡도록 하지. 거기라면 민가의 피해는 없을 거다."

"네, 공작님."

그렇게 말하며 공작은 말을 몰아 먼저 앞서 나갔다. 하르트가 그 뒤를 필사적으로 쫓았다.

어지러운 수도 외곽을 지나 마차는 필사적으로 달렸다. 간혹 감시탑이나 커다란 나무들에 잠시 마차가 가려지긴 했지만, 마차를 놓칠 정도는 아니었다.

마지막 감시탑에 잠시 마차가 가려졌을 때, 갑자기 호위에 붙어 있던 이들이 말머리를 돌려 공작과 하르트에게 달려들었다.

"우리들의 왕을 위하여!"

"아렌도 황제 폐하 만세!"

이뤄지지 않을 말, 그게 세 사람의 유언이 되었다.

무서운 속도로 공작과 하르트에게 달려들던 두 사람의 검을 가볍게 피한 공작과 하르트는 그대로 목을 내리쳤다. 마지막 한 사람은 두 사람의 검을 동시에 받아 내야 했고, 세 사람이 달려든 지 몇 분 지나지 않아 주변은 다시 조용해졌다.

"괜한 낭비를."

하르트는 쓰러진 세 사람을 보며 눈을 찡그렸다. 상당한 실력자가 분명했다. 어디서는 쉽게 지지 않는 사람들이겠지.

저런 기사를 배출해 내려면 꽤 큰돈이 들었을 텐데. 그것도 한 명도 아니라 세 명이었다. 평범한 가족이 몇 년은 먹고살아도 될 돈이 들어갔겠지? 나름 기사단장이다 보니 자연스레 정확한 금액이 머릿속에 떠올랐다.

"하르트."

공작이 그를 부르자, 대진 운이 없었던 세 사람의 명복을 빌던 하르트가 말을 몰았다. 다시 추격전이 이어졌다.

마차에는 속도를 빨리하는 마법이 걸려 있었는지, 공작과 하르트의 말로도 쉽게 따라잡을 수가 없었다.

마침내 공작과 하르트는 서쪽에 있는 살테 숲이 나오기 직전 펼쳐진 평원에서 이내 마차를 따라잡았다. 공작은 기다리고 있었다는 듯 검을 빼 들더니 가볍게 휘둘렀다.

콰앙! 굉음이 울려 퍼지며 불덩이를 맞은 마차가 크게 휘청거렸다. 마차는 휘청거리기만 할 뿐 넘어지지 않았고, 금방 다시 무서운 속도로 달리기 시작했다.

"흠, 역시 마법은 대비해 놨군. 보호 마법인가? 레슬리라도 있으면 어둠으로 먹어 치우게 할 텐데."

다른 수가 있지. 작게 중얼거린 공작은 아무렇지 않게 다시 한 번 검을 휘둘렀다.

이번에 마차는 멈출 수밖에 없었다. 공작이 땅을 일으켜 마차의 절반 정도 되는 벽을 만들어 냈고, 속력을 못 이긴 마차는 흙벽에 부딪쳤다.

"꺄악!"

흙벽은 무너졌지만 제 할 일을 다 했다. 앞으로 기울어진 마차는 그대로 전복되어 뒤집혔다. 마부석에 있던 남자는 그대로 튕겨 나갔고, 마차 안에서는 여자의 비명이 터져 나왔다.

공작과 하르트는 마차 근처에서 말을 멈춰 세웠다. 상당히 긴 거리를 뒤집힌 채 이동한 마차에서는 아무런 소리도 들리지 않았다. 마부는 튕겨 나갔을 때 목이 꺾여 숨을 거둔 듯 보였다.

검을 든 하르트가 조심스럽게 마차 쪽으로 다가가 문고리를 잡았다. 안에서 마차 문을 잠갔는지 문이 열리지 않았지만, 그건 아주 자그마한 반항일 뿐이었다. 검으로 아예 문을 뜯어낸 하르트가 안쪽에 있는 여자를 억지로 끄집어냈다.

망토를 뒤집어쓴 여자는 밖으로 나오지 않기 위해 몸부림치다 이내 흙길 위에 주저앉았다.

"이런."

여자의 망토를 벗긴 하르트가 얼굴을 찡그렸다. 메데이아가 아닌 이피엘이었다. 이피엘이 메데이아의 옷과 망토를 입고 하늘색 가발을 쓴 채 하르트와 공작을 노려보았다.

"아까 호위들이 달려들 때 바꿔치기한 건가?"

공작이 놀라지 않은 목소리로 이피엘을 내려다보자 그녀가 입꼬리를 올리며 비죽 웃음을 머금었다.

"무슨 상관이죠? 이미 메데이아 태후 폐하께서는 안전한 곳으로 가셨을 텐데. 거기가 어딘지 찾기나 하겠어요? 태후 폐하께서만 안전하시다면 우리는 언제든 다시 일어설 수 있어요."

이미 자신들이 이겼다는 듯 자신만만한 목소리였다.

"알 것 같은데."

그러나 공작의 말 한마디에 승리감에 차 있던 얼굴이 일그러졌다.

이피엘은 커다란 눈으로 공작을 올려다보았다.

다시 말에 오르며 공작은 한마디를 더 내뱉었다. 저 멀리서 미끼였던 마차를 처리한 기사들이 달려오고 있었다.

"그녀가 나를 오래 보고 있었던 만큼, 나도 메데이아를 오래 보고 있었거든."

반트에게 이피엘을 넘겨. 그녀는 중요한 역할이 주어질 테니까. 그렇게 덧붙이며 공작은 살텐의 숲을 바라보았다. 여러 갈림길을 가진 숲. 하지만 셀바토르 공작은 메데이아가 간 길을 정확히 집어냈다.

"가자, 크렌베이츠 성으로."

메데이아가 늘 보고 있던 풍경화에 그려진 그 성이었다.

⚜

르카디우스 제국의 수도는 다른 나라에 비교해 상당히 큰 편이었다. 원래 수도였던 안쪽과 제국이 넓어지면서 사람들이 모여 생긴 밖이 있었다. 그 후로 성벽이 세워지며 수도는 제한되었지만, 자연스레 경계가 나뉘게 되었다.

경계 안쪽은 황궁과 귀족들이 머무는 저택이 자리 잡고 있었기에 저택들은 조금 더 깔끔했고, 돌로 깔린 길이 있었으며, 고급스러운 상점들이 자리했다.

경계의 밖에는 평민가가 자리했다. 평민가에는 다양한 사람이 모여 살았고, 번화가는 두 거리에 걸쳐서 길게 형성이 되어 있었다. 그리고 평민가 가장 바깥쪽, 성벽 부근에는 떠돌이와 가난한 자들, 범죄자들이 모여 빈민가를 만들어 냈다.

레슬리가 일전에 신전으로 가다 이피엘을 보고 빠진 곳도 빈민가였다. 북쪽 성벽 밑에 자리한 쓰레기장 옆의 빈민가. 그 넓은 곳을 레슬리는 계속해서 뛰었다.

"거기 서!"

어지럽다. 숨이 턱 끝까지 차서 어지러웠다. 그간 열심히 연무장을 돌아서 이 정도였지 아니었으면 벌써 지쳐 떨어졌을 게 분명했다. 하지만 앞서 달리는 후작은 멈출 기미가 보이지 않았다. 저렇게 잘 달리던 사람이었던가.

'자기 목숨이 달려 있으니 살고 보려는 거겠지!'

레슬리는 빠르게 주변을 훑었다. 아까 쓰레기장에서 두 개의 기사단과 에타이 그리고 태후의 사람들이 붙으며 아수라장이 되었다.

더 큰 문제는 후작이 아직도 안고 있는 상자에서 '무언가'가 퍼지고 있다는 점이었다. 쓰레기장에 있던 사람들 중 스페라도 후작 부인과 엘리를 제외한 나머지의 얼굴에서는 열꽃이 피지 않았지만, 여기서는 장담할 수 없었다. 수도에서 병이 돈다면 가장 먼저 병이 퍼지는 곳이 이곳, 빈민가가 아니던가.

레슬리는 이를 갈았다. 후작은 엘리가 쓰러지고 후작 부인의 얼굴에 뭔가가 피어난 걸 봤음에도 상자를 포기하지 않았다. 검들이 부딪쳐 목숨이 위태로운 그 소란 속에서 잽싸게 상자를 들고 도망쳤다.

그렇겠지. 저게 없다면 후작은 그 무엇도 거래할 것이 없어진다. 스페라도 가문은 무너졌으며, 재산은 사라졌고, 엘리는 저렇게 돼 버렸다. 저게 마지막 거래 물품이었다.

후작에게서 눈을 떼지 않고 있던 레슬리가 가장 먼저 반응해 후작을 쫓고, 뒤이어 셀바토르 기사 몇 명이 붙었으나, 에타이와 태후가 보낸 사람들의 방해를 받은 듯 보였다. 실제로 지금 후작을 쫓고 있는 이는 레슬리뿐이었다.

'사람이 없는 쪽으로 몰아야 해!'

레슬리는 낡은 판잣집 사이로 사라지려는 후작의 길목을 어둠으로 막았다. 후작이 얼굴을 구기더니 한순간의 망설임도 없이 방향을 틀었다.

그렇게 몇 번을 막고 나니 레슬리의 계획대로 되었다. 후작 역시 자신이 토끼 사냥을 당하고 있다는 걸 알았는지 후반에는 걸음이 느려졌다.

"히익, 헉……."

성벽으로 몰린 후작은 가쁜 숨을 몰아쉬었다. 성벽 근처에 있던 사람들이 놀라 몸을 움직이기 시작했다. 헝클어진 머리 사이로 보이는 눈은 확실하게 말해 주고 있었다. 그는 지금 레슬리에게 겁을 먹었다.

"다가오지 마라!"

들을 가치가 없는 말이었다. 레슬리는 턱 끝에 맺힌 땀방울을 훔치며 천천히 후작에게 다가갔다.

"너, 너는 내 딸인데! 자식은 응당 부모의 말을 들어야 하는 건데!"

레슬리는 이를 갈았다.

스페라도 후작 부인이 숨을 거두었고 엘리는 에피알테스의 제물이 되어 쓰러졌다. 소중한 가족이라고 했으면서 스페라도 후작에게는 그 둘보다는 자신의 품에 안고 있는 에피알테스가 더 소중해 보였다.

그래, 이런 인간이었지. 그 상황에서도 에피알테스를 잽싸게 챙겨 도망치는.

"당신의 사랑은 죽음이야? 아내도, 딸도 당신의 욕구를 위해 죽으면 돼? 더럽고 역겨워."

어둠이 천천히 움직이기 시작했다. 봐주지 않을 것이다.

후작은 에피알테스를 끌어안고 겁에 질린 눈으로 레슬리를 바라보았다. 자신의 목소리에 눈물을 떨구고 손짓 한 번에 바닥에 몸을 웅크리면서도 제 옷깃을 잡는 아이가 없어졌다는 걸, 그리고 자신은 더 그 아이를 좌지우지할 수 없다는 걸, 그는 이제야 깨달았다.

"너도 커 보면 알 거다. 어려서 아직 모르겠지만 커서 어른이 되면 내 입장을 이해할 거라고! 전부 우리 가문을 위해서였다. 영원히 빛날 우리 스페라도 가문을 위해서!"

멈춰 달라는 듯 한쪽 손을 뻗은 상태로 후작은 다급하게 외쳤다. 하지만 다른 한 손은 빠르게 제 품을 뒤졌다.

"어른은 응당 어느 정도의 희생을 감수하고 움직여야 하는 법이다!"

"어른은 응당 살려 달라는 아이의 목소리를 무시하면 안 되는 거라고 하셨어!"

남아 있던 사람들이 전부 도망치자, 레슬리는 더 참지 않았다. 바로 어둠으로 후작을 덮쳤다.

"크아악!"

후작이 뻗고 있던 팔 하나가 그대로 어둠에 먹혔다. 후작은 비명을 내질렀고 품에서 꺼낸 단검으로 제 팔을 잘라 내었다. 비명과 함께 에피알테스가 땅을 굴렀다.

"히, 히익……. 히이이. 히힛……."

피가 사방으로 퍼지고, 고통에 이성을 놓은 것인지 후작이 정신 나간 사람처럼 웃음을 흘렸다. 그러고는 아까의 단검을 내던졌다.

어둠을 피했으니 저런 건 이제 필요 없었다. 자신은 더 강력한 게 있으니까.

"어딜 도망가려……!"

레슬리는 순식간에 자신에게 달려오는 후작을 보고 당황했다. 팔을 끊어 내는 거야 놀랍긴 했으나 당황할 정도까진 아니었다. 그는 삶에 대한 집착이 무서울 정도였으니까. 하지만 이렇게 자신에게 달려올 줄 몰랐다.

거리를 좁힌 후작이 제 품에서 무언가를 꺼내 던졌다. 검은 사슬, 엠로아에게 주고 남은 사슬이 날아와 본능적으로 머리를 가린 팔목에 감겼다. 바로 그 사슬을 털어 냈으나 어둠은 크게 출렁거렸고, 그사이 후작은 마지막 무기를 꺼내 들었다.

"죽어라, 이 괴물!"

붉은 마법석이 빛났고, 거대한 폭발이 레슬리를 휘감았다.

⚜

레슬리는 느리게 눈을 깜빡였다. 방금까지 자신은 아주 중요한 일을 하고 있었던 것 같은데. 도무지 기억이 나지 않았다. 레슬리는 바닥에 주저앉은 채 고개를 갸웃거렸다.

뭐였더라. 뭔가 아주 중요한 일이었다. 아주 오랫동안 바라 왔던 것이 이뤄지기 직전이었다. 그런데 그걸 잊어 먹다니. 절대로 잊어버리면 안 될 걸 잊어버린 기분이었다.

자신이 바라던 일과 함께 무언가 소중한 게 사라져 버린 기분. 따스한 것, 가슴 깊은 곳으로부터 충족받는 그 느낌을 뭐라고 하더라.

아무리 떠올리려고 노력해 봐도 헛수고였다. 기억은 물론 단어조차 생각나지 않았다.

「울지 마.」

그때 누군가가 레슬리의 눈물을 닦아 주었다. 따스한 체온을 가지고 있지는 않지만, 안으면 분명 폭신할 토끼 인형이었다.

「오지 말라니까 금방 왔네.」

그랬던가? 레슬리는 눈물을 뚝뚝 떨어트리며 토끼 인형을 바라보았다.

「이왕 온 김에 인사하고 가. 다들 너에게 할 말이 있대.」

"나……에게?"

「그래, 가자.」

토끼 인형은 인형답지 않은 무지막지한 힘으로 레슬리의 손을 잡고 이끌었다. 몸을 일으킨 레슬리는 비틀거리며 인형을 따라갔다. 아프다. 다리가 너무도 아팠다.

"자, 잠깐만. 나 다리를 다쳐서……."

「다리를 다쳤어?」

"으, 응. 엘리 언니 물음에 제대로 대답하지 못해서 회초리를 맞았거든……."

아팠지. 무슨 일에 화가 나 있던 건지는 몰라도 후작 부인은 가혹하게 레슬리를 매질했다. 종아리에 핏방울이 맺히고 나서야, 그제야 화가 풀렸다는 듯 매질을 그만두었다.

그 뒤로 약도 바르지 못한 채 끙끙 앓았었다. 르아는 레슬리가 바보라서 받은 벌이니 알아서 나으라고 했던가.

「정말로 다쳤어?」

토끼 인형은 걸음을 멈춘 채, 레슬리를 바라보았다. 목에 매고 있는 리본과 같은 색의 눈동자가 레슬리를 바라보았다.

"다쳤어. 나, 나는 거짓말은 안 해. 거짓말하면 또 거울이 가득한 방으로 갈 테니까. 나는 절대……."

레슬리는 다시 눈물을 떨어트리며 필사적으로 고개를 저었다. 거짓말하면 늘 거울이 가득한 방으로 끌려간다. 어쩐지 거기는 오싹해 가고 싶지 않았다. 어머니가 웃어 주면 그나마 있을 만했으나, 요즈음 어머니는 웃지 않았다.

「레슬리, 네 다리를 한번 봐 봐.」

토끼 인형의 말에 레슬리는 슬쩍 낡은 치마를 들어 자신의 다리를 바라보았다.

"어?"

상처 하나 없이 매끈한 다리였다. 거기다 먹은 것도 없었는데 살이 붙어 보기 좋아 보였다.

「괜찮지? 가자!」

토끼 인형은 레슬리의 손을 잡고 이끌었다. 주변은 사방이 분간이 안 될 정도로 어두웠으나 어쩐지 무섭지는 않았다. 오히려 자주 온 듯 익숙한 곳이었다.

「다 와 가!」

토끼 인형이 그렇게 말하자마자 레슬리의 귓가에 작은 목소리들이 들려왔다. 어리고 어린 목소리들. 멀지 않은 곳에 많은 아이가 모여 있는 모양이었다.

그리고 레슬리의 예상이 맞았다. 작은 아이 조금 큰 아이……. 다양한 나이 대의 아이들이 모여 무언가를 즐겁게 떠들고 있었다. 공통점이란 성인에 가까워 보이는 아이는 없다는 것이며 모두 은발이라는 점이었다.

「어?」

「네가 여기 오면 어떻게 해.」

레슬리를 발견한 아이들이 하나둘씩 그녀의 곁으로 몰려들었다. 레슬리가 어찌할 줄 몰라 하며 몸을 웅크리자, 토끼 인형이 한숨을 쉬더니 작은 팔을 휘둘렀다.

「이 아이는 잠시 온 거야, 잠시!」

「다행이다!」

인형의 말에 아이들이 전부 안도의 웃음을 흘렸다. 그리고 반짝거리는 눈으로 레슬리를 바라보았다.

「있지. 나 하나만 물어봐도 돼?」

레슬리보다 서너 살은 어려 보이는 아이가 눈을 반짝이며 다가왔다.

「솜사탕은 무슨 맛이야?」

「맞아, 나도 그거 궁금했어!」

아이에 물음에 몇몇 아이들이 고개를 끄덕였다.

“솜사탕은…… 달콤해. 사탕처럼 달콤한데 입에 넣으면…… 사르르 녹아 없어져. 코코아에 찍어 먹으면 절대 안 돼. 순식간에 녹거든.”

레슬리가 더듬더듬 대답하자, 아이들의 눈이 커다래졌다. 반짝거림이 과도해 곧 눈에서 떨어질 듯 보였다.

「사탕! 난 먹어 본 적 있어! 진짜 맛있는 거야!」

「부럽다. 난 그거 먹어 본 적 없는데.」

「난 형이 먹다 던진 거 주워 먹어 본 적 있다.」

「난 과자 먹어 본 적 있는데. 버터가 들어간 거랬어.」

「그런데 코코아는 뭐야?」

한 아이의 자랑에서 다른 아이의 자랑으로, 하나의 물음에서 다른 물음으로 말은 계속해서 이어졌다.

한참 동안 레슬리는 아이들의 자랑과 부러움, 물음을 들으며 왜 자신이 솜사탕이란 것에 대해 알고 있는지 떠올려 보려고 했다.

솜사탕. 분홍색이고, 몽실몽실해 보이고, 머리카락은 아니고……. 어디서 언제 자신이 그렇게 신기한 걸 먹어 봤더라? 답을 떠올리기도 전에 다른 질문이 레슬리에게 들어왔다.

「있지. 부모님에게 사랑받는다는 건 어떤 느낌이야?」

아. 레슬리의 눈이 무언가를 깨달은 듯 커다래졌다. 다른 아이가 질문 하나를 더 던졌다.

「나를 때리지 않는 오라버니들에게 사랑받는다는 느낌도 말해 주면 안 돼?」

「나는 형인데. 난 남자인걸.」

「조용히 해야 답을 해 주지. 그리고 형님이나 오라버니나 비슷한 거야.」

작은 아이를 레슬리 또래의 소년이 토닥거렸다. 그 아이가 다른 아이들을 이끄는 대장인 듯했다. 그 소년의 말에 모두 입을 멈췄으니까.

소년의 눈이 레슬리에게로 향했다. 왼쪽 눈에 있는 눈물점 때문일까, 어딘가 슬퍼 보이는 눈이었다.

하지만 소년은 눈물 대신 자상함과 인내심을 품고 있었다.

「중요한 건 가족에게 사랑받는다는 거니까.」

소년의 말에 레슬리의 눈에서 눈물이 떨어지기 시작했다. 잠시 뒤로 물러나 있던 기억이 서서히 되돌아왔다. 자신은 이 답을 아이들에게 꼭 해 줘야 했다.

"사……랑받는다는 건……."

눈물이 흐르고, 자연스레 목이 막혔다.

"가슴이 따스하고……. 흑. 가만히 있어도 막 웃음이 나서……."

그런데도 말을 멈출 수가 없었다.

너희들이었구나. 너희들이었어. 나를 불 속에서 구해 주고, 자신들이 모아 온 힘을 주고, 여태껏 어둠 속에서 어둠이를 움직여 줬던 아이들이.

"정말로, 행복한 느낌이야."

레슬리는 굵은 눈물을 떨어트리며 환하게 웃었다.

어설픈 답이었다. 행복도 사랑도 모르는 아이들이 아니던가. 하지만 아이들은 충분히 알아들었는지 환하게 웃었다.

「다행이다. 그럼 지금 행복해?」

부모에 대한 사랑을 물었던 아이가 환하게 웃으며 레슬리에게 안겼다. 레슬리는 울먹이며 고개를 끄덕였다.

"너희도 받았어야 하는 건데……."

사실 이 중에 있는 그 누구도 제물 따위가 되어서는 안 됐다. 사랑받고 평범하게 커서 자신이 원하는 삶을 살았어야 했다.

「울지 마. 우리는 네 이야기를 들은 것만으로도 만족스러운걸.」

고사리 같은 손으로 레슬리의 눈물을 닦아 주며 아이가 웃었다. 어느새 레슬리의 옆에 온 토끼 인형도 눈물을 닦아 주려 팔을 들고 폴짝폴짝 뛰었다. 레슬리는 무언가를 다짐한 듯 고개를 번쩍 들었다.

"내가 복수해 줄게! 후작을 죽이고, 스페라도 가문을 무너트릴 거야! 그러면 너희도 좀 편안해질 게 분명해."

같은 꼴로 만들어 주겠어. 엘리도 후작 부인도 후작도! 전부 불구덩이 넣어서 이 아픔을 조금이라도 겪게 만들 거야. 레슬리는 이를 갈았다.

「레슬리.」

작은 손이 진정하라는 듯 레슬리의 머리를 쓰다듬었다.

「우리는 괜찮아.」

대장 같아 보이는 소년은 옅게 웃었다.

「우리는 네가 복수를 하라고 너를 도와준 게 아니야. 주변 사람들도 다 비슷한 말을 하지 않았어?」

"하지만……."

「불씨를 스스로 삼키고 있으면 안 돼. 그건 속부터 너를 태울걸.」

소년의 미소는 인자해 보였다. 그는 언제부터 이 어둠 속에 있었을까?

「그러니 그는 신경 쓰지 마. 가족과 행복한 삶을 사는 데 집중해. 알겠지? 나중에 우리에게 사랑받는다는 게 어떤 느낌인지 더 정확한 답을 해 줘.」

레슬리의 머리를 쓰다듬던 손이 떨어졌다. 소년의 얼굴을 보며 레슬리는 입술을 꽉 깨물었다. 눈물은 아직도 뚝뚝 떨어지고 있었다.

"알았어."

그렇게 할게. 행복해지는 데 집중할게. 그건 울먹임 속에 묻혔다.

「그래. 잘했어, 레슬리.」

소년이 주변을 둘러보더니 레슬리에게 말을 걸었다.

「이젠 우리는 가야 해. 그래서 말인데…… 어둠이는 우리가 가져가도 될까?」

"어둠이를?"

「응. 우리는 이제 떠나야 하는데, 너무 오랫동안 여기에 있어서 밝은 곳으로 안내해 줄 길잡이가 필요해. 그냥 가면 다들 길을 잃어 미아가 되고 말 거야.」

레슬리는 그 물음에 자신의 옆에 있는 토끼 인형을 바라보았다.

첫 선물, 첫 인형. 셀바토르 공작저에 갓 도착했을 때 베스라온에게서 선물 받은 인형은 얼마나 소중했던가.

선물 받고 나서는 잠잘 때도 식사할 때도 책을 읽을 때도 가지고 다녔다. 오롯이 자신만을 위해 주어진 인형은 너무도 큰 의미를 가지고 있었다.

"아……."

헤어져야 하나? 싫다. 헤어지고 싶지 않았다. 레슬리의 눈에 다시 눈물이 고였다. 어린아이 같아도 되는 순간이 있다면 지금으로 하고 싶었다. 어둠이는 자신이 가장 아끼던 인형이었으니까, 인형보다 더 큰 의미가 있었으니까.

레슬리는 어둠이의 라일락색 눈동자를 바라보았다. 자신이 이렇게 이기적이었던가?

그렇지만, 그렇지만……. 계속 생각이 제자리를 맴돌았다. 이러면 안 된다는 생각과, 어린아이 같아도 괜찮으니 가지 말라 잡고 싶은 마음이 뒤엉켰다.

쉽게 보내 주지 못하는 자신이 싫어 레슬리는 피가 나도록 입술을 깨물었다.

「레슬리.」

긴 속눈썹 사이로 떨어지는 눈물을 훔치니, 어둠이가 자신을 올려다보고 있었다.

「너는 이제 괜찮을 거야.」

그렇게 말하며 어둠이는 레슬리의 뺨에 흐르는 눈물을 닦아 주었다. 인형일 뿐인데 어쩐지 온기가 느껴졌다.

그렇구나. 너는 더 필요한 아이들에게 가는 게 맞겠구나.

"응……. 나는 이제 괜……찮을 거야."

입술을 꽉 문 채, 레슬리는 눈물을 뚝뚝 떨궜다. 고개가 간신히 움직였다. 그러고는 어린아이 같은 마음을 꽉 누른 채 간신히, 웃어 보였다.

"그동안 고마웠어, 어둠아."

레슬리는 그렇게 말하며 어둠이를 마지막으로 꼭 끌어안았다. 어둠이 역시 짧은 팔로 레슬리의 목을 꼭 끌어안았다.

소년의 말대로라면 바로 떠나는 건 아니지만, 지금 이 순간이 어둠이와의 마지막 순간이라는 건 확실하게 알았다.

"잘 가, 어둠아."

「잘 있어, 레슬리.」

인사를 마친 어둠이가 폴짝 레슬리의 품에서 내려오더니 아이들을 향해 크게 외쳤다.

「자, 다들 갈 준비를 하자! 나 어둠이가 이끌 거야!」

그 모습이 재밌는지 아이들이 까르르 웃음을 터트리며 어둠이 주변에 앉아 어둠이를 구경했다.

「저 아이들에게도 너에게도 미안한 게 많았는데……. 드디어 갈 수 있게 됐네. 다 네 덕분이야. 고마워.」

소년은 그런 아이들의 모습을 보며 작게 중얼거리더니 이내 고개를 돌려 레슬리를 바라보았다.

「나는 마지막까지 남아 있을 거야. 그러니 우리 잘 버텨 보자. 해야 할 일을 위해서.」

우리가 잘 버텨 보자는 건 뭘 의미하는 걸까. 물어보기도 전에 레슬리의 머리를 쓰다듬어 주고는 소년도 어둠이 근처로 걸어갔다.

레슬리는 잠시 눈을 깜빡였다. 묘하게 소년의 인상이, 그리고 마지막 말이 레슬리의 기억에 남았다.

⚜

시간이 얼마나 지났을까. 분명 스페라도 후작이 자신의 팔까지 포기해 가며 레슬리에게 다가왔고, 품속에서 무언가를 꺼냈다. 그리고 이어진 커다란 폭발.

아마도 마법석이었겠지. 마력도 없는 후작이 폭발을 일으킨다면 그것뿐이니까.

코앞에서 벌어진 일이라 피하거나 어둠을 움직일 겨를 따윈 없었다.

"아……."

그리고 지금 레슬리의 눈앞에서, 검은 토끼 인형 하나가 산산조각이 나 흩어지고 있었다. 어둠이었다. 분명 침대에 누워 있어야 할 어둠이가 레슬리의 앞에서 폭발을 막고 흩어지고 있었다. 언제나 곱게 묶여 있던 라일락색 리본이 땅으로 떨어졌다.

"뭐, 뭐야. 이건!"

당황한 후작이 아픔도 잊고 고함을 질렀다. 폭발은, 겨우 인형 하나 따위가 막을 만한 게 아니었다. 그런데도 폭발은 인형에게 막혔고, 레슬리는 털끝 하나 다치지 않고 무사했다.

"이익……. 이이익!"

스페라도 후작은 팔을 뻗어 레슬리의 목을 쥐려고 했다. 그가 이길 가능성은 조금도 없는데, 이성을 상실한 탓에 그런 계산조차 되지 않는 듯했다.

"아악!"

하지만 하나 남은 팔이 레슬리의 목에 닿기도 전에 후작은 바닥을 굴렀다.

그의 팔에는 단검이 하나 꽂혀 있었는데, 단검에는 셀바토르 가문의 문장이 새겨져 있었다.

"레슬리, 뒤로 물러나 있으렴."

최대한 상냥하지만, 그 뒤에 깔린 난폭함을 숨길 수 없는 목소리였다. 이름도 기억나지 않는, 스물다섯 살의 귀족 청년이 열두 살의 레슬리에게 청혼서를 보냈을 때 봤던 커다란 도끼에는 이미 피가 흠뻑 묻어 있었다.

사이레인이 걸음을 옮길 때마다 피가 뚝뚝 떨어져 길을 이었다.

"이 아버지는 쓰레기와 도끼로 이야길 좀 해야겠다."

사이레인이 이제야 준비운동이 끝났다는 듯 스페라도 후작을 노려보며 웃었고 바로 공격이 시작됐다. 커다란 도끼가 후작의 목을 노렸다. 후작은 이제 상자고 뭐고 내동댕이친 채 사이레인의 도끼를 피하는 데 전념하고 있었다.

"자, 잠깐! 셀바……토르! 나와 이야기를!"

"이야기는 무슨!"

가지 않겠다는 레슬리를 기어코 보낸 사이레인은 무섭게 도끼를 내리찍었다. 묵직한 소리와 함께 애꿎은 나무 하나가 그대로 토막 났다.

"진정 나를 죽일 셈인가!"

스페라도 후작은 악에 받쳐 소리를 질렀다.

"나는 그 아이의 친부야. 레슬리 스페라도의 친부라고! 내가 없으면 레슬리는 완벽히 네 딸이 될 수……."

"아직도 개소리를! 우리 딸은 네놈 같은 부모를 둔 적이 없다, 스페라도!"

분노로 눈이 붉어진 사이레인은 도끼를 잽싸게 피한 후작의 얼굴을 주먹으로 가격했다. 비명조차 내지르지 못한 후작이 흙바닥을 몇 번이나 굴렀다.

"끄……으으으."

후작은 축축해진 제 얼굴을 닦아 냈다. 소맷자락에 피가 붉게 배어 나왔다. 사이레인의 주먹에 코뼈가 무너지고 이가 빠지면서 피가 흐른 것이다. 그런데 묘하게 고통은 느껴지지 않았다.

'저 상자 덕분인가?'

후작은 사이레인 뒤쪽에 있는 낡은 상자를 바라보았다. 그래, 저걸 들고 도망친 이후로는 뭔가 기분이 묘했다. 마치 철없었던 시절, 기분을 좋게 해 준다는 약을 먹은 것처럼.

'예전에 황실이 가지고 있는 보물 중에 사람의 정신을 맑게 해 주는 보물이 있다고 들었는데.'

그 보물을 마지막 시험으로 태후가 엘리에게 맡겨 놨을지도 모르는 일이었다.

좋은 것을 얻었다고 생각한 후작은 빠진 이를 드러내며 히히 웃었다.

실제로는 엘리 대신 제물이 되어 버린 후작을 천천히 집어삼키기 위해 에피알테스의 힘이 작용한 것이지만, 후작은 이 기분이 무엇 때문에 파생이 된 것이든 전혀 상관없었다. 그는 이미 4년 전부터 미쳐 있었으니까.

아니, 태어났을 때부터 미쳐 있었던 걸지도 몰랐다. 스페라도 후작가에서는 광기가 흘렀으니까. 자신의 아이들을 차례로 불 속에 집어넣어 권력을 유지하던 이들이 제정신일 리가 없었다. 거기에 에피알테스의 영향력이 자연스럽게 더해졌을 뿐.

"허, 웃어?"

하지만 그의 웃음은 사이레인을 도발했다. 비적비적 몸을 일으키려는 후작의 다리를, 사이레인이 도끼 끝으로 무섭게 내리쳤다.

"……!"

고통은 없었으나 무언가 잘못됐다는 걸 알 수 있었다. 어딘가 부러지는 소리와 함께 방금까지만 해도 멀쩡하던 다리가 반대 방향으로 꺾였으니까.

후작은 소리 없는 비명을 지르며 몸을 뒤틀었다. 그때마다 다친 다리가 괴상한 모습으로 뒤틀렸다.

"내…… 내 다리가 어떻게 된 거야."

후작은 제 다리를 잡고 덜덜 떨었다.

"너는 쉽게 죽이지 않을 테니 기대해라, 후작."

못해도 레슬리가 아파서 울었던 나날만큼 후작도 아프게 해 줘야 공평한 게 아닌가.

흙바닥 위를 벌레처럼 기고 있는 후작에게 다시 사이레인이 다가가 그의 멱살을 틀어잡고는 한 손으로 그를 번쩍 들어 올렸다. 멱살을 잡힌 채 공중에 두 다리가 떠 버린 후작은 괴로운 듯 컥컥 소리를 내었다.

잠시 공중에서 두 아버지의 시선이 마주쳤다.

죽는다. 후작은 죽음이 코앞까지 다가왔음을 느꼈다. 4년 전에도 느껴 본 적 없던 공포였다. 지금 눈앞에 있는 이 남자는 재판이니, 귀족의 명예니 그런 걸 따지지 않고 자신의 목을 날려 버릴 것이다. 천하디 천한 용병 출신이 아니던가.

자신은 살아야 했다. 살아남아야 했다. 다른 이가 다 죽어도 자신만은 살아서 모든 걸 누려야 했다. 그러기 위해 태어난 사람이니까. 그런데 어떻게?

후작이 눈알을 굴리자, 눈치를 챈 사이레인이 도끼를 치켜들었다.

하지만 후작이 조금 더 빨랐다. 이를 드러낸 후작은 사이레인의 팔목을 물어뜯었다.

"……이 미친놈이!"

고통을 느끼지 않기에 가능한 일이었다. 사이레인이 후작을 놓치자마자 후작은 웃으면서 침을 흘렸다.

"나는 여기서 죽지 않아……."

마치 광견병에 걸린 개 같군. 그렇게 생각하며 사이레인은 자신의 팔을 매만졌다. 얼마나 세게 물어뜯었는지, 피가 흘러 옷을 적시고 땅으로 떨어질 정도였다.

'원래 제정신이 아닌 건 알았지만, 더더욱 정신이 나간 것 같아.'

사이레인이 무슨 생각을 하는지도 모른 채, 후작은 상자만을 바라보았다. 저거를 가져가야 하는데. 아니, 지금은 먼저 살아남아야 하는데.

정신이 뒤죽박죽 섞이기 시작했다. 후작의 귀에 아이들의 목소리가 들려왔다. 어린아이들이 한꺼번에 떠드는 목소리는 작아서 그 내용이 잘 들리지 않았다.

후작은 천천히 주변을 둘러보았다. 분명 레슬리 고것이 영악하게도 사람이 없는 쪽으로 자신을 몰았다. 이 주변 어딘가에 있을 텐데. 있으면 좋겠다. 있어라.

'있다.'

골목 사이 작은 아이가 눈에 들어왔다. 큰 소리가 나자 부모 몰래 구경을 왔지만, 잔혹한 장면에 얼어붙은 듯한 아이. 그 아이를 후작과 사이레인이 동시에 발견했다.

"엄마아!"

한 다리로 달린다는 게 믿기지 않을 정도로 후작은 빠르게 움직였다. 한쪽 팔과 한 다리를 움직여 마치 거미처럼 달려드는 후작을 보고 아이는 외마디 비명을 내지르고는 그대로 굳어 버렸다.

"이거나 잘라!"

자신에게 달려드는 사이레인을 바라보며 후작은 아이를 집어 던졌다. 사이레인이 도끼를 뒤로하고 아이를 받아 내는 그 순간, 그대로 후작은 사라졌다.

"쫓아가겠습니다."

셀바토르 기사가 외치자, 사이레인은 손으로 자신의 얼굴을 가린 채 고개를 저었다.

"아니, 그럴 필요 없어. 어디로 갔을지 아니까. 어차피 토끼몰이일 뿐이지."

토끼몰이? 기사가 반문하기도 전에, 사이레인은 자신의 품 안에서 놀라 굳어 버린 아이를 조심스레 기사에게 건네주었다. 아이가 기사의 품에 안기고 나서야 그는 제 얼굴을 가리던 손을 내리고 눈을 찡그렸다.

"중요한 건 저건데."

흙바닥을 굴러다니는 에피알테스. 저걸 어떻게 해야 할까. 머릿속에서 계속 야생의 감이 경보를 보내 주고 있었다. 저것은 위험하다. 아무것도 모르는 상태에서 저 상자를 마주했어도 감은 경보를 보냈겠지.

잠시 고민하던 사이레인은 크게 한숨을 쉬었다.

"조금 늦더라도 사제를 불러야겠다."

"그럴 필요는 없습니다, 사이레인 님."

눈물로 젖은 얼굴, 피가 묻어 붉게 변한 성기사복을 입은 콘라드가 사이레인에게 다가갔다. 늘 깊은 신앙심과 아버지를 향한 존경으로 반짝거리던 눈은 빛을 잃은 지 오래였다. 곁에 있던 루엔티는 어디로 갔는지 알 수 없었다.

"이건 제가 처리하도록 하겠습니다."

부디 볼일을 보시길. 그렇게 나지막이 말하며 콘라드는 에피알테스를 집어 들었다.

"그렇게 집어도 되는 건가, 아이테라 경?"

사이레인의 물음에 콘라드는 쓰게 웃었다. 그러고는 제 망토를 벗어 에피알테스를 감싸 안았다.

"누군가는 옮겨야 하는 거니까요. 신력과 체력이 뛰어난 제가 가장 적당합니다. 그런데 토끼몰이라니. 어떻게 하실 셈입니까?"

애써 말을 돌리는 콘라드를 바라보며 사이레인은 이를 보이며 웃었다.

"불을 지를 거다."

스페라도 후작가가 불타고 있었다.

거대한 저택이 불길에 휩싸이고 무너져 가는 모습을 스페라도 후작가의 사용인들은 덜덜 떨며 바라만 볼 수밖에 없었다. 갑자기 들이닥친 곰 같은 사내가 모든 사람들을 정원으로 내몰았고, 마지막 한 사람이 나오는 순간 불길이 일었다.

"잘 탄다!"

사이레인은 거대한 불길에 먹히는 스페라도 후작가를 보며 씩 웃었다. 미리 셀바토르 기사들 몇과 사용인들로 저택에 기름과 석탄, 그리고 마른 나무들을 가득 쌓아 둔 보람이 있었다.

무너져 내린다고 해도 쓸데없이 큰 정원이 있어서 다른 곳까지 피해를 줄 것 같지 않았다. 불똥이 조금 튀고 있었지만, 저 정도야 뭐.

사이레인은 활활 타는 모습에 기분이 좋아 크게 웃었다. 스페라도 후작가의 사용인들은 불타는 저택을 보며 소리 없는 비명을 질렀다. 저 안에 사람은 없다지만, 보기 끔찍한 광경이었다.

"이게 무슨 짓입니까!"

막 여행에서 돌아온 후작저의 집사는 눈물을 글썽거렸다. 저 저택이 어떤 저택이던가.

“스페라도 후작가는 1천 년 전, 초대 르카디우스 황제 폐하께서 직접 내리신 건물입니다! 이 르카디우스 제국에서도 몇 안 되게 남아 있는 고대 벤테이움 양식을 그대로 유지한 저택, 말 그대로 예술 작품인 저택이란 말입니다!”

“알아. 셀바토르 공작저도 그러니까.”

사이레인은 셀바토르 기사 한 명이 건네준 수통의 물을 벌컥 들이켜며 대답했다.

“아시면서도 그러는 거라니! 우리 스페라도 후작가와 척을 지는 거로 알겠습니다!”

집사는 몸을 떨었다. 감히 이게 무슨 짓이란 말인가. 셀바토르건 뭐건 참을 수가 없었다.

거기다 지금 눈앞에 태연하게 앉아 있는 이 남자는 귀족 출신도 아니지 않은가. 운 좋게 아내를 잘 만나 성과 축복의 이름을 받은 남자. 그런 인간이 이 아름다운 저택을 부서트리려고 하다니.

집사는 분노로 이성을 잃었다. 하지만 이어지는 한 마디에 바로 제정신으로 돌아왔다.

“좋지.”

“네?”

“그거 마음에 든단 말이다.”

사이레인은 아무렇지도 않게 수통을 주인에게 넘기더니 그대로 도끼를 휘둘렀다. 쿵! 사이레인의 옆에 있던 동상이 반 토막이 나 바닥을 굴렀다.

스페라도 후작 동상의 목이 떨어져 바닥을 구르자, 다들 기겁한 얼굴로 바닥을 구르는 후작의 목을 바라보았다.

“이 저택에 기사 놈들은 없나!”

사이레인이 크게 외쳤다. 귀가 아플 정도로 커다란 목소리였다. 이게 인간이 낼 수 있는 목소리란 말인가.

셀바토르 기사들은 익숙하다는 듯 자연스레 귀를 막고 있었다.

"내가 너희 주인의 동상을 부수고 저택을 망가트리는데 나서는 놈이 아무도 없어!"

까득, 이를 간 사이레인이 저택이 울릴 정도로 울부짖었다.

"나와라, 트라 베쉬 스페라도! 내 딸의 원수를 갚겠다!"

그 고함에 집사와 스페라도 후작가의 사용인들은 덜덜 떨었다.

스페라도가에 기사가 어디겠는가. 4년 동안 주인은 사라져 봉급도 제대로 받지 못했다.

무엇보다 스페라도 기사단복을 입고 거리만 걸어도 시비를 거는 괴상한 거지들이 많았다. 이상할 정도로 강한 거지들에게 연패를 당한 스페라도 기사들은 좌절감에 빠져 스스로 기사단복을 벗어던지기도 했다.

후우, 크게 숨을 내쉰 사이레인이 불타고 있는 저택과 두려움에 떨고 있는 사용인들을 훑었다. 어차피 스페라도 후작, 그 쥐새끼는 이리 올 테지.

"오늘 나는 우리 딸에게 상처를 입혔던 걸 전부 부숴 버리고 갈 거다. 그게 아버지인 내가 할 일이다. 반박하고 싶은 자는 지금 나와라."

이렇게 목을 잘라 줄 테니.

후작의 조각상 목을 발로 차며 사이레인이 읊조리자, 모두 뒤로 한 발짝 물러나 입을 다물었다. 그럴 줄 알았다며 코웃음을 친 사이레인은 정원 한곳에 놓인 벤치에 앉아 다시 물을 들이켰다.

수통을 건네준 기사가 머뭇거리면서 사이레인에게 말을 걸었다.

"사이레인 님. 정말 저택을 태워도 괜찮을까요. 방화는 중범죄 아닙니까."

"쓰레기를 조금 거하게 태우는데 문제가 될 리가."

사이레인은 고개를 저었다. 이게 저택이라고? 아니, 그의 눈에는 커다란 쓰레기를 쌓아 올린 것으로밖에 보이지 않았다.

'늘 다락방에서 지내서요. 이렇게 넓은 방은 처음이에요.'

청소도 제대로 해 주지 않아 더럽고, 냄새나는 그곳에서 지냈다고 했었지.

사이레인은 오늘 스페라도 후작의 목을 반드시 치고 끔찍한 기억이 남아 있는 저택까지 깔끔히 지워 줄 참이었다. 아예 스페라도 후작가라는 존재를 귀족 책과 지도에서 지우고 말리라.

"거기다 후작 놈, 분명 이리로 올 거야."

그는 작게 중얼거렸다. 레슬리를 뒤로 물리고 싸웠던 그때, 사이레인은 후작의 다리에 깊은 상처를 남겼다. 그걸로 도망가지 못하리라 생각했는데, 후작은 남은 한쪽 팔과 다리로 누구보다도 빠르게 도망쳤다. 고통 따위는 모르는 듯한 재빠른 몸놀림이었다. 스페라도 후작가의 고유 능력이 도주라고 해도 믿을 정도였다.

"후작이 말입니까?"

"그래, 그런 놈들은 제 목숨이 중요해. 하지만 그보다 더 중요시 여기는 게 하나 있다."

입으로는 가족과 사랑이 중요하다 외쳐도 실제로는 그렇지 않겠지. 풋내 나는 용병 시절 때부터 그런 인간을 얼마나 봐 왔던가.

귀족 출신이 아니었던 사이레인은 오히려 귀족들의 민낯을 잘 알았다. 밑에서 보는 것과 평등한 위치에서 보는 건 전혀 다르니까.

"바로 더러운 우월감이지."

그리고 오랫동안 후작이 자부심으로 여겨 왔던 우월감과 모든 것들이 오늘 후작을 죽이는 열쇠가 될 것이다.

스페라도 후작 같은 인간에게 모든 걸 빼앗고 그냥 살라고 몸뚱이만 던져 준다면 그는 잘 살아갈 수 있을까?

정답은 아니었다. 후작 같은 사람에게는 반드시 필요한 게 있었다.

바로 나는 저 아랫것들이랑은 다르다는 그 감각. 명예, 영광, 우월감……. 다양하게 불리는 그 감각, 거기에 중독된 인간들은 어떻게든 그 감각을 놓치지 않기 위해 발악했다. 그리고 그런 인간 중 하나가 스페라도 후작이었다.

"후작은 이미 대부분을 잃었다. 재산, 권력, 명예. 이제 그 인간에게 남은 건 허울뿐인 명성과 저 저택뿐이야."

방금 집사가 말한 대로 어쩌고저쩌고 양식으로 만들고 초대 황제가 내려 줬다는 저 낡은 저택이 후작의 최후 보루였다. 게다가 여보야에게 듣기로는 후작은 저택에 굉장한 자부심을 보였다고 했다. 그런 저택을 태운다면 이성을 잃고 달려들 게 분명했다. 정상인은 이해 못 할 괴상한 사고를 하는 인간이니까.

"그렇군요."

기사가 이해한 듯 고개를 끄덕이자 분위기를 바꾸려는 듯 사이레인이 이를 보이며 웃었다.

"거기다 우리 여보야가 있는데 무슨 문제야!"

황제인 피스토레와 친구라는 걸 들먹여도 되었지만, 그에겐 친구보다는 아내님이었다.

우리 멋진 여보야의 말 한마디에 안 되던 일이 있던가? 절대 없었다. 황제조차 한발 접고 들어가는 게 그의 아내님이 아니던가.

'내가 결혼은 잘했지.'

사이레인은 턱을 치켜들고 우쭐거리기 시작했다. 그 모습에 셀바토르 기사는 익숙하다는 듯 빙긋 웃었다. 그러던 그녀의 눈이 어딘가에 닿았다.
"사이레인 님."
기사의 얼굴에서 웃음이 사라졌다. 사이레인이 고개를 돌려 시선을 쫓아가자, 풀숲에서 몸을 반쯤 내민 스페라도 후작이 있었다. 경악으로 물든 얼굴, 떨리는 몸. 후작은 눈물까지 흘리고 있었다.
육체적 고통 때문에 흘리는 눈물은 아니리라. 지금 그는 그가 내세울 수 있는 유일한 것이 무너지고 있는 것을 보고 있었고, 거기서 오는 정신적 괴로움에 눈이 멀어 버린 것이다.
"아, 안 돼."
아무리 정원 구석에 앉아 있다 하더라도 사이레인과 셀바토르 기사들이 눈에 안 띌 리가 없건만, 지금 후작의 눈에는 불타는 저택만이 보이는 듯했다.
"이게 어떤 저택인데……! 우리 영광스러운 가문에 대대로 내려오는 저택인데!"
거기다 자신이 이 저택을 우아하게 꾸미기 위해 얼마나 노력했던가. 후작은 덜덜 떨면서 한 발 한 발 저택 쪽으로 다가갔다.
사용인들은 다 어디 갔지? 집사는? 아내는! 두 딸은! 저 불 속에서 귀한 가보들을 꺼내 와야 할 인간들이 어디 갔냔 말이야! 후작이 울부짖었다. 마치 짐승이 울부짖는 듯한 목소리였다.
챙캉—! 무언가가 연달아 깨지는 소리가 났고, 후작의 얼굴이 더욱 파리해졌다. 그의 짐작이 맞다면 그의 할아버지 때부터 모아 왔던 값비싼 자기들이 깨지는 소리이리라.
일반 유리가 깨지는 소리일지도 모르는데 제멋대로 생각한 후작은 비틀거리며 조금 더 저택에 가까이 다가갔다. 그리고 그때.
"잘 걸렸다."
분노에 찬 목소리와 함께 누군가가 도끼 끝으로 후작을 불길 가득 찬 저택 안으로 집어넣었다.

바로 몸을 뒤틀었지만, 늦었다. 그의 몸뚱이는 속절없이 뜨겁게 달궈진 대리석 바닥을 굴렀다. 그가 얻은 것이라곤 자신을 밀어 넣은 게 사이레인이라는 사실뿐이었다.

“크아아악!”

등의 고통도 잊은 채 바로 튀어 나가려고 했다. 그러나 이미 문이 잠긴 뒤였다. 정원과 이어진 창문에서는 계속 불길이 치솟고 있었다.

후작은 다급한 마음에 남은 한쪽 팔로 문고리를 잡았다가 비명을 질렀다. 아까부터 불길에 달궈진 문고리는 순식간에 화상을 입힐 정도로 뜨거웠다.

“뜨, 뜨거워! 아무나 문을 열어, 열라고! 젠장! 내 말이 들리지 않는 거야! 문지기는 뭘 하는 거야!”

세게 문을 두들겼지만 굳게 닫힌 정문은 열릴 것처럼 보이지 않았다. 결국, 그는 애원하다 못해 손톱을 세워 문을 긁었다. 그의 손톱이 부러지고 피가 흘렀다.

쿵! 바닥이 내려앉는 소리가 들렸다. 불길을 더 이상 버틸 수 없던 저택이 조금씩 붕괴하기 시작했다.

“히익, 살려, 살려 줘. 사람 살려!”

다시 무언가가 연달아 깨지는 소리가 들렸다. 하지만 후작은 그 소리에 귀를 기울일 수가 없었다.

불이 붙은 기둥이 그의 쪽으로 쓰러졌다. 그 기둥을 간신히 피한 후작은 숨을 헐떡였다.

뜨거웠다. 숨을 쉴 때마다 기도가 타들어 가는 것 같아 숨을 쉴 수가 없어 괴롭다. 너무도 아프고 괴로웠다.

“내가 무슨 잘못을 했다고…….”

자신은 스페라도인데, 스페라도 후작인데!

스페라도 가문이 어떤 가문이었던가. 어둠의 힘을 타고나 르카디우스 제국이 건국될 때부터 있었던 아주 고귀한 가문이었다. 그런 고귀한 피를 타고난 자신이 아랫것들이나 겪을 만한 이런 고통을 겪다니?

스페라도 후작의 눈에서 억울함이 흘러내리기 시작했다. 후작은 이를 딱딱 부딪치며 자신의 억울함을 토로했다.

그러는 사이 다시 저택이 크게 삐걱거렸고 무언가가 무너지며 큰 소리를 내었다. 그 소리에 간신히 정신을 차린 후작이 몸을 움직였다.

어디로 가야 살 수 있을까. 가장 위층으로 가야 할까? 그것도 아니면 물이 있는 욕실? 어디, 어디로 가야 살 수 있을까?

「지하실.」

후작이 고개를 들었다. 그래, 지하실이 있었다. 예전에 와인 창고로 이용되었고, 후작이 동생들을 자주 집어넣고 놀았던 지하실.

'분명 내 기억이 맞다면 선대 중 한 사람이 와인에 미쳐서 여러 마법을 걸어 놨었다고 했지.'

여러 재난에 귀중한 와인이 소실되지 않도록 다양한 보안 마법도 걸려 있으니 혹시 위험한 상황이 생기거든 그리로 대피하라고도 덧붙였던 것 같았다. 그중에는 분명 지진과 화재도 있었다. 저택이 완전히 무너지고 불에 타 없어지더라도, 지하실은 안전하리라.

그 지하실은 오랫동안 이용하지 않은 데다가 관리도 제대로 하지 않아, 몇몇 사용인들을 제외하고는 그 존재를 잊어버렸을지도 몰랐다. 실제로 후작이 레슬리를 위해 지하실에 튼튼한 창살을 달았을 때가 마지막으로 언급된 때였으니까.

그는 허겁지겁 몸을 옮겼다. 다행히도 지하실로 내려가는 계단에는 불이 옮겨 붙지 않았다.

"됐다……."

바로 위층은 저택을 잡아 삼키는 거대한 불로 눈이 멀 정도로 환하고 뜨거웠지만, 지하실은 무슨 일이 있었냐는 듯 어둡고 습했다. 오직 문 쪽에 작은 등불 하나가 달려 있을 뿐이었다.

후작은 안도의 숨을 내쉬었다. 그리고 달린 등불에 불을 붙였다. 습기를 먹은 성냥 탓에 불이 잘 붙지 않았지만, 간신히 작은 빛이 생겼다. 그 빛의 끝에 스페라도 후작은 앉아 몸을 웅크렸다.

'불만 멈추고 여기서 나가면 반드시 재판을 걸겠어.'

후작은 이를 갈았다. 아내를 이용해 셀바토르 공작가에 거액의 배상금을 요구할 것이다. 그런데 아내는 살았던가? 분명 쓰러지는 걸 봤는데.

'살았겠지. 그 주변에 성기사가 몇 명이었는데.'

다쳤으면 그걸 빌미로 배상금을 더 불러도 좋으리라. 아내와 딸이 쓰러지던 그 자리에 셀바토르 공작가의 기사들도 있었으니까. 테센트루아 성기사들이 증인을 해 주겠지. 그럼 그렇고말고. 거액의 배상금을 받으면 그걸로 가문을 재건해야지.

그런 생각을 하는데 그의 귀에 지나칠 수 없는 소리가 들렸다. 무언가가 끌리는 소리였다. 쇠사슬? 아니, 그것보단 조금 더 무거운 것, 쇠창살. 그래, 그게 끌리는 소리가 들렸다. 그리고 이번엔 짧은 소리가 이어졌다.

달칵. 무언가가 잠기는 소리였다.

놀란 후작은 몸을 일으켜 소리가 난 쪽을 바라보았다. 작은 등불에 비치는 건 어느새 닫힌 쇠창살이었다. 레슬리를 데려오면 단단히 훈육하기 위해 달아 둔 쇠창살이 저절로 닫히더니 잠겼다.

덜컹! 덜컹, 덜컹! 후작은 달려가 쇠창살을 흔들었으나, 열릴 기미는 보이지 않았다. 안에서 절대 열 수 없게 하라고 직접 후작의 지시를 받았던 대장장이는 충실히 그 명을 따랐다.

"아니 이게 왜 잠긴 거지."

후작이 어떻게든 문을 열어 보려고 발악하고 있던 그때, 뒤쪽에서 뜨거움이 느껴졌다. 후작은 놀라 재빠르게 몸을 돌렸다. 그리고 눈을 가늘게 떴다.

분명 위층의 불길이 그를 따라온 듯 뜨거움을 느꼈으나, 지하실 안쪽은 어두웠다. 어둠 속에는 아무것도 없는 것 같았다.

아니, 있었다.

"저건……."

불이면서도 시커먼 빛을 머금어 불 같지 않은 것. 그리고 그의 눈에 무척이나 익숙한 것.

제물의 불이었다. 4년 전 엘로아를 미끼로 써 레슬리를 죽이려 했다 실패한 이후 사라진 제물의 불이 지하실에서 타오르고 있었다.

왜, 저게 여기에. 후작은 몸을 떨었다. 나가야, 나가야 한다. 하지만 굳게 닫힌 쇠창살은 열릴 기미가 보이지 않았다.

"아악!"

후작은 다시 비명을 터트렸다. 눈 깜박할 새 저 안쪽에서 후작이 있는 곳까지 다가온 제물의 불이 후작을 덮쳤다.

뜨겁다. 아까 저택 위층에 있을 때는 비교도 될 수 없을 정도로, 뜨겁고 괴로웠다.

후작은 몸을 뒤틀었다. 살고 싶어 마구잡이로 내달렸다. 하지만 어디를 가든 불로 가득 차 괴로움만 더 가중될 뿐이었다. 불길이 미치지 않은 곳을 찾아 후작은 미친 듯이 날뛰었다.

만약 그가 13번째 오크통 뒤 작은 구멍을 알았다면 조금 더 삶을 연장할 수 있었을 것이다. 하지만 스페라도 후작은 그걸 몰랐다. 알 수가 없었다. 그의 동생 테론은 그에게 그런 걸 알려 주지 않았으니까.

'죽고 싶지 않아.'

결국 바닥에 쓰러진 후작은 바닥을 긁었다.

"살고…… 싶어……."

처절한 외침이었다. 아무도 들어 주지 않고, 듣더라도 도와주지 않을 외침이 공허하게 퍼졌다.

"제발……. 누가 나를……."

후작은 쇠창살 쪽으로 손을 뻗었다. 그때 그의 귓가에 작은 목소리가 들렸다. 아까 사이레인과 대치했을 때 들렸던 아이들의 목소리. 잠깐, 그건 인질로 썼던 빈민가 아이의 목소리가 아니었던 건가?

「너.」

후작의 눈이 커졌다. 선명하게 들리는 아이의 목소리는 한둘이 아니었다. 못해도 수십에서 백은 되는 아이들의 목소리가 귓가에 가득 찼다.

「우리와 같이 가자.」

뭐? 그와 동시에 누군가가 미친 듯 후작을 불길 속으로 끌어당기기 시작했다. 작고 작은 아이들의 손이 후작을 놓치지 않겠다는 듯 불길 속으로 끌어들였다.

"안 돼, 나는 아……!"

후작의 몸뚱이와 비명마저 집어삼킨 제물의 불은 서서히 줄어들더니 이내 꺼졌다. 작은 잿더미만이 남았지만 이내 바람에 휩쓸려 사라졌다.

⚜

베스라온은 린체의 기사단과 경비대, 그리고 셀바토르 공작가의 기사들까지 데려와 수도를 방어하고 있었다. 쓰레기장을 벗어난 에타이들은 평민가를 넘어 번화가까지 퍼졌고, 이제 일어나 움직이는 사람들을 위협했다.

"아악!"

베스라온은 한 저택으로 숨어 들어가려는 에타이를 향해 검을 휘둘렀다. 베스라온은 체구에 맞게 거대한 검을 썼는데, 남들은 두 팔로 휘두르기 버거운 것을 그는 한 손으로 가볍게 휘둘렀다. 움직임은 마치 목검을 사용하듯 가볍고 부드러웠으나 위력은 그렇지 않았다. 순식간에 사람이 둘로 나뉘었다.

"이쪽은 전부 진압되었습니다!"

셀바토르 공작을 따라간 하르트를 대신해, 지금 베스라온은 셀바토르 기사들과 린체 기사 몇 명을 지휘하고 있었다.

"저택과 저택 사이를 잊지 말고 확인하도록. 지붕 위도."

비록 베스라온은 혼란의 시대가 끝난 후에 태어나 실제로 큰 분란을 겪어 본 적은 없었지만, 오랫동안 공작과 사이레인이 가르친 것이 있어 행동과 명령에는 거침이 없었다.

에타이와 태후의 기사들이 도망쳤다는 소식을 듣자마자 베스라온은 일단 모든 사람을 대피시켰고, 포위망을 만들듯 기사들과 경비대를 넓게 배치해 에타이의 도주를 막았다.

그리고 일부러 한곳의 경비를 느슨하게 만들었다. 에타이와 태후의 기사들은 경비가 느슨한 곳으로 도망쳤지만, 마주한 것은 이미 사람들이 전부 대피해 인질도 없고 숨을 곳도 마땅치 않은 장소였다.

베스라온의 빠른 판단 덕분에, 사람들이 활동하는 시간이었는데도, 빈민가와 평민가의 피해는 저택 몇 채가 부서지고 몇 명의 부상자가 발생하는 것으로 그쳤다.

'손이 부족하군.'

베스라온의 눈이 가늘어졌다. 생각보다 에타이와 태후에게 매수된 기사들의 수가 많았다.

셀바토르 기사들이 전부 와 주었다면 문제가 없었겠지만, 공작과 루엔티가 메데이아를 잡기 위해 몇을 데려간 데다가 사이레인마저 할 일이 있다며 두엇을 빼 가, 손이 지극히 부족한 참이었다.

경비대가 달려와 주었지만, 아무래도 실질적인 전투는 셀바토르 기사단 쪽에서 맡게 되었고 경비대는 포위망과 사람들을 대피시키는 데 주력했다.

베스라온은 달려드는 태후의 기사를 베어 넘기며 가볍게 혀를 찼다. 그 외에도 뭔가가 꺼림칙한 느낌이 들었지만, 당장 그게 뭔지 알아낼 수가 없었다.

"이 근방은 전부 정리되었습니다!"

"피해는?"

"경비대원 둘이 사망했으며, 헤스렐이 상처를 입었으나 심각한 정도는 아닙니다."

셀바토르 기사의 보고를 들으며 베스라온은 고개를 끄덕였다.

생각보다 피해가 적었다. 이제 다른 쪽으로 도망친 에타이와 태후의 기사들을 찾으러 가야 할 때였다.

"시신은 경비대로 보내 주고 추후 보상을 충분히 해 주도록. 유가족들이 힘들지 않게. 그리고 나머지는 25번 구역으로 움직여서 나머지 놈들을……."

그렇게 말하다가 베스라온의 시선이 저택과 저택 사이에 자리 잡은 으슥한 골목에 닿았다.

자신이 저곳을 살펴봤던가? 다른 사람들은?

베스라온의 눈이 다시 가늘어졌다. 저기에 무언가가 있다.

"혹시 빠져나간 놈들을 처리하고 있도록."

마저 지시를 내린 베스라온은 몸을 돌려 골목 안쪽으로 들어갔다.

'특별히 이상한 건 없는데.'

생각보다 골목이 길다는 것, 그리고 지붕에 가려져 햇빛이 덜 든다는 것 외에는 이상할 게 없었다. 그저 수도 어디서나 볼 수 있는 골목이었다. 그런데 왜 이런 느낌이 들까.

마치 셀바토르 공작과 사이레인이 어린 베스라온에게 검을 가르쳐준다 하고 갑자기 등 뒤에서 기습했을 때 느꼈던 기분과 똑같았다.

베스라온은 검을 쥐고 있던 손에 힘을 주었다. 슬슬 골목의 끝이 보이는 참이었다.

골목 끝에 있는 공터로 나오자마자 햇빛이 쏟아져 내렸다. 속눈썹 사이로 쏟아지는 햇빛에 순간 베스라온이 눈을 찡그렸다. 그리고 그때, 누군가가 지붕 위에서 베스라온을 노리고 뛰어내렸다.

콰앙!

"오호!"

정확히 베스라온의 머리를 노리고 뛰어내린 건데, 카크의 검은 땅에 꽂혀 흙먼지만 흩날렸다.

"덩치보다 굉장히……."

잽싸다고 말이 끝나기도 전에 카크의 얼굴이 발로 차여 짓뭉개졌다.

"크헉!"

괴상한 소리를 낸 카크의 몸이 흙바닥을 두어 바퀴 굴러 저 멀리 날아갔다. 흙먼지가 자욱하게 일었다.

"야, 이 잔인한 놈아! 적어도 말이 끝날 때까지 기다려 주는 게 예의 아니냐!"

베스라온은 아무 말도 하지 않았다. 그저 말없이 달려와 그대로 카크의 목을 노렸을 뿐.

카크는 다시 흙바닥을 굴러 간신히 베스라온의 검을 피했다.

"미, 미친 셀바토르……."

카크는 제 목덜미를 매만졌다. 잘 피했다고 생각했는데 피가 흐르고 있었다. 아주 조금만 늦었더라면 숨이 끊어졌을지도 모르는 일이었다.

“내가 셀바토르라는 걸 알고 있었군.”

드디어 베스라온이 입을 열었다. 헝클어진 머리 사이로 암녹색 눈동자가 번뜩였다.

“나를 이리로 부른 거겠지? 부른 사람은…… 당신인가?”

베스라온이 갑자기 몸을 돌려 검을 휘둘렀다.

“어이쿠.”

그의 뒤에서 몰래 접근하던 엠릭은 웃으며 베스라온의 검을 피했다. 계산된 듯 아슬아슬하게 검의 궤도를 피하는 모습에 베스라온의 눈이 가늘어졌다.

“네가 아셀라, 그 마녀와 배신자의 첫 번째 자식인가?”

엠릭의 얼굴은 마치 친구의 자식을 봤다는 듯 환했지만, 말은 그렇지 못했다.

마녀와 배신자. 그건 셀바토르 공작과 사이레인을 부르는 말이었다.

“내 부모님을 그딴 말로 모욕하지 마라, 에타이.”

“사실 아닌가? 공작이야 그렇다 치더라도 사이레인은 우리를 배신하고 공작에게 붙었으니, 배신자지. 그 덕에 우리가 얼마나 큰 피해를 입었는데.”

방금까지 활기를 띠고 있던 목소리가 급격히 낮아졌다. 과거의 일이 떠오르기라도 한 듯 엠릭은 이를 보이며 웃었다. 광기와 화의에 물든 오싹한 웃음이었다.

“자식이 둘 있다는 건 알았지만, 이렇게 잘 자랐을지는 몰랐어! 둘이 굉장히 너를 자랑스러워하겠군. 아주 딱 좋아.”

엠릭이 자신의 도끼를 쥐어 들었다. 사이레인이 쓰는 것과 비슷한 양날 도끼는 한눈에 봐도 사람을 죽이기 위한 도끼였다.

“네 목을 셀바토르 공작저로 보내야겠다. 내가 왔다는 걸 두 사람에게 알려야지.”

그렇게 말한 엠릭이 바로 도끼를 크게 휘둘렀다.

'무슨 힘이……!'

검으로 도끼를 막아 낸 베스라온이 이를 갈았다. 어머니와 아버지를 제외하고 이렇게 강한 힘을 가진 사람은 처음이었다.

하지만 셀바토르 가문의 특징은 마력과 힘. 순수한 힘으로는 엠릭은 베스라온을 이길 수 없었다. 베스라온이 도끼를 막은 검에 힘을 줘 휘두르자, 엠릭은 도끼와 함께 뒤로 튕겨 나갔다.

"사이레인과 비슷하거나 그보다 더 강하구나."

엠릭은 부들거리는 제 손을 보며 말을 이었다.

"하지만 네 어미보단 약해."

그 말을 시작으로 엠릭은 무섭게 베스라온을 몰아붙였다. 커다란 도끼와 검이 쉴 새 없이 부딪쳤다.

몰리는 쪽은 베스라온이었다. 엠릭은 베스라온을 몰아붙이며 웃었다.

"셀바토르 공작저의 검술을 그대로 배웠구나! 내가 네 어미와 몇 번을 부딪쳤는지 알고 있나? 공작을 이기려고 얼마나 고생했는지는?"

혼란의 시대 때, 엠릭은 셀바토르 공작과 마주해 살아남은 몇 안 되는 사람이었다. 빈번히 졌고, 부하들의 목숨을 희생해 살아남았다. 혼란의 시대가 끝나고 나서는 붙을 일이 없었지만, 엠릭은 셀바토르 공작의 검술을 매일 떠올리며 기억했다.

언젠가 다시 붙을 때를 위해, 자신이 그녀의 목을 칠 그날을 위해.

"그에 비교해 너는 내 도끼는 처음이겠지!"

경험. 그게 베스라온과 엠릭의 차이였다.

엠릭은 공작의 검을 기억했고 그 검을 이기기 위해 여태껏 대비해 온 남자였다. 거기에 오랫동안 전쟁터에서 쌓은 경험이 있었다. 하지만 베스라온은 혼란의 시대처럼 큰 사태를 겪어 본 적이 없었다.

"큭!"

게다가 엠릭은 혼자가 아니었다. 뒤늦게 땅에 박힌 제 검을 뽑아 들은 카크가 매섭게 베스라온의 등 뒤를 노렸다.

"이 예의 없는 자식아! 그냥 목을 내미는 게 어때? 안 아프게 떨어트려 줄게!"

베스라온의 바로 옆에서 말도 안 되는 소리를 내지르며 카크는 베스라온이 엠릭에게 집중하지 못하도록 도왔다. 카크가 베스라온을 교란하면 바로 엠릭의 공격이 무섭게 쳐들어왔다.

두 사람은 오랫동안 연습해 온 듯, 틈 없이 베스라온을 밀어붙였다. 쇠와 쇠가 강렬하게 부딪치는 소리가 공터에 울려 퍼졌다.

그런 공격 속에 가장 먼저 쓰러진 건 카크였다.

베스라온은 침착하게 공격 상대를 바꾸었다. 비록 엠릭과 카크에 비해 실전 경험은 부족했으나, 그간 그 역시 쌓아 올린 것이 있었다.

'귀찮은 게 날아다니면 집중하기 힘들지. 그때는 주변부터 치우렴.'

공작과 사이레인이 그렇게 말해 주고, 대련으로 익힐 수 있게 도와주지 않았던가.

베스라온은 엠릭의 도끼를 피하며 눈을 깜빡였다. 아직도 저 엠릭의 공격은 파악이 되지 않았지만, 카크의 공격은 알아챌 수 있었다. 그가 뒤로 물러나면 카크의 공격은 자연스레 뒤에서 왼쪽으로 들어왔다.

베스라온은 재빠르게 몸을 돌려 검을 찔러 넣었다.

"……!"

비명은 들리지 않았다. 비명을 지를 목에는 이미 검이 박혀 있었으니까. 카크의 입에서 피거품이 주르륵 흘러내리더니 이내 옆으로 쓰러졌다.

“드디어.”

엠릭이 히죽 웃었다. 카크를 죽일 때 생긴 약간의 틈을 엠릭은 놓치지 않았다. 베스라온의 다리에 엠릭의 도끼가 닿았고, 도끼는 다리를 깊게 베었다.

크윽, 베스라온의 얼굴이 고통으로 하얗게 변했다. 붉은 피가 바지를 적시다 못해 땅으로 떨어져 흙 위에 고였다.

“……이러려고 데려온 자였군.”

베스라온이 고통에 이를 악물었다. 교란하기 위해 데려온 자인 줄 알았는데, 처음부터 미끼로 쓸 모양이었나 보다.

엠릭은 도끼에 묻은 베스라온의 피를 만족스럽게 바라보았다.

“뭐, 그렇지. 그리고 내가 준비한 미끼는 하나가 아니야.”

엠릭의 말이 끝나자마자 기다리고 있었다는 듯 에타이 몇 사람이 슬그머니 모습을 드러냈다.

“네 부하들은 이미 다른 곳으로 가 버렸지.”

엠릭은 교활하게 에타이 몇 사람을 빼돌렸다 불러들임으로써 수색을 피했다. 그리고 그 몇 사람을 감추기 위해 다른 에타이와 태후의 기사들을 희생시켰다.

‘아까의 꺼림칙함은 이것 때문이었나.’

베스라온은 얼굴을 일그러트리며 입술을 깨물었다. 그러자 엠릭의 얼굴이 순식간에 환해졌다.

“오호, 그렇게 인상을 쓰니 꼭 그대 어미가 궁지에 몰린 것 같아 기분이 짜릿한데. 언제나 도도한 얼굴로 사람을 자존심을 그렇게 짓밟았는데 말이야.”

엠릭의 기억 속 셀바토르 공작은 언제나 차가운 얼굴이었다. 자신 따위는 상대도 되지 않는다는 듯 내려다보던 암녹색 눈을 떠올리며 그는 웃었다.

지금 그녀의 자식이 자신 앞에서 궁지에 몰리고 있었다. 똑같은 암녹색 눈동자가 고통에 일그러져 있었다. 이 얼마나 만족스러운 결과인가.

"개소릴."

베스라온이 욕지거리를 내뱉자, 엠릭은 다시 도끼를 쥐며 입술을 말아 올렸다.

"기다리고 있으면 공작의 목을 칠 기회가 올 줄 알았지. 그 기회를 이 나라의 태후가 준 건 좀 의외였지만."

엠릭이 다시 도끼를 번쩍 치켜들었다. 그걸 신호로 에타이들이 달려들었고.

"베스라온 오라버니!"

맑은 목소리와 함께 순식간에 쓰러졌다.

"레……슬리?"

베스라온이 멍하게 한곳을 바라보았다. 그곳에는 얼굴은 눈물범벅이고 옷은 불에 그슬린 듯한 레슬리가 코를 훌쩍이며 당당하게 서 있었다.

"제가 도울게요!"

엠릭은 레슬리를 보더니 놀랍다는 듯 말을 흘렸다.

"그렇지, 애새끼가 한 명이 더 있었지. 고귀하고 우아한 아라벨라."

그러면서 엠릭은 과장되게 허리를 굽혀 레슬리에게 인사를 보냈다. 명백한 조롱에 레슬리의 눈이 가늘어졌다.

"오라버니를 다치게 하고 나라를 위태롭게 만들었으면서…… 뻔뻔한 인간."

레슬리가 매섭게 엠릭을 노려보며 이를 갈았다. 엠릭의 뒤에는 피를 쏟아 하얗게 질린 베스라온이 있었다.

베스라온은 의식이 있던 날부터 계속해서 후작을 찾아 수도를 돌아다닌 데다가 오늘 새벽부터는 에타이를 상대했었다. 저 남자는 베스라온이 약해진 때를 노린 게 분명했다.

"이 악당."

자신을 죽일 듯 노려보는 레슬리가 귀여워 보이는지 엠릭이 여유 있는 웃음을 머금었다.

"사이레인 그놈이 예뻐할 만해. 그놈은 늘 딸을 가지고 싶어 했으니까 말이야."

이야기가 끝났다는 듯 엠릭은 제 도끼를 다시 고쳐 잡았다. 그리고 빠르게 주변을 훑었다. 바닥에 쓰러져 미동도 하지 않는 에타이들에게 그의 시선이 닿았다.

"나름 검 좀 잘 휘두르는 놈들로 데려왔는데 순식간에 끝났군. 이게 그토록 유명한 어둠이란 힘인가?"

엠릭은 나지막이 읊조렸다. 그는 어느새 가라앉은 눈으로 레슬리를 훑어보고 있었다.

오싹한 시선에 레슬리는 저도 모르게 한 발 뒤로 물러났다.

"그렇다고 아예 상대할 방법이 없는 건 아니지만."

"……!"

순식간에 거리가 좁혀졌고, 레슬리의 시야가 빙글 돌았다.

엠릭이 레슬리의 머리를 내리쳤다. 생각보다 더 강한 통증에 저절로 눈에 눈물이 고였다.

"레슬리!"

놀란 베스라온이 고통도 잊고 달려왔지만, 어디서 나타난 것인지 새로 나타난 남자들이 그에게 달려들었다.

"아무리 강해도 신체적인 능력이 따라 주지 않으면 빛을 보기 힘들고."

누군가를 가르쳐 주듯 다정한 목소리였지만, 행동은 그러지 못했다. 또다시 매섭게 주먹이 내리꽂혔다. 간신히 엠릭의 주먹을 피했지만,

비틀거리며 균형을 잡자마자 이번엔 눈앞에서 불길이 터져 나왔다.

"아흑!"

레슬리는 다시 균형을 잃고 비틀거렸고, 이내 바닥으로 쓰러졌다.

"꼬마 아가씨. 나는 네가 불을 무서워한다는 걸 알아. 이제 많이 나아졌다 해도."

그렇게 말하며 엠릭은 제 가슴을 쿡 찔렀다.

"여기 각인된 건 완벽히 사라지진 않거든. 그렇지?"

어떤가, 꼬마 아가씨를 위해 특별히 준비해 온 마법석인데. 마음에는 들었나?

엠릭이 그렇게 말하며 웃음을 흘렸다. 마침 잘됐다는 음험한 웃음 끝에 말소리가 같이 붙어 나왔다.

"저놈이랑 너를 고스란히 보내 주면 셀바토르가는 물론 제국도 뒤흔들 수 있겠지. 아라벨라의 목이니 황제도 질겁하려나."

셀바토르 공작도, 사이레인도 예외는 아닐 것이다. 집안을 이을 장남과 귀하게 키운 막내딸의 목이 같은 상자에 들어 있다면 얼마나 기뻐할까.

엠릭은 셀바토르 공작이 무너지는 모습을 상상했다. 어쩐지 잘 상상이 되지 않았지만, 괜찮았다. 곧 실제로 볼 수 있을 테니까.

"네 목은 유용하게 이용해 줄 테니 너무 걱정하지 말아라. 너는 초석이 되는 거야."

이 거대한 나라를 뒤흔들 하나의 초석. 그렇게 말하며 엠릭은 도끼를 치켜들었다.

"그리고 나를 고용한 사람에게 조금이라도 도움이 돼야지. 안 그런가, 아라벨라?"

아까부터 엠릭과 불꽃에 시달린 레슬리의 눈에는 초점이 사라져 있었다.

엠릭은 이것을 노린 것이었다. 레슬리의 약점인 약한 체력을 노리고 불길로 눈을 멀게 했다.

아무리 엄청난 힘이라도 틈이 보이면 끝이었다. 레슬리가 정신을 차리려고 애를 쓰고는 있었지만, 도끼가 내리꽂히는 게 먼저일 것이다. 위험하다.

"레슬리, 위험해!"

베스라온이 에타이들을 제치고 달려 나왔다. 무리했는지 다리에서 피가 분수처럼 흘러나와 흙과 뒤엉켰다. 걸음마다 흐른 피로 붉은 길이 만들어졌다. 하지만 베스라온이 제 피를 뿌리며 달려오는 것보다는 엠릭이 손이 빨랐다. 그리고.

"어허……."

엠릭이 헛웃음을 흘렸다. 정확히 도끼는 레슬리의 목을 노렸고 베스라온보다 빨랐지만, 중요한 도끼날이 사라져 버렸다. 레슬리의 목에는 아무것도 닿지 않았다.

"왜 불이 효과가……."

사고를 잇기도 전에 머리가 굳었다. 어둠이 머리서부터 그를 집어삼켰고, 아무런 반항조차 하지 못한 채 엠릭이 사라졌다.

레슬리가 얼굴에 묻은 피를 쓱 닦으며 몸을 일으켰다. 바로 전에까지 힘들어하던 모습은 거짓이었다는 듯 눈에는 빛이 돌았다.

"맨날 이놈이나 저놈이나 불, 불……."

조금 전에도 당했던 것이었다. 후작이 비슷한 짓을 하지 않았던가. 그것도 과거까지 합하면 몇 번이나.

확실히 엠릭의 말대로 불에 아직 몸이 굳는 건 있었지만, 연속적으로 당하다 보니 그래도 불꽃은 익숙해졌다. 어찌 보면 후작이 레슬리를 도운 셈이었다.

"괴, 괴물이다!"

강한 사람이, 끈질기던 인간이 눈앞에서 잡아먹히자, 살아남은 몇 놈들이 혼비백산 도망치기 시작했다. 여럿이 베스라온을 상대하는 것도 버거웠는데, 저런 괴물이라니. 이길 방법이 없다고 생각한 에타이들은 빠르게 제 살길을 찾아 골목으로 숨어 들어갔다.

하지만 골목 반대편으로 나간 이는 아무도 없었다. 조용히 그리고 확실하게, 어둠은 도망치던 이들을 집어삼켰다.

전부를 먹어 치운 후 레슬리는 잠시 그 자리에 서서 눈을 느리게 깜빡였다.

'아직 쓸 수 있네.'

어둠의 힘은 아직 자신에게 남아 있었다. 하지만 확실히 그 안에 있던 아이들의 느낌은 많이 사라져 기묘한 상실감을 안겨 주었다. 벌써 몇 명은 길을 떠나간 걸까. 앞으로 하나둘 더 떠나겠지.

생각해 보면 어둠이가 그 아이들을 대표해 준 게 아닐까 싶었다. 스페라도 후작가에서 외롭지 않게, 그리고 그 가문을 빠져나가 공작저로 가 당돌한 거래를 요청할 수 있게, 잃어버린 자존감과 용기를 대신해 주었다.

레슬리는 작게 웃었다. 역시 힘들긴 했지만 보내 주는 게 맞았다.

아이들은 작은 토끼 인형을 따라 길을 잃지 않고 제대로 가겠지. 길을 떠나 제대로 도착한 아이들은 더는 어렸을 때의 자신처럼 외롭지 않을 것이고 불안해하지 않을 것이다. 어둠이가 그 역할을 해 줄 테니까.

'그렇게 아이들이 다 떠나고 난 후에도 나는 이 힘을 쓸 수 있을까?'

어둠은 아이들이 나에게 준 힘인데. 잠시 제 손을 바라보던 레슬리가 달려 나갔다. 베스라온이 자신에게 오고 있었다.

"오라버니, 피가 나요."

베스라온의 곁에 다가간 레슬리가 그의 상처를 보고 울먹였다. 제 손으로 막아 보려 했지만, 레슬리의 손에 비교해 상처는 너무도 깊었다.

"괜찮아. 사제에게 보이면 금방 나을 거야. 너는 다친 곳은 없어? 아까 그 새끼가 너를 때렸는데."

오히려 동생을 토닥이며 베스라온이 걱정스러운 얼굴로 제 동생을 살폈다.

"저는 괜찮아요! 하지만 오라버니가……."

레슬리가 심하게 다치지 않았다는 걸 확인한 베스라온이 긴장이 풀렸다는 듯 안도의 숨을 흘렸다. 그리고 서툰 거짓말로 울먹이는 제 동생을 달래기 시작했다.

"기사들 사이에서는 이 정도로 다친 건 다쳤다고 하지도 않아. 거기다 사제가 오면 한 번에 나으니까, 걱정할 필요는 없단다."

"정말요?"

"정말."

어설픈 행동에 잠시 말의 진실성을 가늠하듯 눈을 가늘게 뜨긴 했지만, 이내 고개를 끄덕였다. 루엔티라면 몰라도 베스라온은 의심의 대상이 아니었다.

레슬리가 간신히 고개를 끄덕이자 베스라온의 입술이 호선을 그렸다. 레슬리가 다시 의심에 빠질까, 베스라온은 아직도 울상인 레슬리의 머리를 토닥였다.

"고마워, 레슬리. 네가 나를 구했어."

베스라온의 인사에 레슬리의 눈이 동그래지더니 이내 고개를 푹 숙였다. 하지만 그 짧은 찰나 얼굴이 붉어지고 안색이 조금 나아진 걸 놓칠 베스라온이 아니었다.

"레슬리가 두 번이나 나를 구해 줬네."

그런 동생이 귀여웠다. 잠시 놀리고 있는 것도 괜찮겠지.

늦는 자신을 찾으러 곧 기사 몇 명이 이리로 올 것이다. 그때까지,

잠시만 쉬고 있자.

“두 번이요?”

“예전 신전 계단에서 비틀거린 나를 도와줬잖아.”

레슬리가 눈을 깜빡였다. 누군가가 흘렸을, 장식용 구슬을 밟고 비틀거린 베스라온의 손을 잡고 낑낑거리던 게 조금 늦게 떠오른 모양이었다.

“오라버니도 저를 구해 줬잖아요.”

“마차에서?”

“네.”

레슬리가 뺨을 붉히며 배시시 웃음을 머금었다.

“그런데 여기까진 어떻게 왔어. 분명 후작을 따라갔던 걸로 기억하는데.”

골목으로 걸어가며 조금 늦은 질문을 던지자, 레슬리가 잠시 머뭇거리더니 작게 입을 열었다.

“아버지가 후작을 상대하셨는데 그가 도망을 쳤어요.”

“후작이 아버지를 따돌리고 도망을 쳤다고?”

믿기지 않는 듯 베스라온의 눈가가 가늘어졌다. 스페라도 후작의 능력이 사실 도주였던 건 아닐까.

“네, 그래서 그만 놓쳐 버렸어요.”

레슬리의 대답에 상황이 그려졌다. 사이레인이 레슬리를 보냈지만, 걱정되는 마음과 복수심에 주변을 배회하던 레슬리는 후작을 쫓아갔겠지. 그러다가 자신도 후작을 놓쳐서 주변에서 후작을 찾던 사이 에타이와 자신을 발견한 모양이었다.

“아버지는 어디로 가셨을까요?”

도대체 사이레인은 어디로 갔을까. 그리고 스페라도 후작은? 두 사람 다 어디로 가서 여태 코빼기도 보이지 않는단 말인가.

레슬리의 궁금증에 대답이라도 해 주듯, 저 멀리서 거대한 불길이 일어났다.

"저기로구나."

그렇게 말한 레슬리와 베스라온은 연기를 따라 걸었고, 이내 한곳에 도착했다. 그곳은 베스라온도 레슬리도 잘 아는 곳이었다.

자욱한 연기로 가득한 하늘, 흩날리는 불꽃 그리고 폐허가 된 스페라도 저택. 레슬리는 그 앞에 서서 눈을 깜빡였다.

"도대체 이게……."

레슬리를 따라온 베스라온마저 놀라 눈을 크게 떴다. 기사 몇 명과 셀바토르가의 사용인들을 데려간다더니, 그게 장작을 나르기 위함이었나?

"레슬리!"

그나마 온전한 정원에서 사람들에게 뭔가를 지시하던 사이레인이 두 사람을 발견하고 다가왔다. 사이레인이 그답지 않게 진지한 얼굴로 레슬리를 바라보았다.

"레슬리, 후작이 죽었단다."

후작이 죽었다고? 그 말이 묘하게 헛돌았다.

"후작이요?"

죽었다고? 늘 죽지 않고 살아 있을 것 같은 그가? 어쩐지 정신이 멍해졌다.

후작과 죽음이라니. 믿기지가 않았다.

레슬리는 비틀거리는 걸음으로 후작가로 다가갔다. 뒤에서 사이레인과 베스라온이 위험하다고 소리쳤지만 무시하고 앞으로 걸어 나갔다.

언제나 아름답고 우아했지만 동시에 추악한 장소로 기억되던 스페라도 후작가는 불길에 무너지고 있었다. 전부 무너지지는 않겠지만 온전한 부분은 그을음에 더러워져 더 이상 과거의 영광을 뽐내지 못하리라.

"……정말로 죽었어?"

레슬리는 말을 흘리며 저도 모르게 자신이 살던 다락방을 눈으로 찾았다.

"정말로?"

다락방이 있던 자리는 이미 불길에 휩싸여 있었다. 검은 연기가 하늘 위로 흩어지고 있었다. 후작도 저렇게 된 걸까?

"거짓말."

죽지 않았어. 죽지 않았을 거야. 그 작자는 언제나 죽은 척하면서 숨어 다시 자신을 노리지 않았던가. 확인해야 해.

그 생각이 들자마자 레슬리는 저도 모르게 불길로 휩싸인 저택으로 내달렸다.

"위험해!"

뒤따라온 베스라온에 레슬리를 번쩍 안아 들었다.

"놔, 놔주세요! 확인해야 해요. 죽었는지, 정말로 죽었는지 내가 직접 확인해야 해요, 오라버니!"

레슬리는 품에서 빠져나가기 위해 거칠게 팔다리를 버둥거렸다. 그 주먹과 발에 맞아 아플 텐데도 베스라온은 레슬리를 놔주지 않았다. 그는 기어코 저택과 떨어진 곳에서 레슬리를 조심스레 내려놓았다.

"레슬리."

베스라온이 무릎을 꿇고 옅게 숨을 헐떡이는 제 어린 동생을 바라보았다.

"내가 들어가마. 내가 들어가서 후작이 죽었는지 확인하고 올게."

"네?"

레슬리의 눈에 초점이 돌아옴과 동시에 거세게 고개를 저었고 그런 동생을 바라보며 베스라온이 옅게 웃었다.

"안 돼요. 위험해요, 오라버니."

"그건 내가 하고 싶은 말이야. 저 안은 위험하지. 나는 안 그래도 위험한 곳에 불을 무서워하는 동생을 저 안에 보낼 생각이 없단다. 네가 후작 때문에 불안해하는 것도 이해해. 그러니 내가……."

"둘 다 여기 있거라!"

갑자기 뛰어나온 사이레인이 레슬리와 베스라온의 머리를 팍하고 쓰다듬었다. 순식간에 두 사람의 눈이 동그래졌다.

"여긴 아버지에게 맡겨라."

콧김을 내뿜으며 사이레인이 팔을 걷어붙였다. 그리고 거칠 것이 없는 걸음걸이로 불길에 휩싸인 저택으로 다가갔다.

"아버지!"

"위험해요!"

레슬리와 베스라온이 동시에 사이레인을 말렸다.

"하지만 너도 궁금하잖니. 거기다 나도 목을 못 쳐서 아쉽고……."

사이레인이 자신의 팔을 꽉 잡은 레슬리를 보며 말하자 레슬리가 고개를 저었다.

"죽었을 거예요. 저런 불길 속에서 살아남았을 리가 없어요."

「맞아, 그는 죽었어.」

어? 레슬리의 눈이 동그래졌다.

「우리가 데려갔거든. 들려?」

아까보다 희미해진 소년의 목소리 뒤로 무언가가 울고 있는 소리가 들렸다. 익숙한 남자의 목소리, 스페라도 후작의 목소리였다.

"정말로 죽었어?"

「그래.」

"정말로?"

「정말로, 트라 베쉬 스페라도는 죽었어. 그러니 레슬리.」

쿵. 소년의 대답과 동시에 간신히 형체를 유지하고 있던 스페라도 저택이 무너졌다. 어느 정도 거리가 있었지만, 사이레인이 급하게 레슬리를 안아 제 몸으로 가렸다.

"정말로……."

안전한 곳에서 레슬리는 눈을 깜빡였다. 그때마다 눈물이 흘러 뺨을 타고 흘렀다. 커다란 눈동자 가득 무너지는 스페라도 저택이 담겼다.

"죽었구나."

스페라도 후작과 후작 부인이 죽었다. 엘리는 사경을 헤매고 있으며, 유일한 스페라도 후작가의 피를 이은 자신도, 테론도 후작 위 따위 받지 않을 것이다. 그러는 와중에 스페라도 저택마저 무너져 내렸다. 스페라도의 이름은 귀족 책에서 곧 사라지겠지.

명예적으로나 실질적으로나 그리고 물리적으로나, 완벽한 끝이었다.

하아. 레슬리는 깊게 숨을 토해 냈다. 어쩐지 숨이 아니라 늘 가슴 한쪽에서 오랫동안 묵었던 마음 같았다. 시야가 맑아짐과 동시에 어쩐지 몸이 가벼워졌다.

'내가 후작을 직접 죽였더라면.'

지금처럼 가벼운 마음이 들었을까. 대답은 '아니'였다. 오히려 지금 저택과 후작을 태우고 있는 불씨가 따라와 자신까지도 먹어 치웠을지도 모른다.

레슬리는 느리게 눈을 감았다.

"저택마저 짜증 날 정도로 끈질기군."

사이레인이 인상을 쓰며 무너지는 저택을 노려보더니 이내 고개를 들어 제 딸을 바라보았다.

"레슬리, 다치지는 않았니?"

레슬리는 웃으며 고개를 끄덕였다.

「이제 마지막 일을 하러 가자. 너는 왜 우리가 남아 있는지 이제 알잖아.」

방금보다 더 희미해진 목소리를 들으며 레슬리는 자신을 걱정스럽게 바라보는 사이레인과 베스라온을 바라보았다.

"아버지, 오라버니. 에피알테스는 지금 어디 있어요?"

그래, 남아 있는 아이들과 같이 마지막 일을 할 시간이었다.

⚜

"젠장! 방어해, 무너지면 안 돼!"

레슬리가 난리 통을 틈타 스페라도 후작을 쫓아갔을 때, 테센트루아 성기사단은 에타이가 아닌 다른 것을 상대하고 있었다.

"왜 이게 벌써……."

렌티우스는 미간을 좁혔고, 이마에 맺혀 있던 땀이 떨어졌다. 더워서, 에타이와의 격한 싸움 때문에 흐르는 땀이 아니었다. 지금 자신들의 눈앞을 가득 메운 잿빛 안개 때문이었다.

후작이 들고 간 상자에서 흘러나온 이 연기는 빠르게 쓰레기장을 덮쳤다. 에타이와 복면으로 얼굴을 가린 이들은 물론이고, 셀바토르 기사단과 테센트루아 성기사들을 덮쳤다.

건강한 이들에게는 큰 문제가 아니었다. 그저 목이 조금 따갑고 눈물이 나는 정도에 멈췄다. 하지만 연기는 쓰레기장 사이사이에 숨어 있던 빈민가 사람들에게 상당히 치명적이었다.

"병자들의 상태는 어떻지?"

렌티우스는 시선조차 뒤로 하지 않고 외쳤다. 그와 다른 성기사들의 오감은 에피알테스의 흔적에 집중되어 있었다.

"얼굴에 열꽃이 피긴 했지만, 그 이상의 반응은 없습니다!"

"신전에서의 대답은 왔나?"

"아, 네, 넵! 그게, 그러니까……."

오늘 첫 임무를 맡아 나온 신입은 허둥지둥하며 신전에서 온 종이를 읽어 내렸다.

"사제님들은 곧 도착할 예정이고, 또…… 무언가의 충격으로 에피알테스가 빠져나왔을 가능성이 크다고 적혀 있습니다! 하지만 봉인이 완벽히 풀려야 에피알테스가 전부 빠져나오는 데다가 빠져나온 후에도 당분간은 큰 힘을 쓸 수 없다는 토론 결과, 지금 나온 것은 에, 그러니까. 네! 흔적으로 파악되어……."

"그만하면 됐어. 환자의 상태에 신경 쓰도록."

그 뒤로도 뭔가를 더 중얼거리려는 신입의 말을 날카롭게 잘라 냈다.

한마디로 지금 눈앞에 있는 것은 '에피알테스의 옅은 흔적'이란 뜻이었다. 그 덕에 건강한 사람들에게는 쉽게 열꽃이 피지 않았고, 신력으로 막을 수 있었다. 이미 전염된 사람들 역시 조금은 신력으로 상태를 호전시킬 수 있었다.

'그렇지만 이건 위험하다.'

불안전하고 약하다지만, 에피알테스의 일부가 떨어져 나온 거나 다름없었다. 지금이야 신력으로 막을 수 있다지만, 모르지. 후작이 가지고 도망가 버린 상자가 더 열리면 어떤 힘을 가지게 될지.

렌티우스는 저도 모르게 침을 삼켰다. 절대 이 쓰레기장을 빠져나가게 하면 안 된다. 환자들 역시 같은 장소로 모아 피해를 막아야 한다. 그 생각이 렌티우스의 머릿속을 지배했다.

"렌티우스 경! 이 근처에 있는 사람들은 전부 한곳에 모아 놨습니다."

레소가 이마에 맺힌 땀을 훔치며 외쳤다. 투구는 벗은 지 오래였고, 그녀의 머리카락은 땀으로 젖어 있었다.

"일단 그럼 환자들과 아직 건강한 이들을……."

"당연히 구분해 놨습니다. 근처에 마음씨 좋은 상인의 집 하나를 빌렸어요, 흔쾌히 빌려주더군요!"

레소가 입술을 올리며 웃었다. 정말로 그 상인이 흔쾌히 빌려줬을까에 대해 잠시 의문이 들었지만, 렌티우스는 고개를 끄덕였다. 그 마음씨 착하고 상냥한 상인은 신의 은총을 받을 것이다.

"그리고 좋은 소식을 알려 드리겠습니다, 경! 마법사의 저택이 움직였습니다. 덕분에 환자들을 빠르게 이동시킬 수 있었습니다."

레소의 말에 렌티우스의 얼굴이 의문으로 물들었다. 마법사의 저택은 꼬장꼬장한 늙은이 10명 의견이 일치되지 않는 한 이런 일에 뛰어들지 않았다.

"저택이?"

"늦어 죄송합니다."

레소의 뒤로 한 남자가 걸어왔다. 예전에 범인을 찾겠다며 날뛰던 루엔티를 말리러 왔던 알빈이었다. 사람 좋은 미소를 지으며 알빈은 렌티우스를 바라보았다.

"10인의 마법사 결정에 따라, 렌티우스 경을 도울 알빈이라고 합니다."

"오호, 고지식한 분들은 더 느긋이 참여할 줄 알았더니?"

알빈의 소개에 렌티우스가 히죽 웃자 마법사는 어깨를 으쓱했다.

"매우 급한 사태가 아닙니까. 그리고 이번에 젊은 피가 유입돼서요. 그분께서 난리를 좀 치셨죠. 거기다 셀바토르 경께서도 직접 와서 도움을 요청하셨으니, 안 나설 이유가 없습니다."

젊은 피란 루엔티를 말하는 것이겠지. 렌티우스는 고개를 끄덕였다.

"젊은 분께서 고생 좀 하셨겠군."

"워낙 개차반인 놈, 아니 분이시라. 다른 분들이 고생했죠."

저도 모르게 본심을 흘린 알빈은 웃으며 빠르게 단어를 바꿨다. 하지만 이미 렌티우스는 알빈의 말을 들은 뒤였고 그는 웃음을 흘렸다.

"이렇게 욕해도 되나? 알면 큰일 날 텐데."
"지금 다른 사냥을 하러 가서 이 자리에 없는데 뭐 어떻습니까."
베온은 생글생글 웃으며 렌티우스에게 다가갔다. 그의 시선이 신력으로 막혀 있는 잿빛 안개에 닿았다.
"저건…… 아무래도 저희가 도와 드리기 힘들 것 같군요."
"환자를 접촉하지 않고 옮기는 데만 신경 써 주길. 그리고 후작을 찾아내는 일에도. 그가 가지고 있는 상자는 반드시 찾아야 하네."
렌티우스의 말에 알빈은 고개를 끄덕였다.
"경들이 저 위험한 안개에 발목이 잡혀 있는 동안 저희와 셀바토르 기사단이 합세했고, 후작의 뒤를 쫓으며 에타이를 상대하고 있습니다."
"셀바토르 경은?"
렌티우스가 이번엔 레소를 보며 묻자 그녀가 빠르게 대답했다.
"경께서는 지금 평민가로 숨어 들어가려는 에타이들을 상대 중입니다. 덕분에 지금 에타이들 숫자가 빠르게 줄고 있죠. 린체 기사단 역시 빠르게 움직이고 있는지라, 조금만 버티면 될 겁니다."
레소의 말에 렌티우스가 웃음을 머금었다. 베스라온이 끼면 에타이는 순식간이다.
"좋아."
어찌어찌 상황이 정리되어 가고 있는 듯 보였다. 셀바토르 기사단에 마법사들 거기에 린체 기사단까지 참여하면 후작을 찾고 에타이를 진압하는 건 무리가 없겠지.
'걸리는 건 그 녀석이긴 한데.'
붉은 머리, 눈에 난 상처. 엠릭이라고 했던가. 렌티우스는 눈을 찡그렸다.
자신의 스승과 마주치고도 살아남은 자. 들리는 말에는 셀바토르 공작의 손아귀에서도 빠져나갔다지.

'세월이 아무리 흘렀다지만, 그런 놈들은 쉽게 약해지지 않는단 말이지.'

여태 에타이의 잔당들이 잡히지 않게 통솔해 온 자였고, 막아 낸 자였다. 그건 엠릭이 얕볼 수 없는 자라는 걸 여실하게 알려 주었다.

거기다 에피알테스. 이미 감염된 자가 나왔다. 아무리 힘이 약하다지만, 쉽게 고칠 수 없을 텐데.

"최고 사제님도 상처를 입으셨고."

렌티우스는 저도 모르게 작게 중얼거렸다. 그분이 아니라면 저 사람들을 치료할 방법이 있을까? 듣자 하니 고위 사제 한 명도 사라졌다는 것 같은데. 렌티우스는 얼음 같은 눈을 한 고위 사제를 떠올리며 눈을 찡그렸다.

오랫동안 테센트루아 기사단장으로 있었지만, 이런 일은 처음이었다. 아니, 역사상 처음이겠지.

과연 자신이 어떻게 해야 피해를 최소한으로 줄일 수 있을 것인가.

'여차하면 내가…….'

테센트루아 성기사단에서도 기사단장직을 맞고 있는 그가 스스로의 목숨을 신께 바친다면, 순간 강력한 신력을 낼 수 있었다. 보통의 사람들도 견디기 힘든 신력 정도면 이 흔적도 사라지지 않을까?

"내가 왔다!"

렌티우스가 두려움 없이 신의 품으로 갈 결심을 다지는데, 갑자기 쩌렁쩌렁한 목소리가 울려 퍼졌다. 르카디우스 사람이라고는 생각하기 어려운 독특한 억양. 테펜텔이었다.

렌티우스는 물론 에피알테스의 흔적을 막아내고 있는 성기사들과 쓰레기장에 있는 모든 사람의 시선이 한곳으로 향했다. 거기엔 가장 높은 곳에 서서 햇빛을 등에 업은 여자가 늠름하게 서 있었다.

"오셨습니까!"

레소와 다른 셀바로트르 기사단의 얼굴이 환해졌다. 그 반응으로 역광으로 잘 보이지 않는 저 여자가 공작가와 안면이 있는 사이라는 걸 알 수 있었다.

"늦으셨습니다!"

"본래 영웅은 가장 늦게 도착하는 법이란다, 레소!"

여자가 있던 곳은 상당히 높게 쌓여 있던 쓰레기 더미 위였는데, 그녀는 무섭지 않다는 듯 이상한 말을 내뱉으며 뛰어내렸다. 다부진 몸과 다르게 그녀의 착지는 무척이나 가벼웠고 익숙해 보였다.

그제야 렌티우스와 다른 이들은 그녀의 까무잡잡한 피부와 다른 생김새를 확인할 수 있었다.

렌티우스는 셀바토르 공작저에 특이한 손님이 묵고 있다는 소문을 떠올렸다. 분명 공작의 오래된 친구라고 했었지.

테펜텔은 멍하니 자신을 바라보는 사람들을 보며 씩 웃었다. 그녀의 뒤로 에펜타니 백작이 허겁지겁 달려오고 있었다.

귀찮다고 백작도, 다른 호위도 떼어 놓고 온 게 분명해 보이는 테펜텔을 보며 레소는 머리를 저었다.

"너희들의 근심과 걱정을 덜어 주러, 내가 왔노라."

레소가 그러거나 말거나 여전히 이상한 말을 내뱉으며 테펜텔은 자신의 품 안에서 약병 몇 개를 꺼내 들었다. 녹빛의 물약, 에펜타니 백작 부부가 짧은 시간 동안 영혼을 불태워 만든 약. 일명 '행복한 꿈'이었다.

"이걸 이렇게……."

테펜텔은 웃으며 뽁! 소리가 나게 마개를 뽑더니 신입 성기사가 데리고 있던 환자에게 다가갔다.

"오, 오지 마십…… 억!"

테펜텔이 타국인이라서보다는 괴상한 행동에 겁을 먹은 신입 성기사가 그녀를 만류했지만, 가볍게 복부를 차이고 입을 다물었다.
"넣어 주면~"
조심스레 녹빛 물약을 쓰러진 환자에게 먹였다. 무슨 맛인지, 환자의 얼굴이 순식간에 약물과 똑같은 짙은 녹빛으로 변했다. 기절해 있는 환자는 무의식중에서도 물약을 거부하려고 애썼지만, 테펜텔의 웃음을 피해 갈 수 없었다.
결국, 한 병을 다 먹고 나서야 테펜텔은 환자에게서 떨어졌다.
"……더 안 좋아 보이는데요."
복부를 감싸 쥔 채 신입이 테펜텔을 바라보자, 테펜텔이 눈짓으로 환자를 가리켰다.
"엉?"
신입의 눈이 동그래졌다. 그리고 그건 그 자리에 있는 다른 사람들도 마찬가지였다. 오직 테펜텔과 셀바토르 기사단만 웃으며 우쭐거리고 있을 뿐이었다.
"웨어에엑. 더, 더럽게 맛없어. 도대체 나에게……. 웨엑!"
사경을 헤매던 환자가 일어나 녹빛 토를 하고 있었다. 토하기 위해서 사경을 깨부수고 억지로 일어났다고 봐도 무방할 정도로 애처로운 모습이었다.
"뭐, 뭘 그리들 보십니까?"
환자의 얼굴에 피어났던 열꽃이 사라졌다.
"이게 어떻게 된 일입니까."
렌티우스가 당황해 테펜텔을 바라보자, 뒤에 서 있던 에펜타니 백작이 다급히 외쳤다. 이번 설명만큼은 빼앗길 수 없다는 듯 다급한 몸부림이었다.
"저희 에펜타니가가 만든 약입니다! 셀바토르 공작가에서 지원해 주셨지요! 보다시피 이 수상한 전염병에 걸린 사람들은 이 물약으로 치유될 겁니다."

에펜타니 백작의 눈은 반짝거렸다. 만일 이게 잘돼 백작가의 공로가 확실해진다면, 에펜타니 가문은 더는 한미한 가문이 아니게 되리라.

"약의 이름은 '행복한 꿈'입니다! 부디 이 '행복한 꿈'을 이용하시거나 복용하실 때, 저희 에펜타니! 에! 펜! 타! 니! 백작가를 잊지 말아 주십시오!"

"꼬, 꼭 기억하겠습니다, 에펜타니."

백작의 기세에 눌린 렌티우스와 성기사들이 단체로 고개를 끄덕이자, 백작은 만족스러운 미소를 흘렸다. 테펜텔은 약과 에펜타니 백작의 갑작스런 등장으로 당황한 렌티우스에게 다가가 속삭였다.

"제물이 되었던 아이들에게도 효과가 있었어. 사제인 척했던 두 아이는 이미 다 나아서 공작가에 있지. 뭐, 흉은 좀 남았지만."

"약의 양은 충분합니까?"

"아니."

테펜텔은 고개를 저었다.

"약초 자체가 희귀한 데다가 손이 많이 가서 말이지. 지금 에펜타니 백작가의 사람들이 죽어라 만들고는 있기는 해. 효과를 봤으니 백작도 돌아가 다시 만들겠지."

테펜텔은 힐끗 에펜타니 백작을 바라보았다. 백작은 홍보가 확실하다고 생각했는지 웃으며 공작저로 돌아갈 채비를 하고 있었다.

"그래도 양은 넉넉하지 않을 거야. 아슬아슬하게 현 사태를 해결할 수 있을 정도일 테지."

"사태를 더 키울 생각은 조금도 없습니다."

렌티우스의 말에 테펜텔은 고개를 끄덕였다.

"그리고 중요한 건 세 번째 걸쇠가 풀리지 않는 것. 악몽이 본격적으로 풀리면 저 약으로도 어쩔 수 없어."

"반드시, 신께 맹세하니 이 일은 더 번지지 않을 겁니다."

"믿어 보지. 신의 충실한 종들."

씩 웃은 테펜텔은 몸을 돌려 에펜타니 백작의 뒤를 따랐다. 당연히 남아 사태 해결에 힘을 보탤 줄 알았던 그녀가 떠날 모습을 보이자 당황한 성기사 한 명이 외쳤다.

"어, 어디 가십니까? 남아 주시는 게 아니었습니까?"

"셀바토르 저택으로 갈 거야. 증인도 있고, 약 만드는 사람도 있으니. 내가 에타이거나 그 태후라면 저택부터 노릴 거거든."

"그렇다면 처음부터 거기 계시지 왜……!"

성기사의 물음에 테펜텔이 몸을 돌려 씩 웃어 보였다.

"약효는 확인해야 했으니까. 나도 이 일에 책임이 꽤 있어서 말이지. 그리고 난 저택이 크게 걱정되진 않아서 말이야."

왜냐고?

"셀바토르는 저택과 사용인들마저 셀바토르니까."

분명 즐거울 거야, 그렇지? 그 말을 마지막으로 테펜텔은 몸을 돌려 그대로 저택으로 향했다.

-21-

테펜텔의 예상이 정확하게 맞았다. 명령을 받은 한 무리의 에타이들이 셀바토르 저택으로 침입을 강행했고, 정문을 지키고 있던 셀바토르 기사들과 경비대와 부딪쳤다. 쇠와 쇠가 부딪치는 소리와 기합 소리가 거대한 저택에 울려 퍼졌다.

공작과 사이레인, 베스라온과 루엔티, 거기에 레슬리와 테펜텔을 비롯해 대부분의 기사가 자리를 비웠기에 지금이 기회였다. 저택을 보호하고 있던 마법석마저 다른 동료들로 처리한 에타이들 몇이 셀바토르 공작저의 담을 넘었다.

"나머지들이 시간을 끄는 동안 우리는 명령을 수행한다."

대장처럼 보이는 남자가 나머지를 돌아보며 나지막이 말을 흘렸다.

"가장 중요한 일은 증인이 될 두 사람을 죽이는 것. 외양이 변했을 수도 있으나, 어린아이니 체구로 알아보면 될 거다."

명령을 하달받은 사람들은 고개를 끄덕였고 대장은 말을 이어 나갔다.

"그리고 지금 들려온 소식으로는 에피알테스를 치료하는 물약이 이 집에서 나오고 있다고 한다. 아무래도 제조자가 저택 어딘가에 있는 모양이야."

"제조자를 납치하면 될까요?"

"그래, 우리 쪽에서 병과 치료제를 전부 독점하는 게 중요하니까. 제조자가 어떤 자인지 정확히 알 수 없으니, 한 명을 잡아 안내시키도록 하지."

대장의 말이 끝나자마자 사람들은 세 무리로 흩어져 사용인을 찾기 시작했다. 하지만 셀바토르 저택은 텅 빈 듯 누구도 돌아다니지 않았다. 이렇게 커다란 저택에 아무도 없을 리가 없는데.

"……아무도 없는데. 이렇게 없을 수가 있나?"

여자가 작게 중얼거렸다.

"주인들이 전부 자리를 비워서 그런 거겠지. 그렇다고 전부 자리를 비우진 않았을 거야. 주방이나 빨래방 그리고 사용인들의 숙소를 찾아보자."

반대편에 있는 남자의 말에 여자는 고개를 끄덕였다. 그도 아니라면 집사를 찾으면 된다. 으레 이런 귀족들은 집사를 두고 부렸으니, 그라면 저택에 일어나는 모든 일을 알고 있을 테지.

"어, 저기!"

뒷담을 넘어 저택으로 들어온 에타이들은 점점 저택 안쪽으로 흘러들어 왔다. 중앙 계단이 있는 곳까지 다다랐을 때, 여자가 무언가를 발견했다. 계단을 반쯤 올라가고 있는 마델이었다.

"꺄악!"

빨래를 걷어 가는 길이었는지, 사용인들이 쓰는 이불을 들고 있던 마델이 작게 비명을 지르고는 후다닥 나머지 계단을 뛰어 올라갔다.

"잡아!"

놓칠 수 없었다. 에타이들은 마델이 올라간 계단 위에 전부 뛰어올랐고. 철커덩— 그 순간, 계단이 움직였다.

레슬리가 넘어져 눈물을 보인 후로 자동이 되어 버린 계단은 사실 한곳이 아니었다. 임무 때문에 오랜만에 집에 돌아온 베스라온을 신나 맞이하던 레슬리는 다른 계단에서도 넘어졌고, 베스라온의 지도하에 다음 날 바로 개조되었다. 두 번째 움직이는 계단의 탄생이었다.

처음에 만들었던 자동 계단과 조금 다른 점이라고는, 난간에 달린 천사 장식을 옆으로 밀어야 계단이 움직이는 구조라는 것이었다.

"히익, 이게 뭐야!"

움직이는 마법 계단을 처음 겪어 본 에타이들이 비명을 내질렀다. 난간 뒤에 숨어 있던 서올리가 다급하게 천사를 계속해서 옆으로 밀자, 계단이 더 빠르게 움직였다.

"으아아!"

에타이들은 난간을 잡았지만, 그와 동시에 눈앞에 뭔가가 떨어졌다. 마델이 들고 있던 사용인들의 이불이었고, 시야가 가려짐과 동시에 세 사람은 계단을 데굴데굴 굴러떨어졌다.

"이때다, 공격!"

숨어 있던 사용인들이 제각기 튀어나왔다. 주방 쪽에서 일하는 이들은 무쇠 프라이팬을 들고 나왔고, 마델은 이불 사이에 숨겨 놨던 빨랫방망이를, 그리고 서올리는 먼지떨이로 이불에 감긴 에타이들을 공격하기 시작했다. 뒤늦게 참여한 마구간지기는 다급하게 가져온 말채찍으로 이불에 싸인 놈들을 후려치기 시작했다.

점점 더워지는 여름을 맞아 바뀐 얇은 이불은 에타이들의 시야를 가리고 행동을 제한하기만 할 뿐, 아픔을 줄여 주지는 못했다. 신명 나게 무언가를 두드려 패는 소리와 함께 가냘픈 비명이 울려 퍼졌다.

"이, 이 미친놈들이!"

간신히 이불을 걷어 낸 남자가 눈물을 글썽였다. 머리를 프라이팬과 빨래 방망이로 제대로 맞은 다른 두 사람은 기절한 듯 미동도 없었다.

"끼악! 도망쳐!"

이불이 걷히자마자 사용인들이 순식간에 흩어졌다. 그중 정확하게 마델을 노린 남자는 제 옆에 떨어진 무기를 집어 들었다가 그대로 굳어 버렸다. 자신의 검 대신 잡힌 것은 한 나뭇가지였다.

갓 꺾어 왔는지 나뭇가지에 달린 이파리가 싱싱해 보였지만, 그뿐. 뭔가를 때리기엔 한없이 연약해 보였다.

고개를 들자, 무기를 가져가고 대신 나뭇가지를 놓아둔 정원사 아들 빌이 눈을 찡긋하더니 그대로 도주했다.

"야, 너 이리 안 와!"

남자는 몸을 벌떡 일으켜 빌을 쫓았다. 일단 무기를 찾는 게 최우선이었다. 언제 셀바토르 공작가의 기사들이, 그리고 테펜텔이 돌아올지 모르니까. 기절한 두 명의 동료가 이불에 싸여 슬그머니 사라진 것도 모른 채 남자는 맹렬하게 빌을 따라 복도를 달렸다.

"지금 당장 내놔, 이 새끼야!"

"싫어, 이 새끼야! 누구보고 새끼래!"

빌은 킬킬 웃으며 복도를 뛰었다. 그러면서 열심히 남자를 약 올리는 걸 잊지 않았다.

"에타이들은 정원사 아들 하나 못 잡을 정도로 느려 터졌구나?"

빌의 놀림에 약이 오를 대로 오른 남자는 이를 갈더니 모퉁이를 꺾어 사라진 빌을 찾아 속도를 높였다. 그러나 돌아온 것은 주방 사용인들과 바타의 공격이었다.

모퉁이에서 대기하고 있던 바타는 장식장 위에서 뛰어내려 커다란 냄비로 남자의 머리를 찍었고, 다른 하인은 잘 길든 무쇠 프라이팬으로 복부를 쳤으며, 마지막으로 하녀는 밀대로 다리를 공격했다.

그간 기름을 먹여 길을 잘 들인 프라이팬과 최근에 바꾼 냄비, 그리고 질 좋은 목재로 만든 밀대가 빛을 발하는 순간이었다.

터엉—!

텅 빈 것이 부딪치며 요란한 소리가 복도에 울려 퍼졌고, 남자는 공격을 이겨 내지 못하고 쓰러졌다. 남자가 기절한 걸 확인한 세 사람은 서로를 바라보며 뿌듯한 미소를 짓더니, 그대로 남자를 이불에 싸매 어디론가 끌고 사라졌다.

“이건 무슨 소리야.”

간신히 사용인 한 명을 잡은 에타이는 눈을 찡그렸다. 무언가 텅 빈 것이 깨지는 소리, 어째 낯설지 않은 소리였다. 마치 친구 놈 머리를 깨면 이런 소리가 날 것 같기도 하고…….

“그, 그게 저도 잘 모르겠습니다.”

하인이 고개를 숙이며 몸을 떨었다.

간신히 지나가던 하인 한 놈을 잡은 건 좋은데 어째 덜떨어진 놈 같아 보였다. 머리에 진흙이 묻어 있고 몸에도 덕지덕지 이상한 게 붙어 있는 게, 마구간지기 중에서도 가장 아랫놈 같았다.

“너, 제대로 안내는 하는 거겠지!”

검 손잡이로 허리를 찌르며 윽박지르자 하인은 거세게 고개를 끄덕였다.

“그럼요! 이리로 가면 그 말씀 하신 아이들에게 갑니다. 제, 제발 죽이지만 말아 주십시오. 저에겐 여우 같은 마누라와 토끼 같은 자식은…… 없지만, 태산 같은 빚이 남아 있습니다. 번화가 근처에 집을 살 때 빌린 건데, 아무래도 사기를 당한 것 같지만요. 이층집인데 벌써 바닥이 내려앉았거든요. 분명 부동산에서는…….”

“시끄러워!”

갑자기 신세타령하기 시작한 남자의 허리를 다시 손잡이로 내리쳤다. 히익, 놀란 소리를 내며 하인은 입을 다물고 다시 몸을 떨기 시작했다.

"그냥 죽이면 안 돼?"

뒤에서 따라오던 남자가 묻자 하인을 잡고 있던 에타이가 얼굴을 찡그렸다.

"간신히 잡은 놈을 죽이라고? 안내는, 네가 할래?"

"죽이지 말아 주십시오! 제대로 안내하겠습니다!"

"너무 시끄럽잖아! 들키겠다고!"

"맞습니다, 너무 시끄러워서 안내를 못 하겠어요!"

"아악! 너는 좀 닥쳐!"

머리를 쥐어뜯으며 소리치는 에타이의 허리께를 누군가가 쿡 찔렀다. 매서운 눈초리를 한 갈색 머리 여자였다.

"이놈 뭔가 수상해. 행동거지는 어수룩한데 은근 자세가 제대로 잡혀 있어. 거기다 방을 차례로 살펴보는데 갑자기 튀어나왔지. 마치 우리가 살펴보던 걸 막으려고 한 것처럼."

가라앉은 여자의 눈이 매섭게 빛났다.

"너 뭐야."

"시, 시문입니다. 마구간지기고요. 들어온 지는 얼마 안 돼 허드렛일을 주로 하지만……. 하여튼! 이쪽이 맞습니다!"

"거짓말을……."

여자가 말을 멈췄다. 네 사람의 눈에 누군가가 들어왔다. 작은 체구, 뒤집어쓴 이불 사이로 보이는 동그란 눈동자. 얼굴은 가려져서 잘 보이지 않았지만, 분명 여자아이였다.

"저거다! 이 집에 여자아이는 공녀와 우리가 찾는 애새끼들뿐이야."

그렇게 들었다. 이 집에 있을 만한 아이는 단 셋, 그 유명한 셀바토르 공녀와 자신들이 찾아 죽여야 하는 아이 두 명이라고. 지금 셀바토르 공녀는 저택을 나가 있다고 들었으니, 저 아이는 분명 자신들이 찾는 아이일 것이다.

시선이 마주치자, 흠칫 몸을 떨더니 아이는 그대로 도망치기 시작했다.

"쫓아!"

에타이 셋은 무섭게 여자아이를 쫓았다. 여자는 미련이 남은 얼굴로 복도에 주저앉은 하인을 노려보았지만, 이내 아이에게 집중했다. 작은 비명을 지르며 아이는 필사적으로 도망치고 있었다.

"못 움직인다고 하지 않았나?"

아이를 쫓으며 한 명이 중얼거렸다.

"망할 그 치료제인가 뭔가가 효과를 발휘한 거겠지. 어차피 오래 못 버텨!"

실제로 도망치는 아이와 에타이들의 거리는 점점 좁혀지고 있었다. 아이가 용케도 모퉁이를 돌고 계단을 오르며 눈을 어지럽히고 있었지만, 잡히는 건 금방이리라. 여자는 눈을 찡그리더니 무언가를 꺼내 다급하게 계단을 내려가는 아이에게 던졌다.

"악!"

다리에 끈이 감기며 아이가 계단에서 굴러떨어졌다.

"죽여."

셋이 동시에 칼을 빼 들었다. 그리고 몸을 가누지 못하고 잘게 떠는 아이를 향해 달려들었다.

"그분은 저희 아가씨 친구분이시라."

버리고 온 하인의 목소리와 함께 가장 뒤에 서 있던 여자의 몸이 피로 적셔진 채 떨어졌다.

"너, 이 새끼!"

아까와는 전혀 다른 얼굴로 서 있는 하인에게 두 에타이가 달려드는 것과 동시에 창문이 깨지며 세 사람이 저택으로 들어왔다. 밖에서 정문을 지키던 셀바토르 기사단이었다.

순식간에 상황이 정리되었다. 두 명의 에타이는 덧없이 쓰러져 창밖으로 던져졌다.

"괜찮으십니까?"

하인으로 변장했던 기사는 쓰러진 아이에게 다가갔다. 상황이 끝났다는 걸 소리로 알았는지 아이가 고개를 끄덕이며 얇은 천을 거뒀다. 하늘거리는 분홍색 머리카락, 흉 없는 깨끗한 얼굴, 셀리스였다.

"네, 저는 괜찮아요. 그런데 제가 도움이 되었나요?"

셀리스가 몸을 일으키며 묻자, 그녀를 에스코트하며 기사가 고개를 끄덕였다.

"네, 무척이나 도움이 되었습니다. 에펜타니 님께서 계시지 않았더라면 저 혼자 저들을 여기까지 이끌고 올 수 없었을 겁니다."

하필이면 저들은 의식을 잃고 쓰러진 에펜타니 백작 부인이 있는 방 근처부터 뒤지기 시작했다. 몇 개의 방만 지나면 걸릴 수 있는 상황이었다. 경호로 남아 있던 기사가 미끼가 되어 떨어트리려고 하자 셀리스가 자발적으로 나섰다.

'저 사람들은 우리뿐만 아니라 두 사람을 찾고 있다면서요. 제가 더 눈길을 끌 수 있을 거예요.'

약간의 논쟁 끝에 결국 두 사람이 나서 미끼가 되었고, 미리 입을 맞춰 둔 장소로 손쉽게 에타이들을 끌고 갈 수 있었다.

"제가 도움이 되었군요."

"네, 셀바토르 공작가는 이 일을 잊지 않을 겁니다."

기사에 말에 셀리스는 고개를 저었다.

"레슬리 양에게 제가 도움이 됐다는 것만으로도 만족해요."

그렇게 말하며 셀리스는 부끄럽다는 듯 볼을 붉게 물들이며 웃었다.

"우리는 친한 친구니까요."

⚜

"……."

무언가 텅 빈 것이 부딪치는 소리가 울려 퍼지고, 대장인 남자는 눈을 찡그렸다. 아무래도 에펜타니 백작 부인을 납치하러 간 다른 놈들에게 무슨 일이 생긴 듯 보였다.

"대장?"

"빨리 임무를 수행하고 도망친다."

멍청한 놈들까지 챙겨 줄 여력은 없었다. 남자는 빠르게 에펜타니 백작 부인을 찾아 달리기 시작했다. 약을 제조할 만한 곳은 어딜까.

"대장, 저기."

뒤따라오던 한 사람이 고갯짓으로 앞을 가리켰다. 복도 끝 햇빛을 지고 한 여자가 서 있었다.

"하녀인가?"

머리를 단발로 자른 여인이었다. 특이한 점은 지팡이를 들고, 마치 집사처럼 제 몸에 딱 맞는 정장을 입고 있었다는 점이었다.

"잡아."

뭐가 되었든 간신히 만난 안내인을 놓칠 생각은 없었다. 대장의 말에 뒤에 있던 남자가 뛰어나갔다.

"뭐, 뭐야!"

하지만 갑작스레 일어난 폭발에 그대로 계단 밑으로, 그리고 이어진 계단 밑으로 떨어졌다. 괴상한 비명이 한동안 일어나더니 큰 소리와 함께 무언가가 깨지는 소리가 일었다. 그리고 침묵이 감돌았다.

다른 에타이가 두려운 눈으로 계단 쪽을 바라보았다. 폭발이 일어날 줄 알았다는 듯 제나는 웃으며 제 지팡이를 고쳐 잡았다.

"이 앞은 루엔티 도련님의 실험실이 있는 곳입니다. 그리고 마법사들은 으레 제 실험실에는 무언가를 설치해 두지요."

딱히 설치한 건 아니고 실패한 마법석들과 함께 만지면 위험한 물약들이 아무렇지도 않게 돌아다니는 것뿐이었고, 제나는 그게 밖으로 나오도록 도운 것뿐이었다.

"셀바토르 공작저에 오신 걸 환영합니다, 무뢰배들."

제나의 입술은 언제나처럼 호선을 그리고 있었지만, 눈은 웃고 있지 않았다.

"지금은 공작님께서 계시지 않으니 다른 날에 방문해 주시길 바라지만…… 가실 것 같지는 않군요."

"특이한 하녀, 우리를 백작가 두 손님에게 안내해라."

대장은 검을 뽑아 들며 제나를 노려보았다. 그의 말에 제나의 눈이 가늘어졌다.

"무뢰배들을 손님들께 안내할 수는 없는 법이지요."

"그들을 지킬 병력은 있고?"

"없습니다. 하지만 곧 린체 기사단원들께서 방문해 주시기로 약속하셨습니다."

"하지만 내 검보다는 빠르지 않겠지."

대장은 입꼬리를 올리며 웃었고, 그 말에 제나는 이해했다는 듯 고개를 끄덕였다. 아직도 그녀의 입술은 완만한 곡선을 그리고 있었다.

"다가오실 수는 있고요?"

"그럼."

대장은 말이 끝나자마자 제 뒤에 있던 에타이의 멱살을 잡아 그대로 던졌다. 예측대로 거대한 폭발이 일어났고, 폭발을 제대로 맞은 에타이는 비명도 지르지 못하고 그대로 쓰러졌다.

그를 밟고 대장이 제나를 향해 달려들었고, 그 순간 제나가 들고 있던 지팡이의 머리 부분을 돌렸다.

파지직! 지팡이의 머리와 봉을 연결하는 보석이 마법석이었는지, 달려든 대장의 몸을 번개가 휩쓸고 지나갔다. 그 충격에 대장은 무릎을 꿇었다.

"커헉!"

제 앞에서 피를 토하고 있는 대장을 내려다보며 제나는 말을 이었다.

"아무래도 우리 아가씨께서 적이 많아서 말이죠. 종종 이런 경우가 있답니다. 그때를 위해 루엔티 도련님이 제 생일 선물로 만들어 준 지팡이죠. 어때요, 멋지지 않나요?"

아차, 이제 아가씨가 아니고 공작님인데. 나이를 먹어서 종종 실수한다니까요. 말을 덧붙이며 제나가 웃었다. 그런데도 루엔티가 만들어 준 걸 정말 자랑하고 싶었다는 듯 홍조까지 띠며, 제나는 대장이 지팡이를 잘 볼 수 있게 들어 올렸다.

"젠장, 이 망할 하녀 주제에!"

대장이 몸을 일으켜 제나에게 달려들려 했지만, 제나가 조금 더 빨랐다. 지팡이로 머리를 맞은 대장이 다시 휘청거렸다.

"제 소개가 늦었군요. 저는 셀바토르 공작저의 집사를 맡고 있는 제나 도란테스입니다."

제나의 눈이 살짝 휘었다. 대장은 여유 있어 보이는 제나의 웃음을 보며 이를 갈았다. 벼락을 맞고 지팡이에 머리를 맞아 피가 흘렀지만, 이 정도는 버틸 만한 것이었다.

카앙! 제나가 다시 지팡이를 휘두르기 전에 대장은 검으로 제나의 지팡이를 쳐 냈다. 요란한 소리를 내며 지팡이가 복도 저 끝으로 날아갔다.

"이제 어찌할 거지, 집사님?"

흉흉한 눈으로 제나를 바라보며 비꼬듯 물었지만 제나는 당황하지 않았다. 그저 한 발 옆으로 물러서며 말을 이었을 뿐.

"찾으시는 분은 아니지만, 저희 공작저의 손님을 소개해 드리겠습니다. 공작님의 오래된 친구분이신 테펜텔 님이십니다."

뭐? 대장의 눈이 동그래졌다. 제나의 소개가 끝나기를 기다렸다는 듯 창문이 요란스럽게 깨지며 테펜텔이 등장했다.

"으하하하!"

옆으로 물러난 제나는 피해가 없었다지만, 여전히 창을 정면에서 바라보고 있던 대장에게 유리 파편은 재앙과도 같은 것이었다. 날아들어온 테펜텔은 무어가 그리도 즐거운지 웃으며 자신의 무기를 휘둘렀다.

테펜텔의 무기는 철퇴. 쇠사슬 끝에 달린 동그란 철퇴가 정확히 대장의 옆구리를 노렸고, 갑옷이 우그러들며 다시 대장의 입에서 피가 튀었다. 그다음은 다리, 다음은 복부. 망토 속에 가려진 얇은 판형 갑옷은 피해를 막아 주지 못했고, 결국 대장은 쓰러졌다.

"재밌었다!"

테펜텔은 다시 웃음을 터트렸다. 먼저 오기 위해 마법사에게 자신을 날려 달라 한 게 꽤 즐거웠던 모양이었다.

"정말로 날아오실 줄 몰랐습니다."

제나는 깨진 유리 조각을 바라보며 말을 이었다.

"날아온다고 했잖아?"

테펜텔은 신난다는 얼굴로 제나를 바라보았다.

"빨리 온다는 비유적 표현인 줄 알았지요."

“그렇지만 내가 도착 안 했으면 위험했을걸. 그런데 다른 놈들은?”
테펜텔의 물음이 끝나기도 전에 밑에서 환호성이 들려왔다.
“우리가 이겼다!”
계단 쪽으로 다가온 테펜텔과 제나가 밑을 바라보자, 셀바토르가의 사용인들이 이불로 꽁꽁 묶은 에타이들을 가운데에 두고 빙빙 돌며 승리의 춤을 추고 있었다. 빨랫방망이, 말채찍, 정원용 가위, 프라이팬에 밀대, 거기에 포크까지. 공작저의 있는 모든 물건이 모여 있는 듯 보였다.
제각기 자신의 무기를 들고 춤을 추는 사람들 사이에는 셀바토르 공작저의 최고령자 자일로도 껴 있었다. 철판을 덧댄 의료 가방에 묻은 피가 그의 공로를 알렸다.
“제나 집사님, 저희가 이겼어요!”
제나와 테펜텔을 발견한 사용인들이 웃으며 두 손을 벌려 환호했다. 정말 기쁜지 다들 환하게 웃고 있었다. 잠시 신나 하는 자일로를 바라보며 테펜텔이 말을 흘렸다.
“자일로는 매일 퇴직한다 퇴직한다 하면서도 행동은 다르단 말이지.”
지금쯤이면 공작이 메데이아를 만나지 않았을까, 그렇게 생각하며 제나는 고개를 끄덕였다.
“후후, 죽을 때까지 공작저를 벗어나지 못하실 거예요.”
자일로에게는 사형 선고 같은 말이었다.

⚜

머리끈이 끊어진 탓에 긴 머리카락이 거슬렸다. 실전에 참여한 게 오랜만이라 그런지 색다르기도 하고. 셀바토르 공작은 머리를 쓸어 뒤로 넘기며 눈을 느릿하게 깜빡였다. 다시 머리를 뒤로 넘기는데, 무언가가 허전했다. 공작의 긴 손가락이 그녀의 얼굴을 훑었다.

'가면…….'

떨어졌나? 공작은 주변을 둘러보았다. 주변에는 공작의 검을 맞고 숨을 거둔 사람들이 널려 있을 뿐, 그녀의 가면은 보이지 않았다.

아까 성에 도착하자마자 메데이아가 준비한 놈들과 붙었는데 그때 떨어진 게 아닐까. 거기까지 생각이 미치자, 공작은 주저 없이 발걸음을 옮겼다. 밖에는 하르트가 있었다. 그라면 알아서 잘 챙겨 주겠지.

텅 비고 무너진 크렌베이츠 성 복도에 그녀만이 움직였다. 창문과 부서진 벽 사이로 들어온 저녁노을이 복도를 천천히 물들이고 있었다. 조금 전까지는 소란스러웠으나 이제 조용해졌다. 시끄럽게 소리를 내던 인간들은 바닥을 뒹굴고 있었다.

찰팍. 고인 피를 밟은 공작은 저도 모르게 바닥을 내려다보았다가 눈을 찡그렸다. 고인 피 가운데에 꽃 한 송이가 자라 있었다. 어쩐지 꽃한테 미안해졌다. 이런 피를 먹고 자라도 괜찮은 걸까.

'그러고 보니 이 꽃은 소풍 때 레슬리가 물어보던 꽃이었는데.'

열두 살 첫 소풍 때 자신에게 이 꽃에 관해 물어봤었지. 이름이 뭐였더라. 그때는 이름을 말해 줬는데 지금은 기억이 가물가물했다.

꽃 덕분에 자연스럽게 생각이 레슬리에게 옮겨 갔다. 자신의 딸은 어떻게 하고 있을까.

후작은 죽었겠지. 사이레인이 도끼를 들고 나갔으니. 거기다 무슨 생각인지는 모르겠지만 쓰레기를 태운다며 셀바토르 저택에 있는 모든 기름과 장작도 가지고 갔고. 무엇에 쓸 거냐 물었더니 그저 '우리 여보야가 최고야!'를 외치며 해맑게 웃었다.

'무슨 일인지는 모르겠지만, 뒤처리는 내 몫이겠지?'

어쩐지 벌써 피곤해 공작은 자신의 어깨를 주물렀다. 여보야는 귀여워서 좋았지만, 종종 큰 사고를 치곤 했다.

뭐, 그래도 처리 못 할 정도는 아니니니. 남편이 신난 걸로 만족해야지. 후작만 생각하면 야밤에 도끼날을 갈던 사이레인이 아니던가.

"아."

신나는 사이레인과 이제 복수 따위에 집착하지 않을 레슬리를 생각하다 보니 어느새 거대한 문 앞에 도착했다. 긴 황제의 복도를 지나 도착한 알현실.

본디 별장에는 만들지 않는 곳이었으나 이 성을 너무도 사랑했던 황제가 1년의 대부분을 여기서 머물렀기에 자연스레 황제를 뵙는 알현실을 만들었다.

메데이아는 태후니 이곳에 있을 자격이 없다. 하지만 그녀는 여기에 있을 것이다. 누구보다도 욕심이 많던 그녀가 아니던가.

공작이 힘주어 문을 밀자, 거대한 문이 부드럽게 열렸다.

알현실 안으로 들어오자 가장 먼저 보인 것은 거대한 쌍두 뱀이 해와 달을 삼키고 있는, 벽면을 가득 메운 르카디우스 인장과 황좌, 그리고 거기에 쓰러지듯 기대 숨을 고르고 있는 여자였다.

세월의 흐름과 지진으로 황좌는 더럽고 일부는 떨어져 나갔지만, 여자는 신경 쓰지 않는다는 듯 팔걸이에 몸을 기대고 있었다.

"메데이아."

공작이 그녀의 이름을 부르자, 숨을 옅게 헐떡이던 메데이아가 고개를 들고 공작을 바라보았다.

"내 이름을 불러 주는 거야?"

그녀의 헤이즐넛색 눈동자가 공작이 들고 있는 검을 훑었다. 에타이와 태후의 기사들을 베어 넘긴 검은 붉게 물들어 있었다.

"그런 무서운 걸 들고?"

웃음을 머금고 공작을 바라보는 메데이아를 보며, 셀바토르는 말없이 눈을 찡그렸다. 메데이아는 지친 듯 안색이 좋지 않았고, 땀방울이 맺혀 있었다.

메데이아는 이트바나의 공주였다. 그리고 르카디우스 제국의 황후가 되었고, 얼마 지나지 않아 태후가 되었다. 그런 그녀가 격한 운동을 해 봤을 리가 없었다.

특히 태후가 되어 스스로 뒷방을 자처하고 나서는 몸을 웅크리느라고 태후궁과 온실에서만 살던 여자였다. 그런 메데이아가 하루 만에 여러 일을 겪고 여기까지 도망쳤으니 당연히 그녀는 심적으로나 신체적으로나 굉장히 지쳐 있을 터였다.

"메데이아."

"아아, 음색 좀 봐. 정말 친절한 목소리네. 여태 늘 거리감을 두고 있었으면서."

더 이상 도망칠 곳도, 그리고 마음도 없는 메데이아는 자신에게 다가오는 공작을 두려움 없이 바라보았다.

"가면을 벗었네. 정말 그 화상은 못 없애는 거야? 난 예전의 얼굴이 더 마음에 들었는데. 도도한 소공작님. 남자들뿐만 아니라 여자들도 너랑 춤추고 싶어 했었지."

"……."

공작은 대꾸 없이 메데이아에게 다가왔다. 그리고 그녀의 목에 검을 겨누었다. 뚝, 하고 검 끝에 맺혀 있던 피 한 방울이 하얀 메데이아의 목을 타고 흘러내렸다.

"왜 그런 짓을 저질렀지?"

공작의 물음에 메데이아는 한쪽 입꼬리만 올려 웃었다.

"무슨 짓? 벌인 게 너무 많아 뭘 말하는지 모르겠네, 아셀라."

"전부 다. 아렌도부터 해서 전부 다 말이야."

"아렌도가 처음은 아닌데!"

메데이아는 목소리를 높여 웃었다. 그녀의 웃음소리가 텅 빈 알현실에 울려 퍼졌다.

"뭐, 거기서부터 말하기를 원하신다면 말해 드려야지. 당연히 내 아들을 황제로 만들고 싶어서 그랬어."

메데이아의 대답에 공작의 눈가가 움찔거렸다. 알고는 있었지만, 아이를 바꾼 장본인의 입으로 듣는 것은 색달랐다.

"다들 그러지 않나? 자기 아들을 황제로. 황제의 여자들은 다들 그런 생각을 해. 황제가 여자였던 경우는 제외해도 말이야. 그리고 아렌도도 꽤 나쁘지 않은 황제감이었잖아? 피스토레가 조금 더 진취적이기만 했어도, 아렌도는 차기 황제였어."

"하지만 너는 아렌도를 완벽한 황제로 만들 생각은 아니었지."

공작의 말에 메데이아가 눈을 가늘게 떴다.

"그래. 맞아."

그래서 특수한 꽃을 보냈다. 정신을 혼미하게 하고 중독성이 있는 꽃. 하루 만에 저버리는 꽃인 데다가 비슷한 꽃들이 많아 쉽게 들키지 않을 꽃이었다.

"그런데 어떻게 잘 알아냈네."

일부러 들키지 않게 황후에게도, 그리고 종종 다른 사람에게도 꽃을 보냈다. 온실에서 꽃을 키우는 뒷방 태후처럼 꾸몄던지라 그건 이상하지 않았는데. 어떻게 안 걸까.

"솔직히 찍었어."

천연덕스러운 셀바토르의 말에 메데이아의 눈이 동그래졌다.

"너라면 네 위에 뭔가가 있는 걸 싫어할 것 같아서 말이지. 그게 정작 네 아들이라도 말이야."

공작의 말에 메데이아는 환하게 웃었다. 창백했던 안색에 조금 활기가 돌아왔다.

"역시 나를 봐 주고 있었구나? 착한 아셀라. 그래, 내 아들이니 내 밑에 있는 게 맞다고 생각했어."

거기까지 말한 메데이아가 웃음을 멈추었다. 차갑게 변한 얼굴로 그녀는 작게 중얼거렸다.

"아니, 내가 가장 위에 있고 싶었어."

아렌도를 황제로 만들고 자신은 그 위에 앉을 생각이었다. 이피엘과 데비엔은 메데이아가 황제 자리를 노린다고 생각했지만, 자신은 그보다 더 위로 가고 싶었다.

이트바나에서는 여자는 왕위에 오를 수가 없었다. 그건 법이었고 관습이었으며 깨트릴 수 없는 미래였다. 그렇다면 그 위는? 왕보다 황제보다 더 위는? 그 위는 자신도 앉을 수 있는 것 아닌가?

거대한 법률책을 보던 메데이아는 그때부터 계획을 세웠다. 에피알테스 전설도, 르카디우스 제국도 휘두를 만한 계획을 세우고 차근히 하나하나 실현하기 시작했었다.

물론 바로 그 위에 앉을 수는 없겠지.

르카디우스 제국으로 넘어간 메데이아는 간신히 아렌도를 임신했다. 그리고 그 아이를 황제로 만들기 위해 움직였다.

이미 르카디우스 제국에는 피스토레라는 황태자가 있었다. 나약한 성격이었지만, 적통인 황태자. 지금 아이를 낳아 황제에게 보여 준다 해도 황제가 마음을 바꾸기 전에 그는 자연사할 것이다.

그래서 메데이아는 다른 수를 썼다. 어쩔 수 없는 일이었다. 그녀에게 시간은 너무도 부족했으니까. 다행히도 아르트엘이 비슷한 시기에 임신과 출산을 했다. 메데이아는 데비엔과 이피엘을 이용해 두 사람을 바꿔치기했다.

"샛길을 이용했지. 너도 알지? 내 남편의 취미는 황실에 샛길을 만드는 거였어."

황제가 뒤로 물러나고 피스토레가 대부분의 샛길을 처리했지만, 그녀만이 아는 길이 있었다. 타국에서 온 어린 황후를 위해 황제는 기꺼이 작은 샛길을 메데이아에게 내주었다.

그 길에서 홀로 여유로운 산책을 즐기고 싶다는 말에, 모든 것을 알려 준 자신의 아들에게도 그 샛길만큼은 알려 주지 않았다. 그 길은 오롯이 메데이아만이 아는 길이 되었고, 황녀와 아렌도를 바꿔치기하는 데 유용하게 사용되었다.

"황녀는 내가 죽인 게 아니야. 정말 몸이 약해서 금방 죽더군. 뭐, 살릴 노력을 안 하긴 했지만."

그 대답에 검을 쥐고 있는 공작의 손에 힘이 들어가는 게 느껴졌다.

"아르트엘이 울었어."

하지만 공작의 목소리는 담담했다.

"피스토레는 아르트엘과 나를 거부할 정도로 상처를 받았고."

"그래서?"

"너는 최악이라는 거야, 메데이아."

"어머나!"

메데이아는 되레 자신이 상처받았다는 듯 슬픈 표정을 지었다.

"아무리 생각해도 피스토레, 그는 황위에 어울리지 않아. 오히려 마음씨 좋은 선생에 어울리지."

정이 넘치는 따사로운 선생님이 되어야 할 자가 황제가 되었다. 그런 그보다는 자신이 더 잘 어울리지 않을까? 아니면, 제 앞에서 차가운 얼굴로 제 목에 무시무시한 검을 들이대고 있는 여자나. 메데이아의 입이 호선을 그렸다.

메데이아의 대답에 셀바토르는 눈을 찡그렸다. 그녀가 자신 때문에 얼굴을 찌푸리는 게 마음에 들었는지 메데이아가 작게 웃었다.

"아이테라 대공을 배신하게 한 것도 너였고."

"피스토레가 어떻게 하면 더 완벽히 무너지는지, 잘 안 것뿐이야. 상대가 확실하게 무너져야 나에게 이롭지 않겠어?"

네가 나라도 똑같이 했을 거면서. 그렇게 말을 덧붙이며 메데이아는 고개를 들고 공작을 정면으로 바라보았다.

"그리고 아이테라 대공도 나 못지않게 욕심이 많았어. 내가 정권을 잡고 나면 나를 치고 자신이 그 자리에 앉으려 했을 거야. 아아, 욕심 많은 아이테라."

그렇게 말하며 메데이아는 실소를 머금었다. 그러고는 엉망이 된 자신의 머리를 매만졌다.

"이제 어떻게 할 거야? 나를 질질 끌고 가 광장에 매달 거야, 아셀라?"

반역자의 우두머리는 꼬박 열흘을 광장에 매달아 둔다. 사람들이 돌을 던지고 침을 뱉고 가슴에 맺혔던 악의를 풀고 나면 그제야 목을 잘랐다. 뜨거운 햇볕을 받으며 물도 음식도 넘기지 못하는지라, 열흘을 버티지 못하는 이들도 많았다.

"아니면 황궁에 끌고 가 지하 감옥에 가두는 것도 한 방법이겠지."

황족이 일으킨 반역이었다. 체면을 차리기 위해 황궁에서 은밀하게 처리할 가능성도 컸다.

'뭐가 되었든, 돌아가기만 한다면.'

메데이아는 바싹 마르는 입술을 핥았다. 자신은 황족, 쉽게 죽이지는 않을 것이다. 돌아가면 또 다른 수가 있었다. 이럴 때를 대비해 다른 수를…….

"아니."

우둑. 대답과 함께 무언가가 부서지는 소리가 났다. 여유만만하게 미소를 머금고 있던 메데이아의 눈동자가 커다래졌다. 울컥, 피가 입을 타고 흘렀다. 공작은 시선을 마주한 채, 메데이아의 심장을 검으로 꿰뚫었다.

“나는 너를 믿어. 분명 너는 뒤에 무언가를 더 숨겨 놨겠지. 피스토레도 그렇게 말했고.”

나를 믿는다고? 메데이아는 그렇게 물을 수가 없었다. 목소리 대신 피거품이 뚝뚝 떨어져 그녀의 옷을 적셨다.

셀바토르 공작은 오랫동안 메데이아를 봐 왔다. 그리고 확신했다. 그녀는 뒤에 알 수 없는 무언가를 더 숨기고 있을 거라는 걸. 그리고 셀바토르와 함께 그녀를 지켜봤던 피스토레 역시 같은 생각이었다.

위기는 적을수록 좋다. 비록 태후였던 메데이아를 재판에 세우지 않고 죽인다는 건 약간의 위험이 있었지만, 피스토레와 셀바토르는 기꺼이 그 위험을 감수하기로 했다.

“너를 대신할 인간은 이미 잡아 뒀어. 이피엘, 너는 그녀를 아꼈지.”

공작이 검을 잡은 손에 힘을 주었다. 메데이아의 심장을 뚫은 검이 점점 더 깊게 들어왔고 이제 검은 황좌까지 파고들었다.

“그녀가 나머지 일을 모두 말해 줄 거야.”

셀바토르 공작은 느리게 눈을 감았다가 떴다. 죽어 가는 메데이아는 그런 공작을 제 두 눈 가득 담았다. 분노도 후회도 괴로움도 그리고 아쉬움도, 많은 감정이 헤이즐넛색 눈동자에 공작의 모습과 함께 서려 있었다.

“잘 가, 메데이아.”

그 말과 동시에 공작은 심장에 박힌 검을 뽑았고, 피가 사방으로 튀겼다. 허억, 마지막 숨소리와 함께 메데이아의 생명이 끊겼다.

“공작님.”

뒤늦게 알현실로 들어온 하르트가 셀바토르 공작을 불렀다.

“가면을 떨어트리셨습니다.”

그렇게 말하며 하르트는 손에 들린 가면을 내밀었다. 하지만 그의 시선은 메데이아에게 닿아 있었다.

"엄청난 여자네요."

하르트에 말에 천천히 황좌에서 내려온 공작이 고개를 끄덕였다. 보통 저렇게 죽는다면 자리에서 굴러떨어질 텐데, 그걸 막기 위해서인지 메데이아의 두 손은 황좌의 손걸이를 꽉 잡고 있었다. 메데이아는 눈도 감지 않은 채 황좌에서 숨을 거두었다.

"……수도로 돌아간다."

셀바토르 공작은 피가 묻은 제 가면을 쓰며 굴곡 없는 목소리로 말했다.

"드디어 모든 것이 끝나 가는군."

저택에 돌아가면 꼼짝 말고 쉬어야지. 나도 이제 늙었어. 그렇게 말하며 셀바토르 공작은 하르트와 함께 알현실을 벗어났다.

⚜

아니야, 아니야. 아닐 거야. 턱 끝까지 숨이 차올랐다. 아렌도는 움직일 때마다 자신을 쫓아오는 시선들을 느꼈으나, 걸음을 멈출 수가 없었다.

"아렌도 황자님……."

그를 발견한 시종장의 눈이 커다래졌다. 평소의 그답지 않은 모습 탓이었다. 흐르는 땀과 거친 숨, 그리고 달려오느라고 흐트러진 옷. 평소 귀족적인 모습으로 조금의 틈도 보이지 않던 아렌도답지 않았다.

"아버……. 아니, 황제 폐하께서는 안에 계신가?"

하지만 아렌도는 자신의 모습 따위 신경 쓰지 않는 듯 시종장의 어깨를 붙잡고 물었다. 놀란 시종장이 잠시 머뭇거리다 고개를 끄덕였다.

"안 됩니다! 아직 안에 다른 분들이……!"

시종장이 정신을 차리고 아렌도를 말리기도 전에 거칠게 문을 열고 아렌도는 안으로 들어갔다. 방에 있던 모든 이들의 시선이 아렌도에게 박혔다.

"무슨 일이냐."

가운데에 앉아 있던 피스토레가 퀭한 눈으로 아렌도를 바라보았다. 단 몇 시간 내에 피스토레는 몇 년은 더 늙은 듯, 지치고 초라해 보이는 모습이었다.

"할 이야기가 있어 황급히 달려왔습니다, 황제 폐하."

고위 귀족들의 눈을 의식한 건지, 아렌도가 흐트러진 제 옷매무새를 매만지며 말을 꺼냈다.

"긴급한 일이라 이렇게 무례를 저지른 점을 부디 용서해 주시기 바랍니다."

귀족들이 서로 시선을 교환하다가 결정을 묻는 듯 피스토레를 바라보았다.

"모두 잡아들이게. 그걸로 내 말은 끝이야."

의자에 몸을 깊숙이 묻으며, 피스토레가 손을 저었다. 다들 나가 보라는 뜻이었다. 그러나 몇몇은 할 말이 남아 있는 듯 다급하게 입을 열었다.

"이미 상당수가 잡혀 들어갔습니다. 이대로라면 오히려 혼란을 일으킬 겁니다. 시간을 두고 천천히……."

"반역자들을 천천히 잡아들이라?"

"아직 죄가 확증되지 않았으니 조심스레 드리는 말씀입니다."

"아하, 조심스레."

피스토레가 말을 꺼낸 남자를 노려보며 몸을 일으켰다.

"남작은 지금 꺼낸 발언이 반역자들을 감싸는 말이 될 수 있다는 걸 알고 한 것인가? 이 사태를 만든 이들을 천천히 잡아들이라니. 도망갈 시간을 벌어 주는 걸로 들리는군."

"저, 저는 그저 충심에 드린 말입니다."

남작은 당황하며 주변을 돌아보았다. 하지만 방 안에 있던 누구도 그와 시선을 마주치지 않았다. 오히려 고개를 돌려 그의 시선을 피했다.

"충심이라. 진정한 충심을 가진 자라면 그런 말을 하지 않겠지. 오히려 더 빨리 병든 부분을 도려내라! 그렇게 말하지 않겠는가."

남작의 어깨에 손을 얹은 피스토레의 눈이 주변에 얼어붙어 있는 귀족들을 훑었다.

"그대들의 생각은 어떠한가?"

"저는 황제 폐하의 명령에 따를 뿐입니다."

"저희 역시 같은 생각입니다!"

가장 먼저 황제의 눈이 닿은 백작이 푸른 드레스 자락을 잡으며 고개를 숙였다. 그러자 다급히 다른 이들도 앞다투어 그녀의 의견에 동참했다. 그 모습에 남작이 깊게 고개를 숙였다.

"……제가 실언을 했습니다."

"그래. 잡아들인 이들은 확실하게 조사를 하도록."

"예, 황제 폐하."

고개를 숙인 귀족들이 방을 빠져나가고 제자리에 앉은 피스토레는 쓰러지듯 의자에 앉았다.

"힘들구나."

머리를 쓸어 올리며 피스토레가 중얼거렸다. 메데이아에게 기사들을 보낸 후 조금이라도 의심이 가는 자들이 있으면 잡아들였다. 절차도 방법도 그리고 인륜도 다 무시한 행위로, 귀족들이 앞다투어 황제를 찾아온 건 당연한 일이었다. 어찌 되었든 메데이아는 피스토레의 어머니 위치였으니까.

"다들 이래라저래라 말은 많으면서……."

심지어 에피알테스가 퍼졌다는 걸 알자마자 짐을 싸 들고 도망간 귀족들도 있었다. 황제가 황궁에 버티고 있다는 것을, 공작이 치료약을 만들었다는 것을 알면서도 제 목숨이 아까워 빠르게 도망친 자들.

자신이 해야 할 일을 내팽개친 자들이 불러온 혼란은 이미 시작되고 있었다. 차라리 저자들을 빠르게 잡아들이고 그 자리에 새로운 인물을 배정하는 것이 더 나은 방법이었다. 남작은 잘못 알아도 단단히 잘못 알고 있는 것이었다.

귀족이란, 나라를 다스리는 자들이란 무릇 먼저 나서 위험을 맞이하고 굳건히 버텨야 하는 이들이 아니던가.

“그래, 무슨 일이냐. 도대체 무슨 중요한 일이기에 이렇게 달려온 거냐.”

잠시 길게 숨을 내쉰 피스토레가 아렌도를 바라보았다. 엉망이 된 얼굴, 평소 아들 같지 않은 모습에 자연스레 머리가 옆으로 기울었다.

“황제 폐하, 아니 아버지. 알고 계셨습니까?”

“무엇을 말이지?”

쾅! 피스토레의 앞까지 성큼성큼 다가온 아렌도가 거칠게 탁자를 내리쳤다.

“제가, 아버지의 아들이 아니라는 사실을, 알고 계셨냐는 말입니다.”

울먹이는 듯, 그리고 괴로운 듯, 그러면서도 진실이 아니길 바라는 목소리로 아렌도가 힘겹게 피스토레를 바라보았다. 그런 아렌도를 바라보는 피스토레의 눈이 커다래졌다.

“네가 그걸 어떻게…….”

말하지 않을 생각이었다.

피스토레는 제 아들이 상처받지 않기를 원했다. 누구의 피를 이었든 상관없었다. 아렌도를 품에 안고 무너질 뻔했던 자신이 몸을 일으켰던 것도 사실이었고, 그간 키워 온 아들을 도무지 심장에서 빼낼 수가 없었으니까. 아렌도도 콘스텐도 그리고 작디작은 황녀도, 모두 그의 자식이었다.

"이피엘, 태후의 수석 시녀였던 자를 만났습니다."

주먹을 쥔 아렌도의 손이 떨렸다.

메데이아가 도망쳤다는 소식에 아렌도도 몸을 움직였다. 어서, 어서 메데이아와의 끈을 정리하기 위해서 빠르게 그리고 은밀하게 움직였다.

종종 메데이아를 찾아가긴 했으나 다행히도 수면 위로 드러난 것은 없었다. 그러니 그저 할머님을 찾아뵈는 효심 깊은 손자로 보이면 될 것이다.

정 안 되면 엘리에게 뒤집어씌우면 되겠지. 멍청한 약혼녀는 메데이아에게 이쁨받는다는 걸 감추지 않았으니까. 그녀와 사이가 좋아지고 싶어서 엘리의 말을 따랐다고, 사랑에 눈이 멀어 어리석은 짓을 저질렀다 하면 자신의 위치가 크게 흔들리지 않을 것이다.

어지러운 머릿속을 정리하며 아렌도는 엘리가 갇혀 있다는 지하 감옥으로 걸음을 옮겼다.

그러다 만난 것이 이피엘이었다. 린체 기사단에 의해 끌려오던 그녀는 아렌도를 발견하자마자 무서운 힘으로 기사들을 뿌리치고는 필사적으로 아렌도의 옷자락에 매달렸다. 아렌도는 당연히 이피엘의 팔을 걷어차고 몸을 돌렸다.

"당신이 언제까지 그 자리에 버티고 있을까요."

메데이아를 살려 달라는 외침을 무시한 아렌도에게 퍼부어진 말이었다.

"당신의 뿌리는 그대가 생각하는 것이 아닌데!"

"그게 무슨 소리지?"

결국 가까이 다가온 아렌도를 보며 엉망이 된 이피엘이 히죽 웃었다. 기사들을 뒤로 물리자 이피엘이 작게 진실을 속삭였다.

"……당신을 낳아 주신 분은 메데이아 태후 폐하란 소리입니다. 제가 직접 황녀와 당신을 바꿔치기했거든요."

"왜 저에게!"

울음이 섞인 목소리가 피스토레에게 쏟아져 내렸다. 손바닥을 파고든 손톱 때문에 피가 흘러내렸다.

"……아무 말도 해 주지 않으셨습니까."

잠시 억누른 말끝은 그저 울먹임뿐이었다. 피스토레는 이를 깨물다 손을 뻗어 아들의 손을 쥐었다.

"그건 전혀 중요치 않으니까."

그리고 제 소매로 아렌도의 손을 닦아 내었다. 혹여나 상처에 옷깃이 닿아 아플까 조심스러운 손길에 아렌도의 눈에서 눈물이 흘러내렸다.

"너는 내 아들이다. 그건 달라지지 않아. 누가 너를 낳았든, 그건 전혀 중요한 것이 아니다."

그렇게 말하는 피스토레의 목소리는 깊게 잠겨 있었다.

자신의 탓이다. 자신이 셀바토르에게서 진실을 듣고도 바로 수용할 수 있는 그런 사람이었다면 더 좋았을 텐데. 단 며칠이었지만, 아렌도를 피했던 자신이 부끄럽고 부끄러워 고개를 들 수가 없었다.

셀바토르라면 어땠을까. 그녀라면 충격을 받긴 했어도 제 아들의 눈길을 피하는 그런 추레한 부모가 되진 않았을 텐데.

"너를 황태자로 정하지는 않았지만…… 그건 네가 내 아들이 아니라서가 아니었다. 그저…… 그저 내가 생각하는 방향과 네가 추구하는 것이 달라……."

피스토레의 몸이 허물어졌다. 피 묻은 아들의 손바닥이 그의 이마에 닿았다. 흐느끼는 피스토레와 눈물 젖은 눈으로 그런 아버지를 내려다보는 아렌도는 한참이나 서로 말이 없었다.

"……알고 있습니다."

아렌도가 울음을 참으며 입술을 깨물었다.

"알고 있습니다, 아버지."

아버지라 불러도 될지는 모르겠지만. 그 말은 아렌도의 입안에 남았다.

"그만 가 보겠습니다. 중요한 회의를 방해하여…… 죄송합니다, 황제 폐하."

고개를 숙인 아렌도는 고개를 꾸벅 숙이고 그대로 방을 나갔다.

"하……."

아렌도가 나가자마자 그대로 피스토레는 무너졌다. 상처받은 얼굴, 보고 싶지 않던 무너진 아들의 얼굴.

"으아아아!"

피로 붉게 물들었던 소맷자락이 이번엔 눈물로 물들었다.

문 밖에서 비명 같은 소리를 들으며 우두커니 서 있던 아렌도는 발을 옮겼다.

발밑이 무너지는 기분이 들었다. 몸이, 정신이 한없이 밑으로 추락하는 느낌이었다. 자신이 알고 있는 게 진실이 아니었다. 머리가 어지럽고 숨을 쉬기가 어려웠다. 귓가가 피스토레의 울음으로 막혀 그 무엇도 들리지 않았다.

"형님?"

그 울음 속에서도 들리는 한 마디에, 정처 없이 비틀거리며 걷던 아렌도가 걸음을 멈추었다.

"……콘스텐."

담담한 얼굴로, 아무렇지 않은 목소리로 동생을 부르려고 했다. 하지만 지금 자신의 표정이 동생에게는 어떻게 보일지, 목소리는 또 얼마나 떨리고 있을지 아렌도는 장담할 수 없었다.

"무슨 일이 있으셨습니까?"

황태자 자리에 오르고, 자신과 적이 될 동생은 걱정스러운 얼굴로 제 형의 안색을 살폈다. 자신 때문에 많은 걸 포기했던 동생, 한없이 다정하고 연약했던 동생.

닮았구나.

"너는 아버지와 닮았구나."

웃음이 비적비적 새어 나왔다. 동생의 눈이 조금 더 동그래졌다.

"네가 있었던 신성국은 어떤 곳이냐?"

"……조용한 곳입니다. 수학을 하기 괜찮지요. 생각하기도 좋고. 하지만 아무것도 없어 심심하실 겁니다."

"그러냐."

아렌도는 입꼬리를 올리며 웃었다. 차라리 조금 더 일찍 알았더라면, 조금 더 일찍 이 진실을 접해 마음을 정리할 수 있었더라면, 그랬더라면 좋았을까.

지금 물러나면 안 된다는 사실을 아렌도는 잘 알고 있었다. 지금이 가장 중요한 때였고, 콘스텐의 옆에 붙어 그를 끌어내려야 한다는 것도 잘 알고 있었다. 하지만 이 기분으로는, 끝없이 추락하는 이 몸뚱이로 황궁에 서 있기는 무리였다.

"그런 곳이라면 잠시 가 볼까."

푸른 눈에서 눈물이 뚝 하고 떨어져 내렸다. 앞으로 말할 수 있을까. 그래도 한껏 부모님을 존경했다고, 사랑했었다고. 앞으로 자신은 그렇게 말할 수 있을까. 분명히 이 일로 앞으로 울고 괴로워할 두 분에게 말할 수 있을까. 아아, 말했더라면 분명 좋아하셨을 텐데.

"……미리 말할 것을."

동생의 머리를 쓰다듬은 아렌도는 그대로 몸을 돌려 걸었다.

"형님!"

그런 아렌도의 팔을 다시 콘스텐이 붙잡았다. 콘스텐이 다급히 할 말을 찾듯 눈을 굴리더니 이내 말을 이었다.

"그…… 식당이 하나 있습니다. 형님이 좋아할 만한 식당……인데. 형님은 유독 해산물 좋아하셔서 기억을 해 뒀는데, 향신료 냄새도 강하지 않고."

푸핫, 작게 웃음이 터졌다. 아까보다는 아주 조금 밝은 웃음이었다.

신성국은 바닷가와 떨어진 곳에 있었다. 그래서 해산물 맛집을 찾기는 어려웠을 텐데. 도대체 이놈은 왜 자기 생명을 위태하게 했던 저에게도 이렇게 마음을 썼던 걸까.

"그래, 편지를 기대하마."

쉽게 물러나지는 않겠지만, 지금은 이 마음을 추스를 시간이 필요했다. 감정을 가라앉히고 진실을 받아들일 때가 오면 다시 황궁으로 돌아오리라. 아렌도는 웃으며 황실 복도를 걸어 나갔다.

⚜

콘라드는 멍하니 촛불에 의지해 에피알테스를 바라보았다. 오래된 브로치가 달린 낡고 작은 상자. 듣기만 했을 뿐 본 적은 없는 물건이었다.

에피알테스를 봉인할 때 따라 들어가는 성기사들은 연륜을 갖춘 사람들 중에서 선발되었다. 적어도 테센트루아 성기사로 10년 이상을 있었고 신에 대한 믿음을 지켜 왔던 사람들이 최고 사제와 아라벨라를 호위할 수 있는 영광을 받았다.

그간의 의식에서 콘라드는 나이도 어리고, 아직 경험을 갖추지 못해 호위의 자격조차 갖추지 못했었다. 하지만 이번 의식은 달랐다. 그가 믿음을 의지한 후 10년이 넘고 처음 맞는 의식이었고, 레슬리가 아라벨라로 발탁된 의식이었다.

만일 자신이 호위로 가면 어떨까. 나쁘지 않을 것 같았다. 아니 좋을 듯했다. 잠시 레슬리를 호위하던 자신을 상상하던 콘라드는 남몰래 신께 기도를 올리기까지 했었다.

하지만 신은 기도를 들어주지 않았고 콘라드는 호위 대상에서 제외되었다. 그 대신 들어가게 된 사람은 콘라드도 잘 아는 이들이었다. 자신과 같은 숙소에서 묵고 같은 훈련을 받으며 같은 임무를 맡던 이들, 형제와 같은 사람들이었다.

'걱정하지 마. 큰일이 일어나겠냐.'
'일어나더라도 우리가 있다고 말을 해 줘야 이놈이 안심하지.'

호위가 정해지고 그렇게 말했었지. 사람 좋은 얼굴로 여유 있는 웃음을 지으며 자신의 어깨를 툭 치고 갔었다. 마치 안심해도 좋다는 듯이.

심지어 광장 호위를 맡았던 콘라드가 잠시 아라벨라와 최초 사제들이 있었던 대기실 쪽으로 가 선물을 전해 줄 수 있었던 것도 두 사람 덕분이었다.

그래서 직전까지 믿고 있었다. 의식이 시작하는 그 직전까지, 콘라드는 그들을 믿었었다.

"아……."

잠시 생각에 잠겨 있던 콘라드는 손을 들어 흘러내리는 걸 닦았다. 손에 붉은 액체가 묻어 나왔다.

얼마나 더 버틸 수 있을까. 콘라드는 시들어 버린 꽃들 사이 놓여 있는 에피알테스를 바라보았다.

걸쇠가 두 개나 풀려 있는 상자는 오랫동안 가두어졌던 본래의 자리로 돌아왔으나, 여전히 위협적이었다. 신전과 방이 가지고 있는 봉인의 힘은 조금이나마 남아 있었지만, 가장 중요한 상자의 힘은 사라졌으니까.

지금도 상자 사이에서 아주 옅게 무언가가 새어 나오고 있었다. 그리고 에피알테스가 퍼지는 걸 막기 위해 콘라드는 지금 봉인의 방 안에 홀로 들어와 있었다. 아까 옅게 퍼졌던 흔적과는 다르게 이제는 진짜가 흘러나오고 있었다.

신력으로 완전히 막는 것은 무리였다. 하지만 봉인의 방이 가지고 있는 힘에 강력한 신력을 더한다면, 이 방에서 에피알테스가 빠져나가는 것은 막을 수 있었다. 그래서 콘라드는 홀로 봉인의 방에 들어와 에피알테스를 마주 보고 있었다.

보통의 사제라면 신력으로 누설을 막기는 하겠지만 감염되어 순식간에 신의 곁으로 떠날 것이 분명했다. 힘을 버틸 만한 체력과 강인한 신력을 둘 다 가진 이는 지금 그뿐이었다. 나머지 성기사들은 아직 빈민가에 남아 있었다.

급하게 신전에서 사제들을 보냈으니 이제 슬슬 돌아오겠지.

사제들의 계산대로라면 콘라드는 돌아온 성기사 중 한 명과 교대해 봉인의 방을 걸어 나가야 했다. 하지만 콘라드는 스스로의 생각보다 더 빠르게 허물어지기 시작했다.

"아이테라 경, 괜찮으십니까?"

닫힌 봉인의 문 밖에서 다급한 목소리가 들려왔다. 밖에서 신력으로 봉인의 방을 감싸고 있는 사제 중 한 명인 듯했다.

"버티지 못하겠다 싶으시면 언제든지 나오십시오. 거기서 죽는다면 개죽음이나 다름없습니다!"

"네, 그러겠습니다."

콘라드는 덤덤하게 대답하며 다시 손을 들어 흘러나오는 피를 닦아냈다. 어느새 소맷자락까지 흠뻑 피가 묻어 나왔다.

"아이테라 경! 대신할 사람은 많습니다, 부디 어머님과 동생분을 생각하십시오!"

걱정하는 사제의 목소리는 끊이지 않았다. 그는 문을 두드리며 나오라는 듯 콘라드에게 계속 말을 걸었다.

"예."

사제의 걱정에 대답하며 콘라드는 에피알테스를 바라보았다.

피를 닦는 것도 어느새 귀찮아졌다. 코에서 흐르는 피가 턱에 괴었다가 뚝, 뚝, 하고 아래로 떨어졌다. 빛을 잃은 꽃들이 붉게 물들어 갔다.

서 있을 힘도 없어 콘라드는 에피알테스가 보이는 자리에 주저앉았다.

'피곤하다.'

어쩐지 점점 의식이 흐려졌다. 위험할 정도는 아니었으나, 이대로 있다간 그 끝이 어떻게 될지 쉽게 상상이 갔다. 하지만 어서 빠져나가야겠다거나, 앞으로 어떻게 움직여야겠다거나 그런 생각이 들지 않았다. 그저 멍하게 에피알테스만을 바라보게 되었다.

전에도 이런 적이 있지 않았던가. 사제를 사칭해 사람들의 돈을 뜯어내던 무리들을 토벌하러 갔었을 때였다. 이미 거짓된 무리들은 그간 사람들에게 뜯어낸 돈으로 꽤나 번듯한 요새를 만들었고, 몇 날 며칠을 제대로 먹지도 쉬지도 못하고 전투를 벌였었다.

'하지만 그때도 지금만큼 멍하지는 않았는데.'

콘라드는 거칠게 고개를 저었다. 어떻게든 정신을 차려야 했다. 그런 노력을 비웃기라도 하듯 다시 시야가 옅게 흐려졌다.

배신, 배신, 거짓. 존경하고 진심으로 따랐던 아버지의 배신과 형제처럼 생각했던 이들의 배신, 거기에 쓰러지는 어머니와 울며 제 옷자락을 잡던 동생 그리고 비처럼 쏟아지던 저주.

'내가 너를 진심으로 아끼고 키웠거늘……. 이 저주받을 놈. 신께 버림받을 놈! 친아버지를 배신하고도 네가 신께 버림받지 않을 것 같더냐!'

제 아들의 손에 잡혀 온 아이테라 대공은 감옥을 떠나던 콘라드의 뒤에 저주를 퍼부었다. 그 저주가 귀에 박혀 사라지지 않았다.

"하아……."

피곤하다. 너무도 피곤했다. 평소 임무 때보다도 적게 움직인 것 같은데, 유달리 눈이 감겨 왔다.

'자고 싶다.'

그냥 어디든 누워서 자고 싶었다. 긍지 높은 테센트루아 성기사단의 일원으로 그런 일은 용납되지 않았지만, 지금은 아무래도 상관없었다.

조금 누워도 괜찮지 않을까. 그리고 아주 잠시만 눈을 감아도 괜찮지 않을까. 제 피로 붉게 물들어 가는 꽃을 보면서도 그런 생각이 치솟았다. 시야가 아까보다 흐려지고, 마치 물속에 잠긴 듯 귀가 먹먹해졌다.

창도 없어 어두운 방 안은 잠깐 눈을 감아도 아무도 모를 거라 속삭이는 듯했다. 바람도 불지 않았는데 촛불이 금방이라도 꺼질 듯 거세게 일렁거렸다. 그래, 아주 잠시만…….

"셀바토르 공녀님!"

갑자기 들려온 소리에 흐려지던 시야가 대번에 밝아졌다. 콘라드는 몸을 조금 돌려 굳게 닫힌 봉인의 문을 바라보았다.

"아, 안 됩니다. 위험합니다, 공녀님!"

방금 전까지 자신을 필사적으로 부르던 사제는 이제 온 힘을 다해 누군가를 말리고 있었다.

"여기 들어가시면 안전을 장담할 수 없습…… 으헉! 문이!"

경악과 경악, 그리고 쏟아지듯 밝은 빛을 이고 등장한 사람은 레슬리였다.

"콘라드 경!"

비록 빛을 등지고 있었지만, 레슬리의 동그란 눈동자를 보기에는 충분했다.

"레슬리, 꼭 들어가야 할까? 이 아버지는 너무 걱정이 되는데…… 저놈은 왜 죽어 가냐."

말리는 사제를 한 손에 들고 있는 사이레인이 걱정스러운 목소리로 레슬리를 말리다가 이내 콘라드를 보고 눈을 찡그렸다.

"아, 사이레……."

급하게 몸을 일으키려던 콘라드는 크게 비틀거렸다. 갑자기 몸을 일으키려니 머리가 핑글 돌면서 몸에 제대로 힘이 들어가지 않은 탓이었다.

"괜찮아요?"

달려온 레슬리가 콘라드의 팔을 잡고 넘어지지 않도록 지지해 주었다. 어설프게 품에 안긴 꼴이 되고, 잠시 허공에서 두 사람의 시선이 엉켰다.

"아……. 제가 추한 꼴을……."

콘라드는 다급하게 제 얼굴을 문지르며 몸을 떼어 내려고 했다. 하지만 이미 소매에도 피가 잔뜩 묻어 오히려 더 꼴을 엉망으로 만들었고, 다리는 의지를 배반했다.

"경, 앉으세요."

얼굴이 붉어진 콘라드를 조심스레 앉힌 레슬리가 몸을 돌려 아직도 문을 막고 있는 사이레인을 바라보았다. 사이레인의 얼굴은 금방이라도 울듯 일그러져 있었다.

"레슬리, 이 아버지는 걱정이 된다. 응?"

그런 사이레인에게 다가간 레슬리가 그를 꼭 끌어안았다. 그리고 살짝 고개를 들고 웃으며 울먹이는 사이레인과 시선을 맞췄다.

"이건 제가 해야 할 일인걸요."

"사제들도 이렇게 많고, 성기사들도 있는데. 네가 굳이 안 해도 될 거야."

"아니, 제가 해야 해요."

단호하게 고개를 저은 레슬리는 눈을 휘며 웃었다.

"처음부터 약속되었던 일인걸요. 그리고 저밖에 할 수 없어요. 아시잖아요."

레슬리의 말에 결국 사이레인의 눈에서 눈물이 흘렀다.

"다치지 마라. 위험하면 바로 나오고. 알았지?"

거듭, 거듭 약속을 받아 낸 사이레인이 봉인의 문을 닫았다. 본래는 쉽게 움직이는 문이 아니었으나, 힘을 잃은 봉인의 문은 사이레인과 베스라온에게만큼은 가볍게 움직였다. 에피알테스가 사라져 그 힘을 잃은 문은 소리 없이 닫혔다.

"레슬리 양."

"얼굴이 엉망이에요."

레슬리는 제 품에서 손수건을 꺼내 정성스레 콘라드의 얼굴을 닦았다.

"레슬리 양!"

콘라드가 레슬리의 팔을 붙잡았다. 도대체 무슨 생각인건지, 저절로 얼굴이 일그러졌다.

"지금 당장 나가세요. 사이레인 님 말대로, 이곳이 얼마나 위험한지 아십니까? 레슬리 양의 힘을 알지만 무모한 짓입니다."

"그 위험한 곳에 왜 콘라드 경은 혼자 계셨어요?"

레슬리가 시선을 맞추며 묻자 콘라드는 잠시 입술을 달싹이다 말을 이었다.

"에피알테스의 봉인을 찾아낼 때까지 잠시 봉인석을 대신할 사람이 필요했기 때문입니다."

"밖에 계신 사제님께 듣자 하니 그건 홀로 하지 않으셔도 됐다면서요."

갑자기 조용해졌나 싶었는데, 그걸 설명하기 위함이었나. 콘라드의 미간에 주름이 잡혔다. 말없이 얼굴의 피를 닦아 낸 레슬리가 손수건을 접어 옆에 놓았다.

"홀로 에피알테스를 견뎌 낼 생각을 하신 콘라드 경이야말로 무모해요."

"그건 제가 테센트루아 성기사단 일원으로서 당연히 해야 할……."

"그렇다기보다는 아이테라 대공의 잘못을 대신 갚을 생각이었죠."

레슬리가 눈을 가늘게 뜨며 샐쭉한 얼굴로 콘라드를 노려보자, 황금색 눈동자가 놀라듯 동그래졌다. 그런 콘라드를 보며 레슬리가 배시시 웃어 보였다. 바닥을 짚고 있는 손에 따스한 온기가 더해졌다.

"그러니까, 같이해요."

레슬리는 부끄럽다는 듯 살짝 눈을 굴리더니 이내 다시 시선을 맞췄다.

"……스페라도 후작도 반란에 참여했죠. 엘리도, 후작 부인도. 스페라도 후작가 전체가 반란에 참여했다고 보는 게 좋겠네요."

다들 메데이아와 끈이 닿아 있었다. 엘리는 가장 최측근이었고, 후작과 후작 부인도 그녀와 끈이 닿아 있었다. 심지어 후작 부인은 메데이아와 셀바토르 공작 사이에서 줄타기까지 하지 않았던가.

후에 공작 쪽으로 완전히 기울어지긴 했어도 메데이아와 후작 부인의 관계를 모르는 사람은 없었을 것이다.
"그들의 잘못을 레슬리 양이 대신 갚을 필요는 없습니다."
콘라드가 자상하고도 단호한 목소리로 레슬리를 달래자, 그녀가 작게 고개를 흔들었다.
"그렇게 따지자면 콘라드 경도 마찬가지잖아요. 경도 아이테라 대공의 잘못을 대신 갚을 필요는 없어요."
레슬리의 말에 콘라드가 입술을 살짝 깨물었다.
어쩌다 이렇게 돼 버린 걸까. 처음 봤을 때는 완전히 다른 세상의 사람이라고 생각했는데. 어느 순간 눈치채고 보니 기묘한 부분이 닮아 버렸다.
"그리고 에피알테스를 상대하는 건 저밖에 할 수 없거든요."
레슬리가 무언가를 결심한 듯 몸을 일으켰다. 그리고 콘라드가 말리기도 전에 에피알테스로 다가가 상자를 손에 쥐었다.
"콘라드 경, 아니 라드."
몸을 돌려 자신에게 다가오는 콘라드를 보며 레슬리는 부끄럽다는 듯 얼굴을 붉혔다.
"잘 부탁할게. 그리고 그…… 저번의 대답은 이 일이 끝나고 해 줄게."
그 말과 동시에 어둠이 에피알테스와 레슬리를 집어삼켰다.

에피알테스. 신께서 봉인하셨다는 전염병. 그리고 스페라도 가문에서 내려오는 어둠의 힘.
'삼킬 수 있지 않을까?'
예전에 그런 생각을 한 적이 있었다. 빛조차 먹어 치우는 힘이라면, 전염병도 삼킬 수 있지 않을까. 금방 바보 같은 소리라며 이내 털어 버렸지만, 지금 잊어버렸던 그 생각이 머릿속을 가득 메우고 있었다.

레슬리는 제 손에 들린 에피알테스를 바라보며 입술을 깨물었다. 상자를 든 손이 작게 떨리고 있었다.

'무서워…….'

사실은 무서웠다. 지금이라도 제 손에 들린 상자를 저 멀리 던져 버리고 안전한 곳에서 있고 싶었다.

지금 밖에서 눈물짓고 있는 사이레인과 곧 돌아올 셀바토르 공작의 품에 안겨 있으면 그 누가 자신을 비난할까. 드높은 셀바토르 공작저의 담을 넘어 비난을, 자신의 울음에 돌을 던질 사람도 없을 텐데.

심지어 지금 벌이는 짓은 검증도 되지 않은 일이었다. 그저 자그마한 가능성만이 있는 일이 아니던가.

그렇지만 이게 가장 확실한 방법이었다. 밖에서는 사제들과 마법사들 거기에 귀족들까지 모여 에피알테스를 다시 봉인할 방법을 찾고 있다고 들었다. 루엔티 역시 거기로 가 있겠지.

레슬리는 에피알테스를 쥐고 있는 손에 힘을 주었다.

루엔티를 믿지 못하는 건 아니었다. 사제들과 마법사들을 의심하는 건 아니었다. 누구보다 뛰어난 둘째 오라버니라면 분명 방법을 찾을 것이다. 문제는 시간이었다.

레슬리는 괜스레 세 번째 걸쇠를 만지작거렸다. 상자만큼이나 오래되어 금방이라도 떨어져 나갈 듯 보이는 마지막 걸쇠는 금방이라도 풀릴 듯 위태로워 보였다.

과연 이 작은 걸쇠 하나가 봉인의 방법을 찾을 때까지 버텨 줄까? 봉인을 풀려고 했던 메데이아, 이피엘 거기에 데비엔까지. 그 누구도 이렇게 빨리 에피알테스의 봉인이 풀릴 거라고 예상하지 못했는데.

그러니까 이게 가장 확실한 방법이었다.

'예전에는 어둠의 힘이 복수만을 위한 거라고 생각했었는데.'

천 년 동안 제물로 바쳐진 아이들, 그 아이들이 차곡차곡 모아 온 힘, 그리고 그런 아이들이 살려 준 목숨.

'하지만 이제 아니라는 걸 확실히 알겠어.'

레슬리는 눈을 감고 작게 숨을 내쉬었다. 아이들은 누구보다 자신이 행복하기를 바랐다. 그리고 아마 한 가지 일을 더 부탁하고 싶었을 것이다.

마음의 준비를 마친 레슬리는 걸쇠를 쥔 손에 힘을 주고 걸쇠를 위로 들어 올렸다. 달칵. 마치 기다리고 있었다는 듯 걸쇠가 열렸고 그와 동시에 상자 안에서 에피알테스가 서서히 퍼져 나왔다.

상자에서 빠져나온 에피테스는 상자를 쥐고 있는 손부터 검게 물들였다. 아까 보았던 에피알테스의 흔적과는 비교도 할 수 없이 빠르고 강력한 힘이었다. 그리고 그걸, 주변을 감싸고 있던 어둠이 집어삼키기 시작했다.

싫다. 무언가가 자신의 몸을 갉아 먹는 느낌, 무언가 먹으면 안 되는 것을 먹는 감각이 흘렀다. 레슬리는 저도 모르게 눈을 꽉 감았다. 꽉 감은 눈에서 눈물이 아닌 다른 것이 떨어졌다.

독을 먹으면 이런 느낌일까, 산 채로 죽어 가면 이런 기분이 들까. 해리언과 밀튼, 자신보다 더 작던 그 아이들도 이 고통을 겪었을까.

속이 불타는 듯한 고통이었다. 불 속에 들어갔을 때도 이 정도는 아니었는데. 절벽에서 떨어졌을 때도 이렇게 공포스럽지는 않았는데.

상자를 든 손이 정처 없이 떨리기 시작했다. 어둠 역시 괴로운 듯 몸을 비트는 게 느껴졌다. 작았다가 커졌다가, 뒤로 물러나기까지 하면서 에피알테스를 거부하는 게 보였다.

저 속에 있는 아이들도 자신과 같을까. 레슬리의 작은 몸이 앞으로 기울었다. 상자를 든 손에 눈물과 핏물이 떨어졌다.

'포기하지 않을 거야!'

이를 꽉 깨무는 것과 동시에 레슬리는 에피알테스를 떨어트리지 않기 위해 감싸 안았다. 에피알테스가 더욱 빠르게 자신의 몸에 역병을 퍼트리는 게 느껴졌다.

밀려오는 고통에 레슬리는 소리 없는 비명을 내질렀다. 사실 뭔가 소리를 지르고 있었지만, 어느새 목에서는 소리가 나오지 않았다.

버티자, 버텨 보자. 밖에는 콘라드가 있었다. 그리고 두터운 문을 넘어가면 울고 있는 사이레인과 걱정하는 베스라온이 있었다.

신전을 나가면 방법을 찾기 위해 아수라장에 서 있을 루엔티와 이쪽으로 오고 있을 셀바토르 공작도 있었다. 저택으로 가면 셀 수도 없이 많은 이들이 있었다. 살려 달라고 외치던 자신을 외면하지 않고 지키고 도와줬던 이들, 이번에는 자신이 그들을 도와줄 차례였다.

'제발!'

어둠이 더욱 강하게 에피알테스를 집어삼켰다. 목구멍으로 비릿한 것이 계속 흘러 넘어왔다. 전부 삼키지 못한 피는 밖으로 쏟아져 내렸다. 작은 몸이 한없이 바닥으로 기울었다. 눈물과 섞인 핏물이 꽃을 분홍빛으로 물들였다.

'나가게 된다면.'

레슬리가 느리게 눈을 깜빡였다.

여기서 나가게 된다면 콘라드에게 대답을 해 줘야지. 울고 있는 아버지를 달래 주고 다행이라 말하는 큰 오라버니의 손을 잡고 저택으로 들어가는 거야.

저택에 가면 다들 울면서 나를 반겨 주겠지. 맛있는 음식과 따듯한 저택, 포근한 잠자리. 뒤늦게 돌아온 작은 오라버니는 분명 한참 동안 잔소리를 퍼붓겠지만, 뒤에는 머리를 쓰다듬어 주겠지.

어머니는 어떨까. 레슬리는 역병으로 검게 물든 제 손끝을 바라보았다. 잘했다고 해 주실까, 아니면 작게 한숨을 쉬실까. 그래도 끝에는 꼭 안아 주실 거다.

'낮잠을 자야지.'

잠이 많은 어머니와 함께 햇빛이 잘 드는 곳에서 잠을 자야지. 첫 번째 소풍 때 그랬던 것처럼 한가롭게 잠을 자야지.

어느 순간부터 고통이 느껴지지 않았다. 하지만 그걸 알아채지 못한 레슬리는 에피알테스를 안고 있는 손에 힘을 주었다.

그러기를 한참, 레슬리는 작게 숨을 헐떡였다. 상자에서 흘러나오는 에피알테스는 더욱 강해졌지만, 어둠은 고통에 약해졌다. 아이들이 떠나서 그런 걸까 아니면 지금 자신이 죽어 가서 그런 걸까.

조금 더, 아주 조금만 더. 제발 아주 조금이라도 더 이 전염병을 약하게 만들 수 있다면. 속으로 빌었다. 부디 조금 더 자신이 이 역병을 약하게 만들게 해 달라고, 그래서 신력으로 봉인을 할 수 있게 해 달라고.

에피알테스를 껴안은 채 흐드러진 꽃들 사이 쓰러진 레슬리는 온 힘을 다해 빌었다. 하지만 희망에도 무색하게 고통은 더욱 강해졌고, 어둠은 한없이 약해졌다.

마치 눈 안쪽에 안개가 낀 듯 시야가 흐릿해졌다. 에피알테스를 감싼 손에 힘이 들어가지 않았고, 아까까지만 해도 헐떡이던 숨이 차분히 가라앉았다.

손끝부터 추위가 몰려옴과 동시에 레슬리는 옛날 불구덩이 속에서 느꼈던 죽음이 다시 코앞으로 다가왔음을 느꼈다. 이번엔 자신을 떠밀어 줄 손 따윈 없었으니 기적은 없을 거였다.

"어?"

그렇게 생각한 순간 시야가 밝아졌다. 소리를 내지 못했던 목에서 목소리가 흘러나왔다. 뭐지? 레슬리는 손가락을 까딱였다. 힘겹긴 하지만 굳었던 몸이 조금씩 움직였다. 따듯하다. 차가워졌던 손끝에 온기가 돌아왔다.

'콘라드 경이구나.'

레슬리는 옅게 웃었다. 다른 사제들에게도 몇 번 신력으로 치료를 받았지만, 이상하게 콘라드의 신력은 다른 사람들보다 더욱 따스하게 느껴졌다. 착각이겠지만, 그렇게 생각하고 싶었다.

레슬리는 작게 주먹 쥐며 미소를 머금었다.

힘을 내 보자. 밖에 있는 아버지가 이번엔 신전 문을 부수는 참사를 만들지 않기 위해서라도 힘을 내야지.

레슬리는 아직도 흘러나오는 에피알테스를 꽉 움켜잡았다. 그녀의 의지에 따라, 약해져 가던 어둠이 다시 세차게 움직였다.

신기한 일이었다. 본래 신력은 모든 걸 진정시키는 힘을 가지고 있었는데. 치유하고 날뛰는 것을 진정시키고 안정시키는 힘. 그런데 지금은 오히려 신력이 어둠을 돕는 느낌이었다. 진정해야 할 어둠이 더욱 강해지고, 에피알테스가 약해진 게 느껴졌다. 마지막 기회였다.

레슬리는 어둠으로 자신과 에피알테스를 감싸기 전 콘라드의 모습을 똑똑히 기억했다. 피범벅이 된 얼굴과 지쳐 쓰러지려고 했던 몸, 그리고 배신으로 공허해진 눈.

지금 자신에게 닿고 있는 신력은 오래 가지 못할 것이 분명했다. 레슬리는 정신을 잃지 않기 위해 피가 날 정도로 입술을 깨물며 힘을 내었다. 아픔을 조금이라도 외면해 보고자 눈을 꽉 감았다.

아까보다 더욱 약해진 에피알테스를 어둠이 삼키는 게 느껴졌다. 조금만 더. 아주 조금만 더.

그걸 몇 번이나 외쳤을까. 누군가가 레슬리의 머리를 쓰다듬었다.

온기 없는 손은 어딘가 익숙한 것이었다. 수고했다는 듯 머리를 쓰다듬은 무언가는 천천히 레슬리 품에 있는 에피알테스를 집어 들었다. 자신의 몸에 비교해 상자가 컸는지 기우뚱하긴 했지만, 이내 다시 균형을 잡았다.

「이건 우리가 가져갈게.」

꽃들 사이 쓰러져 있는 레슬리와 조금 떨어져 있는 누군가가 그렇게 말했다.

「늦지 않게 우리가 가져갈 수 있게 돼서 다행이다.」

슬그머니 눈을 떠 봤지만, 초점이 잘 맞춰지지 않았다. 짧은 시간 동안 어둠에 익숙해진 눈은 가까이 있는 사람조차 알아보기 힘들었다.

「잘 있어, 레슬리.」

얼굴이 보고 싶어 필사적으로 눈을 깜빡였다. 간신히 본 것은 실루엣과 환하게 웃고 있는 눈이었다. 빛에 가려져 제대로 얼굴이 보이지 않았지만, 간신히 보이는 눈만큼은 그가 진심을 웃고 있다는 게 느껴졌다.

그런 소년의 품에는 자신의 품에 안겨 있는 상자가 있었고 그 옆에는 작은 토끼 인형이 그의 손을 잡고 서 있었다. 그게 마지막이었다.

레슬리를 감싸고 있던 어둠이 서서히 걷히기 시작했다. 고통은 사라지고, 얼굴에 피어났던 열꽃이 하나둘 졌다.

'이게…….'

어떻게 된 거지. 아직도 제 품에는 에피알테스를 봉인했던 상자가 있는데.

레슬리는 슬그머니 상자를 들어 뚜껑을 열어 보았다. 달칵 소리를 내며 낡은 상자는 순순히 제 속을 보여 주었다. 상자 속에는 아무것도 남아 있지 않았다.

에피알테스는커녕 먼지조차 남아 있지 않은 상자의 맨바닥을 쓸어 보았다. 조금은 거친 나뭇결이 에피알테스의 끝을 알렸다. 그리고 아이들이 더 이곳에 남아 있지 않다는 것도 레슬리에게 알려 주었다.

끝난 거로구나. 레슬리는 작게 숨을 흘리며 웃었다. 어쩐지 눈물과 함께 웃음이 터져 나와 눈물진 눈으로 웃어 보였다. 흐드러진 꽃들이 더없이 아름다워 보였다.

"레슬리 양."

과도하게 신력을 써 엉망이 된 콘라드가 조심스레 자신을 부르고 있었다. 눈물과 안도로 얼룩진 눈동자와 시선이 맞았다.

"괜찮……."

"콘라드 경."

레슬리는 몸을 벌떡 일으켰다가 다시 쓰러졌다. 아직 몸은 뜻대로 움직여 주지 않았고, 그건 콘라드 역시 마찬가지였다. 어둠이 사라지며 나타난 레슬리가 살아 있다는 걸 알자, 안도감에 콘라드가 바로 옆에 쓰러졌다. 꽃잎이 팔랑거리며 흩날렸다.

"무리하셨어요, 콘라드 경."

어쩌다 보니 나란히 누운 레슬리가 콘라드를 바라보자, 콘라드의 입술이 따라 호선을 그렸다.

"레슬리 양이야말로. 갑자기 어둠으로 뒤덮여서 얼마나 놀랐는지 모르겠습니다."

"아……. 그건 죄송해요. 그렇지만 다들 직접 보면 반대할 것 같아서……."

레슬리가 어색하게 웃자, 콘라드가 삐졌다는 듯 입술을 삐죽 내밀며 고개를 끄덕였다.

"네, 반대했을 겁니다. 너무도 위험한 일이었어요, 이건."

"……경도 무모했잖아요."

"저는 테센트루아 성기사단의 일원인걸요. 당연히 해야 할 일입니다."

"저는 셀바토르 공작가의 사람이거든요? 가장 고귀한 수호자라고요. 당연히 제가 해야 할 일이에요."

지지 않고 투덕거리다 두 사람이 동시에 웃음을 터트렸다. 꽃들 사이에 작은 웃음소리가 퍼졌다.

"에피알테스는요?"

"사라졌어요. 그리고 아이들도……."

레슬리가 쉽게 웃자, 콘라드가 조심스레 레슬리의 뺨을 쓸었다.

"모두가 레슬리 양의 공적을 칭송할 거예요."

"모두……보다는 가족들이 기뻐해 줬으면 좋겠어요. 그리고 경도요."

레슬리의 말에 콘라드의 얼굴이 순식간에 붉어졌고, 상체를 일으킨 콘라드가 입가를 가리며 시선을 피했다. 머리카락 사이로 보이는 귀까지 붉어진 얼굴을 보며 레슬리가 아까보다 더 크게 웃음을 터트렸다.

"일, 일단 밖으로 나가죠. 상처를 치료도 해야 하고, 사이레인 님도 걱정하실 거고……."

다급하게 몸을 마저 일으키던 콘라드가 휘청거리며 아직 쓰러져 있는 레슬리 쪽으로 몸을 기울였다. 레슬리가 팔을 뻗어 콘라드의 손을 잡아당긴 탓이었다.

"경."

레슬리가 반짝거리는 눈으로 아직도 얼굴을 붉히고 있는 콘라드를 바라보았다.

"제가 경을 많이 좋아해요."

그렇게 말하는 라일락색 눈동자가 옅은 부끄러움으로 물들었다. 볼이 붉어지면서도 웃음을 얼굴을 떠나지 않았다.

"음, 그러니까 저번의 답은 '좋아요.'예요."

그렇게 대답하며 레슬리는 저번의 콘라드를 흉내 내며 작게 손등에 입을 맞췄다.

"……!"

저러다 쓰러지진 않을까 싶을 정도로 콘라드의 얼굴이 더욱 붉어졌다. 황금색 눈동자가 핑글핑글 도는 게 보여 레슬리가 다시 크게 웃었다. 남자는 귀여운 게 최고라는 셀바토르 공작의 말이 귓가에 맴돌았다.

⚜

레슬리가 봉인의 방으로 들어가고, 사이레인은 눈물을 흘리다 거칠게 얼굴을 쓸어내렸다. 그리고 힐끔, 베스라온을 바라보았다.

"다리는 왜 그러냐."

옆에 쓰러지듯 앉은 베스라온이 한쪽 눈을 쭉 그으며 대답했다.

"이상한 놈에게 당했습니다. 붉은 머리에 눈에 상처가 있던 놈이요. 아버지와 어머니를 아는 놈 같았습니다."

"쯧! 그 새끼한테 당했어? 이름이…… 이름이 뭐더라."

기억이 나질 않았다. 하지만 아직도 기억에 있던 놈은 끈질기다 못해 귀찮은 놈이었다. 기억을 더듬듯 한참을 끙끙거리던 사이레인이 눈을 크게 떴다.

"에……엠넥?"

불발이었다. 뭔가 비슷한 이름이었던 것 같은데. 잠시 인상을 찡그린 사이레인은 곧 그 일을 뒤로 넘겼다. 그저 뭔가가 마음에 안 든다는 듯 더욱 험악하게 얼굴을 찡그리고는 입가를 문지르다 간신히 한마디를 흘렸다.

"……다치지 마라."

간신히 이야기를 꺼낸 사이레인을 보며 베스라온이 작게 웃었다.

"걱정해 주실지는 몰랐습니다."

"아버지가 아들 걱정 좀 해 주는 게 뭐가 어때서."

그러더니 사이레인은 멋쩍은 듯 큰 소리가 나게 베스라온의 등을 쳤다. 괴력에 베스라온이 이를 악물었다.

“기껏 듬직하게 낳아 줬더니만. 우리 여보야랑 내 힘이면 어디서 다칠 일도 없을 텐데.”

“낳아 주시긴 어머니가 낳아 주셨지요.”

“이놈이.”

“솔직히 베스라는 애칭을 붙인 것도 아버지 아니셨습니까. 아버지가 어릴 적에 여장 시도만 안 했어도 어머니랑 제나 집사까지 베스라고 부르는 일은 없었을 거라고요.”

“꿈에선 딸이었단 말이다. 그리고 테펜텔이 말해 줬어. 저 바다 건너에서는 어릴 적 여장을 시켜서 키우면 튼실해진다더라. 나는 그냥 너를 듬직하게 키우고 싶었어.”

“……처음부터 듬직하게 낳아 주셨다면서요. 방금이랑 말이 엇갈리시잖아요.”

그렇게 실없는 대화를 나누며 두 남자는 봉인의 방을 바라보았다. 그사이 사제가 다가와 베스라온의 상처를 치료해 주었다.

“다쳤니?”

두 사람의 머리 위로 목소리가 내려앉았다. 사방이 온통 새하얀 신전과는 어울리지 않은 새카만 제복과 피가 묻은 검, 언제 온 것인지 셀바토르 공작이 두 사람을 내려다보고 있었다.

“여보야!”

“어머니?”

환하게 웃으며 몸을 일으키는 사이레인과 베스라온을 보며 공작은 제 머리를 뒤로 넘겼다.

“혹시 머리를 묶을 만한 끈이 있니? 이거 귀찮아서…….”

“이거라도 줄까, 여보?”

사이레인이 잽싸게 낡은 가죽끈을 내밀었다. 그걸 받아 든 공작은 옅게 웃더니 능숙하게 머리를 묶었다.

"메데이아는 어떻게 됐어? 잡아다가 피스토레에게 넘기고 바로 신전으로 온 거야?"

사이레인의 말에 공작은 덤덤하게 말을 이었다.

"죽었어."

잠시 공작의 눈이 뭔가를 회상하듯 깊게 잠겼다. 하지만 아주 완벽히 잠시였을 뿐 이내 제빛을 되찾았다.

"……살려 둬 봤자 후환이 더 컸지. 피스토레도 그렇게 말했고. 레슬리는?"

"슬슬 나올 때가 되었는데."

사이레인이 초조한 얼굴로 봉인의 방을 바라보았다. 창문도 뭣도 없는 긴 복도에서 얼마나 시간을 보냈는지 어느새 밤이 깊어져 있었다.

"잘하겠지, 누구 딸인데."

"그럼! 내 딸인데!"

공작의 말에 맞다는 듯 사이레인이 움츠러든 어깨를 펴고 당당하게 콧김을 내뿜었다. 남편을 토닥이면서도 셀바토르 공작의 시선은 봉인의 방을 떠나지 못했다.

"아, 역시 다들 여기 있었구나."

수척해진 얼굴로 뒤늦게 나타난 루엔티까지 가족들 사이에 자리를 잡았고 잠시 후, 드디어 굳건히 닫혔던 방문이 열렸다.

"어머니! 아버지!"

기다리던 레슬리가 앞서서 걸어 나왔다. 얼굴에는 얼룩덜룩하게 남은 열꽃과 피가 묻은 흔적이 남아 있었지만, 환한 웃음이 그걸 지웠다.

레슬리의 상태를 보아하니 먼저 봉인의 방에 들어가 에피알테스를 억누르고 있던 콘라드의 상태도 좋지 않을 것이 분명했다.

실제로도 성기사복은 처음부터 그런 색이었다는 듯 붉은색과 갈색으로 변해 있었다. 하지만 고개를 푹 숙이고 있는 데다가 한 손으로 얼굴을 가려 콘라드의 상태를 쉽게 파악하기는 힘들었다.

"레슬……."

맨 먼저 다가가던 사이레인이 굳었다. 뒤이어 베스라온의 눈썹 끝이 올라갔고, 루엔티는 배신감에 몸을 떨었다. 레슬리가 콘라드의 손을 꽉 잡고 있던 탓이었다.

쏟아지는 시선을 받은 콘라드는 흠칫 몸을 작게 떨었으나, 놓지 않겠다는 듯 오히려 레슬리의 손을 잡은 손에 힘을 주었다.

"오라버니."

하지만 콘라드의 의지와는 상관없이 손은 쉽게 풀렸다. 먼저 손을 푼 레슬리가 제 가족 품에 안긴 탓이었다. 슬며시 고개를 든 콘라드는 방금까지 잡고 있던 손을 꼼지락거리다 다시 귀까지 붉어져 고개를 푹 숙였다.

어머니의 품에 먼저 안긴 레슬리를 보며 잠시 굳어 있던 사이레인이 울부짖었다.

"레슬리, 왜 얼굴이 핏자국이 남아 있는 거야. 아니, 이건 또 뭐고!"

투박한 손가락이 열꽃의 흔적을 매만졌다.

"도대체 무슨 일이 있었던 거야, 레슬리."

"야, 너 설마……."

걱정스러운 눈길을 받으면서도 레슬리는 그저 웃었다. 어딘가 후련해 보이는 얼굴이었다.

"나중에, 집에 가서 알려 드릴게요."

그러면서 부끄럽다는 듯 제 어머니의 품에 볼을 비비며 레슬리가 웃었다. 그래, 그러렴. 작게 공작이 말하며 헝클어진 레슬리의 머리를 쓰다듬었다.

"그래서 잘 먹었니?"

뒤이어진 말에 레슬리가 눈을 동그랗게 뜨고 공작을 올려다보았다. 셀바토르 공작의 눈이 다 알고 있다는 듯 가늘어졌다.

"아이들은 잘 떠났고?"

공작의 물음에 레슬리가 이내 다시 품에 얼굴을 파묻으며 작게 고개를 끄덕였다.

"네."

"섭섭하진 않니?"

"……조금은요. 그래도 이겨 내야 하는 거잖아요."

"그렇지."

"어둠은 남아 있어요."

레슬리는 눈물진 눈을 접으며 옅게 웃었다.

"예전처럼 귀엽게 움직여 주지는 않겠지만요."

말 그대로 힘일 뿐인 어둠이, 레슬리를 걱정하듯, 지켜 주듯 움직였던 이유는 명확했다. 어둠 속에 남아 있는 아이들의 바람. 레슬리가 자신들처럼 죽지 않고 행복하기를 바랐던 아이들의 바람이었다. 아이들이 이제 떠났으니 어둠은 강력하지만 단순한 힘이 되었다.

"그런데 어머니."

레슬리가 고개를 들고 셀바토르 공작을 바라보았다. 그녀의 눈동자에는 호기심이 가득 담겨 있었다.

"그…… 아이들이 있다는 건 어떻게 아셨어요?"

"본 적이 있었단다."

악몽을 꾸는 듯 작게 끙끙거리는 소리를 내는 딸의 방을 열었을 때 마주한 것은 토끼 인형이었다. 레슬리가 늘 가지고 다니던 검은 토끼 인형이 괜찮다는 듯 이마를 토닥이고 있었다.

평소 레슬리가 어둠으로 인형을 움직이는 건 알고 있었지만 지금은 누가 움직이는 걸까.

어허?

신기한 마음에 팔짱을 끼고 토끼 인형을 바라보자, 인형이 씩 웃으며 비밀로 해 달라는 듯 입가에 제 손을 가져다 대었다. 비록 표정이 변한 건 아니었지만, 확실히 '웃었다'는 느낌이 들었다.

인형은 제자리로 돌아가 움직임을 멈추었고, 침대 곁을 떠나는 작은 발소리들이 들렸다.

"그랬었지."

공작의 말에 레슬리의 눈에 눈물이 고이더니 얼굴을 공작의 품에 파묻었다. 그런 딸을 토닥이던 공작의 눈이 세 사람에게 둘러싸인 콘라드에게 닿았다. 위협당하듯 사이레인과 베스라온, 루엔티 사이에 서 있는 콘라드를 보던 공작이 옅게 웃었다.

"그런데 아이테라 경과 손은 왜 잡고 나왔을까, 우리 딸이."

모르겠다는 능청스러운 물음에 공작의 옷가지를 꼭 쥔 레슬리의 손에 힘이 들어갔다. 그리고 그와 동시에 레슬리가 공작의 품에 얼굴을 파묻은 채 작게 속삭였다.

"콘라드 경이요, 저에게 축제 때 고백했거든요."

"오호."

고개를 슬며시 든 레슬리가 시선을 맞추며 생긋 웃었다. 눈가가 붉게 물든 게 레슬리도 부끄럽긴 부끄러운 모양이었다. 그래서인지 몸을 기울인 공작의 귓가에 나머지 말을 속삭였다.

"그래서 제가 좋다고 대답했어요."

최대한 작게 말했지만, 레슬리의 대답은 표정으로 다 알 수 있는 것이었다. 얼떨결에 같이 레슬리를 기다리던 사제들의 시선까지 꽂히자 콘라드의 눈동자가 동그래졌다. 세 마리의 곰에 둘러싸여 조금 창백해졌던 얼굴이 눈가부터 시작해 다시 붉게 물들기 시작했다.

"네, 에. 그러니까……. 고백……했고 답을 받았습니다."

마지막은 다시 붉어진 얼굴에 기어들어 가는 목소리였다.
"저런."
공작이 작게 혀를 찼다. 콘라드가 마음에 들지 않는다든가, 그래서 레슬리의 선택을 바꾸고 싶다든가 그런 문제는 아니었다. 그저 저 소년의 명복을 빌 뿐이었다.
아니, 조금 마음에 안 드나? 셀바토르 공작의 눈이 가늘어졌다.
생각해 보면 꽤 괜찮은 사윗감이긴 했지만 아니, 사실 솔직히 말하자면 그 누굴 가져다 붙여도 성이 차지 않았다. 레슬리의 약혼자로 황태자조차 걷어찼던 그녀가 아니던가.
"으음……."
레슬리의 대답에 사이레인의 얼굴이 수초마다 새롭게 변하고 있는데다가 공작마저 눈이 웃지 않자, 레슬리가 슬그머니 잡고 있던 옷깃을 잡아당기며 눈을 살짝 위로 뜨더니 눈가를 접고는 한껏 웃음을 머금었다.
"그렇지만 어머니가 그러셨잖아요. 남자는 귀여운 게 최고라고."
레슬리의 대답에 공작이 웃음을 터트렸다. 크게 웃던 공작이 눈물을 훔치며 고개를 끄덕였다.
"귀엽긴 하구나."
우리 딸, 보는 눈도 높지. 그렇게 말하며 공작은 제 품에 안긴 레슬리의 머리를 쓰다듬었다.
"콘라드 경, 그러고 보니 제대로 된 대련을 해 보지 않았군. 당연히 나를 이길 정도는 되겠지."
"야, 너 역사서 다 외워 봐. 신학서는 당연히 외울 테고 고어는 좀 아냐? 마법서는? 테센트루아 성기사단의 수재시니 너무 당연한 것들을 물었나, 내가?"
"둘 다 그러는 거 아니다."

본격적으로 시비를 걸기 시작한 두 아들을 말리며 사이레인이 인자하게 웃었다. 알 수 없는 그 미소에 콘라드가 긴장한 듯 침을 삼켰고, 베스라온과 루엔티의 눈초리가 가늘어졌다.

"반갑네, 아이테라 경."

사이레인이 콘라드의 어깨에 두 손을 올렸다. 그리고 단 한마디를 던졌을 뿐이었다.

"각오는 했겠지. 앞으로의 생활이 아주 즐거울 걸세."

얼어붙은 콘라드와 환한 미소의 사이레인, 어딘가 음흉한 웃음을 흘리는 베스라온과 루엔티를 보며 셀바토르 공작이 입꼬리를 올렸다.

"이제 다 끝났으니 피스토레를 보러 갈까."

"황제 폐하를요?"

"그래, 보고할 것도 있고……."

잠시 말꼬리를 흐리던 공작이 무언가가 생각났다는 듯 고개를 살짝 기울였다.

"후작은 어떻게 됐지? 사로잡았나, 아니면 죽였나?"

주범이 아니던가. 공작의 말에 레슬리의 얼굴이 단박에 환해졌다.

"어머니, 후작은요! 아버지가 조져 버리셨어요!"

챙그랑!

레슬리의 밝고 화사한 미소와 반대로 공작은 놀라 검을 떨어트리고 말았고, 사이레인은 굳어 버렸다. 자신에게 쏟아지는 무시무시한 여보야의 시선에 그는 몸을 움츠렸다. 베스라온은 고개를 저으며 루엔티는 콘라드를 데리고 뒤로 물러났다. 이건 자신들이 감당할 일이 아니었다.

"……사이. 나 좀 볼까."

4년간 사이레인이 필사적으로 지켜 왔던 비밀이 밝혀지는 순간이었다.

⚜

메데이아는 황실 가장 구석진 자리에 묻혔다. 반역자라면 본보기로 시체를 광장에 매달아 두었어야 했으나, 황제의 어머니라는 점으로 그건 면할 수 있었다.

그 외에도 다른 이유가 있는 것 같다며 사람들이 떠들었으나, 황제와 황후는 침묵을 지켰기에 몇 사람을 제외하고는 그 누구도 숨겨진 사실을 알지 못했다.

이피엘과 데비엔을 시작으로 메데이아와 관련이 있는 자들은 끝을 맞이했다. 몇몇 귀족들은 나름 자비심을 가지고 있던 황제에게 은근한 기대를 걸었다.

하지만 피스토레는 친동생처럼 여겼던 아이테라 대공과 자신도 연관이 있었다고 진실을 고백한 아렌도까지 처벌함으로써, 그 기대를 짓뭉갰다. 아이테라 대공은 스페라도 후작이 보내졌던 라즈튼으로, 그리고 아렌도는 황위를 포기하고 신성국으로 보내졌다.

'제게 이러실 수는 없습니다, 형님!'

그렇게 울부짖던 아이테라 대공이 끌려가고, 아렌도는 덤덤히 피스토레와 아르트엘을 바라보다 말없이 고개를 숙였다. 그게 아렌도를 르카디우스 제국 황실에서 본 마지막 날이었다.

황실 밖의 상황도 빠르게 정리되었다. 희미한 에피알테스의 흔적에 병을 얻은 이들은 에펜타니 백작 부부와 셀리스가 만든 약으로 치유되었다. 그 흔적이 더 강해지기 전에 레슬리가 어둠으로 에피알테스를 집어삼켜, 전염병은 더 번지지 않았다.

약간의 혼란이 일어나긴 했으나 가라앉았고, 수도는 이내 안정됐다.

그리고 며칠 후 황궁에서 연회가 열렸다.

"소소한 연회라더니……."

셀리스의 눈이 동그래지고, 작은 입은 다물어질 줄을 몰랐다. 벌써 두 번째로 황실을 방문한 것이건만 저번과는 전혀 다른 모습이었다.

"큰일이 있었으니까, 황실이 굳건하다는 걸 보여 주기 위함이지."

에펜타니 백작 부인도 긴장한 듯 딸의 손을 잡으며 작게 속삭였다.

"우, 우리도! 이제 이런 곳에도 익숙해져야지!"

에펜타니 백작이 보기만 해도 듬직해 보이는 배를 내밀며 당당하게 소리쳤다.

"이번 일로 에펜타니 백작가도 이름을 널리 알렸으니 말이다. 셀바토르 공작께서도 수도에 우리가 머물 만한 저택을 마련해 주시면서 뒤를 봐주신다고 했으니, 우리도 이제 어엿한 중앙 귀족이야."

셀바토르 공작이 에펜타니 백작가를 위해 해 준 것은 두 가지였다. 중앙 귀족이 될 수 있게 발판이 되어 준 것, 그리고 막대한 양의 돈과 함께 셀바토르 공작저의 상단에 자리를 마련해 준 것이었다.

낙후되었던 영토를 한 번에 일으킬 만한 돈이 들어오고, 행복한 꿈을 제조했다는 사실이 알려지면서 자연스레 에펜타니 백작가는 명성을 얻기 시작했다.

콧수염을 매만지며 괜스레 자신의 목에 매달린 작은 리본을 계속 고쳐 매는 에펜타니 백작을 보며 에펜타니 영식이 눈을 찡그렸다.

"아버지, 그만 만지세요. 중앙 귀족은커녕 잡상인처럼 수상해 보인다고요."

잠시 말리는 아들과 아직 불안한 아버지 사이에 작은 다툼이 생겼다. 그걸 보며 얼굴을 찌푸리는 셀리스의 손을 누군가가 뒤에서 덥석 잡았다. 힉, 작은 비명과 함께 뒤를 돌아본 셀리스의 얼굴에 환한 미소가 번졌다.

"레슬리."
오늘의 주인공인 레슬리였다. 달빛을 머금은 듯 은은하게 빛나는 은발을 눈 색과 같은 라일락과 사파이어로 장식하고 새하얀 드레스를 입은 레슬리는 셀리스를 보면서 살포시 웃었다.
"놀랐어?"
"완전 놀랐어!"
셀리스가 환하게 웃었다. 저택에 침입한 에타이 이야기를 나누다 완전히 말을 놓게 된 두 소녀는 손을 꼭 잡고 작게 키득거렸다.
"드레스 정말 예쁘다. 드레스 자락에 수놓아진 꽃잎들이 진짜 같아."
셀리스가 레슬리의 드레스를 바라보며 볼을 붉혔다.
"너도 예쁜걸. 아르롱에서 맞춘 드레스, 맞지?"
"맞아, 어머니가 사 주셨어. 그것도 다섯 벌이나 사 주신 거 있지! 앞으로 계속 사 줄 거래. 너무 행복해."
셀리스가 흥분한 듯 눈을 동그랗게 뜨며 손을 작게 동동거렸다.
"아! 그런데 지금 여기 있어도 괜찮은 거야? 공작님 곁에 있어야 하는 거 아니야?"
무언가가 생각났다는 듯 셀리스가 눈을 동그랗게 뜨자, 레슬리가 겸연쩍은 얼굴로 볼을 긁었다.
"사실 그거 물어보려고 왔어. 어머니를 놓쳤거든."
"으음……."
두 소녀의 눈이 난감한 듯 주변을 훑었다. 상당히 많은 이들이 홀을 가득 메우고 있다지만, 셀바토르 공작이 눈에 띄지 않을 리가 없었다. 그녀는 언제나 시선을 모으지 않았던가.
"잠시 어디 가신 거 아닐까?"
"역시?"
레슬리는 입을 삐죽 내밀었다. 어머니가 없으면 아버지나 오라버니들에게 가 봐야겠다. 마침 저편에 서 있는 베스라온이 눈에 들어왔다.

"나는 그럼 오라버니께 가 볼게. 조금 이따 봐, 셀리스!"

레슬리가 작게 손을 흔들며 걸음을 떼기 전 셀리스가 질문 하나를 던졌다.

"레슬리, 첫 춤 상대는 정했어?"

"응!"

레슬리는 춤출 상대방을 떠올렸는지, 볼을 붉히며 웃었다. 그러고는 이내 사람들 사이로 사라졌다.

'아이테라 경이겠지.'

콘라드 아페 아이테라. 에펜타니 영지까지도 소문이 돌던 사람이었다. 준수한 외모와 뛰어난 능력 거기다 대공가의 장남이란 위치까지. 소문이 나지 않을 수가 없던 사람. 그래서 사실 셀리스도 콘라드에 대한 환상을 품었던 적이 있었다.

'그렇지만 레슬리랑 너무 잘 어울리고, 셀바토르 공작님이 너무 멋져서…….'

자신도 이런 분홍 머리가 아니라 검은 머리면 좋을 텐데. 나중에 염색해 볼까?

그런 생각을 하며 머리카락을 만지작거리던 셀리스는 자신의 오라버니와 눈이 맞았다. 오늘 자신의 파트너, 춤 상대.

"웩."

"우에에엑."

시선이 맞자마자 두 사람이 동시에 혀를 쑥 내밀었다.

'아?'

베스라온을 향해 다가가던 레슬리가 발걸음을 멈추었다. 레슬리의 시선이 닿는 곳에 한 소녀가 서 있었다. 갓 성인이 된 듯한 소녀의 머리는 길고 구불치는 금발이었다.

'……엘리인 줄 알았어.'

키도 엘리와 비슷한 데다가 하필 햇빛이 소녀의 머리에 장난을 치는 바람에, 엘리의 머리카락 색과 비슷해 보였다. 잠시 소녀를 바라보던 레슬리는 이내 발걸음을 떼었다.

에피알테스의 제물로 선정되었던 엘리는 죽지 않았다. 하지만 제대로 살아난 것도 아니었다. 흠잡을 곳 없이 아름다웠던 얼굴의 절반이 흉하게 일그러졌으니까.

일그러진 얼굴에 충격을 받은 엘리에게 계속해서 비보가 쏟아졌다. 스페라도 후작과 후작 부인이 숨을 거두었으며, 메데이아는 엘리 자체를 예뻐한 것이 아니라, 제물로서 예뻐했다는 진실이. 그 사실을 듣자마자 엘리는 비명을 내질렀다.

'너는 라즈튼으로 가게 될 거야.'

그 전에 제물의 여파로 숨을 거둘지도 몰랐지만. 레슬리는 덤덤하게 자신의 언니를 내려다보았다.

어떻게든 일그러진 제 얼굴 반쪽을 가리기 위해 머리를 풀어 헤친 모습은 썩 좋아 보이지 않았다. 상처가 있든 말든 신경 쓰지 않는 자신의 어머니와 자연스레 비교되었다.

'……내가 열두 살 때 어떤 기분이었는지, 네가 조금이라도 느끼게 돼서 다행이야.'

춥디추운 그곳에서 반성하고 후회해. 레슬리의 말을 끝으로 엘리의 비명이 다시 내려앉았다.

"……."

레슬리는 눈을 잠시 찡그리다 다시 베스라온을 향해 걸었다. 누군가와 이야기하는 듯 베스라온은 레슬리를 등지고 있었다. 그 덕분에 베스라온의 이야기 상대가 먼저 레슬리를 발견했다.

"슈…… 레슬리 양."

"콘라드."

콘라드를 발견한 레슬리가 두 사람에게 다가가자, 베스라온이 제 동생을 바라보았다.

"마침 잘됐다. 레슬리, 어머니가 찾으셔. 아이테라 경, 그대도 따라오도록."

애칭을 부르려다 잽싸게 말을 바꾼 콘라드를 한 번 노려보고 베스라온이 먼저 걸음을 옮겼다.

안내된 곳은 홀 안쪽에 마련된 개인 휴게실이었다. 그리고 그 안에는 이야기를 나누던 피스토레와 아르트엘 그리고 셀바토르 공작이 앉아 있었다.

"거추장스러운 인사는 집어치우고. 두 사람 다 이리 와서 앉게. 긴히 할 말이 있으니까."

피스토레가 허리를 숙이려는 두 사람을 말리면서 의자에 몸을 파묻었다. 긴 이야기를 끝낸 듯 조금 지쳐 있는 모습이었다.

베스라온은 자리를 떠나고 레슬리와 콘라드가 머뭇거리다 자리에 앉자, 아르트엘이 방긋 웃으며 먼저 이야기를 꺼냈다.

"이렇게 셀바토르 공녀와 아이테라 경을 부른 이유는 새 가문을 만들기 위해서예요."

"새 가문을 말씀입니까?"

콘라드가 놀란 듯 묻자, 피스토레가 고개를 끄덕였다.

"3대 후작가 중 하나인 스페라도 후작가가 완전히 몰락했지. 그리고 아이테라 대공가도 민심을 잃었어."
피스토레의 말이 맞다는 듯 셀바토르 공작이 작게 고개를 끄덕였다.
"고위 귀족인 두 가문이 한꺼번에 몰락을 했고, 큰 공백이 생겼네."
"그런 거라면 다른 가문들이 그 공백을 메울 겁니다. 3대 후작가에는 스페라도 후작가만이 있는 게 아니니까요."
레슬리의 말에 피스토레가 고개를 끄덕이며 천천히 대답했다.
"하지만 두 가문 다 수도에 계속 머물러 있기엔 힘들지."
나라의 국경을 지키는 그렌벤 후작가와 상인들이 모두 모인다는 교역로의 영토를 가지고 있는 모테리우스 후작가. 두 후작들은 쉽게 자신의 영토를 비울 수 없었다.
"공백은 생겼고 그 위에 올릴 가문조차 마땅하지 않아."
심지어 이번 메데이아의 사태로 생각보다 많은 귀족이 지위와 목숨을 잃었다. 그 구멍을 메꾸기 위해 당분간 피스토레도, 콘스텐도 상당히 많이 바쁠 예정이었고, 지금도 바빴다.
"그래서 새 가문을 만들기로 공작과 이야기를 나눴는데……. 나는 두 사람이 맡아 줬으면 좋겠어. 스페라도 후작가의 아이였던 공녀와 황실의 피를 이은 콘라드가 새 작위를 받는다면 아무도 이의를 제기할 사람은 없겠지."
"후후, 누가 그러겠어요."
아르트엘이 입가를 가리며 맑게 웃었다. 내가 조져 버릴 건데.
그 말이 들린 것 같아 레슬리는 황후를 바라보며 눈을 깜빡거렸다. 피스토레 역시 그 말을 들었는지 잠시 말없이 아내를 바라보다가 애써 시선을 돌렸다.
"크, 크흠! 어차피 시간은 있으니 천천히 생각해 보도록."
이야기는 거기까지였다. 피스토레가 먼저 손을 털고 방을 나서자, 셀바토르 공작과 아르트엘이 무언가 대화를 나누며 그 뒤를 따랐다.

"슈야."

둘이 남게 되자 콘라드가 웃음을 머금으며 레슬리를 불렀다.

"우리가 약혼식을 올리고 혹시 이 이야기를 받아들이게 된다면."

약혼식. 그 이야기에 레슬리가 부끄러워 괜스레 눈을 깜빡거렸다.

지금 바로 약혼식을 올려도 이상하지 않지만, 콘라드는 데뷔탕트 후로 약혼식을 미루었다. 미룬 이유로는 현재 아이테라 가문이 위태로운 것과.

'아직은 가족들과 같이 계시고 싶지요?'

누군가의 약혼녀라거나 무언가라는 위치 없이, 그저 온전히 한 명의 사랑받는 딸로 가족들과 같이 있고 싶다는 레슬리의 마음을 이해해 준 것이었다. 약혼식을 치르게 된다면 레슬리 역시 잡다한 일이 생길 테니까.

조금 흐트러진 은발을 손으로 정리해 주며 콘라드는 말을 이었다.

"내가 아니라 슈야가 가주가 되는 건 어떤가요?"

"제가요?"

그래도 되는 걸까? 레슬리가 눈을 깜빡이자, 그 모습이 귀엽다는 듯 콘라드의 입가에 걸린 미소가 짙어졌다.

"솔직히 말하자면 저는 신전에서 자라 와서 세상 물정을 잘 모르는 편입니다. 하지만 슈야는 다르지요. 공부도 열심히 하셨고, 배우고자 하는 의욕도 강하시죠. 거기다 응용력도 좋으니 저보다는 슈야가 가주에 적합할 겁니다."

"하지만 제가 잘할 수 있을지……."

"그리고 슈야는 셀바토르 공작님을 존경하잖아요."

콘라드가 레슬리의 손을 잡으며 웃었다.

"그분처럼 되고 싶으시죠?"

콘라드의 물음에 레슬리는 잠시 입을 오물거리다 이내 고개를 끄덕였다. 자신의 어머니를 존경하지 않을 사람이 어디 있겠는가.

"저는 가주가 되는 것에 욕심이 없습니다. 그러니 슈야의 꿈을 이룰 수 있게 뒤에서 지지해 드릴게요. 어떤가요?"

손을 잡은 채 몸을 레슬리 쪽으로 기울인 콘라드가 묻자 레슬리가 눈을 휘며 웃었다.

"음, 좋아요. 그리고 이건……."

콘라드의 뺨에 레슬리가 작게 입을 맞췄다. 아주 완벽히 잠시였지만, 콘라드는 눈을 뜬 채 그대로 굳어 버렸다.

"고맙고 미안해서……."

부끄러운 듯 레슬리의 뺨이 붉어져 있었다. 한참이나 둘은 얼굴을 서로 붉힌 채 말이 없었다.

"그! 두 번째 춤, 저랑 같이 춰 주세요!"

침묵을 먼저 깬 건 레슬리였다. 몸을 벌떡 일으킨 레슬리가 문을 박차고 나가자, 홀로 남은 콘라드는 목을 매만지며 그제야 숨을 쉬며 눈을 깜빡였다.

"어머니!"

콘라드에게 두 번째 춤을 부탁한 레슬리는 빠르게 달려와 셀바토르 공작을 찾았다.

"레슬리, 무슨 일이니?"

아르트엘과의 이야기를 나누느라, 아직 홀에 들어가지 않은 공작의 손을 레슬리는 덥석 잡았다. 그리고 공작을 바라보며 당당하게 외쳤다.

"저랑 첫 번째 춤을 춰 주시면 안 돼요?"

"나랑 말이니?"
"공녀, 첫 춤은 연인과 함께하는 게 좋지 않겠어요?"
놀란 듯 웃음을 머금은 공작이 다시 묻고, 아르트엘마저 부채를 팔랑였지만, 레슬리는 고개를 저었다.
"그렇지만 여자끼리 춤을 추면 안 된다는 법은 없고, 거기다 다른 사람들도 아버지랑은 종종 춤을 추잖아요. 그러면 어머니랑도 춤을 출 수 있는 거 아니에요?"
레슬리의 말에 공작의 눈가가 가늘어지더니 이내 웃음을 터트렸다.
"그래, 그러자. 첫 춤은 딸과 춰 볼까."
공작의 허락에 레슬리의 얼굴이 단숨에 환해졌다. 그 모습을 지켜보던 아르트엘이 부채를 접으며 눈을 빛냈다.
"부럽다! 나도 우리 아들이랑 추고 싶어!"
"찾아와."
셀바토르 공작은 웃으며 레슬리의 손을 잡고 홀로 들어갔다. 때마침, 악단이 첫 곡을 연주하기 시작했다.
"만약 사이가 삐지면—"
"아빠는 제가 처리할게요."
레슬리가 공작을 보며 자신만 믿으라는 듯 자신만만하게 웃었고, 못 말리겠다는 듯 공작의 입가에 걸린 미소가 짙어졌다.
"아빠라."
"전부 감사드려요. 저를 입양해 주신 것도, 키워 주신 것도. 그리고 잘못된 선택을 하려 했을 때 말려 주신 거랑……."
레슬리가 셀바토르 공작을 보면서 말을 이었다.
"그리고 사랑해 주신 것도요. 엄마."
아무래도 콘라드에게 미안하다고 다시 말해야 할 듯했다. 첫 번째 춤은 어머니와, 두 번째는 지금 손수건을 잡고 우는 아버지와, 세 번째는 첫 번째 오라버니와, 네 번째는 질투심 많은 둘째 오라버니와 춰야 할 듯싶었으니까.

레슬리는 행복함에 환한 웃음을 머금었다.

-다음 권에서 계속